María Reig

Die Journalistin
Die Macht der Worte

Roman

Aus dem Spanischen von Sabine Giersberg

GOLDMANN

Die spanische Originalausgabe erschien 2019 unter dem Titel »Papel y tinta« bei SUMA de letras, Penguin Random House Grupo Editorial, Barcelona.
Die Übersetzung dieses Werkes wurde gefördert durch
Acción Cultural Española, AC/E.

AC/E
Acción Cultural Española

Dieses Buch ist auch als E-Book erhältlich.

MIX
Papier aus verantwortungsvollen Quellen
FSC® C014496
FSC www.fsc.org

Penguin Random House Verlagsgruppe FSC® N001967

1. Auflage
Deutsche Erstveröffentlichung Juli 2021

Umschlag: UNO Werbeagentur GmbH
Nach einer Umschlaggestaltung von SUMA de letras
Umschlagfotos: (Frau): Ildiko Neer/Arcangel; Composing (Ornamente): FinePic, München; (Stadt): Antonio Passaporte/Calle de Alcalá, Banco de Bilbao. Instituto del Patrimonio Cultural de Espania,
Ministerio de Cultura y Deporte
Redaktion: Susanne Kiesow
LS · Herstellung: kw
Satz: Vornehm Medien Gestaltung GmbH, München
Druck und Bindung: GGP Media GmbH, Pößneck
Printed in Germany
ISBN: 978-3-442-49094-3
www.goldmann-verlag.de

Besuchen Sie den Goldmann Verlag im Netz

Die Übersetzerin dankt dem Freundeskreis zur Förderung literarischer und wissenschaftlicher Übersetzungen e. V. für ein Arbeitsstipendium, das vom Ministerium für Wissenschaft, Forschung und Kunst Baden-Württemberg ermöglicht wurde.

Für all die wunderbaren Menschen, die
nicht nur auf ihre eigenen Träume setzen,
sondern auch an die der anderen glauben.

DIE WICHTIGSTEN PERSONEN*

Elisa Montero	Stammt aus einem Dorf in Extremadura, dem ländlichen Südwesten Spaniens. Die Mutter starb bei ihrer Geburt. Im Alter von sieben Jahren schickt ihr Vater sie zu seiner wohlhabenden Schwester nach Madrid.
Manuela Montero	Elisas Tante; wurde jung verheiratet mit einem reichen Madrider Händler, dem deutlich älteren Roberto Ribadesella. Als er im Kubakrieg fiel, wurde sie mit nur fünfundzwanzig Jahren Witwe.
Pilar	Dienstmädchen im Hause Montero, kümmert sich um Elisa.

* Ein ausführliches Personenverzeichnis befindet sich am Ende des Buches.

Pedro Liébana	Elfjähriger Junge, wird bei den Monteros im Souterrain versteckt.
Benedetta de Lucca	Freundin von Elisa, kam mit ihrem Vater Giancarlo de Lucca, einem wohlhabenden italienischen Stoffhändler, 1910 aus Florenz nach Madrid.
Catalina Folch	Freundin von Elisa, stammt aus Barcelona, studiert an der Pädagogischen Hochschule von Madrid, sehr freigeistig und emanzipiert.
Francisco de las Heras y Rosales	Reichster und begehrtester Junggeselle von Madrid, Erbe des Bankhauses Rosales.
Ernesto Rodríguez de Aranda	Direktor der Zeitung *El Demócrata de Madrid*.
Olivier Pascal	Korrespondent von *Le Figaro*; Gastautor bei *El Demócrata*.

Erster Teil

Elisa

Madrid 1908–1922

I

Dies ist kein Märchen von Helden und Prinzessinnen. Und es gibt auch keinen Grund, besonders stolz auf mich zu sein. Ich habe einfach überlebt. Überlebt, indem ich alle nur denkbaren Sünden begangen habe, für die ich gewiss auf ewig in der Hölle schmoren werde. Aber ich will nicht vorgreifen. Ich schließe die Augen und lasse mich zu dem Punkt forttragen, an dem alles begann. Zu den ersten Erinnerungen, die, einem verborgenen Schatz gleich, zaghaft aus dem Wirrwarr der kindlichen Gedankenwelt hervorblitzen. Arglose Wahrnehmungen eines kleinen Mädchens, das noch viel zu unerfahren war, um beurteilen zu können, womit alles seinen Anfang nahm.

Ich glaube, es war ein rauer, grober Stoff, der auf meinem Arm kratzte. Aber damals war ich viel zu verängstigt, um dieser Missempfindung eine Bedeutung beizumessen.

Während ich blinzelte und noch herauszufinden versuchte, wo ich mich befand, machte mich das Geschaukel schläfrig. Es roch feucht, und der trommelnde Regen lullte mich ein. Der Schlaf war mehr als ein Moment der Ruhe, er war eine Reise ohne Wiederkehr in ein neues Leben. Eine Reise in die Zeit, in der die Mehrzahl meiner

Erinnerungen angesiedelt ist. Hin und wieder vernahm ich das unruhige Wiehern der erschöpften Pferde. Der Kutscher trieb sie an, und wir fuhren immer weiter, eine gefühlte Ewigkeit lang. Plötzlich wurde ich von einem »Brr«, gefolgt von einem abrupten Halt, aus meinem Dämmerschlaf gerissen, und eine innere Stimme flüsterte mir zu, ich solle die Augen öffnen.

Der Regen prasselte auf den jetzt leeren Kutschbock. Kälte durchdrang meinen kleinen Körper bis auf die Knochen, dagegen konnte auch die robuste Decke aus Sackleinen nichts ausrichten, die man mir umgelegt hatte. Ich hatte furchtbare Angst. Und vor allem war ich allein. Hastig wurde die Tür aufgerissen, und ein schwacher Lichtstrahl fiel ins Innere der Kutsche.

»Bringen Sie sie ins Haus, Santiago«, befahl eine herbe, gebieterische Stimme.

»Zu Befehl, Señora.«

Ich spürte, wie mich jemand hochhob und sorgsam darauf achtete, dass die Decke im Eifer des Gefechts nicht herabfiel. Der Weg über die Treppe bis zum Eingangsportal war eine wackelige Angelegenheit. Dazu der Regen. Ich hielt die Augen geschlossen und hörte jemanden über Treppen, Zimmer und irgendwelche Dinge sprechen, die ich nicht verstand.

»Legen Sie sie dorthin, Santiago. Ich bin Ihnen unendlich dankbar für Ihre Hilfe«, sagte die Frauenstimme, als wir die angenehme Wärme eines Zimmers erreicht hatten.

»Immer gern zu Diensten, Señora. Gepäck hatte das Mädchen keines dabei.«

»Schon gut, sie wird hier nichts aus ihrem alten Leben

brauchen. Vergessen Sie nicht, bei diesem Unterfangen sind Sie mein einziger Vertrauter. Niemand darf erfahren, was heute geschehen ist. Sie müssen mir versprechen, dass Sie kein Wort darüber verlieren, zu niemandem.«

»Ich werde schweigen wie ein Grab, Señora.«

Die Morgensonne weckte mich auf. Als Erstes streckte ich meine dünnen Beine. Das unangenehme, kratzige Gefühl war verschwunden, stattdessen hüllten mich weiche Leinenlaken ein.

Der Raum war lichtdurchflutet. Alles war mir fremd. Ich lag in einem Bett, in das gut und gerne noch vier weitere Kinder meiner Größe gepasst hätten. Zu beiden Seiten standen Nachttische mit herrlichen Schnitzereien, darauf ein Bild der Jungfrau Maria und eine Vase mit lila Blütenzweigen. Sanfter Lavendelduft umfing mich. Ich sah mich weiter um, und mein Blick fiel auf einen großen Schreibtisch aus dunklem Holz mit einem Stuhl davor. Hinter dem Tisch war eine weitere, kleinere Tür zu erkennen. An der Wand gegenüber der Zimmertür stand eine einzelne Kommode. Ich drehte mich zur Seite, um mir die von riesigen Vorhängen mit rosafarbenen Ornamenten eingerahmten Fenster anzusehen. Langsam setzte ich mich auf und ging barfuß darauf zu. Hier wurde mir endgültig klar, wie weit ich von dem Ort entfernt war, an dem sich mein Leben bislang abgespielt hatte.

Vor dem Fenster befand sich eine sonnige Straße mit fröhlich lärmenden Passanten. Die herausgeputzten, eleganten Gebäude wünschten mir einen guten Morgen, während die kleinen Läden im Erdgeschoss die Fußgänger grüßten, in der Hoffnung, dass sie eintreten und etwas kaufen mochten. Eine Stimme hinter der Tür schreckte mich auf, und ich schlüpfte wieder ins Bett. Rasch deckte ich mich zu, denn ich fürchtete, bestraft zu werden, wenn herauskam, dass ich einfach aufgestanden war. Der knarzende Holzboden verriet mir, dass die Tür jeden Moment aufgehen würde. Ich streckte den Kopf aus den Laken, um zu sehen, wer den Raum betrat. Vielleicht klärte sich dann auf, was um alles in der Welt ich in dieser riesigen Stadt verloren hatte.

Eine große, korpulente Frau trat ein. Sie trug ein langes schwarzes Kleid, das sie vom Kinn bis zu den Knöcheln verhüllte, nur die schwarzen Schnürstiefel lugten darunter hervor. Ärmel und Kragen waren mit feinen Stickereien verziert, die perfekt zu den dunklen Locken passten, die zu einem schlichten Knoten zusammengebunden waren. Ihre Gesichtszüge waren ernst und streng. Der kühle Blick, mit dem sie mich aufforderte, das Bett zu verlassen, erschreckte mich. Sie wirkte wie ein Mensch, der Kinder nicht leiden konnte und ihnen keinerlei Herzenswärme entgegenbrachte.

»Auf, Kleine! Du hast geschlagene zwölf Stunden geschlafen, und in diesem Haus haben Schlafmützen nichts verloren«, sagte die Frau barsch.

Ich gehorchte, ohne zu wissen, wer sie war. Ich erkannte nur die raue Stimme wieder, die mich am Vorabend in Empfang genommen hatte.

»Pilar wird dich von Kopf bis Fuß abschrubben, damit das Ungeziefer verschwindet. Wer weiß, wo du bis jetzt gehaust hast … armes Ding. Dann kommst du runter zu mir ins Foyer. Es gibt einiges zu besprechen.«

Eine zweite Frau, kleiner als sie und mit sanftmütigem Gesicht, erschien in der Tür und begrüßte mich mit einem freundlichen Lächeln. Das musste Pilar sein.

Eingeschüchtert beugte ich mich allen Befehlen der Dame des Hauses, ohne sie zu hinterfragen. Als sie den Raum verlassen hatte, übernahm Pilar die Regie. Sie nahm mich behutsam an der Hand und führte mich zu der Tür hinter dem Schreibtisch. Sie zog mir die Kleider aus und steckte mich in eine riesige Badewanne mit warmem Wasser. Dann wusch sie behände meinen ganzen Körper und mein Haar mit Seife. Ich starrte die ganze Zeit über auf das warme Wasser. Ich konnte mich nicht erinnern, je in einer so großen Badewanne gesessen zu haben, geschweige denn in so sauberem und warmem Wasser. Kurz war ich versucht, einen Schluck von dem herrlichen Nass zu trinken, doch der Seifenschaum ließ mich von dem Gedanken Abstand nehmen.

Nach dem Bad holte Pilar mich aus der Wanne und trocknete mich sanft ab. Danach zog sie mir seidenweiche, saubere Kleider an. Sie kämmte mein langes Haar und steckte einen Teil des Ponys mit einer hübschen Haarspange fest. Sie fasste mich wieder an der Hand und führte mich wortlos durch das Schlafzimmer zur zweiten Tür. Diese ging auf einen Flur hinaus, von dem man ins untere Stockwerk blicken konnte.

»Dort unten ist das Foyer. Geh die Treppe hinunter und warte da auf deine Tante.«

Wie ein hilfloses Tier, das sich verlaufen hat, folgte ich gefügig ihren Anweisungen. Zaghaft bewegte ich mich auf die Treppe aus Nussbaumholz zu und stieg eine Stufe nach der anderen hinunter, die Hand fest am Geländer, das für mich fast zu hoch war. Das Knarzen unter meinen Stiefeln hörte auf, als ich den Parkettboden des Foyers betrat, auf dem ein großer Teppich mit Blumenmuster lag. Ich blieb exakt an der Stelle stehen, die Pilar mir gezeigt hatte, und wartete auf meine Tante. Wer um alles in der Welt war diese Frau?

Verunsichert betrachtete ich die weitläufige Halle. Das riesige Eingangsportal wachte über mich, während ich jeden Winkel des beeindruckenden Raumes inspizierte. An den Wänden hingen Teppiche, auf denen Könige gegen unsichtbare Feinde kämpften. In silbernen und marmornen Töpfen wuchsen exotische Pflanzen aus einer fremden Welt. Palmen nannte man sie wohl. Und zwischen den Wandteppichen befanden sich weitere Türen aus dunklem Holz, die alle fest verschlossen waren.

»Wie ich sehe, hast du dich in ein ansehnliches kleines Mädchen verwandelt«, hörte ich meine Tante mit ihrer rauen Stimme sagen, als sie unerwartet durch die Tür zu meiner Linken trat.

»Ja, Señora«, erwiderte ich ängstlich und beschämt.

»Das ist gut.« Ich glaubte, ein angedeutetes Lächeln zu sehen, aber vielleicht war das auch nur eine Täuschung.

»Verzeihung, Señora, aber wo bin ich hier? Und wo ist mein Vater?«

»Dein Vater ist zu Hause, Elisa. Er hat große Fehler gemacht, und jetzt muss er dafür büßen. Er hat nicht genug Geld, um so ein zartes Geschöpf wie dich zu unterhalten, also habe ich mich in meinem grenzenlosen Mitgefühl dazu durchgerungen, dich bei mir aufzunehmen.«

»Aber … Was ist mit Juan? Und José Luis?«, fragte ich. Ich verstand die Welt nicht mehr.

»Deine Brüder werden ihm helfen. Sie sind Männer und können Schicksalsschläge besser verkraften. Dein Vater braucht fleißige Hände, die Geld nach Hause bringen, keine Sorgenkinder. Und nichts anderes wärst du. Deshalb hat er dich in meine Obhut gegeben. So hat er eine Last weniger«, erklärte sie. »Und mit ein wenig Glück gelingt es mir, aus dir eine anständige junge Frau zu machen, die auf eine gute Partie hoffen kann.«

»Aber …«

»Kind, hör mit dem ständigen ›aber‹ auf. Das Leben ist manchmal kompliziert, und ich erwarte nicht, dass du es jetzt schon verstehst. Irgendwann wirst du begreifen, dass es die richtige Entscheidung war und dass du bei deinem Vater und deinen Brüdern keine Zukunft gehabt hättest. Dort ist kein Platz für ein kleines Mädchen. Es ist an der Zeit, dein altes Leben hinter dir zu lassen.«

Ich hatte das Gefühl zu ersticken, so groß war der Kloß in meinem Hals. Am liebsten hätte ich geweint, aber das durfte ich nicht zulassen. Ihre Worte hallten in mir nach, und mein Widerspruchsgeist verbot mir jeden Anflug von Feigheit.

»Ich will aber nicht hierbleiben! Ich will zurück zu meinem Vater!«, schrie ich.

Ich rannte zum Eingangsportal und versuchte, es zu öffnen. Als die Tür nicht nachgab, konnte ich die Tränen nicht mehr zurückhalten. Ich rüttelte mit aller Kraft, die ein siebenjähriges Mädchen aufbringen kann. Meine Tante beobachtete eine Weile den erbitterten Kampf, der sich nicht nur gegen die Tür richtete, sondern auch in meinem

Inneren tobte. Tränenüberströmt sank ich schließlich vor dem majestätischen Portal zu Boden. Ich weinte mir die Augen aus, aber auf Trost hoffte ich vergebens.

»Du kannst heulen und toben, wie du willst, das ändert nichts. Du bleibst hier.«

Die Worte, die mich wachrütteln sollten, drangen wie von fern zu mir, während ich mich weiter an die Illusion einer Flucht klammerte. Ich verbrachte den ganzen Tag an der Tür, weil ich glaubte, irgendwann würde meine Tante sich meiner erbarmen und mich gehen lassen. Doch weit gefehlt. Ich sah die schwarz gekleideten Zofen mit Häubchen kommen und gehen und empfing den Milchmann und den Briefträger, die mich verwundert ansahen, während ich sie mit Tränen in den Augen anflehte, mich in ihren Wagen nach Hause zu bringen. Später kam eine Freundin meiner Tante zu Besuch und machte sich zu allem Überfluss auch noch über mich lustig.

Immer wieder musste ich an mein Zuhause denken, an das einfache Haus ohne großen Komfort, das früher einmal etwas hergemacht hatte, und erneut kamen mir die Tränen. Weiße und rötlich braune Häuser hatten die Straßen gesäumt, in denen ich Tag für Tag gespielt hatte. Ich dachte an Juan, der immer für José Luis und mich gesorgt hatte. An das Tal und die goldenen Felder der Extremadura. An den Geruch der Pferde, ihr Schnauben und Wiehern. An den warmen Sommerwind und unsere Spiele in der Sonne. Vater tauchte in meinen Gedanken auf, wie immer mit Bart, Baskenmütze und einem Lächeln auf dem Gesicht. Wut und Trauer tobten in mir, bis ich irgendwann auf dem schönen Teppich einschlief.

Am nächsten Tag ging das Spiel von vorne los. Pilar holte mich aus dem Bett, in dem ich mich versteckt hatte und darauf wartete, dass Juan durch die Tür trat. Ich stellte mir vor, er käme in der Rüstung, die Vater ihm letzten Sommer aus Blechabfällen gebastelt hatte, die wir am Fluss gefunden hatten. Und mit dem riesigen Stecken aus den Feldern von Señor Ramírez als Lanze. Er würde durch die Eingangshalle schreiten, größer und heldenhafter als die Kämpfer, die ihn von den Wandteppichen aus verblüfft beobachteten, und mich nach Hause holen.

In den ersten traurigen Nächten im Haus meiner Tante ließ ich Revue passieren, was den Tag über geschehen war. Es war immer derselbe Ablauf: Pilar wusch mich, kleidete mich an und brachte mich ins Foyer. Dort wartete ich auf meine Tante, die mich jeden Morgen fragte, ob ich diesmal die Absicht hätte, etwas zu sagen. Mein anmaßendes Schweigen veranlasste sie, mich unverzüglich wieder auf mein Zimmer zu schicken, denn für ungezogene Mädchen gebe es in ihrem Haus keinen Platz und auch kein Essen.

In den ersten Wochen bekam ich täglich nur ein Stück Brot und ein Glas Milch. Das machte mir wenig aus, denn ich konnte mich nicht erinnern, je in meinem Leben üppig gespeist zu haben. Die Armut, in der ich aufgewachsen war, hatte mir die Kraft verliehen, im Kampf gegen meinen neuen Vormund nicht klein beizugeben.

Als der Frühling im Garten eingekehrt war und sich ein heißer Sommer ankündigte, gab meine Tante endlich nach und erlaubte Pilar, ein Gedeck im kleinen Salon für mich aufzulegen. Hier wurden das Frühstück oder auch Eintöpfe, Obst und frisches Brot serviert. Der Gnadenakt war mehr ihrer moralischen Haltung und der Absicht geschuldet, mich am Leben zu erhalten, als dass ihr kaltes Herz tatsächlich weich geworden wäre. Ich sprach weiterhin kein Wort. Insgeheim wartete ich Tag für Tag darauf, dass mein Vater und meine Brüder mich abholen würden. Das behielt ich jedoch für mich, aus Angst, mein Wunsch könnte sich in Luft auflösen.

***

An einem Nachmittag im Juli, während ich von meinem riesigen Bett aus die glatte weiße Decke meines Zimmers anstarrte, hörte ich auf einmal Gelächter. Neugierig geworden, spitzte ich die Ohren und stellte fest, dass es von draußen kam. Ich war es leid, alle Ecken meines Zimmers zu inspizieren und mir vorzustellen, die Möbel würden mein Leid verstehen und nachts lebendig werden, also ging ich zum Fenster und sah hinaus. Auf der Straße spielten Kinder. Die Sonne schien, sie hielten sich an den Händen und drehten sich singend im Kreis. Ich sang die fröhliche Melodie leise mit.

»Wenn du willst, kannst du hinuntergehen und mit ihnen spielen.« Meine Tante war unbemerkt ins Zimmer gekommen. »Es sind Kinder aus der Nachbarschaft. Sie freuen sich bestimmt, eine neue Gefährtin zu haben, mit der sie Verstecken oder Ball spielen oder Seil springen können.«

»Seil springen?«, fragte ich erstaunt.

»Ja, das macht großen Spaß. Ich sage ihnen, sie sollen es dir zeigen.«

Ich nickte.

»Elisa«, sagte sie und kam vorsichtig auf mich zu. »Ich weiß, wie sehr du deinen Vater und deine Brüder vermisst, aber sie können dich nicht unterstützen, und deswegen haben sie dich nach Madrid geschickt. Hier kannst du mit anderen Kindern spielen, schöne Kleider tragen, nähen und sogar lesen lernen. Du kannst dich jeden Tag satt essen. Und wenn du groß bist, wirst du eine eigene Familie haben und mit deinem Mann auf Reisen gehen, damit aus dir eine weltgewandte Frau wird. Aber wenn ich dir helfen soll, musst du mit mir sprechen.«

Ich zögerte einen Moment. Mein Blick blieb an den Kindern hängen, die fröhlich auf der Straße spielten. Und da begriff ich endlich, dass in der eintönigen Abfolge von Tagen niemand kommen würde, um mich abzuholen. In dem Moment, in dem ich die Hoffnung auf Heimkehr aufgab, begann ich zu akzeptieren, dass ich ein neues Zuhause hatte, auch wenn mir der Gedanke widerstrebte. Mein Sinneswandel zeigte sich darin, dass ich wenige Tage nach der Unterredung mein trotziges Schweigen brach und nicht länger so tat, als könnte ich nicht sprechen.

Pilar drückte mich an sich, als ein unerwartetes »Danke« über meine Lippen kam.

Es war nicht leicht, mich an die neue Umgebung zu gewöhnen, in der Körperpflege, sorgfältiges Frisieren und feste Regeln zum täglichen Pflichtprogramm gehörten. Ohne Pilar, die mich bei meinen ersten Schritten anleitete, hätte ich das nicht geschafft. Die endlos langen Stunden in dem Haus mit den geheimnisvollen Türen stachelten meine Fantasie an, und ich fragte mich, was sich wohl hinter ihnen verbarg.

Jeden Morgen um Punkt neun kam meine Tante aus der Tür neben dem Eingangsportal, und wir gingen aufs Neue die Hausregeln durch: »Dieser Raum darf nicht betreten werden, und schon gar nicht, wenn ich nicht anwesend bin. Und das gilt erst recht für den Donnerstagabend, klar? Unter keinen Umständen darfst du das Souterrain betreten, dort sind die Zimmer der Dienstboten, das ist kein Ort für eine Señorita. Oben darfst du nur deine Gemächer betreten, meine sind verboten. Habe ich mich klar ausgedrückt?«

Manuela Montero gehörte nicht zu den Frauen, die etwas dem Zufall überließen. Mein Einzug in ihre dreistöckige Villa hatte sie dazu veranlasst, Regeln aufzustellen, wo es noch nie welche gegeben hatte. Allein die Vorstellung, ich könnte mich in ihre Angelegenheiten einmischen, ihre Ruhe und Privatsphäre stören, brachte sie in Aufruhr. Dass es noch andere Gründe für die strengen Regeln gab, sollte ich erst sehr viel später erfahren.

Im Haus herrschte eine gedrückte Stimmung, die auf den frühen Tod des Ehemanns meiner Tante zurückzuführen war. Roberto Ribadesella war vor zehn Jahren im Kubakrieg gefallen, zu dem er sich freiwillig gemeldet hatte. Meine Tante war mit gerade mal fünfundzwanzig Jahren Witwe geworden und hatte alles geerbt, darunter mehrere Parzellen, auf denen später das schicke Stadtviertel Salamanca mit seinen prachtvollen Boulevards entstand, wo sich auch das Palais befand. Meine Tante war nach dem Tod ihres Mannes nicht in Trübsal verfallen, sie hatte sich stattdessen mit einem undurchdringlichen Schutzpanzer umgeben.

Sie hatte weiß Gott kein leichtes Leben gehabt. Mit neun Jahren hatte man sie auf ein Mädcheninternat in Sevilla geschickt, wo Strenge der Grundpfeiler der Erziehung war. Mit fünfzehn war sie als junge Frau nach Badajoz zurückgekehrt, und ihr Vater hatte bereits entschieden, sie mit einem bedeutenden Händler aus einer reichen Madrider Familie zu verloben, dem deutlich älteren Roberto Ribadesella. Einen Monat später hatten sie geheiratet und waren in ihr neues Heim gezogen, das Palais in der Calle Villanueva 20 in Madrid, das Ribadesellas Vater 1865 hatte erbauen lassen und dem Paar zur Hochzeit schenkte. Das Viertel Salamanca war Mitte des 19. Jahrhunderts entstanden und wuchs noch stetig weiter. Dass durch die Reformen von Ministerpräsident Evaristo Pérez de Castro die Bodenpreise neu bewertet wurden, kam für die bereits gut betuchten Ribadesellas völlig überraschend.

Zweifellos zählte das Palais zu den schönsten Häusern in der Straße. Die Gebäude in Nummer 16 und 18 waren von der Architektur her ähnlich, deshalb gingen sie als »die Drillinge« in die Geschichte ein. Doch das Haus meiner Tante oder das »Palais Ribadesella«, wie es die Leute im Viertel nannten, bestach vor allem durch die üppigen Jasminranken am Zaun, der das Grundstück von der Straße abschirmte. Die Blüten erfüllten die Straße mit ihrem betörenden Duft und ernteten die Komplimente der Passanten, die regelmäßig stehen blieben, um sich daran zu erfreuen. Hinter dem schmiedeeisernen Zaun, dessen Verzierungen an korinthische Kapitelle erinnerten, befand sich ein kleiner Garten mit Rosenbüschen, Margeriten und Lilien.

Der Haupteingang der Villa war aus dunklem Nussbaumholz. Die großzügige Eingangshalle gab einen Einblick, was den Besucher im Haus erwartete. Unten im Souterrain, das für mich verboten war, befanden sich die Dienstbotenzimmer von Pilar und Severiano, dem Hausdiener, sowie die Zimmer der Zofen, der Wasch- und Bügelraum und der Weinkeller. Im Parterre befanden sich der Besuchersalon, der kleine Salon, das Arbeitszimmer, die Küche und der verbotene Raum. Oben das Esszimmer und die Schlafgemächer mit Waschtischen und Toiletten, eine moderne Erfindung, die meine Tante in den letzten Jahren nachträglich hatte einbauen lassen. Und natürlich die Bibliothek, für die ich mir mit der Zeit ein Aufenthaltsrecht erwarb. Von den wenigen Fenstern aus, die nicht mit Bücherregalen zugestellt waren, hatte man einen wunderbaren Blick in den hinteren Garten, wo eine kleine Schaukel einsam darauf wartete, dass ein Kind sich darin in die Lüfte emporschwang. Daneben wachte eine mächtige Eiche über das elegante Anwesen, das im Jahr 1908 eine wahre Oase im Moloch der Großstadt war.

»Zieh die Jacke an, Kind. Heute gehen wir zur Schneiderin. Du brauchst unbedingt neue Sachen, aus dem Kleid bist du rausgewachsen. Und vergiss nicht den Strohhut, den ich dir gekauft habe. Ein anständiges Mädchen geht nie ohne Hut aus dem Haus.«

Meine Tante kommandierte mich ständig herum. Ich bestieg die Kutsche, die mich vor zwei Monaten vor dem Haus abgesetzt hatte. Der feuchte Geruch war verschwunden, sie stand schwarz und stattlich da. Ein kleiner Mann mit grauem Haar hielt mir die Tür auf. Es war Santiago, der Kutscher.

»Hü!«, trieb er die Pferde an, kaum dass wir Platz genommen hatten.

Wir fuhren durch die Calle Villanueva zum Paseo de Recoletos, der kurz darauf in den Paseo del Prado überging. Durch das Fenster der Kutsche beobachtete ich die Leute auf dem riesigen Boulevard. Eine Gruppe von Straßenkehrern in schwarzer Uniform reinigte den Boden. Männer debattierten laut, und plötzlich hupte neben uns eines der wenigen Autos, die auf den Straßen unterwegs waren. Der unermüdliche Trab der langmütigen Pferde führte uns durch die Straßen zur Puerta del Sol, vorbei an der Fuente de Neptuno und den imposanten bronzenen Löwen, die den Eingang des Palacio de las Cortes bewachten.

Es war das erste Mal, dass ich die Puerta del Sol sah. Ein riesiger Platz, wo das Leben pulsierte und das Geräusch der Straßenbahnen sich mit dem Stimmengewirr der Passanten vermischte. Eine Frau verkaufte Wasserkrüge, ein Mann Hühner. Alte Männer saßen am Rande des bewegten Treibens und lasen Zeitung. Wir überquerten den Platz mit seinen herrschaftlichen Gebäuden und fuhren die Calle de Carretas hinauf, vorbei am Café Pombo. Auf der Plazuela de la Aduana Vieja bogen wir Richtung Santa Cruz ab, wo wir aus der Kutsche stiegen. Meine Tante fasste mich an der Hand, zog mich hinter sich her zu einem Haus und klingelte. Wir betraten den kalten, dunklen Eingangsbereich und stiegen die Holztreppe hinauf bis zu einem Absatz. Meine Tante klopfte zweimal an eine

Tür. Eine elegante Frau öffnete und begrüßte uns überschwänglich.

»Señora Montero! Schön, Sie mal wieder zu sehen! Was führt Sie zu mir? Treten Sie doch bitte ein.«

»Guten Tag, Doña Alicia«, sagte meine Tante.

Wir wurden in einen Salon geführt, der mit exquisiten Wandbehängen, Teppichen, Konsolen mit prächtigen Kerzenleuchtern und Öllampen dekoriert war.

»Nehmen Sie doch bitte Platz.«

»Machen Sie sich keine Umstände, wir sind in Eile. Das ist meine Nichte Elisa. Sie ist vor Kurzem in die Stadt gezogen und braucht ein paar ordentliche Kleider. Ich möchte, dass Sie ihr fünf zum Ausgehen, zwei Nachthemden und drei Sonntagskleider schneidern.«

»Selbstverständlich.«

»Wenn Sie mich entschuldigen würden, ich habe noch etwas zu erledigen. Ich bin in zwei Stunden wieder da. Reicht das, um Maß zu nehmen?«

»Natürlich, Señora Montero. Aber wollen Sie sich denn nicht die Stoffe ansehen, um für das Mädchen etwas auszuwählen?«

»Ich verlasse mich da ganz auf Ihren Geschmack, Doña Alicia. Seit Jahren sehe ich nichts anderes als Schwarz an mir. Um sechs bin ich wieder da.« Sie sah mich streng an. »Benimm dich.«

Ich nickte ergeben, wie so oft. Als meine Tante gegangen war, nahm Doña Alicia mich näher in Augenschein.

»Magst du Blau?« Offenbar wollte sie mich in die Entscheidung einbinden.

»Ja«, erwiderte ich.

»Ausgezeichnet. Das wird dir gut zu Gesicht stehen, Kleine. Dolores! Mari Paz!« Zwei junge Frauen kamen aus der Werkstatt geschossen. »Wir haben eine besondere Kundin. Das ist Elisa. Holt mir das beigefarbene Leinen, den Wollstoff und die blaue Gaze. Und bringt etwas von dem rosafarbenen Voile mit.« Sie drehte sich um und sah mich an. »Du wirst fantastisch aussehen, Kind. Wir haben hier sogar Kleider für Königin Victoria Eugenia höchstpersönlich gefertigt.«

Das Anlegen des Maßbandes und das Zuschneiden der Stoffe, das Niederschreiben der Zahlen, die Drehungen und sanften Befehle, um mich genau zu vermessen, erinnerten an einen Tanz. Die Frauen lächelten mir aufmunternd zu.

Eines der neuen Kleider konnte ich einweihen, als meine Tante mich an einem Sonntag zum ersten Mal mit in die Messe in der Iglesia de San José nahm. Dort fanden sich die Gläubigen ein, um bei Padre Cristóbal die Beichte abzulegen oder um für die Gesundheit und das Wohlergehen ihrer Familie zu beten. Und am Rande der eigentlichen Messfeier gab es noch die Grüppchen, die zusammenfanden, sobald das letzte Amen verklungen war und die Gerüche der Stadt den Duft von Wachs und Weihrauch verdrängten. Bei der Gelegenheit lernte ich die Familie Salamanca-Trillo kennen.

Tomás Salamanca-Trillo und seine Gattin María Elena waren ein mustergültiges Ehepaar und die ältesten Freunde meiner Tante. Auch sie besaßen Grundstücke und hatten von der Erweiterung der Stadtviertel im vergangenen Jahrhundert profitiert, doch ihre wahre Glanzleistung war die Schuhfabrik. Es hieß, sie stellten die modernsten und qualitativ hochwertigsten Schuhe in ganz Kastilien her. Tomás Salamanca-Trillo hatte tiefschwarzes Haar und einen dichten, immer fein gestutzten Schnurrbart. Seine Gattin María Elena war schlank, hatte helles Haar, und ihr knochiges Gesicht entsprach nicht gerade dem Schönheitsideal. Zur Familie gehörten noch die Kinder Candela und Tomás José, die nur wenig älter waren als ich. Ich war fasziniert von Candela mit ihrem hellen Haar, das sie von ihrer Mutter geerbt hatte, aber Tomás José war ein Lausbub, wie er im Buche steht. Ich hatte regelrecht Angst vor ihm und seinen Streichen und habe mich lange Zeit nicht getraut, mit ihm zu sprechen.

María Elena und meine Tante hatten entschieden, dass Candela und ich unbedingt Freundinnen werden sollten. Es dauerte etwas, bis wir uns aneinander gewöhnt hatten – allein die Art, wie wir sprachen, war schon unterschiedlich, man merkte immer noch, dass ich aus der Provinz kam –, aber irgendwann war die Hürde genommen. Montagnachmittags besuchten wir sie, und mittwochs kamen sie zu uns zum Mittagessen. Dann herrschte im Haus Gekreische und Gelächter, weil Tomás José immer irgendeinen Unfug machte. Candela hatte jedes Mal ihre Puppe dabei. Ihr Name war Ernestina. Sie hatte ein hübsches Porzellangesicht und trug ein weißes Kleid. Wir kämmten sie und setzten sie in die Schaukel im hinteren Garten. Wir spielten gern Verstecken. Tomás José drohte uns dann immer an, uns im Schrank einzuschließen und den Schlüssel wegzuwerfen.

Nach ein paar Monaten kaufte meine Tante mir auch eine Puppe, damit ich mich nicht zurückgesetzt fühlte. Als ich Paquita zum ersten Mal auf dem Bett liegen sah, konnte ich mein Glück kaum fassen. Eine eigene Puppe! Ich presste sie an mich und schwor mir, gut auf sie aufzupassen.

Als das trockene Herbstlaub die Bürgersteige mit einem knisternden Teppich überzog, erhielt ich meinen ersten Unterricht. Beim Nähen zerstach ich mir die Finger. Dann hatte ich meine erste Klavierstunde bei Señorita Rebeca. Und immer und überall verfolgte mich die harte Schule des guten Benehmens: »Die Ellbogen vom Tisch.« – »Du kannst dich nicht einfach von mir losreißen, wenn wir spazieren gehen.« – »Wenn du es zu etwas bringen willst, musst du dich korrekt ausdrücken und jedes Wort sauber artikulieren, Kind.« – »Die Wahrheit wird überschätzt.« – »Behaupte vor den anderen, dass dein Vater wichtige Geschäfte in Extremadura macht. Im Leben muss man mit der Wahrheit jonglieren, damit niemand mit dem Finger auf dich zeigt, merk dir das.«

Und so verflog die Zeit, ohne dass ich es merkte.

***

In meinem ersten Jahr im Palais Ribadesella versuchte ich, mir alle Verbote einzuprägen, die mein Leben seit meiner Ankunft bestimmten. Ich musste sie jeden Tag um neun Uhr beim morgendlichen Rapport vor meiner Tante herunterbeten. Den meisten beugte ich mich in der Überzeugung, dass das Sammelsurium an Vorschriften mein neues Vaterunser war. Doch ein Verbot weckte meine Neugier: Was geschah jeden Donnerstag in jenem Salon, den ich unter keinen Umständen betreten durfte? Ich war ein stilles Kind, eine stumme Beobachterin, aber mein Geist arbeitete rasend schnell. Ich stellte abstruse Mutmaßungen über ein verborgenes Leben meiner Tante an, voller Ungeheuer, Hexen und Geheimnisse. Mit Letzterem lag ich gar nicht so falsch.

Ich entwickelte die Angewohnheit, während des Essens jede noch so kleine Geste meiner Tante aufmerksam zu beobachten. Wie sie die Lende verspeiste, den Spargel, wie sie an dem süßen Wein nippte, mir entging nichts. Ich betrachtete wortlos, wie sie eine der fünf Zeitungen auswählte, eine bunte Mischung, die Pilar jeden Morgen besorgen musste: *La Correspondencia de España*, *Heraldo de Madrid*, *ABC*, *El Liberal* und *El Imparcial*.

Meine Tante hatte mir inzwischen das Lesen beigebracht, aber es kostete mich noch große Mühe. Doch ich ließ mich nicht entmutigen und versuchte, die Worte auf der Titelseite zu entziffern. *Freitag, 2. Juni 1909. Heraldo de Madrid*, las ich lautlos. Ich fragte mich, was an diesem bedruckten Papierbogen so interessant war. Meine Tante bemerkte mein Interesse, überlegte kurz und reichte mir dann eine der Zeitungen, damit ich es ihr gleichtun konnte.

Ich nickte freudig, für mich war es die Gelegenheit, meine Nachforschungen voranzutreiben. Damals wussten weder sie noch ich, wohin das führen würde. Wie in vielen anderen Sachen war meine Tante auch in dem Punkt unberechenbar. Sie war die perfekte Verkörperung einer Doppelmoral: Einerseits durfte ich nicht länger als eine Stunde mit den anderen Kindern auf der Straße spielen – was mir viele einsame Stunden bescherte –, andererseits durfte ich Zeitungen lesen, hinter deren gedruckten Buchstaben sich Hass, Leidenschaft, Bosheit, perverse Geschichten und verletzende Wahrheiten verbargen. Heute denke ich, dass sie oft nicht das rechte Maß fand, was sie mir erlauben sollte und was nicht, aber dass gerade diese kleinen Freiheiten für mich wie die Luft zum Atmen waren.

Der kleine Salon war ein bescheidener, nüchtern gehaltener Raum, kein Vergleich zu dem überbordenden Luxus der Eingangshalle. Dort verbrachte ich regelmäßig Zeit mit meiner Tante, vor allem mit den Lektüreübungen, bei denen ich Fragmente aus bekannten Werken von Francisco de Quevedo, Gustavo Adolfo Bécquer oder Benito Pérez Galdós auswendig deklamieren musste. Natürlich verstand ich nicht mal die Hälfte von dem, was die berühmten Schriftsteller geschrieben hatten, aber es war eine gute Übung, auch wenn ich dabei außer meiner Tante kein Publikum hatte.

Eines Nachmittags hatte ich die Ehre, für mich allein lesen zu dürfen, ohne Zuhörer und ganz ohne Kritik. Auf der dritten Seite der Ausgabe von *ABC* las ich: *Im politischen Kampf hat sich das spanische Volk jahrelang aufgerieben …*

Ich verbrachte viel Zeit damit, über die Geheimnisse meiner Tante nachzugrübeln, aber das war nicht meine einzige Beschäftigung. So half ich Pilar beim Plätzchenbacken und amüsierte mich königlich, wenn sie sich mit Severiano wieder mal einen verbalen Schlagabtausch lieferte. Der Hausdiener war wortkarg und meistens schlecht gelaunt, aber mir schenkte er eine Zuneigung, die er ein Leben lang aufgespart zu haben schien.

Eine seiner Schimpftiraden war auch der Grund dafür, dass ich mitten in der Nacht am Fuß der Treppe stand. Nach mehreren erfolglosen Versuchen, meinen Plan in die Tat umzusetzen, hatte ich beschlossen, die eine oder andere Regel zu übertreten. Ich schlich in die Küche, wo die martialischen Wandteppiche aus der Eingangshalle mir keine Angst mehr einjagen konnten. Meine Tante war nicht zu Hause, und Pilar, Severiano und die Zofen schliefen bereits. Das kam mir sehr entgegen, denn ich wollte überprüfen, ob ihre Lobeshymnen auf die köstlichen Biskuits aus der Confiserie von Doña Mariquita berechtigt waren. Severiano hatte nämlich behauptet, Pilar würde heimlich eine Schachtel mit den Süßigkeiten im vierten Regal der Speisekammer aufbewahren, direkt hinter den Kichererbsen.

»Woher wissen Sie das? Sie haben doch nicht etwa davon genascht? Die habe ich von meinem sauer verdienten Geld bezahlt. Wagen Sie es ja nicht, auch nur ein winziges Stück davon zu nehmen, oder es wird Sie teuer zu stehen kommen«, hatte die gute alte Pilar geschimpft. Sie konnte ja nicht wissen, dass die künftige Diebin gerade mit Unschuldsmiene den Plätzchenteig rührte. Anfangs hatten mich solche Dinge nicht interessiert, doch mit der Zeit hatten Einsamkeit und Langweile meine Moral zermürbt und Gelüste nach Süßem in mir geweckt.

Also ging ich zur Speisekammer. Der Boden unter meinen nackten Füßen war eiskalt. Ich schob das Glas mit den Kichererbsen beiseite und fand die Schachtel. Vorsichtig öffnete ich sie und entnahm ihr ein kleines Stück Biskuit. In dem Moment hörte ich ein Geräusch. Ich erschrak und sah mich um. Nichts. Die Küche lag nach wie vor im Dunkeln, ich war bei meiner Schandtat nicht ertappt worden. Der Lärm kam von draußen, vom Eingang her. Ich versuchte, möglichst geräuschlos zu kauen. Von fern hörte ich Stimmen, die offenbar stritten.

»Nun gehen Sie doch rein. Ich hoffe, es hat uns niemand gesehen«, sagte eine mir unbekannte Frauenstimme.

»Sie sollten doch nur herkommen, wenn es sich nicht vermeiden lässt.« Das war eindeutig die zornige Stimme meiner Tante.

Eine weitere Tür wurde geschlossen. Ich vergaß die Süßigkeiten und drückte mich dicht an die Wand. Ja, die Stimmen kamen aus dem verbotenen Raum. Und ich konnte genau verstehen, was sie sagten. Ich bückte mich, suchte nach des Rätsels Lösung – und wurde fündig: eine goldglänzende Klappe zwischen dem Boden und dem ersten Regalbrett. Ich legte mich auf die Terrakotta-Fliesen, ohne mir Gedanken zu machen, dass jeden Moment jemand hereinkommen könnte. Ich robbte weiter vor und öffnete vorsichtig die Metallklappe. Am Boden ausgestreckt sah ich zum ersten Mal den verbotenen Raum. Überall an den Wänden standen Regale mit Büchern und altem Zierrat. In der Mitte, mit Blick auf den hinteren Garten, befand sich ein prächtiger Schreibtisch voller Papiere, auf dem eine abgenutzte alte Schreibmaschine stand. Der Streit meiner Tante mit der unbekannten Frau riss mich aus meinen Beobachtungen.

»Ich lasse nicht zu, dass Sie einfach so vor meinem Haus auftauchen und mich unter Druck setzen«, sagte meine Tante.

»Hören Sie, Sie müssen mir unbedingt diesen einen Gefallen tun!«

»Señora Casals, darf ich Sie daran erinnern, dass die Tatsache, dass Ihr Gatte und mein verstorbener Mann Freunde waren, uns nicht zwingend zu Verbündeten macht. Warum sollte ich Ihnen helfen?«

»Weil Sie die einzige Frau in Madrid sind, die das tun würde, ohne mich zu verurteilen und ohne mehr Fragen zu stellen als nötig. Wir wissen alle, dass Sie nicht die verhärmte, kaltherzige Witwe sind, die Sie vorgeben zu sein. Und Sie wissen, dass das Leben nicht nur schwarz oder weiß ist. Erst recht nicht, wenn man den Informationen Glauben schenkt, die in diesen Tagen in Madrid wie ein Lauffeuer umgehen … Vergessen Sie nicht, ich könnte jederzeit erzählen, was ich gesehen habe.«

»Schweigen Sie, Doña Eulalia, ich bitte Sie!«

Ich sah, wie meine Tante nachdachte. Sie blickte aus dem Fenster, als wartete sie auf ein Zeichen, das ihr sagte, wie sie reagieren sollte. Erschrocken fragte ich mich, was das für Gerüchte waren, die angeblich in der Stadt kursierten.

»Schon gut. Ich mach's. Aber nur, weil ich glaube, dass Sie sehr verzweifelt sein müssen, wenn Sie mir derart drohen.«

»Sie wird es Ihnen danken, wirklich«, erwiderte Doña

Eulalia mit glänzenden Augen. »Ich werde mich mit Ihnen in Verbindung setzen und Ihnen mitteilen, was zu tun ist.«

»Eine Sache noch: Mit Banditen und Terroristen will ich nichts zu tun haben, verstanden? Wenn Sie sich nicht daran halten, werde ich dafür sorgen, dass Ihr Mann als Botschafter nach Timbuktu versetzt wird. Ich bin nicht die Einzige in der Stadt, die Geheimnisse hat.«

Die andere Frau nickte rasch, getrieben von ihrer Not und der Angst, meine Tante könne ihre Meinung in letzter Sekunde noch ändern. Doch das tat sie nicht. Missmutig geleitete sie die Besucherin zur Tür, und ich nutzte den Moment, um wie der Blitz die Treppe hinaufzurennen und in meinem Zimmer zu verschwinden. Ich schlüpfte unter die Laken und betete inständig, meine Tante möge mich nicht gesehen haben. Das war mir wichtiger, als wegen des gestohlenen Biskuits Abbitte zu leisten. Würde Gott sich angesichts der Geheimisse und Verschwörungen, die sich um Manuela Montero rankten, mit solch einem Detail beschäftigen?

***

Für Elise war mein Lieblingsstück in der donnerstäglichen Klavierstunde bei Señorita Rebeca. Sie erklärte mir, Beethoven habe es für eine Frau komponiert, deren Identität unbekannt sei. Aus diesem Grund könnten sich alle Elisas von den harmonischen Klängen angesprochen fühlen.

Mein Haar bildete inzwischen rebellische Locken, die in einem Zopf gebändigt wurden, und mein Teint war im letzten Jahr heller geworden. »Das macht die Stadtluft, mein Kind, sie bekommt dir gut«, pflegte meine Tante zu sagen.

Nach den Hausaufgaben ging ich zum Spielen zu Macarena, Diego, Beatriz, Paloma und Guillermo hinaus auf die Straße. Die Sommerhitze hinderte uns nicht daran, uns eine Weile mit Hüpfspielen zu vergnügen, bis Pilar nach mir rief und die Türen des Hauses sich wieder schlossen. An diesem Tag machte mir die unfreiwillige Rückkehr in die Einsamkeit nichts aus. Meine Leidenschaft für das Detektivspiel war wieder erwacht, als mir klar wurde, was für ein Tag war. Der 29. Juli, ja. Aber es war vor allem Donnerstag, und nach meiner zufälligen Entdeckung Anfang der Woche wollte ich mir die Gelegenheit nicht entgehen lassen herauszufinden, was meine Tante in dem für mich verbotenen Zimmer trieb.

Am Abend kämpfte ich mit aller Macht gegen die Müdigkeit an. Im Haus hörte man diverse Stimmen. Ich schob die Laken beiseite und sprang aus dem Bett. Ich konnte es kaum erwarten, mir ein weiteres Mal zu beweisen, dass ich die strengen Hausregeln straflos überschreiten konnte. Ich nahm die Kerze, die Pilar jeden Abend auf die Kommode stellte, um die nächtlichen Ungeheuer zu vertreiben, und ging die fünfundzwanzig Stufen hinunter. Die Stimmen kamen näher. Als ich die Eingangshalle erreichte, ging unvermittelt die Tür zum Arbeitszimmer meiner Tante auf, und sie kam mit resoluten Schritten heraus. Ich flüchtete in die Küche.

Dort rührte ich mich erst mal nicht vom Fleck, aber dann wurde die Eingangstür geöffnet, und meine Tante begrüßte jemanden. Ich riskierte einen Blick. Es war ein

Mann mit spitzem Kinn und zurückgekämmtem Haar. Sie verschwanden in dem verbotenen Zimmer. Ich beschloss, meinen sicheren Posten zu verlassen und in die Speisekammer zu gehen. Es sah alles genauso aus wie beim letzten Mal. Ich bückte mich und öffnete leise die Klappe. Es war kein Traum gewesen! Wie auf einer Bühne konnte ich sehen, was sich auf der anderen Seite abspielte. Ich schob mich ganz nah heran, um einen möglichst guten Überblick über den Raum und die Anwesenden zu haben.

Es waren mehrere Männer da und nur drei Frauen, meine Tante eingeschlossen. Sie unterhielten sich angeregt. Einer, etwas rundlich und sympathisch, machte ständig witzige Bemerkungen, was die anderen aber nicht zu stören schien. Sie lobten sein Talent für Reime. Dann ergriff ein anderer mit dichtem Schnurrbart und gewelltem Haar das Wort und legte, deutlich ernster, Argumente dar, die auf großes Interesse stießen. Jemand, den ich nicht sehen konnte, warf etwas ein. Erst als er näher kam, erkannte ich ihn: Es war Don Tomás!

Ich sah genauer hin. Da war der Mann mit dem länglichen Gesicht, der vorhin eingetroffen war. Neben ihm saß der mit dem dichten Schnurrbart und dem gewellten Haar. Ganz in der Nähe entdeckte ich zwei Männer mit schmalen Schnurrbärten, die sich sehr ähnlich sahen und offensichtlich verwandt waren. Dann kam der sympathische Mann mit dem runden Gesicht, und neben ihm saß eine liebenswürdige, korpulente Frau, deren Lachen von Abenteuer und Lebenserfahrung kündete. Vom ersten Moment an war ich von ihr fasziniert, Jahre später sollte mir klar werden, warum. Weiter hinten saßen noch eine weitere ausgesprochen elegante Frau mit rotem Haar und weiß blitzenden Zähnen und ein reich aussehender Mann mit silbergrauem Haar. Der letzte Gast hatte in einem der Sessel Platz genommen. Er trug eine Brille und hatte einen Akzent, der mir bestens vertraut war: Er kam aus dem Süden.

Bei der Diskussion ging es hoch her. Sie lachten und ölten ihre Kehlen mit einer mir damals noch unbekannten Flüssigkeit. Ich blieb bis zum Ende. Fragen trieben mich um: Was waren das für Leute? Was machten sie dort? Warum fanden die Gespräche spätabends und heimlich statt?

Als meine Tante den letzten Gast verabschiedet hatte, huschte ich zurück ins Bett. Ich schlüpfte zwischen die Laken und schlief ein, während in meinem Kopf viele neue Worte herumschwirrten: Bildung, Freiheit, Lyrik, Westgoten, Modernität …

***

Nach einer ruhigen Woche, in der ich das Bett nur einmal unerlaubt verlassen hatte, um herauszufinden, was die Erwachsenen donnerstags im Arbeitszimmer meiner Tante trieben, stieg die Spannung weiter. Ich schlief friedlich, eingehüllt von zartem Lavendelduft, und träumte von Juan, José Luis und einem Springseil, als mich lauter Krach wieder in mein Zimmer in Madrid zurückholte. Es donnerte, und vom Sturm gepeitschte Regentropfen prasselten gegen das Fenster.

»Bringt ihn herein! Bringt ihn herein!«, rief meine Tante.

Das Geräusch des durch die offen stehende Eingangstür noch lauter tosenden Sturms ließ mich aus dem Bett springen und zur Treppe rennen. Von dort hatte ich alles im Blick. Ich hielt mich an den Streben des Geländers fest und sah, wie meine Tante, Severiano, Pilar, Santiago, ein Mann mit weißem Haar und die Frau, die meine Tante kürzlich besucht hatte, zwei Schirme und eine Trage hielten. Ich kniff die Augen zusammen, um besser sehen zu können, was da vor sich ging.

»Die Wunde ist aufgegangen«, sagte die unbekannte Frau.

»Dort entlang, die Treppe hinunter. Wir bringen ihn ins Souterrain«, befahl meine Tante.

Auf der Trage lag eine kleine Gestalt, kaum größer als ich. Man sah Blut, und der Verletzte stöhnte vor Schmerzen.

»Der arme Junge …«, klagte Pilar, die immer sehr mitfühlend war.

»Severiano, rufen Sie Doktor Rueda«, wies meine Tante den Hausdiener an.

Dann verschwanden sie im Souterrain. Ich blieb noch eine Weile an der Treppe stehen, aber es war nichts mehr zu hören. Enttäuscht kehrte ich in mein Zimmer zurück. Ich hätte zu gern gewusst, was sich zwei Stockwerke tiefer abspielte.

Am nächsten Morgen verhielt sich Pilar, als wäre nichts gewesen. Doch sie wirkte irgendwie erschöpft, müde. Sie ließ mich zehn Minuten in der Badewanne sitzen und schrubbte fünf Minuten lang denselben Arm mit Seife.

Aber ich beklagte mich nicht, ließ alles über mich ergehen. Später, beim Frühstück, starrte sie ununterbrochen nach draußen, bis ich meine Milch ausgetrunken hatte. Um Punkt neun brachte sie mich in die Eingangshalle. Ich blieb still sitzen und betrachtete die Treppe, die ins Souterrain führte. Wer da wohl gekommen war?

»Guten Morgen, Elisa«, begrüßte mich meine Tante.

»Guten Morgen, Tante«, erwiderte ich wohlerzogen.

»Hast du gebadet?«

»Ja.«

»Hast du das Morgengebet gesprochen?«

»Ja.«

»Hast du gefrühstückt?«

»Ja.«

»Schön. Dann wiederholen wir jetzt die Hausregeln.«

»Dieser Raum gehört allein Ihnen, und ich darf ihn nicht betreten, vor allem nicht donnerstagabends. Die beiden Räume auf der rechten Seite und das Arbeitszimmer sind für Besucher, die darf ich keinesfalls betreten. In der Küche bereitet Pilar das Essen zu, und das ist kein Ort für eine Señorita. Den kleinen Salon darf ich nur betreten, wenn Pilar mir Bescheid gibt, dass sie das Essen aufgetragen hat, oder für unsere Lektürestunden. Und das Souterrain …«, ich hielt einen Moment inne, »das Souterrain ist auch verboten.«

»Korrekt, mein Kind. Im Moment ist es absolut verboten, ins Souterrain zu gehen, verstanden? Du darfst nicht hinuntergehen und keine Fragen stellen. Auch nicht, wenn du Stimmen hörst oder Schreie oder jemanden lachen oder weinen. Wenn du dich nicht daran hältst, darfst du nicht mehr zum Spielen nach draußen. Und Gott weiß, dass das keine leere Drohung ist.«

Nach einem der verhassten Diktate und einer Näharbeit, die mir schon seit drei Monaten den letzten Nerv raubte, kam endlich der Moment, draußen spielen zu dürfen. An dem Nachmittag erzählte Macarena mir unglaubliche Geschichten über ihren Großvater: Er sei einmal vom Blitz getroffen worden und habe überlebt. Wie sie erzählte, tat ihm bei Gewitter immer genau die Stelle weh, wo der Blitz eingeschlagen hatte. Den Mann musste ich unbedingt kennenlernen. Danach sangen wir *Drei Chinesen mit dem Kontrabass*. Punkt sechs rief Pilar mich ins Haus.

Die Sache mit dem Souterrain ließ mir keine Ruhe. Warum all die Verbote? Ich ließ meine Puppe Paquita auf dem Bett zurück, sie wäre mir bei meiner Ermittlung nur hinderlich. Während ich die Treppe hinunterging, vergewisserte ich mich, dass alle beschäftigt waren. Pilar trällerte in der Küche ein Lied. Severiano sprengte die Pflanzen im Garten. Die Zofen putzten den Gästesalon. Und meine Tante war wie üblich nicht zu Hause. Sie brach oft am Vormittag zu ihren gesellschaftlichen Verpflichtungen auf und kehrte erst zum Abendessen zurück, es sei denn, sie musste sich zwischendurch umziehen.

Zum ersten Mal in meinem Leben stieg ich die Treppe zum Souterrain hinunter. Es war kühler als im übrigen Haus. Und dunkler. Das Herz klopfte mir bis zum Hals, aber ich musste unbedingt wissen, was dort vor sich ging. Die Türen zum Weinkeller und zum Waschraum standen weit offen. Auf der anderen Seite befand sich ein schmaler

Flur. Dort konnte man durch den geöffneten Türspalt die bescheidenen Schlafräume der Dienstboten sehen, denen bei Weitem nicht solche Annehmlichkeiten vergönnt waren wie mir. Am Ende konnte ich eine verschlossene Tür ausmachen. Auf leisen Sohlen ging ich hin und legte die Hand auf den Türknauf. Gespannt, was mich dahinter erwartete, drehte ich ihn herum. Knarrend öffnete sich die Tür und gab den Blick frei auf einen lang gezogenen Raum mit einem Schrank, einer Toilette und einer Pritsche.

Vorsichtig trat ich ein, und da sah ich den Jungen. Er schlief. Sein Oberkörper war verbunden, und auf seinem Gesicht klebten getrocknete Blutspritzer. Seine Kleider waren abgenutzt und dreckig. Das hellbraune Haar war verschwitzt und zerzaust. Ich strich mit der Hand über sein Gesicht und zeichnete seine Züge nach, als wollte ich sicherstellen, dass er aus Fleisch und Blut war. Fasziniert starrte ich auf die Verletzungen an Hals und Händen. Ich hatte noch nie einen Verwundeten gesehen und konnte nicht verstehen, wieso der Junge, der nur wenige Jahre älter war als ich, eine Gefahr für mich darstellen sollte. Da ertönte ein schrilles Geräusch, und ich rannte davon.

Ich suchte Zuflucht bei Paquita. Während ich mich zwischen den Bettlaken verkroch, spielte ich in meinem Kopf unzählige Geschichten durch: Was war mit dem Jungen geschehen?

Am Abend belauschte ich ein Gespräch zwischen meiner Tante und Pilar, die von einem erneuten Besuch des Arztes am nächsten Morgen sprachen.

»Der Junge hat ungeheures Glück gehabt. Offenbar hat sich die Wunde auf dem Weg entzündet, nachdem sie ihm die Kugel entfernt hatten«, sagte meine Tante leise. »Es ist mir unbegreiflich, wie er die Reise überleben konnte …«

»Der Herr hat ihn gesegnet. Jetzt können wir nur abwarten. Wissen wir, wie er heißt oder woher er kommt, Doña Manuela?«

»Nein, und das ist auch besser so. Ich tue Freunden meines verstorbenen Mannes einen Gefallen, aber ich will keine Namen hören, und wir werden ihn auch nicht ausfragen. Ich will nicht, dass man uns mit der Sache in Verbindung bringt.«

Manuela Montero war keine barmherzige Samariterin. Den Jungen aufzunehmen war der Preis dafür, dass sie ihre Geheimnisse bewahren konnte.

Um zehn Uhr am nächsten Morgen erschien Doktor Rueda, um den Jungen zu untersuchen. Pilar schubste mich sanft in den kleinen Salon und schlug vor, ich solle doch einen Blick in die Zeitungen werfen, denn sie wusste, das würde mich über Stunden beschäftigen. Doch ein paar Gesprächsfetzen bekam ich trotzdem mit: »Er ist jetzt bei Bewusstsein. Sie können ihm ein wenig Hühnerbrühe zu essen geben.«

Die Nachricht ging mir nicht aus dem Kopf, und ich beschloss, mich noch einmal ins Souterrain hinabzuwagen. Es war alles wie am Tag zuvor: die verschlossene Tür, das schummrige Licht, der säuerliche Geruch aus dem Weinkeller. Und auch meine Angst war wieder da. Quietschende Türangeln und das Ächzen der in die Jahre gekommenen Tür kündigten meinen Besuch an. Ich trat ein, und mein Blick blieb an der kargen Ausstattung der Kammer hängen, in der man den geheimnisvollen Gast untergebracht hatte. Vorsichtig trat ich an die Pritsche heran. Wären da nicht Doktor Ruedas Aussage und die sich sanft hebende und senkende Brust gewesen, ich hätte geschworen, dass der Junge tot war. Aber dem war zum Glück nicht so, wie seine bebenden Augenlider mir bald bewiesen.

Im Halbschlaf rief er: »Mama? Verschwinde, Mama … Mama, nein … du darfst nicht zurückkommen. Mama!«

Mir blieb fast das Herz stehen. Im Bann des Albtraums wälzte er sich hin und her, um die bösen Geister zu vertreiben. Plötzlich wachte er auf. Ich hatte mich an die Türen des Schranks gedrückt. Ich fürchtete, jemand könnte sein Rufen gehört haben, und wollte den Rückzug antreten, bevor er mich bemerkte. Ich hatte den Türknauf schon in der Hand, als mich eine schwache Stimme zurückhielt.

»Wer bist du?«

Ich schluckte und drehte mich langsam um. Unsere Blicke trafen sich.

»Wo bin ich?«

Mutig trat ich einen Schritt vor.

»In Madrid.«

Geräusche aus dem oberen Stockwerk erinnerten mich daran, dass ich jeden Moment entdeckt werden konnte, was eine harte Strafe nach sich ziehen würde.

»Ich muss gehen. Leb wohl.«

»Warte«, bat er, »wohnst du hier?«

Ich zögerte einen Moment und nickte.

»Aber ich darf nicht hier runterkommen.«

Ich sah ihn an. Sein Gesicht war mittlerweile sauber.

Er hatte helle, ein wenig traurige Augen und eine kleine Nase. Sein Haar sah auch nicht mehr so ungepflegt aus. An dem komplett verbundenen Brustkorb konnte man erkennen, wie ernst sein Zustand war.

***

Ein paar Tage später hörte ich, wie Pilar zu einer der Zofen sagte, der Junge könne wieder normal essen. Da stahl ich zwei Biskuits aus der Speisekammer und stieg ins Souterrain hinunter. Ich trat zu ihm, setzte mich auf sein Bett und streckte ihm als Geste der Freundschaft die Hand hin. Die Biskuits waren zerdrückt, aber er nahm mein Geschenk dankend an und schob die Leckereien ohne viel Federlesens in den Mund.

»Die sind aus der Confiserie von Doña Mariquita, der besten von Madrid«, erklärte ich, wie ich es von Pilar gehört hatte.

»Lecker!«

»Ich kann dir noch mehr holen. Eigentlich darf ich die Schachtel nicht anfassen, aber Pilar merkt das sowieso nicht.«

»Ich werde nichts verraten«, sagte er, während er den letzten Bissen hinunterschluckte. »Seit ich hier bin, habe ich sowieso nur eine Frau in Dienstmädchenuniform und den Arzt gesehen. Und die reden kaum mit mir …«

Getrieben von einer Art schamlosem Wissensdrang pikste ich mit dem Zeigefinger in sein Bein.

»Spürst du das?«

»Aua! Und wie ich das spüre! Vielleicht ist es dir ja noch

nicht aufgefallen, aber der Verband ist am Bauch und nicht an den Beinen.«

»Ich wollte nur testen, ob sie nicht vom langen Liegen taub geworden sind. Wer hat auf dich geschossen? Ein Soldat?«

»Ich kann mich nicht erinnern … Da sind nur Schatten, Schreie … Es ist alles weg, ich habe keinen blassen Schimmer, wie ich hierhergekommen bin. Kennst du das?«

»Ein wenig schon …«, sagte ich nachdenklich. »Und du weißt nicht, wo du zu Hause bist?«

»Doch, aber das spielt jetzt keine Rolle mehr.«

»Und wo ist das?«

»In Barcelona.«

Barcelona. Ich kannte den Namen der Stadt aus den Schlagzeilen der Zeitungen. Offenbar war da etwas im Gange.

Von da an ging ich den ganzen Sommer über jeden Nachmittag hinunter ins Souterrain. Er war so einsam und hilflos, und ich wollte mich um ihn kümmern. Und ihm schien meine Gesellschaft willkommen zu sein. Ich setzte mich auf den Bettrand oder den Boden, je nachdem, und wir redeten über alles, was durch unsere unschuldigen Kinderköpfe ging. Ich brachte ihm Fadenspiele bei. Ich erklärte ihm die Grundlagen, aber schon bald entwickelte er sich zu einem Experten, und es entstand ein beinharter Wettkampf. Wir wiederholten die geometrischen Formen: Dreiecke, Quadrate, Sterne und Pyramiden, gehalten von kleinen Kinderhänden. Manchmal spielten wir auch Rätselraten oder irgendwelche Schlachten auf hoher See, die nur wir verstanden. Wenn Pilar einen Moment unachtsam war, stibitzte ich Kekse und Biskuits aus der Speisekammer. Das Verbotene schmeckte weit köstlicher als alles, was im Speisesaal serviert wurde. Während wir uns die Süßigkeiten schmecken ließen, amüsierten wir uns mit erfundenen Geschichten, die uns die Wirklichkeit vergessen ließen. Am liebsten mochte ich solche, die vom Meer handelten. Er erzählte mir von seinen Tagen am Strand. Ich hörte ihm fasziniert zu und stellte mir vor, wie es sein musste, durch warmen, feuchten Sand zu laufen, die vom Salz trockene Haut und die frische Meeresbrise zu spüren.

»Mein Vater hat immer erzählt, er würde eines Tages bis Sardinien schwimmen. Kannst du dir das vorstellen? Sardinien! Das ist wie ein anderer Kontinent.«

»Wo liegt das denn?«

»Im Mittelmeer, glaube ich. Wie sollte er die Insel sonst schwimmend erreichen können?«

»Auf den Landkarten ist viel blau, eventuell ist es gar nicht so wichtig, in welchem Meer du dich befindest. Vielleicht kann man bis ans Ende der Welt schwimmen.«

»Glaubst du, das gibt es? Das Ende der Welt, meine ich?«

»Ich glaube, es gibt vier Enden der Welt.«

»Wie das denn?«

»Eins an jeder Ecke der Karte.« Ich lachte. Und auch er musste lachen. Auf einmal stöhnte er auf. Ich erschrak. »Tut's noch weh?«

»Ein bisschen, manchmal.«

»Kann ich die Wunde mal sehen?«

»Bist du sicher? Mädchen können doch kein Blut sehen.«

»Das stimmt nicht«, protestierte ich gekränkt.

»Wie du meinst …«

Er löste vorsichtig den Verband, und dabei drang der ein oder andere Schmerzenslaut aus seinem Mund. Ich war mir absolut sicher, dass mir der Anblick nichts ausmachen würde. Er hob den blutigen Mullstreifen an, und da sah ich zum ersten Mal das Loch in seiner Seite. Ich war überrascht, wie schlimm die Verletzung war. Keck umkreiste mein Finger den Bereich um die Wunde.

»Tut das weh?«

»Ja«, erwiderte er gequält.

»Ein Soldat kennt keinen Schmerz.«

»So schlimm ist es ja auch gar nicht«, wiegelte er ab. Er hatte seinen Stolz.

***

»Pilar, ziehen Sie der Kleinen das Sonntagskleid an. Wir gehen in die Kirche, und danach sind wir im Hause Salamanca-Trillo zum Mittagessen eingeladen.«

Ich fiel aus allen Wolken. Das machten wir jeden Sonntag, aber diesmal hatte ich es völlig vergessen. »Wie öde«, war mein erster Gedanke. Mir war schon klar, dass es wichtig war, in die Kirche zu gehen und Freundschaften zu pflegen, aber ausgerechnet an dem Nachmittag wollten mein verwundeter Freund und ich das Finale des Fadenspielturniers abhalten. Der Morgen verging mit Gebeten und kurzen Begrüßungen irgendwelcher Leute, die mir allmählich nicht mehr ganz so unbekannt vorkamen. Candela zeigte mir stolz ihre neue Puppe, und Tomás José sprach wie üblich Drohungen gegen die neueste Errungenschaft seiner Schwester aus, die er Ernestina die Zweite getauft hatte. Wir tollten auf der Straße herum.

Nach einer Weile, als wir des Spielens schon ein wenig überdrüssig waren, trat ein Paar auf meine Tante und die Salamanca-Trillos zu. Meine Tante schien sie gut zu kennen, sie grüßte sie überschwänglich und stellte ihnen tausend Fragen. Später erfuhr ich, dass es sich um Señor Ernesto Rodríguez de Aranda und Señora Cristina Ribadesella handelte, eine Cousine ihres verstorbenen Mannes. Bei Don Ernesto fiel mir als Erstes der blitzende goldene Eckzahn auf. Doña Cristina war von nicht allzu großer Statur, hatte breite Hüften, einen gutmütigen Blick und ein tadelloses Benehmen. Im Gegensatz zu ihrem eher hitzig wirkenden Mann war sie die Ruhe in Person. Er war, wie ich ebenfalls später erfuhr, ein bedeutender Unternehmer, der im Jahr 1902 die Tageszeitung *El Demócrata de Madrid* gegründet hatte. Es handelte sich um ein tendenziell eher konservatives Blatt, das auf dem Markt mit *ABC*, dem *Heraldo*, *El Liberal*, *El Imparcial* und *El Globo* konkurrierte. Es war bekannt für seine außerordentlichen Beiträge aus der Feder berühmter Leute, für die es von so manch großer Gazette beneidet wurde. Don Ernestos Zeitung war ein Musterbeispiel für eine informative Presse, die sich zunehmend im Land etablierte, nachdem die Zeitungen im 19. Jahrhundert vornehmlich politischen Interessen gedient hatten.

»Sie sind also alle herzlich eingeladen«, sagte Don Ernesto bei der Verabschiedung.

In den wohlhabenden und intellektuellen Kreisen

Madrids war es bekannt, dass das Ehepaar, das durch eine Laune des Schicksals kinderlos geblieben war, gerne Feste feierte. Jeder Vorwand war den beiden recht, um ihre Verbündeten – die wahren und die, die nur so taten – zusammenzutrommeln und sie in den Genuss ihrer großzügigen Gastfreundschaft kommen zu lassen.

***

»Das ist Paquita.«

»Deine Puppe?«

»Ja. Seit Candela Ernestina die Zweite hat, ist sie zwar nicht mehr die schönste, aber mir ist sie immer noch die liebste.«

Ich legte Paquita neben den Jungen. Er konnte sich inzwischen vollständig aufrichten, die Wunde war nahezu verheilt. Er erzählte mir wieder vom Meer.

»Versprichst du mir, dass wir irgendwann nach Barcelona gehen? Und nach Sardinien schwimmen?«

»Versprochen.«

»Kann Paquita auch mitkommen?«

»Nein, sie wird im Wellengang untergehen. Sie ist zu klein. Du eigentlich auch.«

»Stimmt doch gar nicht.«

Er nahm meine Hand und legte sie zum Vergleich an seine. »Siehst du?«

Ja, ich war klein und zierlich, aber so klein auch wieder nicht. Ich betrachtete unsere Hände. Wir legten sie nebeneinander. Die Linien unserer Handflächen waren unterschiedlich. Wozu dienten die Furchen, die diese seltsamen, geheimnisvollen Muster bildeten? Während ich darüber nachdachte, positionierte ich unsere beiden Hände so, dass ein perfektes A entstand.

Als die Fensterluke mir verriet, dass die Sonne schon tief stand, verabschiedete ich mich und wünschte ihm eine gute Zeit bis zu unserem nächsten Wiedersehen. Vor mich hin summend ging ich die Treppe hinauf in mein Zimmer. Plötzlich schoss meine Tante herein.

»Wo bist du gewesen? Ich habe dich überall gesucht!«, schimpfte sie.

»Ich war auf der Schaukel«, log ich.

Unterdessen hielt der Sommer mit Macht Einzug in der Hauptstadt. Die Leute badeten in den Brunnen, und wenn ich mich gut benahm – oder zumindest so tat –, machte meine Tante mit mir einen Spaziergang in den Retiro-Park und kaufte mir ein Eis. Manchmal begleiteten uns Candela und ihre Mutter, aber ich wäre nicht im Traum auf die Idee gekommen, ihr mein Geheimnis anzuvertrauen. Die Frauen im Park trugen luftige Kleider, und ich hörte, wie sie von der wunderbaren Wirkung des Meeres gegen die drückende Augusthitze sprachen.

Meine Besuche bei dem Jungen im Souterrain gestalteten sich zunehmend schwieriger. Pilar fand immer neue Vorwände, um mich aufzuhalten, und ich hatte den Verdacht, dass sie über meine heimlichen Ausflüge Bescheid wusste. Auch meine Tante stellte größere Ansprüche an meine Hausaufgaben, die meist den ganzen Vormittag beanspruchten, aber sie war ja Gott sei Dank meistens außer Haus. Ich hörte, wenn der Arzt kam, und meine

Tante und Pilar sprachen hinter vorgehaltener Hand immer häufiger von Genesung. Immerhin schaffte ich es, hin und wieder Süßigkeiten hinunterzuschmuggeln. Ich schenkte ihm meinen Faden, damit er sich die Zeit vertreiben konnte, auch wenn ich damit meinen Sieg bei dem Turnier gefährdete. An den Nachmittagen, an denen es mir gelang, mich der Überwachung durch die Erwachsenen zu entziehen, machten wir allen möglichen Blödsinn. Es war, als hätte ich noch einen Bruder hinzubekommen, als könnten wir sorglos für immer Kinder sein. Wir erfanden unsere eigenen Welten und verbrachten Stunden darin.

An einem Gewitterabend erschien mir das Haus gruselig. Meine Tante war fort, und ich war allein im oberen Stockwerk. Der Donner machte mir Angst, und ich wälzte mich unruhig in dem riesigen Bett hin und her. Voller Panik schnappte ich mir Paquita und verließ das Zimmer. Ich rannte, so schnell ich konnte, die Treppe hinunter, immer auf der Hut vor den Gespenstern. Im Souterrain angekommen, lief ich weiter zum letzten Zimmer. Die Tür knarzte verräterisch, als ich sie öffnete.

»Bist du wach?« Keine Antwort. Ich trat einen Schritt vor. »Bist du wach?«

Aus seinem Mund kam nur ein Grunzen. Ich trat an sein Bett und tippte mit dem Finger auf seinen Arm.

»Bist du wach?«

»Was ist los?«

»Ich habe Angst.«

»Wovor?«

»Es regnet.«

»Du hast Angst vor Regen?«

»Es ist nur … Ich bin so allein. Können Paquita und ich ein wenig bleiben, bis es aufhört zu donnern?«

Er sah mich schlaftrunken an und gähnte.

»Meinetwegen.«

»Prima«, rief ich freudig und legte mich neben ihn.

Er schloss die Augen.

»Aber nicht einschlafen«, flehte ich.

»Was denn dann?«, wiederholte er, genervt von meinem Drängen.

»Erzählst du mir eine Geschichte?«

»Na schön«, willigte er müde ein. »Aber nur eine kurze.«

Ich erinnere mich nicht, wann die Angst nachließ. Seine monotone Stimme lullte mich ein wie ein Schlaflied, und Paquita fest an mich gedrückt, schlief ich ein. Das schummrige Licht des erwachenden Morgens sagte mir, dass etwas nicht stimmte. Während ich langsam wach wurde, hörte ich Stimmen.

»Wir müssen ihn aus Madrid fortbringen.«

Auch mein Freund schrak auf.

»Was ist los? Was machst du hier? Du bist eingeschlafen … Man wird dich bestrafen.«

»Psst«, raunte ich.

Die Schritte und die Stimmen kamen immer näher, darunter die meiner Tante. Wir wussten beide, was das bedeutete.

»Los, ab in den Schrank!«, drängte er.

Ich sprang aus dem Bett und versteckte mich. Da fiel mir siedend heiß ein, dass ich ja nicht mal seinen Namen kannte. Wie sollte ich ihn je wiederfinden? Ich öffnete die Tür einen Spalt breit und raunte: »Du musst mir noch deinen Namen sagen. Sonst weiß ich ja gar nicht, nach wem ich fragen soll, wenn ich nach Barcelona komme.«

Er zögerte einen Moment, der mir wie eine Ewigkeit vorkam. Die Schritte waren schon bedrohlich nah. Ich zog schnell die Tür zu.

»Pedro ... Pedro Liébana«, flüsterte er. »Und du?«

Elisa Montero, wollte ich stolz verkünden, aber da ging die Tür auf, und es war zu spät für eine Antwort. Mehrere Personen, die ich durch die Ritzen schlecht sehen konnte, gingen zu Pedro und packten ihn unter seinem verzweifelten und wütenden Protest in eine Decke.

»Wo bringt ihr mich hin? Lasst mich! Hilfe!«

Ich wollte aus meinem Versteck springen und ihm zu Hilfe eilen, aber ich war wie gelähmt, und gegen die Erwachsenen wäre ich ohnehin nicht angekommen.

»Das erklären wir dir später, Junge. Nur die Ruhe«, sagte derselbe Mann, der ihn schwer verletzt zu uns gebracht hatte.

Meine Tante stand ungerührt dabei, als hätte sie mit alldem nichts zu tun. Und so trugen sie meinen Freund aus dem Zimmer, in dem wir uns in den letzten Wochen gemeinsam die Zeit vertrieben hatten. Es wurde still, und meine Tante inspizierte ein letztes Mal den Raum.

»Du musst alles gründlich desinfizieren, Pilar. Und dann schließt du ab.«

Vor Schreck verlor ich die Kontrolle über meinen Atem. Meine Tante musste etwas gehört haben, denn sie stutzte und sah sich im Zimmer um. Langsam trat sie vor den Schrank und blieb davor stehen. Ich hielt die Luft an, eine echte Herausforderung für meine Lunge. Auf einmal muss etwas Wichtigeres ihre Aufmerksamkeit erregt haben, denn sie wandte sich ab. Klar, Paquita lag ja immer noch auf dem Bett. Erstaunlich gelassen ging sie auf das Bett zu und nahm die Puppe. Ich würde eine ordentliche Standpauke zu hören bekommen. Doch für den Moment beendete sie ihre Razzia und verschwand.

Ich hatte den einzigen Menschen verloren, der mich verstand, und die Trauer erdrückte mich fast. Ich war wieder allein.

2

Die nächsten Jahre verliefen in gewohnten Bahnen, ohne unerwartete Gäste im Haus. Langsam entwickelte ich mich zu einer respektablen jungen Dame mit guten Manieren. In der täglichen Routine blieb keine Zeit für Flausen, und ich begehrte nicht länger gegen das Regelwerk meiner Tante auf. Sie hatte mich nicht bestraft, weil ich ihr Gebot übertreten und ins Souterrain gegangen war, aber sie nahm mich fortan an die kurze Leine. Und so bestimmten die Hausaufgaben und der tägliche Messebesuch, den meine Tante für unerlässlich hielt, seit in Europa der Krieg ausgebrochen war, mein Leben.

»Es gibt vieles, worum wir den Herrn bitten müssen, Kind. In diesen Zeiten muss man seinem Ruf folgen«, erklärte sie mir.

Die Zeitungen waren voller Nachrichten über das Kriegsgeschehen. Die Vorstöße der Franzosen, Deutschen oder Engländer beherrschten die Titelseiten, und die Schlagzeilen waren wie Blitzlichter, die uns mitteilten, wie der Kampf verlief. In den Kaffeehäusern wurde heftig darüber debattiert, welche Seite gewinnen sollte und was Europa nach dem Konflikt erwartete. In den ersten

Jahren herrschte Verwirrung, doch mit zunehmender Kriegsdauer verloren die ehrgeizigen Worte derjenigen, die dafür plädierten, den Friedensvertrag zu unterzeichnen, an Kraft.

Ein paar Jahre zuvor hatte der Untergang des großen Flaggschiffs der Reederei White-Star-Line die Gemüter erregt. Meine Tante hatte mir das Maschineschreiben beigebracht und ließ mich einige Artikel abtippen. Ich erinnere mich noch gut an meinen ersten Versuch mit dem wundersamen Gerät mit seinen Tasten und dem Farbband. Es handelte sich um den Ausschnitt eines Artikels in *La Correspondencia de España*: »Da Eisberge und Eisschollen nicht sonderlich robust sind, fragen sich viele Menschen, wie ein so massives Schiff wie die *Titanic* an einem Eisblock zerschellen konnte«, lautete der erste Satz.

Natürlich beschäftigten mich auch weiter die Dinge, die mich schon seit meiner Kindheit begleiteten: Handarbeiten, Klavierspielen, das Vortragen von Texten, Schönschrift, Tanz, Gesang (nicht immer tonrein), die Benimmregeln und der Französischunterricht bei Monsieur Cousineau, den ich an mir vorbeirauschen ließ. Dazu kamen die Besuche bei Bekannten, selbstverständlich streng nach Protokoll, und das morgendliche Flanieren über den Paseo de Recoletos.

Bei meinen Streifzügen wurde ich in der letzten Zeit von einer neuen Freundin begleitet: Benedetta de Lucca. Ihr Vater, Giancarlo de Lucca, ein renommierter italienischer Stoffhändler, und sie waren 1910 aus Florenz nach Madrid gekommen. Sie hatten sich in einem Palais in der Calle Hermosilla niedergelassen, ganz in unserer Nähe. Señor de Lucca war ein stattlicher Mann von südländischem Äußeren. Der frühe Tod seiner Frau Elisabetta hatte jede Form von Frohsinn aus seinem Leben verbannt. Durch den unerwarteten Verlust hatte die Angst Einzug in sein Herz gehalten, und das führte dazu, dass er seine jüngste Tochter übermäßig behütete. Die älteren Geschwister lebten in Rom, London und Paris. Señor de Lucca war ein kluger Geschäftsmann, aber in Familienangelegenheiten schrecklich unerfahren. Obwohl Benedetta schüchtern und distanziert erschien, war sie die perfekte Verbündete für mich. Sie hatte glattes, langes schwarzes Haar und ein hübsches Gesicht mit markanten Augenbrauen.

Candela war immer noch eine gute Freundin, doch die Freundschaft mit ihr ließ sich nicht vergleichen mit der verschworenen Gemeinschaft zwischen Benedetta und mir. Benedetta war sehr aufgeweckt, und ich konnte wunderbar mit ihr über Gott und die Welt reden. Wir hatten sogar eine eigene Zeichensprache erfunden, mit der wir uns an den Erwachsenen vorbei Geheimnisse anvertrauen konnten.

Mit siebzehn sollten wir offiziell in die Gesellschaft eingeführt werden. Candela war uns diesbezüglich ein paar Jahre voraus. Während der Vorbereitungen für den Debütantinnenball war meine Tante außer Rand und Band, sie plante alles bis ins letzte Detail. Alle Extrawünsche, die sie mir als Kind versagt hatte, waren plötzlich kein Thema mehr. Als mein Vormund oblag ihr die Organisation, und sie wollte die perfekte Gastgeberin sein. Vielleicht war es für sie die Gelegenheit, all ihren Freunden zu zeigen, dass sie sich gegenüber dem Mädchen, das seine Mutter verloren und das sie im zarten Alter von sieben Jahren aufgenommen hatte, durchaus großzügig zeigen konnte. Ich wusste bei meiner Tante nie, woran ich war. Manchmal konnte sie unglaublich nachgiebig sein, dann wieder engte sie mich vollkommen ein. Sie war und blieb mir ein Rätsel.

Die donnerstäglichen Treffen hatten in all den Jahren weiter stattgefunden. Mit der Zeit hatte ich durch Lektüre und aufmerksames Verfolgen der Gespräche herausgefunden, dass es sich um bekannte Persönlichkeiten aus der Welt der Literatur, der Kunst und der Philosophie handelte, die sich bei uns zu einem literarischen Zirkel einfanden. Bei dem Mann mit dem länglichen Gesicht handelte es sich um Señor Arniches, einen bedeutenden Theaterautor, der mehr als zwanzig Stücke veröffentlicht hatte. Und der geistreiche und witzige Dicke war Ramón Gómez de la Serna, allerdings konnte ich mir den Namen damals nicht recht merken.

Meine Tante sprach stets mit einer gewissen Bewunderung von ihm, weil er in seinem jungen Alter schon einen bedeutenden Beitrag zur Literatur geleistet hatte. In den letzten Jahren war er allerdings nicht mehr gekommen. Die Gebrüder Romero de Torres, beide in der Kunstwelt zu Hause – Julio als Maler und Enrique als Schriftsteller und Illustrator – nahmen nicht immer teil, aber normalerweise waren sie einmal im Monat bei uns zu Gast. Ansonsten blieben die Teilnehmer immer gleich: der Journalist Luis Bello, stets reflektiert in seinen Ansichten, und der Mann mit der Brille, der Philosoph Manuel García Morente, dessen Beiträge immer höchst pointiert waren. Außerdem fanden sich jede Woche Tomás Salamanca-

Trillo und Señor Rodríguez de Aranda ein, der für mich so etwas wie ein Onkel geworden war, sowie das Ehepaar Ballester, Besitzer eines großen Weinguts in La Rioja, die ich damals bei meinem ersten Lauschangriff durch die Klappe nicht erkannt hatte.

Doch am meisten interessierte ich mich für die Letzte im Bunde. Man erzählte sich, sie habe ihren Mann verlassen, aber sie sei eine kluge Frau, der es gelungen war, mit ihrer Tochter in der Hauptstadt neu anzufangen. Ihr Name war Carmen de Burgos, genannt Colombine, weil sie unter diesem Pseudonym ihre Artikel im *Diario Universal* firmierte. Das faszinierte mich. Durch meine tägliche Zeitungslektüre hatte ich bereits eine gewisse Faszination für die Männer entwickelt, die über alle möglichen Facetten der Wirklichkeit schrieben: von der Wirtschaft über Politik, Stierkämpfe und Musik bis hin zum Theater. In all den Jahren, in denen meine Augen den aktuellen Meldungen auf den gedruckten Seiten gefolgt waren, hatte ich nicht gewusst, dass in dem Metier auch Frauen arbeiteten. Meine Tante war zwar nicht unbedingt das Musterbeispiel einer traditionellen Frau, aber sie beschränkte sich dennoch auf ihre Rolle als Hausherrin. Es wäre ihr niemals in den Sinn gekommen, die gesellschaftlichen Konventionen infrage zu stellen, die sie gedrängt hatten, die Geschäfte ihres verstorbenen Mannes abzugeben und ihren Radius auf gesellschaftliche Verpflichtungen und intellektuelle Zirkel zu begrenzen. Als ich vom Lebensweg der schillernden Colombine erfuhr, beobachtete ich sie umso aufmerksamer bei ihren Besuchen, um hinter das Geheimnis dieser Frau zu kommen.

»Wir müssen unserer Gesellschaft wieder Leben einhauchen. Wir können nicht länger in dem Graben verharren, in dem wir uns seit zwei Jahrzehnten verschanzen.« So hatte die Diskussion an jenem Abend begonnen.

»Ich stimme Ihnen zu, Don Tomás, aber was können wir tun ohne eine vernünftige Bildung, die unser gebeuteltes Land wieder aufrichtet?«, meinte Luis Bello.

»Manchmal frage ich mich: Wird das tatsächlich etwas ändern? Haben wir nicht schon genug Experimente erlebt? Nichts hat funktioniert: weder die Republik noch die Monarchie«, befand Amancio Ballester unter dem wachsamem Blick seiner Ehefrau Concepción.

»Aber, meine Herrschaften, wir haben uns doch nicht hier versammelt, um über Politik zu reden«, unterbrach sie meine Tante missmutig.

Die Gespräche kehrten in ruhigere Fahrwasser zurück. Sie kreisten um Malerei, Poesie und Theater, als ich plötzlich, völlig unpassend, niesen musste: »Hatschi!«

Meine Tante hielt gerade einen Monolog über das neueste Werk von Juan Ramón Jiménez. Sie hielt inne. Vorsorglich zuckte ich zurück, doch meine Tante hatte mich schon gesehen. Ihr wurde schlagartig klar, dass es bei ihrem Zirkel einen ungebetenen Gast gab, doch nach einem kurzen Zögern fuhr sie mit ihren Ausführungen fort. Oft dachte ich, dass ich irgendwann, wenn ich am wenigsten damit rechnete, für all die Momente büßen müsste, in denen ich eine Bestrafung erwartet hatte und sie mir lediglich einen tadelnden Blick zuwarf. Meine Tante blieb einfach undurchschaubar.

***

Benedetta und ich träumten von dem Leben, das uns nach dem Debütantinnenball erwartete. Pilar heizte unsere Fantasie noch an, indem sie uns Geschichten über ihre Jugend erzählte. Wie sie mit Jungen über Jahrmärkte geschlendert war und Mandelmilch getrunken hatte – Jungen, die später mitsamt ihrem Versprechen ewiger Liebe in Marokko verschwunden waren. Aber sie kannte auch Geschichten von Prinzen und Tänzerinnen wie die von Anita Delgado und dem Maharadscha von Kapurthala, die sich in dem wunderschönen Varieté »Gran Kursaal«, in dem sie arbeitete, kennengelernt hatten.

»Hoffentlich sind wir bald zu einem Fest eingeladen, und ein Sultan verliebt sich in mich. Reich soll er sein, stattlich und gut aussehend, und gutmütig und schlau …«, sagte Benedetta und sprach damit laut aus, was wir beide dachten.

»Ja, klar. Und weil so etwas jeden Tag passiert, bin ich immer noch hier«, meinte Pilar lachend, während sie das Zimmer verließ, in dem meine Freundin und ich Zukunftspläne schmiedeten.

Der Frühling hatte unseren Garten mit der alten Eiche in ein Blütenmeer verwandelt, das man von dem geschmackvoll im Rokoko-Stil eingerichteten Salon aus sehen konnte. Die Rosen und Lilien blühten schöner als je zuvor. In zwei Monaten würden wir junge Damen sein. Um den Kaffeetisch herum standen mehrere Stühle. Die Polster harmonierten perfekt mit den luftigen Vorhängen. Severiano beklagte sich jeden Tag über die Pollen, die er einatmen musste, wenn er die Pflanzen goss. Trotz seines mürrischen Wesens war er zu mir immer freundlich, er schenkte mir stets ein kleines Lächeln, auch an traurigen

Tagen. Aber davon gab es zum Glück nicht viele, denn ich war glücklich in dem Palais in dem immer beliebter werdenden Stadtviertel. Der nahe gelegene Retiro-Park versorgte uns mit frischer Luft, und die unzähligen kleinen Geschäfte, die jeden Morgen öffneten, verliehen den breiten Straßen Leben.

Ich hatte gelernt, in meinem neuen Zuhause zu leben und meine Herkunft zu vergessen. Die Tatsache, dass von meinem Vater und meinen Brüdern nicht eine einzige Nachricht gekommen war, hatte mir klargemacht, dass sie längst nicht so häufig an mich dachten wie ich an sie. Und das strikte Verbot meiner Tante, meine Familie auch nur zu erwähnen, trug dazu bei, dass ich mich damit abfand und sie vergaß.

Außerdem hatte ich mit der Zeit einige Talente an mir entdeckt. Das Klavierspiel war immer noch eine meiner Lieblingsbeschäftigungen. Inzwischen wagte ich mich an Werke von Mozart oder Bach. Wenn ich meine Finger über die Elfenbeintasten gleiten ließ, überkam mich eine innere Ruhe, und die Melodien, die in harmonischem Einklang aus dem Instrument kamen, waren die Belohnung für viele Stunden diszipliniertes Üben.

Ich liebte die Musik, doch meine wahre Leidenschaft galt dem Schreiben. Mit elf Jahren hatte ich angefangen, Tagebuch zu führen. Darin hielt ich meine Gedanken, meine Zweifel und all meine Fragen fest. Das Tagebuch war der Vertraute, den ich in keinem Menschen aus Fleisch und Blut finden konnte, nicht einmal in meiner geliebten Benedetta. Gedichte und Geschichten wechselten sich auf den abgegriffenen Seiten der vielen kleinen

Notizhefte ab, in denen ich neue Welten und Gefühle erfand, die ich selbst noch nie erlebt hatte. Das Schreiben war eine überaus mächtige Waffe: Mit einem Federstrich konnte ich erschaffen und zerstören.

Als eine Art Therapie hatte ich es mir im letzten Jahr zur Gewohnheit gemacht, vor dem Schlafengehen etwas hineinzuschreiben. Manchmal waren es lediglich zwei Zeilen. Manchmal aber sprudelten die Worte nur so aus mir heraus, und ich musste meine überbordende Inspiration zügeln, damit die gequälte Hand noch mitkam, die immer bereit war für das nächste Wort, das nächste Komma, bis hin zum Schlusspunkt.

***

»Dreh dich mal um, mein Engel«, befahl Doña Alicia.

Wir waren bei einer der letzten Anproben für das Kleid, das ich beim Debütantinnenball tragen sollte. Es bestand aus einem Unterkleid aus cremefarbenem Taft und darüber einer tüllartigen Lage in changierenden Lilatönen. Es hatte kurze Ärmel und einen Queen-Anne-Ausschnitt, wie Doña Alicia es nannte, mit einem herzförmigen Dekolleté, »modern, aber sittsam«.

»Gefällt es dir?«, fragte sie.

»Es ist ein Traum, Doña Alicia. Sie vollbringen wahre Wunder mit Stoffen.«

»Ja, es ist wirklich bezaubernd. Aber das liegt natürlich auch an der Anmut derjenigen, die es trägt. Es kommt mir vor, als wäre es gestern gewesen, als ich dir deine ersten Kleider geschneidert habe …«

»Ja, ich kann mich auch noch gut erinnern«, erwiderte ich fröhlich.

Sie war gerührt.

»Ich werde Mari Paz sagen, sie soll dir eine Schokolade machen, während du auf deine Tante wartest«, sagte sie und wischte sich eine kleine Träne von der Wange.

Ich errötete, nutzte jedoch den Moment der Sentimentalität und betrachtete mich noch einmal von allen Seiten im Spiegel – in dem Kleid, das mich an dem wichtigen Abend begleiten würde. Es dauerte nicht lange, da betrat meine Tante mit einer elegant verpackten Schachtel den Laden. Sie musterte mich.

»Du machst eine gute Figur in dem Kleid, Elisa. Du siehst ein wenig aus wie ich, als ich in deinem Alter war.« Ich lächelte dankbar. »Ich war bei *Les Petits Suisses*, um Schuhe für dich zu besorgen. Du musst sie zusammen mit dem Kleid anprobieren, damit man sieht, ob noch etwas an der Länge geändert werden muss. Ich weiß, dass es jetzt in Mode ist, die Knöchel zu zeigen, aber eine solche Unsitte werde ich nicht dulden, und schon gar nicht, wenn ich dafür zahle«, erklärte sie.

Ich probierte die zarten elfenbeinfarbenen Schuhe mit Absätzen an. Sie waren voller Glitzersteinchen, die perfekt zu dem Kleid passten. Alles begann noch einmal von vorn: Jeder Faden, jede Naht und jeder Schnitt wurde überprüft, damit alles optimal saß, damit meine Tante grünes Licht für die endgültige Fertigstellung des prunkvollen Kleides geben konnte, das einer Marquesa würdig war. Während ich mich umzog und meine Tante aus dem Fenster die Passanten auf dem Platz beobachtete, stellte sie mir die Frage, auf die ich gewartet hatte. Die Antwort, die ich mir zurechtgelegt hatte, war zweifellos gewagt.

»Hast du schon darüber nachgedacht, was du als Geschenk haben möchtest?«

Vorsichtig legte ich das noch unfertige Kleid auf den dafür vorgesehenen Sessel und zog mein bescheidenes Alltagsgewand wieder an.

»Ja, Tante. Das habe ich.«

»Und? Was ist es? Oder soll ich es vielleicht erraten?«

»Nein, nein, Tante, natürlich nicht. Es ist kein gewöhnliches Geschenk … aber Sie müssen mir versprechen, dass Sie nicht wütend werden und wenigstens darüber nachdenken.«

»Na los, Kind, ich habe nicht den ganzen Tag Zeit. Worauf soll ich nicht wütend werden?«

»Es ist nichts Materielles. Ich würde einfach gern … Also, ich schreibe doch so gern, und Don Ernesto hat eine Zeitung, und da habe ich mir gedacht, Sie könnten mir erlauben, dort mitzuarbeiten, als Aushilfe sozusagen. Dann könnte ich für sein Blatt schreiben, wie es Carmen de Burgos beim *Universal* tut.«

Keine Reaktion. Ich hielt kurz inne und wartete.

»Auf gar keinen Fall.«

Ich sah hinter der spanischen Wand hervor.

»Aber warum denn nicht?«

»Elisa, du wirst für keine Zeitung schreiben. Das ist keine Tätigkeit für eine junge Dame wie dich, und schon gar nicht, wenn du mal einen Verehrer hast. Du musst etwas lernen, das dich als Frau weiterbringt, und die Flausen aus deinem Kopf verbannen.«

»Aber Tante, ich habe nicht vor, meine Pflichten zu vernachlässigen, und es wäre ja auch nur vorübergehend …«

»Schlag dir das aus dem Kopf.«

Und an der Stelle endete der Kampf, bei dem man mich schon beim ersten Angriff vom Ross geholt hatte.

***

Als die ersten heißen Tage kamen, war es endlich so weit. Das Haus erstrahlte in nie dagewesenem Glanz. Bänder zierten die Geländer, und die Eingangshalle wirkte imposanter denn je. Meine Tante hatte noch mehr Palmen holen lassen, und Severiano stand mit der Gästeliste am Eingang und fragte die elegant gekleideten Besucher nach ihrem Namen. Das Musikensemble hatte auf Anweisung meiner Tante schon zeitig zu spielen begonnen, damit jeder Gast von himmlischen Geigenklängen begrüßt wurde. Santiago parkte die Kutschen und Autos der Gäste, die nur ungern zu Fuß gingen. Gläser mit Champagner und Säften aller möglichen Geschmacksrichtungen wanderten von einer Seite des Salons auf die andere. Die Gäste vertrieben sich die Zeit bis zu meinem Erscheinen mit Plaudereien. Meine Tante genoss die Lobeshymen auf die minuziöse Planung und die Großherzigkeit gegenüber ihrer »geliebten Nichte«. Ich saß derweil vor dem Frisiertisch, und Pilar beschäftigte sich mit meinem langen schwarzen Haar. Allmählich nahm die Frisur die gewünschte Form an. Plötzlich schoss mir eine Frage durch den Kopf: Ob ich wohl meiner Mutter ähnelte? Ich hatte keine Ahnung, wie sie ausgesehen haben mochte, denn ich hatte noch nie ein Bild von ihr gesehen. Für einen Moment betrübte mich der Gedanke, aber dann war Pilar fertig mit der Frisur.

»Ich bin mir sicher, du bist die hübscheste Debütantin von ganz Madrid, Elisa.«

Der Satz war in diesem für mich so schmerzlichen Moment wie das sanfte Streicheln einer Hand. Aus der Ferne hörte ich Musik, ich musste mich beeilen. Ich lächelte ihr zu, wollte ihr wenigstens einen kleinen Teil der Liebe zurückgeben, die sie mir Tag für Tag entgegenbrachte. Auch sie schenkte mir ein Lächeln.

»Komm, du wirst erwartet.«

Beim Verlassen des Zimmers waren meine Nerven zum Zerreißen gespannt, doch ich versuchte, meine Gefühle unter Kontrolle zu bringen. Die Anwesenden, die allesamt Richtung Treppe blickten, applaudierten. Ich zwang mich zu einem Lächeln und betete, dass ich nicht stolperte und kopfüber die Treppe hinunterfiel. Doch dann rief ich mir in Erinnerung, unter welch abenteuerlichen Umständen ich als Kind oft die fünfundzwanzig Stufen hinauf- und hinuntergegangen war. So lange war das noch gar nicht her. Und während ich noch darüber nachdachte, war ich schon fast bei den Gästen. Dreiundzwanzig, vierundzwanzig, fünfundzwanzig.

Zu ebener Erde fühlte ich mich wohler und schritt auf meine Tante zu, die mich fast schon liebevoll umarmte und aufforderte, mein schönstes Lächeln aufzusetzen und in die Kamera des Fotografen zu blicken. Sie hatte keine Kosten und Mühen für mein Fest gescheut, und die Genugtuung in ihrem Blick war nicht zu übersehen.

Danach folgten Begrüßungen, Danksagungen, Glückwünsche. Am Ende wusste ich nicht mehr, mit wem ich worüber gesprochen hatte. Benedetta und Candela warteten herausgeputzt im Salon. Sie nutzten die Gelegenheit, Blickkontakt mit dem ein oder anderen der vielversprechenden jungen Männer aufzunehmen, die meine Tante eingeladen hatte, um mich kennenzulernen. Wenig später kamen Señor Rodríguez de Aranda und seine Frau Cristina auf mich zu, um mich zu beglückwünschen. Sie reichten mir eine kleine Schachtel, in der sich ein Anhänger mit einem eingelassenen Smaragd befand. Ich drückte ihnen zum Dank einen Kuss auf die Wange und folgte dem Ruf der Musiker, die aufgehört hatten zu spielen, damit ich das Stück vortrug, das ich seit Monaten mit Señorita Rebeca eingeübt hatte.

Nach und nach wurde es still im Raum. Während ich mich ans Klavier setzte, hörte man noch das Murmeln derjenigen, die ihr Gespräch zum Abschluss bringen wollten, bevor der erste Ton erklang. Als ich zu spielen begann, verstummten auch die letzten Stimmen, und alle folgten mir in die Klangwelt von *Für Elise*. Ich ließ mich tragen durch die komplexe, dramatische Melodie, in der sich Momente großer Ruhe mit anderen größter Verzweiflung und tiefer Angst abwechselten. Meine geschlossenen Augen folgten der Partitur, und meine Finger übersetzten die Geschichte, die für immer auf dem Notenblatt eingefangen war. Erst die Nervosität, dann die Ruhe und das Stück von Beethoven, das alle kannten und mit dem jeder für sich in seine eigene Vergangenheit reiste. Und als Finale ohrenbetäubender Beifall, bevor das von meiner

Tante sorgfältig ausgewählte Ensemble sein Programm fortsetzte.

»Wunderbar, Elisa!«

»Ausgezeichnet gespielt.«

»Eine fantastische Interpretation.«

»Du hast wirklich Talent, mein Kind.«

Ich kehrte zu Benedetta zurück, die ebenfalls hin und weg war.

»Jetzt liegen dir die Verehrer reihenweise zu Füßen«, sagte sie im Brustton der Überzeugung.

»Unsinn, Benedetta.«

»Nur keine falsche Bescheidenheit. Der junge Mann neben Tomás José Salamanca-Trillo lässt dich nicht aus den Augen.«

»Das bildest du dir ein.« Ich errötete.

»Wenn du ihn ignorierst, hält er dich für eine arrogante Zicke.«

»Quatsch«, erwiderte ich trotzig.

»Du musst dich interessant machen. Tu so, als ob du mit mir über etwas wahnsinnig Interessantes redest, und sieh unauffällig zu ihm hinüber.«

»Wenn du mich auf den Arm nimmst, kannst du was erleben.«

»Vertrau mir.«

Ich folgte ihrem Rat. Ich plauderte munter drauflos und suchte dabei mit dem Blick nach dem jungen Mann, der mich angeblich nicht aus den Augen ließ. Tatsächlich. Er und Tomás José lächelten zu uns herüber, als wollten sie testen, ob sie sich zu uns gesellen könnten. Candelas Bruder hatte sich inzwischen zu einem recht gut aussehenden jungen Mann mit markantem Kinn entwickelt, das Haar trug er zurückgekämmt. Der Junge neben ihm hatte eine vorspringende Nase und ein sympathisches Gesicht. Kokett und uns unserer Reize bewusst, warteten wir, bis sie die Initiative ergriffen und auf uns zukamen. Ein ungekannter Adrenalinstoß erfasste meinen Körper, von den Füßen in den drückenden elfenbeinfarbenen Schuhen bis zu der aufwendigen Frisur. Ich atmete tief ein.

»Hallo, Elisa«, sagte Tomás José.

Ich zählte bis drei, um das Zittern in meiner Stimme unter Kontrolle zu bringen.

»Guten Abend, Tomás José.«

»Hallo, Benedetta.«

»Hallo«, erwiderte sie lächelnd.

»Ich möchte euch meinen guten Freund Enrique Mújica vorstellen. Das sind Señorita Elisa Montero, zu deren Ehren das Fest stattfindet, und Señorita Benedetta de Lucca«, erklärte er.

»Sehr erfreut«, sagten wir wie aus einem Munde.

Ich betrachtete den sympathischen jungen Mann näher, und sein Blick verriet, dass ich es ihm angetan hatte.

»Sensationell«, meinte er.

Ich sah ihn fragend an.

»Das Klavierspiel, meine ich«, schob er rasch nach.

»Vielen Dank. Ein paar kleine Ausrutscher waren dabei, aber zum Glück hat es niemand bemerkt.«

»Sie können beruhigt sein, das ist bestimmt nicht mal den Musikern aufgefallen.«

»Nochmals danke. Versprechen Sie mir, dass Sie das Geheimnis für sich behalten?«

»Was für ein Geheimnis?«, fragte er erstaunt.

»Na, meine kleinen Fehler«, sagte ich.

»Oh, ja, entschuldigen Sie. Schön dumm. Also ich, nicht Sie.«

Ich lächelte. Benedetta und Tomás José waren auf die Tanzfläche entschwunden, und die Art, wie sie sich anlächelten, ließ auf mehr hoffen.

»Señorita Elisa, könnten Sie sich eventuell vorstellen zu tanzen?«

»Aber ja «, erwiderte ich selbstsicher.

»Also mit mir, meine ich«, erklärte er zögernd.

Ich erinnere mich noch gut an die überbordende Freude bei meinen ersten Schritten in männlicher Begleitung. Unzählige Male hatte ich in meiner Fantasie durchgespielt, dass mich ein Verehrer zum Tanzen auffordert, und ich konnte es kaum fassen, dass der Moment tatsächlich gekommen war. Enrique Mújica war ein miserabler Tänzer, wie meine Füße bei jeder Drehung zu spüren bekamen. Trotzdem hielt ich tapfer die drei oder vier Stücke durch, die ich, gefangen in seinen Armen, seinen linkischen Schritten ausgesetzt war. Er war ein netter, witziger Kerl, der alles um ihn herum durch den Kakao zog. Ich amüsierte mich königlich, doch irgendwann zog ich weiter, auch um mich ein wenig interessant zu machen.

»Nach der Revolution in Russland und dem endlosen Kampf brauchen wir unbedingt mehr Zeitungen wie Ihre, Don Ernesto.«

»Vielen Dank für das Kompliment, Don Giancarlo. Es ist nicht zu fassen, wie viele Informationen uns jeden Tag aus Europa erreichen.«

An solchen Gesprächen teilhaben zu dürfen war zweifellos einer der größten Vorteile am Erwachsensein.

»Auch wenn unsere finanzielle Lage nicht gerade Anlass zur Freude bietet, können wir jede Art von Unterstützung brauchen«, fügte Don Ernesto hinzu.

Ich war sofort Feuer und Flamme.

»Ich könnte helfen«, sagte ich.

Alle starrten mich schweigend an, die Champagnergläser in der Hand. Es war nur die Musik im Hintergrund zu hören.

»Elisa …«, wies meine Tante mich sofort zurecht.

»Nein, warten Sie, Tante. Lassen Sie es mich erklären. Darf ich Ihnen einen Vorschlag unterbreiten, Don Ernesto?«

Die Blicke meiner Tante durchbohrten mich wie Pfeile. Insgeheim wartete sie nur darauf, dass meine Ausführungen von den anderen als Kinderei abgetan wurden.

»Was schwebt dir denn vor, Elisa?«

»Sie sagen, Sie können Unterstützung gebrauchen, und ich habe zwischen meinem Unterricht am Morgen und dem Essen freie Zeit. Ich könnte kommen und aushelfen. Es wäre ja nur für eine begrenzte Zeit.«

»Mein Fräulein, wie oft muss ich dir noch sagen, dass du dich anständig benehmen und keinen Unsinn reden sollst?«, wies mich meine Tante zurecht.

»Lassen Sie nur, Doña Manuela. Sie hat recht. Es spricht doch nichts dagegen, dass sie meine Sekretärin ein wenig unterstützt«, meinte Don Ernesto.

»Ich bitte Sie, Don Ernesto, eine Zeitung ist doch kein

Ort für eine Frau, und schon gar nicht für ein junges Mädchen«, mischte sich Don Giancarlo ein.

»Ganz meine Meinung«, pflichtete meine Tante ihm bei.

»Aber Tante, ich kann lesen, und ich kann Maschineschreiben. Sie haben es mir selbst beigebracht. Wäre das nicht eine gute Gelegenheit, mich darin zu üben und gleichzeitig noch etwas für meine Mitmenschen zu tun?«

Was hätte sie darauf erwidern sollen. Es widerstrebte ihr, dass ich arbeiten oder mich irgendwie nützlich machen wollte. Sie hatte mich dazu erzogen, eine anständige, gebildete, tatkräftige, kluge Frau zu werden und keine Redaktionssekretärin. Andererseits war meine Begeisterung ja überhaupt erst geweckt worden, weil sie mir die Zeitungen, die Bücher und die alte Schreibmaschine ihres verstorbenen Mannes zur Verfügung gestellt und nichts dagegen unternommen hatte, dass ich ihre abendlichen Versammlungen heimlich verfolgte … Aus einer Laune heraus oder aus einem anderen unerfindlichen Grund stimmte sie zu. Ich hüpfte vor Freude, versuchte aber, mich zu mäßigen, und fiel lediglich Don Ernesto um den Hals. Meine Tante stand vollkommen ungerührt da, und ich befürchtete schon, sie könnte ihre Meinung wieder ändern, aber Manuela Montero war eine Frau, die zu ihrem Wort stand.

Nachdem wir unsere Gaumen reichlich mit köstlichen Häppchen verwöhnt hatten, begann sich das Fest unter den letzten Klängen der Musik allmählich aufzulösen. Irgendwann war auch der letzte Gast verschwunden, und ich hatte keine Ahnung, dass mich an jenem Abend zwei

Männer nicht aus den Augen gelassen hatten. Der eine war – nicht zu übersehen – Enrique in seinem jugendlichen Überschwang, doch der andere sollte sich erst später zu erkennen geben. Und er sollte meinen Lebensweg entscheidend beeinflussen.

***

Der Sommer 1918 war eine Zeit vieler neuer Erfahrungen und spannender Entdeckungen. Auf einmal war ich eine Person, die man kannte und der man mit Respekt und Aufmerksamkeit begegnete. Andererseits wurde ich vom Strudel des »Was-werden-die-anderen-sagen« erfasst, von den beliebigen Kommentaren all derjenigen, die glaubten, zu allem und jedem ihre Meinung kundtun zu müssen. Ich gewöhnte mich schnell daran, darauf zu achten, welches Bild ich vor den anderen abgab, denn, wie sagte meine Tante so schön, »du wirst im Leben danach beurteilt, was du tust, nicht danach, was du zu tun beabsichtigst«.

Doch die Arbeit in Don Ernestos Zeitung erleichterte mir das Ganze. Meine Tante, die meine Entscheidung nach wie vor missbilligte, wurde nicht müde, mir vorzubeten, auf keinen Fall meine Pflichten zu vernachlässigen, sonst dürfte ich einen Monat lang mein Zimmer nicht verlassen. Und angesichts der Umstände und meiner unbändigen Lust, die Welt zu erkunden, hätte ich mir keine schlimmere Strafe vorstellen können. Sie gab Anweisung, dass Santiago mich mit der Kutsche zu meinem »Ehrenamt«, wie sie es nannte, fuhr und pünktlich wieder abholte. So musste Don Ernesto mir für meine

Dienste keinen Lohn zahlen, denn es sollte ja auf keinen Fall so aussehen, als ginge ich auch nur im Entferntesten einer »Arbeit« nach.

Um zehn Uhr morgens, als ich den Kirchbesuch hinter mir und meine Schularbeiten erledigt hatte, ging ich fein herausgeputzt die Treppen hinunter. Santiago stand neben der Kutsche und hielt mir die Tür auf. Auf der Fahrt verabschiedete ich mich innerlich von den herrschaftlichen Häusern, und in wenigen Minuten erreichten wir die Calle Velázquez, wo sich in einem neu erbauten Häuserblock die geheimnisumwobene Redaktion von *El Demócrata* befand, dem Tageblatt, das allmorgendlich seinen Leser acht Seiten neue Informationen bot.

Ein miesepetriger Mann in Uniform grüßte mich erstaunt. Er fragte, in welches Stockwerk ich wollte, und ich erwiderte nervös: »Zweites, bitte.« Er holte den Aufzug, ein eisernes Ungetüm mit quietschenden Ketten, die wie ein riesiger Flaschenzug das ganze Haus verbanden.

Oben angekommen, wurde ich von lautem Stimmengewirr empfangen. Damit hatte ich nicht gerechnet. Ich bekam es mit der Angst zu tun und wollte schon umkehren. Am liebsten hätte ich mich irgendwo verkrochen, bis keiner mehr wusste, wer ich war. Doch dann tauchte vor meinem geistigen Auge das Bild des Hauses auf, in dem ich zehn Jahre lang quasi eingesperrt gewesen war, Jahre, in denen ich mich durch nichts hervortun und nur durch die Fensterscheibe das Leben der anderen beobachten konnte. Das hier war meine Chance zu beweisen, dass ich mehr konnte, als die verquasten Regeln meiner Tante zu befolgen. Ich betätigte den schwarzen Türklopfer.

»Hallo, hübsches Ding, was hat dich denn hierher verschlagen?«, fragte ein mir unbekannter Mann.

Da blieb mir die Spucke weg. Was sollte das denn? Hatte ich mich in der Tür geirrt?

»Also, López, bitte!«, fuhr ihm jemand von hinten in die Parade.

Als ich Don Ernesto sah, lächelte ich erleichtert.

»Elisa, meine Liebe. Lass dich von diesem unverschämten Kerl nicht ärgern.«

»Guten Tag, Don Ernesto.«

Als ich eintrat, eröffnete sich mir eine neue Welt: Ein langer Raum voller mit Papier beladener Schreibtische, an denen mehrere Männer auf riesigen Schreibmaschinen tippten. Andere gingen nervös auf und ab. Durch die Fensterfront an der rechten Seite fiel das Licht des strahlenden Sommermorgens herein. Das Geräusch der Tasten vermischte sich mit dem Gemurmel und Geschimpfe der Angestellten. Es roch nach Zigarren, Papier und Tinte. Ich betrachtete eingehend die Journalisten, die sich hinter den Namen und Worten verbargen, durch die die Bürger der Stadt tagtäglich auf den neuesten Stand gebracht wurden. Sie waren keine Gelehrten oder Philosophen, sie vertrauten der Kraft der Worte, die sie, Architekten gleich, Stein für Stein zu einem Gesamtkunstwerk zusammenbauten.

»Darf ich dir meine Mitarbeiter vorstellen? Der mit dem losen Mundwerk, das ist Ramón López, einer unserer erfahrensten Journalisten. Er ist zuständig für das Gesellschaftsressort.«

»Es ist mir ein Vergnügen, Sie kennenzulernen, Señorita Elisa. Entschuldigen Sie meinen plumpen Auftritt vorhin«, sagte er zerknirscht.

»Das ist halb so wild.«

»Dort sitzt Isidro Fernández, und neben ihm Augusto Morales. Die Jungs weiter hinten, das sind Gonzalo und Lorenzo, unsere Setzer, die arbeiten normalerweise unten in der Werkstatt.«

»Sind sie schon lange hier? Ich meine, bei der Zeitung.«

»Sie sind alle von Anfang an dabei. Die zwei haben ich aufwachsen sehen, ich weiß noch, wie sie ihre Milchzähne verloren haben. Mit denen wirst du nicht viel zu tun haben. Und der Junge hinter dem Telegrafen, das ist Simón Recuero, unser Lehrling.«

Nach kurzem Geplänkel begaben wir uns zu den Büros. Zwei gegenüberstehende Tische in einem Vorzimmer bildeten eine Art Bollwerk, damit nicht jeder Besucher einfach in das Büro des Herausgebers stürmen konnte. Neben seinem Büro befand sich noch eine weitere unauffällige Tür, hinter der Alberto Villarroy, der Buchhalter, seinen Dienst verrichtete.

»Und das hier ist der Platz, von dem aus du uns unterstützen wirst.« Don Ernesto deutete auf einen der beiden Tische im Vorzimmer. »Besser gesagt Señora Carmen Idiazábal, meine Sekretärin.«

Erst in dem Moment registrierte ich die Frau, die an dem anderen Tisch einen Stapel Papiere ordnete. Ihr Blick hatte etwas Hintergründiges, das einem leicht entging, wenn man sich, fasziniert von ihrer in die Jahre gekommenen Schönheit, sogleich auf ihre knallroten Lippen konzentrierte. Ohne jede Eile erhob sie sich und stolzierte auf uns zu.

»Sehr erfreut. Du musst Elisa sein.«

»So ist es, Señora Idiazábal. Freut mich, Sie kennenzulernen. Ich werde tun, was ich kann, um Ihnen die Arbeit zu erleichtern.«

»Wie reizend!«, erwiderte sie mit aufgesetzter Freundlichkeit.

Für sie war ich wohl eher eine Last. Sie verdrehte die Augen und zündete sich eine Zigarette an. Sie bot mir auch eine an, was ich dankend ablehnte. Während ich noch wie gebannt dastand, begann sie herunterzuleiern, was alles zu tun, zu bedenken und zu beachten war. Ich konnte mir das alles unmöglich merken. Dann gab sie mir Anweisung, mich an meinen Platz zu setzen und unzählige Zeitungen nach Datum für das Archiv zu sortieren. Anfangs stellte ich mich noch etwas ungeschickt an, aber ich wurde von Woche zu Woche besser, und Señora Idiazábal gewöhnte sich schließlich an mich.

***

An jenem Donnerstag fand ich mich wie immer pünktlich zu Beginn der Gesprächsrunde in der Speisekammer ein. Die Gäste gossen sich Wodka ein, den sie gern für eine wirkungsvolle Pause in der Rede nutzten. Auch wenn ich immer noch nicht jedes Detail bei den unerwartet ablaufenden Diskussionen verstand, konnte ich die Gedanken und kritischen Betrachtungen doch allmählich einordnen.

Antonio Maura Montaner, der unter König Alfons XIII. insgesamt fünfmal das Amt des Ministerpräsidenten bekleidete, hatte nach der relativ kurzen Regierungszeit des Linksliberalen José Canalejas erneut die Amtsgeschäfte übernommen. Canalejas war am 12. November 1912 ermordet worden, was Pilar dazu veranlasst hatte, zwei Tage lang laut zu beten. Bei dem zweiten Amtsantritt Datos 1917, den 1921 dasselbe Schicksal ereilen sollte wie Canalejas, war die Regierungsbildung binnen weniger Stunden als Reaktion auf den Generalstreik einige Monate zuvor erfolgt, und Dato wurde bereits im November wieder abgelöst.

Die spanische Gesellschaft ging unter ständigen Regierungswechseln immer mehr in die Knie, bei denen die vermeintliche Volksmacht nur dazu diente, das Volk in Schach zu halten. Das Aufkommen anarchosyndikalistischer Gewerkschaften und der Sozialistischen Partei wurde durch die Russische Revolution vorangetrieben. So wuchs die Palette an Parteien, die keine Chance auf einen Sitz im Abgeordnetenhaus hatten; Frustration und Wut auf das Regime stauten sich an. Unterdessen bestimmten Korruption, Hunger und Analphabetismus weiter das Leben der Menschen auf dem Land oder in den Armenvierteln der Städte. Und so waren alle Debatten über eine Modernisierung der Gesellschaft zwangsläufig politisch eingefärbt, die nicht einmal wusste, was das Wort überhaupt bedeutete.

»Sie glauben also tatsächlich, dass wir Menschen in keinerlei Hinsicht frei sind, Don Luis?«, fragte Amancio Ballester provokant.

»So ist es. Wir sind geprägt von dem, was uns umgibt, vom sozialen Umfeld«, erwiderte Luis Bello.

»Und was sollte uns dann antreiben, uns weiterzuentwickeln, Kathedralen zu bauen und Gebiete zu erobern?«, fragte Ballester weiter.

»Weil die zarte Leine, die uns umfängt, manchmal nachgibt und es uns erlaubt, neue Wege zu gehen. Aber das können wir nur, wenn das Umfeld mitspielt.«

»Ich bin ganz Ihrer Meinung, Don Luis«, meinte Enrique Romero de Torres. »Sehen Sie sich doch mal um. In Lavapiés kann kein Kind seinen Namen schreiben, und wir hier trinken aus feinen französischen Kristallgläsern. Zeigt das nicht einmal mehr, wie das Schicksal unsere Entscheidungen beeinflusst?«

Die Diskussion über den sozialen Determinismus, der damals die Gemüter erhitzte, beschäftigte die klugen Köpfe eine ganze Weile. Überflüssig zu erwähnen, dass Leugner und Verfechter zu keiner Einigung kamen.

»Ich finde auch, dass die Stände in unserer Gesellschaft längst überholt sind«, ergriff Tomás Salamanca-Trillo das Wort.

»Wir reden nicht von Ständen, sondern von Schichten. Die häufig nicht minder erdrückend sind«, meinte Luis Bello.

»Sie reden wie einer dieser Kommunisten.«

»Ich glaube, Sie sind alle von Ortega y Gasset beeinflusst«, sagte Amancio Ballester.

»Und da tun sie gut daran«, feierte Manuel García Morente den Schriftsteller und Philosophen.

Ich fand diese kultivierten, rhetorisch geschliffenen

Wortgefechte äußerst amüsant. Ich beobachtete die Mienen der Disputanten, an denen man ablesen konnte, wie sie auf ihren Kontrahenten reagierten. Es war eine Art unsichtbarer Tanz, dem jeder folgen musste. Während ich gespannt auf die Antwort von Luis Bello wartete, ließ mich ein nervöses Räuspern aus der Küche aufhorchen. Ich richtete mich schnell auf und blickte direkt in das zornige Gesicht meiner Tante. Sie trat einen Schritt nach vorn und musterte die Klappe, durch die ich seit Jahren ihre Treffen belauscht hatte. Ich wich zurück, denn ich fürchtete, sie könnte mich packen und mir eine Standpauke halten. Sie trat einen weiteren Schritt auf mich zu, und ich konnte ihren schweren, warmen Atem spüren.

»Raus hier!«

Als ich ihrem Befehl nicht sofort Folge leistete, keifte sie: »Verschwinde!«

Ich lief davon, so schnell ich konnte, hoch in mein Zimmer, mein Herz schlug dabei wild. Ich fragte mich, was sie mit dem Auftritt bezweckte, nachdem sie meine Anwesenheit über Monate geduldet hatte. Vielleicht, so denke ich heute, hatte es mit meiner Arbeit bei der Zeitung zu tun – der einzigen Freiheit, die sie mir zugestand.

***

Von meinem Schreibtisch aus beobachtete ich Tag für Tag das bunte Treiben in der Redaktion, während die Zeit verstrich. Nicht alle Journalisten waren täglich dort anzutreffen, ein Teil von ihnen schrieb für verschiedene Zeitungen. So kam es nicht selten vor, dass man ihre Namen am nächsten Tag im *El Imparcial*, *El Debate* oder in der *La Vanguardia* fand. Aber ein paar Unverdrossene, die sich der wenig anerkannten Zunft der Journalisten verschrieben hatten, eilten für *El Demócrata* tagtäglich durch die Stadt zu den wichtigsten Ereignissen, damit die Bewohner Madrids am nächsten Morgen darüber lesen konnten. Dazu gehörte Isidro Fernández, ein erfolgloser Poet und Literat, der in den Berichten über das Tagesgeschehen einen Broterwerb gefunden hatte.

»Er behauptet, er habe einen Roman in der Schublade, der kurz vor dem Abschluss steht, aber das erzählt er seit 1903, und es kommt nichts«, verriet mir López, der als Ehebrecher und Schürzenjäger verschrien war. Augusto Morales hingegen wusste genau, was er wollte. Er hatte Don Ernestos Sympathie gewonnen, indem er ihm ständig Honig ums Maul schmierte, aber ich schätzte ihn wegen seiner breit gestreuten Kontakte. Er hatte einen guten Riecher für Sensationen. Aber manchmal versagte er auch.

»*La Corres! Heraldo! ABC! El Imparcial!* Alle! Alle außer uns haben über das Dementi des Außenministers berichtet, es seien keine zwei weiteren Schiffe an unserer Küste untergegangen!«

Das Donnerwetter brachte fast die Grundfesten des Gebäudes zum Erbeben. Ich war gerade dabei, die Post durchzusehen. Das war eine richtig große Sache. Die Veröffentlichung des Gerüchts, außer der *SS Atxeri-Mendi* seien zwei weitere Schiffe der spanischen Marine von ausländischen Mächten beschossen und versenkt worden, hatte dazu geführt, dass die verfassungsrechtlich garantierte Pressefreiheit ausgesetzt wurde. Der Krieg in Europa ging weiter und mit ihm die Angst und die internationalen Spannungen. Und die spanische Regierung beschuldigte die verantwortlichen Journalisten, durch die Verbreitung der falschen Nachricht Panik geschürt und gegen die Interessen des Vaterlandes verstoßen zu haben.

»Ich lese mal vor, was in *ABC* steht: *Als Außenminister Dato, der die Reporter in seinem Büro empfing, dazu befragt wurde, beklagte er die Haltung einiger Zeitungen, die unüberlegt Nachrichten veröffentlichten, um Panik in der Bevölkerung zu schüren. ›Sie können ergänzend hinzufügen‹, sagte er, ›dass die Nachricht falsch ist. Natürlich wäre die Regierung durch die Überwachung von Telefonen und Telegrafen die Erste, die von solchen Zwischenfällen erfährt, und ich kann Ihnen versichern, dass wir kein Telegramm erhalten haben, das die Gerüchte bestätigen würde. Im Gegenteil, wir haben Beweise, dass es sich um eine Falschmeldung handelt.‹*«

»Aus diesem Blickwinkel betrachtet ist das Ganze doch eine Nicht-Nachricht. Sie behaupten, was sie zuvor geschrieben haben, sei in Wahrheit gar nicht passiert«, verteidigte sich Fernández.

»So unklar, wie Sie sich ausdrücken, frage ich mich, warum ich Sie für meine Zeitung schreiben lasse, Fernández.« Don Ernesto machte eine theatralische Pause. »Ich frage mich, wieso um alles in der Welt keiner von euch unfähigen Idioten seinen Hintern in das Büro des Ministers bewegt hat.«

»Ich weiß nicht, wie das passieren konnte. Eigentlich hätte mich eine meiner Quellen über die Sache informieren müssen …«, erklärte Morales.

»Sagen Sie Ihrer Quelle, sie ist die längste Zeit für uns tätig gewesen. Nicht der geringste Hinweis! Nicht mal der Name Eduardo Dato taucht in unserem Blatt auf! Aber Sie, Fernández, ergehen sich über eine Seite in Betrachtungen zum Urlaub der königlichen Familie in San Sebastián. In den dortigen Zeitungen war mit Sicherheit etwas über das Dementi zu lesen. Was seid ihr nur für Pfeifen!«

In dem Moment klingelte das Telefon. Simón, der dafür zuständig war, nahm selbstbewusst ab, hörte interessiert zu und legte wieder auf.

»In einer halben Stunde tagt der Ministerrat«, rief er.

»Nichts wie hin! Los, los! Ich will eine überragende Schlagzeile für die morgige Ausgabe, und wenn ihr die ganze Nacht daran sitzt!«

Morales und Fernández verließen fluchtartig die Redaktion, gefolgt von dem Lehrling, der sich immer noch nicht von dem Anruf erholt hatte. Ich hatte die hitzige Diskussion mitbekommen und wünschte mir nichts sehnlicher, als dass auch ich an den wachsamen Löwen vorbei in das Parlamentsgebäude stürmen und Eduardo Dato meine Fragen stellen könnte. Ich hätte für mein Leben gern die Rede direkt aus seinem Mund gehört, bevor sie zur Nachricht wurde, gedruckt und gelesen und kontrovers diskutiert. Auch wenn es nur um ein paar Halbwahrheiten ging, die aus politischem Kalkül geschönt an ein paar ausgewählte Journalisten weitergegeben wurden. Aber mein Platz war an der Seite von Señora Idiazábal, die der Diskussion keinerlei Beachtung geschenkt hatte. Sie sah auf und blickte mich mit ihren pechschwarzen Augen über die Schreibmaschine hinweg an.

»Mach dir nichts draus, Kleines. Das kommt häufiger vor.«

Ich nickte. Wie gerne hätte ich mich neben sie gesetzt und sie mit Fragen gelöchert, was sie in all den Jahren als Redaktionssekretärin erlebt hatte. Über den Tag, an dem der Krieg angefangen hatte, über den Streik, über Marokko, über die Vereinigten Staaten von Amerika, über die Tragische Woche in Katalonien … Und so wandte ich mich nach dem freundlichen Gruß des stets gut gelaunten Señor Villarroy, der sich auf den Weg zu einem Besuch bei der Bank machte, wieder meinen Aufgaben zu.

***

Zu Beginn des Herbstes 1918 lernte ich Catalina Folch kennen. Benedetta hatte mir ein paar Tage zuvor vorgeschlagen, mit Enrique Mújica und Tomás José, den sie gerne wiedersehen wollte, ins Kino zu gehen. Erst hatte ich wenig Lust verspürt, Enrique zu treffen. Ich hatte den Verdacht, er wolle mir den Hof machen, und auch wenn mir sein Interesse schmeichelte und ich ihn witzig fand, brachte ich ihm doch keine tieferen Gefühle entgegen. Doch dann beschloss ich, meiner Freundin den Gefallen zu tun, selbst wenn ich in Erklärungsnöte kam.

Als ich aus der Tür trat, warteten die drei schon lachend auf mich.

»Na endlich, du Trödeltante«, riefen sie, und ich legte einen Schritt zu.

Ich stieg in den Landauer, den Señor Salamanca-Trillo seinem Sohn überlassen hatte, damit wir uns bequem fortbewegen konnten. Anfangs wählte Benedetta jedes Wort mit Bedacht und antwortete nur einsilbig auf die Fragen von Tomás José. Ich amüsierte mich prächtig mit Enrique, abgesehen davon, dass er ständig versuchte, meine Hand zu fassen, wogegen ich mich erfolgreich wehrte.

Die Kutsche fuhr um die Plaza de la Independencia mit dem Triumphbogen Puerta de Alcalá in der Mitte. Wie Flussarme flossen dort die Calle Serrano, die Calle Alfonso XII. und die endlose Calle Alcalá zusammen, in welche wir einbogen. In unserer jugendlichen Eitelkeit wollten wir uns der Stadt präsentieren und fuhren in der offenen Kutsche vom Prado zur Glorieta de Atocha, Madrids wichtigstem Bahnhof. Mit dem imposanten Gebäude im Hintergrund folgten wir der Calle Atocha Richtung Kino Ideal, wo wir uns *Mariucha* ansehen wollten, angeblich ein »bezauberndes Drama«, wie an dem Morgen in *ABC* zu lesen war.

Die elegante schwarze Kutsche setzte uns ein paar Blocks vorher ab, weil wir uns noch ein wenig die Beine vertreten wollten. Nicht nur gut betuchte Leute flanierten durch die Straßen, sondern auch Menschen aus bescheideneren Verhältnissen, wie man es in Madrid häufig sah.

Nachdem wir an der Kasse unsere Eintrittskarten gekauft hatten, begaben wir uns in den Saal und nahmen unsere Plätze ein. Enrique stellte mir törichte Fragen, weil er mich unbedingt zum Lachen bringen wollte, und mehr hatte er von mir auch nicht zu erwarten. Während ich verzweifelt versuchte, mich seiner Avancen zu erwehren, tippte mir jemand auf die Schulter.

»Verzeihung«, sagte eine Stimme.

Irritiert wandte ich mich um.

»Verzeihung, ich glaube, Sie sitzen auf meinem Platz.«

Mein Blick wanderte von der Eintrittskarte zu den granatroten Handschuhen und über die langen Arme zu einem feinen dunklen Kleid, das die schlanke Gestalt seiner Trägerin betonte. Sie trug einen schönen Hut mit einem braunen Band, unter dem vorwitzig ein paar braune Strähnen hervorlugten. Ihre aparten Gesichtszüge hatten etwas Exotisches, aber die junge Frau schien sich ihrer Attraktivität nicht bewusst zu sein oder sie ausspielen zu wollen. Geduldig wartete sie, bis ich eine Reaktion zeigte.

»Oh. Welche Platznummer haben Sie denn?«

»Die Acht«, erwiderte sie.

Ich hatte Platz Nummer sieben. Enrique, der sich bis dahin völlig unbekümmert gezeigt hatte, warf einen Blick auf seine Eintrittskarte und stellte fest, dass er die Nummer zwölf hatte.

»Das ist doch nicht wahr«, brummte er.

Doch wohlerzogen wie er war, erhob er sich und begab sich zu dem Platz am Ende der Reihe, den man ihm an der Kasse zugewiesen hatte. Die Frau setzte sich, nahm den Hut ab und zog die Handschuhe aus.

»Ich hoffe, ich habe Ihnen nicht den Abend verdorben«, entschuldigte sie sich.

»Keine Sorge, es ist besser so«, erwiderte ich.

»Ich versichere Ihnen, ich habe das nicht mit Absicht getan. Meine Freundinnen sitzen auch hier, sonst wäre ich mutterseelenallein dort in der Ecke.«

Ich konnte mich des Eindrucks nicht erwehren, dass es ihr überhaupt nichts ausgemacht hätte, auf dem entlegenen Platz zu sitzen, aber ich spürte, dass es eine glückliche Fügung war, dass sie neben mir Platz genommen hatte.

»Es macht nichts, wirklich.«

»Sind Sie zum ersten Mal hier?«, fragte sie.

»Oh, ja … in diesem Kino schon. Ich war bislang nur einmal im Kino, aber das ist ewig her.«

»In Barcelona war ich ständig im Kino, aber in Madrid noch so gut wie gar nicht.«

»Kommen Sie aus Barcelona?«

»Ja. Wie unhöflich von mir! Ich heiße Catalina Folch.« Sie streckte mir die Hand hin.

»Mein Name ist Elisa Montero, angenehm.«

Benedetta hatte nur Augen für Tomás José, und Enrique starrte in die Luft und fragte sich wohl, was er in einem anderen Leben verbrochen haben mochte, dass er diese Strafe verdient hatte. Ich bemerkte, wie er verstohlen meinen Blick suchte, aber ich konzentrierte mich auf das Gespräch mit Catalina und die Vorstellung ihrer Freundinnen. Mit Beginn des Films verstummten die Gespräche, und Musik und Applaus füllten den Raum.

Als der Film beendet war, versammelten wir uns, die Schwere der Nacht im Nacken, alle wieder am Ausgang. Señorita Folch verabschiedete sich mit einer sanften Bewegung ihrer Hand, die wieder in dem granatroten Handschuh steckte. Unser Quartett begab sich zu der feudalen Kutsche, die uns wieder nach Hause brachte. Noch ganz im Bann des Films, verabschiedete ich mich von meinen Begleitern und verschwand im Haus.

Catalina Folch hatte einen starken Eindruck bei mir hinterlassen. Es hatte mir gefallen, wie selbstbewusst sie sich unter den Leuten bewegte, offenbar völlig unbeeindruckt davon, was andere über sie dachten. Mit der Zeit verblasste die Erinnerung an den Abend im Kino, aber der Zufall wollte es – die Wege des Schicksals sind eben unergründlich –, dass wir Freundinnen wurden.

***

»Los, komm, Mädchen, wir müssen die beiden Schreibmaschinen zur Reparatur bringen. Nimm die da hinten und pack sie vorsichtig in den Koffer!«

Carmen Idiazábal liebte es, mich in ihrem kleinen Machtbereich herumzukommandieren.

»Ja, Doña Carmen. Sofort.«

Unter den spöttischen Blicken von López und den anderen schlug ich mich mit dem schweren Tastenungetüm herum.

»Brauchst du Hilfe, Kleine?«, fragte einer der Herren, der genüsslich an seiner Zigarette zog und sich an dem Schauspiel ergötzte.

»Nein, danke.«

Durch die Arbeit in einer Männerdomäne hatte ich einen gewissen Stolz entwickelt, der es mir unmöglich machte, Hilfe anzunehmen. Ich, der Neuling, den man feixend bei seinen ersten Gehversuchen beobachtete, wollte ihnen beweisen, dass ich es allein schaffte. Ich kämpfte mit dem Ungetüm, bis ich es im Koffer verstaut hatte, und schritt damit würdevoll zur Tür.

Wir eilten durch die Straßen, vorbei an den Passanten und den Kutschen am dunklen, unebenen Fahrbahnrand, und Señora Idiazábal trieb mich die ganze Zeit an. An jenem Dienstag Anfang Oktober konnte man unzählige Menschen bei der Arbeit sehen: die Maurer im Paseo de la Castellana, dem all die neu gebauten Palais und Gebäude anscheinend nichts anhaben konnten; den Bäcker an seinem Ofen in der Calle Juan Bravo; die freundlichen Inhaber der Geschäfte in der Calle del Cisne; die Kutscher, die den eleganten Damen auf dem Weg zur Messe die Tür aufhielten; die Polizisten zu Pferd, die ein wachsames Auge auf die Passanten hatten, dass ihnen ja kein Verbrecher durch die Lappen ging … Madrid, das war Leben, kühle Luft, verstopfte Straßen. Ich hatte den Koffer an mich gepresst und betete, dass ich nicht stolperte und die Reliquie zu Bruch ging.

»Ist es noch weit, Doña Carmen?«, fragte ich, als ich schon ein wenig zu schwächeln begann.

»Nein. Wenn du einen Zahn zulegst, sind wir auch schneller da. Wir müssen noch durch die Calle Fortuny und die Calle Almagro, und in der Calle Caracas ist schon das Geschäft.«

Ich schnaubte und ergab mich in mein Schicksal. Insgeheim stellte ich mir vor, wie ich ihr den Koffer vor die Füße warf. Und während ich die Minuten zählte, die mich noch von meinem Ziel trennten, winkte mir jemand von der anderen Straßenseite aus zu. Es dauerte etwas, bis ich die vornehme, große, schlanke Gestalt mit dem blonden Haar erkannte, die auf mich zukam.

»Guten Tag, Señorita Folch«, brachte ich schließlich hervor.

»Guten Tag, Elisa. Ich war mir erst nicht sicher, ob du es tatsächlich bist, aber ich vergesse nie ein Gesicht.«

Ich war überrascht, wie vertraut sie mit mir sprach. Doch schon bald sprangen ihre Energie und Herzlichkeit auf mich über. Ich bat Doña Carmen, die weitergegangen war, einen Augenblick zu warten. Das missfiel ihr natürlich.

»Was schleppst du denn da mit dir herum?«, fragte Catalina interessiert.

Neugierig betrachtete ich das Grüppchen, das auf der anderen Straßenseite auf sie wartete. Die Mädchen wirkten lockerer und freier als die, denen ich auf den Soireen begegnete. Doch Catalina Folch übertraf sie alle, da konnte ich nicht mithalten.

»Ich bringe mit Señora Idiazábal die Schreibmaschinen zum Geschäft, weil sie kaputt sind. Die Zeitungsredakteure können nicht arbeiten, wenn sie nicht richtig funktionieren. Sie sagen, Schreibmaschinen sind wie Musikinstrumente, nur dass sie anstelle von Klängen Texte hervorbringen«, erklärte ich ihr.

»Was? Du arbeitest bei einer Zeitung?« Die Bewunderung war ihr anzumerken.

»Sagen wir, ich unterstützte Señora Idiazábal bei den Sekretariatsarbeiten. Es ist eine Art Assistenz … «

»Das ist ja wahnsinnig interessant«, erwiderte sie.

Zum ersten Mal in meinem Leben teilte jemand mein großes Interesse für die Arbeit bei der Zeitung. Und als sie hörte, dass ich mein »Ehrenamt« beim *Demócrata de Madrid* verrichtete, bestürmte sie mich mit Fragen über die Journalisten und den Tagesablauf in der Redaktion. Ihre Begeisterung war wie eine belebende frische Brise, und voller Stolz berichtete ich ihr, wie die ersten Monate verlaufen waren. Eine wütende Ermahnung von Señora Idiazábal holte mich in die Wirklichkeit zurück und zwang mich, das nette Gespräch zu beenden. Immerhin schafften wir es noch, uns zu verabreden.

»Ich wohne in der Residenz für junge Damen von María de Maeztu. Gleich hier in der Straße, ein paar Blocks weiter, in der Nummer 30. Wenn du magst, kannst du am Donnerstagnachmittag auf einen Tee vorbeikommen. Dann können wir unser Gespräch fortsetzen«, sagte sie mit einem Blick auf Doña Carmen, die weiter ungeduldig mit den Hufen scharrte.

»Sehr gern. Darf ich eine gute Freundin mitbringen? Das Gespräch dürfte sie auch interessieren.«

»Selbstverständlich. Ich erwarte euch am Donnerstag um fünf.«

***

Benedetta war ebenfalls sehr angetan von Catalina, auch wenn sie sich nicht so sehr für ihre unkonventionelle Art begeisterte wie ich. Wir trafen uns fortan regelmäßig zu dritt, und es entwickelte sich mit der Zeit eine intensive Freundschaft mit vielen anregenden Gesprächen, in denen wir manch verrückten Plan schmiedeten. Meistens besuchten wir sie in der Residenz für junge Damen, und ich war jedes Mal aufs Neue beeindruckt von dem Ort. Die jungen Frauen hatten Kurse zur Allgemeinbildung belegt, einige studierten sogar an der Universidad Central. Catalina studierte an der berühmten Pädagogischen Hochschule, weil sie Lehrerin werden wollte. Ich war fasziniert von der Freiheit, mit der all diese jungen Frauen ihrem Berufswunsch folgten. Die Mehrzahl von ihnen kam aus bescheidenen Verhältnissen, aus Mittelklassefamilien, die ihre Töchter in die Hauptstadt schickten, damit sie etwas aus ihrem Leben machten.

Catalina hatte zum Beispiel das Glück, in eine Familie hineingeboren worden zu sein, die in Bezug auf das Frauenbild sehr fortschrittliche Ansichten hatte. Sie erzählte uns, für sie sei es keine Frage gewesen, dass sie berufstätig sein würde. Ihre Familie lebte seit Jahrzehnten in Barcelona, und sie war 1916 zum Studieren nach Madrid gekommen. Hier genoss sie eine Unabhängigkeit, die nur wenigen Frauen vergönnt war, und die liberalen Ideale fielen bei ihr durch die familiäre Prägung rasch auf fruchtbaren Boden. Doch trotz aller Unterschiede zwischen uns dreien hatten wir viel Spaß zusammen, und schon bald war sie aus unserem Leben nicht mehr wegzudenken. Meiner Tante war die Freundschaft natürlich ein Dorn im Auge. Vielleicht war ich deswegen so erpicht darauf, Catalina zu meiner engsten Vertrauten zu machen.

Einer der Tage, an denen ich unglaublich dankbar war, dass ich den Posten als zweite Sekretärin in der Redaktion bekommen hatte, war der 12. November 1918. Am Tag zuvor war der Zweite Weltkrieg in Europa zu Ende gegangen. Nachdem vier Jahre Nachrichten von nicht enden wollenden Kämpfen die Titelseiten beherrscht hatten, verkündeten sie jetzt das Ende des Konflikts. »Das Ende der Tragödie«, titelte *El Liberal*. »Der Krieg ist aus«, hieß es lakonisch bei *La Correspondencia de España*. »Foch schafft mit seinem Schwert die Grundlagen für den Waffenstillstand«, berichtete der *Heraldo*. *El Demócrata* hingegen schrieb feierlich: »Frieden um einen hohen Preis«. Die Schlagzeile, mit der die Bewohner der Hauptstadt an diesem Tag erwachten, war Fernández' Idee gewesen.

Wir konnten uns kaum noch an das Leben vor dem Krieg erinnern, doch schon bald trat das Kampfgeschehen in den Hintergrund, und die Leute begannen, über die Friedensverhandlungen zu diskutieren. Alle gaben Deutschland die Schuld an dem Massaker, das Unheil über Abertausende von Familien gebracht hatte, die nicht nur viele Tote zu beklagen hatten, sondern auch unzählige Verwundete und Kriegsversehrte. In Spanien, das bei der Tragödie glücklicherweise außen vor geblieben war, klammerten wir uns an die vergebliche Hoffnung, dass sich so etwas nicht wiederholen würde. Die Drähte mit Nachrichten der Presseagentur Fabra glühten heiß, und die Anspannung in der Redaktion stieg: Ohne die nationalen Belange zu vernachlässigen, berichteten die Redakteure fieberhaft über die internationalen Entwicklungen.

Zwischen dem Tumult in der Redaktion, dem Don Ernesto lautstark Einhalt zu gebieten versuchte, der Rennerei von Simón, der in dem bescheidenen, aber gut ausgestatteten Büro von einer Informationsquelle zur nächsten hetzte, und den nicht abreißenden Befehlen Señora Idiazábals wurde mir klar, dass Kriege nicht von jetzt auf gleich vorbei waren. Nachdem die ersten weißen Taschentücher geschwungen und Friedenserklärungen und Unterschriften zu Papier gebracht worden sind, beginnt das mühselige Unterfangen, durch Worte zu besiegeln, was man dem Feind im Kampf nicht abringen konnte. Der Verlierer muss vergessen, wofür er in vier Jahren endloser Scharmützel gekämpft hat, wofür er Kameraden sterben gesehen hat, er muss einsehen, dass es sinnlos war, und sich den Befehlen desjenigen beugen, der seine Leute massakriert hat. Der Sieger hat dank seiner strategischen Vision, seiner Kunst der Kriegsführung, seiner Kampfstärke – oder vielleicht auch nur aus reinem Zufall – das Sagen. Noch einen Monat nach Kriegsende waren jeden Morgen Wörter in den Zeitungen zu finden, die uns an den Krieg erinnerten: Alliierte, Wilson, Großer Krieg, Sieg, Ende, Nationen …

Und inmitten der sich überstürzenden Ereignisse in Europa, die ich jeden Tag in der Redaktion mitbekam – und auch in Spanien herrschten ja unruhige Zeiten –, begann das Jahr 1919. Weihnachten verging mit Messebesuchen, Abendessen und Festen, nach denen meine Tante mir in den Ohren lag, es sollte mir doch allmählich mal gelingen, einen geeigneten Verehrer an Land zu ziehen. Ich verbrachte meine Zeit jedoch lieber im Trio mit Benedetta und Catalina. Wir hatten damals nicht viele Freiheiten, aber wir nutzten unseren Spielraum, so gut wir konnten.

Ich erinnere mich noch gut daran, wie aufgewühlt ich immer war, wenn ich die Zeitungsredaktion betrat. Ständig hoffte ich auf ein Wunder, das es mir ermöglichte zu schreiben. Aber die Realität sah anders aus. Den Argusaugen meiner Tante entging nichts, auch wenn sie selten zu Hause war. Ständig predigte sie, es sei meine oberste Pflicht, eine nützliche Frau zu werden, die es verdient, von einem Mann geehelicht zu werden, der etwas darstellte. Ich verachtete sie dafür.

***

»Nun ist es heraus: Tomás José hat kein Interesse an mir«, klagte Benedetta.

Wir spazierten durch die Calle del Arenal und trotzten in unseren dicken Wintermänteln der Februarkälte.

»Ich finde, du solltest dir nicht so deutlich anmerken lassen, dass du hinter ihm her bist … Er muss das Gefühl haben, dass du nicht so leicht zu haben bist«, meinte Catalina.

»Da bin ich ganz deiner Meinung«, sagte ich.

»Seid ihr sicher?«

»Sieh mal, Benedetta, im Leben zählt Schein mehr als Sein. Er wird sich in dich verlieben, wenn du dir nicht in die Karten schauen lässt. Sonst wirst du bis in alle Ewigkeit das Mädchen bleiben, mit dem er als kleiner Junge gespielt hat.«

»Aha, *das* sieht er also in mir …«

»Nur du kannst das ändern«, erklärte ich. »Allerdings ist mir schleierhaft, was du an ihm findest. Mir hat er immer Angst gemacht. Wenn ich daran denke, was er früher mit unseren Puppen angestellt hat …«

»Was weiß ich. Er sieht gut aus, er ist witzig, intelligent, stark … eben ein Mann, wie ihn sich eine Frau nur wünschen kann.«

Catalina hüstelte. Ein Mann wie Tomás José entsprach natürlich keineswegs ihrem Ideal eines Ehemanns. Es war die Frage, ob sie überhaupt einen Mann suchte. Ich hingegen träumte insgeheim davon, dass eines Tages ein Verehrer um meine Hand anhielt, auch wenn ich mich gegen den Druck meiner Tante sträubte. Catalina war in vielerlei Hinsicht anders als wir, aber in diesem Punkt war sie besonders. Als wäre ein normales Leben ihr einfach zu gewöhnlich.

Nach diesem angenehmen Spaziergang an der frischen Luft lud Benedetta uns zu einem kleinen Imbiss ein. Eine Zofe in tadelloser Uniform servierte uns Milch in kleinen Tassen aus chinesischem Porzellan, während eine andere ein Tablett mit Gebäck auf den Kaffeetisch stellte. Catalina, die für Förmlichkeiten nichts übrig hatte, griff sofort zu.

»Köstlich«, befand sie. »Na, und jetzt erzähl mal: Wie läuft es bei der Zeitung?«

»In der letzten Zeit ging es drunter und drüber. Es kommen ständig neue Nachrichten über den Streik in Barcelona. Der arme Fernández wird förmlich erschlagen von Informationen, und Simón hängt die ganze Zeit am Telefon.«

»Meine Eltern sagen, die Lage sei äußerst angespannt. Truppen hätten Barcelona besetzt und wollen mit der Energiegesellschaft verhandeln.«

»Die Dunkelheit in der Nacht muss beängstigend sein. Wenn alles auf einmal stockfinster ist«, sagte ich.

»Na ja, sie haben Kerzen, um im Haus Licht zu machen, aber es stimmt schon, in ihrem letzten Brief hat meine Mutter geschrieben, man sollte abends besser nicht auf die Straße gehen.«

»Manchmal habe ich das Gefühl, die Welt steht Kopf. Die Demonstrationen in Granada, der Streik in Barcelona, die Friedensverhandlungen in Europa, der Bolschewismus in Russland …«, bemerkte ich.

»Das liegt nur daran, dass du beim *Demócrata* arbeitest. Solche Sachen sind nicht für deine Ohren bestimmt, Elisa. Am Ende nimmst du noch psychischen Schaden«, meinte Benedetta im Brustton der Überzeugung.

»Hör nicht auf sie«, raunte Catalina mir zu. »Nun, kommen wir zum wichtigen Thema: Wie steht es mit den Vorbereitungen?«

Benedetta verzog das Gesicht. Eines der großen gesellschaftlichen Ereignisse des Jahres 1919 würde die Hochzeit von Giancarlo de Lucca mit Carmen Bernardo sein. Benedetta war alles andere als begeistert von der Verbindung, denn bislang war sie der Augenstern ihres Vaters gewesen. Ihr Vater hatte seine künftige Frau letzten Herbst bei einer Wohltätigkeitsveranstaltung im Hotel Ritz kennengelernt, an der auch das Königspaar teilgenommen hatte. Wie sie sagten, war es Liebe auf den ersten Blick gewesen. Sie kamen zusammen, und schon nach drei Monaten hatte Giancarlo um ihre Hand angehalten.

Benedetta war scheinbar die Einzige, die sich nicht über die frohe Botschaft freute. Alle anderen, die dem glücklichen Paar freundschaftlich verbunden waren, fieberten der Hochzeit entgegen. Sie konnten es kaum erwarten, sich in neuen Kleidern mit prunkvollen Geschmeiden auf dem gesellschaftlichen Parkett zu präsentieren und ein wenig anzugeben, lohnende Beziehungen zu knüpfen, die Gerüchteküche anzuheizen, originelle Geschenke zu bestaunen und vieles mehr. Seit Monaten wurde über nichts anderes gesprochen, und da galt es, bestens vorbereitet zu sein. Meine Tante bildete da keine Ausnahme. Und so waren wir wieder häufiger bei Doña Alicia zu Gast, die mit gewohnter Sorgfalt und Hingabe unsere Kleider schneiderte.

***

Ich war gerade dabei, Belege für unseren Buchhalter Señor Villarroy zu ordnen, als es an der Tür klingelte. Es war Cristina Ribadesella. Sie wollte ihrem Mann einen Besuch abstatten und ließ es sich nicht nehmen, die gesamte Belegschaft zu begrüßen. Die Redakteure waren wie ausgewechselt: keine spöttischen Kommentare, keine wohlmeinenden Klapse, kein flapsiges Auftreten, keine Befehle quer durch die Redaktion zu dem geduldigen Simón. Mit der Würde einer Marquesa blieb sie bei jedem einen Moment stehen und fragte nach der Familie, aktuellen Projekten oder im Falle von Fernández nach dem neuen Roman. Auch mit den Setzern, die, angelockt von der weiblichen Stimme, gekommen waren, um die Frau des Chefs zu begrüßen, wechselte sie ein paar Worte. Schließlich kam sie zu mir und nahm meine Hand.

»Elisa, meine Liebe, wie ist es dir ergangen?«

»Bestens, Doña Cristina, ich kann nicht klagen. Alle behandeln mich sehr freundlich.«

»So soll es sein … Gott weiß, warum du dieses Faible für die Zeitung hast, aber entscheidend ist, dass du dich wohlfühlst.«

»Ich weiß, Doña Cristina. Am liebsten wäre ich jeden Tag hier.«

Sie beugte sich zu mir und flüsterte mir ins Ohr: »Ich glaube, das nennt man Berufung.« Lächelnd verabschiedete sie sich.

Anfangs hatte Cristina Ribadesella, wie alle anderen Freunde meiner Tante, geglaubt, mein Wunsch, in einer Zeitungsredaktion zu arbeiten, würde sich irgendwann legen. Doch meine Beharrlichkeit hatte sie wohl überzeugt, dass es sich nicht nur um eine Laune handelte. Aber ich war umsichtig genug, das nicht laut auszusprechen. Die tiefe Verbundenheit und die Seelenverwandtschaft zwischen Don Ernesto und seiner Frau schufen eine angenehme, warmherzige Atmosphäre. Aus all ihren Worten, Blicken, Gesten, selbst noch aus ihrem Schweigen, sprach Zuneigung. Ich fand das faszinierend. Ich fragte mich, ob sie wohl wussten, was für ein Geheimnis meine Tante in den letzten Monaten mit sich herumtrug. Versiegelte Umschläge von einem unbekannten Absender zauberten ein Lächeln auf ihr Gesicht, das jedem, der wusste, wie schwer ihr ein solches zu entlocken war, stutzen ließ.

An dem Abend war ich mit Catalina in ihrer Residenz verabredet. Es handelte sich um ein dreistöckiges Gebäude mit mehreren Kaminen auf dem Dach. Hohe Fenster zierten die hellen Mauern und verbanden die Zimmer und Salons mit der Außenwelt. Das Gebäude war von einem eingezäunten Garten mit altem Baumbestand umgeben. Als ich den weitläufigen Außenbereich betrat, sah ich ein paar Mädchen vergnügt Tennis spielen. Andere spazierten umher und genossen die erste Frühlingssonne im April.

Ich ging weiter und entdeckte Catalina auf der Treppe vor der Terrasse. Sie war, wie so oft, in eines der vielen Bücher vertieft, die sie von Woche zu Woche verschlang. Eine Mitbewohnerin gab ihr Bescheid, und sie kam mir entgegen. Wir betraten das ehrwürdige Gebäude, das die ersten weiblichen Studenten in Madrid beherbergte.

Die Residenz für junge Damen existierte erst seit vier Jahren. Sie lag in der Calle Fortuny Nr. 30 und war 1915 eröffnet worden, fünf Jahre später als das Männerwohnheim. Die Leiterin war die angesehene Pädagogin María de Maeztu, die Schwester des Journalisten und politischen Theoretikers Ramiro de Maeztu. Es hieß, sie habe in jungen Jahren zum Lehrerberuf gefunden, als sie ihre Mutter in Bilbao bei der Leitung einer Mädchenschule unterstützen musste, und wie Catalina mir versicherte, war sie eine einzigartige Leitfigur. Sie kümmerte sich um jede einzelne Studentin – das waren damals immerhin bereits mehr als achtzig –, und die Mädchen betrachteten sie als eine Art Ersatzmutter in der großen Stadt.

Im Foyer tummelten sich junge Frauen verschiedenen Alters. Die Älteren trugen zum Teil kurzes Haar. Ich wusste, dass dies anderswo in Mode war, aber ich sah es zum ersten Mal mit eigenen Augen.

»Señorita Folch, Señorita Folch«, rief eine Frau, die aus einem der Zimmer kam. »Denken Sie daran, dass die Direktorin Sie morgen um drei in ihrem Büro sprechen will.«

»Ja, Doña Eulalia, ich weiß. Ich habe es mir aufgeschrieben«, erwiderte Catalina.

»Sie haben Besuch?«

»Ja. Das ist Señorita Elisa Montero. Sie leistet uns beim Tee Gesellschaft. Doña María weiß Bescheid.«

»Sehr schön. Ein weiterer Kopf, der mitdenkt und mitdiskutiert, das kann nicht schaden. Dann lasst euch mal nicht aufhalten.«

»Das ist Eulalia Lapresta, die rechte Hand von Doña María«, flüsterte mir Catalina zu.

Es kam nicht oft vor, dass sich Mädchen von außerhalb zu den nachmittäglichen Diskussionsrunden einfanden. Catalina hatte die Direktorin zuvor um Erlaubnis gefragt, ob ich ab und zu teilnehmen darf. Doña María de Maeztu hatte nichts dagegen. Sie befürwortete es, wenn junge Frauen Fragen stellten und ihre Sichtweisen einbrachten. Wir gingen in den Teesalon, einen Raum mit großen Fenstern und langen Vorhängen. Auf dem Parkettboden standen mit Stoff überzogene Sessel, Korbstühle und Holzbänke mit dicken Kissen. Einige Mädchen saßen schon, und andere liefen in dem großen Raum umher. Insgesamt waren es sieben. Catalina kannte die meisten gut, aber sie begegnete allen mit derselben Liebenswürdigkeit. Und so war auch ich von der ersten Minute an akzeptiert, auch wenn ich anfangs kaum etwas zu den Gesprächen beitrug.

Nachdem ich mich hingesetzt und mit den Mädchen ein paar Worte gewechselt hatte, trudelte die Letzte ein. Als auch sie Platz genommen hatte, begann ein Gespräch über den bevorstehenden Besuch Marie Curies in Spanien. Sie würde am Ersten Nationalen Medizinkongress im Teatro Real teilnehmen. Einige beklagten, dass an der Medizinischen Fakultät der Universidad Central immer noch keine Frauen zugelassen waren. Denn obwohl die Anwesenden alle Abitur hatten und studierten, blieb ihnen der Weg zum Medizinstudium versperrt. Insgesamt waren damals nur etwas mehr als dreißig Frauen an der Universität eingeschrieben.

»Bestimmt werden bald auch Frauen in der Medizin zugelassen. Die Zeit wird es richten«, prophezeite ein Mädchen, das mit Catalina an der Pädagogischen Hochschule studierte.

»Ich finde, wir sollten eine offizielle Klage einreichen. Es ist entwürdigend, dass wir immer noch von einigen Fächern ausgeschlossen sind«, meinte eine andere.

»Euer Wort in Gottes Ohr, aber noch dürfen Frauen ja nicht mal an der Anatomievorlesung teilnehmen. Ob wir es noch erleben werden, dass Frauen Ärztinnen werden?«

»Ich finde, wir sollten unbedingt aktiv werden«, warf Catalina ein.

»Aber Marie Curie *ist* eine Frau. Und sie hält Vorträge auf der ganzen Welt.«

»Ja, aber sie ist Französin. Und Frankreich und Spanien kann man nicht vergleichen.«

»Sind wir in Spanien denn so anders, Señorita Folch?«, wollte eine junge Frau von Catalina wissen.

»Das kann man wohl sagen. Unser Land ist rückständig, und zwar in vielerlei Hinsicht. Vielleicht liegt es an der unfähigen Regierung oder an unserer Rückwärtsgewandtheit, an der tief verwurzelten Angst wegen des Verlusts der Kolonien.«

»Meiner Ansicht nach tut die Regierung, was sie kann.

Nicht auszudenken, wenn die Bolschewiken das Sagen hätten«, befand eine weitere Kommilitonin Catalinas.

»Einige meinen, so schlimm wäre das gar nicht. Man sollte sich von der Presse nicht ins Bockshorn jagen lassen.«

»Da haben wir doch eine Fachfrau hier! Oder, Elisa? Sie arbeitet beim *Demócrata de Madrid*«, sagte Catalina.

»Stimmt das? Und dürfen Sie Ihre Artikel firmieren?« Jetzt hatte Elisa die volle Aufmerksamkeit der jungen Frauen.

»Ja, das stimmt. Also, dass ich dort arbeite, nicht das mit den Artikeln. Ich arbeite nur im Sekretariat, aber ich kann die Redakteure bei der Arbeit beobachten. Es stimmt, dass die Zeitungen manchmal die Tatsachen bis zur Unkenntlichkeit verzerren. Aber was an Informationen über den Bolschewismus reinkommt, hört sich nicht vielversprechender an als andere Ideen, die man in den Zeitungen findet. Außerdem ist es ja kein Geheimnis, dass die Zeitungen von der Regierung angewiesen werden, bestimmte Themen außen vor zu lassen. Man sollte immer mehr als eine Zeitung lesen, um informiert zu sein«, erklärte ich.

»Das ist eine echte Herausforderung. Man muss ja schon zufrieden sein, wenn die Leute überhaupt lesen können …«, erwiderte Catalina.

»Vielleicht sollten Leute wie wir es sich zur Angewohnheit machen und diese eines Tages an unsere Kinder weitergeben. Die Zeitung ist das Tor zu einer Wirklichkeit, die weit umfassender und komplexer ist als die, die wir tagtäglich mit unseren Augen erfassen können. Wir sollten die Zeitung zu einem Instrument von Bildung und

Entscheidungsfähigkeit machen, aber das setzt voraus, dass sie ein fester Bestandteil des Alltags wird, ebenso wie das Händewaschen.«

Die anderen sahen mich an. Meine Argumente hatten sie offenbar überzeugt.

»Sie sollte unbedingt schreiben«, warf eines der Mädchen ein.

»Allerdings!«, stimmten die anderen ihr zu.

»Vielleicht sitzt hier gerade eine neue Colombine vor uns, meine Damen. Und vergesst nicht, dass ich sie hergebracht habe«, scherzte Catalina.

Ja, sie hatten recht. Es wäre nur gerecht, wenn sie mich schreiben, redigieren, veröffentlichen ließen. Aber ich lief jedes Mal ins Leere, wenn ich Don Ernesto oder meiner Tante den Vorschlag unterbreitete. Sie waren stur wie die Maulesel, aber ich stand ihnen in nichts nach.

Damals ahnten wir es noch nicht, aber um uns herum saßen vielversprechende Talente, die in den nächsten zehn Jahren auf ihrem Feld brillieren würden. Und die Zeit sollte schneller vergehen, als wir dachten.

3

In den Tagen vor dem großen Ereignis strotzte meine Tante nur so vor Energie. Man hätte meinen können, es sei *ihr* Ehrentag. Mal war sie übermäßig herzlich, dann wieder gängelte sie mich am laufenden Band. Sie verlangte sogar, ich solle der Zeitung fernbleiben, damit ich mich um die letzten Details kümmern konnte. Ich hielt das zwar für überflüssig, gab aber widerwillig nach, weil ich meine Arbeit nicht aufs Spiel setzen wollte. In den letzten Tagen vor der Hochzeit gingen wir allmorgendlich zur Messe in die Kirche San José, wo meine Tante bei allen, die wir dort trafen, damit angab, dass sie zu den geladenen Gästen der Hochzeit gehörte, und mich überall vorstellte. Seit meiner Einführung in die Gesellschaft vor knapp einem Jahr hatte sie nicht aufgehört, mich wie auf dem Viehmarkt anzupreisen.

Angesichts ihrer Ausgelassenheit fragte ich mich, ob die Briefe, die sie heimlich las, nicht von einem Verehrer stammten.

Dafür war meine liebe Freundin Benedetta umso unglücklicher. Sie zählte die Stunden bis zu der Hochzeit, der sie voller Bitterkeit und Widerwillen entgegensah. Catalina und ich setzten alles daran, sie aufzuheitern und daran zu hindern, dass sie davor davonlief.

Die Zeremonie fand am 26. April 1919 um zwölf Uhr mittags in der Kirche Los Jerónimos statt, wo auch das Königspaar getraut worden war. Und die Feier wäre in der Tat eines Monarchen würdig gewesen. Es gab ein rauschendes Fest, bis das Brautpaar zu seiner Hochzeitsreise nach Tanger aufbrach. Man setzte große Erwartungen in das Paar, denn die Familie der Braut genoss ein hohes Ansehen und war eng mit der Konservativen Partei verbunden. Der aus Italien stammende Bräutigam unterhielt zudem zahlreiche internationale Beziehungen nicht nur zu seinem Geburtsland, sondern über den ganzen Erdball hinweg.

Als folgten sie einem Protokoll am britischen Hof, schritten die Gäste gesittet nacheinander über die Haupttreppe in die Kirche. Die Männer, klassisch mit Anzug und Melone, bildeten den perfekten Hintergrund zu den farbenfrohen, extravaganten Roben der Damen. Einige hatten sich für Kleider mit V-Ausschnitt entschieden, andere, wie ich, für den Empire-Stil, der damals äußerst populär war. Manche Frauen trugen aber auch Tuniken oder orientalisch anmutende Gewänder, die sich dank des Modeschöpfers Paul Poiret eine Weile großer Beliebtheit erfreuten. Man sah Spitze, Bleistiftröcke, Puffärmel, mit Federn verzierten Kopfputz, spektakuläre Hüte mit frischen Blumen, atemberaubende Halsbänder, keck zur Schau getragene Knöchel, elegante Sonnenschirme. Kutschen und Autos spuckten ununterbrochen weitere Gäste aus, die von den Anwohnern bestaunt wurden, welche dem bunten Aufgebot mehr oder weniger zufällig beiwohnten.

»Santiago, halten Sie direkt vor dem Eingang. Man soll sehen, wie wir ankommen«, befahl meine Tante.

Die prächtige Treppe markierte den Weg zum Altar, vor dem die Brautleute sich vor Gott ewige Liebe schwören würden. Ich raffte meinen Rock, wie meine Tante es mich gelehrt hatte, und begann, die Stufen hinaufzusteigen. Der perlmutterne Taft mit dem blauen Tüll glänzte im Sonnenlicht. Meine Tante, wie immer in Schwarz, grüßte einige Bekannte auf den oberen Stufen. Ihr Gesichtsausdruck war hochmütig und stolz. Ich folgte ihr, wobei ich versuchte, etwas mehr Demut und Bescheidenheit auszustrahlen.

Als wir die Kirche betraten, sah ich Catalina, die neben Enrique Mújica saß. Sie war als Freundin der Tochter des Bräutigams eingeladen, hatte sich aber zu den Mújicas gesetzt, weil die Familienbank bereits von den Brauteltern besetzt war. Ich hauchte beiden einen Kuss auf die Wange und merkte sofort an Enriques Blick, dass dies das Feuer in ihm neu entfachte. Ich errötete. Doch da wurde ich schon von meiner Tante an den für uns vorgesehenen Platz neben dem Ehepaar Ballester und zwei alten Damen gerufen, die schätzungsweise hundert Jahre alt waren.

Das Erscheinen der Braut war die Sternstunde des Tages. Das weiße Seidenkleid, das ihre Eltern ein Vermögen gekostet haben musste, war mit Perlen besetzt und hatte hübsche Spitzenborten an dem quadratischen Ausschnitt und den Ärmeln. Der Rock fiel anmutig bis zu den Knöcheln herab und verschmolz hinten mit dem Schleier, der mit einer goldenen Brosche an einer Seite des Kopfes festgehalten wurde. Auch wenn wir sie nicht leiden konnten, weil sie so eingebildet war, konnte man ihr ihre Schönheit nicht absprechen. Die Brautmutter weinte während der Zeremonie ununterbrochen.

Das Amen des Priesters verkündete das Ende der Trauung, und die Gäste verließen die Kirche. In Grüppchen begaben sich alle zum Hotel Ritz ein paar Straßen weiter, wie es in der Einladung stand. Die Marmorsäulen im Foyer hatten es mir sofort angetan, und die Treppe, die sich zum ersten Stock hinaufwand, erweckte in mir wieder den kindlichen Drang, verbotene Räume zu erkunden. Für die Hochzeitsgesellschaft war der imposante Salon Alfons XIII. im Erdgeschoss reserviert. Man konnte von dort aus in den Garten hinaustreten, wo bis zum Eintreffen des Brautpaars eine kleine Stärkung gereicht wurde. Die Klänge des Orchesters waren drinnen wie draußen zu hören und verliehen dem prachtvollen Ambiente, in dem man sich wie in einem echten Königspalast fühlte, eine heitere Leichtigkeit.

Als das Brautpaar erschien, applaudierten die Gäste. Das Paar begrüßte der Reihe nach alle Anwesenden, dann nahmen wir unsere Plätze ein. Zum Glück hatte Benedetta dafür gesorgt, dass Catalina gemeinsam mit der Familie Salamanca-Trillo zu meiner Tante und mir an den Tisch gesetzt wurde. Mit ihr waren die großspurigen Reden meiner Tante und Candelas Prahlereien leichter zu ertragen. Candela war frisch verlobt, und ihr künftiger Mann, Miguel Uribe, saß auch mit am Tisch.

»Elisa hat mir erzählt, Sie studieren Pädagogik, Señorita Folch«, eröffnete meine Tante das Gespräch.

»Ja. Es ist mein zweites Jahr an der Pädagogischen Hochschule«, erwiderte Catalina.

»Und Sie möchten Ihr ganzes Leben lang Lehrerin sein?«

»So ist der Plan. Aber es ist vielleicht etwas verfrüht, mit einundzwanzig schon zu sagen, was ich den Rest meines Lebens machen will.«

»Entschuldigung, wenn ich mich einmische, aber da muss ich dir widersprechen. Ich bin auch ungefähr in deinem Alter, und ich weiß genau, dass ich den Rest meines Lebens mit meinem geliebten Miguel verbringen will«, säuselte Candela und sah ihren Verlobten schmachtend an.

»Das ist gar nicht so ungewöhnlich, oder?«, bemerkte meine Tante.

»Sie haben recht. Vielleicht bin ich der Paradiesvogel in der Runde. Ich verspreche, ich werde Sie informieren, sobald ich meine Entscheidung getroffen habe.«

Ich musste innerlich lachen. Auf ein schier endloses Menü mit Truthahn, Fisch, Gemüsemousse, Soufflés, Lamm und vielem mehr folgte der gesellige Teil, in dem einige Paare das Tanzbein schwangen. Catalina und ich zogen uns in eine Ecke des Salons zurück und beobachteten voller Bewunderung, wie die Röcke der Damen über die Tanzfläche rauschten. Irgendwann kam ein gut aussehender junger Mann auf uns zu und forderte Catalina zum Tanz auf. Genau in dem Moment kam Don Ernesto vorbei und begrüßte mich herzlich, aber schon bald wurde er von Bekannten fortgerufen. Enrique Mújica nutzte die Gelegenheit, mich aufzufordern. Er sah mir beim Tanzen tief in die Augen und wollte mir unbedingt ein Lächeln entlocken, das aber eher aufgesetzt war und nicht von Herzen kam.

»Sie sehen bezaubernd aus, Señorita Elisa«, sagte er.

»Vielen Dank für das Kompliment.«

Ich wandte den Blick ab, als suchte ich etwas im Raum, damit er merkte, dass mir seine Avancen unangenehm waren. Doch er ließ nicht locker. Als ich sah, wie Benedetta ein Glas Champagner nach dem anderen in sich hineinkippte, hatte ich einen Vorwand gefunden zu verschwinden. Ich ließ ihn einfach auf der Tanzfläche stehen.

»Benedetta, was tust du da?«

»Was schon? Trinken. Ich habe Durst«, erwiderte sie schlecht gelaunt.

»Was ist denn los?«

»Was los ist? Na, was wohl. Mein Vater hat eine Hexe geheiratet. Das ist das Erste. Das Zweite ist, dass Tomás José kaum ein Wort mit mir gesprochen hat. Und sieh dir an, mit wem er tanzt: mit Trinidad Gabaldón. Ausgerechnet. Das ist ja so demütigend und verletzend. Sie schlingt wie eine Drossel und macht beim Kauen nicht mal den Mund zu! Und das will eine Schauspielerin sein! Ist das zu fassen? Spielt die Welt jetzt völlig verrückt?«

Trinidad war die Tochter von Hernando Gabaldón und seiner Frau Eugenia, die seit Neuestem auf dem gesellschaftlichen Parkett anzutreffen waren. Meine Tante bezeichnete sie als »Emporkömmlinge«, in dem despektierlichen Ton, den sie gern verwendete, wenn jemand ihrem

Wertesystem nicht entsprach. Die Gabaldóns waren vor ein paar Monaten aus Sevilla in die Hauptstadt gekommen, und die einen mochten, die anderen verachteten sie.

»Benedetta, du bist wütend, und ich kann dich verstehen, aber so machst du alles nur noch schlimmer. Du musst dich abregen. Komm, wir setzen uns einen Moment.«

Ich geleitete sie zu einem der hellblau gepolsterten Stühle, die im Raum verteilt standen. Niedergeschlagen ließ sie sich auf den Stuhl gleiten.

»Trinidad Gabaldón ist dir nicht überlegen. Du darfst dich von deinen Gefühlen für Tomás José nicht so runterziehen lassen«, sagte ich.

»Ich fühle mich nur noch elend …«

»Das bringt dich doch nicht weiter. Du bist eine wunderbare Frau, Benedetta. Ich kenne dich, und ich weiß, du kannst Unvorstellbares leisten, wenn du es schaffst, die Prüfungen zu bestehen, die der Herr dir gerade auferlegt. Du bist stark.«

»In deiner Gegenwart fühle ich mich gleich besser, Elisa.«

»Na klar, wir sind doch Freundinnen, und du bedeutest mir viel.«

Wir umarmten uns. Es war mir gelungen, wenigstens ein zartes Lächeln auf ihr Gesicht zu zaubern. Ich versuchte, sie weiter aufzuheitern, indem ich mich über ein paar Gäste lustig machte. Einer hatte zu tief ins Glas geblickt und suchte unter dem Tisch nach seinem Monokel. Eine Frau trug ein altmodisches Kleid aus dem vorigen Jahrhundert. Bei einer anderen war ein Kamm verrutscht, sodass es aussah, als ob sie Hörner hätte.

»Elisa, ist das da drüben nicht deine Tante?«, fragte sie unvermittelt.

Ich blickte in die Richtung, in die sie deutete. In der Tat. Meine Tante sprach mit einem Mann, der etwas größer war als sie. Er hatte sorgsam gekämmtes, glattes schwarzes Haar und trug einen eleganten Anzug. Er war deutlich jünger als sie.

»Das muss er sein … Der Mann, mit dem sie korrespondiert. Vielleicht treffen sie sich heimlich«, flüsterte ich.

»Sie trifft sich mit Señor de las Heras y Rosales?«, fragte Benedetta verwundert.

»Ja, davon gehe ich aus.«

»Das glaube ich nicht. Er ist einer der begehrtesten Junggesellen der Stadt. Seiner Familie gehört die Rosales Bank.«

»Nun, meine Tante hat sich gut gehalten. Und ich denke, sie kann sehr charmant sein, wenn sie will.«

»Warte. Sie kommen hierher.«

»Zu uns? Vielleicht will sie ihn mir vorstellen … Wie aufregend!«

Beherzt drehte ich mich um. Er hatte eine spitze Nase und ein markantes Kinn, was ihn durchaus attraktiv machte. Meine Tante hatte denselben blasierten Gesichtsausdruck wie immer. Ich stand auf und verabschiedete mich von Benedetta, die zur Toilette wollte.

»Elisa.«

»Ja, Tante?«

»Ich möchte dir Francisco de las Heras y Rosales vorstellen, einen guten Freund der Familie.«

»Sehr erfreut, Don Francisco.«

»Die Freude ist ganz meinerseits«, erwiderte er und küsste meine Hand.

»Weil er so bescheiden ist und es selbst nie sagen würde, übernehme ich das: Ihm gehört, gemeinsam mit seinem Bruder Luis, die Rosales Bank.«

»Ja, ich habe davon gehört.«

»Hoffentlich nur Gutes. Ich könnte es nicht ertragen, wenn eine junge Dame wie Sie eine schlechte Meinung von mir hätte.«

»Keine Sorge. Was mich betrifft, ist Ihr Ruf untadelig«, scherzte ich.

»Oh, ich glaube, Cristina sucht nach mir. Ich lasse euch mal allein«, sagte meine Tante und zog von dannen.

Da fiel es mir wie Schuppen von den Augen. Wenn meine Tante unter einem so fadenscheinigen Vorwand verschwand, gab es dafür nur einen Grund: Der elegante Mann war nicht ihr Verehrer, sondern meiner.

»Schenken Sie mir diesen Tanz?«, fragte er. Im Gegensatz zu Enrique Mújica war er ausgesprochen unaufdringlich.

»Ja, natürlich.«

Wie hätte ich auch ablehnen sollen? Ich konnte ihm schlecht einen Korb geben. Während wir durch den Saal schwebten, spürte ich die Blicke der Anwesenden auf uns. Ich sah, wie sie tuschelten. Ich verstand nicht, was daran so besonders war, dass ich mit Francisco tanzte, und das übermäßige Interesse an meiner Person war mir unangenehm.

»Ich hatte die Hoffnung schon aufgegeben, Sie einmal persönlich kennenzulernen«, gestand er.

»Wirklich? Ich wusste gar nicht, dass es Menschen gibt, die mich unbedingt kennenlernen wollen. Aber es wundert mich, dass wir uns noch nie begegnet sind, wenn Sie ein guter Freund meiner Tante sind.«

»Nun … Ganz so ist es ja auch gar nicht.«

»Wie bitte? Sagen Sie nicht, wir sind uns schon einmal begegnet … Sollte ich so blind gewesen sein, Sie nicht bemerkt zu haben?«, fragte ich alarmiert.

»Nein, keine Sorge. Es war auf einem Fest, aber wir wurden einander nicht vorgestellt. Im vergangenen Mai bei Ihrer Einführung in die Gesellschaft.«

»Ich fasse es nicht. Aber, ehrlich gesagt kannte ich die meisten Gäste gar nicht. Entschuldigen Sie mein schlechtes Gedächtnis.«

»Machen Sie sich keine Gedanken, das ist doch völlig normal. Ich bin mir bewusst, dass Sie keineswegs so beeindruckt von mir waren wie ich von Ihnen.«

Nervös wandte ich den Blick ab. Dann sah ich ihn wieder an und suchte nach irgendetwas, das mich an ihn erinnern könnte.

»Sie schmeicheln mir, Don Francisco«, brachte ich gerade noch heraus.

Seine Arme hielten mich, und ich schwebte im Walzerrhythmus über das Parkett. Ich sah andere Paare neben mir, beschwingt von der Musik und der Intimität des Augenblicks, und suchte verzweifelt nach einem Ausweg aus der Situation. Ich hatte noch nie in meinem Leben so deutlich den Hof gemacht bekommen; er hatte mir unmissverständlich klargemacht, dass er in mich vernarrt war. Meine verräterischen Wangen begannen zu glühen.

Das blieb ihm nicht verborgen und, ganz Gentleman, lud er mich ein, im Garten etwas frische Luft zu schnappen.

»Ich liebe Abende wie diese. Man kann das bunte Treiben genießen und zugleich die Seele baumeln lassen«, sagte er.

»Wie wahr. Schade, dass der Frühling schon bald vorbei ist.«

»Verzeihen Sie meine Kühnheit, aber solange es Blumen wie Sie gibt, wird er niemals enden.«

»Wenn Sie mir die Schamesröte ins Gesicht treiben wollten, ist Ihnen das gelungen.«

»Verzeihen Sie, wenn ich Ihnen zu nahegetreten bin. Ich habe den Eindruck, in Ihrer Gegenwart trage ich mein Herz auf der Zunge. Das kann ernste Folgen haben, doch wenn Sie mich bitten, damit aufzuhören, werde ich dem selbstverständlich nachkommen.«

»Aber nein. Ihre Komplimente sind mir keineswegs unangenehm«, erwiderte ich. »Kennen Sie meine Tante schon lange?«

»Seit einigen Jahren. Eigentlich hat sie mehr Kontakt zu meiner Mutter. Das Verhältnis zwischen unseren Familien könnte nicht besser sein. Ich erinnere mich noch, als wir von Robertos Tod erfuhren. Ein schmerzlicher Verlust.«

»Ja. Ich habe den verstorbenen Mann meiner Tante nicht gekannt, aber ich habe nur Gutes über ihn gehört. Er soll ein großartiger Mensch gewesen sein.«

»Er hatte große Ambitionen. Manch einer sagt, das habe ihn in den Kubakrieg geführt, selbst seine Frau. Also Ihre Tante.«

»Haben Sie ihn kennengelernt?«

»Ja, Roberto hatte mehrere Konten bei unserer Bank und hat sonntags häufig mit meinem Vater zu Mittag gegessen. Wenn ich vormittags im Büro mitgeholfen habe, war ich auch dabei. Aber das sind auch die einzigen Begegnungen, an die ich mich erinnern kann.«

»Dann hatten Sie immerhin mehr mit ihm zu tun als ich.«

»Wie das? Sind Sie denn nicht in Madrid geboren, Señorita Elisa?«

»Nein … Das ist eine lange Geschichte«, sagte ich und blickte zu Boden, um ihm klarzumachen, dass mich dieses Thema belastete.

»Das merkt man gar nicht. Wo auch immer Sie herkommen, Sie passen perfekt in die Madrider Gesellschaft.«

»Danke, Don Francisco. Sie sind sehr liebenswürdig.«

»Sie sind eine Freundin von Señorita Benedetta de Lucca, nicht wahr?«

Er deutete mit dem Kopf auf die Tanzfläche, wo sie gerade mit einem jungen Mann tanzte. Ich lächelte.

»Ja, wir sind eng befreundet«, erwiderte ich.

»Ihr Vater ist ein bedeutender Geschäftsmann. Kaum zu glauben, dass zwei so große Vermögen wie das der Familie de Lucca und das der Bernardos heute vereint werden.«

»Ist die Ehe nicht meistens ein Handel, ein Geschäft?«

»Ich lobe mir Ihre realistische Einstellung, Señorita Elisa.«

»Sie wissen ja, was man sagt: Die Jugend von heute hat einen realistischen Blick auf die Dinge.«

»Diese Jugendlichkeit und Frische fasziniert mich am meisten an Ihnen.«

Unter den Klängen der Musik sahen wir uns in die Augen, aufgehoben in diesem Augenblick gegenseitigen Erkennens. Er schien mich vor langer, langer Zeit gefunden zu haben, in einer Welt der Schatten, die sehen, aber nicht gesehen werden.

***

»Los, Kleine! Raus aus dem Bett! Mach schon!«

Das Geräusch der Vorhänge, die aufgerissen wurden, holte mich aus einem seltsamen, grotesken Traum. Dafür wäre ich meiner Tante glatt dankbar gewesen, hätte sie mir nicht gleichzeitig die Decke weggezogen. Ich rollte mich zusammen, um mich gegen die Kälte zu schützen. Aber es gab kein Entrinnen, also streckte ich mich murrend und setzte mich auf.

»Ich erwarte dich in einer halben Stunde im Salon. Es gibt viel zu besprechen. Beeilung!«

Meine Lider waren schwer. Wie durch einen Zauber hörte ich immer noch Walzerklänge in meinem Kopf. Ich saß am Bettrand und sehnte mich in den Schlaf zurück. Beinahe wäre ich wieder eingenickt, aber in dem Moment klopfte es an der Tür.

»Komm schon, Elisa, deine Tante wird dir die Hölle heiß machen, wenn sie dich hier schlafend vorfindet«, warnte mich Pilar.

Ich machte mich fertig und kämmte sorgfältig mein langes gewelltes Haar. Lustlos zog ich eines der Kleider an, die meine Tante für »die niederen Arbeiten« hatte schneidern lassen, zu denen selbstverständlich auch meine Arbeit bei der Zeitung zählte. Schlaftrunken ging ich die Treppe hinunter, aber als ich die Empfangshalle erreichte, war ich in einem mehr oder minder präsentablen Zustand. Severiano grüßte mich liebenswürdig, er wusste, wie charmant mich meine Tante an dem Sonntagmorgen aus dem Bett geworfen hatte. Ich öffnete die Tür zum kleinen Salon. Sie saß wie immer am Kopfende des Tischs mit dem Rücken zu mir. Sie drehte sich nicht um, um mich zu begrüßen. Das sah sie offenbar durch ihr Gezeter vorhin als erledigt an. Ich gab mich zuvorkommend, murmelte ein sanftes »Guten Morgen, Tante« und drückte ihr einen Kuss auf die Wange. Dann setzte ich mich auf meinen Platz, wo bereits Saft, Milch und Obst auf mich warteten. Ich trank einen Schluck. Meine Tante legte die Zeitung beiseite und sah mich an. Sie strahlte wie ein Honigkuchenpferd.

»Sag, was hältst du von Don Francisco?«

Ich sah sie überrascht an. Ihre Frage hatte etwas Drängendes.

»Er ist sehr wohlerzogen.«

»Und weiter?«

»Und liebenswürdig.«

»Und weiter?«

»Na ja … und ziemlich alt.«

»Also wirklich! Ist das alles? Habe ich dir all die Bildung angedeihen lassen, damit du gerade mal drei dürre Worte findest?«, rief sie zornig.

»Was soll ich denn über ihn sagen? Ich kenne ihn doch kaum …«

»Ich kann mich des Eindrucks nicht erwehren, dir ist überhaupt nicht klar, was es mit dem gestrigen Abend auf sich hatte. Das will ich mal unter kindlicher Naivität verbuchen, aber lass dir gesagt sein: Francisco de las Heras y Rosales stammt aus einer der besten und reichsten Familien der Stadt, auch wenn er sich in Liebesdingen wie ein Schuljunge aufführt. Nicht alle jungen Damen Madrids können sich rühmen, dass er ein Auge auf sie geworfen hat.«

»Verzeihen Sie meine Unwissenheit, aber was geht mich das an?«

»Elisa, ich will Geduld mit dir haben, so etwas kann man nicht zwischen Tür und Angel besprechen. Aber du musst begreifen, was das für eine Fügung ist! Francisco war bei dem Debütantinnenball völlig hingerissen von dir. Ich will nicht verhehlen, dass ich mir genau das von der Einladung erhofft hatte, aber ich sehe die Dinge auch realistisch. Du bist ein unreifes Geschöpf, aber offenbar hat er in dir etwas gesehen, was ich nicht für möglich gehalten hätte. Seit jenem Abend hat er, wohlerzogen und geduldig, wie er ist, Briefe geschrieben und sein Interesse daran bekundet, dir offiziell vorgestellt zu werden. Ich habe schon mehrfach versucht, ihn zu unseren Festen einzuladen, doch er war immer durch irgendwelche Bankgeschäfte verhindert. Es ist ein wahrer Glücksfall, dass er an der Hochzeit von Giancarlo und Carmen teilnehmen konnte. Und, was sagst du?«

Ich dachte nach. Ich musste die Flut an Informationen aus dem Mund meiner Tante erst mal verarbeiten. Mir erschien das alles so surreal. Ausgerechnet ich sollte solch eine Macht über einen reichen Mann aus gutem Hause wie Francisco haben? Meine Tante fuhr mit ihrer Lobeshymne fort und teilte gleichzeitig mit ihrer scharfen Zunge gegen mich aus. Ich trank noch einen Schluck.

Francisco war siebenunddreißig, und ich wurde gerade mal achtzehn. Es war nicht ungewöhnlich, dass junge Frauen deutlich ältere Männer heirateten, aber für mich hatte ich das nie in Erwägung gezogen. Wie hatte ich mich geirrt, als ich Verliebtheit in ihrem Blick zu sehen glaubte, wenn sie die Briefe in ihren Händen hielt! Dabei hatten sie in Wahrheit mir gegolten. Damals war es mir nicht bewusst, aber vielleicht ahnte ich bereits, dass sich das Lächeln meiner Tante und das von Benedettas Stiefmutter ähnelten: Es drückte sich darin keine Liebe aus, sondern die Vorfreude auf ein exzellentes Geschäft.

***

Die Tasten der Schreibmaschine zogen mich magisch an. Regungslos schimmerten sie wie Elfenbein, und die Farbe hätte passender nicht sein können. Sie war glatt, leer, genau wie das eingespannte Papier, das auf seine Verwandlung wartete. Es würde nicht mehr länger ein gesichtsloses Blatt unter vielen sein, sondern durch einen Bericht, eine Notiz oder einen Brief sein eigenes Gepräge bekommen.

Das Summen von Señora Idiazábal riss mich aus meinen Gedanken. In einem braunen Kostüm schwang sie die Hüften im Rhythmus des fröhlichen Schreibmaschinengeklappers im Hintergrund und richtete ihr Haar. Sie setzte sich und zog ihre Lippen in einem intensiven Rotton nach. Sie war mit ihren Gedanken offenbar weit weg, denn sie bemerkte mich überhaupt nicht.

»Guten Tag, Doña Carmen«, sagte ich.

»Ach, guten Tag, meine Liebe. Ist die Post schon da?«, fragte sie, ohne von dem kleinen Handspiegel aufzusehen, den sie immer in ihrer Tasche hatte.

»Ja, sie ist schon vor einer Weile gekommen. Ich habe sie schon verteilt.«

»Und die Artikel für heute? Ich habe gehört, Pío Baroja hat etwas geschrieben, was morgen kommen soll.«

»Ja. Alles da. Ich habe es Don Ernesto auf den Tisch gelegt, damit er einen Blick darauf werfen kann, wenn er von seinem Treffen mit Graciano Atienza zurückkommt.«

»Gut. War der Bote von der Agentur Fabra schon da?«

»Gonzalo sagt, ja. Aber das war vor meinem Dienstbeginn. Er hat gesagt, er käme um fünf noch einmal, wie immer«, sagte ich, um sie zu beruhigen.

»Sehr gut. Dann läuft ja alles.«

»So ist es, Doña Carmen.«

»Dann sortier schon mal die Abrechnungen für diesen Monat, damit wir sie am Nachmittag Señor Villarroy geben können.«

Die Verwaltungstätigkeiten hielten mich auf Trab, aber besonders herausfordernd waren sie nicht. Doch ich erledigte sie so sorgfältig wie möglich, in der Hoffnung, dass man mir so vielleicht irgendwann anspruchsvollere Aufgaben übertrug. Señora Idiazábal verschwand noch mal für eine Weile, und so blieb ich mit meinem Auftrag allein zurück. Die Spesen waren ein unvergleichlicher Quell an Informationen, anhand der Auflistung konnte ich die

Wege eines jeden Redakteurs nahezu lückenlos nachverfolgen. Am meisten gab Ramón López aus. Bei seinen Belegen waren immer welche dabei, für die eigentlich nicht die Zeitung aufkam, wie für die Zeche in Kneipen, das Schmiergeld für spröde Informanten oder die Bordellbesuche in der Calle La Ruda. Während ich die letzten Belege durchging, bekam ich ein Gespräch mit, das sich lautstark über das harmonische Tastengeklapper und das stetige Räuspern erhob.

»Die Leute reden von nichts anderem. Die Hochzeit von Carmen Bernardo und Giancarlo de Lucca war *das* Ereignis des Frühlings, vielleicht des ganzen Jahres!«

»Meine Frau erzählt mir ununterbrochen irgendwelche Geschichten. Mir schwirrt schon der Kopf. Man munkelt, Carmen Bernardo sei schwanger, deswegen hätten sie es so eilig gehabt mit der Hochzeit.«

»Unsinn, Morales. Solche Leute gehen nicht miteinander ins Bett, bevor der Ehevertrag nicht unter Dach und Fach ist. Die Bernardos wollen Geschäfte in Italien machen, deswegen sind die beiden zusammengekommen«, erklärte Fernández.

»Wie dem auch sei, wir müssen in der Gesellschaftsspalte etwas darüber bringen.«

»Und wie willst du das anstellen? Idioten wie du waren auf dem eleganten Fest wohl kaum eingeladen«, frotzelte Morales.

»Natürlich nicht! Ich habe für diese Kreise nichts übrig. Ich werde Simón bitten, sich umzuhören, und dann soll er einem, der dabei war und darüber berichten kann, ein paar Peseten in die Hand drücken. Apropos, wo treibt der sich wieder rum? Ich habe ihn schon eine ganze Weile nicht mehr gesehen.«

»Simón! Simón!«, rief Morales.

»Elender Faulpelz. Dem werde ich was erzählen, wenn ich ihn in die Finger bekomme …«

Entschlossen stand ich auf und ging zu ihnen hinüber. Sie sahen mich fragend an.

»Ich habe gehört, dass Sie über die Hochzeit von Giancarlo und Carmen sprachen«, sagte ich.

López war nicht entgangen, wie vertraut ich von dem Brautpaar sprach, und er war sichtlich interessiert daran, was ich beizusteuern hatte.

»Ja, genau darüber hatten wir's, Señorita Elisa«, bestätigte Fernández.

»Ich kann Ihnen helfen, ich war dort zu Gast. Selbstverständlich müssen Sie mir nichts dafür bezahlen …«

Hocherfreut zog López einen Stuhl für mich heran und bat mich, Platz zu nehmen.

»Ich bin ganz Ohr. Erzählen Sie mir von Ihren Eindrücken. Was haben Sie gesehen und gehört? Wie war die Atmosphäre? Gab es besondere Vorkommnisse? Ich gieße das Ganze dann später in Form.«

»Gut. Soll ich anfangen?«

»Sobald Sie bereit sind, Señorita Elisa.«

»Nun ja, wie Sie wissen, fand am letzten Samstag die Hochzeit von Giancarlo de Lucca und Carmen Bernardo statt. Das Ereignis war seit Monaten in aller Munde. Nicht nur, dass hier zwei der größten Vermögen der Stadt zusammengeflossen sind, es hatten sich auch viele Personen von Rang und Namen versammelt …«

Ich fuhr mit meiner Erzählung fort und gab auch einige Anekdoten zum Besten. Ich beschrieb destailliert das Menü, den Champagner, die Musikstücke, die Gewänder und Geschmeide der Gäste. Es war ein unbeschreibliches Gefühl, das Erlebte wiederauferstehen zu lassen, es in Worte zu fassen und ihm damit den Charakter des Flüchtigen zu nehmen. Es war, als ob ich beim Sprechen in die Luft schriebe, so wie ich jeden Abend meine Gedanken in meinem Tagebuch festhielt. López setzte den Schlusspunkt und ließ sich erschöpft nach hinten sinken. Er hatte sich ganz schön anstrengen müssen, meinem Erzähltempo zu folgen.

»Wunderbar!«, rief er. »Sie haben großartige Arbeit geleistet, Señorita Elisa. Jetzt muss ich alles noch mal durchsehen, und dann haben wir es.«

»Sind Sie sicher, Don Ramón? Vielleicht habe ich mich ein wenig in unwichtigen Details verloren.«

»Ich würde nicht einmal ein Komma streichen. Ich habe Ihren Bericht quasi eins zu eins übernommen.«

Ich war sprachlos. López reichte mir den Text, und ich konnte es kaum erwarten, ihn zu lesen: »Am letzten Samstag, den 26. April, fand die Hochzeit von Giancarlo de Lucca und Carmen Bernardo statt. Das Ereignis war seit Monaten in aller Munde. Nicht nur, dass hier zwei der größten Vermögen der Stadt zusammengeflossen sind …« Unglaublich. *Meine* Worte würden in der Zeitung erscheinen! Mein Herz begann zu rasen. Meinem Gönner war gar nicht bewusst, welch großes Geschenk er mir gerade gemacht hatte. Für ihn war es nichts Besonderes, er konnte nicht ermessen, was es für mich bedeutete, einen von mir verfassten Text mit anderen teilen zu können.

Am nächsten Morgen bat ich Pilar, zusätzlich zu den Gazetten, die sie jeden Morgen für meine Tante besorgte, auch *El Demócrata* zu kaufen. Zum Mittagessen schoss ich in den Salon und griff sofort nach der Zeitung. Meine Tante sah mich verwundert an, ging aber auf meinen Überschwang nicht weiter ein. Ich schlug die Seite mit den Gesellschaftsnachrichten auf, und da war er: *mein* Artikel. Als ich ihn las, stellte ich fest, dass López ihm durch ein paar Formulierungen noch seine persönliche Note verliehen hatte, aber es war immer noch mein Text. Und er konnte von jedem Madrilenen gelesen werden, der an jenem Dienstagmorgen *El Demócrata* erworben hatte. Der Haken an der Sache war nur das Namenskürzel von Ramón López am Ende des Berichts. In meinem Kopf mochte es mein Artikel sein, aber in den Augen der anderen war er das nicht. Doch das schmälerte mein Glücksgefühl keineswegs. Ich ließ mich von ihm tragen und sagte mir immer wieder, dass ich meinen Plan niemals aufgeben würde: Journalistin zu werden, koste es, was es wolle.

Mein Entschluss wurde bestätigt durch die lobenden Kommentare, die ich in den folgenden Tagen über den Bericht in *El Demócrata* hörte. Selbst meine Tante war äußerst angetan von den detailgenauen Beschreibungen und sagte, man könnte meinen, der Berichterstatter wäre dabei gewesen. Sogar Don Ernesto beglückwünschte López zu dem Artikel.

»Dank Ihnen ist Madrid zum Ehrengast der Hochzeit geworden. Ich weiß nicht, wie zum Teufel Sie es geschafft haben, an all die Informationen zu kommen.«

»Da kommen Sie nie drauf«, sagte López und zwinkerte mir zu.

***

In den drauffolgenden Monaten ging es mal ruhig, mal turbulent zu. Francisco scheute keine Kosten und Mühen, um mir zu beweisen, dass er es ernst meinte und mein Herz erobern wollte. Meine Tante zählte unermüdlich seine guten Seiten auf und zwang mich, meine Wertschätzung der Geschenke durch Dankesbriefe zu bekunden. Einerseits fühlte ich mich geschmeichelt, dass sich jemand so sehr um mich bemühte. Andererseits konnte ich in seinem Werben keinen rechten Sinn erkennen, auch wenn er, finanziell gesehen, zweifellos eine gute Partie war. Benedetta erklärte mir, was für eine großartige Chance das für mich war und welch hohes Ansehen Francisco in der Stadt genoss. Candela warf mir, von einem in meinen Augen grundlosen Neid getrieben, vor, ich würde den meistbegehrten Junggesellen der Stadt verschmähen. Die Einzige, die mich in dem Chaos der Gefühle verstand, war wie so oft die eigenwillige Catalina. Sie sagte mir immer wieder, nur weil die Mehrheit etwas glaube, sei es nicht zwingend richtig. Wie recht sie hatte! Und doch muss ich zugeben, dass ich bei all den Verheißungen, die sich am Morgen mit einem Strauß frischer Rosen und am Abend mit Pralinés der besten Confiserien ausdrückten, mit der Zeit schwach wurde.

Das Jahr 1919 verging mit Festen und unterschiedlichen Treffen, an denen Benedetta und ich regelmäßig teilnahmen. Gemeinsam mit Catalina erkundeten wir die Stadt. Wir gingen in den berühmten Teesalon der Konditorei Viena Capellanes in der Calle Arenal oder zu den Tanzveranstaltungen der Music-Hall im Hotel Palace oder am späteren Abend im Club Parisiana. Von der Puerta del Sol fuhren Kutschen direkt zum Parque del Oeste, in dessen Nähe der Club gelegen war.

Der Club Parisiana war die perfekte Mischung aus Intellektuellentreffpunkt und Veranstaltungsort für Theater, Musik, Spiele und Gesang. Das Gebäude mit dem Restaurant und den Salons war einer Oase gleich von Gärten umgeben. Die immer beliebter werdenden Tanzveranstaltungen waren ein Vergnügen, bei dem ich mich frei fühlte. Man konnte sich dort mit einem Medizinstudenten oder mit einem werdenden Maler unterhalten oder neben einer berühmten Schauspielerin Tee trinken. Alles war möglich. Die Mußestunden ohne den Blick meiner Tante im Nacken gaben mir den nötigen Freiraum, meinen Platz im Leben zu finden. Dank Catalinas Schützenhilfe lernten wir auch das Rauchen.

Es war die Zeit, in der der Jazz Einzug in das Repertoire der Orchester hielt. Die Trompeten und die rhythmischen Melodien eroberten die Tanzflächen im Sturm. Die geübten Tänzer legten einen Foxtrott aufs Parkett, wie sie es Jahre später mit dem Charleston machten.

In Spanien sah man bereits vereinzelt junge Frauen, die sich, wie unsere Freundin, nicht um all die Konventionen scherten, die uns damals die Luft zum Atmen nahmen. Ein gutes Beispiel war Catalina, die sich nach dem Sommer das Haar bis knapp unter die Ohren abschneiden ließ. Die Kleider wurden kürzer und ließen die Knöchel und ein Stück Bein sehen, die Hüte wurden kleiner, und unser Körper war nicht mehr so eingeschnürt. Im September wurde nach Jahren störender Bauarbeiten endlich die U-Bahn eingeweiht. Trotzdem schien Madrid damals nur aus Gerüsten, Abrissbirnen, Neubauten und Lärm zu bestehen. Die Stadt war eine einzige Baustelle, alles wurde neu gestaltet, nicht nur die Gebäude, sondern auch wir, die Bewohner, unsere Fahrzeuge, unsere Häuser, unsere Familien und sogar unsere Ideologien.

All das geschah, während ich an meinem Schreibtisch in der Redaktion saß. Doch auch wenn die Gesellschaft sich in manchen Bereichen weiterentwickelte, änderte das nichts an meinem persönlichen Joch. Weder meine Tante noch Don Ernesto konnten mit der neuen Rolle der Frauen etwas anfangen. Und schon gar nicht mit Franciscos Angebot auf dem Tisch. Es erschien mir wie eine Ironie des Schicksals, dass ausgerechnet meine Tante mit all ihren Geheimnissen so schnell über meine Handlungen und Wünsche urteilte.

Im Herbst 1919 geschah etwas Seltsames. Wir aßen im kleinen Salon zu Abend, als Pilar hereingestürmt kam und meiner Tante etwas ins Ohr flüsterte, von dem ich offensichtlich nichts mitbekommen sollte. Der Gesichtsausdruck meiner Tante veränderte sich. Sie stand auf und verließ den Raum. Ich hörte ein paar lautstarke Worte und dann Türen knallen. Das war mein Zeichen: Ich schlich in die Eingangshalle und von dort aus in die leere Küche. Ich schloss mich in der Speisekammer ein und legte mein Ohr an die Klappe, ohne sie zu öffnen.

»Wer hat den Brief gebracht, Santiago?«

»Ich weiß es nicht, Doña Manuela. Ich habe ihn vorhin auf dem Kutschbock gefunden. Als ich gesehen habe, dass er an Sie adressiert ist, habe ich sofort Pilar Bescheid gegeben. Ist es womöglich …?«

»Schweigen Sie! Sie sollten vorsichtiger sein. Lassen Sie mich jetzt allein!«

Es folgte eine minutenlange Stille, die plötzlich von dem Geräusch eines berstenden Glases durchbrochen wurde, das meine Tante im Zorn gegen die Wand geworfen hatte.

***

Im Dezember sah ich mich angesichts des nicht nachlassenden Werbens von Francisco gezwungen, an der Weihnachtsgala der Rosales-Bank teilzunehmen.

Beim Betreten des majestätischen Kasinos nahmen uns zwei beflissene Angestellte die Mäntel ab. Meine Tante fächelte sich Luft zu und sah sich um, ob sie irgendwo einen Bekannten entdecken konnte. Das Fest war für die Gesellschafter des Kasinos und die Kunden der Rosales-Bank. Wir durften stolz darauf sein, dank der millionenschweren Konten des verstorbenen Señor Ribadesella zu Letzteren zu gehören. Den hellen Parkettboden des Kasinos hatten wir noch nie zuvor betreten. Über die Treppe gingen wir in den Königlichen Salon hinauf, wie es in der Einladung beschrieben war. Ich war überwältigt von dem türkisen und dem elfenbeinfarbenen Marmor in Kombination mit der Farbexplosion der Bilder an der Decke.

Ein Streichquartett spielte zum Tanz auf. Meine Tante versetzte mir einen unziemlichen Schlag mit dem Fächer. Ganz so vornehm, wie sie immer tat, war sie manchmal doch nicht.

»Da ist er«, flüsterte sie.

»Au! Ist ja schon gut, ich habe ihn gesehen.«

»Zeig dich«, befahl sie. »Nein, warte!« Ungefragt kniff sie mich mit ihren Fingern in die Wangen. »So, jetzt.«

»Er kommt schon auf uns zu, Tante. Bitte dräng mich nicht«, flehte ich.

»Lächle«, herrschte sie mich an, ohne auf mich einzugehen.

Ich versuchte, ruhig zu bleiben, und wartete, bis Francisco vor uns stand. Er trug einen eleganten Smoking und hatte das Haar zurückgekämmt wie beim letzten Mal. Er war zweifellos attraktiv, aber kein Schönling. Das Besondere an ihm war für mich sein seriöses, selbstsicheres Auftreten.

»Doña Manuela, was für eine Freude, Sie zu sehen«, begrüßte er meine Tante und gab ihr einen Handkuss. »Señorita Elisa, Sie wissen nicht, wie glücklich es mich macht, Sie heute hier zu haben«, sagte er.

»Vielen Dank, Don Francisco.«

»Sie sind äußerst liebenswürdig. Es ist ein Vergnügen, Freunde wie Sie und Ihre Familie zu haben«, betonte meine Tante.

»Da Sie gerade meine Familie erwähnen … Meine Mutter würde gern mit Ihnen sprechen und Señorita Elisa kennenlernen. Lassen Sie uns zur Galerie gehen, sie wartet dort auf uns«, erklärte er.

»Sehr gern, Don Francisco.«

In einer Art Reflex hakte ich mich bei ihm unter, und wir bahnten uns einen Weg durch die Menge zur Galerie. Ich bewunderte die prächtigen Frisuren der Damenwelt. Schließlich standen wir vor Franciscos Mutter.

»Doña Asunción, welch Freude, Sie wiederzusehen. Ich kann mich gar nicht mehr erinnern, wann wir das letzte Mal eine Tasse Tee zusammen getrunken haben«, sagte meine Tante gerührt.

»Doña Manuela, wie schön. Ich habe oft an Sie gedacht. Vor zwei Wochen erst habe ich zu meinem Sohn gesagt, ich muss Sie unbedingt mal wieder einladen, damit Sie uns berichten, was es Neues gibt.«

»Mutter, erlaube mir, dass ich dir Doña Manuelas Nichte vorstelle, Señorita Elisa«, schaltete sich Francisco ein.

»Du bist also die berühmte Elisa. Ich kann gar nicht zählen, wie oft ich schon von dir gehört habe, junge Dame. Ich freue mich, dich kennenzulernen.«

»Ich danke Ihnen, Doña Asunción. Auch mir ist es eine Ehre, Sie kennenzulernen.«

»Wie wohlerzogen«, erwiderte sie kühl.

Asunción Rosales war die einzige Tochter eines der bedeutendsten Madrider Bankiers des 19. Jahrhunderts. Ihr Vater hatte die Rosales-Bank gegründet. Außerdem konnte die Familie sich rühmen, zu den wenigen zu gehören, die gut aus den Geschäften mit den Kolonien herausgekommen waren, weil sie rechtzeitig vor der Krise gehandelt hatten. Als gesetzliche Erbin hatte sie Don Luis de las Heras geehelicht, dem ebenfalls eines der größten Vermögen der Stadt gehörte, und mit ihm zwei Söhne bekommen: Luis und Francisco. Eine Krankheit hatte Señor de las Heras dahingerafft, und so war Doña Asunción mit ihren beiden Sprösslingen allein zurückgeblieben, die bald darauf die Leitung des Familienunternehmens übernahmen.

Francisco forderte mich zum Tanzen auf, um an unsere letzte Begegnung anzuknüpfen. Ohne zu zögern, ließ ich mich auf die Tanzfläche entführen, wo wir uns ungestört unterhalten konnten.

»Einen Moment lang dachte ich, Sie und Ihre Tante würden gar nicht kommen«, gestand er.

»Warum das denn?«, fragte ich. Ich tat so, als gäbe es keinerlei Grund für eine solche Annahme.

»Nun ja, ich könnte mir vorstellen, dass jemandem wie Ihnen ein solches Fest unangenehm ist. Vor allem, weil Sie mich ja kaum kennen …«

»Das ist nicht von der Hand zu weisen, aber ich fühle mich ausgezeichnet. Ich bin immer noch völlig beeindruckt von den Deckengemälden. Der ganze Saal kommt mir vor wie ein Kunstwerk.«

»Die Werke stammen von Emilio Sala und Cecilio Pla. Ich war auch tief beeindruckt, als ich sie zum ersten Mal sah.«

»Es ist mir unbegreiflich, wie man so schöne Bilder malen kann. Ich würde alles dafür geben, auch so malen zu können«, erklärte ich.

»Ich bin mir sicher, wenn Sie wollten, würde es Ihnen gelingen«, erwiderte er.

Ich musste über seine Worte schmunzeln. Vielleicht war die Idee doch nicht so schlecht, ihn zu heiraten. Vielleicht würde er mir erlauben, für die Zeitung zu schreiben und all meine Träume umzusetzen. Vielleicht entkäme ich durch ihn den Fängen meiner Tante.

»Darf ich Ihnen eine Frage stellen?«, wagte ich mich vor.

»Natürlich. Fragen Sie nur.«

»Warum tragen Sie beide Namen?«

Er lachte.

»Na ja, mein Großvater, Hilario Rosales, hat bei der Hochzeit meiner Eltern zur Bedingung gemacht, dass die Nachkommen beide Namen tragen. Es war für ihn unvorstellbar, dass die Rosales-Bank auf einen Erben übergeht, der nicht seinen Namen trägt. Sie wissen schon, man hat nur ein Kind, und das ist ausgerechnet eine Frau.«

»Es ist schon erstaunlich, welche Bedeutung wir unseren Namen und unserer Herkunft verleihen. Finden Sie nicht?«

»In der Tat. Aber ich kann meinen verstorbenen Großvater gut verstehen. Es erfüllt einen mit Stolz, wenn man der Nachwelt außer seinen Sprösslingen etwas hinterlassen kann. Wenn man einer Sache seinen Stempel aufdrücken kann, die dann von einer Generation an die nächste weitergegeben wird. So bleibt man in Erinnerung und wird in gewisser Weise unsterblich.«

»Die Unsterblichkeit wird überschätzt«, frotzelte ich. »Aber ich verstehe, was Sie meinen. Und wo möchten Sie Ihre Spur hinterlassen? Wenn die Frage nicht zu indiskret ist.«

Francisco zögerte einen Moment. Er genoss sichtlich die Augenblicke, in denen ich ihm meine Aufmerksamkeit schenkte.

Ich ließ den Blick schweifen und stellte fest, dass uns viele Gäste unauffällig beobachteten. Bestimmt überlegten sie, welcher Art unsere Beziehung war. Er, der reife, distinguierte Junggeselle im Anzug aus feinstem Stoff, schwarzes, dunkles Haar, bei dem schon die ersten grauen Strähnen durchschimmerten, der den Blick jedoch nicht von mir abwenden konnte. Und ich, das kleine, zierliche Mädchen, dessen zarte Rundungen sich in dem pastellrosa Kleid abzeichneten und aus dessen Gesten und Worten die Stimme der Jugend sprach.

Wir waren den Rest des Abends unzertrennlich, tanzten und unterhielten uns über die verschiedensten Themen. Während wir durch den Saal schlenderten, erzählte Francisco Anekdoten über die Gäste, die in der Mehrzahl Stammkunden der Bank waren. Mit jedem Satz, den wir wechselten, war ich mehr davon überzeugt, dass er die Lösung für all meine Probleme war. Ich musste ihn wissen lassen, dass ich seine Gefühle erwiderte, die Gelegenheit nutzen, ihn noch mehr in meinen Bann zu ziehen. Francisco war Geschäftsmann, er hatte an der Handelsschule studiert, war lebenserfahren und kultiviert, und das machte ihn zum perfekten Kandidaten. Er würde verstehen, was mich tief in meinem Innern bewegte. Außerdem war er nicht nur gütig und gebildet, sondern auch noch in mich verliebt, und das war etwas Kostbares und Überwältigendes, das ich im Leben noch nie erfahren hatte. Und das würde ich mir nicht entgehen lassen.

***

Ich beendete den Satz in meinem Tagebuch. Der Winter machte mich nachdenklicher als sonst. In den letzten Tagen hatte ich ununterbrochen an meinen Vater und meine Brüder denken müssen, mit durchaus zwiespältigen Gefühlen. Obwohl sie mir nie geschrieben hatten, konnte ich mir nicht vorstellen, dass sie mich völlig vergessen hatten. Der Gedanke verfolgte mich und tauchte immer wieder auf, auch wenn es eine halbe Ewigkeit her war, dass wir uns das letzte Mal gesehen hatten. Meine Tante sagte in solchen Momenten immer, ich sollte sie aus meiner Erinnerung verbannen. Aber wie sollte ich das tun? Floss nicht dasselbe Blut durch meine Adern? Durch unser beider Adern? War es denn nicht normal, dass ich mich danach sehnte, ihre Stimmen zu hören? Stimmen, die sich im unbarmherzigen Lauf der Zeit bestimmt verändert hatten.

Doch die quälenden Fragen wurden durch die Vorwürfe und Drohungen meiner Tante im Keim erstickt: »Jetzt hör mal zu, Kleine: Dein geliebter Vater und deine Brüder scheren sich einen feuchten Kehricht darum, wo du bist und wie es dir geht. Willst du ihnen jetzt die Tür öffnen?«

Als ich in die Redaktion kam, waren López und Fernández in ein angeregtes Gespräch vertieft. Simón telefonierte. Señora Idiazábal saß an ihrem Platz und las lustlos ein Schreiben durch. Ich hängte meinen Mantel an die Garderobe, legte Hut und Handschuhe ab und machte mich sofort an die Arbeit.

»So, so, Francisco de las Heras y Rosales … Ich wusste,

dass du schlau bist, kleine Elisa, aber *das* hätte ich dir nicht zugetraut«, flüsterte mir Señora Idiazábal augenzwinkernd zu.

Ich hatte Francisco nach der Weihnachtsfeier im Kasino nur zweimal gesehen, aber ich war mir sicher, dass sowohl er als auch meine Tante mit den Neuigkeiten nicht hinterm Berg gehalten hatten. Ich seufzte und ging nicht weiter darauf ein. In dem Moment schoss Don Ernesto zornig aus seinem Büro, gefolgt von dem Buchhalter, Señor Villarroy, der mich wie immer freundlich grüßte, und Augusto Morales.

»López! Fernández! Sitzen Sie nicht so faul herum, verdammt!«, rief er schlecht gelaunt.

»Was für eine Laus ist Ihnen denn über die Leber gelaufen?«, fragte Ramón López keck.

»Laus? Eine? Ich kann sie schon gar nicht mehr zählen. Señor Villarroy hat mich gerade davon in Kenntnis gesetzt, dass unsere Gewinne seit sechs Monaten rückläufig sind.«

»Seit sechs Monaten? Aber haben Sie denn nicht mit dem Vertreiber von den Haarwuchspillen einen Vertrag geschlossen?«, fragte Isidro Fernández überrascht.

»Nicht nur das, auch mit dem, der die Hustenpillen vertreibt, dem Cidre-Verkäufer und dem mit dem Hutgeschäft, aber die Madrilenen lesen offenbar lieber *El Heraldo*, *El Sol*, *La Corres* oder *ABC*.«

»Ich wüsste nicht, wieso …«, meinte Ramón López.

»Ganz einfach, du Hohlkopf. Wir brauchen einen Fotografen. Bei *ABC* gibt es seitenweise Fotos von allen möglichen Ereignissen. Und wir brauchen einen Illustrator, damit wir auch bald solch witzige Karikaturen haben wie *La Corres*«, bemerkte Fernández und gab damit zu, dass er regelmäßig das Blatt der Konkurrenz las.

»Einen Fotografen? Für was halten Sie uns? Für ein Klatschblättchen für Frauen?«, echauffierte sich der Redakteur der Gesellschaftsspalte.

»Genau. Wir müssen die Ärmel hochkrempeln und die besten Berichte der Stadt bringen. Seit drei Monaten haben wir weniger Mitarbeiter als sonst, also müssen wir auf Qualität setzen. Habt ihr mich verstanden? Ich will Qua-li-tät!«, befahl er.

»Ja, Don Ernesto«, erwiderten sie im Chor.

»So, mal sehen. Morales, was haben Sie für heute?«

»Ich wollte einen Artikel über die bevorstehende Ernennung von Paul Deschanel zum Präsidenten der Französischen Republik schreiben. Und dann ist da noch die Geschichte mit dem Tabak …«

»Kümmern Sie sich um beides. Los, an die Arbeit. Und Sie, Fernández?«

»Ich will morgen dem Kongress einen Besuch abstatten, um die Abgeordneten zu befragen.«

»Gehen Sie erst zum Senat. Tun Sie mir den Gefallen. Und ich will mehr sehen als die Tagesordnung, über die alle Zeitungen berichten. Ich will taufrische Nachrichten!«

»Ja, Sie können sich auf mich verlassen.«

»Und Sie, López?«

»Ich habe was zum Thema Stierkampf und könnte in der Arena vorbeischauen und sehen, was die Partien heute so bereithalten.«

»Aber dann will ich alles wissen, und wenn es um die Farbe des Unterrocks der letzten Dame auf der Tribüne geht, klar? Ich habe Ihre blutleeren Berichte satt. Die könnte ja selbst meine Frau von zu Hause aus schreiben.«

»Werden denn überhaupt noch Unterröcke getragen?«, fragte Augusto Morales und erntete dafür einen hasserfüllten Blick aus Don Ernestos dunklen Augen.

Nach dieser harschen Auseinandersetzung herrschte ehrfürchtiges Schweigen. Die Zeitung befand sich seit Langem in schwierigem Fahrwasser, aber Don Ernesto weigerte sich, in Neuerungen zu investieren oder mehr Leute einzustellen. Die Redakteure waren in eine gewisse Bequemlichkeit und Nachlässigkeit verfallen, und das Ergebnis waren langweilige Artikel. Sie schrieben lustlos und vermieden es größtenteils, überhaupt zu den Veranstaltungen, über die sie berichten sollten, hinzugehen, »um Zeit und Energie zu sparen«. Das Erscheinen modernerer Zeitungen wie *El Sol* und der Druck des Trusts hatte dafür gesorgt, dass *El Demócrata* an Marktmacht in der Zeitungslandschaft eingebüßt hatte. Und so verging der restliche Tag in Grabesstille, nur hin und wieder unterbrochen von kommenden oder gehenden Mitarbeitern.

Als mein Arbeitstag beendet war, stürmte ich aus der Redaktion und betete, dass Santiago diesmal pünktlich sein möge, denn an dem Abend würde ich zum ersten Mal in die Oper gehen. Francisco hatte mich eingeladen, ihn zu *Salomé* mit der Musik von Richard Strauss zu begleiten, das in der Woche im Teatro Real Premiere gefeiert hatte. Zum Glück musste ich nur kurz warten, bis der Landauer auftauchte.

In der Oper kam ich aus dem Staunen nicht mehr heraus. Die Damen trugen, passend zu dem prachtvollen Theater, ihre schönsten Gewänder. Von unseren Logenplätzen aus hatte man den besten Blick auf die Bühne. Am Ende applaudierte ich leidenschaftlich. Ich wollte etwas von den Gefühlen zurückgeben, die die Darsteller in mir geweckt hatten. Francisco sah mich an, stolz, dass er mit der Oper die richtige Wahl getroffen hatte.

»Möchten Sie vielleicht noch ein wenig spazieren gehen, Señorita Elisa?«, schlug Francisco beim Herausgehen vor, und ich stimmte sofort zu.

Wir gingen über die Plaza de Oriente, unter dem Blick der alten Könige, die von ihren Steinsäulen aus Zeugen des bunten Treibens der Menschen in der Hauptstadt waren. Von Kindheit an war es einer meiner Lieblingsplätze. Ich erinnerte mich an mehr als eine Gelegenheit, bei der Don Ernesto und seine Frau mich zum Taubenfüttern mitgenommen hatten. Von Anfang an war ich fasziniert von dem schönen, vom Palacio Real zur einen und vom Teatro Real zur anderen Seite flankierten herrlichen Platz mit den Königsstatuen und Brunnen. Es war kühl, aber nicht eisig. Ich bewegte die Finger im Handschuh, und da bemerkte ich, dass Francisco meinen Arm ergriffen hatte und ihn kraftvoll und zugleich zärtlich hielt.

»Ich danke Ihnen sehr, dass Sie mich heute Abend mitgenommen haben, Don Francisco. Ich habe so etwas noch nie erlebt«, gestand ich.

»Lassen Sie nur, Señorita Elisa. Ich tue das nicht, damit Sie mir dankbar sind.«

»Ich weiß, Don Francisco. Aber ich bin Ihnen wirklich sehr dankbar. Sie sind so gut zu mir.«

»Hoffentlich kann ich Ihnen eines Tages die Wiener Oper zeigen. Sie werden beeindruckt sein. Ich würde Ihnen gern so viele schöne Orte zeigen, Señorita Elisa …«

Ich blickte zu Boden, ob meine Füße auch ja den festen Schritt beibehielten, mit dem ich meine Unsicherheit zu kaschieren versuchte. In diesem Moment spürte ich mehr denn je, dass mein Platz an seiner Seite war. Wenn wir allein waren, empfand ich etwas, das gemeinhin wohl als Liebe beschrieben wird. Es war ein warmes, angenehmes Gefühl von Geborgenheit. Wir setzten unseren Spaziergang fort, und ich lauschte, welche Pläne Francisco für mich, für uns, hatte. Und mir gefiel, was ich hörte.

»Vielleicht trete ich Ihnen zu nahe, wenn ich Ihnen sage, dass ich seit einiger Zeit an nichts anderes mehr denken kann als an Sie.«

Wir hatten das Gitter erreicht, hinter dem die Sabatini-Gärten lagen. Im Vollmond sahen wir uns lange in die Augen. Ich war wie berauscht. Seit Langem hatte mir niemand mehr eine derartige Wertschätzung entgegengebracht, und das Gefühl war überwältigend. Ich atmete tief ein.

»Sie treten mir nicht zu nahe, Francisco.« Sein Gesichtsausdruck veränderte sich. »Ich frage mich nur, ob das nicht vielleicht nur eine vorübergehende Laune ist.«

»Wie können Sie so etwas denken, Liebste? Selbstverständlich nicht.«

»Ich habe Angst, dass Sie mich nur wollen, um Ihr Begehren zu stillen.«

»Hören Sie, Señorita Elisa, ich kann Ihnen versichern, dass das keine vergängliche Liebelei ist, was ich für Sie empfinde.« Er fasste meine Hände. »Ich verspreche Ihnen, wenn Sie meine Frau werden, wird es Ihnen an nichts fehlen. Sie werden die glücklichste Frau der Welt sein, und solange Sie mich lieben, können Sie tun und lassen, was Sie wollen.«

Ich nahm diese Worte als symbolische Garantie für ein glückliches Leben an seiner Seite. Franciscos Liebe zu mir sprengte alle Konventionen, und das gab mir einen großen Spielraum, ihn von meinen Wünschen und Zielen überzeugen zu können. Das Angebot konnte ich unmöglich ablehnen. Damit könnte ich mich endlich aus den Fesseln befreien, die mich an meine Tante banden, seit ich denken konnte. Es bedeutete das Ende der ehernen Gesetze und Verbote. Ich wäre Franciscos Frau, und mit ein wenig Geschick könnte ich mich dem Schreiben für die Zeitung widmen, während er in der Bank arbeitete. Adrenalin schoss durch meinen Körper. Ich drückte seine Hände. Francisco verstand sofort, was mein Lächeln bedeutete, und nutzte die Gelegenheit, mir vorsichtig näherzukommen und mich zu küssen.

***

Auf diese Art begann meine Verlobungszeit mit Francisco. In den ersten Tagen war meine Tante bestens gelaunt. Sie war geduldig mit mir, fast schon liebevoll. Ich verhielt mich immer gleich und ignorierte ihren Stimmungswechsel, aber ich war mir sehr wohl bewusst, dass ich die Zauberformel gefunden hatte, um mit ihren Launen und wenig nachvollziehbaren Entscheidungen fertigzuwerden, die mich seit meinem siebten Lebensjahr begleitet hatten. Seit jenem Tag im Januar 1920 hing alles von Franciscos Meinung ab, zumindest bei unwichtigeren Belangen. Wenn er es guthieß, stimmte sie zu. Wenn er Zweifel äußerte, lehnte sie ab. Mit der Zeit eignete ich mir mehr rhetorisches Geschick an, um die Antwort zu bekommen, die ich haben wollte. Dennoch fühlte ich mich allein in einem Krieg, den ich mit mir selbst, mit meiner Familie und letztlich auch mit der Welt ausfechten musste. Zudem veränderte sich auch mein Alltag. Ich ging mit Francisco zu vornehmen Festen, auf die Pferderennbahn, zu Spieleabenden, ins Theater, zu Ballettaufführungen oder Singspielen. Manchmal führte er mich auch in exquisite Restaurants aus, oder wir machten lange Spaziergänge im Retiro-Park.

Doch Francisco war ein Geschäftsmann, mit allem, was das mit sich brachte. Er war oft wochenlang auf Reisen, denn er und sein Bruder Luis hatten vor, mit der Rosales-Bank in andere europäische Länder zu expandieren. Offenbar eröffnete die Nachkriegskrise neue Geschäftsmöglichkeiten, und die wollten sie sich nicht entgehen lassen. Und so besuchten sie potenzielle Geschäftspartner in London, Paris, Wien oder Zürich. Aber daran gewöhnte ich mich rasch. Die ständigen Reisen waren der perfekte Vorwand, um ihn davon zu überzeugen, dass ich mehr bei der Zeitung arbeiten sollte. Die Vorstellung, ich könnte mich langweilen oder einsam und traurig sein, brachte sein Herz zum Erweichen, und er stimmte zu, dass ich regelmäßig auch nachmittags in die Redaktion ging. Wie zu erwarten war meine Tante nur wenig begeistert davon.

Zähneknirschend stimmte sie zu und betete innerlich darum, dass ich so schnell wie möglich von dem aus ihrer Sicht irrwitzigen Gedanken abließ.

Ich war stolz darauf, dass sich Francisco so gut steuern ließ, und nutzte die Zeit, um mich mit Benedetta und Catalina zu treffen, wenn er nicht in der Stadt war. Und so pendelte ich zwischen den Verpflichtungen einer Verlobten und den Freiheiten einer ungebundenen jungen Frau hin und her. Ich war immer noch begeistert von den Gesprächen mit Catalina und den anderen Mädchen aus dem Wohnheim. Meist erfand ich irgendeinen Vorwand, um aller Fragerei aus dem Weg zu gehen, und begab mich zum Nachmittagstee im Salon in der Calle Fortuny Nr. 30. Manchmal gingen wir auch in ein Café und diskutierten dort über ein Thema, und es kam vor, dass sich auch junge Studenten aus dem Männerwohnheim zu den Treffen einfanden. Ich erinnere mich, dass ich damals den berühmten Essay der bekannten Feministin Margarita Nelken, *Die soziale Lage der Frau in Spanien*, gelesen habe. Catalina hatte mir das Buch geschenkt, und es hatte mich dazu angeregt, intensiv über die Unterdrückung der Frau nachzudenken. Ein recht düsteres Porträt der Realität in Spanien, auch wenn mir das damals nicht in vollem Umfang klar war.

Catalina war der einzige Mensch, mit dem ich all meine Gedanken unzensiert teilte. Wir tranken heiße Schokolade, während wir in der Chocolatería San Ginés auf Benedetta warteten, die noch bei ihrer verhassten Schwiegermutter bleiben musste, die kurz vor der Niederkunft mit ihrem ersten Kind stand. Ich erzählte ihr die neuesten Gerüchte aus der Redaktion, denen zufolge Señora Idiazábal und Simón ein Liebespaar sein sollten. Ich wusste nicht, ob das stimmte, aber ich lehnte das Verhalten der beiden strikt ab, die offenbar und jeglicher Moral abgeschworen hatten und wider alle Vernunft in der Redaktion herumturtelten, wenn die anderen gegangen waren. Den wenigen Worten, die Señora Idiazábal über ihre Vergangenheit verloren hatte, hatte ich entnommen, dass sie jung Witwe geworden war, aber ich wäre nie darauf gekommen, dass sie Interesse an dem Lehrling haben könnte.

Während wir an unserer Schokolade nippten, verließen wir die Gerüchteküche des Pförtners und widmeten uns ernsteren Themen wie der Liebe. Catalina vertrat die Ansicht, Liebe könne sich nicht mit der Zeit entwickeln. Das gewisse Etwas müsse von Anfang an da sein.

»Ich glaube, du hast zu viele Romane gelesen, meine liebe Catalina. Im wahren Leben läuft das anders«, behauptete ich. »Wenn du vorhast zu heiraten, einen guten Mann zu finden und dir eine gute Zukunft zu sichern, musst du dich von deinem Verstand leiten lassen und nicht allein von deinen Impulsen.«

»Und wie sieht diese Zukunft aus, nach der du dich so sehr sehnst, Elisa?«, fragte sie.

»Das ist ganz einfach, ich habe keine großen Ansprüche. Ich möchte eine nette Familie haben, ein Haus, einen Mann, der mich liebt … und vielleicht irgendwann für eine Zeitung schreiben dürfen.«

»Wieso vielleicht?«

»Es ist kompliziert, Catalina. Ich kann nicht so leben wie du. Ich muss meiner Familie Genüge tun. Wenn ich Francisco heirate, kann ich freier sein und eventuell …«

»Ich verstehe nicht, warum du damit wartest, bis du verheiratet bist. Du kannst schreiben, wann du willst. Du musst nur ein Thema finden, das dich inspiriert, und den Artikel Don Ernesto auf den Tisch legen.«

»Das kann ich eben nicht … Ich habe es doch schon gesagt, ich darf nicht für die Zeitung schreiben. Don Ernesto würde mir den Artikel postwendend wieder auf den Schreibtisch legen. Meine Tante wäre außer sich, und Francisco …«

»Schon gut, schon gut. Aber wie du mir erzählt hast, war dein Bericht über die Hochzeit der de Luccas ein voller Erfolg. Willst du denn die Chance verspielen, etwas zu tun, das dir so sehr liegt?«

Ich wandte den Blick ab. Ich wollte nicht eingestehen, dass es so war, hatte aber nicht den Mut, gegen diejenigen aufzubegehren, die sich um mich gekümmert hatten und es noch immer taten.

»Wenn ich jemand anders wäre … Aber Elisa Montero wurde nicht geboren, um Journalistin zu werden«, erwiderte ich traurig.

Catalina tat plötzlich geheimnisvoll und vergewisserte sich durch ein paar kurze Blicke nach allen Seiten, dass uns niemand zuhörte.

»Es muss ja niemand wissen, dass Elisa Montero die Autorin der Artikel ist, meine Liebe. Du wärst nicht die Erste und nicht die Letzte, die unter einem Pseudonym veröffentlicht …«

Ich biss mir auf die Lippe und dachte ein paar Sekunden darüber nach.

»Red keinen Unsinn, Catalina. Das kann ich nicht tun,

so gut schreibe ich nicht. Und wo soll ich die Zeit dafür hernehmen. Ich würde es mir so sehr wünschen, wirklich, aber es ist vollkommen abwegig«, sagte ich.

»Du hast recht. Du kannst es nicht.« Ich sah sie an, erstaunt über ihre harten Worte. »Du kannst es nicht, bis du die Angst vor deiner Tante und vor allen anderen, die etwas von dir erwarten, abgelegt hast.«

4

Ich kämmte mein Haar und betrachtete mich im Spiegel des Frisiertischs, der zum Komplizen meiner Gedanken geworden war. Nach dem Gespräch mit Catalina hatte ich den Entschluss gefasst, alle meine Bemühungen, meine Energie und meine Zeit in die Beziehung mit Francisco zu stecken. Ich träumte mit offenen Augen, unsere Namen zu vereinen, von einer glücklichen Zukunft, besiegelt durch Ringe und ein rauschendes Fest. Ich fühlte mich geknebelt von einer Welt, von einem Leben, in dem wahre Freiheit unerreichbar schien. Ich brauchte frische Luft, musste die Regeln durchbrechen, durch die ich dank meiner Tante gebrandmarkt war. In den letzten Wochen war ich nachdenklicher als sonst gewesen. Ich spürte eine wachsende Unruhe in mir, Antworten zu finden, die meine innere Blockade aufheben würden, die mich in die richtige Richtung lenkten.

Ich strich über das wellige Haar, das glatt über meinen Rücken fiel. Ich trug bereits mein Nachthemd. Ich atmete tief ein und nahm die Schere von Pilar, die ich in der Küche gefunden hatte. Ich fuhr noch einmal mit den Fingerspitzen über das Haar, das immer hochgesteckt und mit zwickenden Kämmen und Haarnadeln geschmückt wurde. Es fühlte sich sanft und zart an. Ich warf einen letzten Blick auf die Pracht und schnitt mitten hinein. Das knisternde Geräusch überraschte mich. Eine lange Strähne fiel zu Boden und verabschiedete sich für immer. Aber ich hörte nicht auf, ich setzte meinen Plan in die Tat um und schnitt das Haar bis knapp unter den Ohren ab.

Als ich fertig war, sah ich nicht mehr wie ein unschuldiger Backfisch aus, sondern wie die Frauen aus den modernen Cafés, wie Catalinas Mitbewohnerinnen, wie die Ausländerinnen in der schicken Nachkriegsmode, die in der Stadt anzutreffen waren. Ich schüttelte den Kopf, um den »Bob«, wie man die neue Frisur nannte, bestmöglich in Form zu bringen. Ob er Francisco gefallen würde?

Das Knarzen der aufgehenden Tür riss mich aus meinen Grübeleien. Ich drehte mich und blickte direkt in das entgeisterte Gesicht meiner Tante. Ich stand auf und legte die Schere zu meiner Bürste und dem nutzlos gewordenen Haarschmuck. Es dauerte eine Weile, bis meine Tante aus ihrer Erstarrung erwachte. Sie kam auf mich zu und verpasste mir eine Ohrfeige. Ich legte die Hand auf die schmerzende Stelle, an der sich ihr Zorn Bahn gebrochen hatte. Ich war zutiefst erschrocken. Meine Tante mochte hart sein, unbeugsam, kühl und schwierig, aber geschlagen hatte sie mich noch nie. Meine Augen füllten sich mit Tränen, gespeist von der Wut, die wie ein Wirbelsturm an Gefühlen und Vorwürfen in mir brodelte.

»Du siehst aus wie ein billiges Revuegirl. Wie konntest du so etwas tun? Weißt du, wer solch eine Frisur trägt? Die Flittchen und die Huren in den Bordellen!«

»Vielleicht hätte ich mein Haar schon immer so tragen sollen.«

»Elisa, überspann den Bogen nicht. Ich hatte wirklich eine Engelsgeduld mit dir, aber irgendwann ist das Maß voll. Ich will mir gar nicht vorstellen, was Francisco sagt, wenn er dich so sieht. Er täte gut daran, die Verlobung mit dir zu lösen. Du bist einfach ein dummes Kind!«

Die Verachtung in ihren Worten und ihrem Blick schmerzten mehr als die Ohrfeige.

»Das würde Ihnen so passen, nicht wahr? Um mir zu beweisen, dass Sie wieder einmal recht haben. Um mir zu zeigen, dass ich in diesem Leben nichts anderes tun kann, als mit Ihnen und Ihren absurden Regeln hier eingeschlossen zu sein.«

»Du solltest mir dankbar sein, dass ich dich bei mir aufgenommen habe. Aber stattdessen glaubst du wohl, du könntest dir alles erlauben?«

»Sie wollten mich doch gar nicht, und das haben Sie mich jeden einzelnen Tag spüren lassen. Es tut mir leid, dass Sie sich um mich kümmern und Ihre kostbare Zeit mit mir vergeuden mussten. Vielleicht bin ich ihm ähnlicher, als Ihnen lieb ist. Ich brauche Freiheit, Luft zum Atmen.«

»Sei nicht naiv. Dein Vater brauchte auch keine Freiheit. Er brauchte Geld! Du hast riesiges Glück gehabt, dass ich die ganze Zeit so großherzig war, dich aufzuziehen. Und jetzt solltest du dankbar sein und mit dem Blödsinn aufhören. Denn wenn du deine künftige Verlobung mit Francisco aufs Spiel setzt …«, drohte sie und hob erneut die Hand.

»Lassen Sie mich! Lassen Sie mich in Ruhe!«

Ich schnappte mir eine Jacke und trat, ohne mich noch einmal umzusehen, durch das imposante Portal hinaus auf die Straße, hinter mir das hysterische Geschrei meiner Tante, die mir befahl, sofort zurückzukommen. Es regnete in Strömen, aber das war mir egal. Ich rannte die Calle Serrano Richtung Norden. Einige Passanten unter ihren Schirmen warfen mir verwunderte Blicke zu. Die Geschäfte waren geschlossen, und dort, wo morgens buntes Treiben herrschte, war alles still, erloschen. Der Regen durchnässte meine Kleider, mein Haar. Seine Tropfen vermischten sich mit Tränen der Trauer, Wut und Verzweiflung.

Ich rannte ziellos weiter. Meine Füße führten mich durch die dunklen Straßen von Madrid. Als ich merkte, wo ich war, blieb ich stehen und blickte auf die großen Fenster von Catalinas Wohnheim. Ich war unschlüssig, ob ich sie um Hilfe bitten oder nach Hause zurückkehren sollte. Doch dann schlüpfte ich durch das Tor und schlich durch den Garten. Ich wusste, welches Fenster das von Catalina war, und so nahm ich einen kleinen Stein und warf ihn an die Scheibe. Ich musste es mehrfach versuchen, bis sich das Fenster endlich öffnete. Sie schaute missmutig hinaus, aber als sie mich wie einen begossenen Pudel dort stehen sah, eilte sie sogleich hinunter, um mich hereinzulassen.

Das Zimmer war einfach eingerichtet, kein Schnickschnack, nur das Nötigste, was man zum Schlafen und Studieren brauchte. Trotzdem bot das Wohnheim einigen Komfort. Es war ein Ort zum Wohlfühlen, in dem alles vorhanden war, damit die vielversprechenden jungen

Frauen unserer Generation in Ruhe studieren konnten. Aber es war auch gemeinhin bekannt, dass man nicht einfach tun und lassen konnte, was man wollte. Die Zeiten und die Hausregeln mussten von allen Bewohnerinnen eingehalten werden, die allesamt sehr wohlerzogen waren, wie man es von rechtschaffenen Mädchen eben erwartete. Mein Besuch wäre bei der Leitung nicht gut angekommen, und so hatte ich meine Tränen zurückgehalten, bis wir die Zimmertür hinter uns geschlossen hatten. Ich setzte mich in einen kleinen Sessel in der Ecke und stellte mir einen Moment lang vor, wie meine Freundin dort viele Stunden saß und all die Schriften verschlang, von denen sie mir später erzählte.

»Jetzt beruhige dich erst mal. Was ist denn passiert?«

Ich antwortete nicht. Als sie genauer hinsah, fiel ihr auf, dass die lange, wellige Mähne einer Kurzhaarfrisur gewichen war, die feucht an meinem Kopf klebte.

»Oh, ich verstehe …«

Sie trat zum Bett und warf mir eine karierte Decke über. Ich rieb meine Arme, um mich ein wenig aufzuwärmen, doch das Frieren war innerlich. Ich konnte den Gedanken nicht ertragen, wieder zurück in dieses furchtbare Haus zu gehen und meiner Tante ins Gesicht sehen zu müssen, die bei allem stets die Siegerin war. Mit der Zeit wurde mir wärmer, und mein Atem ging ruhiger. Catalina wartete geduldig, bis ich zur Ruhe gekommen war. Sie strich mir eine Strähne, die mir ins Gesicht gefallen waren, hinters Ohr.

»Ich finde, das steht dir sehr gut«, meinte sie.

Ich lächelte. »Danke. Du bist eine echte Freundin. Entschuldige, dass ich dich um diese Zeit einfach so überfallen habe.«

»Mach dir deswegen keine Sorgen, Elisa. Es war bestimmt nicht einfach für dich hierherzukommen. Ist etwas zwischen dir und deiner Tante vorgefallen?«

»Nichts, was sie mich nicht die ganze Zeit schon hat spüren lassen. Anfangs dachte ich, ihre Gefühlskälte rührte daher, dass es ihr missfiel, sich um mich kümmern zu müssen. Dann, dass ich mich schlecht benahm. Dass ich nicht dankbar war. Aber mir ist klar geworden, dass sie mich nicht lieben kann. Etwas hindert sie daran, aber ich weiß nicht, was es ist.«

»Elisa, manchmal wissen die Menschen nicht, wie sie mit unerwarteten Situationen umgehen sollen. Vielleicht wusste sie nicht, wie sie es anstellen sollte, dich zu lieben.«

»Wenn es nur das wäre, Catalina. Es ist die Verachtung, wenn sie mit mir spricht, die Art, mich zu behandeln, als wäre ich eine Ware, die man an den Meistbietenden versteigert. Sie war besessen von dem Gedanken, einen Verehrer für mich zu finden, und jetzt, wo sie hat, was sie wollte, kann sie den Gedanken nicht ertragen, ich könnte alles kaputt machen.«

»Deine Tante ist eine schwierige Frau, aber du musst stärker sein. Du musst dich über ihre Bevormundung hinwegsetzen. Es ist dein Leben, nicht ihres, Elisa. Sei klüger als sie! Wiege sie in dem Glauben, dass du dich an ihre Regeln hältst, und befreie dich!«

»Das hört sich einfacher an, als es ist. Seit Jahren versuche ich, ihre fest einzementierten Grenzpfeiler zu umgehen. Ich weiß nicht, ob ich das noch länger schaffe«, gestand ich unter Schluchzen.

»Natürlich schaffst du das. Sieh dich doch an! Du hast dir dein Haar abgeschnitten! Das hätte ich dir niemals zugetraut. Du trägst viele unterdrückte Wünsche in dir, die ausgelebt werden wollen. Du musst einen Weg finden, es zu tun, du musst mutig sein.«

»Ich bereue es jetzt schon. Und wenn Francisco genauso reagiert wie meine Tante?«

»Francisco hat einen Narren an dir gefressen. Es wird ihm gefallen. Ich bin sicher, selbst wenn du kein einziges Haar mehr auf dem Kopf hättest, würde er dich wie eine Göttin verehren.«

Ich musste lachen.

»Red keinen Unsinn, Catalina. Auch wenn du natürlich recht hast, dass Francisco gütiger ist als meine Tante. Hoffentlich findest du auch solch einen Mann.«

Catalina wandte den Blick ab. »Elisa, das ist nicht das Hauptziel in meinem Leben. Ich habe nicht gelogen mit dem, was ich zu deiner Tante auf der Hochzeit von Benedettas Vater gesagt habe. Ich möchte Lehrerin werden. Den Kindern helfen, die so vieles noch lernen müssen. Eine missglückte Ehe würde mich von meinem Weg abbringen … und das Risiko will ich nicht eingehen.«

»Manchmal ist das Leben ganz schön kompliziert, nicht wahr?«

»So kompliziert, wie wir es uns machen. Am Ende bestimmen unsere Entscheidungen unser Schicksal und niemand sonst. Wenn du das Haar kurz tragen willst, schneide es ab. Wenn du schreiben willst, schreibe. Wenn du studieren willst, studiere. Wenn du Antworten finden willst, dann begib dich auf die Suche.«

Ich schwieg einen Moment und ließ das Gehörte erst einmal sacken. Sie hatte recht. Die Antworten würden weder an meine Tür klopfen noch mir im Traum offenbart werden.

Wir wurden sanft von der Morgensonne geweckt. Als ich die Augen aufschlug, war mir klar, dass ich schnell verschwinden musste. Der Boden im Garten war durch den Regen nass und schlammig. Man hörte die Stimmen der Mädchen, die zum Frühstück gingen oder schwatzend über den Flur liefen. Sobald sie in ihren Zimmern waren, verstummte ihr Gespräch. Wir warteten, bis Ruhe einkehrte, um das Haus zu verlassen. Catalina hatte mir angeboten, mich mit der Straßenbahn nach Hause zu begleiten, bevor sie zu ihrem Unterricht ging.

Madrid war in einem leichten Nebel aufgewacht. Wenn man die vorbeiziehenden Leute und Autos betrachtete, hatte man den Eindruck, die Nachwirkungen des Unwetters säßen ihnen noch in den Knochen, Getrieben und Motoren.

Ich verabschiedete mich von meiner Freundin mit dem Gefühl, allein zurückzubleiben, mit einer unbestimmten Gefahr, die ich selbst hervorgerufen hatte. Bibbernd betrat ich das Haus, bekleidet mit Nachthemd und schmutziger Jacke, das Haar gelockt vom nächtlichen Regen, in meinen Augen all die Tränen, die nicht hatten fließen wollen. Severiano sah mich erstaunt an.

»Aber, Señorita Elisa, waren Sie denn nicht … Haben Sie nicht oben in Ihrem Zimmer geschlafen?«

Noch bevor ich meinen Fuß auf die erste Treppenstufe

gesetzt hatte, ertönte ein Ruf aus dem kleinen Salon. Ich machte kehrt und schaute hinein. Meine Tante saß mit dem Rücken zu mir und las die Zeitung *ABC*. Ohne sich umzudrehen, sagte sie: »Wasch dich. Dann kann zumindest keiner behaupten, du seist schmutzig.«

Ich schwieg und strafte sie mit Verachtung.

***

Die nächste Zeit verging ohne große Zwischenfälle. Doch jener Abend, an dem ich mich in Catalinas Wohnheim geflüchtet hatte, stellte einen Wendepunkt in der Beziehung zu meiner Tante dar. Während meine Bindung zu Francisco sich mehr und mehr festigte, kühlte sich das Verhältnis zu meiner Tante noch weiter ab. Wir wahrten ein Minimum an Anstand, aber ich vertraute ihr nicht mehr, und von ihr kam nicht das geringste Zeichen von Zuneigung – noch weniger als vorher, und das wollte etwas heißen. In dieser unerträglichen Situation sagte ich mir immer wieder, dass Francisco der Schlüssel zum Tor in die Freiheit war.

Ihm gefiel mein neuer Haarschnitt. »Du siehst aus wie ein Pariserin – bezaubernd, wie immer.« Die Tatsache, dass mein Verlobter die Sache nicht annähernd so skandalös fand wie meine Tante, zeigte mir, wie er mit solchen Dingen umging. Es störte ihn nicht, dass ich bei der Zeitung arbeitete, er hatte sich nie abfällig darüber geäußert, wenngleich auch nicht positiv. Er hatte nichts dagegen, dass ich mich weiter mit Benedetta, Catalina und ihren Freundinnen traf – obwohl er mit Catalina nicht viel anfangen konnte –, und auch nicht, dass ich mich wie sie kleiden wollte. Er verstand mich und tat alles für mich, hob meine Tugenden hervor und sah über die Fehler hinweg, die ich zu kaschieren versuchte. Er kümmerte sich weiter um seine Geschäfte, aber wenn er in der Stadt war, gingen wir abends aus, tanzten und küssten uns, getragen von der Sicherheit einer festen Beziehung. Durch ihn erweiterte sich mein Freundeskreis, aber häufig waren wir auch mit Don Ernesto und seiner Frau oder meiner Tante und den Ballesters unterwegs, zu denen Francisco ein gutes Verhältnis hatte.

Doch trotz all der Vergnügungen war ich nicht wirklich glücklich. Die Tatsache, dass ich reifer geworden war, und das angespannte Verhältnis zu meiner Tante hatten dazu geführt, dass ich mein altes Zuhause sehr vermisste. Ich hätte zu gern etwas von meinen Brüdern gehört und natürlich von Vater, ganz gleich, ob er in seinem Leben ein Schurke gewesen war. Da sich meine Tante jedoch standhaft weigerte, über das Thema zu sprechen, blieb mir nur ein einziger Weg, wenn ich etwas über meine Familie in Erfahrung bringen wollte. Doch erst im Herbst 1921 fand ich die Kraft dazu.

Um meinen Plan in die Tat umzusetzen, musste ich einen Vorwand finden, für ein paar Tage das Haus zu verlassen. Wie so oft half mir Catalina dabei. Es war nicht leicht, meine Tante davon zu überzeugen, mir zu erlauben, mit Catalina zu ihrer Familie nach Barcelona zu reisen. Doch wie immer machte sich Francisco für mich stark. Er hatte meinen bettelnden Blicken und meinem inständigen Flehen nichts entgegenzusetzen, und nachdem er in einem Gespräch mit meiner unnachgiebigen Tante all seine Überzeugungskraft aufgeboten hatte, willigte sie schließlich ein, ohne zu ahnen, dass ich ihr eine Lüge aufgetischt hatte. Aber ich benötigte erst mal noch ein paar Informationen über mein wahres Ziel. Und die konnte mir nur einer geben. Derjenige, der mich in einer regnerischen Nacht, eingehüllt in eine Decke aus Sackleinen, nach Madrid gebracht hatte. Der den Weg zu dem Haus in Fuente de Cantos kannte, wo er mich vor dreizehn Jahren abgeholt hatte.

Als der Tag der Abreise gekommen war, machte ich mich fertig, nahm das Gepäck, das ich mit Pilar gerichtet hatte, und ging zur Tür. Gegenüber dem Haus stand das Automobil, das ich dank Catalinas Unterstützung angemietet hatte. Meine Freundin streckte den Kopf aus dem Fenster, um mein Alibi glaubwürdig zu machen. Doch bevor ich hinüberging, machte ich einen kleinen Umweg zu Santiago, der wieder einmal zu spät gekommen war.

»Guten Morgen, Santiago.«

»Guten Morgen, Señorita Elisa. Geht es jetzt auf die Reise nach Barcelona mit Señorita Folch?«

Ich sah mich in alle Richtungen um.

»Ich fahre nicht nach Barcelona, Santiago. Die Adresse meines Ziels brauche ich von Ihnen«, sagte ich leise und fasste nach dem Zügel, den er gerade befestigte.

»Wie? Ich verstehe nicht, was Sie meinen …«, erwiderte er verwundert.

»Das wissen Sie sehr wohl. Sie haben mich damals abgeholt, und jetzt muss ich wissen, wie ich dorthin komme. Bitte.«

»Verlangen Sie das nicht von mir!«

»Santiago, bitte zwingen Sie mich nicht, meiner Tante zu sagen, dass Sie während der Arbeitszeit auf Pferde wetten. Ich habe Ihr Fehlen und Ihre Verspätungen in all den Jahren immer gedeckt, aber ich kann Sie auch auffliegen lassen.«

Er sah die Verzweiflung in meinem Blick, die mich zwang, eine solche Drohung auszusprechen. Er zögerte. Ich hatte nicht viel Zeit. Wenn ich mich nicht schleunigst von der Kutsche der Familie Ribadesella entfernte, machte ich mich verdächtig. Er blickte gen Himmel, in der Hoffnung, dass Gott oder irgendein anderes höheres Wesen ihm die passende Antwort für diesen heiklen Gefallen eingeben möge. Er hatte meiner Tante geschworen, das Geheimnis meiner Herkunft niemals preiszugeben. Und er bräche seinen Schwur, wenn er meiner Bitte nachkäme. Doch dann entschied er sich, mir zu helfen.

Zufrieden stieg ich in das Auto, in dem Catalina auf mich wartete, und übersetzte die vagen Erinnerungen unseres Kutschers in Anweisungen an den angemieteten Chauffeur, damit er mich zu dem gewünschten Ort brachte. Aber erst fuhren wir noch bei Catalinas Wohnheim vorbei.

»Ich werde dir bis zur letzten Pesete alles zurückzahlen …«, versprach ich ihr.

»Das ist das geringste Problem. Bist du dir sicher, dass du das Richtige tust?«, fragte sie.

»Ja. Ich muss es tun, Catalina. Ich muss herausfinden, ob es ihnen gut geht. Nur so werde ich etwas über mich erfahren. Wie hast du so schön gesagt: ›Wenn du Antworten finden willst, dann begib dich auf die Suche.‹«

»Gut«, sagte sie zögerlich. »Ich bedaure, dass ich dich nicht begleiten kann, aber du weißt ja, ich darf im Unterricht nicht fehlen.«

»Mach dir keine Gedanken. Es wird schon gut gehen.«

»Aber wenn irgendetwas schiefläuft oder du Hilfe brauchst, dann rufst du mich an, ja?«

»Versprochen. Danke, Catalina.«

Wir verabschiedeten uns mit einer kräftigen Umarmung.

Ich konnte mich nicht erinnern, Madrid je verlassen zu haben, außer zu den Ausflügen in das Landhaus der Rodríguez de Aranda, als ich klein war. Nun aus der Stadt herauszufahren bewegte mich. Wir fuhren über Landstraßen mit Schlaglöchern, die weniger wurden, je weiter wir nach Süden kamen. Ich starrte aus dem Fenster und spielte in meinem Kopf verschiedene Szenarien durch. Als Erstes stellte ich mir vor, mein Vater wäre überrascht, würde mich dann aber in die Arme schließen und mich bitten, nach Hause zurückzukehren. Als Nächstes stellte ich mir vor, dass sie mich nicht erkannten und ich ihnen erklären müsste: »Ich bin's, Vater, deine Elisa.« Ich spielte auch die Möglichkeit durch, dass sie umgezogen waren oder einer meiner Brüder der Grippewelle 1918 zum Opfer gefallen war. Die schmerzlichste Vorstellung war, dass sie mich des Hauses verweisen würden.

Während die Räder weiterrollten, veränderte sich die Landschaft. Die gelbe Farbe, in die der Sommer Kastiliens Felder getaucht hatte, wechselte in ein saftiges Grün der Weiden zu beiden Seiten des Weges. Die Stein- und

Korkeichen grüßten uns mit ihren üppigen Kronen voller Eicheln. Die von Osten nach Westen wandernde Sonne am Himmel markierte die Stunden, und ich vertrieb mir die Zeit, indem ich die Wolkenbilder betrachtete. Unterdessen veränderte sich die Welt vor dem Fenster in einer Weise, auf die ich, deren Leben sich in den letzten Monaten auf Bällen und Banketten abgespielt hatte, nicht vorbereitet war. Ich sah Planwagen, Frauen, die Wasserkrüge trugen oder auf dem Weg zum Fluss waren, um die Wäsche zu waschen, Kinder in Lumpen und Männer, die unermüdlich Schubkarren schoben. Das Leben in Toledo, Cáceres, wo wir Rast machten, oder Badajoz, wo wir übernachteten, war vollkommen anders, als ich es gewohnt war. Doch die Reise ging weiter Richtung Süden, die Zweifel wurden untergepflügt, und neue Wege öffneten sich.

»Señorita«, flüsterte jemand.

Offenbar war ich eingeschlafen. Ich schlug die Augen auf.

»Señorita, wir sind da«, sagte der Chauffeur.

Nervös richtete ich mich auf. Ich setzte meinen Hut auf und rieb mir die Augen. Ich befand mich in einer Straße mit weißen Häusern. Sie ähnelte der in meiner Erinnerung, aber sie kam mir kleiner vor. Wahrscheinlich lag es daran, dass ich gewachsen war. Ich lehnte mich aus dem Autofenster und erkannte unser Haus, den Vorgarten, wo ich zwischen den frei umherlaufenden Hühnern gespielt hatte. Einige Häuser wirkten verlassen, und auch das Haus meiner Familie schien nicht mehr bewohnt zu sein. Mein Herz raste, und ich bekam vor Aufregung ganz heiße Ohren.

»Nach Ihren Angaben müsste es dieses Haus sein«, sagte der Chauffeur, »soll ich mal klingeln?«

»Nein, schon gut. Lassen Sie uns warten, bis jemand herauskommt oder hineingeht, um sicherzustellen, dass es immer noch meiner Familie gehört«, meinte ich.

»Wie Sie wünschen, Señorita. Würde es Ihnen etwas ausmachen, wenn ich kurz in die Taverne gehe? Ich muss, na Sie wissen schon … und auch etwas trinken.«

»Ja, natürlich. Ich werde hier warten.«

»Wenn sich irgendein Schurke dem Auto nähert, schreien Sie laut!«

»Mache ich. Keine Sorge.«

In der Zeit, in der der Chauffeur in der Taverne war, tat sich nichts. Man hörte Stimmen, die sich näherten. Fast wäre ich ausgestiegen, hätte meine Angst über Bord geworfen und an der Tür geklingelt, aber in dem Moment kam eine Gruppe von Leuten mit Eseln und Lastkörben vorbei, und so ließ ich es lieber bleiben. Ihre Gesichter zeugten von Müdigkeit, Hunger und Überdruss. Ihre Kleidung war voller Flicken, und ihre Haut war so dunkel wie meine, als ich nach Madrid gekommen war. Sogar die Kinder waren mit allen möglichen Dingen beladen. Das moderne Auto fiel auf in der Straße. Verwundert starrten sie mich an; sie fragten sich wohl, was eine feine Dame wie ich bei ihnen zu suchen hatte. Der Chauffeur kam zurück und stieg wieder ins Auto, ohne zu fragen, wie lange ich ihn dort noch warten lassen würde. Das war bestimmt der seltsamste Auftrag, den er je bekommen hatte. Er zündete sich eine Zigarette an.

Nachdem wir noch eine Weile gewartet hatten, ohne

dass sich etwas tat, tauchte in einiger Entfernung eine weitere Gruppe auf. Im Schutz der Fensterscheibe beobachtete ich sie. Ein Teil von ihnen verabschiedete sich und zerstreute sich in alle möglichen Richtungen. Sie alle teilten die Erschöpfung, den Schweiß der Feldarbeit auf der Stirn und die Frustration derjenigen, die für einen Hungerlohn hart arbeiten mussten.

Ein großer Mann mit dunklem, welligem Haar trennte sich von dem restlichen Grüppchen und ging auf die Haustür zu. Seine Kleider waren abgenutzt und zerschlissen, seine Haut bedeckt von Schweiß und den Narben verheilter Wunden, ausgeblichen von der sengenden Sonne des Südens. Er wirkte erschöpft, obwohl sein Körper einen durchaus kräftigen Eindruck machte. Aber an seinem Gesicht konnte man ablesen, dass er schon seit Längerem nicht mehr ordentlich gegessen hatte. Das Gesicht – mein Herz schlug mir bis zum Hals. Ich versuchte, ruhig zu bleiben.

Es war Juan. Mein Bruder. Er war kaum wiederzuerkennen, vor allem wegen des dunklen Barts. Eine kleine Frau kam an die Tür, um ihn zu begrüßen. Sie küsste ihn zärtlich. Sie trug ein Kind auf dem Arm, das ununterbrochen schrie. Er drückte ihr etwas in die Hand, wohl den Tagelohn. Ihr Blick war voller Sorge, wahrscheinlich weil es nur ein paar mickrige Scheine waren, und verschwand wieder im Haus. Juan, mein Bruder, hatte das Baby genommen, um es zu beruhigen. Er wiegte es sanft und blickte dabei umher. Sein Blick blieb kurz an dem Auto hängen, wahrscheinlich weil es ein ungewohnter Anblick war. Er machte einen Schritt nach vorn. Ich duckte mich rasch, damit er mich nicht sah, und beobachtete dann, wie er müden Schrittes in unserem Elternhaus verschwand. Ich dachte einen Moment nach. Das Elend, das ich bei all den Leuten gesehen hatte, in all den unbekannten Gesichtern, die meinen Weg gekreuzt hatten, prägte also auch das Dasein meiner Brüder. Ich hatte kein Recht, in ihr Leben einzubrechen, mit dem Kleid, das Doña Alicia aus den besten Stoffen für mich geschneidert hatte, mit Seidenstrümpfen, mit all den Chancen im Leben, die ihnen verwehrt waren. Sie würden mich hassen. Ich war sicher, dass sie mich nicht akzeptieren würden. Nicht so. Ich sah noch einmal aus dem Fenster und gab dem Chauffeur die Anweisung zu wenden.

Wir machten uns auf den Rückweg in der Hoffnung, das schwindende Tageslicht würde uns den Weg noch eine Weile erhellen. Doch bald hielten wir an und suchten uns ein Quartier für die Nacht. Ich war nur ein kapriziöses kleines Mädchen, das geglaubt hatte, es könne einfach bei der Familie auftauchen und eine Liebe einfordern, die es nicht verdient hatte. Auch wenn es damals nicht meine Entscheidung gewesen war, konnte ich ihnen nicht in die Augen sehen und behaupten, ich wünschte, ich wäre niemals fortgegangen. Ich dankte Gott dafür, dass ich die Auserwählte war, die den Flöhen, der schweißtreibenden Feldarbeit, dem Hunger, der Armut entkommen war … Und dadurch fühlte ich mich noch schäbiger. Ich erinnere mich kaum an die langen Stunden der Rückreise, die ich still im Auto verbrachte und mit leerem Blick aus dem Fenster schaute.

Als wir an der Nummer 20 der Calle Villanueva vorfuhren, war ich erleichtert: Ich war wieder zu Hause. Santiago musterte mich von der Kutsche aus. Trotz meines unbesonnenen Handelns stellte er keine Fragen. Das stand ihm nicht zu. Aber ich glaube, als er mein erschöpftes, von den Erlebnissen der Reise gezeichnetes Gesicht sah, wusste er, dass die Konfrontation mit der Wirklichkeit mich geheilt hatte.

Niedergeschlagen ging ich die Stufen zum Eingang hoch. Meine Tante war nicht da, wie üblich. Pilar war von meiner plötzlichen Rückkehr überrascht. Missmutig erklärte ich, wir hätten eine Autopanne gehabt und vorzeitig umkehren müssen. Dann zog ich mich in mein Zimmer zurück. Ich legte den Hut und die Handschuhe ab, zog die Strümpfe und das Kleid aus, bis ich vollkommen nackt war. Doch selbst ohne all den Zierrat kam ich der Wirklichkeit nicht näher, die ich gesehen hatte. Ich zog mein Nachthemd an, holte Paquita, meine Puppe, und legte mich ins Bett. Paquita war meine wahre Kindheit, und es war ein sinnloses Unterfangen, eine andere Erinnerung als diese finden zu wollen.

***

Nach meinem kleinen unbemerkt gebliebenen Abstecher begann ich mich intensiv mit den ländlichen Regionen zu beschäftigen. Ich befragte in der Redaktion López und die anderen. Ich versuchte, auch Francisco weitere Informationen zu entlocken, der sich wunderte, warum ich mich für das Thema interessierte, und wandte mich auch an den stets gut informierten Don Ernesto. Bei einem Abendessen bei uns zu Hause erkundigte ich mich bei den Eheleuten Ballester, wie die Arbeitsbedingungen auf ihren Ländereien in La Rioja aussehen. Meine Tante warf mir einen vernichtenden Blick zu, als wollte sie sagen, wie kannst du es wagen, meine Gäste mit solchen Fragen zu belästigen.

Das Ergebnis meiner Recherchen war erschütternd. Die Männer verdienten offenbar knappe fünf Peseten am Tag. Und die Frauen, die nicht so belastbar und vielseitig einsetzbar waren, sogar noch weniger. Alle redeten von der Geißel des Hungers auf dem Land, vor allem in Andalusien mit seinen Latifundien, doch niemand schien bereit zu sein, gegen die Missstände angehen zu wollen.

»Das Problem der Landarbeiter ist, dass sie alles mit Aufständen und Streiks regeln wollen und dabei die Ernten gefährden«, meinte Amancio Ballester. Von der Landbevölkerung konnten fast siebzig Prozent nicht lesen und schreiben. Natürlich gab es auch in der Stadt Elend, aber mich entsetzte der Gedanke, dass dort Familien wie die meines Bruders Juan gezwungen waren, von früh bis spät zu schuften, ohne jede Annehmlichkeit, ohne grundlegende Versorgung, ohne Zukunft. Ich fragte mich auch, was wohl aus dem kleinen aufmüpfigen José Luis geworden war. Und aus Vater … Vielleicht lag er alt und erschöpft danieder.

»Das widersprüchliche Handeln der Regierung macht jede Steigerung der landwirtschaftlichen Produktion zunichte. Sie erlassen Gesetze ohne Sinn und Verstand. Zölle werden nach Belieben eingeführt und wieder abgeschafft … heute so, morgen so, immer weiter«, erklärte Augusto Morales, der sich mit Gesetzen und politischem

Filz bestens auskannte, in der Redaktion. Aus all den Informationen formte sich in meinem Kopf eine Geschichte.

An dem Abend wollte ich eigentlich beginnen, sie in meinem Tagebuch festzuhalten, doch dann hatte ich eine bessere Idee. Ich wusste, dass die Schreibmaschine des verstorbenen Mannes meiner Tante in der Bibliothek stand, weil ich sie selbst zu Übungszwecken dorthin gestellt hatte, auch wenn ich durch meine Arbeit bei der Zeitung schon beachtliche Fortschritte im Maschineschreiben erzielt hatte. Mit dem Kerzenleuchter bewaffnet huschte ich über den Flur ins Nachbarzimmer, wo ich die Kerze so auf dem Tisch platzierte, dass sie mir ausreichend Licht spendete. Dann schloss ich die Augen auf der Suche nach dem ersten Satz.

Der Zug fährt an Spanien vorbei

Der Titel war gefunden. Sogleich sprudelten die Gedanken und Rechercheergebnisse nur so aus mir heraus und fügten sich wie von selbst zu Sätzen. Manchmal sprang ich zurück und veränderte das ein oder andere Wort. Dann begann ich wieder von vorne. Ich ging völlig darin auf, meine Schlussfolgerungen zu einem Problem darzulegen, das Spanien seit Jahrhunderten lähmte. Ich schrieb über die Unterschiede, die Gegensätze. Und, warum auch nicht, über meine Familie. Die Zeilen sagten viel mehr aus, als man auf den ersten Blick vermuten mochte. Irgendwann war der Schlusspunkt gesetzt, und ich zog das eingespannte Blatt heraus. Sorgfältig las ich alles noch einmal durch, dann war ich endlich zufrieden. Es war mir gelungen, in dem Artikel die himmelschreiende Ungerechtigkeit bei der Behandlung der Geschlechter und sozialen Klassen und meine Entrüstung darüber in Worte zu fassen.

Catalinas Bemerkung, ich müsse einen Schritt weitergehen, wenn ich dem sehnlichen Wunsch, Journalistin zu werden, näherkommen wollte, hatte mir in den vergangenen eineinhalb Jahren keine Ruhe gelassen. Zigmal hatte ich angesetzt, aber am Ende immer einen Rückzieher gemacht. Durch den Besuch in Fuente de Cantos war mir bewusst geworden, dass es an der Zeit war, in die Zukunft zu schauen, denn von der Vergangenheit hatte ich nichts zu erwarten. Ich erinnerte mich, dass sie damals in der Chocolatería San Ginés zu mir gesagt hatte, ich sollte doch mit einem Pseudonym firmieren. So würde niemand erfahren, dass ich den Artikel geschrieben hatte.

Ich spannte das Blatt wieder ein. Überlegte, ob ich ein Wortspiel mit meinem Namen machen sollte, aber das erschien mir zu riskant. Da tippten meine Finger plötzlich entschlossen einen Namen, der aus den Tiefen meines Unterbewusstseins heraussprudelte: Pedro Liébana. Es war der Name des Jungen, der ein Jahr nach meiner Ankunft in Madrid versteckt in unserem Haus gelebt hatte. Ich wusste nur seinen Namen. Ich hatte oft an ihn gedacht, aber unser gemeinsames Spiel im Souterrain war in weite Ferne gerückt. Irgendwann, da war er schon eine Weile fort, hatte ich gehört, wie meine Tante zu Pilar sagte, die Wunde habe sich weiter entzündet, er habe die Rückfahrt zu seiner Familie nicht überlebt. Pilar hatte schwören müssen, niemandem davon zu erzählen. Der Gedanke an die tragische Geschichte ließ mich erschaudern. Mit seinem Namen zu firmieren erschien mir eine gute Möglichkeit zu sein, unsere kurze, aber intensive Freundschaft in Ehren zu halten.

***

Am Tag darauf saß ich an meinem Schreibtisch in der Redaktion und wartete geduldig auf die eintrudelnden Artikel. Es gehörte zu meinen Aufgaben, sie zu sammeln und gebündelt in Don Ernestos Büro zu bringen. Ich schob meinen einfach dazwischen. Hätte er zuoberst oder zuunterst gelegen, wäre das zu auffällig gewesen. Ich wusste, dass er die Artikel immer erst am Abend prüfte und sie meistens nur müde überflog.

Señora Idiazábal ordnete irgendwelche Unterlagen.

»Willst du die Artikel nicht langsam mal zu Don Ernesto bringen? Heute wird nichts mehr kommen«, herrschte sie mich an, ohne von den Schriftstücken aufzusehen.

Beflissen sprang ich auf und ging zu seinem Büro. Wie immer trat ich schweigend ein und legte die Artikel auf seinen Tisch.

»Einen Moment, Elisa«, sagte er, als ich schon wieder an der Tür war.

»Ja, Don Ernesto?«, fragte ich, voller Panik, ich könnte bereits aufgeflogen sein.

»Morgen Abend geben wir anlässlich des Geburtstags meiner Frau ein Essen bei uns. Im kleinen Kreis. Wir würden uns sehr freuen, wenn du mit Francisco kommst. Und bring Señorita Folch mit. Sie ist ein ausgesprochen nettes Mädchen.«

»Natürlich. Ich gebe beiden Bescheid. Ich bin sicher, sie werden sich sehr über die Einladung freuen, so wie ich auch«, erwiderte ich hastig.

»Wunderbar. Und noch etwas …«

»Ja?«

»Mhm … Ach, nichts. Ich hab's vergessen. Du kannst gehen.«

»Gut, Don Ernesto. Und vielen Dank für die Einladung.«

Ich kehrte auf meinen Platz zurück und wurde die Angst nicht los, er könnte jeden Moment aus seinem Büro schießen und fragen, wer dieser Pedro Liébana ist. Ich konnte nur hoffen, dass er den Namen in der ihm eigenen Zerstreutheit einfach überlas. Doch vorsichtshalber legte ich mir eine Erklärung zurecht, falls ihm der unbekannte Name doch auffallen sollte. Aber dazu kam es nicht.

Als ich am nächsten Morgen aufwachte, machte ich mich rasch zurecht. Ich war noch vor meiner Tante im kleinen Salon und schnappte mir die Ausgabe von *El Demócrata* vom 9. November 1921. Auf meine Initiative hin stand die Zeitung seit Neuestem auf Pilars täglicher Einkaufsliste.

Es wurde noch immer über das Desaster der Schlacht von Annual im Marokkokrieg berichtet, das die gesamte Nation zutiefst erschüttert hatte. Am 22. Juli hatten die aufständischen Berber in Spanisch-Marokko unter dem Kommando von Abd-al-Krim ein wahres Blutbad angerichtet. Die spanischen Truppen waren vernichtend geschlagen worden. Viele Gefangene und unzählige Tote waren das Ergebnis der mehrtägigen Belagerung gewesen. Krieg war kein Zuckerschlecken, das wussten wir alle, aber diese Tragödie warf eine Unmenge Fragen auf. Woher kam all der Hass, und warum mussten so viele junge Männer ihr Leben lassen?

Man hatte sie hungrig, ohne Ausrüstung und ohne militärische Erfahrung an die Front geschickt. Das Ganze war fast vier Monate her, aber allmählich verdichtete sich das Bild, und die Kritik an der mangelhaften Ausstattung der spanischen Truppen in Marokko wurde immer lauter. Man beschuldigte die obersten Befehlshaber – namentlich General Silvestre und den König –, militärisch versagt zu haben. In der Redaktion war Morales für das Thema zuständig. Die Informationen waren sehr widersprüchlich. Offiziell bekannt war lediglich, dass das Massaker nahezu achttausend Soldaten das Leben gekostet hatte, die Geiseln nicht eingerechnet, über deren Schicksal man zu dem Zeitpunkt nichts wusste. Ich studierte gewissenhaft die Berichte zu dem Thema und die über die letzten Entscheidungen der Regierung.

Auch sonst war 1921 ein vertracktes Jahr gewesen. Am 8. März hatten Anarchisten Ministerpräsident Eduardo Dato beim Verlassen des Parlamentsgebäudes erschossen. Pilar hatte leise gebetet und alle fünf Minuten Gott angefleht, »die Welt möge aufhören durchzudrehen«. Danach führte Gabino Bugallal fünf Tage lang eine Übergangregierung, woraufhin Manuel Allendesalazar die Regierungsgeschäfte übernahm, bis am 14. August Antonio Maura zum fünften Mal Ministerpräsident wurde. Das Hin und Her war der Stabilität unseres Landes nicht gerade dienlich. Durch neue Gesetze und Ideologien war es ständigen Veränderungen unterworfen.

Mein Bick wanderte über die Zeilen, und auf einmal las ich: »Der Zug fährt an Spanien vorbei«. Meine Kolumne! Don Ernesto hatte sie auf der letzten Politikseite platziert, neben einem Artikel von Fernández. Ich strahlte über das ganze Gesicht. Meine Tante betrat den kleinen Salon, begrüßte mich mürrisch und verschanzte sich hinter der Zeitung, während sie ihren Tee trank.

An dem Tag fühlte ich mich in der Zeitungsredaktion anders als sonst. Es war mir gelungen, einen Artikel aus meiner Feder unterzubringen, Teil dieses Systems aus Buchstaben, Autorennamen und Artikeln zu werden, zu dem die anderen längst gehörten. Trotz des unglaublichen Hochgefühls war ich besorgt, dass Don Ernesto mir Fragen stellen könnte.

Am Abend holte Francisco meine Tante und mich zu dem Abendessen bei Don Ernesto und Doña Cristina ab. Eigentlich lagen unsere Häuser recht nah beieinander, aber es war immer ein Vergnügen, in Franciscos schwarze Limousine von Panhard & Levassor einzusteigen. Was ich besonders an Francisco schätzte, war, dass es ihm so meisterlich gelang, meine Tante abzulenken. Er verstand es, ihr zu schmeicheln, und sie hing wie gebannt an seinen Lippen.

»Sie sind ein Charmeur, Francisco«, sagte sie oft.

Das Anwesen der Familie Rodríguez de Aranda befand sich in der Calle de Lista. Das Schieferdach verlieh dem Haus eine herrschaftliche Komponente, die typisch für das Stadtviertel Salamanca war. Das Interieur war außerordentlich geschmackvoll im Neorokoko-Stil gehalten, alles war perfekt aufeinander abgestimmt. Die Vorhänge, die Bezüge der Stühle, die Marmortischplatten, der mit Schnitzereien verzierte Sekretär im kleinen Salon, die Kommode im Eingangsbereich, einfach alles. Die Zofe, die uns die Tür geöffnet hatte, führte uns ins Esszimmer. Die Kronleuchter an der hohen Decke wachten still über die lange fürstliche Tafel, wo feinstes Porzellan und italienisches Silberbesteck auf die Gäste warteten. Das verstand Don Ernesto also unter »kleinem Kreis«. Es war gut und gerne ein Bankett für zwanzig Personen.

Wir begrüßten und beglückwünschten Doña Cristina, die mit den Diamantohrringen um die Wette strahlte, welche Don Ernesto ihr zu ihrem Ehrentag geschenkt hatte. Als der letzte Gast eingetroffen war, nahmen wir unsere Plätze ein. Die Dienstboten trugen nacheinander die Gänge des Geburtstagsmenüs auf, und Catalina war beeindruckt von der nicht abreißenden Folge an von den Zofen aufgetragenen Speisen. Sie stammte zwar aus einer guten Familie, aber die Gäste der Folchs waren nicht so betucht und legten nicht ein solch aristokratisches Gebaren an den Tag.

»Sagen Sie, Francisco, wie läuft es mit der Geschäftserweiterung?«, wollte Doña María Elena, die Gattin von Tomás Salamanca-Trillo, wissen.

»Nun, wir haben einige potenzielle Geschäftspartner in London getroffen, von denen wir uns viel versprechen. Aber das geht alles nicht von heute auf morgen. Da es sich bei der Bank um ein Familienunternehmen handelt, möchten mein Bruder und ich Vorsicht walten lassen, wenn es um Entscheidungen geht, die seine Zukunft betreffen.«

»Sie haben vollkommen recht, Familienunternehmen sollte man erhalten«, meinte Doña Concepción, die Ehefrau von Amancio Ballester.

»Das heißt also, dass die Kinder von Ihnen und Señorita Elisa als neue Generation die Rosales-Bank übernehmen werden?«, warf Tomás ein.

Diese Annahme kam mir seltsam vor, vage, weit weg. Natürlich hatte ich darüber nachgedacht, Mutter zu werden, aber so bald? War ich denn überhaupt schon so weit?

»Ganz genau. Unsere Söhne werden die Nächsten sein«, sagte Francisco, ohne mich anzusehen.

»Sie werden eine reizende Familie abgeben«, meinte Doña María Elena. »Sie können stolz sein, Manuela. »Ehe Sie sich versehen, sind Sie Großmutter. Und ich kann Ihnen nur sagen, das ist wunderbar. Tomás und ich können immer noch nicht fassen, dass wir unseren kleinen Miguel haben.«

»Das glaube ich. Wie geht es Candela?«, fragte ich, dankbar, dass sich das Gespräch nicht länger um meine künftige Mutterschaft drehte.

»Prächtig. Die Schwangerschaft hat ihr gutgetan, seit der Geburt hat sie einen anderen Glanz in den Augen. Der kleine Miguel ist ein bezaubernder kleiner Kerl«, erwiderte sie.

»Könnt ihr euch das vorstellen? Bald werden hier Kinder herumspringen. Ist das nicht fantastisch?«, warf die Gastgeberin gerührt ein.

»Apropos, ich habe gehört, dass Sie inzwischen an einer

Schule arbeiten, Señorita Folch«, meinte Don Ernesto. »Und, wie läuft es?«

»In der Tat, Don Ernesto. Ich helfe an der Institutsschule aus und arbeite zusätzlich im *Centro Reformista* im Distrikt Inclusa, das ist eine kleine Schule in einem der ärmsten Viertel der Stadt. Es ist eine unglaubliche Erfahrung, sie öffnet einem die Augen. Die Mädchen können nicht mal bis zehn zählen und haben noch nie selbst ein Märchen gelesen. Wir bringen ihnen all das bei, und ihre strahlenden Blicke beglücken mich jeden Tag aufs Neue.«

»Das ist bestimmt eine ganz wunderbare Aufgabe, Señorita Folch«, meinte Doña María Elena.

»Ich habe noch nie verstanden, was so attraktiv daran sein soll, Kindern anderer Leute Bildung zu vermitteln. Das ist doch Aufgabe der Eltern«, bemerkte meine Tante.

»Das Problem bei diesen Kindern ist, dass ihnen niemand etwas beibringen kann. Ihre Eltern können nicht einmal ihren Namen schreiben. In der Schule versuchen wir, ihnen etwas Nützliches beizubringen, bevor sie in einer Fabrik oder Werkstatt anfangen«, erklärte Catalina.

»Wenn sie ohnehin später dort arbeiten, wozu sollen sie dann lesen können?«, fragte Don Amancio.

»Um vielseitig einsetzbar zu sein, um sich zu informieren, sich Wissen anzueignen. Und bei den Männern, damit sie entscheiden können, wen sie wählen, und sich nicht von Tyrannen und Halsabschneidern hinters Licht führen lassen. Ich denke nicht, dass Lesen schadet.«

»Das ist das wahre Übel unserer Gesellschaft. Dass die ganzen Analphabeten neuerdings wählen dürfen. Wer keinen Besitz und keine Bildung hat, sollte sich nicht in

Dinge einmischen, von denen er keine Ahnung hat. Wir haben ja gesehen, wohin das führt«, sagte Francisco.

»Verzeihen Sie, wenn ich Ihnen widerspreche, Don Francisco, aber wenn man ihnen nicht eine minimale Bildung angedeihen lässt, überlassen wir an der Wahlurne denen die Macht, die das Land unter ihre Kontrolle bringen wollen. Einem Führer, der bestimmt, wo es langgeht … bis es immer weiter abwärtsgeht«, argumentierte Catalina.

»Da wo es Reiche gibt, wird es immer auch Arme geben, junge Dame. Das werden auch Sie noch lernen«, warf Doña María Elena ein.

Inmitten dieser spannungsgeladenen Diskussion klingelte das Telefon. Don Ernesto, der sich, genau wie ich, aus dem Wortgefecht herausgehalten hatte, erhob sich, um den Anruf entgegenzunehmen. Während seiner Abwesenheit ging der Schlagabtausch zwischen meiner Freundin und meinem künftigen Bräutigam weiter. Es war mir neu, dass Francisco derart überholte Vorstellungen von den Rechten der Menschen hatte, aber ich maß dem keine große Bedeutung bei. Doña Cristina, die nicht gewillt war, den beiden hitzigen Disputanten an ihrem Geburtstag das Feld zu überlassen, fragte uns nach Benedetta. Die war mit ihrer Stiefmutter, ihrem Vater und dem kleinen Nicola nach Florenz gereist, damit die Familie de Lucca den Nachwuchs kennenlernte. In dem Moment kehrte Don Ernesto schnellen Schrittes an den Tisch zurück. Er wirkte aufgewühlt.

»Ist alles in Ordnung, Liebling?«, fragte seine Frau.

»Ja, ja. Heute ist ein seltsamer Tag. Seit heute Morgen seht das Telefon nicht still.«

»Warum das? Ist etwas passiert?«, wollte Don Tomás wissen.

»Ich wurde von verschiedenen Zeitungen, Mitarbeitern und Freunden angerufen. Auch im Café hat man mich angesprochen. Alle haben mir zu einer Kolumne gratuliert, die heute in *El Demócrata* erscheinen ist. Anfangs dachte ich, Fernández hätte endlich mal wieder einen guten Tag gehabt, aber dann nannten sie den Namen des Autors, und stellt euch vor, er war mir völlig unbekannt.« Er machte eine kurze Pause. »Ich muss den Artikel gestern in der Hand gehabt und nicht einmal bemerkt haben, dass da ein unbekannter Name stand.«

Ich verschluckte mich an meinem Wasser.

»Du bist immer so zerstreut«, raunte seine Frau ihm zärtlich zu.

»Um wen geht es denn?«, wollte meine Tante sofort wissen.

»Um einen gewissen Pedro Liébana.«

Das Herz klopfte mir bis zum Hals. Ich hatte das Gefühl, alle könnten es hören. Ich hatte schon gar nicht mehr an den Artikel gedacht.

»Der Name sagt mir nichts«, erwiderte Don Amancio Ballester, der in verschiedenen intellektuellen Zirkeln zu Hause war.

»Ja, verzeihen Sie, Don Ernesto. Wir haben Sie gar nicht eingeweiht. Es ist unsere Schuld. Pedro Liébana ist ein guter Freund von Catalinas Eltern.«

Catalina sah mich an, als wäre ich von allen guten Geistern verlassen. Aber nun waren alle Blicke auf mich gerichtet, und ich musste meine Rolle glaubwürdig weiterspielen.

Ich versetzte ihr unter dem Tisch einen Tritt, um ihr zu signalisieren, dass sie mitspielen sollte, bevor ich meine Geschichte weiterspann.

»Ah … Natürlich, ja, ich habe völlig vergessen, es Ihnen zu sagen, Don Ernesto.«

»Catalina ist gestern in die Zeitung gekommen und hat mir die Kolumne von Señor Liébana gegeben, damit ich sie an Sie weiterleite. Er ist ein vielversprechender junger Redakteur aus Barcelona und würde gerne regelmäßig bei *El Demócrata* mitarbeiten, wenn Sie nichts dagegen haben. Das letzte Mal, als Catalinas Familie in Madrid war, habe ich von Ihrer Zeitung erzählt, und sie meinten, er sei ein exzellenter Journalist.«

»Richtig, genau das haben meine Eltern gesagt«, warf Catalina verwirrt ein.

»Ich habe ihnen vorgeschlagen, er solle einen Text schicken, damit Sie sich ein Bild machen können, sie haben den Vorschlag an ihn weitergeben, und er hat Catalina daraufhin den Text zukommen lassen. Ich hoffe, Sie fühlen sich nicht überrumpelt …«

»Warum sollte ich? Die Leser und die Konkurrenz sind von seiner Kolumne ganz angetan. Und ich muss sagen, auch ich bin hingerissen«, erwiderte er, und die Begeisterung war ihm anzusehen.

»Und worum geht es? Jetzt spannen Sie uns nicht auf die Folter, nicht jeder hatte Gelegenheit, die Kolumne zu lesen«, sagte Francisco.

»Es ist eine tadellose kritische Auseinandersetzung mit dem Problem der ländlichen Regionen, aufgehängt an einer Zugfahrt. Äußerst einfühlsam und interessant geschrieben. Und es schwingt ein sarkastischer Unterton mit. Alle, die mich kontaktiert haben, waren sich darin einig, dass die Zeitung seit Langem nicht mehr einen so guten Artikel gebracht hat.«

Am liebsten wäre ich auf den Stuhl geklettert und unter Freudengeschrei hinuntergesprungen. Aber Elisa Montero hatte mit dem Artikel offiziell nichts zu tun, also ließ ich es tunlichst bleiben.

»Ich bin noch gar nicht dazu gekommen, einen Blick in die Zeitung zu werfen«, gestand Doña Cristina.

»Fantastisch. Und wie, sagen Sie, haben Ihre Eltern ihn kennengelernt, Señorita Folch?«, fragte Don Ernesto nach.

Sie hob die Augenbrauen und tat so, als dächte sie nach, um Zeit zu gewinnen. Sie nahm einen Schluck Wein von dem Gut der Ballesters, der zur Feier des Tages kredenzt wurde, räusperte sich und sagte: »Im Ateneo. Mein Vater ist dort Mitglied, und Señor Liébana auch. Sie haben sich bei einer Versammlung kennengelernt, und daraus ist eine Freundschaft entstanden«, erwiderte sie und lieferte damit wieder einmal einen glänzenden Beweis ihres Improvisationstalents.

»Interessant. Ich wusste gar nicht, dass Ihr Vater sich in diesen Kreisen bewegt«, sagte Don Ernesto nachdenklich.

»Ich kann Ihnen versichern, dass er vertrauenswürdig ist. Ich hätte Ihnen die Kolumne nie zukommen lassen, wenn ich nicht der Ansicht wäre, dass er eine wirkliche Bereicherung für Ihre Belegschaft wäre«, führte Catalina weiter aus. »Er schreibt zwar im Moment nur für lokale

Blätter, aber *La Vanguardia* hat bereits Interesse bekundet. Es ist nur eine Frage der Zeit, bis er in das Redaktionsteam aufgenommen wird.«

»Kommt nicht infrage. Er muss weiter für *El Demócrata* schreiben. Haben Sie seine Anschrift, damit ich mit ihm in Kontakt treten kann?«

Catalina wusste nicht, was sie sagen sollte, also sprang ich ihr bei. Es war schließlich meine Lügengeschichte.

»Nein, wie mir Catalina erzählt hat, hat er keinen festen Wohnsitz. Man weiß nie genau, wo er sich gerade aufhält. Er ist immer da, wo es aktuell etwas zu berichten gibt. Das kann in Barcelona sein, in Córdoba, Madrid oder Casablanca. Überall …«

»Aber mein Vater ist ein guter Freund von ihm, Sie können mir den Brief geben, und ich schicke ihn meinem Vater. Mit der Antwort können wir genauso verfahren, wenn es Ihnen recht ist. Ich glaube, so ist es am einfachsten«, fiel Catalina mir ins Wort.

»Nun ja, ich würde ihn lieber persönlich sprechen oder wenigstens mit ihm telefonieren, aber wenn es keine andere Möglichkeit gibt … dann ist es eben so. Kommen Sie morgen früh in die Redaktion, dann gebe ich Ihnen das Schreiben.«

»Ach, diese Journalisten, wie romantisch, immer in der Welt unterwegs. Ist das nicht spannend?«, meinte Doña Concepción.

»Sie sind die neuen Literaten, nur dass ihr Roman von Tag zu Tag geschrieben wird«, bemerkte Don Tomás.

»Das ist ein hartes Brot, Don Ernesto. Kein Zuhause, kein gesichertes Einkommen, immer auf der Suche nach der neuesten Nachricht. Das wäre nichts für mich«, warf meine Tante ein.

»Wie sich Meinungen mit der Zeit doch ändern können«, sagte Don Ernesto und erntete dafür einen Ellenbogenstüber von seiner Frau.

Ich stutzte. Meine Tante war für mich vom ersten Tag an von einer geheimnisvollen Aura umgeben. Ich wusste so gut wie nichts über ihr Leben und den Großteil ihrer Freunde und Bekannten, und erst recht nichts über ihre Kindheit. Aber irgendetwas sagte mir, dass die gestrenge Manuela Montero nicht die war, die sie vorgab zu sein.

***

»Entschuldigung, ihr habt *was* getan?«, entfuhr es Benedetta.

Wir begleiteten unsere gerade erst aus Italien zurückgekehrte Freundin zum Uhrmacher Carlos in der Calle Fuencarral, wo sie eine Uhr reparieren lassen wollte, die sie von ihrem Großvater geschenkt bekommen hatte. Auf dem Weg erzählten wir ihr von dem erfundenen Journalisten. Ich erklärte ihr, dass es immer mein sehnlichster Wunsch gewesen war, Artikel für die Zeitung zu schreiben, aber dass ich nicht auf die Unterstützung meiner Tante, meines Verlobten oder Don Ernestos hoffen konnte. Es ging darum, ihnen allen zu beweisen, dass ich schreiben konnte. Benedetta hatte ihre Zweifel, dass der Plan aufging, und malte sich aus, was geschehen würde, wenn meine Tante davon erführe.

»Mit ein wenig Glück bin ich dann schon die Frau von Francisco de las Heras y Rosales«, erwiderte ich.

Beide mussten mir schwören, niemandem davon zu erzählen. Catalina war sofort dabei, doch Benedetta zögerte einen Moment.

»Also gut, ich werde meinen Mund halten. Aber komm mir später nicht mit dem Vorwurf, ich hätte dich nicht vor den Risiken dieser Lügengeschichte gewarnt, die ihr zwei euch da ausgedacht habt.«

»Keine Sorge, Benedetta. Es ist alles halb so wild. Außerdem möchte ich dich darüber informieren, dass der Artikelschreiber Pedro Liébana offiziell einen Lohn in Höhe von hundert Peseten für seine Dienste bei *El Demócrata* bekommt«, sagte Catalina.

»Ist das wahr?«

»Ja, mein erster Lohn. Es ist unglaublich, wie schnell alles geht, sobald du ein Mann bist«, meinte ich.

In der Tat. Dank meiner ersten Ersparnisse konnte ich Catalina das Geld zurückgeben, das sie mir für meine Fahrt nach Fuente de Cantos geliehen hatte. Durch die angebliche Freundschaft zwischen Pedro Liébana und Señor Folch gab Don Ernesto mir die Schecks, damit Catalina sie an ihren Vater weiterleitete. Natürlich landeten die Schecks unter meiner Matratze. Pedro Liébana schlug in seinem ersten Brief dem Herausgeber vor, dass er sich regelmäßig mit ihm in Verbindung setzen würde, um ihn auf dem Laufenden zu halten.

Wir gingen die Calle Alcalá entlang, wo viele Cafés zu finden waren. Häufig traf man auf den Terrassen berühmte Schriftsteller wie Ramón del Valle-Inclán und andere an, die dort rauchten und ihren Kaffee tranken. Es war etwa sechs Uhr abends an einem sonnigen, aber eiskalten Samstag im November.

»Ich habe dich noch gar nicht gefragt, warum du ausgerechnet diesen Namen gewählt hast, Elisa. Wer ist Pedro Liébana?«, hakte Catalina nach.

»Na ja, es ist jemand, den ich vor sehr langer Zeit einmal kannte. Eine schöne Erinnerung aus meiner Kindheit ... Aber er ist jung gestorben. Es ist so eine Art Gedenken an einen Jungen, dem nur wenig Zeit zum Leben blieb. Aber vielleicht haben wir gemeinsam eine große Zukunft«, erklärte ich.

»Ich bin sicher, dass der Name dir Glück bringen wird. Das ist erst der Anfang.«

In der Folge vergingen meine Tage zwischen der Erledigung der Aufträge meiner Tante, der Arbeit bei der Zeitung, den Verabredungen mit Francisco – wenn er nicht gerade auf Reisen war – und den schlaflosen Nächten, in denen ich auf der alten Maschine von Señor Ribadesella meine Kolumnen schrieb. Der neue Mitarbeiter von *El Demócrata* hatte einen Vertrag unterschrieben, in dem er sich verpflichtete, alle drei Tage einen Artikel zu liefern. Zu meiner Überraschung war der Name Pedro Liébana bald schon aus der Zeitung nicht mehr wegzudenken. Man konnte nicht behaupten, dass López, Morales, Fernández und Simón ihm sonderlich gewogen waren, denn er zog seinen Vorteil ja im Wesentlichen daraus, dass es den anderen an Kreativität und Engagement mangelte. Dennoch waren sie die Ersten, die anerkannten, dass er in der Krise der Zeitung ein guter Fang gewesen war.

Aber es kam nicht nur positive Kritik. Man warf mir vor, meine Kolumnen seien zu literarisch, zu weit weg von der Realität, zu lebensfremd. Schon möglich. Aber ich schrieb dennoch mit Herzblut weiter. In den ersten Monaten verfasste ich Artikel über Bildung, die neuen Reformen der Regierung, Theater und Film. Später traute ich mich sogar an die Schlacht von Annual heran, als der Bericht von General Juan Picasso über die Ereignisse, die berühmten Picasso-Akten, im April 1922 erschien – ein Thema, das mich brennend interessierte. Sollte womöglich ein Versagen der Befehlshaber des Heeres unter den Teppich gekehrt werden, um unserem König Alfons XIII. die wenige gute Presse zu erhalten, die ihm noch geblieben war? Die Dokumente trieben mich an, weiter zu lesen, mich zu informieren, zu recherchieren …

Es war eine nicht endende Herausforderung, die es mir ermöglichte, mir nach und nach ein eigenes Bild zu machen. Ich verschlang die Werke von Ortega y Gasset, entdeckte Eugenio D'Ors und Historiker wie Américo Castro. Ich las aufmerksam die kostumbristischen Artikel von Pedro de Répide über die Sitten und Gebräuche in Madrid, die Schriften von Luis de Oteyza oder der inzwischen betagten Colombine und natürlich die aus der Feder von preisgekrönten Autoren wie Azorín, Pío Baroja oder Unamuno, der durchaus umstritten war.

Ich war so beschäftigt, dass ich nicht einmal die Zeit fand, mein Tagebuch weiterzuführen. Als ich es wieder einmal aufschlug, bemerkte ich, dass der letzte Eintrag von meinem Entschluss handelte, nach Fuente de Cantos zu fahren. Ich erschauderte. Das Bild der unasphaltierten

Straße mit den heruntergekommen Häusern stimmte mich traurig, auch wenn es nur noch wie ein verzerrter Tagtraum war. Aus Egoismus oder aus einem für Außenstehende unverständlichen Impuls, meine Familie schützen zu wollen, hatte ich dieses Kapitel meines Lebens abgeschlossen. Nur manchmal flammte die Erinnerung kurz auf, weil Francisco mich über meine Kindheit befragte.

Im Grunde schämte ich mich meiner Herkunft. Das war mir bewusst geworden, als ich das bettelarme Dorf mit all dem Elend unter den Bewohnern gesehen hatte. Leben konnte man das nicht nennen, es war ein erbärmlicher Kampf ums Überleben unter den gleichgültigen Augen der Welt. Wenn ich Geschichten über die Kindheit meines Verlobten hörte, der mit einem goldenen Löffel im Mund geboren worden war und sich um seine Zukunft keine Sorgen zu machen brauchte, konnte ich unmöglich darüber sprechen, wo ich herkam. Ich wich seinen Fragen geschickt aus, aber manchmal ließ er nicht locker, und ich konnte mich nur mit Lügenmärchen herauswinden. Und dann war da ja noch meine Tante, die gern betonte, wie ungebildet ich zur ihr gekommen war, doch die bösen Geister der Familie ließ sie unerwähnt, denn sie hätten den Namen beschmutzt, den sie und ich – zu ihrem Bedauern – teilten. Sie würde es natürlich abstreiten, aber bei ihren immer häufigeren Treffen mit Franciscos Mutter benahm sie sich, wie man mir berichtete, als wäre der Name unserer Familie dem meines Bräutigams ebenbürtig oder sogar noch bedeutender.

***

Der Retiro war schöner als je zuvor im Frühling. Alle Blumen und Pflanzen verströmten nach einem langen Winterschlaf wieder ihren betörenden Duft. In Frühlingslaune genossen die Menschen zu den Klängen der Musik die Erfrischungen, die man am Kiosk kaufen konnte. Wir waren zu einer Hommage des städtischen Musikkorps an Jerónimo Giménez und Maestro Tomás Bretón in den Musikpavillon gekommen. Dort spielten regelmäßig Musiker zur abendlichen Unterhaltung der Bewohner der Stadt. Ich mochte die Melodien der beiden Komponisten, die fröhlich und volkstümlich waren und an das 19. Jahrhundert erinnerten. Nach jedem Stück applaudierten wir und warteten darauf, dass Bläser und Streicher uns erneut verzauberten. Catalina tat so, als ob sie eine imaginäre Geige spielte. Wir lachten, bis uns ein Paar in die Schranken wies, weil es ungestört die Klänge des Orchesters genießen wollte.

»Ach, könnte ich doch nur Geige spielen«, klagte Catalina.

»Ich glaube nicht, dass dich das im Leben groß weiterbringen wird«, scherzte ich.

»Na ja, vor Kurzem habe ich gelesen, wir lebten alle unter der Knute unseres potenziellen Seins, das unser aktuelles Sein unterjocht, auch wenn wir das nicht wahrhaben wollen«, erwiderte sie spöttisch. »Von wem war doch gleich der Artikel? Ach ja! Jetzt erinnere ich mich. Von Pedro Liébana!«

»Psst«, zischte die Frau vor uns.

»Pedro Liébana, Madame. Wenn Sie noch nichts von ihm gelesen haben, kann ich Ihnen seine Artikel nur ans

Herz legen«, flüsterte ihr Catalina in der ihr eigenen respektlosen Art zu.

»Ein weiser Rat«, sagte ich sarkastisch.

»Unsere Catalina ist seine größte Leserin. Und ich muss gestehen, dass auch ich inzwischen angefangen habe, Zeitung zu lesen«, gestand Benedetta und setzte sich den grünen Hut auf.

»Wir müssen den Erfolg unseres geschätzten Pedro unbedingt weiterverfolgen. Wer wäre als Leser seiner Kolumnen besser geeignet als wir?«, meinte Catalina.

»Sie sind in der Tat in aller Munde. Ich habe an der Universität schon einige Kommilitonen über seine Artikel reden hören. Kein Witz«, mischte sich Miss Henderson mit leicht amerikanischem Akzent ein.

Agnes Henderson hatte sich als Letzte unserem Grüppchen angeschlossen. Sie studierte für zwei Jahre als Stipendiatin in Spanien und wohnte ebenfalls im Wohnheim von María de Maeztu. Sie war im Januar aus Northampton, Massachusetts, gekommen, wo sie am renommierten Smith College Jura studierte, einer reinen Frauenuniversität, wie sie uns erzählte. Agnes stammte aus Philadelphia, wo ihre Familie seit ihrer Einwanderung aus Schottland im 19. Jahrhundert lebte. Seit ihrer Ankunft hatten ihre Schilderungen über das Leben in den Vereinigten Staaten und ihre ungezwungene Art uns alle eingenommen, besonders Catalina. Am meisten verblüffte uns, dass sie einen Führerschein hatte. Und zu allem Überfluss fuhr sie auch noch ein eigenes Auto. Ich konnte mir nicht vorstellen, dass mir ein solches Privileg irgendwann vergönnt wäre, geschweige denn, dass ich mein Schicksal so beherzt in die Hand nehmen würde. Ihre Eltern hatten ihr den alten Ford T ihres Vaters für die ein oder andere Vergnügungsfahrt überlassen, doch für das Mädchen mit den tiefblauen Augen war das Auto zu einem treuen Begleiter im Alltag geworden.

Durch unsere Gespräche wurde mir der moralische Zwiespalt in der amerikanischen Gesellschaft deutlich. Auf der einen Seite räumte die jahrhundertealte Verfassung den Bürgern weitreichende Rechte und Freiheiten ein, und auf der anderen Seite wurde im Namen desselben Grundgesetzes vieles zensiert und verboten, wie aktuell bei der Prohibition. Agnes hatte uns erzählt, die Prohibition sei eine Antwort auf den landesweit grassierenden Alkoholismus mit seinen fatalen Folgen, aber sie selbst hielt das Ganze für eine »allzu drastische« Maßnahme. Doch im Gegensatz zu diesen eisernen Regeln gab es auch eine zunehmende Freizügigkeit. Ein Beispiel waren die sogenannten Flapper, Frauen, die sich über alle traditionellen Regeln hinwegsetzten – und ich vermutete, dass Agnes damit liebäugelte, irgendwann dazuzugehören. Sie rauchten, trugen kürzere Röcke und einen Bob, besuchten allein Tanzlokale und forderten für sich eine Zukunft jenseits von Ehe und Kindern ein. Im ersten Moment erschien mir das wie eine ungeheure Provokation, aber im stillen Kämmerlein, ohne Zeugen und Richter, konnte ich mich mit dem Gedanken durchaus anfreunden. In Amerika war alles möglich, und Agnes Henderson war die Verkörperung dieses potenziellen Seins, für das ich mich in dem erwähnten Artikel als Pedro Liébana aussprach.

Agnes hatte uns berichtet, dass Frauen in Amerika seit zwei Jahren wählen durften. Früher wäre mir das egal gewesen, denn wie jede Frau hatte ich mich selbst als zu ungebildet und unerfahren in solchen Belangen angesehen. Vordergründig hatte es den Anschein, als ob die Männer besser Bescheid wüssten. Aber nur weil Gott ihnen eine kräftigere, durchsetzungsfähigere Stimme gegeben hatte, hieß das noch lange nicht, dass sie unsere leisere, geduldigere, die die Dinge auf den Punkt brachte, einfach übergehen durften. Ich fand die Möglichkeit aufregend, Teil einer Kraft zu sein, durch die ich gemeinsam mit anderen etwas bewegen könnte, statt nur theoretisch meine Meinung äußern zu dürfen. Doch das war eine Utopie. In Spanien wurden wir weder dazu erzogen noch dazu ausgebildet, auf diese Weise am öffentlichen Leben mitzuwirken.

***

An dem Morgen war in der Redaktion alles anders. López war nach Barcelona gefahren, um über die Internationale Automobilausstellung zu berichten, die seit ein paar Tagen dort lief. Der Zeitung ging es in den letzten Monaten wieder besser, und so genehmigte Don Ernesto wieder Dienstreisen wie diese. Ich brauche nicht hervorzuheben, dass Pedro Liébana großen Anteil an dem Aufschwung von *El Demócrata* hatte. Natürlich hing die Auflagensteigerung nicht allein von den Artikeln ab, die ich unter falschem Namen schrieb, es war vielmehr so, dass die altgedienten Redakteure wieder in die Puschen kamen. Aber López blieb eben López. Auch wenn es an den Artikeln selbst nichts auszusetzen gab, waren sie doch äußerst knapp gehalten. Es war offensichtlich, dass neben der journalistischen Tätigkeit die Vergnügungen nicht zu kurz kamen, für die seine Frau und Don Ernesto wenig Verständnis aufbringen würden, wenn sie davon erführen.

Der Herausgeber hatte sich in den Monaten zuvor in seinem Büro verschanzt und seinem Ärger freien Lauf gelassen. Dafür war er jetzt geradezu besessen von dem Gedanken, den talentierten Señor Liébana persönlich kennenzulernen. Immer wieder hatte er mir Nachrichten für Catalina mitgegeben, durch die er versuchte, direkt mit ihm in Kontakt zu treten. Mir brach jedes Mal der Angstschweiß aus, und ich dachte mir fieberhaft immer neue Ausreden aus, damit das Lügengebäude nicht einstürzte. Doch es war unverkennbar, dass Don Ernesto mit seiner Geduld am Ende war. Da half es auch nichts, dass ich ihm nachts lange Briefe schrieb und mich als abenteuerlustiger Journalist ausgab und erfundene Geschichten erzählte, die sich an fernen Orten abspielten, an denen ich noch nie gewesen war.

»Elisa, könntest du Señorita Folch bitte diese Nachricht von mir geben?«, fragte Don Ernesto im Vorbeigehen. »Sag ihr, es ist eilig, sie soll ihrem Vater ein Telegramm schicken.«

»Selbstverständlich, Don Ernesto. Ist etwas mit Señor Liébana?«, erwiderte ich unter Aufbietung meines ganzen Schauspieltalents.

»Nein, alles wie gehabt. Ich will nur endlich einen Termin für ein Treffen mit ihm ausmachen«, erklärte er.

»Haben Sie ihn denn immer noch nicht persönlich getroffen?« Ich versuchte, mir meine innere Unruhe nicht anmerken zu lassen.

»Nein. Und ich bin es allmählich leid, dass er mir ständig ausweicht. Er sollte etwas respektvoller mit der Person umgehen, die am Ende des Monats sein Gehalt zahlt.«

»Ach, Don Ernesto, Sie wissen doch, wie Journalisten sind – ständig unterwegs.«

»Ja, aber Señor Liébana schreibt so anschauliche Artikel über die Hauptstadt, dass ich mir nicht vorstellen kann, dass er in all der Zeit nicht einmal in Madrid gewesen sein soll. Hat er denn kein Telefon? Oder kann er seinen Hintern nicht einfach mal hierherbewegen?«

»Sie müssen Geduld haben, er hält immer alle Termine und Fristen ein. Und er arbeitet professioneller als viele, die täglich in die Redaktion kommen. Oder finden Sie nicht?«

»Ja, das ist wahr … Also, du gibst meinen Brief Señorita Folch, ja?«

»Keine Frage, Don Ernesto. Das tue ich.«

Am Ende meines Arbeitstages ließ ich einen gestressten Simón zurück, der niederschrieb, was López ihm per Telefon über die Automobilmesse mitteilte, und eilte die Treppen hinunter. Ich warf Santiago einen knappen Gruß zu, stieg in die Kutsche und öffnete den Brief, den Don Ernesto mir gegeben hatte. Ich begann zu lesen.

Werter Señor Liébana,

ich möchte Sie darüber informieren, dass ich in der Woche vom 5. Juni anlässlich des Endes der 2. Internationalen Automobilausstellung nach Barcelona kommen werde, um mich mit potenziellen Anzeigenkunden zu treffen. Wie Sie in einem Ihrer Briefe mitteilten, beabsichtigen Sie, Ende

Mai nach Barcelona zurückzukehren. Und so habe ich mich gefragt, ob wir vielleicht bei dieser Gelegenheit ein zwangloses Treffen ins Auge fassen können, um uns persönlich kennenzulernen.
In Erwartung Ihrer Antwort, damit wir einen Termin vereinbaren, grüßt Sie herzlich Ihr

Don Ernesto Rodríguez de Aranda

In der Tat hatte ich vor ein paar Wochen geschrieben, dass ich nach Barcelona zurückkehren würde, nicht wissend, dass Don Ernesto plante, dorthin zu reisen.

»Santiago, eine kleine Planänderung. Bringen Sie mich in die Calle Fortuny Nr. 30.«

Als wir vor Catalinas Wohnheim standen, öffnete ich entschlossen die Tür der Kutsche und sagte zu Santiago: »Geben Sie mir zwei Stunden Zeit, und holen Sie mich dann wieder ab.«

Santiago, wie immer diskret, nickte und fuhr davon. Ich ging durch den prächtigen Garten, in dem ein paar Mädchen umherspazierten oder die letzten Sonnenstrahlen zum Lesen nutzten. Ich grüßte Agnes Henderson, die auf der Treppe saß und sich mit anderen Bewohnerinnen unterhielt, und fragte nach Catalina. Sie sagten mir, sie sei auf ihrem Zimmer.

Ich klopfte zweimal zaghaft an die Tür, und sie öffnete sofort.

»Elisa, was machst du denn hier?«

»Wir haben ein Problem«, sagte ich ohne Umschweife und trat unaufgefordert ein.

»Was ist denn?«

Wortlos streckte ich ihr die Hand mit dem Brief entgegen. Nachdem sie ihn gelesen hatte, sah sie mich erwartungsvoll an, als sollte ich ihr umgehend die Lösung auf dem Silbertablett präsentieren.

»Das ist völlig ausgeschlossen, Catalina. Es wird alles auffliegen«, sagte ich niedergeschlagen.

»Nun, wir wussten von Anfang an, dass es nicht einfach wird. Willst du gleich beim ersten Problem die Flinte ins Korn werfen? Sag, wann hast du aufgegeben, gegen die Widrigkeiten anzukämpfen, seit du nach Madrid gekommen bist?«

Ich schwieg. Im Grunde wusste ich, dass ich an vielen Fronten kapituliert hatte, aber darüber wollte ich nicht reden.

»Ganz einfach. Don Ernesto braucht einen Beweis, dass Pedro Liébana existiert, und den bekommt er.«

»Aber wie denn, Catalina, wie? Es gibt ihn nicht! Er ist nicht real! Er ist eine verdammte Erfindung, die mich am Ende vernichten wird!«

»Willst du dich jetzt mal beruhigen? Du hast völlig recht, Pedro Liébana ist ein Niemand. Mit dieser Einstellung ist er das. Aber wenn du dein Schicksal endlich in die Hand nimmst, dann lebt Pedro in dir, er ist Teil deiner Persönlichkeit, ein Teil, den du nie ausleben durftest. Dem die Gesellschaft die Berechtigung abspricht, den sie nicht zulässt. Du bist Pedro, Elisa. Und du musst Don Ernesto beweisen, dass Pedro existiert, wenn du ihn nicht aufgeben willst, wenn du *dich* nicht aufgeben willst.«

Verzückt betrachtete ich all die Bücher, die sich in dem Kiefernholzregal stapelten. Meine Freundin war dieser Worte würdig, aber ich war nur ein dummes Ding, dem das Glück zuteilgeworden war, in die Obhut einer der einflussreichsten Frauen der Stadt gekommen zu sein, auch wenn sie entsetzlich gefühlskalt war. Ich war nur ein kleines Mädchen, dem vor seiner eigenen List himmelangst und bange war. Sie nahm meine schweißnasse Hand.

»Ich kann nicht zulassen, dass ich entdeckt werde, Catalina. Dafür bedeutet mir das alles zu viel.«

»Ich weiß. Aber das wird nicht passieren. Wir müssen beweisen, dass wir den Konventionen unserer Welt überlegen sind.«

»Was schlägst du vor?«

»Ganz einfach. Don Ernesto und Pedro Liébana dürfen sich nicht in Barcelona treffen.«

»Auf gar keinen Fall …«

»Gut. Erinnerst du dich noch, wo sich Pedro vor seiner Rückkehr aufgehalten hat?«

»Ja, ich schreibe mir alles auf, damit es nicht zu Ungereimtheiten kommt. Pedro war für ein paar Wochen in Lissabon wegen einer Reportage über die erste Überquerung des Südatlantiks mit dem Flugzeug. Ich habe Don Ernesto erzählt, ich wolle die Familien und Kameraden der beiden Piloten interviewen.«

»Ach ja? Und wie willst du diese Reportage schreiben, wenn du nie vor Ort warst?«

»Wenn ich in Madrid nicht an die nötigen Informationen komme, werde ich ihm sagen, ich sei noch nicht fertig oder dass mich eine wichtige Quelle versetzt hat. Es geht darum, Don Ernesto bei Laune zu halten, damit er keinen Verdacht schöpft.«

»Gut, darum kümmern wir uns später. Entscheidend ist, dass Pedro Liébana noch in Lissabon ist. Er wird nicht nach Barcelona zurückkehren. Verstanden?«

»Wird ihm das nicht seltsam vorkommen?«

»Nein, denn da kommt eine neue Komponente ins Spiel. Du wirst ihn anrufen und es ihm persönlich sagen.« Catalina wirkte hochkonzentriert.

»Ich? Aber er wird doch sofort meine Stimme erkennen! Das kann ich nicht tun, das wird nicht funktionieren.«

»Elisa, willst du nun weiterhin schreiben oder im Haus deiner Tante versauern?«

Ich dachte nach.

»Und was soll ich ihm sagen?«

Als ich das Wohnheim verließ, schwirrte mir der Kopf von all dem, was wir besprochen hatten. Am nächsten Tag wartete eine wichtige Aufgabe auf mich, zum Zaudern blieb keine Zeit.

Während des Abendessens zog meine Tante über die Hochzeit von Trinidad Gabaldón und Tomás José Salamanca-Trillo her. Als Nächstes lästerte sie über die letzte Reise der Ballesters und kündigte an, dass wir bald Doña Alicia einen Besuch abstatten würden, damit sie mir ein neues Kleid nähte. Ihre bissigen Kommentare schwebten durch den Salon, ohne dass ihnen jemand Beachtung schenkte. Nach dem Essen zog ich mich gleich in mein

Zimmer zurück, ich musste unbedingt allein sein. Ich legte mich aufs Bett und las noch einmal Don Ernestos Brief. Am liebsten hätte ich in die Welt hinausgeschrien, dass ich der vielversprechende Artikelschreiber war. Ja, ich, Elisa Montero. Doch dazu kam es nicht.

***

Der Freitag verging wie im Flug mit all den vielen Dingen, die ich für Señora Idiazábal und Señor Villarroy zu erledigen hatte. Don Ernesto empfing den ganzen Nachmittag über Schreibmaschinenhändler, denn er wollte die Redaktion neu ausstatten. Im Hintergrund hörte man das Wortgefecht, das sich López und Simón über das Telefon lieferten.

»Zylinderkopf, habe ich gesagt, Junge, nicht Rindertopf!«, brüllte López, der kurz davor war zu explodieren.

»Dann müssen Sie deutlicher sprechen, Don Ramón. Über den Apparat sind Sie schwer zu verstehen«, beklagte sich Simón.

»Simón, du musst nicht so schreien, man hört dich ja ohne Telefon bis Barcelona«, meinte Morales.

»Entschuldigung, könnten Sie mir das Wort buchstabieren, Don Ramón, aber bitte nicht so schnell«, bat der Lehrling.

»Schnell? Ich? Eine geschlagene Stunde telefonieren wir jetzt, und wir haben gerade zwei Absätze geschafft. Wo hast du nur deinen Kopf.«

»Was für ein Paar … Sie können nicht mit, aber auch nicht ohne einander«, scherzte Morales.

»Ruhe bitte. Ich habe gerade eine zündende Idee für meinen Roman«, warf Fernández ein.

»Fernández, wenn du Roman sagst, meinst du die Trilogie, nicht wahr? Bei all den Ideen, die du dir ständig notierst, hättest du es eigentlich schon auf eine ganze Serie bringen müssen.«

»Halt den Mund, Morales. Sonst ist die Eingebung weg.«

Ich schmunzelte über die kindischen Scharmützel der beiden. Als ich meine Sekretariatsarbeiten erledigt hatte, fuhr ich nach Hause, wo ich lediglich Pilar und Severiano antraf, die mit ihren üblichen Verrichtungen beschäftigt waren. Ich zog mich in mein Zimmer zurück und probte x-mal meinen Auftritt. Punkt halb acht läutete es an der Tür. Nervös nahm ich meinen Hut und eilte die Treppe hinunter zu Catalina.

»Señorita Folch, lange nicht gesehen! Wie geht es Ihnen?«, hörte ich Pilar sagen, als ich in die Eingangshalle kam.

»In der Tat, Pilar. Es geht mir sehr gut, viel Arbeit wegen der Prüfungen, aber ansonsten kann ich nicht klagen«, erwiderte Catalina.

»Heute Morgen in der U-Bahn habe ich eine Frau gesehen, die Pilar zum Verwechseln ähnlich sah. Beinahe hätte ich sie gegrüßt«, erzählte Catalina fröhlich, als wir auf der Straße waren.

»Wie kannst du nur so die Ruhe weghaben?«, fragte ich.

»Komm schon, Elisa. Er wird dich nicht erkennen … Wenn du nervös wirst, machst du Fehler. Und das macht alles noch schlimmer.«

»Ich sollte es lassen. Er kennt mich seit vielen Jahren. Er wird sofort wissen, dass ich es bin«, sagte ich und verlangsamte meinen Schritt. Ich setzte schon dazu an umzukehren.

»Elisa Montero, hör auf, dich wie ein kleines Kind zu benehmen. Wenn du dich damit besser fühlst, kann ich das mit dem Anruf übernehmen.«

»Nein, das ist meine Sache. Ich habe dich da schon viel zu sehr mit hineingezogen. Ich werde anrufen.«

Als wir zum Fernsprechamt kamen, das vor knapp fünf Jahren in der Calle Hermosilla eröffnet worden war, klopfte mein Herz so heftig, dass ich beinahe in Ohnmacht gefallen wäre. Es war ein imposantes Gebäude mit riesigen Fenstern, und das Dach zierte eine kunstvolle steinerne Brüstung aus Beton. Im Innern hörte man unter einem stetigen Surren und Klingeln das Stimmgewirr der Menschen an den Hörern, die sich dank der einzigartigen Entwicklung des Telefons mit jemandem an einem völlig anderen Ort unterhalten konnten. In dem Glauben, sie könne mich damit beruhigen, erzählte mir Catalina die Geschichte von einer guten Freundin ihrer Mutter, die in den letzten Jahren als Telefonistin gearbeitet hatte, bevor sie von der Tuberkulose dahingerafft wurde.

Was für eine nette Geschichte, dachte ich. Wir gingen zu einem der Telefone, und ich faltete den Zettel auf, auf dem ich mir die Privatnummer der Familie Rodríguez de Aranda notiert hatte. Catalina hielt mich zurück, fasste mit der Hand mein Kinn und sagte mir noch einmal, ich solle mich beruhigen.

»Es wird schon alles gut gehen«, versicherte sie.

Ich lächelte gequält, nahm das Telefon, legte ein Taschentuch über die Sprechmuschel und wählte. Meine karminroten Lippen hatten so oft die Sätze geformt, die ich jetzt glaubhaft herüberbringen musste. Ich warf meiner Freundin noch einen letzten Blick zu, da nahm Don Ernesto auch schon ab.

»Ja, bitte.«

»Guten Abend, bin ich mit Don Ernesto Rodríguez de Aranda verbunden?«, fragte ich mit rauer, tiefer Stimme.

»Ja. Mit wem spreche ich?«

»Guten Abend, Don Ernesto. Hier ist Pedro Liébana«, erwiderte ich und hüstelte.

»Don Pedro! Was für eine Überraschung! Ich freue mich, zum ersten Mal persönlich mit Ihnen zu sprechen. Wie geht es Ihnen? «

»Die Freude ist ganz meinerseits, Don Ernesto. Ich bedaure, dass ich in den letzten Monaten so schlecht zu erreichen war, aber Sie wissen ja, ich war ständig unterwegs, auf der Jagd nach neuen Geschichten«, rezitierte ich meinen auswendig gelernten Text.

»Machen Sie sich keine Gedanken. Wir wissen doch alle, wie es in unserem Metier zugeht. Entscheidend ist doch, dass wir endlich einmal miteinander sprechen können. Gerade gestern habe ich Señorita Folch einen Brief überbringen lassen, um Ihnen mitzuteilen, dass ich beabsichtige, nach Barcelona zu reisen. In zwei Tagen sitze ich im Zug. Denken Sie, wir könnten uns in der Woche vom 5. Juni treffen, um uns persönlich kennenzulernen?«

»Ach, das ist wirklich bedauerlich … Ich muss ein paar

Tage länger in Portugal bleiben, ich habe eine Grippe, die mich einen Großteil des Tages ans Bett fesselt.«

»Tatsächlich? Muss ich mir Sorgen um Sie machen?«

»Nein, nein, ich bin nur etwas geschwächt durch das Fieber, aber ich will so schnell wie möglich nach Barcelona zurückkehren. Doch in Anbetracht Ihres vollen Terminkalenders schlage ich vor, dass ich mich wieder melde, sobald ich in Barcelona bin, dann können wir einen Termin vereinbaren, vielleicht in Madrid«, erklärte ich. Ich hatte zu kämpfen, dass mir die Stimme nicht entglitt.

»Wunderbar, so machen wir es. Auf jeden Fall bin ich froh, dass ich endlich mit Ihnen sprechen konnte. Mir war nicht wohl dabei, jemanden in meiner Mannschaft zu haben, mit dem ich noch kein einziges Gespräch geführt habe.«

»Das verstehe ich, Don Ernesto. Sie haben vollkommen recht. Das ginge mir genauso. Aber ich muss Sie noch um etwas Geduld bitten. Sobald ich einen festen Wohnsitz habe, wird alles einfacher, da können Sie sich drauf verlassen.«

»Das hoffe ich. Sie sind ja schwerer zu erreichen als der Papst.«

»Ich gebe Ihnen mein Wort.«

»Werden Sie schnell gesund. Ich erwarte dann nächste Woche Ihren Anruf.«

»Abgemacht. Vielen Dank, es war mir ein Vergnügen.«

»Das Vergnügen war ganz meinerseits. Seien Sie gegrüßt. Auf Wiederhören.«

»Auf Wiederhören.«

Ich legte auf. Catalina hatte das Gespräch mitgehört,

das wir am Abend zuvor vorbereitet hatten. Wir hatten es geschafft! Don Ernesto hatte nicht an meinen Worten gezweifelt und auch nicht daran, dass tatsächlich Pedro Liébana in der Leitung war. Das Treffen in Barcelona und all die damit verbundenen Probleme waren erst mal vom Tisch. Und was das Treffen in Madrid anging, hatten wir uns genügend Luft verschafft, um einen jungen Mann zu finden, der sich als Pedro Liébana ausgeben würde.

***

Seit Tagen schon verspürte ich wegen meiner Eskapaden das Bedürfnis nach geistlichem Beistand. Die Lügen waren zu meinen täglichen Begleitern geworden. Ich hatte die Grenzen rechtschaffener Moral überschritten. Und doch waren die Lügen im Moment meine einzige Möglichkeit zu überleben, auch wenn ich nicht besonders stolz darauf war, mich ihrer zu bedienen. Und so nutzte ich den für die Jahreszeit etwas zu kühlen Samstagmorgen im Juli, um in die Kirche San José zu gehen, die ich so oft mit meiner Tante besucht hatte. Ich trat ein, und ein Geruch nach Wachs und Feuchtigkeit umfing mich.

Sogleich entdeckte ich Padre Cristóbal, der auf der Kanzel aus rosafarbenem Marmor stand und noch einmal seine Predigt durchging. Ich wartete geduldig, bis er fertig war, und ließ derweil die Pracht des Gotteshauses auf mich wirken. Die Figuren in den Bögen, die Bilder an den Wänden und die hohe gewölbte Decke mit den Goldverzierungen, die sich in das Reich Gottes zu erstrecken schien, zogen mich in ihren Bann. Ich hatte die Kirche noch nie so gesehen. Es war, als ob sich hinter jeder Ecke immer neue künstlerische und architektonische Geheimnisse auftäten, als ob hinter jedem einzelnen Fresko, jedem Rundbogen, jeder Lampe, Skulptur oder Kapelle das Rätsel der menschlichen Existenz verborgen wäre. Padre Cristóbal stieg von der Kanzel und kam auf mich zu.

»Guten Tag, Señorita Elisa. Was führt Sie an einem Samstag zu so früher Stunde hierher?«

»Guten Tag, Padre. Ich bin gekommen, um zu beichten. Das heißt, wenn Sie einen Moment für mich haben …«

»Natürlich. Es ist immer gut, die Nähe des Herrn zu suchen.«

Wir gingen zu einem der Beichtstühle, und auf dem Weg fragte Padre Cristóbal mich nach Francisco und warum er am letzten Sonntag nicht in der Kirche war. Ich erklärte ihm, er sei auf Geschäftsreise, aber zur nächsten Messe würde er uns bestimmt wieder begleiten. Ich kniete mich hin und wartete auf das Zeichen, dass die Gewissensprüfung beginnen konnte.

»Wissen Sie, Padre, ich habe festgestellt, dass ich mich in der letzten Zeit sehr verändert habe. Ich erkenne mich in meinem Handeln manchmal selbst nicht mehr wieder«, sagte ich leise.

»Handelt es sich um eine Veränderung zum Besseren oder zum Schlechteren?«

»Das weiß ich eben nicht … Glauben Sie, es ist schlecht, wenn man die Vergangenheit vergessen will und für eine andere Zukunft kämpft als die, die für einen vorgesehen ist?«

»Señorita Elisa, Vergessen ist, genau wie Fliehen, nie

eine gute Wahl. Denn wenn wir vergessen, setzen wir uns nicht mit dem auseinander, wovor wir Angst haben. Jesus Christus ist seinen Ängsten nicht ausgewichen, er hat sich ihnen tapfer gestellt. Und an ihm sollten wir uns ein Vorbild nehmen.«

»Ich weiß, Padre. Aber manchmal schmerzt es zu sehr, und es verletzt andere. Lange Zeit habe ich geglaubt, ich sollte zu meiner Familie nach Fuente de Cantos zurückkehren oder sie zumindest besuchen … Aber vor Kurzem habe ich festgestellt, dass ich ihnen damit nur schaden würde. Sie würden mich hassen, weil ich mehr Chancen bekommen habe als sie. Ich will nicht, dass sie mich verstoßen, ich könnte es nicht ertragen, wenn sie mich ablehnen würden. Aber ich kann mit dem Gedanken leben, dass sie mich vergessen haben.«

»Da sind wir wieder beim Vergessen, Señorita Elisa. Menschen und Taten einfach aus den Gedanken auszulöschen ist der falsche Weg. Der einfachste, aber der falsche.«

»Und was bringt es mir, immer nur das Richtige zu tun? Am Ende gehe ich damit nur den Weg, den andere für mich vorgezeichnet haben.«

»Vielleicht bewahren Sie die Menschen um Sie herum dank ihrer Erfahrung vor einem Fehltritt.«

Padre Cristobal war ein guter Freund meiner Tante. Offenbar war sie in der Stadt sehr beliebt, was ich überhaupt nicht nachvollziehen konnte. Die enge Verbindung zwischen den beiden bremste meinen Redefluss. Ich wollte keinesfalls meine Geheimnisse preisgeben.

»Aber manchmal fühlt man ganz stark, dass man einen

wichtigen Schritt gehen sollte, auch wenn er an den Abgrund führt. Was tut man in so einem Fall?«

»Señorita Elisa, würden wir allen Impulsen des Körpers und des Herzens folgen, wo würde uns das hinführen! Sie besitzen eine große innere Kraft, aber Sie müssen wissen, wohin Sie sie leiten. Und ich fürchte, wenn Ihr Herz Sie zum Beichtstuhl geführt hat, dürfen Sie nicht besonders stolz auf Ihr impulsives Handeln sein.«

»Sie irren sich, Padre. Ich bin nicht gekommen, weil ich etwas bereue, ich bin gekommen, weil ich Rat suche. Ich möchte nicht, dass Sie denken, ich würde gegen die Regeln verstoßen«, log ich und tat so, als ob ich gekränkt wäre.

»Das glaube ich auch nicht, Señorita Elisa. Ich bin sicher, Sie kennen den Weg des Herrn und werden ihm stets folgen.«

Nach einigen Gebeten, um mich von allen in der letzten Zeit in Gedanken und Taten begangenen Sünden zu erlösen, machte ich mich wieder auf den Weg. Bevor ich durch die Tür trat, ereilte mich noch ein letzter Rüffel von Padre Cristóbal: »Übrigens, Señorita Elisa, Sie und Señorita Benedetta sollten bei den nächsten Gottesdienstbesuchen aufmerksamer der Predigt lauschen. Ich weiß nicht, was Sie beide umtreibt, aber Sie sind immer mit den Gedanken woanders.«

***

»Das hat Padre Cristóbal zu dir gesagt? Wie peinlich!«, meinte Benedetta.

Wir saßen im Café Regina, wo sich Künstler, Intellektuelle und der ein oder andere Stierkämpfer trafen. Bei unseren Bekannten war das Café zu einem beliebten Treffpunkt geworden, aber Benedetta und ich waren noch nie dort gewesen. Catalina und Agnes Henderson hatten uns überredet, dorthin zu gehen. Auf Catalinas Vorschläge ging Benedetta gern ein, vor allem, wenn sie damit ihren Vater auf die Palme bringen konnte, aber die originellen Einfälle von Agnes waren ihr manchmal ein wenig suspekt.

»Das Café ist großartig. In den Vereinigten Staaten findet man so schöne Terrassen selten. In New York *of course*, aber nicht in Pennsylvania. Dort ist es einfach zu kalt. Ich genieße die Wärme in Madrid«, bemerkte Agnes.

»Ich würde so gerne eine Reise durch Amerika machen und New York und Washington sehen. Und natürlich Hollywood! Einmal Rodolfo Valentino, Charles Chaplin oder Buster Keaton kennenlernen …«, schwärmte ich.

»Ihr wisst ja, ihr könnt mich gerne besuchen kommen, wenn ihr möchtet«, sagte Agnes.

»Ich nehme dich beim Wort, liebe Agnes. Du kannst fest mit mir rechnen«, versicherte Catalina.

»Mich reizt Amerika überhaupt nicht. In Italien haben wir, was Kunst und Geistesleben angeht, viel mehr zu bieten«, warf Benedetta ein.

»Das ist auch so ein Land, wo ich für mein Leben gern mal hinfahren würde«, sagte ich und nippte an meinem Tee.

»Da hast du ja Glück, dass du eine gute Freundin hast, die es dir zeigen kann«, sagte Agnes, um das Kriegsbeil zwischen ihr und Benedetta zu begraben.

»Nichts lieber als das«, sagte Benedetta.

Unser Gespräch wurde unterbrochen, als eine kleine Gruppe junger Männer vorbeikam und Catalina und Agnes grüßte. Munter plaudernd zogen sie weiter.

Damals waren ihre Gesichter noch unbekannt, ihre Werke noch nicht geschrieben, gefilmt oder erdacht. Kurze Zeit später waren die Namen Luis Buñuel oder Federico García Lorca prägend für den Surrealismus, eine goldene Generation, die durch eine unaufhaltsam näher rückende brutale Wirklichkeit zerstört wurde. An dem Julinachmittag waren es nur lachende Gesichter, die vorbeizogen und sich auf dem Weg zur Puerta del Sol in der Ferne verloren.

»Bei unserem letzten Ausflug hat mir Luis Buñuel, der feine junge Herr, erzählt, dass er gerne schreibt. Er hat wohl schon einige Erzählungen und Gedichte in Literaturzeitschriften veröffentlicht. Ich muss mir mal eine besorgen, mal sehen, ob er wirklich so gut ist, wie seine Freunde behaupten«, berichtete Agnes.

»Davon kann unsereins nur träumen«, sagte ich.

»Ja, es sind eben Männer. Was hast du erwartet?«

»Du irrst dich, wir Frauen können das auch tun. Die Zeiten ändern sich«, protestierte Catalina.

»Da bin ich mir nicht so sicher«, erwiderte ich in Anbetracht der schlaflosen Nächte, die mir das Schreiben unter Pseudonym bereitete.

»Ich finde, Catalina hat recht. Seit mehr als fünfzig Jahren, wenn nicht mehr, sind wir Frauen dabei, Grenzen zu durchbrechen«, meinte Agnes. »Es gibt viele Frauen, die für ihre Belange gekämpft haben. Denkt nur an die Engländerin Dorothy Lawrence. Vor zwei oder drei Jahren hat sie einen Text veröffentlicht, in dem sie beschreibt, wie sie sich während des Großen Krieges als Soldat ausgegeben hat. Sie hat sich eine neue Identität geschaffen. Sie hieß … wie war der Name doch gleich … Scott … nein, Smith, genau! Sie gab sich als Mr. Smith aus, um die Truppen in die Schützengräben begleiten und als Kriegsreporterin arbeiten zu können.«

»Das dürfte ein böses Ende genommen haben«, meinte Benedetta.

»Hört sich an, als ob sie getötet wurde«, mutmaßte ich.

»Aber nein, *darling*. Sie lebt. Anfangs hat man sie für eine Spionin gehalten und eingesperrt, aber sie kam frei. Ihr Buch fiel der Zensur zum Opfer, wie ihr euch unschwer vorstellen könnt, aber immerhin hat sie es geschafft, dass wir heute über ihre Geschichte sprechen können«, befand Agnes Henderson.

»Es wäre fantastisch, sie kennenzulernen«, dachte ich laut nach.

»Manche Frauen kennen keine Grenzen«, murmelte Benedetta ungläubig.

Als ich in der Kutsche der de Luccas mit Benedetta nach Hause fuhr, beobachtete ich die Menschen, die über die heißen Bürgersteige der Stadt gingen. Ich dachte, wie frei sie doch waren. Catalinas und mein Bemühen, mit der Unterstützung Benedettas einen Schauspieler zu finden, der sich als Pedro Liébana ausgab, war erfolglos geblieben. Und so kehrte ich für eine gewisse Zeit zwangsläufig zu der Strategie zurück, mich hinter verspätet eintreffenden Briefen und Telefongesprächen zu verschanzen, die für den Moment Don Ernestos Zweifel besänftigten. Aber die Situation war heikel, und wenn wir nicht schnell handelten, liefen wir Gefahr, dass uns alles wie ein Pulverfass um die Ohren flog. Ich weihte meine Freundin in meinen noch unausgegorenen Plan ein.

»Nein, Elisa. Das ist Wahnsinn«, lautete Benedettas Antwort.

Ich hörte nicht auf sie, ließ mir aber mit der Umsetzung Zeit.

In den folgenden Tagen beobachtete ich aufmerksam alle Männer in meiner Umgebung, was nicht wenige waren. Anstelle der Schwätzchen mit Pilar fragte ich dem geduldigen Severiano Löcher in den Bauch. In der Redaktion suchte ich den Kontakt zu Simón, der naiver war als die anderen. Auch Francisco musste für meine Recherchen herhalten. Bei jedem Rendezvous, Abendessen oder Ball analysierte ich genau, wie er sich bewegte, wie er sprach, lachte, rauchte, trank und tanzte.

Unsere Beziehung lief bestens. All unsere Bekannten sagten immer wieder, was für ein hübsches Paar wir abgäben, und ich redete mir ein, dass meine Beharrlichkeit sich auszahlen würde. Francisco vereinte zwei Eigenschaften, die mir gut zupasskamen: Einerseits war er Geschäftsmann, sodass wir uns auf den Festen häufig trennen mussten, auch wenn ich ihn aus den Augenwinkeln beobachtete, wann immer sich die Gelegenheit bot. Und andererseits war er bis über beide Ohren verliebt in mich und meinen jugendlichen Körper, er vergötterte mich und machte keinen Hehl aus seinen Gefühlen. Obwohl viele Frauen sich an ihn heranmachten und versuchten, seine Aufmerksamkeit zu gewinnen, hatte Francisco nur Augen für mich, wie er mir in den wenigen Augenblicken der Zweisamkeit versicherte. Dadurch fühlte ich mich mächtig, einzigartig, unschlagbar. Wenn wir erst verheiratet wären, würde sich das noch steigern.

Ich tippte gerade ein Manuskript ab, das uns ein Mitarbeiter für die nächste Ausgabe von *El Demócrata* geschickt hatte. Wie von Zauberhand fügten sich die Buchstaben auf dem Blatt zu Worten und Sätzen. Durch die vielen Artikel, die ich unter dem Namen Pedro Liébana schrieb, hatte ich das Maschineschreiben perfektioniert. Ich war völlig versunken in meine Tätigkeit, wie es mir nur beim Schreiben erging, als auf einmal Don Ernesto aus seinem Büro kam.

»Elisa, Liebes, könntest du Señorita Folch um die Telefonnummer von Señor Liébana bitten? Gestern habe ich die Telefonzentrale angerufen, um mir seine Nummer in Barcelona geben zu lassen, weil ich noch etwas vergessen hatte, mit ihm zu besprechen, aber die Telefonistin, ein sehr zuvorkommendes Mädchen aus Toledo, konnte ihn partout nicht finden.«

Ich wurde leichenblass.

»Er wird aus einer Telefonzelle anrufen«, sagte Señora Idiazábal.

»Ja, wahrscheinlich. Aber gestern sagte er, er sei bei sich zu Hause in Barcelona und würde von dort anrufen. Der arme Junge hat einen höllischen Monat hinter sich«, erzählte Don Ernesto.

»Ich werde Catalina auf jeden Fall darum bitten, Don

Ernesto. Vielleicht kann sie Licht ins Dunkel bringen«, schlug ich vor und bereute sogleich, dass ich so großspurig dahergeredet hatte.

»Wunderbar. Bring mir die Nummer ins Büro, sobald du sie hast – sofern er ein eigenes Telefon hat.«

»Ja, Don Ernesto.«

Das Bild der jungen Frau aus Toledo, die versuchte, die nicht existierende Nummer einer erfundenen Person zu finden, warf mich völlig aus der Bahn. Ich schaffte es gerade noch, den Text vernünftig zu Ende zu tippen. So konnte es nicht weitergehen. Ich stellte mir nacheinander die Redakteure vor. In Gedanken ahmte ich ihre Gesten und Posen nach. Ich bewegte mich zwischen den Tischen und Stühlen, als wäre ich einer von ihnen, ich schlüpfte in ihre Haut. Pedro Liébana musste endlich real werden.

Am Nachmittag traf ich mich bei mir zu Hause mit Benedetta und Catalina. Wir nutzten die Gelegenheit, dass meine Tante mehrere Stunden außer Haus sein würde, und zogen uns in mein Zimmer zurück. Pilar, die versucht hatte, uns zu überzeugen, wir sollten doch im Garten an der frischen Luft essen, gab sich am Ende mit der Erklärung zufrieden, dass wir für unseren Chorauftritt bei der nächsten Messe in der Iglesia de la Paloma proben wollten. Es kam nicht oft vor, dass ich Besuch in meinem Zimmer empfing, aber für das, was wir vorhatten, mussten wir ungestört sein. Meine Freundinnen hatten Material mitgebracht, um aus mir einen Mann zu machen. Benedetta hatte Kleidung von ihrem Bruder organisiert, die er bei seinem letzten Besuch vergessen hatte.

»Er wird die Sachen nicht vermissen, er ist ein absoluter Chaot«, versicherte mir meine Freundin, »aber ich denke trotzdem, dass es falsch ist, was wir hier tun.«

Catalina verteidigte mich: »Also ich halte das für eine großartige Idee. Ausweglose Situationen verlangen nach schnellen Lösungen, da ist kein Platz für Bedenken oder Zaudern.«

Sie hatte eine Perücke, einen künstlichen Schnurrbart und eine Brille gekauft, die einen Großteil meines Gesichtes bedecken und mich hoffentlich für Don Ernesto unkenntlich machen würde. Ich zog mich vollständig aus, legte meine Frauenunterwäsche beiseite und zog die Unterhosen an, die, davon ging ich aus, von der Zofe der de Luccas vorher gründlich ausgekocht worden waren. Meine Brüste würden unter den Bandagen verschwinden, die Catalina ebenfalls besorgt hatte.

»Au, du tust mir weh«, jammerte ich, weil sie mich so fest einschnürte.

»Es tut mir leid, aber man darf wirklich nichts mehr sehen, Elisa.«

Als meine Weiblichkeit nahezu verschwunden war, schlüpfte ich in die rauen Stoffhosen und zog den Gürtel so eng, wie es ging. Danach folgten Hemd und Weste. Bei der Krawatte half mir Catalina, die das Krawattenbinden schon als kleines Mädchen von ihrem Vater gelernt hatte. Ein Jackett mit breiten Reverskrägen vervollständigte das Erscheinungsbild, ebenso wie die Herrensocken, die unter den Hosenbeinen herauslugten. Es fehlte nur noch die Frisur. Mein kurzes Haar verschwand unter der Perücke, und ich musste feststellen, dass der Juckreiz das Abenteuer nicht gerade erleichtern würde. Nachdem ich den künstlichen Schnurrbart angeklebt und die Brille aufgesetzt hatte, betrachtete ich mich im Standspiegel. Catalina und Benedetta bewunderten stolz das Ergebnis ihrer Mühen.

»Gütiger Gott, du bist wirklich nicht wiederzuerkennen«, rief Benedetta.

»Willkommen in Madrid, Pedro Liébana«, sagte Catalina.

Ich stand vor dem Spiegel und fühlte mich nicht als Teil des Bildes, das ich darin sah. Es war eine neue, andere Person, ein junger Mann mit traurigem Gesicht, der mich ansah und darauf wartete, dass ich ihm mit einem ersten Wort Leben einhauchte. Ich nestelte an dem Schnurrbart herum, um nicht gleich etwas sagen zu müssen, und atmete tief ein.

»Es ist unglaublich«, meinte ich.

»Wie fühlst du dich, Elisa?«, fragte Benedetta.

»Seltsam«, erwiderte ich. »Das habt ihr toll hinbekommen.«

Eine Träne rann über meine Wange und blieb in dem künstlichen Haar auf meiner Oberlippe hängen.

»Was hast du?«, fragte Catalina besorgt.

Sie kamen auf mich zu, und ich umarmte sie wortlos. Ich schätzte mich glücklich, Freundinnen wie die beiden zu haben, die mich liebten und so nahmen, wie ich war, mit all meinen Ängsten, meinen Wünschen und meinen verrückten Ideen.

»Gut, Elisa. Jetzt haben wir das Äußere, nun müssen wir an deinem Auftreten arbeiten. Du musst verinnerlichen, dass du ein Mann bist und dass folglich andere Regeln gelten.«

»Alles klar.«

»Als Erstes der Gang. Er muss männlich und entschlossen sein.«

Ich nickte, zweifelnd, ob es mir je gelänge, mich wie ein Mann zu bewegen. Nichtsdestotrotz begannen wir damit, mir die Art zu gehen abzutrainieren, die ich von Kindesbeinen an gewohnt war. All das »Halt dich gerade!«, »Lass die Beine geschlossen!«, »Du musst schweben!«, »Beweg dich elegant!«, das meine Tante mir seit meiner Ankunft in Madrid immer wieder vorgebetet hatte, wurde jetzt zu: »Beug dich leicht nach vorne!«, »Lauf breitbeiniger!«, »Du musst fester auftreten!«, »Beweg dich mehr in der Art ›was kostet die Welt?‹«. Mit der Zeit perfektionierte ich mein Auftreten, indem ich weitere Facetten einbrachte, die ich mir bei Francisco und den Kollegen in der Redaktion abgeschaut hatte. Als das Thema Gang abgehakt war, begannen wir, an der Stimme zu arbeiten. Pedro Liébana hatte eine leise, leicht raue Stimme.

»Die Stimme muss unbedingt so klingen wie beim letzten Mal, damit Don Ernesto sie wiedererkennt«, ermahnte sie mich.

»Guten Tag, Don Ernesto. Wie geht es Ihnen?«, legte ich los.

»Mhm, das war wohl nichts«, sagte ich.

»Du klingst wie ein Eunuch«, sagte Benedetta lachend.

Ich wagte einen neuen Versuch.

»Guten Tag, Don Ernesto. Wie geht es Ihnen?«

»Schon besser. Ich würde noch ein wenig heiserer sprechen. Dann wird es schwieriger, dich zu erkennen«, sagte Benedetta.

»Guten Tag, Don Ernesto. Wie geht es Ihnen?«

»Sehr gut. Jetzt musst du nur noch die passenden Gebärden finden. Pedro Liébana ist ein selbstsicherer, weltgewandter Mann, aber er hat auch etwas Jugendliches. Du musst entschlossen wirken, aber zugleich Sanftmut ausstrahlen. Da kannst du deine Persönlichkeit einbringen.«

»Das ist aber ganz schön kompliziert, Catalina«, meinte ich.

»Los, versuch's mal!«

Wir verbrachten Stunden damit, das Auftreten, die Sprache, die Mimik und Gestik und selbst das Schweigen der Figur einzustudieren, die unserer Fantasie entsprungen war. Der Plan war simpel: Ich würde einen kurzen Aufenthalt in der Stadt nutzen, um Don Ernesto und meinen Kollegen bei *El Demócrata* einen Besuch abzustatten. So würde der Herausgeber der Zeitung endlich Ruhe geben, und ich könnte mein Alter Ego in der Welt des Journalismus am Leben erhalten.

Elisa müsste an dem Morgen von Pedro Liébanas Besuch der Redaktion natürlich fernbleiben. Dafür hatten wir uns etwas einfallen lassen: Ich würde am frühen Morgen Magenkrämpfe vorschützen und meiner Tante Bescheid geben, und Benedetta würde meinen Platz im Bett einnehmen. So könnte sie an meiner Stelle antworten, wenn Pilar oder meine Tante mit Milch oder Brühe anrückten. Natürlich hatte der Plan Schwachstellen, aber irgendwie musste ich mein Ziel erreichen, und viele Möglichkeiten hatten wir nicht.

Zweiter Teil

Pedro Liébana

Madrid 1922-1925

5

Es war noch sehr früh am Morgen, da schlug ich die Augen auf. An Schlaf war nicht mehr zu denken. Das Klingeln des Telefons schallte durchs ganze Haus.

Warum nimmt denn niemand ab, dachte ich.

Aber das ging ja nicht. Wir hatten gar kein Telefon. Verstört richtete ich mich auf und versuchte, den Ursprung des störenden Läutens zu ergründen. Ich zog meinen Morgenmantel und die Pantoffeln an. Es war kalt. Ich tastete mich durch die stille Dunkelheit, die hin und wieder von einem Blitz erhellt wurde. Ich ging die fünfundzwanzig Treppenstufen zur Eingangshalle hinunter und sah mich um. Aus dem Arbeitszimmer meiner Tante waren Stimmen zu hören. Es war ein Streit. Das war mir alles nur zu vertraut … aber was hatte es mit dem Telefon auf sich? Das Klingeln kam nicht aus dem Erdgeschoss, sondern aus dem Souterrain. Dort war ich nicht mehr gewesen, seit ich mich vor Jahren bei meinem letzten Besuch im Schrank verstecken musste, um nicht entdeckt zu werden.

Das Klingeln wurde lauter. Ich folgte dem Geräusch. Am Ende des Ganges sah ich die Tür, die Schwelle zu schönen und zugleich traurigen Erinnerungen. Ich hielt inne. Das Geräusch kam aus dem Zimmer. Ich pirschte weiter vor, doch mit jedem Schritt verließ mich der Mut ein wenig mehr. Mir stockte der Atem. Ich hatte Angst. Vorsichtig öffnete ich die Tür – das Quietschen der Angeln dröhnte in meinen Ohren – und warf einen Blick in das Zimmer. Es war kleiner, als ich es in Erinnerung hatte. Moment mal ... Da lag jemand im Bett. Ich riss die Augen auf. Mein Atem ging schneller. Ich schlich zum Bett, um den Schlafenden nicht zu wecken. Ich schaute genauer hin und erschrak, als ich feststellte, dass ich es war, die dort friedlich vor sich hinschlummerte. Ich, im zarten Alter von sieben Jahren. Ich erinnerte mich an die Zöpfe, die ich damals trug, an das gewellte Haar, die geröteten Wangen, die zarten Hände ... Wieder schrillte das Telefon, diesmal direkt hinter mir. Erschrocken fuhr ich herum und blickte direkt in das Gesicht Pedro Liébanas, des Jungen, dessen Namen ich gestohlen hatte.

»Nein!«, schrie ich.

Hektisch sah ich mich um. Ich war allein. Und in meinem Zimmer. Schweißperlen rannen mir über die Stirn. Aufgewühlt versuchte ich, meinen Atem und meinen Herzschlag unter Kontrolle zu bringen. Ich hatte nur schlecht geträumt.

»Das ist doch völlig normal, Elisa. Das ist der Druck, unter dem du stehst«, beruhigte mich Benedetta, als ich ihr später davon berichtete. Sie war wie verabredet gekommen, um mir den Rücken freizuhalten.

»Hat dich jemand gesehen?«

»Nein, niemand.«

»Gut. Vergiss nicht, Pilar schaut ungefähr alle zwei

Stunden nach mir, wenn ich krank bin. Sie darf auf keinen Fall ans Bett kommen, damit sie dein Gesicht nicht sieht. Lass dir irgendetwas einfallen, Hauptsache, sie bleibt weg.«

»Alles klar. Aber was ist mit deiner Tante? Die macht mir mehr Sorgen.«

»Meine Tante ist normalerweise den ganzen Tag außer Haus, aber ausgerechnet heute wird sie zum Essen da sein. Gewöhnlich kommt sie gegen halb drei. Ich versuche, vorher wieder zurück zu sein, aber falls ich es nicht schaffe, musst du dir eine gute Ausrede zurechtlegen, sie lässt sich nicht mit einem billigen Vorwand abspeisen.«

»Sieh zu, dass du vor ihr da bist, Elisa, bitte. Ich bin den Verhörmethoden deiner Tante nicht gewachsen.«

»Keine Sorge. Ich werde pünktlich zurück sein, Benedetta.«

Sie band mir die Krawatte um.

»Was sind Sie doch für ein stattlicher Herr, Don Pedro«, scherzte sie.

Ich lächelte, obwohl mir äußerst unbehaglich zumute war. Ich warf einen letzten Blick auf den jungen Mann, der seit Neuestem in meinem Spiegel wohnte. Meine weiblichen Rundungen waren unter den Bandagen, dem Hemd, der Weste und dem braunen Tweedanzug von Andrea de Lucca gänzlich verschwunden. Die auf Doña Alicias Schneiderkünsten beruhende Eleganz, mit der ich mich so gern präsentierte, war fort; stattdessen steckte mein Körper in gerade geschnittenen Teilen aus grobem Stoff. Die Brille und der Schnurrbart ließen meine Wangen fast verschwinden. Die anderen würden einen jungen Mann vor sich sehen, aber ich fühlte mich nackt, mein Körper fremdelte mit den Sachen, die auf Männerleiber zugeschnitten waren.

Ich setzte die graue Melone auf. Dann ging ich zur Tür, öffnete sie einen Spalt und sondierte die Lage. Es war niemand zu sehen. Ich musste es bis zur Bibliothek schaffen. Von dort aus würde ich an der Rückseite des Hauses am Spalier der Kletterpflanze in den Garten hinuntersteigen, in den Bereich, wo die Schaukel stand. Dort hielt sich nie jemand auf, und außerdem war er von der Straße und den zentralen Räumen des Hauses nicht einzusehen. Benedetta umarmte mich ein letztes Mal und wünschte mir Glück. Ich schloss die Tür und schlich zum Nachbarzimmer, dicht an der Wand entlang, denn die offene Galerie war verräterisch. Ich betete zum Himmel, dass mich keiner sah. Ich setzte alles auf eine Karte und betrat das Zimmer. Im Schutz der Regale voller Geschichten, Wissen und Staub atmete ich erst mal tief durch. Bis hierher hatte ich es geschafft. Ich schaute durch das Fenster. In meiner Vorstellung war mir die Höhe deutlich geringer vorgekommen …

Ich überlegte, ob es nicht einen anderen Fluchtweg gab. Keine Chance. Ich wischte mir den Schweiß von der Stirn – unter der Perücke war es ganz schön heiß – und machte mich bereit für den Abstieg. Doch genau in dem Moment, als ich den schweren Vorhang beiseiteschob, um mich aus dem Staub zu machen, ging die Tür auf. Ich versteckte mich schnell hinter dem Brokatvorhang. Reglos verharrte ich dort und hoffte inständig, dass man mich nicht entdeckte. Ich hörte sanfte Schritte und ein leises, gelegentlich unterbrochenes Geräusch.

»Wenn mein Liebster mir in die Augen schaut, steht mein Körper in Flammen, und ich verliere den Verstand«, begann eine Stimme zu singen.

Es war Pilar, die mit einem Lappen die Regale und Möbel abstaubte, während sie ein imaginäres Publikum mit einer Gesangseinlage unterhielt, die ihresgleichen suchte. Sie schwang ihren Hintern durch den Raum, als wäre sie der neue Stern am Zarzuela-Himmel, und bei einer Drehung wäre sie beinahe gegen einen Stuhl gestoßen. Ich musste die Lippen aufeinanderpressen, um nicht laut loszulachen. Nicht ahnend, dass sie einen Zuschauer hatte, machte Pilar unbeirrt weiter.

Ihre Inbrunst steigerte sich im Verlauf des Liedes, und als sie zum Finale ansetzte, das ihre stimmlichen Qualitäten bei Weitem überforderte, rief Severino gequält: »Um Himmels willen, hör auf, Pilar, das tut einem ja in den Ohren weh!« Gekränkt, aber würdevoll, brachte sie das Lied zu Ende: »Und so kommt all das Unglück in die Welt.« Dann trat sie ab und schloss die Tür hinter sich.

Ich schüttelte den Kopf, um in die Wirklichkeit zurückzufinden. Pilar war ein Phänomen. Sie war immer gut gelaunt. Im Grunde tat es mir leid, sie nicht in mein Geheimnis eingeweiht zu haben, ich hatte mich schließlich immer auf sie verlassen können. Aber ich konnte das Risiko nicht eingehen, dass sie mich aus Loyalität meiner Tante gegenüber auffliegen ließ, und könnte es mir auch nie verzeihen, wenn sie meinetwegen ihre Stelle verlieren würde.

Ich öffnete das Fenster. Mein Gott, war das tief.

»Schon gut, Elisa, du schaffst das«, redete ich mir ein.

Ich kletterte nach draußen, dem Abgrund so nah wie

nie. Dann stellte ich meinen Fuß auf einen dicken Knorren der Kletterpflanze und begann mit dem Abstieg. Beinahe hätte mich meine Angst zu Fall gebracht, dann wäre es aus gewesen mit meinem brillanten Plan. Ich kämpfte dagegen an, nutzte entschlossen jede Lücke und jeden Vorsprung in der Mauer, und mit jedem Schritt in die Tiefe wurde ich zuversichtlicher. Auf der Hälfte rutschte ich einmal ab, aber am Ende landete ich wohlbehalten auf dem ersehnten Boden, den ich am liebsten geküsst hätte. Ich schob mich an der Wand entlang bis zum Tor, huschte hindurch auf die Straße und ließ die Bedenken hinter mir, dass jemand mich gesehen haben könnte.

Auf dem Weg zur Zeitung überkam mich ein seltsames Gefühl. Ich sah nach rechts und nach links. Nichts. Ich ging die Straße entlang wie unzählige Male zuvor. Ich setzte einen Fuß vor den anderen, ein wenig breitbeiniger, aber sonst war alles wie immer. Oder auch nicht. Ich war allein unterwegs. Und es passierte nichts. Keiner sah mich verwundert an, ich wurde nicht von der Stimme meiner Tante verfolgt, die mir unschickliches Benehmen vorwarf. Es war keine spontane Flucht wie an jenem Abend, als ich mir die Haare abgeschnitten hatte. Ich brauchte mich bei niemandem zu entschuldigen und musste auch keine Angst haben. So absurd es mir vorkam, es geschah nichts.

Ich setzte meinen Weg fort, mir meiner neuen Identität mehr denn je bewusst. Aber ich fühlte mich unwohl dabei, den Männern direkt ins Gesicht zu schauen oder allzu sehr ins Rampenlicht zu treten. Die neue Situation machte mir Angst. Um mich herum wild hupende Autos und Hufgetrappel. Zofen machten ihre morgendlichen Besorgungen, sie waren auf der Suche nach bester Ware zu einem guten Preis und wachten wie die Luchse über ihre Weidenkörbe. In den Cafés, die in der Calle Velázquez an jeder Ecke zu finden waren, saßen Geschäftsleute und rauchten. Wie Sonnenschirme spendeten die Bäume den Damen Schatten, während diese sich die neuesten Errungenschaften aus den exquisiten Modeläden der Avenida del Conde Peñalver präsentierten. Und mitten in dem ganzen Trubel ich, ein unbekannter Bewohner der Stadt, den keiner zuvor gesehen hatte.

Als Mann durch die Straßen zu schlendern war keine große Herausforderung, aber als ich vor dem Eingang von *El Demócrata* stand, bekam ich kalte Füße. Casimiro, der Portier, sah mich genauso an, wie er mich als Elisa bei meinem ersten Besuch angesehen hatte: mit einer Mischung aus Gleichgültigkeit und Missmut. Ich wollte seinen morgendlichen Frieden nicht stören und ersparte ihm die Frage, wo die Redaktion war. Ich begab mich direkt zum Aufzug, sagte: »Zweiter Stock, bitte« und wartete darauf, dass er den Knopf drückte. Er wollte gerade die Tür schließen, da drängte sich jemand dazwischen. Überrascht schaute ich auf und sah, wie López den Aufzug betrat. Als er bemerkte, dass wir in dasselbe Stockwerk fuhren, war sein Interesse geweckt.

»Sie wollen auch zu *El Demócrata*?«

Die erste Feuerprobe. *Tief einatmen, Elisa, tief einatmen. Und die Stimme schön rau klingen lassen.*

»Ja, genau«, erwiderte ich knapp.

»Ramón López, Redakteur des Gesellschaftsressorts.

Sehr erfreut.« Seine Vorstellung war etwas brüsk für meinen Geschmack, aber freundlich.

»Angenehm. Ich meine, sehr erfreut. Sie schreiben die Kolumnen zum Stierkampf, nicht wahr?«

»Genau. Aber ich schreibe auch über Theateraufführungen und andere Veranstaltungen. Sie wissen ja … Manchmal kommt man zu den Themen wie die Jungfrau zum Kinde.«

»Klar«, erwiderte ich.

»Und Sie sind?«, wollte er wissen.

»Ach ja, äh … Pedro, Pedro Liébana.«

»Nicht zu fassen! Ist das wahr?«

Er bekräftige seine Aussage mit einem unsanften Schlag in meinen Rücken.

»Ja«, sagte ich und duckte mich weg, um einem weiteren Schlag zu entgehen.

»Da wird man sich in der Redaktion aber freuen. Don Ernesto wird Augen machen.«

Oben angekommen öffnete er die Fahrstuhltür, und wir traten hinaus auf den Treppenabsatz. Dabei erzählte er mir, dass sie in der Redaktion eine Wette abgeschlossen hatten, wie lange es wohl dauern würde, bis Don Ernesto mich entließ, wenn ich nicht irgendwann persönlich auftauchte.

»Jungs! Jungs! Seht mal, wer hier ist. Er hat sich lange rar gemacht, aber jetzt ist er da. Darf ich euch Señor Pedro Liébana vorstellen?«, rief er.

Die Männer, mit denen ich jeden Tag zusammenarbeitete, schienen wie ausgewechselt. Sie unterbrachen ihre Notizen, ließen ihre Reportagen liegen, gönnten der Inspiration eine Pause und applaudierten begeistert. Man konnte die Freude in der Redaktion mit Händen greifen, zumindest kam es mir so vor.

Es war ein surreales Gefühl, einfach unbeschreiblich. Alle beglückwünschten mich zu meiner Arbeit in den letzten Monaten, ohne zu wissen, dass ich die ganze Zeit neben ihnen gesessen hatte. Der Tumult rief den Chef auf den Plan.

»Was zum Teufel ist hier los?«

Morales reckte seinen Kopf mit den wenigen noch verbliebenen Haaren und verkündete: »Pedro Liébana ist da, Don Ernesto.«

Don Ernestos Miene änderte sich schlagartig. Breit lächelnd kam er auf mich zu. Die anderen bombardierten mich weiter mit Fragen. Mir wurde bewusst, dass ich durch meine Geheimniskrämerei große Erwartungen geweckt hatte. Die einen dachten, ich wäre zuletzt in Indochina gewesen, und andere fragten nach einem Flug, den ich angeblich gemacht haben sollte. Don Ernesto, der kein Freund von Menschenansammlungen war, schon gar nicht in seiner Redaktion, forderte die Redakteure auf, an ihre Arbeitsplätze zurückzukehren. Dann stellte er sich mir voller Stolz und Genugtuung vor.

»Kommen Sie, Señor Liébana, wir gehen in mein Büro.«

Señora Idiazábal saß an ihrem Platz und wartete darauf, dass ihr endlich jemand erklärte, was los war. Doch Don Ernesto schenkte ihr keine Beachtung und geleitete mich in sein Büro.

»Nehmen Sie bitte Platz. Ich bringe Ihnen einen Whisky.«

Whisky? Am Vormittag? Ich lächelte und nickte, um meine Stimme zu schonen.

»Entschuldigen Sie das Durcheinander und das Benehmen der Schwachköpfe da draußen. Ich wusste nicht, dass Sie nach Madrid kommen.«

»Ja, also … es ist so, ich saß bei mir zu Hause und dachte mir, dass Sie recht haben. Voller Terminkalender hin oder her, bei Ihnen sieht es bestimmt nicht anders aus, das sollte kein Hinderungsgrund für ein persönliches Treffen sein. Und die Kollegen aus der Redaktion wollte ich natürlich auch kennenlernen.«

»Sehr löblich. Hier«, sagte er und reichte mir das Glas. »Unter uns, ich wollte Sie nicht unter Druck setzen, aber ich hatte schon angefangen, mir wegen des absurden Theaters Gedanken zu machen. Ich freue mich, dass Sie sich endlich entschlossen haben, uns einen Besuch abzustatten.«

»Das sehe ich genauso«, erwiderte ich und nahm einen Schluck.

Der Whisky brannte in meiner Kehle, und ich musste husten, weil ich keinerlei Erfahrung mit Hochprozentigem hatte.

»Das ist eine besonders edle Marke, kein Wunder, dass Ihr Gaumen irritiert ist«, scherzte Don Ernesto.

Irritierter Gaumen? Ich hätte eher von Feuer in der Kehle gesprochen.

»Dann schießen Sie mal los. Wie sehen Ihre Pläne aus?«

Ich räusperte mich und kämpfte gegen meine Unsicherheit an.

»Ich habe vor, ein paar Tage zu bleiben. Es war eine lange Fahrt. So kann ich ein paar Dinge erledigen und den einen oder anderen Artikel zu Papier bringen, den ich im Kopf habe. Ich bin erst gestern Abend angekommen und hatte noch keine Zeit, einen genauen Plan zu machen. Ich wollte mich als Erstes bei Ihnen vorstellen«, erklärte ich.

»Ich bin mir sicher, Sie haben die Fahrt gut genutzt. Machen wir es kurz: Kommen Sie morgen Abend zum Essen zu mir nach Hause. Meine Frau und ich haben ein paar Freunde zu Gast, und wir würden uns freuen, wenn Sie uns beehren würden.«

Entweder hatte der Whisky meine Ohren betäubt, oder Don Ernesto hatte mir gerade tatsächlich vorgeschlagen, mit seinen – also im Grunde auch meinen – Freunden zu dinieren.

»Ähm …«

»Nun mal nicht so schüchtern, junger Mann. Ich werde kein Nein akzeptieren. Bestimmt werden Sie die Damen großartig mit Ihren Abenteuern unterhalten«, witzelte er.

»Vielen Dank, Don Ernesto, aber …«

Seine Miene sagte mir, dass Widerspruch zwecklos war.

»… es ist mir natürlich eine Ehre.«

»Ausgezeichnet. Übrigens, was ist eigentlich aus Ihrem Artikel über die portugiesischen Piloten geworden? Gibt es diesbezüglich Neuigkeiten?«

Er hatte einen ordentlichen Zug am Leib. Sein Glas war schon leer, und er füllte sich nach.

»Nun, wie ich Ihnen schon sagte, ich hatte vor, einige Kameraden der Piloten zu interviewen, aber mein Hauptinformant wurde nach Angola abberufen, um in der Kolonie Unterstützung zu leisten. Und so habe ich den Artikel erst mal auf Eis gelegt. Es wäre unsinnig gewesen, ohne diese Quelle weiterzuschreiben. Sie wissen ja, ein guter Journalist muss merken, wann eine Geschichte gut ist und wann nicht …« Im Überschwang trank ich noch einen Schluck Whisky, ohne an die Folgen zu denken.

»Das mag ich so an Ihnen. Sie haben ein hervorragendes Gespür für Geschichten. Ich bin immer noch hin und weg von Ihrer Abhandlung über das Machtvakuum in unserem Land und den Vergleich mit den Ballsälen.«

»Vielen Dank, Don Ernesto. Auch wenn ich ausschließlich für die Leser schreibe, ist es doch immer sehr aufbauend, wenn die eigene Arbeit gelobt wird.«

»Sie können mit Ihrer Arbeit mehr als zufrieden sein. Aber das ist nicht der Grund, warum Sie bei mir eine Art Sonderstatus genießen. Da draußen sitzen großartige Journalisten, die seit mehr als fünfzehn Jahren dieses Blatt mitgestalten, aber Ihnen ist es gelungen, den Jungs den Glauben zurückzugeben, dass gute Arbeit Früchte trägt. Sie haben dazu beigetragen, dass die Leute in den Cafés wieder über *El Demócrata* als maßgebliche Stimme bei nationalen Debatten sprechen. Und das erfreut natürlich mein Verlegerherz.«

»Ich verspreche Ihnen, ich werde alles daransetzen, dass es so bleibt. Ich schätze mich sehr glücklich, ein Teil Ihrer Mannschaft sein zu dürfen.«

Vorsichtig stellte ich das Glas auf dem Schreibtisch ab, während Don Ernesto mir alle möglichen Geschichten erzählte, die ich längst kannte. Davon, wie er *El Demócrata* gegründet hatte, von den anfänglichen Schwierigkeiten, der goldenen Zeit des Krieges und der großen Firmen, von der Krise nach dem Streik 1919 und seinem Traum vom großen Erfolg.

Danach zeigte er mir die ganze Redaktion. Nebenbei stellte er mir die Mitarbeiter vor, Señora Idiazábal stets im Schlepptau, die mich immer wieder seltsam von der Seite ansah.

López wollte unbedingt das Geheimnis um den Redakteur aus Barcelona lüften, der mir als Tarnung diente. Unvermittelt stellte er mir eine Frage, auf die ich keine Antwort wusste: »So ein Mist, seit dem Streit um die *Corrida de la Prensa* Anfang des Monats habe ich nichts Nennenswertes mehr zu Papier gebracht … und das ist immerhin schon drei Wochen her! Übrigens, Señor Liébana, da drängt sich mir die Frage auf: Für wen sind Sie? Für den Presseverband oder die Gewerkschaft?«

Die Frage war aktueller denn je. Seit Jahren war die Presselandschaft in zwei ideologische Lager gespalten: Es gab die Unterstützer des Presseverbands unter dem Vorsitz von Francos Rodríguez, die eher konservativ waren, und die Anhänger der progressiveren Journalistengewerkschaft. Auch wenn es ein offenes Geheimnis war, dass sich Simón nach dem Streik 1919 der Gewerkschaft angeschlossen hatte, schlug sich *El Demócrata de Madrid* als konservatives Blatt auf die Seite des Presseverbandes. Und während ich noch nach einer Ausflucht suchte, weil ich bei keiner der beiden Organisationen eine Mitgliedschaft vorweisen konnte, sah ich an der Uhr über dem Eingang, dass es Zeit war zu gehen. Der Zeiger war bereits auf zwei Uhr vorgerückt.

Ich wich geschickt einer Einladung von Morales zum Essen aus, der sich nur zu gern bei Leuten aus dem Dunstkreis von Don Ernesto anbiederte, und machte mich aus dem Staub, nachdem ich hoch und heilig versprochen hatte, am nächsten Abend wieder auf der Matte zu stehen.

***

Genesen von meiner vermeintlichen Unpässlichkeit, eilte ich noch am selben Tag, dem 28. Juli 1922, zu einem Treffen mit Catalina und Benedetta. Ihre erschrockenen Mienen, als ich ihnen von dem Abendessen erzählte, dämpften meinen Optimismus, die neue Herausforderung zu meistern.

»Aber Elisa, da kommt doch bestimmt auch deine Tante. Und wir und viele andere Bekannte sind mit Sicherheit auch dabei. Glaubst du, dass sie dir das abnehmen?«, fragte Benedetta.

»Was sollte ich denn tun? Ihr hättet Don Ernestos Gesicht sehen sollen. Eine Absage wäre mein Todesurteil gewesen.«

»Schon gut. Beruhigt euch erst mal. Alle werden in ihr Pedro Liébana sehen, und du hilfst Elisa dabei, Benedetta.«

»Ja, natürlich. War ja klar, dass ich wieder herhalten muss. Vielen Dank. Dabei reicht es mir nach dem heutigen Vorfall.«

»Was meinst du? Was ist denn passiert?«, fragte Catalina verwundert.

»Nun, unser großartiger Pedro ist erst um zwanzig nach zwei aufgetaucht, dabei hatte er mir versprochen, früher da zu sein. Ich musste Pilar regelrecht anraunzen, damit ich nicht aufflog. Danach habe ich mich über die

Bettschüssel gebeugt und so getan, als würde ich mich übergeben, damit sie sich nicht zu mir setzte und mir löffelweise Brühe einflößte. Damit habe ich meinen Morgen zugebracht, während sie als feiner Herr draußen herumspazierte. Zu allem Überfluss wäre beinahe noch ihre Tante ins Zimmer gekommen, aber just in dem Moment ist unsere liebe Elisa wieder aufgetaucht.«

»Das hast du sehr gut gemacht, Benedetta«, erwiderte Catalina, »eine Freundin wie dich kann man sich nur wünschen.«

»Es tut mir leid und … danke«, sagte ich beschämt.

»Ich habe von Anfang an gesagt, dass der Plan irrwitzig ist.«

»Das wissen wir, Benedetta. Aber noch mal, wir dürfen jetzt nicht zaudern. Wir müssen vorsichtig sein und uns jeden Schritt genau überlegen. Erst mal nutzen wir die Magenverstimmung und die Übelkeit als Vorwand, damit Elisa morgen zu Hause bleiben kann. So ist die Bahn frei für deinen Auftritt als Pedro Liébana. Wenn du dir Mühe gibst, kaufen sie es dir schon ab. Sie kennen dich zwar gut, aber das kann auch von Vorteil sein. Du weißt, wo du ansetzen musst, um sie in die Irre zu führen.«

»Sie hat recht«, sagte ich zu Benedetta.

»Das Entscheidende ist: Du warst schon oft dort, aber nun musst du jemand anders sein. Denk daran, dass du nicht wie eine Frau rauchen darfst, vergiss, was ich euch vor ein paar Jahren beigebracht habe. Du musst dich den Damen gegenüber wie ein Kavalier verhalten, und nach dem Essen gesellst du dich zu den Männern, vergiss das nicht!«

In dem Moment schien alles sonnenklar, doch am nächsten Tag war die Lage verzwickter.

Pilar gab mir einen Gutenachtkuss und sagte: »Träum was Schönes!«

Meine Tante fasste mir an die Stirn und sagte: »Wer hätte das gedacht? Von Dummheit wird man doch nicht krank.«

Der Auseinandersetzungen mit mir überdrüssig, machte sie sich auf den Weg, um pünktlich zum Abendessen bei der Familie Rodríguez de Aranda zu sein. Vorher gab sie noch Anweisung, mir nichts zu essen zu bringen.

Als ich sicher sein konnte, dass alle weg waren, schlug ich die Decke zurück und zog mich rasch an. Mit jedem Kleidungsstück streifte ich ein Stück meines Selbst ab und legte das des aufstrebenden Journalisten an. Am Schluss setzte ich noch die Brille auf, und die Verwandlung war vollzogen. Ich trat hinaus auf den Flur. Diesmal wollte ich nach Möglichkeit durch die Haustür entschwinden, um mich beim Sprung auf den Rasen nicht zu verletzen.

Ich zog die Schuhe aus, damit mich kein Geräusch verriet. Beim Hinuntergehen spähte ich durch das Treppengeländer, ob ich irgendwo Pilar oder Severiano ausmachen konnte. Als ich ihre Stimmen hinter der Küchentür hörte, wusste ich, dass ich freie Bahn hatte.

In der Eingangshalle hatte ich das Gefühl, dass mich die Gestalten auf den Wandteppichen beobachteten, die mich als Kind so eingeschüchtert hatten.

»Stellen Sie es in den Kühlschrank, Severiano«, hörte ich Pilar sagen.

Schnell flüchtete ich durch die Haustür, nahm zwei

Stufen auf einmal und tauchte ein in die Stadt, wo ich sofort den Duft der Freiheit atmete. Ich schlüpfte in die Oxford Schuhe von Benedettas Bruder und hastete weiter. Genau wie am Tag zuvor wurde ich immer nervöser, je näher ich meinem Ziel kam. Wie würde ich auf die anderen wirken? Ich musste mich beruhigen. Die Dunkelheit war mir unangenehm. Ich fühlte mich ihr schutzlos ausgeliefert, als wollten Schatten mich hinterrücks mit einem Messer überfallen. Als ich die Fassade des Hauses meines Gastgebers sah, verspürte ich für einen kurzen Moment Erleichterung. Ich stürzte förmlich zur Tür und klingelte.

»Don Pedro! Welch eine Freude, Sie zu sehen!«, rief Don Ernesto, als die Zofe mich in den prächtigen Salon führte, wo immer die berühmten Feste stattfanden.

»Guten Abend, Don Ernesto«, erwiderte ich, noch völlig außer Atem.

»Meine lieben Freunde, ich bitte um eure Aufmerksamkeit. Wie bereits angekündigt ist das heute ein besonderes Abendessen. Ich möchte euch den jungen Pedro Liébana vorstellen, eines der vielversprechendsten Talente unseres Landes, der dank einer glücklichen Fügung Teil des Teams meiner geliebten Zeitung geworden ist.«

Die Gäste applaudierten, selbst meine Tante.

»Danke, das wäre doch nicht nötig gewesen, Don Ernesto«, sagte ich verlegen.

»Doch, doch. Sie sind heute Abend mein Ehrengast.«

Er stellte mir nacheinander die Anwesenden vor, die ich ja alle schon seit Ewigkeiten kannte. Seine Frau Doña Cristina, die Salamanca-Trillos, die Ballesters und die frisch vermählten de Luccas.

Als ich Benedettas indigniertes Gesicht sah, weil sie gezwungen war, mit ihrer Stiefmutter, Doña Carmen, an einem Tisch zu sitzen, fiel mir ein, wie ich ihr als Pedro Liébana helfen konnte. Ich trat auf sie zu, nahm ihre Hand und sagte ihr, wie sehr ich ihre Schönheit bewunderte. Ihr Vater, Don Giancarlo, sah mich an, als wollte er mir einen Dolch in den Hals stoßen. Es wäre ihm wohl am liebsten gewesen, wenn ich mich in Luft aufgelöst hätte. Wir gingen weiter zu den Gabaldóns, den »Emporkömmlingen« aus Sevilla, und landeten schließlich bei meiner Tante.

»Sie sind also Pedro Liébana … interessant. Ich hoffe, der Ruhm wirkt sich nicht negativ auf Ihr Schreiben aus«, sagte sie trocken.

»Das hoffe ich auch, Doña Manuela.«

»Lassen Sie sich von ihrer spröden Art nicht beirren, sie ist eine großartige Frau. Es ist ausgesprochen schade, dass ihre Nichte, Señorita Elisa, heute Abend nicht mit dabei sein kann. Wie es aussieht, brütet sie seit paar Tagen eine schwere Grippe aus. Das arme Ding … Sie bewundert Sie sehr«, erklärte Don Ernesto.

»Ja, das ist bedauerlich. Aber es ist besser, dass sie sich ausruht, wenn es ihr nicht gut geht. Wir werden uns schon noch kennenlernen.«

Ich hatte immer noch leichtes Bauchgrimmen, als wir an der fürstlichen Tafel Platz nahmen. Ich arrangierte es so, dass ich neben Benedetta sitzen konnte, was ihrem Vater offensichtlich sehr missfiel.

»Wann kommt der argentinische Präsident nach Spanien?«, fragte Don Tomás.

»Nächste Woche, wenn ich richtig verstanden habe«,

erwiderte Don Ernesto. »Einer meiner Redakteure soll einen Sonderbeitrag über den Besuch schreiben. Mit ein wenig Glück schnappt *ABC* uns nicht alle Nachrichten weg …«

»Ich denke, es kann für unser Land nur von Vorteil sein, wenn wir gute Beziehungen zu unseren ehemaligen Kolonien pflegen«, meinte Señor Gabaldón.

»Da bin ich ganz Ihrer Meinung, Don Hernando. Das zeigt, dass wir allmählich Fortschritte machen und das Image als altes Kolonialreich endlich hinter uns lassen. Ich will nicht bestreiten, dass ich mir wünschte, wir wären noch das mächtige Spanien wie zu Zeiten der Katholischen Könige oder Karls V., aber es hilft nichts, wenn uns der rückständige Traditionalismus des 19. Jahrhunderts weiterhin wie ein Stachel im Fleisch sitzt«, warf Don Amancio ein.

»Der argentinische Präsident soll ein sehr kultivierter Mann sein, der in Europa studiert hat«, bemerkte Doña Cristina, um dem Gespräch eine Wendung zu geben.

»Ja, Marcelo de Alvear war Botschafter in Frankreich, als er die Wahlen gewonnen hat. Er hat das Amt offiziell noch nicht einmal angetreten. Die Argentinier haben, was Regierungsangelegenheiten angeht, wirklich die Ruhe weg«, fügte Señor Gabaldón hinzu.

»Nun, wir sind diesbezüglich ja auch nicht gerade das beste Beispiel, Don Hernando. Wenn wir unsere politische Lage zum Maß aller Dinge nähmen, stünden wir auf verlorenem Posten«, ergänzte Don Ernesto, hellsichtig wie immer.

»Aber es ist nur eine Lage, wie Sie treffend bemerken,

und die ist naturgemäß zeitlich begrenzt, mein Freund. Ich bin mir sicher, das Blatt wird sich bald zum Guten wenden«, erwiderte Don Hernando und ließ seine Gabel mit dem aufgespießten Stück Truthahn im Takt seiner Rede auf und ab tanzen.

»Er hat eine portugiesische Sängerin geheiratet. Regina … Regina Soundso. Alle haben es für eine Mesalliance gehalten, aber am Ende ist eine glückliche Ehe daraus geworden«, berichtete Doña Maria Elena.

»Es muss schwer sein, mit einem Diplomaten verheiratet zu sein, oder mit einem Präsidenten. Ich mag mir gar nicht vorstellen, was sie für Widrigkeiten überwinden mussten, um zusammenzukommen. Es ist ja doch eine ungewöhnliche Verbindung«, meinte Doña Eugenia.

»Unsinn. Das meiste ist bestimmt frei erfunden, um uns glauben zu machen, dass Präsident Alvear ein aufregendes Leben führt«, warf Don Tomás ein.

»Wenn diese Regina glaubt, dass es schwierig ist, die Frau eines Diplomaten zu sein, dann sollte sie mal mit einem Zeitungsverleger verheiratet sein«, scherzte Doña Cristina.

»Meine Liebe, ich bin ein Geschäftsmann, der sich furchtlos der Gegenwart stellt«, erwiderte Don Ernesto.

»Was bedeutet es schon, dass Präsident Alvear kommt, um Alfons XIII. seinen Respekt zu zollen, wenn wir vorher nicht vor unserer eigenen Haustür kehren. In zwei Jahren haben wir vier Präsidenten verschlissen. Eine Schande ist das!«, regte sich Don Amancio auf.

»Wirklich schon vier?«, fragte Doña Concepción leicht verwirrt.

»Ja, kaum zu glauben.«

»Ich kann das mit der Ermordung von Eduardo Dato immer noch nicht fassen. Der arme Tropf …«, meinte meine Tante.

»Die einen sind Verbrecher, und die anderen werden von den Anarchisten ermordet, das kann doch nicht angehen. Die aufkommende Arbeiterbewegung wird nichts als Konflikte und Verwüstung über unser Land bringen«, schimpfte Don Amancio.

Benedetta sah mich an und rollte mit den Augen. In Anbetracht der Tatsache, dass wir gerade über Terrorismus und Ermordungen sprachen, unterdrückte ich das Lachen. Irgendwann stellte ich fest, dass alle Blicke auf mich gerichtet waren. Offenbar hatte mir jemand eine Frage gestellt, und nun warteten sie, dass ich darauf einging. Ich blickte irritiert in die Runde und nahm einen Schluck von dem köstlichen Rioja, den man uns an dem Abend kredenzte.

»Was halten Sie von den Ermittlungen zum Fall Annual?«, wiederholte Don Giancarlo.

Mein Blick wanderte durch den Raum. Ich räusperte mich und löste meinen Krawattenknoten. Ich hatte diese Diskussionen schon so oft von meinem Platz aus verfolgt. Aber es war das erste Mal, dass man mich nach meiner Meinung fragte.

Ich hatte unzählige Zeitungsartikel verschlungen und die Informationen verfolgt, die nach und nach durchgesickert waren und gezeigt hatten, unter welch erbarmungslosen Bedingungen all die Soldaten vor einem Jahr in der marokkanischen Wüste umgekommen waren. Die schweren Versäumnisse hatten dazu geführt, dass General Juan

Picasso, ein Onkel zweiten Grades des berühmten Malers, aufgefordert wurde, einen Bericht zu verfassen. Er hatte über siebzig Augenzeugen befragt, um herauszufinden, was genau in Marokko vorgefallen war. Der Abschlussbericht war vor drei Monaten, im April 1922, dem spanischen Parlament vorgelegt worden, das seit Jahren von politischer Ineffizienz und Instabilität gezeichnet war. Und so war die bittere Wahrheit über die Katastrophe von Annual auf den Tisch gekommen.

»Nun, Don Giancarlo, ich glaube, weder unsere Regierung noch das Parlament oder das Militär werden es in der kurzen Zeit schaffen, es so hinzustellen, als sei die Aktion ein reiner Vorwand gewesen, um den König vom Thron zu stoßen – und die öffentliche Meinung würde das auch kaum mitmachen. Ich habe die Gerüchte gehört, die im ganzen Land kursieren, aber es bringt nichts, die Augen zu verschließen und so zu tun, als wäre nichts geschehen. Natürlich hat der Krieg Gesetze, die sich jedweder Logik entziehen, aber dort in der Einöde sind zweifellos Fehler begangen worden. Und diese Fehler aufzuspüren, um sie wiedergutzumachen und die Schuldigen zur Rechenschaft zu ziehen, halte ich für die Basis einer gerechten Gesellschaft.«

»Dass die Oberbefehlshaber des Heeres etwas mit der Sache zu haben sollen, ist eine Verschwörungstheorie, die jeder Grundlage entbehrt, Señor Liébana«, behauptete Don Amancio.

»Aber zu glauben, dass deshalb nicht ermittelt werden sollte, ist schlichtweg naiv«, erwiderte ich.

»Ich muss Señor Liébana recht geben. Die Untersuchungen dienen dazu, den Gerüchten den Wind aus den Segeln zu nehmen und die falschen Behauptungen als solche zu entlarven. Sonst werden wir nie erfahren, wie es wirklich war«, meinte Don Tomás.

»Das hat uns jetzt gerade noch gefehlt, wo die Radikalen an den Fundamenten unseres Vaterlands rütteln«, warf Don Hernando ein.

Sie befragten mich auch zu den zahlreichen Reisen, die mich davon abgehalten hatten, nach Madrid zu kommen. Ich bediente mich nach Kräften meiner Fantasie und wich allen Fragen aus, die zu sehr ins Detail gingen, um mich nicht aufs Glatteis zu begeben.

Nach dem Abendessen blieben die Damen am Tisch sitzen, und ich folgte den Herren in einen kleineren Raum. Ich hatte noch nie die unsichtbare Linie überschritten, die uns nach dem Essen in zwei Lager teilte. Das Raucherzimmer war mit bequemen Sesseln ausgestattet und hatte goldene Verzierungen an den Wänden. Auf einem Beistelltisch standen verschiedene Karaffen mit Spirituosen und Gläser. Ich suchte mir schnell einen Platz, denn wenn ich stand, fühlte ich mich am meisten verwundbar. Meine Statur und mein graziler Körper verrieten nicht unbedingt, dass ich eine Frau war, aber ich wirkte alles andere als robust und stark. Unauffällig drückte ich meinen Schnurrbart fest, der sich beim Essen aufgrund der Wärme und des Kauens ein wenig abgelöst hatte.

»Also, offen gestanden kommt mir Ihr Gesicht irgendwie bekannt vor«, sagte Don Tomás zu mir, während er sich am Schnaps bediente.

»Ach ja? Nun, keine Ahnung. Vielleicht sind wir uns mal irgendwo begegnet. Fahren Sie häufiger nach Barcelona?«, fragte ich. Mein Herz schlug mir bis zum Hals.

»Nein, eher selten. Vielleicht sehen Sie jemandem ähnlich. Was soll's, ist nicht so wichtig.«

»Hier, bitte, Don Pedro. Nehmen Sie sich eine!«

Wieder war klar, dass Don Ernesto keinen Widerspruch dulden würde. Die Zigarrenkiste schwebte direkt vor mir in der Luft und wartete darauf, dass ich zugriff. Ich wählte eine aus und hielt die braune Rolle mit dem schlichten, aber eleganten Etikett zwischen Zeigefinger und Daumen. Es war wahrscheinlich kein großer Unterschied zu den Zigaretten, die ich hin und wieder mit Catalina und Benedetta rauchte. Don Ernesto gab mir Feuer, und sogleich strömte der Rauch mit dem trockenen, aromatischen Geschmack in meine Kehle. Es fühlte sich an, als führe ein bleierner Wirbelwind durch meine Luftröhre, und mich überkam ein fürchterlicher Hustenreiz. Aber es gelang mir, ihn zurückzudrängen. Dafür schossen mir die Tränen in die Augen.

Nachdem wir über die letzten Neuigkeiten aus den Familien gesprochen hatten, zu denen auch gehörte, dass Benedettas Vater fest entschlossen war, für seine Tochter einen Mann »von passendem Format« zu finden, drehte sich das Gespräch um die jeweiligen Geschäfte. Don Ernesto versuchte, Don Tomás zu überreden, eine Anzeige in *El Demócrata* zu schalten, und Don Amancio wollte Benedettas Vater und Don Hernando dazu bewegen, in den Export seiner Weine in andere Länder Europas zu investieren. Ich hörte zu und studierte aufmerksam das Verhalten, die Mimik und Gestik der Herren. Eigentlich unterschieden sich die Gespräche nicht wesentlich von denen der Frauen. Man sprach über ein Thema, aber die Beiträge sprangen munter hin und her und waren oft banal.

Auf dem Heimweg genoss ich die Momente der Freiheit, die Pedro Liébana mir gewährte. Es war ein seltsames Gefühl, durch die Straßen mit den hell erleuchteten Fenstern zu gehen, ohne jemanden zum Reden zu haben, aber aus irgendeinem Grund gefiel es mir. Ich dachte über alles nach, was sich an dem Abend abgespielt hatte, und zog nüchtern Bilanz, wie viele Dinge uns Frauen in der Gesellschaft verwehrt blieben. Ein Mann zu sein war anders, in vielerlei Hinsicht einfacher, aber in manchen Dingen auch komplizierter. Es war eine ungewohnte, durchaus faszinierende Welt. Wie geplant kletterte ich über das Fenster der Bibliothek zurück ins Haus und zog mich in mein Zimmer zurück, bevor meine Tante eintraf. Ich zog all die Sachen aus, die aus mir mein männliches Alter Ego machten, und verstaute sie zuunterst in der großen Truhe neben meinem Frisiertisch.

Dann hielt ich einen Moment inne. Ich war mir sicher, dass Padre Cristóbal nicht das gemeint hatte, als er mich eindringlich gemahnt hatte, am Scheideweg den Schritten des Herrn zu folgen. Ich war überzeugt, irgendwann, eher früher als später, würde ich für all den Lug und Trug einen Preis bezahlen. Aber an dem Juliabend, an dem ich den warmen Wind der Stadt noch wie eine flüchtige Erinnerung auf meinen Wangen und für einen Moment einen Hauch von Ewigkeit spürte, war mir das egal. Ich kämmte mein zerzaustes Haar, zog mein Nachthemd an und bereitete mich auf die schwerste Rolle von allen vor: wieder ich selbst zu sein.

***

Die letzten Monate des Jahres 1922 vergingen rasend schnell. Nach dem Besuch Pedro Liébanas in der Redaktion und bei Don Ernesto zu Hause kehrte erst einmal Ruhe ein. Wir schrieben uns regelmäßig, wie zuvor auch schon, aber jetzt glaubte er mir, wenn ich ihm versicherte, dass ich demnächst vorbeikäme. Und das tat ich auch bei zwei weiteren Gelegenheiten. Bei meinem ersten Auftritt als Mann hatte ich festgestellt, dass die Verkleidung große Vorteile mit sich brachte. Einerseits sicherte sie meine Tätigkeit bei der Zeitung, andererseits konnte ich so an Informationen kommen, zu denen ich als Elisa keinen Zugang gehabt hätte.

Das war der Fall, als Ende Oktober General Barrera, damals Staatssekretär im Kriegsministerium, vor die Presse trat, um zu den brennendsten Themen Rede und Antwort zu stehen. Die Fragen der Journalisten bezogen sich auf die Planänderungen bei den Manövern im Rifkrieg und vieles mehr.

Die Zeitungen waren voll mit Berichten über militärische Fragen, es war zur fixen Idee geworden, herausfinden zu wollen, was in dem einst so angesehenen Heer vor sich ging. Die Bemerkung von Morales, dass ich, Elisa, auf keinen Fall teilnehmen könnte, trieb mich dazu, in den Anzug zu schlüpfen und mich ins Ministerium zu begeben. Doch an dem Morgen erlebte ich mit eigenen Augen die schier grenzenlose Fähigkeit der Politiker, unbequemen Fragen auszuweichen und den Bürgervertretern im Saal schamlos vorzulügen, man könne zu alldem »absolut nichts sagen«. Barrera sprach in groben Zügen über die Truppenbewegung von Sevilla nach Ceuta in Nordafrika und über die Rückführung von zwanzigtausend Soldaten, aber damit hätte man lediglich ein paar Zeilen füllen können.

Die Mehrzahl der Journalisten erwähnte die Fragestunde nicht einmal, aber ich entschied mich dafür, einen kritischen Artikel zu schreiben, selbstverständlich gemäßigt und im konservativen Stil von *El Demócrata*. Es war nicht mein bester Artikel, aber mich unter Journalisten zu bewegen, die über Kriegsthemen berichteten, und auf Augenhöhe mit ihnen zu diskutieren, war eine der bewegendsten Erfahrungen der letzten Monate. Und so bekamen Liébanas Artikel einen Auftrieb, den ich mir in meinen kühnsten Träumen nicht ausgemalt hätte.

Die Tatsache, dass der Terminkalender meiner Tante einer First Lady würdig gewesen wäre, erleichterte mir den Rollenwechsel. Die Einsamkeit, über die ich mich immer beklagt hatte, war jetzt mein Passierschein, meine Pläne unbemerkt umzusetzen. Nur vor Pilar musste ich auf der Hut sein.

Andererseits fühlte ich mich in der Gesellschaft von Catalina und Agnes immer wohler. Unsere Treffen im Wohnheim oder im Café, bei denen wir über Gott und die Welt sprachen, waren für mich wie Medizin. Von ihnen fühlte ich mich verstanden. Ihr Studium war für mich ein

Fenster zu Wissen und Erkenntnis, sie gaben mir exzellente Lektüreempfehlungen.

Dazu kamen die unzähligen Geschichten aus dem karminrot geschminkten Mund von Agnes, die mir einen Einblick in ein anderes Land, eine andere Gesellschaft, ein anderes Universum eröffneten. Ich war verblüfft, dass sie eine fundierte Meinung zu so schwierigen Themen wie dem Großen Krieg oder der von Präsident Warren Harding vertretenen Politik der Nichteinmischung hatte. Sie präsentierte sie mit einem Lächeln, zog zwischendurch an der vornehmen Zigarettenspitze und unterstrich ihre Schlussfolgerungen mit den Händen, die meist in feinen Handschuhen steckten.

Catalina war förmlich verzückt von ihr. Ich kann nicht abstreiten, dass auch ich ihrem Charisma erlegen war, doch die beiden verband eine innige Freundschaft. Vielleicht weil sie sich auf allen Ebenen verstanden, denn sie waren einander intellektuell ebenbürtig, kämpften im Verborgenen und strebten unermüdlich danach, die Meere der Zukunft zu befahren. Sie träumten beide davon, nach Afrika, Lateinamerika und sogar nach Asien zu reisen. Das war absolut unvorstellbar! Francisco lachte, wenn ich ihm von der ein oder anderen Idee der beiden erzählte.

»Es ist bezaubernd zu sehen, wie du all diese Orte in deinen Kopf bereist, Liebes«, sagte er.

Benedetta wurde mit Agnes nicht warm. Zudem hatte sie eine Reihe von Verpflichtungen mit ihrer Stiefmutter, ihrem Vater und dem kleinen Nicola. Auch wenn sie die Rebellion gegen ihren Vater peu à peu eingestellt hatte, verhielt sie sich ihm gegenüber immer abweisender. Und dabei wusste sie noch nicht einmal von dessen Plänen, sie mit einem Mann seiner Wahl zu verheiraten.

Abgelenkt, wie wir waren, bekamen wir gar nicht mit, wie der Dezember 1922 Einzug hielt. Und damit kam der Tag des Rücktritts von Ministerpräsident José Sánchez-Guerra, dem Nachfolger von Antonio Maura, nach beschämenden Szenen im Parlamentssaal, in dem es von allen Seiten Beleidigungen und Beschuldigungen hagelte. In der Folge übernahm Manuel García Prieto die Amtsgeschäfte. Wieder brachte der Marokkokrieg die Stabilität der Regierung und damit die des ganzen Landes ins Wanken. Trotzdem bereiteten wir uns auf das bevorstehende Weihnachtsfest vor.

Francisco schwamm auf der Erfolgswelle, denn es war ihm ein bedeutender Vertragsabschluss mit den Engländern gelungen, um die Expansion der Bank in Liverpool und Manchester einzuleiten. Er verbrachte jetzt noch mehr Zeit im Büro zwischen Bergen von Papieren.

Es war der 15. Dezember. Francisco wollte mich zu Hause abholen. Als Pilar mir Bescheid gab, dass es Zeit war, zog ich mir noch einmal die Lippen nach. Das goldgelbe Kleid, das einen Blick auf meine in glänzende Seidenstrümpfe gehüllten Beine gestattete, war ein wahres Meisterwerk von Doña Alicia und ihren Schneiderinnen. Ich richtete mein kurzes Haar und legte die Halskette an. Als ich nach unten kam, stellte ich fest, dass Francisco nicht da war. An seiner Stelle wartete sein Chauffeur auf mich.

»Guten Abend, José Carlos. Sie sind ohne Francisco gekommen?«

»Guten Abend, Señorita Elisa. Don Francisco muss in der Bank noch ein paar Dinge erledigen. Er hat mich angewiesen, Sie dorthin zu bringen. Er will Sie zum Essen ausführen.«

Ich nickte. Pilar half mir in den Pelzmantel, dann folgte ich dem Chauffeur. Er war ein schweigsamer Geselle, und ich fühlte mich unwohl, wenn ich mit ihm allein war. Ich war den gutmütigen Santiago gewöhnt, der alles für mich tat, und wusste nicht, was ich mit José Carlos reden sollte. Also schwieg ich meist und sah aus dem Fenster. Er konzentrierte sich aufs Fahren und blickte hin und wieder in den Rückspiegel, um zu kontrollieren, ob alles in Ordnung war. Am Ziel angekommen, stand er sofort Gewehr bei Fuß, um mir die Tür zu öffnen.

Die Rosales-Bank lag mitten in der Calle Alcalá, neben den Gebäuden anderer namhafter Banken. Das majestätische Gebäude war Anfang des Jahrhunderts eingeweiht worden. Ich schritt über den granatroten Teppich und dann die Treppe hinauf zu den Büros. Im unteren Stockwerk befanden sich die Schalter für den Publikumsverkehr, hier fand das Tagesgeschäft statt. Morgens standen die Leute mit ihren Sparbüchern Schlange, aber jetzt war alles dunkel. Ich ging schnell weiter, denn allein in dem riesigen Raum war es mir unheimlich. Im zweiten Stock war es schon heller, weil in einigen Räumen noch Licht brannte. Wie sich die Bank doch von der Zeitungsredaktion unterschied! Die Schreibtische, die Registrierkassen, die Schreibmaschinen, die Füller auf den Tischen, selbst die Kleiderbügel der Angestellten hatten einen Hauch von Luxus. Ganz anders die Büros von *El Demócrata*, wo das

Wertvollste für die Augen unsichtbar war, weil es in den Köpfen der Redakteure entstand.

Als ich Franciscos Büro am Ende des Flurs fast erreicht hatte, stürmte sein Bruder Luis wütend heraus. Ich blieb stehen.

»Guten Abend, Elisa«, grüßte er und schenkte mir ein Lächeln.

»Guten Abend, Don Luis.«

Franciscos Bruder war etwas älter als er. Von einer Frau an seiner Seite war nichts bekannt, und er hatte wohl auch nicht die Absicht, sich eine zu suchen. Er machte keinen Hehl daraus, dass er die Ehe für eine Institution hielt, die für schwache Männer gedacht war. Don Luis war ein Fuchs, wenn es ums Geschäft ging, bei Verträgen und Vereinbarungen machte ihm keiner was vor. Er hatte nur eine einzige Schwäche: Er war von der Meinung seiner Mutter abhängig.

Ohne weiter nachzudenken, öffnete ich die Tür.

»Was ist denn jetzt noch?«, bellte Francisco wütend.

»Hallo, Liebster, ich bin's, Elisa.«

»Elisa, Liebes! Entschuldige, bitte. Ich dachte, das wäre mein Bruder, dieser Narr. Du siehst bezaubernd aus, wirklich bezaubernd«, sagte er und gab mir einen Kuss.

»Was ist denn passiert?«

»Nichts. Es ist rein geschäftlich. Belaste dich nicht damit.«

Francisco streichelte zärtlich meinen Hals. Ich küsste ihn.

»Warte hier auf mich. Ich komme gleich wieder. Ich muss nur ein paar Dokumente holen. Dann gehen wir essen«, erklärte er.

Franciscos Büro war groß, aber nicht ungemütlich. Die weißen Wände waren mit Bildern herausragender Künstler verziert. Bei einem Gemälde handelte es sich um ein Familienporträt, auf dem man den kleinen Francisco im Alter von zwölf Jahren bewundern konnte. In der Nähe des Fensters stand der Schreibtisch aus Massivholz mit prächtigen Schnitzereien. Dort traf er all die Entscheidungen, die aus ihm den mächtigen Mann machten, der er war. Bei der Tür standen zwei bequeme Sessel mit einem Tischchen dazwischen, auf dem die Tageszeitungen lagen.

»Der Heldenmut eines Arbeiters rettet viele Leben«, las ich auf der Titelseite von *El Globo*.

Aber am meisten hatte es mir die riesige Landkarte angetan, die sich über eine ganze Wand erstreckte. Neugierig stellte ich mich davor und reiste durch alle fünf Kontinente. Francisco hatte mit kleinen Zeichen kenntlich gemacht, wo er schon überall gewesen war. Ich sprang mit dem Finger von einem Punk zum nächsten. Wie nah doch ein Land am anderen lag! Ich reiste durch Frankreich, stattete der Schweiz einen kurzen Besuch ab, danach ging es weiter nach Italien … Moment mal, dort lag Sardinien? Ich betrachtete die längliche Insel und zog mit dem Zeigefinger eine Linie nach Barcelona. Wie naiv waren wir doch als Kinder, als wir uns vorstellten, wir könnten all die vielen Kilometer dorthin schwimmen, ohne zu ertrinken.

»Bist du fertig, Liebes?«

Die Erinnerung hatte mich innerlich aufgewühlt.

»Ja, ja, natürlich. Wir können jederzeit aufbrechen.«

Im Auto nahm Francisco meine Hand und drückte sie fest. Er war stolz und zufrieden. Ich lächelte ihm zu, und er lächelte zurück. Es war nur eine kurze Fahrt. Bei ihm untergehakt, schritt ich die Treppen hinauf, und wir tauchten ein in die elegante Welt des Hotels Palace. Der Jazz hatte seit einer Weile die Bühnen erobert, und zahlreiche Bands unterhielten die Gäste der vornehmen Restaurants mit fröhlichem Blechbläserklang.

Einer der Pagen öffnete uns die Tür zum Medinaceli-Saal, in dem eine ausgelassene Stimmung herrschte. Mein Blick wanderte über die Tische mit den sich angeregt unterhaltenden Gästen. Es waren viele bekannte Gesichter darunter. Mein Herz klopfte, alle sahen mich an, und ich errötete. Das Raunen verebbte. Ich entdeckte meine Tante neben Doña Asunción und Franciscos Bruder, aber auch Benedetta, Catalina, Doña Cristina … Ich sah Francisco fragend an, und seine Antwort war ein strahlendes Lächeln.

»Elisa, Liebes. Wie du unschwer festgestellt haben wirst, habe ich alle Menschen, die uns nahestehen, hier versammelt, damit sie an diesem besonderen Moment teilhaben. Seit Monaten wollte ich bei Doña Manuela um deine Hand anhalten, aber durch die Geschäfte hat sich alles verzögert. Heute möchte ich vor all den Zeugen offiziell unsere Verlobung bekannt geben.«

Er zog einen Goldring mit einem eingefassten Diamanten aus der Tasche seines Jacketts und streifte ihn auf meinen Ringfinger. Ich war überwältigt und brachte kein Wort heraus. Alle fingen an zu klatschen. Gerührt küsste ich Francisco. Ich war überglücklich. Alles drehte sich, aber er stand vor mir wie ein Fels in der Brandung und lächelte.

»Ich verspreche dir, ich werde die beste Frau der Welt sein, Francisco.«

»Davon bin ich überzeugt, Liebling.« Er nahm meine Hand. »Komm, wir wollen die Gäste nicht länger warten lassen.«

Es folgte der übliche Glückwunschreigen. Meine Tante schloss mich in ihre Arme, sie war sichtlich gerührt. Ich spürte zum ersten Mal seit langer Zeit, dass ihre Umarmung und ihre Worte aufrichtig waren, als sie mir sagte, sie sei stolz auf mich. Franciscos Verwandte hießen mich in der Familie willkommen, auch wenn wir noch nicht Mann und Frau waren. Don Ernesto und Doña Cristina bedachten uns mit guten Worten, und alle übrigen Freunde, Bekannte und Verwandte beglückwünschten uns.

Es waren auch unbekannte Gesichter dabei, die ihre Freude über die gute Nachricht bekundeten und mir alles Gute wünschten. Als ich neben meinem Verlobten am Tisch Platz nahm, verspürte ich keinen Hunger mehr. Die Aufregung hatte mir jeglichen Appetit genommen. Freudig sah ich mich um und genoss das Fest zu meinen Ehren. Seit zwei Jahren waren Francisco und ich ein Paar, und auch wenn ich wusste, dass er um meine Hand anhalten würde, hatte ich vor einiger Zeit aufgehört, darauf zu warten. An diesem Abend nun wurden all die Vorstellungen von einem gemeinsamen Leben mit ihm Wirklichkeit. Ich war überzeugt, dass uns eine großartige gemeinsame Zukunft bevorstand und dass ich ihn überzeugen könnte, mir zu erlauben, als Journalistin zu arbeiten, damit ich all die Lügengeschichten um Pedro Liébana hinter mir lassen konnte.

Als der Käsekuchen mit Himbeeren serviert wurde, konnten Catalina und Benedetta sich nicht mehr länger beherrschen und eilten zu mir. Ich war immer noch vollkommen überwältigt.

»Wir freuen uns so für dich, Elisa«, sagte Benedetta.

»Ich bin froh, dass Francisco trotz allem weiß, wie er dich zu behandeln hat«, flüsterte Catalina mir zu.

»Trotz allem?«, fragte ich.

»Hör nicht hin, sie redet nur Unsinn«, sagte Benedetta mit hochrotem Gesicht.

»Benedetta und ihr gutes Benehmen. Wir müssen verschwinden, aber wir wollten uns wenigstens verabschieden. Hab noch einen schönen Abend, Elisa«, meinte Catalina.

»Wann gedenken die Damen wieder an ihren Platz zurückzukehren?«, herrschte Franciscos Mutter meine Freundinnen an.

»Sofort, Madame. Wir sind schon weg.«

»Señorita Folch, ich habe Sie lange nicht gesehen«, sagte meine Tante ohne jede Begeisterung.

»Doña Manuela, wie geht es Ihnen?«

»Ganz ausgezeichnet. Und Ihnen? Sehen Sie noch immer Ihre Berufung darin, Lehrerin zu werden?«

»Ja, das tue ich. Und ich komme meinem Ziel Schritt für Schritt näher.«

»Das ist ja wunderbar …«, meinte meine Tante. »Die junge Dame hier ist Lehrerin«, wandte sie sich dann an Franciscos Mutter.

»Aha«, erwiderte Doña Asunción knapp und musterte meine Freundin von oben bis unten.

»Nicht alle jungen Frauen haben das Glück, einen so

guten und attraktiven Mann zu finden wie Francisco«, sagte meine Tante spitz.

»Tante, bitte«, sagte ich beschämt.

»Keine Sorge, Elisa. Das trifft mich nicht im Geringsten«, entgegnete Catalina. »Vor allem, da es aus dem Mund von zwei Frauen kommt, die bekannt für ihren Sinn für Humor und ihre Menschenfreundlichkeit sind. Grüßen Sie die Männer von mir, die Ihnen so viel Wert und Überlegenheit mir gegenüber verleihen.«

Benedetta wäre beinahe in Ohnmacht gefallen, und mir verschlug es die Sprache. Catalina stolzierte selbstbewusst in ihrem granatroten Samtkleid davon.

»Was für eine unverschämte Person! Kein Benehmen ... Unsere verstorbenen Männer zu verunglimpfen ... Das ist ungeheuerlich!«, zischte Doña Asunción.

»Bitte entschuldigen Sie ihr Verhalten. Bestimmt hat sie sich nur ungeschickt ausgedrückt«, sagte ich, um zu vermitteln.

Benedetta verschwand zwischen den Stuhlreihen, um sich aus dem Schussfeld zu bringen, nachdem die eigentlich Schuldige geflüchtet war. Uns war beiden klar, dass der Satz kein Lapsus gewesen war. Catalina wusste immer genau, was sie sagte. Auch wenn ich nach außen hin ihr Verhalten missbilligte, empfand ich in meinem Inneren eine tiefe Befriedigung, dass sie es diesen beiden verbitterten Krähen gezeigt hatte. Dann verspeiste ich lächelnd ein Stück Torte. Francisco, der im Hintergrund leise mit seinem Bruder weitergestritten hatte, kam an den Tisch zurück und fragte nicht weiter nach, als er die indignierte Miene seiner Mutter sah. Er nahm meine Hand.

»Gefällt er dir?«, fragte er und deutete auf den Ring.

»Er ist wunderschön, Francisco.«

»Er liegt seit Monaten in meinem Büro. Aber es war mir wichtig, dass unsere Verlobung ein unvergessliches Ereignis wird. Ich könnte es nicht ertragen, dich zu enttäuschen.«

»Wirklich? Das heißt, du hast das Ganze seit Langem geplant?«

»Ja, Liebes.«

»Und wie hast du es geschafft, sie alle an einen Tisch zu bekommen?«

»Darüber möchte ich lieber schweigen. Nimm der Überraschung nicht ihren Zauber, mein Schatz«, erwiderte er, während er aufstand und mir die Hand entgegenstreckte. »Wollen wir tanzen?«

Ich nickte und folgte ihm auf die Tanzfläche. Das Orchester machte sich bereit, und es ertönten die ersten Klänge einer bekannten Melodie: Tschaikowskis Blumenwalzer. Dazu hatten wir zum ersten Mal auf der Hochzeit von Giancarlo de Lucca und Carmen Bernardo getanzt. Anmutig bewegten wir uns unter den Kommentaren der Anwesenden im Rhythmus der Musik. Nach den ersten Takten schlossen sich uns andere Paare an, sodass wir in der tanzenden Menge wieder einen Moment der Zweisamkeit fanden.

»Ich würde dich am liebsten gleich morgen heiraten, Liebes«, sagte er, und sein Blick wanderte zärtlich über mein Gesicht.

»Dann lass es uns tun. Wer sollte uns daran hindern? Pilar hat mir erzählt, ihre beste Freundin habe ihre große

Liebe von jetzt auf gleich geheiratet. Sie sind zum Pfarrer der Familie gegangen, und der hat sie getraut«, erzählte ich begeistert.

»Das liebe ich so an dir. Du erzählst all die Geschichten so lebendig.«

»Ist das nicht romantisch? So verrückt können nur Verliebte sein!«

»Ach, Elisa, Elisa … Natürlich ist das eine hübsche Geschichte. Aber ich kenne dich gut und weiß, du würdest es mir nie verzeihen, wenn wir nicht die schönste Hochzeit der Stadt feiern würden. Du kannst nach Lust und Laune alles auswählen, sogar die Farbe der Knöpfe der Bedienungen.«

»Du bist sehr großzügig, Francisco.« Ich lächelte.

»Für dich, Elisa, ist mir nichts zu teuer. Und das soll sich auch in unserer Hochzeit ausdrücken.«

»Ich träume schon davon … Aber wir müssen erst noch ein Datum festlegen.«

»Bald. Ich fände es schön, wenn die Hochzeit im Frühling stattfinden würde«, erwiderte er.

»In diesem? Da reicht aber die Zeit nicht für all die Vorbereitungen.«

»Nein, Liebes, auf jeden Fall erst im nächsten Frühjahr. Aber wir sollten den Termin mit meiner Mutter und deiner Tante abstimmen. Sie sind ein wichtiger Teil der Feier, und ich möchte nicht, dass sie sich ausgeschlossen fühlen.«

Der Gedanke an die beiden ließ das Lächeln aus meinem Gesicht verschwinden. »Ja, Liebster. Das verstehe ich. Wir werden es zuerst mit ihnen besprechen.«

Wir drehten uns weiter im Walzerrhythmus durch den Saal. Vor den großen Fenstern konnte ich ein wenig von der Dezembernacht draußen erhaschen. Es war kalt, und die Menschen waren dick eingemummelt. Nach und nach verschwanden die Autos und Kutschen. Wäre ich an dem Abend Pedro Liébana gewesen, hätte ich eine andere Rolle gespielt. Ich wäre der nächtliche Flaneur, der auf der anderen Seite der Scheibe der Kälte trotzend die Straße überquert und darüber nachdenkt, mit welcher neuen Nachricht Madrid als Nächstes aufwachen wird.

Doch dieser Flaneur merkt auf einmal, dass er nicht allein ist. Jemand verfolgt ihn.

***

Das Jahr 1923 hatte gerade begonnen. Am Vorabend hatten wir, wie es der Tradition entsprach, um Mitternacht zwölf Trauben gegessen – bei jedem Glockenschlag eine – und Sekt getrunken, ohne zu wissen, dass dies ein Wendepunkt in unserem Leben sein würde.

Ich trat an den Frisiertisch und sprühte etwas Parfüm auf meinen Hals. Francisco hatte es mir zu Weihnachten geschenkt. Ich ging in die Bibliothek, einen meiner Lieblingsorte im Haus meiner Tante. Sie betrat ihn so gut wie nie. Warum, wusste ich nicht. Ich nehme an, dass sie ihr Arbeitszimmer bevorzugte, das kleiner und weit weg von allem war. Ich aber liebte die Bibliothek und war jedes Mal ergriffen von all dem in den Regalen und Vitrinen verborgenen Wissen. Und ebenso von der Tatsache, dass all diese Bücher nur von jemandem mit großer Hingabe und Leidenschaft gesammelt worden sein konnten.

Unter den interessanten Gegenständen, die dort aufbewahrt wurden, befand sich neben der alten Schreibmaschine meines verstorbenen Onkels auch ein uralter Kompass, mit dem, wie Pilar mir erzählte, sein Urgroßvater mit seinem Schiff nach Kuba gesegelt war. Ein Fernglas aus massiver Bronze war der Blickfang in einer Vitrine voller Bücher.

Ich setzte mich auf die Chaiselongue und öffnete einen Gedichtband von Antonio Machado mit dem Titel *Soledades. Galerías. Otros poemas* – eine Empfehlung von Catalina und Agnes. Es war eine neue Ausgabe, an die Catalina dank eines Universitätsprofessors gekommen war. Ich mochte es, über die leicht rauen, frisch gedruckten Seiten zu streichen, während die abgegriffenen Seiten der Bücher in den Regalen einen eher muffigen Geruch ausströmten. Der welke Duft sprach wortlos von der Vergangenheit und kroch mit jedem Atemzug tiefer in jeden hinein, der sich in dem Raum aufhielt. Manchmal blickte ich auf und dachte darüber nach, ob das Gefühl, dass jemand Pedro Liébana beobachtete, begründet war oder nur meiner Fantasie entsprungen.

Das Ganze hatte sich an dem Abend zugetragen, als ich mich von der Zeitungsredaktion auf den Weg zum Parlamentsgebäude gemacht hatte, um etwas zu recherchieren. Es war kurz nach Allerheiligen. Hätte ich nicht die Umrisse einer menschlichen Gestalt in einem in der Carrera de San Jerónimo abgestellten Auto gesehen, hätte ich geschworen, ein Geist sei in der Welt der Lebenden zurückgeblieben, um mich an dem Morgen zu plagen.

»Elisa, Kleines, ich wusste nicht, dass du hier bist«, sagte Pilar, als sie mich in der Bibliothek vorfand.

»Guten Tag, Pilar. Ja, ich lese ein wenig«, erwiderte ich und fuhr mit der Hand wieder über die rauen Seiten mit den wunderbaren Versen.

»Frierst du denn nicht? Meine Güte, dieses Zimmer ist immer eiskalt. Wenn du willst, bringe ich dir eine Decke.«

»Vielen Dank, Pilar, aber es ist gut so. Die Kälte macht mir nichts aus.«

»Nun ja, wie du meinst … Aber wenn dir doch kalt wird, meldest du dich.«

Und dann begann sie, wie jeden Tag, die Bibliothek abzustauben. Sie trällerte irgendein Lied, das ich nicht kannte, und ich erinnerte mich an ihre großartige Darbietung, als ich mich als Pedro Liébana verkleidet davonschleichen wollte. Ich schmunzelte insgeheim.

»Pilar, darf ich Sie etwas fragen?«

»Natürlich, mein Kind. Wann hätte ich dir das je verwehrt?«, erwiderte sie, ohne ihre Arbeit zu unterbrechen.

»Immer wenn ich diesen Raum betrete, frage ich mich, warum er so leer und verlassen ist. Es sind so viele Bücher hier … eine Art literarischer Tempel, der vollkommen zu Unrecht keine Beachtung findet. Finden Sie nicht?«

»Da stimme ich völlig mit dir überein, Elisa. Es gab eine Zeit, da war das ein sehr angenehmer Ort. Doña Manuela hat Stunden hier verbracht. Sie saß da, wie du jetzt, und reiste in Welten, von denen nur sie allein wusste.«

»Und was ist geschehen? Wenn sie sich früher hier wohlgefühlt hat, warum kommt sie dann jetzt nicht mehr her?«

»Das sind Geschichten aus der Vergangenheit, Kleines. Das Leben führt uns in einem bestimmten Moment auf einen Weg und manchmal auch wieder von ihm fort.«

»Ich bin sicher, meine Tante hat mehr Wege beschritten, als sie zugibt. Und eines Tages werde ich dahinterkommen, was sie verbirgt«, sagte ich in Erinnerung an die seltsame Geschichte mit der Nachricht, die Santiago gefunden hatte.

»Ach, Elisa. Jetzt reim dir mal keinen Unsinn zusammen«, bat Pilar, der mein detektivisches Interesse Sorge bereitete.

»Sie kennen sie seit vielen Jahren, nicht wahr?«

»Ja. Fünfunddreißig, um genau zu sein. Ich erinnere mich noch, als sie und Don Roberto zum ersten Mal dieses Haus betreten haben. Sie waren frisch verheiratet und kannten einander kaum. Es war schön mit anzusehen, wie sie sich mit der Zeit ineinander verliebt haben.«

»War sie genauso distanziert wie jetzt? Es fällt mir schwer, mir vorzustellen, dass sich ein Mann in eine derart gefühlskalte Frau verliebt.«

»Geh nicht so hart mit ihr ins Gericht, Elisa. Doña Manuela hat kein leichtes Leben gehabt. Manche Menschen trotzen dem Schicksal, indem sie sich ihr sonniges Gemüt bewahren, andere stumpfen ab und haben nicht mehr den Mut, in die Vergangenheit zurückzublicken.«

»Das heißt, sie war nicht immer so?«

»Nein … Sie war eine sehr energische junge Frau. Alles, was du hier siehst, jedes einzelne Möbelstück, hat sie selbst ausgesucht. Don Roberto gefiel es, ihr dabei zuzusehen, wie sie das gemeinsame Heim ausstattete. Manchmal erinnerst du mich an sie, wie sie damals nach Madrid kam. Sie hat auch gern gelesen und alles um sich herum beobachtet. Aber dann, du weißt ja, ist Don Roberto sehr früh von uns gegangen …«

»Ja, das weiß ich … Es muss schlimm gewesen sein, den Mann zu verlieren. Ich würde sterben, wenn Francisco etwas zustieße.«

»Es war entsetzlich. Wenn sie wenigstens Kinder gehabt hätten. Aber das hat Gott nicht gewollt.«

»Merkwürdig. Sie war doch noch jung.«

»Ja, das war sie. Aber sie ist nur einmal schwanger geworden und hat das Kind nach wenigen Monaten verloren. Es war eine Tragödie.«

Ich wurde leichenblass. Ich hatte ja keine Ahnung, was meine Tante alles mitgemacht hatte. Das erklärte natürlich so einiges, aber manche Dinge brachte ich nicht zusammen.

»Davon hat sie mir nie erzählt …«, sagte ich.

»Natürlich nicht. Und ich weiß nicht, warum ich es getan habe. Es geht mich ja gar nichts an, und eigentlich ist es ihre Sache, mit dir darüber zu reden. Aber ich habe es dir erzählt, damit du deine Tante besser verstehst. Sie ist nicht ohne Grund so, wie sie ist.«

***

An den folgenden Tagen gab ich mir große Mühe, meiner Tante mehr Verständnis entgegenzubringen und ihr Verhalten als Konsequenz eines vom Unglück geprägten Lebens zu betrachten. Zweifellos war sie, seit ich den Verlobungsring am Finger trug, zu mir freundlicher denn je, aber sie hatte immer noch diese verächtliche Haltung mir gegenüber, die mich so wütend machte.

Franciscos Mutter und sie behandelten mich wie ein Kind. Ihrer Ansicht nach war ich unfähig, eigene Entscheidungen zu treffen, schon gar nicht, wenn es sich um die Hochzeit handelte. Das Gespräch, bei dem es nur um die Festlegung des Datums ging, war in Wahrheit ein abgekartetes Spiel, bei dem ich von vornherein auf verlorenem Posten stand. Beide waren der Ansicht, wir sollten im Mai 1924 heiraten, was auch in Franciscos Sinne war, aber mir kam die Zeit bis dahin wie eine Ewigkeit vor. Mein Vorschlag war, die letzten Schönwettertage zu nutzen und im September zu heiraten.

»Im September? Was für eine Schnapsidee«, fuhr mich Doña Asunción an.

»Ich finde, Mai ist ein guter Monat. Wenn alles blüht …«, meinte meine Tante.

»Aber das ist ja noch mehr als ein Jahr hin! Möchtest du denn nicht, dass wir so schnell wie möglich Mann und Frau werden, Tante?«, warf ich mutig ein.

»Wenn ihr euch wirklich liebt, vergeht ein Jahr wie im Flug. Nur weil du diesen Ring trägst, hast du nicht per se irgendwelche Rechte, junge Dame. Wenn man zu dieser Familie gehören will, muss man sich jeden Tag aufs Neue beweisen«, erklärte Doña Asunción.

Den Finger in die offene Wunde zu legen war Doña Asuncións Spezialität. Sie war überzeugt, dass ich ihren Sohn nicht liebte, dass ich nur hinter seinem Geld her war, um meine gesellschaftliche Position zu verbessern. Und ihre Haltung ließ manchmal Zweifel in mir aufkommen, ob Francisco nicht dasselbe dachte.

Das war vollkommen abwegig, denn meine Tante besaß eines der größten Vermögen von Madrid. Ihr Mann war früh gestorben, aber seine Geschäfte hatte er wohlgeordnet hinterlassen. Zumindest behauptete sie das, wenn sie mal wieder betonte, wie großzügig sie sich mir und meinem Schicksal gegenüber gezeigt hatte, indem sie mich bei sich aufwachsen und mir die erforderliche Bildung angedeihen ließ. Also beugte ich mich letztlich dem Zwang, und der Hochzeitstermin wurde auf den Frühling 1924 festgelegt.

Der Hauptgrund, warum ich nicht so lange warten wollte, war die Vorstellung, dass ich noch eine halbe Ewigkeit bei meiner Tante wohnen müsste.

***

Auch wenn mein Terminkalender prall gefüllt war, fand ich immer die Zeit, meinen journalistischen Verpflichtungen nachzukommen. Mit jedem Ausflug als Pedro Liébana wurde ich selbstbewusster. Es war, als hätte ich gelernt, mit seiner Persönlichkeit, seinem Auftreten und seinen Marotten zu verschmelzen. Ich musste noch viel an mir arbeiten, aber die Hosen waren kein Gefängnis mehr, sondern ein Werkzeug, um mir Zutritt zu jedem Ort zu verschaffen, an den ich wollte.

Mein nächstes Ziel war eine Veranstaltung mit dem Bürgermeister von Madrid. Mein *Modus Operandi* bestand darin, erst mal sicherzustellen, dass keiner der anderen

Redakteure darüber berichtete. Dafür hatte ich meine Ohren gespitzt, während ich Papiere ordnete oder Belege für Señor Villarroy zusammenrechnete. Mit höchster Konzentration verfolgte ich die Verteilung der Themen auf der gemeinsamen Sitzung mit Don Ernesto. Heimlich schrieb ich mir auf, welche Themen durchs Raster gefallen waren, mir aber als Ausgangspunkt für einen Artikel dienen könnten. Wann immer es mir möglich war und notwendig erschien, dachte ich mir irgendeinen Vorwand wegen der Hochzeit aus oder schützte eine typisch weibliche Unpässlichkeit vor, um nach Hause zu eilen und als Pedro Liébana verkleidet zu den Sitzungen zu erscheinen. Manchmal recherchierte ich auch auf eigene Faust im Fundus der Biblioteca Nacional und schrieb Kommentare und Kritiken, die von den treuen Lesern des *Demócrata* gelesen wurden.

Auch am Montagmorgen, dem 22. Januar, wandte ich diese Strategie an. Von meinem Schreibtisch aus hörte ich zu, was in der morgendlichen Sitzung besprochen wurde.

»Also, wer zum Teufel, sagen Sie, wurde von der Bahn erfasst?«, fragte Don Ernesto.

»Ein Kaplan, Don Ernesto«, erklärte Fernández, überzeugt, dass dies eine Schlagzeile wert war. »Die Leute überqueren einfach die Straße und schauen nicht nach rechts und nach links.«

»›Priester von Bahn überrollt‹, das soll der Aufmacher des morgigen Tages sein? Das ist ja wohl nicht Ihr Ernst!«

»So hört es sich natürlich nach nichts an, Don Ernesto«, beklagte sich Fernández.

»Gehen Sie mir aus den Augen, und kommen Sie erst

wieder, wenn Sie etwas haben, das es wert ist, gelesen zu werden! Der Nächste. Morales, was haben Sie?«

»Simón wird mir helfen, die neuen Informationen der Presseagentur über die Besetzung des Ruhrgebiets zu übertragen. Und ich will noch sehen, ob ich noch etwas über die Senkung des Brotpreises in Erfahrung bringen kann.«

»Sehen Sie, Fernández, das nenne ich effizientes Arbeiten, solche Ideen sind ihre Bezahlung wert. In Ordnung, Morales. Simón soll Sie begleiten. Ab nächsten Monat soll er auch in den Außendienst. Wir brauchen mehr Geschichten, wir müssen den Finger mehr am Puls der Zeit haben. Bei den Madrider Zeitungen sind wir immer noch das Schlusslicht, ganz zu schweigen von der nationalen Ebene. Ihr müsst hellwach sein. Und was haben Sie für mich, López?«

»Ich hatte mir notiert, dass heute Abend die Premiere des Großen Amerikanischen Zirkus im Frontón Central stattfindet, aber ich bin immer noch mit den Auseinandersetzungen um das Theater beschäftigt.«

»Kein Thema, López. Sehen Sie zu, dass Sie mit jemandem von der Schauspielergewerkschaft ein Interview bekommen. Der Nächste.«

Ich notierte mir: *Premiere Amerikanischer Zirkus, Gran Kursaal/Frontón Central*. Die Sache war einfacher, als ich dachte, denn Francisco hatte Eintrittskarten für mich und meine Tante organisiert. Durch eine Fügung des Schicksals war der Unternehmer Mariano Sánchez Rexach, einer von Franciscos Kunden, der Initiator der Idee gewesen. Er hatte das Umbauprojekt am Frontón Central gestartet, durch das das als »Gran Kursaal« bekannte Varietétheater abends auch als Zirkusarena genutzt werden konnte. Das Ganze ging unter solcher Eile vonstatten, dass die Premiere verschoben werden musste, weil noch nicht alles für die Vorstellung bereit war. Das hatte die Erwartungen bei den Madrilenen noch gesteigert, und die Vorstellung war restlos ausverkauft. Das Thema konnte von *El Demócrata* nicht einfach übergangen werden. Don Ernesto hatte nicht viel mit Kunst und Theater am Hut, aber Pedro Liébana würde sich darum kümmern, dass in der Mittwochsausgabe über die Premiere berichtet würde.

Ich war sehr gespannt, denn ich war noch nie in einem Zirkus gewesen. Pilar hatte mir erzählt, man würde wilde Tiere bestaunen können und Akrobaten, die alle möglichen Kunststücke in der Luft vollführten. Aber auch kuriose Gestalten mit zwei Köpfen oder deformierten Beinen, die man wie einen Hund oder ein Pferd durch die Manege traben ließ.

»Ich erinnere mich an eine Frau mit Haaren im ganzen Gesicht«, waren ihre Worte gewesen.

Ich hatte ein flaues Gefühl im Magen wie ein kleines Kind.

Die Calle Alcalá mit ihren Lokalen, Salons und Theatern war eine belebte Hauptverkehrsader der Stadt. Ich versuchte, mir im Vorbeifahren alles einzuprägen, um es später in den Artikel einfließen zu lassen. Bald erreichten wir die Calle Tetuán, wo sich das Theater befand. Es war ein beeindruckendes, riesiges Gebäude, das früher für Sportveranstaltungen und dann als Varietétheater benutzt worden war. José Carlos parkte das Auto, und Francisco stieg aus, um sich mit seinem Freund Mariano zu treffen, dem künstlerischen Leiter der Veranstaltung.

»Meine Damen, folgen Sie mir. Wir betreten das Gebäude von der Calle de la Salud aus, damit wir leichter zu unseren Plätzen finden«, sagte er.

Wir folgten ihm und ließen die Menge hinter uns, die uns irritiert nachschaute. Beim Betreten des Gebäudes empfing uns ein beißender Geruch nach Stall und Tierfäkalien. Angewidert hielt sich meine Tante ein Taschentuch vor die Nase, während wir durch den für das Publikum nicht zugänglichen Bereich eilten. Ihr Protest währte nicht lange, denn schon bald gelangten wir auf die Tribüne, die man für die zahlreichen Zuschauer errichtet hatte. Es war eine Art Halbkreis, bestehend aus einer Vielzahl von Sitzreihen, die nach hinten zu anstiegen und vorne und seitlich mit einem Holzgeländer versehen waren. Die Vorausschauenden unter den Zuschauern hatten sich ihren Platz bereits gesichert und warteten darauf, dass die Vorstellung begann. Die Damen plauderten und fächelten sich Luft zu, die Männer rauchten, deuteten auf das ein oder andere Detail und kommentierten den sensationellen Umbau. Sorgsam darauf bedacht, nicht hinzufallen, begaben wir uns zu unseren Plätzen.

Für mich hatte die Vorstellung schon begonnen. Der Strom an Besuchern jedweden Alters und aus unterschiedlichen Schichten war die perfekte Ouvertüre für den Zirkus. Alle möglichen Stoffe schwebten über die Treppen. Man sah vornehme Damen, elegante Herren und junge Männer, die den letzten Céntimo darauf verwendet hatten, ihre Freundinnen zu der Vorstellung einzuladen. Platzanweiser sorgten dafür, dass die Leute den Nachfolgenden nicht den Weg versperrten. Es war wie eine wohlkoordinierte Choreografie, bei der jeder seine Rolle innehatte. Das Raunen schwoll an, je größer die Menge wurde. Es war wie ein Chor, der die Künstler hinter den Kulissen in den letzten Minuten vor dem großen Auftritt begleitete. Ich stellte mir die Tiere in ihren Käfigen vor, verborgen hinter Mauern, damit das Publikum sich nicht ängstigte. Die Aufregung stieg.

»Guten Abend zusammen«, grüßte uns Doña Concepción, die mit ihrem Gatten Amancio Ballester gerade eingetroffen war.

»Unglaublich! Ich bin überwältigt. So viel Publikum«, meinte sie.

»Ja, Mariano, der das Ganze leitet und initiiert hat, hat mir erzählt, dass die Vorstellung komplett ausverkauft ist. Damit hat selbst er nicht gerechnet«, erzählte Francisco.

»Dann hoffen wir mal, dass die Vorführung hält, was sie verspricht«, sagte Amancio Ballester wenig überzeugt.

»Keine Sorge, Don Amancio. Mariano ist ein guter Freund von mir, und ich vertraue ihm.«

Kurz darauf gesellten sich auch das Ehepaar Salamanca-Trillo und die Gabaldóns zu uns. Wir alle waren sehr gespannt, was die neuartige Show zu bieten hatte.

»Ich habe neulich gelesen, es würde ein bekannter Dompteur auftreten«, sagte Doña Eugenia.

»Vielleicht ist ein Elefant dabei. Ich habe mal einen im Zirkus erlebt. Das war wirklich beeindruckend«, bemerkte Doña María Elena.

»Ein Elefant? Und der soll da hinter der Bühne sein?«, fragte ich.

»Wer weiß? Es ist unglaublich, was die Dompteure zustande bringen«, erwiderte María Elena.

»Es ist unbestreitbar, dass hier baulich Fantastisches geleistet wurde«, meinte Don Amancio anerkennend.

»Ja, eine außergewöhnliche Leistung, in der Tat«, erwiderte meine Tante. »Übrigens, wo sind denn Don Ernesto und Doña Cristina?«

»Sie wollten auch kommen«, erwiderte Don Tomás.

Wir alle blickten suchend in die Menge. Aber sosehr ich mich auch anstrengte, ich konnte sie nirgends entdecken.

»Wartet, da kommt Don Ernesto. Aber ohne Doña Cristina. Wer ist denn da an seiner Seite?«, meinte Don Tomás, der offenbar Adleraugen hatte.

Rasch erkannte auch ich die sich nähernde Gestalt zwischen all den Hüten und Gesichtern. Doña Cristina war in der Tat nicht dabei. Er unterhielt sich mit einem ernst dreinblickenden Mann. Er war vollkommen vertieft in das Gespräch und machte keine Anstalten, uns seinen Begleiter vorzustellen.

»Guten Abend, meine lieben Freunde«, grüßte er schließlich.

»Guten Abend, Don Ernesto. Wo haben Sie denn Ihre Frau gelassen?«, fragte Doña Eugenia neugierig.

»Meine liebe Frau fühlt sich nicht wohl, sie lässt sich entschuldigen. Sie ruht sich zu Hause aus. Aber der Zufall will es, dass ich heute Nachmittag angenehmen Besuch bekommen habe. Ich habe ihn eingeladen, sich uns anzuschließen. Darf ich Ihnen Olivier Pascal vorstellen? Er ist Journalist bei *Le Figaro* in Paris.«

»Angenehm, Señor Pascal«, antworteten wir im Chor, überrascht von dem unbekannten Gast.

»Es ist mir eine große Freude, Ihnen heute Abend Gesellschaft leisten zu dürfen«, erwiderte der freundlich.

Sein Spanisch war perfekt, er hatte nur einen ganz leichten französischen Akzent, der kaum auffiel.

»Señor Pascal ist gerade nach Madrid gekommen, und auf Empfehlung seines Chefs beim Figaro, Robert de Flers, ist er zu *El Demócrata* gekommen, um sich ein wenig in der Redaktion umzuschauen. Ich kann kaum glauben, dass ich Señor de Flers schon über neun Jahre nicht gesehen habe. Aber wir haben uns immer auf dem Laufenden gehalten, wie es mit uns weitergegangen ist. Und es freut mich, dass unsere Bekanntschaft nun dazu führt, so ein vielversprechendes junges Talent wie Sie kennenlernen zu dürfen«, erklärte Don Ernesto und klopfte ihm auf die Schulter.

»Wie interessant. Dann heiße ich Sie herzlich willkommen in Madrid, Señor Pascal«, sagte Francisco.

»Waren Sie schon einmal hier?«, wollte Don Tomás wissen.

»Nein. Ich bin zum ersten Mal in Madrid«, erwiderte er.

»Sie werden begeistert sein. Es ist keine einfache Stadt, die Gegensätze hier sind pittoresk, aber auch verstörend. Obwohl, wenn Sie aus Paris kommen, dürfte Sie nichts mehr überraschen«, meinte María Elena.

Señor Pascal nickte nur freundlich.

»Wie lange möchten Sie denn bleiben?«, fragte Francisco.

»Man hat mich als Korrespondent hierherversetzt. Im Prinzip für ein paar Monate, aber das hängt vom Informationsbedarf der Zeitung ab. Sie wissen ja, das Los des Journalisten.«

Das Licht wurde gedimmt, das Zeichen, Platz zu nehmen und die Aufmerksamkeit auf die Bühne zu lenken. Ein großer Scheinwerfer war auf das Orchester der neuen Spielstätte gerichtet, die an ein griechisches Amphitheater erinnerte. Der Zeremonienmeister betrat die Arena und bedankte sich für unser Kommen an diesem besonderen Tag. Während er sprach, warf ich noch einmal einen Blick auf den jungen Franzosen. Er hatte exzellent frisiertes hellbraunes Haar und schaute konzentriert auf die Bühne. Aber als er merkte, dass er beobachtet wurde, blickte er kurz in meine Richtung. Ich versteckte mich hinter meiner Tante, die neben mir saß.

Bald kamen die ersten Artisten herein und unterhielten uns mit unglaublichen Kunststücken. Der Zirkus war ein Kaleidoskop skurriler Gestalten. Zunächst betrat *La troupe Junetros* die Bühne und vollbrachte einen halsbrecherischen Balanceakt auf Stelzen. Danach folgten *Les Pomi*, ein Artistenduo, das aus einer riesigen Frau und einem Trapezkünstler bestand. Sie wurden gefolgt von den *Garay-Schwestern* mit einer Flamenconummer, dem beeindruckenden *Ripeis*, der auf dem Hochseil Fahrrad fuhr, und der dänischen Sprungtruppe *Oli Asgards*. Ich konnte nicht fassen, wie sie es schafften, die Gesetze der Schwerkraft zu überwinden und durch die Luft zu wirbeln. Ihre Körper malten im Walzertakt unbeschreibliche Formen in die Luft, und dabei hielten sie die ganze Zeit das

Gleichgewicht. Seile, Hände oder Schultern eines anderen Akrobaten waren die einzige Stütze, die die Künstler hatten, um die meisterlichen Luftsprünge und Saltos zu vollführen.

Die Artisten schienen magische Kräfte zu besitzen, bewegten sich geschmeidig, schwungvoll und ohne Furcht abzustürzen, bis sie irgendwann in die Welt der physikalischen Gesetze zurückkehrten. Bei jeder Bewegung fieberte das Publikum ängstlich mit und tauchte ein in die Welt, in der man sich keinen Fehltritt erlauben durfte. Doch für die Artisten war es kein Triumph, sicher auf dem Boden zu landen, es war für sie ganz normal – das Ergebnis harten Trainings, das mit tosendem Applaus belohnt wurde.

Als Gegenpol zu der Anspannung gab es die Clowns. Sie schnitten Grimassen, fielen auf den Boden und stellten pantomimisch Szenen dar, in denen sie die verrücktesten Sachen machten. Francisco kam aus dem Lachen gar nicht mehr heraus. Mich faszinierte jedoch am meisten der sensationelle Auftritt des Dompteurs *Fortunio*. Er nahm es allein mit vier wilden Löwen auf.

Was in freier Wildbahn glatter Selbstmord gewesen wäre, wurde in der Arena zu einem perfekten Schauspiel. Es gelang ihm, die Tiere so für sich einzunehmen, dass sie bereitwillig taten, was er von ihnen verlangte. Die Löwen vollführten Drehungen und Kunststücke, sie wirkten nicht länger wild und gefährlich. Der gekonnte Auftritt bewies, warum sie völlig zu Recht die »Könige des Tierreichs« genannt werden. Die hypnotisierende Kraft des Dompteurs überwand die Gesetze der Natur. Es grenzte an Zauberei. Ich applaudierte frenetisch. »Unglaublich«, dachte ich bei mir.

Als sich die Vorstellung ihrem Ende zuneigte, kam ich zu dem Schluss, dass der Zirkus ein Fest der Grenzen war, ein Infragestellen der Regeln, ein Weckruf, dass nichts so war, wie es in der realen Welt erschien. Zwerge wie Kobolde; Frauen, größer als Riesen; Artisten, die ihre Gelenke auf unvorstellbare Weise verbiegen können; Tiere, deren natürlicher Impuls der Angriff ist, lassen sich auf einen abenteuerlichen Tanz ein. Das alles war eine verkehrte Welt, eine auf die denkbar schönste Weise dargebotene Hymne auf das Anormale.

Ich war hingerissen von der Aufführung. Nicht so meine Tante, die das Ganze für »ein Werk des Teufels« hielt. Während der Vorstellung war ihr Fächer ein paarmal als Zeichen ihrer Missbilligung auf und ab geflattert. Vorsichtig stiegen wir die Tribüne hinab zum Ausgang. Francisco ging zu seinem Freund und gratulierte ihm zu der umwerfenden Vorstellung. »Sie können jederzeit wiederkommen«, sagte er, an uns alle gewandt. Doña María Elena und Doña Eugenia sprachen voller Bewunderung über die Pirouetten und konnten nicht fassen, wie man solche Drehungen vollführen kann, ohne dabei tot umzufallen.

Die Männer unterhielten sich angeregt, wobei die obligatorische Zigarre nicht fehlen durfte. Ich erinnerte mich an den Geschmack in meiner Kehle, als ich in meiner Rolle als Pedro Liébana gezwungen war, eine zu rauchen. Als wir zu den Autos kamen, verabschiedeten wir uns mit dem Versprechen, uns in den nächsten Tagen wiederzutreffen.

»Soll ich Sie zu Ihrer Unterkunft bringen, Señor Pascal?«, fragte Don Ernesto.

»Machen Sie sich keine Umstände. Ich gehe zu Fuß. Ein Spaziergang wird mir guttun, und so lerne ich gleich ein paar Straßen von Madrid kennen.«

»Gut, wie Sie wünschen.«

»Ich werde noch erfrieren«, jammerte meine Tante. Wir warteten auf Francisco, der sich mit Don Mariano weiter über Geschäftliches unterhielt.

Als er zu uns stieß, war Señor Pascal bereits im Aufbruch. Er dankte uns höflich für den netten Abend und machte sich auf den Weg. Ich sah ihm nach, wie er die Straße entlangschlenderte. Für einen Moment schwebte noch etwas von seiner Aura in der Luft. Seine Gesellschaft war mir durchaus angenehm gewesen, weil er so anders war als all die Menschen, die ich kannte. Aber die Bekanntschaft zwischen ihm als Pedro Liébanas möglichem Konkurrenten und Don Ernesto war mir naturgemäß suspekt.

»Komm, Kind, wir wollen nicht die Nacht hier verbringen«, rief meine Tante.

»Ja, natürlich, Entschuldigung«, erwiderte ich und stieg rasch ins Auto.

In meinem Zimmer war ich von all den Erlebnissen so aufgewühlt, dass ich im Nachthemd in die Bibliothek huschte und den Artikel niederschrieb, den ich im Kopf bereits verfasst hatte. Ich ließ nichts aus und schilderte die Akrobatik, die Luftsprünge, die ausgelassene Stimmung, die Grimassen der Clowns, die wilden Tiere, den tosenden Applaus und sogar den intensiven Tiergeruch, der durch die Ritzen drang, die die Zirkuswelt von der realen trennten.

Ich beschrieb detailliert die glitzernden Trikots der Künstler, verriet aber nicht zu viel, damit meine Leser sich selbst ein Bild machten und den ehemaligen »Gran Kursaal« aufsuchten. Ich bekam nicht mit, wie die Zeiger der Uhr vorrückten. Erst das Geräusch der Walze bei der letzten Zeile erinnerte mich an die Zeit, weil es sich anhörte wie das Schlagen der Uhr im kleinen Salon. Draußen vor dem Fenster graute schon der Morgen. Ich nahm das Blatt, schlich in mein Zimmer zurück und schlief zufrieden ein.

6

Die wenigen Male, die Señora Idiazábal nicht an ihrem Arbeitsplatz war, hatte ich doppelt so viel zu tun. Dann hörte man den ganzen Tag meinen Namen in der Redaktion:

»Señorita Elisa, bringen Sie uns die Nachricht von der Presseagentur!«; »Señorita Elisa, war die Post schon da?«; »Señorita Elisa, notieren Sie, was wir benötigen, und besorgen Sie es!«; »Señorita Elisa, gehen Sie ans Telefon, Simón ist außer Haus!«; »Señorita Elisa, könnten Sie den Klempner rufen?«; »Señorita Elisa, wir müssen die Buchhaltung durchgehen«; »Señorita Elisa, haben Sie López gesehen?«

Ich hetzte hin und her, weil ich alles gewissenhaft erledigen wollte. Señora Idiazábal war eine eigenwillige Frau, deren Hauptinteresse Männer waren, aber trotzdem vermisste ich sie an solchen Tagen. Nachdem ich alles erledigt, das Büromaterial besorgt und nebenbei noch Morales' abgelaufene Schuhe zum Schuster gebracht hatte, setzte ich mich kurz an meinen Schreibtisch. Wenige Minuten später legte ich Don Ernesto die Artikel zur Genehmigung vor, dann wurde es endlich etwas ruhiger.

»Guten Tag«, grüßte mich jemand von der Tür, die das Sekretariat von der Redaktion trennte.

Es war Señor Pascal, der Journalist von *Le Figaro*.

»Ich wollte Don Ernesto besuchen. Könnten Sie ihm bitte mitteilen, dass ich da bin?«, sagte er.

»Ja, aber Sie müssen kurz warten. Er ist gerade sehr beschäftigt. Nehmen Sie doch bitte Platz«, sagte ich und deutete auf einen Stuhl neben der Tür.

Er nahm den Stuhl in Augenschein und setzte sich, ohne zu murren. Ich tat so, als ob ich damit beschäftigt wäre, Papiere zu ordnen, und beobachtete ihn unauffällig. Sein Haar erschien mir heller als vor drei Tagen im Zirkus, aber es war ebenso akkurat gekämmt. Seine Kleidung war einfach, keine Reverskrägen am Jackett und auch kein Besatz oder irgendwelche Stickereien, aber er wirkte adrett. Seine Schuhe waren blitzblank. Diese tiefblauen Augen … Ich wandte den Blick ab und widmete mich meiner Arbeit. Aus den Augenwinkeln sah ich, wie er eine der Zeitungen von Señora Idiazábals Schreibtisch nahm und sich in sie vertiefte.

Plötzlich blickte er auf und sah mich an. »Dem Artikel über den Zirkus nach zu urteilen möchte ich wetten, dass Pedro Liébana auch bei der Einweihung war. Wie schade, dass ich ihn nicht kennengelernt habe. Don Ernesto hat mir gesagt, er sei der vielversprechendste Redakteur seines Blattes.«

»In der Tat. Er ist ein begnadeter Artikelschreiber«, sagte ich.

»Ja, aber schon sehr speziell, sagt Don Ernesto, finden Sie nicht?«

»Nein, ganz und gar nicht. Er ist sehr beschäftigt, für Formalitäten und die Routine der täglichen Redaktionsarbeit hat er nichts übrig. Ich würde ihn eher als … interessant bezeichnen.«

Señor Pascal nickte, aber sein Gesichtsausdruck verriet, dass er meinen Worten keinen Glauben schenkte.

»Denken Sie, dass Don Ernesto noch lange zu tun hat? Wenn ja, würde ich zu einem anderen Zeitpunkt wiederkommen.«

»Ja, haben Sie noch ein wenig Geduld, er wird sich sicher gleich um Sie kümmern.«

Speziell, das sagte Don Ernesto über mich, Pedro Liébana, sein bestes Pferd im Stall? Ich schwieg und ließ den französischen Schreiberling schmoren. Mein Plan ging auf. Ich konnte beobachten, wie er angesichts der laut und vernehmlich vorrückenden Zeiger der Uhr immer ungeduldiger wurde. Er rutschte auf dem Stuhl hin und her, stand auf, las noch einmal die Zeitung und sah mir bei der Arbeit zu. Ich ordnete meine Unterlagen und tippte ein paar Briefe ab. Innerlich betete ich, er möge das Büro verlassen und nie mehr wiederkommen.

»Elisa, meine Liebe, könntest du …?«, setzte Don Ernesto von der Tür zu seinem Büro aus an. »Señor Pascal! Was für eine Überraschung! Warum sitzen Sie denn da? Treten Sie doch bitte ein!«

»Guten Tag, Don Ernesto. Ihre tüchtige Sekretärin war so umsichtig, dafür zu sorgen, dass ich Sie nicht von der Arbeit abhalte, so beschäftigt, wie Sie heute sind.«

»Ich? Beschäftigt? Unsinn. Für den Freund eines Freundes hat man immer Zeit. Elisa, Liebes, wenn ich sage, ich will nicht gestört werden, dann meine ich die Nichtsnutze da draußen, das gilt natürlich nicht für Señor Pascal.«

»In Ordnung, Don Ernesto. Entschuldigen Sie, Señor Pascal. So weit habe ich nicht gedacht«, erwiderte ich und tat so, als ob alles ein Versehen gewesen wäre.

»Sie müssen nachsichtig mit ihr sein. Heute ist ihre Vorgesetzte, Señora Idiazábal, nicht da. Sie wissen ja, junge Mädchen sind schnell verloren, wenn es ihnen an Führung mangelt«, hörte ich Don Ernesto sagen, während sie im Büro verschwanden.

Wütend ließ ich die Papiere auf den Tisch fallen. Das hatte ich nun mit meiner List erreicht: Ich stand da wie eine unfähige dumme Gans.

Das Gelächter auf der anderen Seite der massiven Holztür irritierte mich. Worüber sprachen sie? Bestimmt über Dinge, über die Don Ernesto mit mir nie reden würde. Pedro Liébana war eine gute Erfindung, aber die Figur hatte auch ihre Einschränkungen, derer ich mir durchaus bewusst war. Zum Beispiel konnte ich mich nicht regelmäßig mit Don Ernesto in seinem Büro zusammensetzen, um mich mit ihm zu unterhalten, ohne Angst haben zu müssen, dass ihm irgendetwas an mir bekannt vorkam. Olivier Pascal musste nur mit seinem Charme und seinem vordergründigen Esprit vorbeikommen, und schon wurde er mit offenen Armen empfangen. Als ich meine Sachen zusammenpackte, um zum Essen nach Hause zu gehen, kamen die beiden lachend und angeregt plaudernd aus dem Büro.

»Dann verbleiben wir so, Señor Pascal. Wir sehen uns in ein paar Tagen«, verabschiedete sich Don Ernesto.

»So machen wir's. Und nochmals danke für Ihre Gastfreundschaft. Bis bald.«

Während er seinen Hut aufsetzte, warf er mir im Vorbeigehen einen Blick zu und sagte: »Es war mir ein Vergnügen, Señorita Elisa. Man sieht sich.«

Das wirkte aufrichtig.

»Bis bald, Señor Pascal«, antwortete ich.

* * *

Wir hatten uns zum Lunch im Teesalon der Confiserie El Riojano in der Calle Mayor getroffen. Agnes Hendersons Aufenthalt in Madrid neigte sich dem Ende zu. Bald würde sie nach Massachusetts zurückkehren, um dort ihr Jurastudium abzuschließen. Die Leckereien aus der Confiserie mochte sie am liebsten. Benedettas Vater war dort Stammgast, weshalb man uns manchmal einen der beiden kleinen Tische reservierte, die Stammgästen vorbehalten waren. Der Besuch der Confiserie war ein Genuss für Augen und Gaumen.

Das kostbare kubanische Mahagoniholz, der Marmor aus Carrara, die Stuckdecken und die prächtigen Lüster machten den Ort zu etwas Besonderem. Es war genau der richtige Rahmen für die süßen Köstlichkeiten, die in den herrlichen Vitrinen und auf Tellern mit Glasdeckel feilgeboten wurden. Der verlockende Geruch von frisch gebackenem Brot und Backwerk aus dem Holzofen ließ jeden Besucher eintauchen in eine Welt köstlicher Aromen. Zu den Verdiensten des Konditors gehörte, dass er spezielle kleine Kuchen zu Ehren von Alfons XIII. erfunden hatte, damit er als Kind während der langen Parlamentssitzungen, an denen er teilnehmen musste, wach blieb.

Agnes biss in das Gebäckstück und ließ sich den Geschmack der Creme auf der Zunge zergehen. Während sie sich die Köstlichkeit schmecken ließ, erzählte sie uns, dass sie sich mit einem Maler traf. Benedetta war geschockt, sie fand das verwerflich. Ich warf Catalina einen Blick zu. Sie verzog keine Miene, als wäre die Nachricht, dass Agnes mit jungen Männern ein intimes Verhältnis unterhielt, das Normalste von der Welt.

»Ich könnte das nicht. Am Ende wirst du noch ungewollt schwanger«, meinte Benedetta.

»Wenn sie nicht vorher aus dem Wohnheim fliegt …«, sagte Catalina.

»Kommt, ihr Lieben, wir leben im Jahr 1923. Viele Frauen probieren verschiedene Männer aus, bevor sie sich für den Richtigen entscheiden. Vielleicht nicht in eurer Welt, aber es kommt häufiger vor, als ihr denkt.«

»Also das ›Viele‹ lässt sich bestimmt leicht widerlegen«, befand ich.

»Und, was macht es schon, wie viele es sind? Es ist nichts Schlechtes daran zu fühlen, zu genießen, sich einem Mann hinzugeben, bis man den Verstand verliert.«

Ihre Worte machten Eindruck auf uns. Sie schwebten zwischen uns, umkreisten uns wie Gespenster, wie Ungeheuer einer neuen Zeit, für die man uns nicht erzogen hatte.

»*Anyway*, ihr verpasst etwas. Und unterdessen werde ich dieses köstliche Gebäck und meinen attraktiven, verrückten Maler genießen.«

Catalina verfolgte gebannt, wie die Gäste am Nachbartisch zahlten. Offensichtlich hatte sie – wie so oft – das Interesse am Gespräch verloren.

»Möchtest du noch Tee, Catalina?«, fragte ich.

»Entschuldige, Elisa. Nein, danke. Alles bestens.«

»Über was hast du nachgedacht? Du warst ja völlig abwesend«, befand Benedetta.

»Ich dachte über das Geld und seinen Wert nach. Ich finde es spannend, wie der schwanken kann, je nach Lage. Heute ist diese Pesete mehr wert, morgen vielleicht weniger ...«, sinnierte sie, während sie eine Münze aus ihrer Geldbörse nahm.

»Blödsinn, Geld hat immer einen bestimmten Wert, Catalina«, widersprach Benedetta.

»Du irrst dich, liebste Freundin. Durch verschiedene Einflüsse kann diese Pesete morgen nur noch die Hälfte oder das Doppelte wert sein. Alles hängt vom Preis des Geldes ab. Vor Kurzem habe ich gelesen, dass das Geld nach dem Krieg in Deutschland durch die Inflation an Wert verloren hat. Laut dem letzten Stand, als der Artikel geschrieben wurde, lag der Wechselkurs bei vierzigtausend Mark für einen Dollar. Könnt ihr euch das vorstellen? Das ist beängstigend ...«, erzählte Catalina.

»Wenn das hier passierte, würden wir alle verrückt. Wir bräuchten riesige Geldbeutel«, malte ich mir aus.

»Dieses Land ist dem Niedergang geweiht. Keiner mit einer so schwachen Währung kann sich je wieder aus der Asche erheben», fügte Agnes hinzu.

»Was auch immer geschieht, ich finde es äußerst beunruhigend, wie unsichtbare Gesetze über unsere materiellen Güter bestimmen. Verschiedene Faktoren spielen zusammen und schaffen neue, nicht vorhersehbare Tatsachen.«

»Ich finde, ihr verschwendet viel zu viele Gedanken an Themen, die gar nichts mit uns zu tun haben. Wen zum Teufel interessiert das denn?«, fragte Benedetta.

»Mich schon«, erwiderte ich.

»Und mich auch«, sagte Catalina behutsam, um unsere Freundin nicht zu verletzen.

»Verzeiht, aber ich ziehe es vor, in Unwissenheit zu leben. «

»Vielleicht lebst du so ruhiger, aber dann hat die Wahrheit in deinem Leben keinen Platz«, warf ich ein, weil Benedetta so halsstarrig war.

»Ich glaube nicht, dass du die geeignete Person bist, um über Lüge und Wahrheit zu sprechen«, erwiderte sie.

Ihre Antwort war berechtigt. Was hätte ich darauf erwidern sollen? Catalina drängte uns, den Streit zu beenden. Nachdem wir noch ein wenig über die Teetassen und die hervorragenden süßen Stückchen geplaudert hatten, machten sich Agnes und Benedetta auf den Weg zu ihren jeweiligen Verpflichtungen. Die Geburt des zweiten Sprösslings der de Luccas stand kurz bevor, und wie schon bei dem kleinen Nicola war Benedetta reizbarer als sonst. Catalina schlug mir vor, noch einen kleinen Spaziergang zu machen, und ich nahm den Vorschlag dankend an.

Wir gingen die Calle Mayor mit ihren vielen Geschäften hinunter zur Puerta del Sol. Ich fand es immer wieder faszinierend, wie dort alles zusammenzufließen schien. Die einander gegenüberstehenden Gebäude bildeten einen weitläufigen Platz, auf dem Straßenbahnen, Autos und Mietkutschen zu einer perfekten Mischung aus Tradition und Moderne verschwammen. Um den Platz herum konnten sich die Bewohner der Stadt in den besten Cafés niederlassen. Dort wachten das Café Universal, das Café de la Montaña oder das Café Imperial über die Passanten, die umherflanierten, die Straße überquerten, auf den nächsten Zug warteten oder über den Pavillon der U-Bahn in der Mitte des Platzes in das andere, unterirdische Madrid herabstiegen. An der Puerta del Sol unterwegs zu sein war nicht ungefährlich, denn man musste allen möglichen Fahrzeugen ausweichen, aber die Mischung aus all den vielen Geräuschen war unvergleichlich.

Wir folgten der Calle de la Montera bis zu einem Platz, der den Blick auf die Baustelle einer weiteren Allee freigab. Es sollte eine Verkehrsader quer durch das Zentrum der Stadt entstehen. Die Gebäude diesseits und jenseits der Prachtstraße überboten sich förmlich darin, welches herrschaftlicher aussah, welches die schönere Dachterrasse, mehr Fenster oder das schönste Balkongeländer hatte – kurz, welches am meisten ins Augen fiel. Das einlullende Stimmgewirr der Passanten vermischte sich mit den Geräuschen der Bauarbeiter mit ihren Hämmern und Spitzhacken. Man sah Gerüste, so weit das Auge reichte, und mit jedem Abriss und jedem Ziegelstein entstand ein neues Madrid, das bürgerlicher, sauberer, eleganter sein würde als die Stadt, die wir kannten. Die Avenida del Conde de Peñalver konnte sich rühmen, die vornehmsten Juweliergeschäfte der Stadt zu beherbergen: Aleixandre,

Perera, Aldao … Dort bestaunten wir regelmäßig die Auslagen mit den erstklassigen Ketten und majestätischen Broschen.

»Und wer ist dieser Olivier Pascal?«, fragte Catalina.

»Ein Journalist vom *Figaro* und der neue Lieblingsredakteur von Don Ernesto.«

»Das ist ja interessant!«, rief sie aus.

»Ich weiß nicht, warum er nach Madrid kommen musste. Und zu allem Überfluss glaube ich vernommen zu haben, dass er für ein paar Monate bleiben will. Ist das zu fassen? Ausgerechnet jetzt, wo Don Ernesto aufgehört hat, unangenehme Fragen zu stellen und Pedro Liébana endlich wertschätzt.«

»Moment mal, Elisa. Was hat der französische Journalist denn mit dir zu tun? Könnt ihr nicht beide für Don Ernesto arbeiten?«

»Ausgeschlossen. Ich hoffe, er bleibt nicht lange. Du müsstest Don Ernesto mal sehen. Er umschmeichelt ihn, lädt ihn ein, für *El Demócrata* zu arbeiten, und stellt ihn all seinen Freunden vor. Heute wird er einen Empfang bei sich zu Hause geben, und wer ist der Ehrengast? Dieser verfluchte Señor Pascal!«

»Ich finde, du interpretierst da zu viel hinein. Es ist doch klar, dass er sich um ihn kümmert und ihn in die Journalistenzirkel einführt. Pedro Liébana gegenüber hat er sich auch als sehr gastfreundschaftlich gezeigt, denk nur an das Abendessen, zu dem er dich eingeladen hat«, merkte Catalina an.

Ich schwieg einen Moment.

»Vielleicht hast du recht.«

»In diesem Fall ja.«

Sie nahm meine Hand und drückte sie, und wir blieben stehen.

»Elisa, lass dir nicht den Verstand vernebeln. Wie du selbst gesagt hast: Nur Vorsicht und harte Arbeit werden dafür sorgen, dass Pedro Liébana der Starjournalist von *El Demócrata* bleibt. Wenn du dich von deiner Eifersucht leiten lässt, wird jemand Auffälligkeiten in deinem Verhalten bemerken, und deine zweite Identität könnte in Gefahr geraten.«

»Verstehe …«

»Also wirst du bei dem heutigen Empfang tief durchatmen und versuchen, Señor Pascal mit Elisas Augen zu sehen und nicht aus der Perspektive von Pedro Liébana. Versprichst du mir das?«

Ich versprach es, obwohl ich wusste, wie schwer es mir fallen würde. Seit Monaten war ich nicht mehr nur Elisa Montero. Auch Pedro Liébana mit seinem Ego, seinen Zweifeln und seinen Ambitionen lebte in mir.

***

Das Fest im Haus der Rodríguez de Aranda war wie immer geprägt von Luxus und Gastfreundschaft. Don Ernesto hatte seine engsten Freunde und Bekannten sowie Herausgeber und Verleger verschiedener Zeitungen eingeladen. Ich ging in Begleitung meiner Tante hin, da Francisco wieder einmal mit seinem Bruder in England weilte. Nachdem uns die freundliche Zofe eingelassen hatte, gesellte sie sich gleich zu Doña Concepción und Doña

María Elena und vergaß, dass ich mitgekommen war. Ich gab der Zofe meinen Mantel und betrat den Salon. Die Gäste standen in Grüppchen zusammen und unterhielten sich über die unterschiedlichsten Themen.

»Elisa, Liebes, entschuldige. Ich muss in der Küche noch ein paar Anweisungen geben. Ernesto ist völlig aus dem Häuschen wegen des Empfangs und des jungen Franzosen. Wir sehen uns später«, sagte Doña Cristina im Vorbeigehen.

»Ja, natürlich. Wir finden schon noch die Zeit, uns in Ruhe zu unterhalten«, versicherte ich ihr.

»Jacinto, bitte, bringen Sie Señorita Elisa etwas zu trinken«, sagte sie zu einem der Kellner in Uniform.

Sofort reichte er mir ein Glas Champagner. Ich nahm einen Schluck und spazierte weiter durch den Salon auf der Suche nach Bekannten. Da entdeckte ich einen auserwählten Kreis, bei dem alle an den Lippen des Ehrengastes hingen. Sie lachten über seine witzigen Bemerkungen und lauschten interessiert den Erzählungen, die er vor dem dankbaren Publikum zum Besten gab. Ich trank noch einen Schluck Champagner.

»Elisa, schön, dass du gekommen bist!«, überfiel mich Benedetta von hinten.

»Benedetta, hast du mich erschreckt!«

»Entschuldige ... Und verzeih mir, was ich vorhin gesagt habe. Ich wollte dich nicht als Lügnerin bezeichnen ... du weißt doch ...«

»Mach dir keine Gedanken. Das trifft es doch. Ich bin eine Lügnerin«, erwiderte ich, den Blick immer noch auf die Gruppe gerichtet.

»Na ja, aber ich denke, dass nicht ausgerechnet ich dir das unter die Nase reiben sollte.«

Benedetta redete munter weiter, sie freute sich, gemeinsam mit ihrem Vater auf dem Empfang zu sein. Es gab nicht viele Gelegenheiten, bei denen sie zu zweit etwas unternahmen. Aber ich konnte mich nicht auf das Gespräch konzentrieren. Ich brannte vor Neugier und musste mich meinem Widersacher nähern. Ich würde schon dafür sorgen, dass der Name Pedro Liébana nicht in Vergessenheit geriet.

Ich hatte Catalina versprochen, dass ich versuchen würde, mein journalistisches Alter Ego zu Hause zu lassen, aber was war dagegen einzuwenden, wenn ich sein Revier markierte und als Señorita Elisa seine Interessen vertrat. Ich fasste Benedetta am Arm, und sie folgte mir irritiert zu dem angeregt diskutierenden Grüppchen. Zu den illustren Teilnehmern zählten neben Don Ernesto, Tomás Salamanca-Trillo und Hernando Gabaldón mit seiner Frau Eugenia der Herausgeber der erst seit ein paar Jahren existierenden Zeitungen *La Voz* und *El Sol*, außerdem der Gründer der Tageszeitung *ABC*, der Präsident des Madrider Presseverbands und Graciano Atienza, ein anerkannter Journalist und Politiker. Es war schon erstaunlich zu sehen, wie die Leute, die täglich gegeneinander um die Aufmerksamkeit der Leser kämpften, auf solchen Festen wie langjährige Verbündete miteinander redeten. Benedetta hatte keine Ahnung, warum wir uns ausgerechnet dorthin begaben, sie folgte mir einfach. Señor Pascal warf uns einen kurzen Blick zu und war für einen Moment abgelenkt, fuhr dann aber in seiner Rede fort.

»Die Lage dort ist angespannt. Viele in Frankreich glauben, dass es eine überstürzte Maßnahme war, bei der es mehr um territoriale Interessen ging als um die Nichteinhaltung des Versailler Vertrags seitens Deutschlands«, erklärte er.

»Und wie lange haben Sie über die Ruhrinvasion berichtet?«, wollte Señor Atienza wissen.

»Nur zehn Tage. Danach war die Zeitung der Ansicht, man müsse die Korrespondentenstellen anders verteilen. Die Informationen aus Spanien als Nachbarland sind wichtig für Frankreich, und man wollte einen Mann des Vertrauens nach Madrid entsenden, der die Nachrichten und Artikel aus erster Hand bekommt. Vor allem, wenn man den Aufruhr um den Krieg in Nordafrika miteinbezieht. Wie es in Marokko weitergeht, ist eine Kernfrage für mein Land, wie Sie verstehen werden.«

»Selbstverständlich. Der Herausgeber Ihrer Zeitung hat eine weise Entscheidung getroffen«, befand Señor Atienza.

»Entschuldigen Sie, dass ich mich einmische, aber stimmt es, dass der frühere Herausgeber Ihrer Zeitung von der Ehefrau eines Ministers getötet wurde?«, fragte Doña Eugenia.

»Ja, in der Tat. Ich habe damals neben dem Studium bei der Zeitung gearbeitet. Es war erschütternd, als Henriette Caillaux auf unseren damaligen Herausgeber geschossen hat.«

»Schrecklich«, meinte Don Tomás.

»Und ist etwas über das Motiv bekannt?«

»Offenbar war eine Reihe von Berichten erschienen, dass ihr Mann, Minister Joseph Caillaux, in Korruptionsgeschichten verwickelt war. Außerdem wurden Liebesbriefe aus der Zeit veröffentlicht, als sie noch seine Geliebte war, und auch Liebesbriefe an seine erste Frau. Aus Wut und Scham hatte Henriette Caillaux beschlossen, demjenigen das Leben zu nehmen, der das alles ans Licht gezerrt hatte.«

»Und was ist passiert? Wurde sie verurteilt?«

»Mitnichten. Sie wurde freigesprochen, weil sie aufgrund der Nachrichten nicht zurechnungsfähig gewesen sein soll. Es gab viele kritische Stimmen, aber mit Ausbruch des Krieges trat das Thema in den Hintergrund. Die Justiz ist eine vertrackte Instanz, wenn sie im Dienste ideologischer Interessen steht.«

»Dann denken Sie also, man hätte sie hinrichten sollen wie Marie Antoinette?«, fragte ich, um ihn in Bedrängnis zu bringen.

»Ich finde, sie hätte für ihre Tat zur Rechenschaft gezogen werden müssen«, erwiderte er.

»Interessant …«

»Das ist ja bei normalen Bürgern auch nicht anders. Wenn man einen Mord begeht, spielt es keine Rolle, ob man Marquis, Bankier oder …«

»Eine Frau ist?«

»Das haben Sie gesagt. Aber das Geschlecht ist kein mildernder Umstand. Zumindest meiner Meinung nach.«

»Ich finde es doch bemerkenswert, dass das Geschlecht je nach Fragestellung mal eine Rolle spielt und mal nicht. Mann und Frau sind gleich vor dem Gesetz, aber in anderen Lebensbereichen nicht«, sagte ich spitz und nippte zufrieden an meinem Champagner.

Die anderen hatten unserem kleinen Wortgefecht beigewohnt, ohne etwas zu sagen. Benedetta versetzte mir einen Ellenbogenstüber, damit ich den Mund hielt.

Man wechselte das Thema, und Señor Pascal erzählte weiter von seinen Reisen. Trotz seiner Jugend war er schon viel herumgekommen und hatte über spannende Themen recherchiert. Er hatte sogar mehrere Monate in Brüssel gelebt. Später stießen meine Tante und Doña Cristina hinzu, die sich entspannte, nachdem die ersten Häppchen serviert wurden. Er erzählte Anekdoten von seinen letzten Tagen in Deutschland während der Ruhrinvasion, über die alle Zeitungen in Spanien seitenweise berichtet hatten. Das Gespräch nahm eine unerwartete Wendung, als Señor Pascal nach Pedro Liébana fragte.

»Ich ging davon aus, dass er heute Abend dabei ist«, gestand er.

»Sie müssen ihn entschuldigen, Señor Liébana ist ein sehr scheuer junger Mann. Ich habe ihn selbst erst ein paarmal getroffen«, erklärte Don Ernesto.

»Ich muss schon sagen, Sie haben eine merkwürdige Beziehung zu Ihren Redakteuren, Don Ernesto«, befand Señor Atienza.

»Ich muss gestehen, er ist ein Sonderfall. Ich würde seine Marotten auf keinen Fall tolerieren, wenn er nicht so exzellente Artikel schreiben würde. Er lebt in Barcelona, aber einen Großteil der Zeit ist er für seine Berichte im ganzen Land unterwegs. Zuletzt war er auf Teneriffa.«

Mein Herz begann zu rasen, und meine Wangen glühten.

»Trotzdem sollte man doch die Redaktion kennen, für die man arbeitet«, bemerkte Don Hernando.

»Da muss ich Ihnen recht geben«, meinte Señor Pascal.

»Nun, da bin ich anderer Ansicht. In der Beziehung zwischen einem Unternehmer und seinen Angestellten ist eines unverzichtbar, und das ist Vertrauen«, warf Don Ernesto ein.

»Das sehe ich genauso«, sagte ich.

»Ich auch«, schloss sich Benedetta an.

»Die Damen sind große Anhängerinnen von Señor Liébana, wie Sie sicher bemerkt haben«, prahlte Don Ernesto.

»Ja, es ist offenkundig, dass sie ihn sehr bewundern. Ich kann es kaum erwarten, ihn persönlich kennenzulernen«, meinte Señor Pascal.

Ich hätte diesem unverschämten Journalisten den Hals umdrehen können. Warum musste er Don Ernestos Zweifel noch anstacheln? Wollte er mir vielleicht meinen Posten bei *El Demócrata* streitig machen? Das konnte er vergessen! Obwohl, wenn man es recht bedachte, fühlte er sich vielleicht ebenso bedroht wie ich und wollte seinen Hauptkonkurrenten bei der Zeitung kennenlernen, damit er wusste, mit wem er es zu tun hatte. Ich beschloss, mir noch ein Glas Champagner zu holen. Benedetta folgte mir wie ein Schatten. Ich fuhr mir mit den Fingern übers Haar und führte das Glas an die Lippen.

»Ich kann den Kerl nicht ausstehen. Sehr erfreut, ich bin Olivier Pascal, und ich bin der interessanteste Mensch und erzähle die besten Geschichten der Welt«, äffte ich ihn nach. »Was für ein Angeber.«

Benedettas Miene drückte nicht unbedingt das aus, was ich als Antwort erwartete. Nervös starrte sie auf einen Punkt hinter mir.

»Was ist?«, fragte ich und drehte mich um.

Señor Pascal war uns gefolgt.

»Es freut mich, dass Sie eine so hohe Meinung von mir haben, Señorita Montero«, erwiderte er.

Ich musste lachen, hob das Glas, und sagte: »Das Vergnügen ist ganz meinerseits, Señor Pascal.«

Ganz Kavalier, zog er sich zurück und ließ uns den Rest des Abends in Ruhe.

»Er sieht gut aus«, meinte Benedetta.

»Hör auf. Er ist ein unverschämter Eindringling«, erwiderte ich zornig.

***

Die Bandagen waren äußerst unangenehm. Sie schnürten meine Brüste ein, die der Verkleidung als Mann im Weg standen. Ich saß in Unterhosen auf dem Bett, die mir selbst ohne Perücke und Bart einen seltsamen Hauch von Männlichkeit verliehen.

In den Wochen nach dem großen Empfang im Hause Rodríguez de Aranda waren meine Verwirrung und Frustration wegen Señor Pascal noch größer geworden. Von meinem Tisch im Sekretariat aus wurde ich Zeugin der Lobeshymnen von Don Ernesto, López oder Morales gegenüber dem ausländischen Redakteur. Er schaute zwar nicht täglich, aber doch regelmäßig in der Redaktion vorbei, und immer stand er im Mittelpunkt. Für den einen sollte er sich verwenden, dass er nach Paris geschickt wurde, andere wollten, dass er weiter von seinen Streifzügen berichtete. Die Begeisterung war ähnlich wie die, die man mir als Pedro Liébana entgegengebracht hatte, doch der Name verlor zugunsten von Olivier Pascal zunehmend an Bedeutung.

Die Wut entlud sich in meinen zarten Händen, die sich bei jedem wohlwollenden Kommentar zu seiner Person zu Fäusten ballten. Ich betrachtete die Jacketts, Hosen und Hemden, die ich in einer Schneiderei in der Calle Zurbano gekauft und sorgfältig auf dem Bett ausgebreitet hatte. Mit den Sachen sah ich aus wie ein echter Galan, ein Journalist von Format, der es mit jedem aufnahm, der sich ihm in den Weg stellte. Es waren moderne Anzüge aus Tweed oder braunem, grauem und grünem Flanell, bestehend aus einem zweireihigen Sakko mit zwei großen Taschen, Hosen, die oberhalb des Knöchels endeten, sodass man die Socken sah, und einer passenden Weste. Um das Ganze zu vervollständigen, hatte ich noch zwei dunkelbraune Melonen aus Filz, einen flachen Strohhut, mehrere dunkle Krawatten und Männerunterhosen gekauft.

»Ich muss meine Strategie ändern«, hatte ich ein paar Tage zuvor zu meinen Freundinnen gesagt. »Dieser Mann ist imstande, Pedro Liébana von der journalistischen Landkarte zu löschen. Er hat einen guten Draht zu den anderen Redakteuren, er trifft sich abends mit ihnen in Lokalen, die ich als Elisa nicht betreten kann.«

»Bist du sicher, dass du nichts überstürzt?«, fragte Catalina besorgt.

»Sag du's ihr, Benedetta. Sind nicht alle hingerissen von Señor Pascal?«

»Ich muss Elisa recht geben. Die Tatsache, dass er Franzose ist und für *Le Figaro* schreibt, verleiht ihm eine exotische Aura. Don Ernesto ist völlig verblendet.«

»*El Demócrata* gehört nicht zu den Spitzenzeitungen, und Don Ernesto wünscht sich nichts mehr, als dass sich die Zeitung noch in diesem Jahrzehnt durch starke Journalisten konsolidiert, was Investoren und Werbekunden anlockt. Ein Redakteur wie Pascal ist ein Gewinn für sein langfristiges Projekt. Und Pedro Liébana muss auch Teil dieses Projektes werden.«

»Und was schlägst du vor?«, fragte Catalina.

»Dass Pedro Liébana für eine Weile nach Madrid zieht.«

»Elisa, das bedeutet, dass du dich sehr viel mehr sehen lassen musst, als wir je geplant haben.«

»Dessen bin ich mir bewusst. Und auch der Risiken.«

»Die beachtlich sind …«

»Was soll ich denn sonst tun? Als Elisa Montero bin ich mit Händen und Füßen an den Schreibtisch gefesselt, der mich Tag für Tag von der eigentlichen Redaktionsarbeit trennt.«

Catalina dachte einen Moment nach.

»Gut. Hast du das Geld, das du mit deinen Artikeln verdient hast?«

»Ja, unter meiner Matratze.«

»Als Erstes müssen wir dir neue Sachen kaufen. Wenn du weiter die Anzüge von Benedettas Bruder trägst, könnte das Verdacht erregen.«

Das war richtig. Ich wollte nicht Gefahr laufen, dass die Zofen der de Luccas bemerkten, dass in Andreas Kleiderschrank immer mehr Kleidungsstücke fehlten.

»Und wenn du häufiger als Pedro Liébana unterwegs bist, brauchst du eine bessere Ausrede als eine Grippe, um Elisa aus dem Verkehr zu ziehen. Deine Vorwände müssen nachvollziehbar sein, und du musst sie überzeugend vorbringen«, instruierte mich Catalina.

»Ich habe mir überlegt, dass sich Pedro Liébana in Bereichen bewegen muss, in denen ich als Elisa nicht anzutreffen bin. Pedro Liébana wird noch mal betonen, dass er fürs Büro nichts übrig hat und es vorziehe, draußen zu arbeiten. Zum Glück laufe ich in der Redaktion so nebenher mit, das heißt, ich kann ohne Schwierigkeiten das Sekretariat verlassen. So kann Pedro zu den Abendessen bei Don Ernesto gehen, zu denen meine Tante nicht eingeladen ist oder bei denen ich als Elisa absagen kann. Nachts, während Elisa schläft, wird sich Pedro mit anderen Redakteuren und Verlegern treffen. Nur so können beide nebeneinander existieren.«

»Auf die Gefahr hin, mich zu wiederholen, aber das ist kompletter Wahnsinn«, meinte Benedetta.

Das war es zweifellos. Bei dem neuen Plan waren Stimme, Mimik und Gestik nicht die Frage eines Auftritts von ein paar Stunden, ich müsste sie vollkommen verinnerlichen. Ich würde mir keinen Lapsus erlauben dürfen. Aber das war es mir wert.

Ich kehrte in die Gegenwart zurück und vergaß das Gespräch, in dem der Entschluss gefallen war. Ich sprang auf, schnappte mir ein Hemd, zog es an und knöpfte es sorgfältig zu. Ich ließ meine Beine in die Hose mit der hohen, männlichen Taille gleiten. Ich band die Krawatte um, legte die Manschettenknöpfe an, damit bis zu den

Handgelenken alles perfekt war, schlüpfte in das Sakko mit Einstecktuch, klebte den Schnäuzer und die Augenbrauen an – meine neueste Errungenschaft –, dann fehlten nur noch Brille und Hut.

»Willkommen, da bist du ja wieder«, dachte ich. Es gab kein Zurück mehr. Nicht, seit vor ein paar Tagen mein Brief Don Ernesto erreicht hatte, in dem ich ihn in ein bekanntes Lokal bestellt hatte. Seine überbordende Reaktion ließ in mir die Hoffnung wieder aufkeimen, dass er mich noch wertschätzte. Pedro Liébana musste zurückkehren, um seinen Platz in der Zeitung zu verteidigen.

Der letzte Sprung vom Gesims war etwas gewagt, sodass ich mit den Schuhen im Matsch landete. »Verflucht!«, schimpfte ich, aber so leise, dass es keiner hören konnte. Ich rannte durch den strömenden Regen bis hin zur Straße, wo ich in das Meer aus Fußgängern mit Schirmen eintauchte. Ich lief auf einer endlosen Folge aus Pflastersteinen und Kreuzungen durch die Nacht. Der bleierne schwarze Himmel eskortierte mich auf meinen nächtlichen Abwegen. Überall herrschte Stille: an der Puerta de Alcalá, am Kybelebrunnen, am majestätischen Gebäude der Banco de España und an der schönsten Ecke von ganz Madrid, wo das französisch anmutende Gebäude des Versicherungskonzerns *La Unión y el Fénix Español* mit dem bronzenen Phönix auf der Kuppel stand. Es war zurzeit das höchste Gebäude der Stadt.

Wenn man die Calle Alcalá Richtung Calle Sevilla hinunterging, die an der Puerta del Sol endete, war von der Ruhe der großen Gebäude mit ihrer beeindruckenden Architektur nichts mehr zu spüren. Hier tobte das pralle Leben, es war die Straße, wo sich Politiker, Händler, Künstler und Freudenmädchen trafen. Die letzten ehrenwerten Bürger stiegen in ihre Autos oder Kutschen und fuhren nach Hause, damit sie nicht durch die vorgerückte Stunde in den Verdacht der Sittenlosigkeit gerieten. Zurück blieben die Nachtschwärmer, die sich an den Vergnügungen erfreuten, die ihnen die Cafés, Salons, Kasinos, Theater und Cabarets boten. Ich konnte mich nicht erinnern, je um diese Uhrzeit ohne Begleitung dort gewesen zu sein. Natürlich ging ich ins Theater und zum Essen, aber nie allein, immer mit Francisco oder meiner Tante. Ich versuchte, mich so unauffällig wie möglich zwischen den dunklen Gestalten zu bewegen, konzentrierte mich auf den Boden, der mir eine gefühlte Sicherheit gab. Ich schob mich an den vornehmen Damen vorbei, die auf ihren Chauffeur warteten, und umfasste entschieden die Türklinke des Fornos Palace.

Das Lokal war früher in der ganzen Stadt bekannt gewesen, weil es wegen der seit letztem Jahrhundert dort stattfindenden Tertulias ein Treffpunkt der fortschrittlichsten Denker, Literaten, Journalisten, Stierkämpfer und Künstler war. Damals hieß es Café de Fornos, aber die Umgestaltung hatte in unserem geliebten Madrid auch vor alteingesessenen Geschäften und Lokalen nicht haltgemacht. Und so hatte sich das florierende Café in ein Cabaret verwandelt, bei dessen Klientel, abgesehen von ein paar Ausnahmen, nicht unbedingt das intellektuelle Interesse im Vordergrund stand. Ich hatte das Lokal ausgewählt, weil es sich, zumindest zu später Stunde, um einen reinen Männertreffpunkt handelte und weil ich dachte, es wäre ein lockerer Rahmen für mein Treffen mit Don Ernesto. Ich wusste noch nicht, was ich ihm erzählen würde, aber mein Ziel war es, ihm zu zeigen, dass ich Señor Pascal in puncto Scharfsinn und Eloquenz überlegen war.

Allein die Tatsache, dass ich dem Regen entkommen war, erfüllte mich mit einer gewissen Zufriedenheit, und meine Nervosität ließ nach. Ich nahm den Hut ab und suchte an den vielen Tischen nach Don Ernesto. Doch ich konnte ihn nicht finden. Was macht man, wenn keiner auf einen wartet, wenn man niemanden kennt? Die Hitze der Scham stieg wieder mal in mir hoch. Ich blickte nach links und rechts auf der Suche nach einem Rettungsanker. Ein aufmerksamer Kellner bemerkte mich – ich muss sehr verzweifelt ausgesehen haben – und wies mir einen Platz an einem der freien kleinen Tische zu.

»Und, der Herr, was darf ich Ihnen bringen?«, fragte er.

Eine gute Frage. Ich überlegte, aber mein Schweigen machte ihn offenbar nervös.

»Einen Gin vielleicht?«, schlug er vor.

Gin hatte ich noch nie probiert, aber Francisco mochte ihn.

»Ja, einen Gin, bitte.«

Viele Gäste vertrieben sich die Zeit mit Musik und Kartenspiel. Nach wenigen Minuten kam der Kellner mit meiner Bestellung.

»Verzeihen Sie, dass es so lange gedauert hat, aber im unteren Stockwerk findet gerade eine Feier zu Ehren des berühmten Malers Juan de Echevarría statt, und wir sind etwas überfordert«, entschuldigte er sich.

»Das macht doch nichts«, erwiderte ich.

Umgeben von einer Glocke aus Zigarren, Alkohol und unverständlichem Gemurmel, hielt ich weiterhin Ausschau nach Don Ernesto. Dann sah ich ihn kommen. Ein wenig aufgeregt wegen seiner Verspätung winkte er mir zu. Ich bemerkte, dass er noch jemanden im Schlepptau hatte. »Das darf doch wohl nicht wahr sein«, brummte ich.

»Don Pedro! Da sind wir! Entschuldigen Sie die Verspätung, ich hatte noch ein paar Dinge in der Zeitung zu erledigen«, erklärte er.

»Machen Sie sich keine Gedanken, Don Ernesto. Ich bin gerade erst gekommen«, log ich und griff dabei auf die tiefste Stimme zurück, die mir zur Verfügung stand.

»Ich hoffe, es stört Sie nicht, dass ich Señor Olivier Pascal mitgebracht habe. Er wollte Sie unbedingt persönlich kennenlernen, und da Sie sich immer so rar machen, habe ich gedacht, er könnte uns Gesellschaft leisten«, berichtete er.

»Selbstverständlich, Don Ernesto, keine Frage. Es ist mir ein Vergnügen, Señor Pascal«, sagte ich mit gespielter Begeisterung und streckte ihm die Hand hin.

»Das Vergnügen ist ganz meinerseits, Señor Liébana. Don Ernesto spricht ständig von Ihnen und Ihrem Schreibtalent. Schön, dass ich Sie endlich mal treffen kann«, begrüßte er mich.

»Señor Pascal ist Redakteur bei der französischen Zeitung *Le Figaro*, er wurde für einige Monate als Korrespondent nach Madrid entsendet.«

»Ah, Sie sind Franzose … Ich muss sagen, Ihr Spanisch

ist perfekt. Man hört nicht, dass Sie Ausländer sind«, sagte ich, während wir Platz nahmen.

»Nun, das ist nicht allein mein Verdienst. Meine Großeltern sind aus Spanien eingewandert. Bei mir zu Hause wurde Französisch und Spanisch gesprochen, aber nach ihrem Tod habe ich mangels Sprachpraxis das ein oder andere vergessen. Da ich meinen Vater nie kennengelernt habe, waren sie und meine Mutter meine Stütze im Leben. Meine Mutter schmerzt die Erinnerung an sie immer noch sehr … offen gestanden spricht sie nicht so gut Spanisch wie ich.«

»Mein herzliches Beileid«, sagte Don Ernesto betroffen.

»Danke, das ist schon lange her.«

»Wann sind Sie nach Madrid gekommen?«, fragte ich, obwohl ich die Antwort kannte.

»Vor etwa einem Monat.«

»Und gefällt es Ihnen hier?«

»Es ist eine interessante Stadt. Vor allem das Leben in den Straßen, egal wohin man kommt. Ob einfache Gasse oder Prachtstraße, der Trubel und das Gewimmel sind überall gleich.«

»Señor Pascal hat vor ein paar Wochen bei seiner Zeitung einen erfolgreichen Artikel über das Leben in Madrid geschrieben: über den Rastro – den Flohmarkt –, die kulinarischen Verlockungen, die Gerüche, die Gespräche am Rande, das Marktgeschrei der Händler. Ein Meisterwerk, muss ich sagen. Ich stehe in Verhandlungen mit Señor de Flers, dass er uns erlaubt, den Artikel in unserer Samstagsausgabe zu bringen«, verkündete Don Ernesto stolz.

»Tatsächlich? Es wäre fantastisch, wenn man ihn lesen könnte. Auf Spanisch, wenn möglich.«

»Keine Sorge, Don Pedro. Ich werde Ihnen jedes Wort übersetzen, damit Sie sich ein Bild machen können.«

»Wunderbar«, sagte ich, und der ironische Unterton war nur für mich hörbar.

»Sagen Sie, wie war es in Teneriffa?«, fragte Ernesto und nahm einen Schluck von seinem Drink, der gerade serviert worden war.

Da fiel mir ein, dass ich meinen noch gar nicht angerührt hatte. Bevor noch irgendein Verdacht aufkam, nahm ich das Glas und trank ebenfalls. Wieder einmal brannte der Alkohol höllisch in meiner Kehle, und ich verzog das Gesicht, um nicht husten zu müssen.

»Beeindruckend. Es ist eine wunderschöne Insel. Wenn Sie noch nicht dort waren, sollten Sie unbedingt einmal hinreisen.«

Und ich betete, dass dem so war, denn auch ich hatte ja noch keinen Fuß auf die Insel gesetzt, mein Wissen beschränkte sich auf veraltete Bücher über die Flora und Fauna und den Vulkan Teide.

»Leider war mir das bislang nicht vergönnt.«

»Mir auch nicht, aber die Insel steht schon auf meiner Liste.«

Ich atmete auf und ließ meiner Fantasie freien Lauf.

»In der Umgebung des Vulkans gibt es außergewöhnliche Pflanzen und Tiere. Ich habe mir viele Notizen gemacht und versucht, sie zu zeichnen. Ich bereite gerade einen Artikel über die Naturvielfalt unseres Landes vor.«

»Das klingt spannend … Wann, glauben Sie, ist der Artikel fertig?«

»Nun, Don Ernesto, für ein solches Projekt muss man Daten von vielen Orten auf dem Festland und den Inseln sammeln, so schnell geht das nicht«, schob ich vor.

»Das heißt, Sie werden in der nächsten Zeit durch das ganze Land reisen, um besagten Artikel über die Natur Spaniens fertigzustellen?«, fragte Señor Pascal.

»Nein, nein. Ich beabsichtige, für eine Weile in Madrid zu bleiben. Ich bin mir bewusst, dass ich in den letzten Jahren kaum verfügbar war, und ich möchte mich eine Zeit lang Themen der Hauptstadt widmen.«

Don Ernesto war außer sich vor Freude.

»Was Sie nicht sagen! Sie wissen gar nicht, wie sehr mich das freut, Don Pedro!«, rief er und klopfte mir wieder auf die Schulter. Das war immer noch ausgesprochen ungewohnt für mich.

»Ja, ja. Sie werden es nicht glauben, aber ich habe viel über Ihren Rat nachgedacht, mich in Madrid niederzulassen und einen direkteren Kontakt mit Ihnen und der Zeitung zu pflegen.«

»Eine großartige Idee! Dann muss ich nicht mehr durch Ihre Artikel erfahren, dass Sie in der Stadt waren. Das ist eine gute Nachricht! Lassen Sie uns darauf anstoßen.«

Und das taten wir, zum Leidwesen meiner Kehle.

»Es freut mich, dass wir uns künftig häufiger treffen werden. Eine der größten Bereicherungen in jedem Beruf ist es, von exzellenten Kollegen umgeben zu sein. Darauf erhebe ich mein Glas«, meinte Señor Pascal.

»Das sehe ich genauso, Señor Pascal. Es ist immer gut,

einen der großen Namen an seiner Seite zu haben«, erwiderte ich.

»Ich bin sicher, Sie beide werden ein hervorragendes Gespann abgeben.«

Und so besiegelten wir eine Zusammenarbeit, von der ich persönlich nicht sonderlich überzeugt war. Señor Pascal studierte aufmerksam alles, was ich sagte. Und auch ich nahm meinen Gegner unter die Lupe.

Gegen ein Uhr morgens, unsere Gläser waren schon mehrfach geleert, fassten wir den weisen Entschluss, uns auf den Heimweg zu begeben.

»Wir müssen morgen arbeiten, meine Herren«, meinte Don Ernesto.

Mit der ihm eigenen Großzügigkeit zahlte er für uns alle, und wir traten hinaus auf die Straße in den unangenehmen Nieselregen der letzten Februartage.

»Es war mir ein großes Vergnügen, meine Herren«, sagte Señor Pascal. »Ich hoffe, Sie beide bald wiederzusehen!«

»Sie sprechen mir aus der Seele, Señor Pascal. Es ist schön, Menschen wie Sie beide um sich zu haben«, sagte Don Ernesto.

»Ja, das ist wirklich schön«, bestätigte ich.

»Sie sollten mir nicht so viel Wohlwollen entgegenbringen. Womöglich erfülle ich Ihre Erwartungen, und Sie haben am Ende noch eine hohe Meinung von mir«, scherzte er.

»Das haben wir bereits, junger Freund«, versicherte Don Ernesto, während er ein Taxi anhielt. »Kann ich Sie irgendwohin mitnehmen?«

»Nein, Don Ernesto, vielen Dank. Sie wissen ja, ich gehe lieber zu Fuß«, erwiderte Señor Pascal.

»Ich ebenso.»

»Gut, zwei junge Herren, die sich noch etwas sportlich betätigen wollen. Dann guten Heimweg und schlafen Sie gut«, verabschiedete er sich.

Bevor ich mich für einen Weg entschied, über den ich irgendwie nach Hause gelangte, wartete ich vorsichtig ab, welchen Señor Pascal einschlagen würde.

»Wo sind Sie untergebracht?«

»In einem Wohnhaus an der Plaza del Conde de Barajas. Es ist ein winzig kleines Apartment, aber verglichen mit der Unterkunft in Deutschland kommt es mir wie ein Palast vor«, erklärte er.

»Allerdings. Wenn man die Welt bereist, merkt man erst, was wahrer Luxus ist.«

»Und wo logieren Sie?«

»Ich? Ich bin gerade erst angekommen. Im Moment wohne ich im Hotel. In dieser Richtung«, sagte ich und deutete nach Norden.

»Nun, in dem Fall trennen sich unsere Wege hier«, meinte er und drückte meine Hand. »Schön, Sie kennengelernt zu haben, Señor Liébana.«

»Danke, ebenso, Señor Pascal.«

Ich machte mich auf den Weg und überlegte, wie ich am besten nach Hause gelangte. Ich ging die Calle Virgen de los Peligros entlang und überquerte die Avenida del Conde de Peñalver, die für meinen Geschmack viel zu unbelebt war. Die Dunkelheit in den Straßen ängstigte mich. Ich eilte über die Bürgersteige voller Pfützen, als ich merkte, dass mich ein schwarzes Auto verfolgte. Mir war, als pumpe mein Herz eiskaltes Blut in meine Beine und Hände. Ich beschleunigte meinen Schritt in der Hoffnung, mein Verdacht würde sich in Wohlgefallen auflösen, aber das Auto blieb mir weiter auf den Fersen. Weil ich feststellen wollte, ob das Gefährt real oder nur dem Verfolgungswahn entsprungen war, den ich in der letzten Zeit entwickelt hatte, blieb ich stehen.

In der Straße war es totenstill. Nur mein Atem und das sanfte Brummen des Motors hinter mir waren zu hören. Plötzlich schrappte ein gleißendes Licht über die Schaufenster und Scheiben der unteren Stockwerke. Vor Schreck blieb mir fast das Herz stehen. Ich rannte los, so schnell ich konnte, und traf auf eine Gruppe übler Trunkenbolde, die umhertorkelten. Sie waren so sehr mit sich selbst beschäftigt, dass sie mich gar nicht bemerkten. Das Auto war verschwunden, und ich eilte weiter nach Hause. Im Schutz des Gartens zog ich die Perücke aus und wartete, bis mein Atem wieder ruhiger wurde.

***

»Elisa, Elisa, aufwachen! Komm schon. Wir sind mit Doña Asunción zum Frühstück verabredet«, verkündete meine Tante.

»Was? Warum?«, fragte ich. Von dem Treffen mit Franciscos Mutter hatte ich nichts gewusst.

»Los!«, war das Einzige, was sie darauf sagte.

Nach dem unangenehmen Überfall meiner Tante tauchte Pilar auf, die wesentlich respektvoller mit meiner Müdigkeit umging.

»Komm, Elisa, wenn ihr zu spät kommt, wird deine Tante ärgerlich.«

»Warum um alles in der Welt müssen wir denn mit dieser Mumie frühstücken«, fragte ich, noch halb im Schlaf.

»Um Himmels willen, Elisa!«, ermahnte mich Pilar, aber sie schmunzelte dabei.

»Ich kann nicht glauben, dass diese Frau einen so bezaubernden Mann auf die Welt gebracht hat …«

»Nun ja, aber sie wird bald deine Schwiegermutter sein, und als solche musst du sie respektieren. Sei froh, dass sie nicht gesagt hat, sie könne hervorragend nähen und wolle dir dein Brautkleid anfertigen. So ist es meiner Schwester ergangen. Was für ein Schauspiel! Ich sehe immer noch das Gesicht meines Vaters vor mir, als sie in dem scheußlichen Gewand auftauchte.«

Ich lachte. Pilar und ihre Geschichten.

»Das stimmt. Ich muss mir wenigstens nur ihr Geschwätz anhören, sie gibt ja zu allem ihren Senf dazu«, erwiderte ich.

An jenem Samstag waren wir um elf Uhr vormittags mit Doña Asunción im Ritz verabredet. Für diese Treffen, die meine Tante ausmachte, ohne mich zu fragen, musste ich der Zeitung fernbleiben. Don Ernesto versicherte immer, ich würde dort ja aus Vergnügen und nicht aus Verpflichtung arbeiten, und folglich würden für mich nicht dieselben Regeln gelten wie für die übrigen Angestellten. Und das brachte mich jedes Mal zur Weißglut.

Santiago hielt vor dem Eingang des luxuriösen Hotels, wo meine Tante gern Hof hielt. Im Foyer sagte sie dem Butler, wir seien mit Doña Asunción Rosales verabredet.

Er wusste natürlich sofort, wen wir meinten, und führte uns in den Wintergarten. In dem luftigen Raum mit Glaskuppel wurden wir schon von Franciscos Mutter erwartet. Sie stand nicht auf, als sie uns sah, und wir mussten ihr wie einer Königin die Hand küssen.

»Doña Manuela, Señorita Elisa. Schön, Sie zu sehen«, empfing sie uns.

»Guten Tag, Doña Asunción.«

»Guten Tag.«

Wir nahmen auf den lackierten Rattansesseln Platz, die um den runden Tisch gruppiert waren. Zwischen den Tischen standen Blumentöpfe aus Keramik mit Palmen und anderen Pflanzen. Sogleich servierte der Kellner uns Tee, Saft und exquisites englisches Gebäck.

»Elisa, Liebes, ich muss dir sagen, du siehst furchtbar aus. Geht es dir nicht gut?«, fragte Doña Asunción.

»Doch, es geht mir gut. Ich habe nicht gut geschlafen, das ist alles.«

»Ich habe schon einen Schreck bekommen. Nicht dass du mich noch mit der Grippe ansteckst«, lautete ihr Kommentar.

»Sie dürfen jetzt auf gar keinen Fall krank werden. Wir haben noch so viel vorzubereiten. Eine Hochzeit organisiert sich nicht von allein«, sagte meine Tante.

»So ist es.«

»Verzeihung, aber wozu die Hektik? Francisco und ich heiraten doch erst nächstes Jahr. Wir können doch alles ganz in Ruhe angehen …«, meinte ich.

»Armes Ding …«, sagte sie mit einem sarkastischen Lächeln, doch plötzlich wurde ihre Miene ernst. »Also, meine junge Dame, Francisco de las Heras y Rosales ist einer der reichsten Männer Madrids, vielleicht sogar des ganzen Landes. Aufgrund unseres weit verstreuten Freundes- und Bekanntenkreises werden Gäste aus aller Welt anreisen. Wahrscheinlich wird *ABC* über eure Trauung berichten. Ein Jahr ist also fast noch zu wenig für ein so großes Ereignis wie die Hochzeit meines Sohnes. Ich verlange, dass du das respektierst und dich entsprechend verhältst.«

»Selbstverständlich, Doña Asunción. Das sehe ich ganz genauso. Und Elisa auch. Aus ihrem Mund spricht die Unerfahrenheit«, versuchte meine Tante, die Wogen zu glätten.

Die beiden brachten mich zur Verzweiflung. Ich hatte keine Lust, mich ihren Forderungen zu widersetzen, und sagte zu allem Ja und Amen.

»Die erste große Frage ist, welche Kirche.«

»Sie könnten in der Stiftskirche San Isidro heiraten, sie ist wunderschön«, schlug meine Tante vor.

»San Isidro? Nur über meine Leiche! Die liegt viel zu weit im Süden, zu nah an den Elendsvierteln. Die Umgebung würde alles verschandeln. Was halten Sie von Los Jerónimos?«

»Grundsätzlich eine gute Idee. Aber in der letzten Zeit ist sie zu überlaufen. Es soll ja schließlich keine Allerweltshochzeit werden.«

Ich hatte längst abgeschaltet, das Gespräch war für mich wie ein Hintergrundrauschen bei meiner wahren Beschäftigung: die Gäste zu beobachten, die in dem reizvollen Wintergarten der Muße frönten. Zwei Männer unterhielten sich leise über Themen, von denen die anderen nichts mitbekommen sollten. Ich aber hatte durch das Belauschen der morgendlichen Redaktionssitzungen mein Gehör so geschärft, dass ich quasi durch Wände hören konnte, und verstand daher, was sie sagten.

»Die ganze Reise ist minutiös geplant. Sie wollen keine Zwischenfälle. Sie wissen ja, er ist der neue Nationalheld.«

»Und wann soll er ankommen?«

»Heute Abend, mit dem Schnellzug aus Andalusien.«

»Verdammt, ich dachte nicht, dass es heute schon so weit ist.«

»Ja, aber die genaue Uhrzeit ist nicht bekannt. Nur dass er am Abend am Bahnhof Atocha ankommen soll.«

»Verstehe … Und wissen Sie, wie lange er bleibt?«

»Etwa eine Woche. Aber die meisten öffentlichen Auftritte hat er in den ersten Tagen, Sie wissen schon, Treffen mit hochrangigen Persönlichkeiten aus Regierung und Heer. Montagfrüh hat er eine Audienz beim König.«

»Er hat bestimmt einen eng getakteten Terminkalender. Er ist ja momentan in aller Munde.«

»Zweifellos. Laut meinem Kontaktmann beim Heer hat er kaum Zeit, sich mal auf sein Zimmer zurückzuziehen.«

»Ich vermute, er wohnt im Ritz oder im Hotel Palace, gesponsert von denen, die ihm Orden verleihen und Bankette zu seinen Ehren ausrichten.«

»Nein, nein, das habe ich auch gedacht, aber wie's aussieht, wohnen Verwandte von ihm in der Calle Fernando VI. 21. Bei denen wird er unterkommen.«

»Mit Sicherheit wird ein Rudel Reporter Feldwebel

Basallo bei seinem Besuch in der Stadt auf Schritt und Tritt verfolgen.«

»Allerdings. Aber der Feldwebel betont, seine Hauptaufgabe bestehe darin, den Angehörigen die letzten Wünsche der an der afrikanischen Front gefallenen Kameraden zu übermitteln.«

Ich glaubte, nicht richtig zu hören. Sprachen sie wirklich von Feldwebel Basallo? Und der sollte heute Abend nach Madrid kommen? Ich musste unbedingt zum Bahnhof und ihn abfangen. Aufgewühlt von der wertvollen Information, die ich dank meiner wachen Augen und Ohren aufgeschnappt hatte, biss ich mir auf die Lippe. Bestimmt hatten sie in der Redaktion darüber gesprochen, aber ich hatte es verpasst, weil ich an dem Tag nicht da war oder irgendwelche Besorgungen machen musste. Wahrscheinlich würde einer der Redakteure von *El Demócrata* über das Ereignis berichten, aber ich bezweifelte, dass es in die Tiefe gehen würde, wie ich es mir vorgenommen hatte. Ich musste ihn interviewen! Feldwebel Basallo war der lebende Beweis, dass das Desaster von Annual noch lange nicht beendet war, dass es im kollektiven Gedächtnis der Spanier weiter gärte. Der verhängnisvolle Tag des Jahres 1921 hatte nicht nur viele Soldaten das Leben gekostet, sondern es wurden viele Gefangene gemacht, von denen man dreihundertsiebenundfünfzig freiließ. Zu ihnen gehörte Feldwebel Basallo aus Córdoba, über den viele Heldengeschichten im Umlauf waren. Die Zeitungen verehrten ihn als wahren Kriegshelden. Aber in der Hauptstadt war er bisher noch nicht gewesen. Die beiden Herren hatten nicht nur bestätigt, dass er tatsächlich kam, sondern mir auch gleich Details aus dem Terminplan seiner ersten drei Tage in Madrid verraten. Ich kannte jeden seiner Schritte, und damit hatte ich den anderen vieles voraus. Im Überschwang griff ich nach einem der Schokoladenkekse auf dem prächtigen Silbertablett. Ein Klaps auf die Hand vereitelte meinen Plan.

»Du solltest langsam anfangen, Diät zu halten, Elisa. Weniger Süßigkeiten und mehr Obst«, tadelte mich meine Tante.

»So ist es, junge Dame.« Doña Asunción nippte an ihrem Tee. »Wo waren wir stehen geblieben? Ah ja, das Fest. Das Hotel Palace wäre doch eine gute Adresse, finden Sie nicht, Doña Manuela?«

»Absolut. Es liegt ein Stück entfernt von der Iglesia de Santa Bárbara, aber wir können die Gäste mit Mietkutschen dorthin bringen lassen«, erwiderte meine Tante.

»Es wird eine einmalige Feier!«

»Wie sollte es angesichts der Umstände auch anders sein?«

Nachdem die Themen Kirche und Feier abgehakt waren, ging es um die Blumenwahl für den Brautstrauß und darum, wie mein Kleid aussehen sollte. Doña Asunción bot uns an, ihre Schneiderin könne das Kleid entwerfen, worauf meine Tante ihr entgegenhielt, dass wir uns auch diesmal auf Doña Alicia und ihr Maßatelier verlassen würden. Ihre Überlegungen ließen mich kalt, die Feier schien ohnehin wenig mit Francisco und mir zu tun zu haben, es war mehr eine Art Wettbewerb, wer in der zukünftigen Familie mehr zu sagen hatte. Ich suchte derweil fieberhaft nach einem Vorwand, um nicht zu dem Abendessen bei den Ballesters gehen zu müssen.

Die Strategie war, wieder eine Krankheit vorzuschützen, denn das war der einzige Grund, den meine Tante akzeptieren würde. Und so kam ich zu den Migräneanfällen. Diese machten es mir nicht nur unmöglich, das Haus zu verlassen, sondern auch, irgendwelchen Besuch in meinem Zimmer zu empfangen, das abgedunkelt bleiben musste. Das war ein handfester Vorwand, wie Catalina mir nahegelegt hatte, und er hatte zudem den Vorteil, dass Benedetta nicht wieder einspringen musste, die nach meinem ersten Ausflug als Pedro Liébana schon ein paarmal meine Rolle eingenommen hatte. Ihre Unterstützung war vor allem hilfreich gewesen, mir an den Tagen den Rücken frei zu halten, an denen meine Tante länger als sonst im Haus verweilte. Die neue Strategie würde alles einfacher machen.

»Die Kleine hat leichte Temperatur, Doña Manuela«, sagte Pilar, während ihre Hand auf meinem Gesicht lag.

»Ich habe starke Kopfschmerzen. Vielleicht hatte Doña Asunción heute Morgen doch recht …«, sagte ich.

»Ich werde Doktor Rueda bitten, am Montag vorbeizukommen. In der letzten Zeit bist du immer häufiger krank. Du bleibst heute im Bett! Nach dem Abendessen bin ich wieder da.«

»Keine Sorge, Tante. Alles, was ich brauche, ist Ruhe und Dunkelheit. Bei jeder Art von Geräusch wird der Schmerz schlimmer, auch wenn gesprochen wird.«

»Umso besser. Pilar, Sie sorgen dafür, dass sie ihre Ruhe hat, bis ich wieder da bin. Und du rufst Pilar, wenn du etwas brauchst, ja?«

»Ja … Ich will nur schlafen.«

»Kommen Sie, wir gehen. Sie braucht Ruhe«, entschied meine Tante.

»Vielleicht können wir heute schon den Arzt verständigen, wenn es Sie beruhigt, Doña Manuela.«

»Nein, nein. Ich weiß aus erster Hand, dass Doktor Rueda bis Sonntag auf einer Tagung in Sevilla ist. Er soll sie sich gleich Montagfrüh ansehen.«

»Wie Sie meinen, Señora«, hörte ich Pilar noch sagen.

Ich wartete reglos, bis sich die Haustür hinter meiner Tante geschlossen hatte. Das war das Zeichen, die Decke von mir zu werfen, zum Schrank zu rennen und ein paar Kleidungsstücke hervorzuholen. Ich rollte sie zusammen und drapierte sie so unter der Bettwäsche, dass es aussah, als läge ich dort. Nachdem mein Double zugedeckt war, holte ich meine Verkleidung aus der Truhe und begann mit meiner Verwandlung.

Ich ließ mich von der Dunkelheit der Nacht nicht abschrecken. Ich hatte eine klare Mission: rechtzeitig den Bahnhof Atocha zu erreichen. Ich lief, so schnell ich konnte, bis vor mir die gewaltige Puerta de Alcalá auftauchte. Die Calle Alfonso XII. kam mir an dem Abend wie die längste Straße von Madrid vor. Mir fiel der Ausflug ins Kino ein, den wir vor Jahren in der Kutsche der Familie Salamanca-Trillo gemacht hatten. Damals hätte ich nicht im Traum daran gedacht, einmal in einer solchen Montur durch die Stadt zu laufen. Ich kämpfte mit jedem Schritt darum, bei Atem zu bleiben, damit ich heil die Glorieta de Atocha erreichte. Irgendwann war ich den Wettlauf mit der Zeit leid und nahm ein Taxi. Es war Viertel vor neun. Im

Innern der Kutsche atmete ich tief durch und rückte die Melone zurecht.

Als wir am Ziel angelangten, hielt der Kutscher gegenüber dem üppig grünen Park vor der Hauptfassade des Bahnhofs. Ich stieg so schnell wie möglich aus und betete, der Feldwebel möge noch nicht eingetroffen sein. Als ich mir einen Weg auf den Bahnsteig gebahnt hatte, stellte ich fest, dass sich zum Empfang des neuen Helden so viele Menschen eingefunden hatten, dass es unmöglich war, in die erste Reihe vorzudringen. Die Menge jubelte schon, bevor der Zug aus Andalusien überhaupt eingefahren war. Ich bezweifele, dass Professor Albert Einstein, der eine Woche zuvor in Madrid zu Gast war, so überschwänglich empfangen wurde.

Auf der Suche nach einer Lücke in der jubelnden Menge hätte ich beinahe meine Melone und meine Brille verloren. Doch am Ende eroberte ich mir ein Fleckchen, das nah genug am Bahngleis war, dass ich mich bei Francisco Basallo würde bemerkbar machen können. Unauffällig richtete ich meine Verkleidung wieder her und studierte die Personen, die auf dem Bahnsteig an vorderster Front warteten. Ich vermutete, dass es sich um hochrangige Offiziere des Heeres handelte. Neben ihnen standen Soldaten unterschiedlicher Garnisonen, wahrscheinlich Kameraden des Feldwebels. Ich entdeckte auch einige Redakteure und Fotografen, die, genau wie ich, die Nachricht des Tages ergattern wollten.

Als ich stillschweigend und etwas gehandicapt durch die unbequeme Brille meinen Blick über das Szenario wandern ließ, machte ich eine unerwartete Entdeckung. Das

Gesicht kannte ich doch … Es war der verfluchte Señor Pascal! Was hatte der denn dort zu suchen? Unauffällig beobachtete ich, wie er einige Redakteure grüßte, die er dank Don Ernesto kennengelernt hatte. Ich schäumte vor Wut. Hoch erhobenen Hauptes ging ich auf die angeregt plaudernde Journalistengruppe zu. Señor Pascal erkannte mich und lächelte mir, ebenfalls leicht angesäuert, zu.

»Señor Liébana! Was für eine Überraschung! Ich dachte, Morales wäre auf das Thema angesetzt, ich habe ihn gerade eben noch gesehen.«

»Dasselbe könnte ich zu Ihnen sagen. Ich wusste nicht, dass Sie auch über innerspanische Themen wie den Marokkokrieg berichten.«

»Mich interessiert alles, was mit Afrika zu tun hat. Umgekehrt wusste ich nicht, dass Sie so ein breit gefächertes Spektrum haben. In einem Moment schreiben Sie über Blumen, im nächsten über Kriegsschauplätze«, sagte er in Anspielung auf meine angebliche Recherche zur Fauna Spaniens.

»Wie Sie sehen, Señor Pascal, bin ich ein Mann mit großen Ambitionen. Wenn die Nachricht es wert ist, kann mich nichts aufhalten«, entgegnete ich spitz.

»Bestimmt wissen die Leser die große Bandbreite zu schätzen. Ich hoffe nur, dass Sie den nötigen Sachverstand mitbringen.«

»Keine Sorge, ich weiß, wie ich meine Leser zu behandeln habe. Aber womöglich schlafen Ihre vor der Zeitung ein, weil Sie über Dinge berichten, die nichts mit ihrem Lebensalltag zu tun haben. Ich wüsste nicht, was einen Pariser an einem spanischen Kriegshelden interessieren sollte.«

»Sie wären überrascht, wenn Sie erführen, wie groß das Interesse in meinem Land ist. Aber sicher nicht so groß wie das Interesse eines Madrilenen an den Kräutern, die in Murcia wachsen.«

Unser kleines Wortgefecht wurde durch die Ankunft des Mannes der Stunde unterbrochen. Man hatte das Gefühl, eine tosende Woge bräche herein. Nachdem der Zug zum Stillstand gekommen war, stieg der Feldwebel als Erster aus. Er war ein ungefähr dreißig Jahre alter schmaler Mann mit schwarzem Haar und dunklem Teint. Er trug die Uniform des Regiments von Melilla, und sein ausgezehrter Körper zeugte von den Grausamkeiten und Entbehrungen, die er in Nordafrika erlitten hatte. Er wurde von zwei Männern in Zivilkleidung durch die jubelnde und applaudierende Menge eskortiert.

Señor Pascal und ich wollten beide nicht das kleinste Detail von dem großen Ereignis verpassen und unterbrachen unser Geplänkel. Nach der Grußzeremonie kam die Stunde der Fotografen, die den historischen Moment mit ihren Kameras festhalten wollten. Der Feldwebel dankte dem Publikum für den herzlichen Empfang.

»Man munkelt, er wolle eine Vorstellung des *Amerikanischen Zirkus* besuchen«, flüsterte Señor Pascal mir zu, ohne den Feldwebel auch nur eine Sekunde aus den Augen zu lassen. »Ich wette, er wird ihm genauso gut gefallen wie Ihnen. Ich hatte noch keine Gelegenheit, Ihnen zu dem großartigen Artikel über die Eröffnung zu gratulieren, Señor Liébana. Schade, dass wir uns an dem Abend nicht begegnet sind.«

»Ja, in der Tat. Wirklich schade. Ich freue mich, dass

Ihnen der Artikel gefallen hat«, erwiderte ich, den Blick auf den Helden der Stunde gerichtet.

Diesen Mann zu sehen, der die Schrecken einer anderthalbjährigen Gefangenschaft in einem fremden Land erfahren hatte, löste in mir eine Mischung aus Faszination und Entsetzen aus. Es hieß, er erinnerte sich an jedes einzelne der Gräuel, die ihm und den über fünfhundert Mitgefangenen widerfahren waren. Und so gedachte er der Männer, deren Leben er nicht hatte retten können, und derer, die immer noch in Marokko in Gefangenschaft lebten. Seine Bewegungen kündeten von Müdigkeit, Demut, Geduld und Dankbarkeit. Seine Gegenwart entführte mich unweigerlich in die einsamen, trockenen Gefilde der Wüste, in die Hitze, die Ausweglosigkeit, zum Geruch des Todes.

In einem plötzlichen Anfall von Tollkühnheit beschloss ich, zu Basallo zu gehen, der gerade für das letzte Foto posierte, das an jenem 10. März entstand. Ich drängte mich zwischen zwei Reportern hindurch und ging direkt auf die Mauer aus Uniformierten zu. Noch bevor ich mit einem von ihnen Kontakt aufnehmen konnte, packte mich jemand am Arm.

»Señor Liébana! Sind Sie von allen guten Geistern verlassen?«

»Lassen Sie mich! Ich will nur den Feldwebel interviewen.«

»Und Sie glauben, Sie können da einfach hinmarschieren? Noch bevor er Sie bemerkt hat, wird einer dieser Herren Sie verhaftet haben, weil er denkt, Sie planten einen Anschlag.«

»Warum zum Teufel können Sie mich nicht einfach in Ruhe lassen?« Ich befreite meine Hand aus der Umklammerung Señor Pascals und kehrte an meinen Platz zurück.

Dann ging alles sehr schnell. Abgehängt beobachtete ich, wie der Feldwebel ein Auto bestieg und in der Dunkelheit verschwand. Ich ballte mit aller Kraft die Fäuste. Am liebsten hätte ich diesem Schuft von Pascal eine verpasst. Er hingegen zündete sich seelenruhig eine Zigarette an. Für ihn war der Einsatz beendet.

»Unglaublich. Schon wieder so eine Marionette der Regierung, um die Öffentlichkeit hinters Licht zu führen«, sagte er laut.

»Was meinen Sie?«

»Kommen Sie, da hat er die großen spanischen Zeitungen vor sich und gibt nichts preis. Bei den Interviews in Córdoba hat er immer wieder dasselbe erzählt. Anekdoten, Anekdoten, Anekdoten … Kein Wort, das der offiziellen Version widersprechen würde. Alle Welt feiert ihn, aber ist er vielleicht etwas Besseres als all die jungen Männer, die immer noch in Marokko sind und deren Familien hier stehen?«

»Vermutlich will er die Vergangenheit nicht wieder aufwühlen«, sagte ich, während ich immer noch in die Richtung starrte, in die das Auto entschwunden war.

»Das wollen Sie Ihren Lesern erzählen?«

Ich überlegte. Vielleicht hatte der nervtötende Franzose recht. Ich durfte nicht einfach kapitulieren. Ich konnte unmöglich allein mit der Beschreibung der Ankunft und ein paar spärlichen Informationen zu seinem Terminkalender in die Redaktion kommen, das taten schon Morales und die anderen Journalisten. Es war meine Chance, mehr zu bringen …

»Ich könnte ja …«, sagte ich zögerlich.

»Haben Sie eine Idee?«

»Ich habe wertvolle Informationen über …«

»Worum geht es?«

»Moment mal, warum sollte ich ausgerechnet Ihnen das erzählen? Sie haben mich eben daran gehindert, mich Basallo zu nähern. Womöglich war das nur ein plumpes Ablenkungsmanöver, um mich von ihm fernzuhalten, damit Sie das Exklusivinterview in *El Demócrata* und *Le Figaro* bringen können. Zwei Fliegen mit einer Klappe sozusagen.«

Señor Pascal verdrehte die Augen. »Könnte sein … Aber vielleicht war es auch ein geschickter Versuch zu verhindern, dass Sie verhaftet oder getötet werden.«

Touché. Zu meinem Leidwesen hatte er wieder einmal recht.

»Und was bekomme ich im Gegenzug, wenn ich die Informationen mit Ihnen teile?«

Mit einem leichten Kopfschütteln zog er an seiner Zigarette und legte eine Hand auf meine Schulter.

»Sehen Sie, Señor Liébana, aus Ihrem Zögern schließe ich, dass Sie nicht über alle notwendigen Informationen verfügen, um das ersehnte Interview zu führen. Sonst hätten Sie geschwiegen und wären einfach gegangen, wie all die anderen«, sagte er und deutete auf die aus dem Bahnhof strömenden Massen.

»Kann schon sein«, erwiderte ich.

»Gut. Wenn wir uns also einig sind, dann dürfte es Sie

interessieren, dass ich einen Kontakt habe, auf den ich im Zweifelsfall zurückgreifen kann, wenn Sie beispielsweise wissen wollen, um welche Uhrzeit Basallo an einem bestimmten Ort ist«, erklärte er.

Ich sah mich um, dann senkte ich den Blick. Dieser verfluchte Kerl. Wurde man an französischen Schulen darin unterrichtet, wie man andere um den Finger wickelte? Ich sah ihn an.

»Was ist das für ein Kontaktmann?«

»Mein Gott, Sie sind wirklich ein schwieriger Zeitgenosse«, meinte er und lächelte milde. »Haben Sie die beiden Männer gesehen, die gemeinsam mit Basallo aus dem Zug gestiegen sind? Ich kenne einen von ihnen. Er ist der Chefredakteur von *El Popular de Melilla*. Don Francisco Páez.« Er machte eine kurze Pause. »Glauben Sie mir jetzt?«

Ich biss mir auf die Lippe. »Gut. Das heißt, wenn ich Ihnen sage wo, dann können Sie herausfinden wann?«

»Jetzt sprechen wir dieselbe Sprache.«

»Vielleicht. Aber solange Sie nicht die gewünschte Information für mich haben, sehe ich mich nicht in der Pflicht, Ihnen zu verraten, was ich weiß. Und ich bin mir sicher, Ihre Quelle verfügt nicht über das Wissen, das ich habe …«

Ich war wieder Herr der Lage. Señor Pascal, der nicht damit rechnete, dass ich ihn mit seinen eigenen Waffen schlug, nickte. »Gut. Das ist nur gerecht. Sagen Sie mir einfach, was ich meine Quelle fragen soll.«

»Ich weiß, wo er untergebracht ist. Sie müssen nur herausfinden, wann er sich morgen Abend zum Schlafen zurückzieht.«

»Einverstanden. Dann sehe ich Sie also morgen?«, fragte er, wohl wissend, dass ihm selbst niemand den Aufenthaltsort des Feldwebels verraten würde.

»Ja. Morgen früh um zehn. Vor den Cortes«, schlug ich vor, überzeugt, dass ich mich durchgesetzt hatte.

»Gut. Sie machen die Ansagen. Ich muss los. Schließlich muss ich noch eine Information beschaffen.« Er nahm noch einen letzten Zug von seiner Zigarette und schnippte den Stummel in die Luft. »Jetzt verstehe ich, warum Don Ernesto so große Stücke auf Sie hält.«

»Guten Heimweg, Señor Pascal«, verabschiedete ich mich. Triumphierend sah ich ihm nach.

Moment. Ich hatte mich in der Schlacht wacker geschlagen, aber wie zum Teufel wollte ich es schaffen, für einen ganzen Tag zu verschwinden, ohne Verdacht zu erregen? Dieses Doppelspiel trieb mich noch in den Wahnsinn.

***

Im Morgengrauen wurde ich von großer Unruhe befallen. Ich wälzte mich im Bett hin und her und konnte es kaum erwarten, dass der Tag mit seinen Aktivitäten begann. Doch mit ihm würde auch die Stunde der Lüge kommen.

Ich wiederholte dasselbe Prozedere wie am Abend zuvor und legte mit warmem Wasser angefeuchtete Tücher auf meine Stirn. Besorgt rief Pilar meine Tante, die mich, wie üblich, mit wenig Feingefühl nach meinen Symptomen befragte.

»Geschieht dir recht, wenn du krank bist. Gott verzeiht keine unbegründeten Absagen.«

»Ich will mich nicht einmischen, Doña Manuela, aber sie sieht aus wie das Leiden Christi «, gab Pilar zu bedenken.

»Mischen Sie sich da nicht ein, Pilar. Ich weiß selbst, wann jemand Ruhe braucht«, schnauzte meine Tante sie an. »Ich muss gehen, sonst komme ich zu spät zur Messe, und die Peinlichkeit möchte ich mir ersparen. Ich werde nach dem Mittagessen mit Don Tomás und Doña María Elena hierherkommen. Vermutlich muss ich dich auch bei ihnen entschuldigen …«

»Verzeihen Sie, Tante. Es tut mir wirklich leid«, flüsterte ich.

»Pilar, wenn Elisa sich außerstande sieht, die Messe zu besuchen, wird sie auch nichts essen. Wenn ich zurückkomme, werde ich mir ansehen, in welchem Zustand sie ist.«

Ich hatte also genügend Zeit. Ich sah auf die Uhr. Es war halb neun. Ich musste mich beeilen.

Vor dem Parlamentsgebäude, das von den beiden starken Löwen bewacht wurde, wartete ich auf Señor Pascal. Wo zum Teufel steckte er bloß? Wenn er mich versetzt hatte, würde ihn das teuer zu stehen kommen. Ich würde zu Don Ernesto gehen, seinen Schwindel auffliegen lassen und ihm zeigen, wie falsch und unkollegial er war. Vielleicht wäre das keine schlechte Idee. Vielleicht würde er dann für immer aus unserem Leben verschwinden, und ich hätte meine ersehnte Ruhe wieder. Obwohl, hatte es diese Ruhe je gegeben, nach der ich mich so sehnte?, überlegte ich, und dabei fiel mir das Auto wieder ein, das mich in der Dunkelheit verfolgt hatte. Meine Pläne lösten sich in Luft auf, als der ehrenwerte Señor Pascal doch noch auftauchte. Er kam entschlossen auf mich zu.

»Guten Morgen, Señor Pascal. Sie kommen spät«, sagte ich.

»Ich weiß, ich weiß. Entschuldigen Sie. Ich habe eine aufreibende Nacht hinter mir.«

Ich musterte ihn. Seine Krawatte hing schief, und das braune Haar war bei Weitem nicht so ordentlich gekämmt wie sonst.

»Schon gut. Haben Sie die gewünschte Information?«

»Mehr oder weniger …«

»Ich wusste, dass ich Ihnen nicht trauen kann. Sie sollten mir nur eine einzige spärliche Information besorgen. Ich wette, Sie haben Ihre Zeit in irgendeinem lausigen Bordell verbracht, anstatt Wort zu halten«, raunzte ich ihn an.

»Beruhigen Sie sich, Señor Liébana. Zum einen sollten Sie sich angewöhnen, Ihren Gesprächspartner erst mal ausreden zu lassen, bevor Sie irgendwelche Mutmaßungen anstellen. Und zum anderen bin ich kein Mann, der sich in Bordellen herumtreibt. Das ist ja ein ausgesprochen schmeichelhaftes Bild, das Sie von mir haben …«

»Schön. Verzeihen Sie, ich wollte Ihnen nicht zu nahe treten. Was haben Sie herausgefunden?«

»So ist es schon besser.« Er lächelte. »Schön, also ich habe nicht herausfinden können, um welche Uhrzeit er sich zum Schlafen zurückzieht, aber ich weiß mit Sicherheit, dass er am Mittag eine Ruhepause einlegt. Morgen will er einige hochrangige Angehörige des Militärs aufsuchen, wie den kürzlich freigelassenen General Navarro.

Und auch einige Zeitungen, aber soweit ich in Erfahrung bringen konnte, nicht *El Demócrata de Madrid*. Danach will er sich ein wenig ausruhen für ein Bankett im Centro Segoviano.«

»Das heißt …«

»Das heißt, uns bleibt nur die Zeitspanne zwischen den offiziellen Besuchen und dem Bankett, um mit ihm zu reden.«

»Danke, Señor Pascal, so weit war ich auch schon.«

»Jetzt sind Sie am Zug. Wo sollen wir ihn abpassen?«

Ich zögerte ein letztes Mal. »Feldwebel Basallo wohnt bei Angehörigen hier in der Hauptstadt. Sie wohnen in … in … in der Calle Fernando VI. 21.«

Ich erwartete irgendeine Reaktion, denn ich kannte mich mit Adressen nicht aus – ich wurde ja immer von Santiago gefahren.

»Wissen Sie, wo das ist?«, fragte er.

»Schon. Wenn ich mich nicht irre, geht es da lang«, sagte ich ins Blaue hinein und deutete in eine Richtung.

»Ach, Señor Liébana. Sie brauchen mich mehr als ich Sie. Sie können dankbar sein, dass ich so gern zu Fuß unterwegs bin. Es geht hier entlang, folgen Sie mir!«

Wir liefen in die von ihm angegebene Richtung, bogen dann in die Calle Nicolás María ein, gingen am Teatro Rey Alfonso vorbei, bis wir die Calle Alcalá erreichten. Wie ich den französischen Journalisten dafür hasste, dass er mich durch die Straßen hetzte. Es war nicht viel los, denn die rechtschaffenen Leute empfingen um diese Zeit in ihrer Kirche die heilige Kommunion, wie es sich für gute Christen gehört. Ich, die ich immer weiter auf die

Seite Luzifers driftete, versuchte verzweifelt, mit Señor Pascal Schritt zu halten, damit ich ihn nicht an irgendeiner Straßenecke aus den Augen verlor.

Plötzlich verlangsamte er unvermittelt seinen Schritt. Ich tat es ihm gleich und sah mich um, ob wir womöglich am Ziel waren. In der Tat. Es handelte sich um die Calle Fernando VI., die Nummer 21 befand sich auf der gegenüberliegenden Straßenseite. Mein Brustkorb schmerzte wegen der ungewohnten Anstrengung, und ich lehnte mich an eine Hauswand.

»Ist alles in Ordnung, Señor Liébana?«, fragte er.

»Ja, ja, alles bestens«, erwiderte ich und versuchte, wieder zu Atem zu kommen, ohne gänzlich meine Würde zu verlieren.

»Es ist alles ruhig. Ich glaube nicht, dass er schon zurück ist.«

»Sie sind wirklich ein guter Beobachter«, meinte ich.

»Jemand muss ja weiterdenken, wenn Sie schon mit dem Erstickungstod ringen.«

»Nur zu Ihrer Information: Es geht mir ausgezeichnet.«

»Offensichtlich«, sagte er und sah mir genüsslich dabei zu, wie ich meine Hände in die schmerzende Seite stützte.

Meine Rede klang wenig glaubwürdig. Ich richtete mich auf.

»Lassen Sie uns hier warten. Irgendwann wird er das Haus betreten«, schlug er vor.

»Sie können gehen, wenn Sie noch etwas zu erledigen haben. Ich behalte das Haus im Blick«, versicherte ich ihm.

»Nein, machen Sie sich keine Umstände. Ich leiste Ihnen gern Gesellschaft.«

»An einem so sonnigen Morgen haben Sie doch bestimmt Besseres zu tun.«

»Señor Liébana, höre ich da eine gewisse Abneigung gegen meine Anwesenheit heraus? Man könnte meinen, Sie hätten mich nur benutzt, um hierherzukommen.«

»Ihr Gefühl trügt Sie nicht, Señor Pascal.«

»Sie fahren scharfe Geschütze auf. Wenn Sie wollen, können Sie ja das Feld räumen. Was Ihre Hilfe angeht …«

»Entschuldigung? Ohne mich wüssten Sie die genaue Adresse doch gar nicht.«

»Mich kriegen jedenfalls keine zehn Pferde hier weg.«

»Mich auch nicht.«

»Gut.«

»Na dann.«

Dieser Mann raubte mir den letzten Nerv, ganz gleich ob als Elisa oder als Pedro Liébana. Warum zum Teufel musste er all meine Pläne durchkreuzen? Warum ließ dieser französische Schreiberling mich nicht in Frieden und schrieb über Themen, die besser zu ihm passten?

Nach ein paar Minuten setzten wir uns auf den Bürgersteig und taten so, als ob der andere Luft wäre.

Das Gebäude, in dem die Verwandten des Feldwebels wohnten, war ziemlich schlicht. Die hohen Fenster hinter den schmiedeeisernen Brüstungen wurden von Läden aus Holz eingerahmt. Wo wohnte die Familie Basallos? In welchem Stockwerk hatte sie die Berichte über die Gräuel der Gefangenschaft gehört und die Freude über die Freilassung mit ihm geteilt?

Nach einer Weile brach Señor Pascal das Schweigen.

»Eine Frage: Wie sind Sie an die Adresse gekommen?«

Ich schwieg, aber das konnte ich nicht bis in alle Ewigkeit tun. Ich musste ihm eine glaubwürdige Antwort liefern, ohne meine wahre Identität preiszugeben.

»Ein guter Journalist verrät nie seine Quellen, werter Señor Pascal.«

»Also gut. Sie vertrauen mir nicht. Kein Problem. Geht mir mit Ihnen genauso.«

»Ich wüsste nicht, warum Sie mir nicht trauen sollten. Ich habe Ihnen noch keinerlei Anlass für Misstrauen geboten.«

»Keine Sorge. Das werden Sie schon noch. Es gibt nur einen Grund, warum jemand seinen Mitmenschen misstraut: Weil er selbst ein Verräter ist.«

»Unsinn. Das ist nicht wahr«, protestierte ich.

In dem Moment tauchte ein Auto am Ende der Straße auf. Es war dasselbe, das Basallo am Bahnhof abgeholt hatte. Mein Herz klopfte bis zum Hals. Das Auto hielt vor dem Eingang. Getrieben von dem Wunsch nach Informationen, sprangen wir auf und bewegten uns langsam auf das Grüppchen auf der anderen Seite zu, um keinen falschen Verdacht zu erregen.

»Feldwebel Basallo!«, rief ich.

Irritiert hielt er inne.

»Guten Tag. Ich bin Pedro Liébana, Redakteur von *El Demócrata de Madrid*. Das ist ein Kollege aus Frankreich.«

»Guten Tag. Womit kann ich Ihnen dienen?«, fragte er leicht gereizt. Man hörte deutlich, dass er aus Córdoba stammte. »Onkel Rafael, geh doch schon mal hoch, wenn du willst.«

»Vielleicht könnten Sie kurz ein paar Fragen für unsere Leser beantworten.«

»Bedauere, ich habe heute Morgen schon mit der Presse gesprochen.«

»Das wissen wir. Aber wir hatten leider bislang noch keine Gelegenheit, mit Ihnen zu sprechen, und da sind noch viele offene Fragen, und wir würden gerne …«

»Sie müssen entschuldigen, aber ich werde heute keine Interviews mehr geben. Ich werde erwartet«, erklärte er.

Basallo wollte seinen Weg fortsetzen, da preschte Señor Pascal vor.

»Vielleicht ist es Ihnen lieber, wenn wir schreiben, dass Sie morgen ausgerechnet demjenigen Reverenz erweisen, der womöglich an dem Desaster in Annual schuld ist«, rief er.

Ich warf Pascal einen tadelnden Blick zu. Was war nur mit ihm los? Die Miene des Feldwebels veränderte sich.

»Wir geben Ihnen eine halbe Stunde. Wenn Sie uns die Information nicht geben, werden wir uns andere Quellen suchen«, legte er nach.

Basallo schien von der Drohung unbeeindruckt und verschwand im Haus.

»Haben Sie den Verstand verloren? Wie können Sie so etwas sagen?«, zischte ich ihm zu.

»Abwarten«, sagte er gelassen, den Blick auf die Tür gerichtet.

Nach fünf Minuten trat der Feldwebel wieder aus der Tür. Wütend kam er auf uns zu. Ich konnte es nicht fassen.

»Von welcher Zeitung kommen Sie doch gleich?«, fragte er.

»Vom *Demócrata de Madrid*«, erwiderte Señor Pascal.

»Haben Sie eine Zigarette?«

»Selbstverständlich«, antwortete Señor Pascal und kramte in seinem Jackett.

Basallo nahm eine und ließ sich von meinem Begleiter Feuer geben. Beim ersten Zug schien er sich damit abzufinden, dass er sich unserer Befragung stellen musste, beim zweiten musterte er uns, und beim dritten überwand er sich.

»Also gut. Lassen Sie uns drinnen weitersprechen, meine Herren.«

Ich war ihm unglaublich dankbar für das Angebot. Wir hatten an dem Märzmorgen über vier Stunden in der Kälte verbracht. Die Wohnung war so, wie die Fassade des Hauses vermuten ließ, schlicht, aber wohnlich, einfach ein angenehmes Zuhause. Der Onkel, der sich sehr zurückhaltend gab, führte uns ins Wohnzimmer und brachte uns einen heißen Kaffee. Auch der Feldwebel war erst mal verhalten und stellte uns ein paar Fragen, um sicherzugehen, dass er uns trauen konnte. Derweil vermischte sich der Kaffeeduft mit dem Tabakrauch und den leicht muffigen Ausdünstungen des Mobiliars.

»Eins will ich von vornherein klarstellen: Ich werde kein Wort darüber verlieren, wie die Tragödie von Annual verlaufen ist «, erklärte er.

»Das respektieren wir«, meinte Señor Pascal, der sich eine weitere Zigarette angezündet hatte. Ich hatte dankend abgelehnt.

»Wir verstehen Ihre Vorbehalte. Aber es ist unsere Pflicht, Ihnen mitzuteilen, dass die Bürger die Wahrheit wissen wollen. Und nur Sie, die Überlebenden, können sagen, was wirklich geschehen ist«, sagte ich mit einer ungewohnten Courage, die wie von selbst da war, sobald ich Brille und Bart trug.

»Dessen bin ich mir bewusst. Aber bei den laufenden Untersuchungen ist es zu brisant, über das Thema zu sprechen. Wie Sie wissen, steht viel auf dem Spiel, auch wenn ich selbst zum Glück dann nicht mehr bei der Armee sein werde. Ich hoffe, die Erfahrung wird am Ende nur noch eine eitle Erinnerung sein, die mit den Jahren allmählich verblasst.«

»Das ist Ihre Sache, Feldwebel. Wir sind hier, damit unsere Leser erfahren, was in Afrika vor sich geht. Es gibt immer noch Kriegsgefangene in Marokko.«

»Das brauchen Sie mir nicht zu sagen, Señor ...«

»Olivier Pascal.«

»Señor Pascal, ich weiß, dass es noch Gefangene gibt. Sie haben ja keine Ahnung, wie viele Kameraden ich in den letzten Jahren begraben musste. Es werden etwa sechshundert gewesen sein, würde ich sagen. Ich bekomme die Namen nicht mehr aus dem Kopf und auch nicht die Briefe verzweifelter Mütter, die immer noch nach ihren Söhnen suchen.«

»War Abd-al-Krim der Oberbefehlshaber?«, wollte ich wissen.

»Ja. Es war alles sehr chaotisch. Man hat uns wie Vieh von einem Ort zum anderen getrieben. Von den einundzwanzig Männern meiner Kompanie haben nur vier überlebt. Schließlich hat man uns nach Annual gebracht. An den furchtbaren Marsch kann ich mich noch gut erinnern.

Ein wahrer Leidensweg. Man hat uns die ganze Zeit schikaniert. Ich glaube, auf dem Marsch wurde mir das Ausmaß des Desasters bewusst … Überall am Wegrand lagen die Leichen spanischer Soldaten. Die Hitze und die Wut der Mauren hatten ihnen brutal zugesetzt. Die nächsten Monate blieben wir in dem Lager, bis wir im Oktober in ein anderes verlegt wurden. Und so ging es immer weiter … «

»Es heißt, Sie hätten Gelegenheit gehabt, General Silvestre zu identifizieren …«, sagte ich und trank einen Schluck von dem bitteren Kaffee.

»Nein, das ist so nicht richtig. Das heißt, ich kann es nicht mit Sicherheit sagen. Auf dem Weg nach Annual deutete ein Maure auf eine Leiche und behauptete, es handele sich um General Silvestre. Ich durfte nicht lange stehen bleiben, also markierte ich ihn mit einem Stein. Ein paar Monate später wurde ich gebeten, an den Ort zurückzukehren und zu bestätigen, dass es sich um den General handelte. Aber das war nicht möglich. Sie wissen, die Wüste ist keine gute Ruhestätte. Wir haben die ganze Gegend abgesucht, aber nichts gefunden außer Blut und Sand.«

Blut und Sand, diese beiden Worten färbten den Bericht, der sich über anderthalb Stunden hinzog. Der Feldwebel erzählte, wie militärische und zivile Gefangene, mehrheitlich aus der Bergbausiedlung La Alicantina, zusammengelebt hatten. Anfangs hatte Anarchie geherrscht. Es gab keine geregelten Mahlzeiten, Befehle wurden nicht befolgt, Verwundete nicht angemessen versorgt. In Anbetracht der misslichen Lage hatte der Feldwebel vorgeschlagen, für einzelne Bereiche Führer zu bestimmen – einen Küchenchef, einen Kleider- und einen Medikamentenbeauftragten –, und in diesem Zuge war Basallo selbst zum Lageroberhaupt ernannt worden. Und schon vor der Aufgabenverteilung hatte er angefangen, sich um die Verwundeten zu kümmern.

»Keiner wollte sich den Verwundeten nähern, alle hatten Angst, sich anzustecken. Männer warteten sterbend darauf, dass der Tod schneller kam als die Rifkabylen. In dieser verzweifelten Lage fing ich an, im Schatten der Bäume mit dem, was da war, die eiternden Wunden zu versorgen. Den Fiebernden gab ich Chinin, die Tuberkulosekranken konnte ich in ihren letzten Lebenstagen nur begleiten. Ich musste sogar ohne die geringsten medizinischen Kenntnisse einem Soldaten mit einem billigen Rasiermesser einen brandigen Finger amputieren«, erzählte er.

Ich fand es bewundernswert, dass er sich ohne jede medizinische Ausbildung, nur mithilfe der Bücher, die er im Lager fand, durchgeschlagen hatte. Er erzählte uns von den psychischen Qualen, die er durchlitt, als man sie mit Waffengewalt zwang, den Rifkabylen das Schießen beizubringen oder Kanonen gegen spanische Truppen abzufeuern.

Eines Nachts, das spanische Heer hatte gerade Nador eingenommen, hatte man ihm mitgeteilt, bei Sonnenaufgang würden sie alle als Vergeltung für den spanischen Vormarsch und die Opfer erschossen. Basallo war der Einzige, der davon wusste, und er hatte die ganze Nacht überlegt, ob er seinen Kameraden davon erzählen oder lieber schweigen sollte. Am nächsten Morgen informierte man ihn kurzerhand, dass sie doch nicht exekutiert würden.

»Können Sie sich vorstellen, wie das ist, in dieser permanenten Ungewissheit zu leben, dass jeder unselige Tag vielleicht der letzte sein könnte?«, fragte er, und man spürte, dass die Angst ihm immer noch in den Knochen saß.

Ungehorsam und Fluchtversuche wurden hart bestraft. Wenn die Rebellen merkten, dass jemand abgehauen war, wurde das gesamte Lager für drei Tage unter Arrest gestellt. Niemand durfte das Zelt verlassen, sonst lief er Gefahr, erschossen zu werden.

»In einem in einer spanischen Zeitung erschienenen Brief haben Sie Ihrer Mutter berichtet, man habe Ihnen alles genommen: die Orden, die Kleidung, das Geld für Ihre Hochzeit … Glauben Sie, dass unser Land einen zu hohen Preis für diesen Krieg zahlt?«

»Señor Liébana, die Aufgabe eines Soldaten ist es zu kämpfen, nicht eine Meinung zu vertreten. Wir hatten nur noch unseren Glauben, und wir haben gelernt, in der Not zu überleben. Wenn die Menschen mich in den Straßen feiern, muss ich an all die anderen Soldaten denken, die dem Vaterland gedient haben. Für einige hat das Schicksal entschieden. Und wir anderen mussten mit den Widrigkeiten der Gefangenschaft kämpfen. Darauf waren wir nicht vorbereitet. Sich an den Gedanken des Todes zu gewöhnen ist einfach, man weiß, dass einem dieses Schicksal blühen kann, wenn man eine Uniform anzieht, um sein Land zu verteidigen. Aber die Gefangenschaft erfordert Geschicklichkeit, Überlebenswille, Stärke … Ich bedaure nicht, dass man mir meine Orden gestohlen hat, man hat mir nach meiner Rückkehr andere verliehen, und auch nicht, dass das Geld für die Hochzeit weg ist, ich werde neues verdienen. Was man uns Gefangenen geraubt hat, ist unsere Würde, unsere Freiheit. Und die kann uns niemand ersetzen. Und das ist in der Tat ein hoher Preis.«

Seine Worte gruben sich tief in mein Bewusstsein. Ich war in seine Geschichte eingetaucht und hielt seine Erinnerungen, seine verstörenden Erfahrungen in meinem Notizbuch fest. Mit jeder Frage suchte ich nach einer verschwiegenen Wahrheit, einem verborgenen Satz, einem vergrabenen Geheimnis.

Nachdem der Feldwebel bereitwillig all meine Fragen beantwortet hatte, kam er zum Schluss: »Ich hoffe, ich konnte dazu beitragen, dass die Leser, für die Sie sich so sehr einsetzen, morgen ein etwas realistischeres Bild vom Krieg haben.«

»Ich werde alles dafür tun, Feldwebel Basallo. Ich danke Ihnen von Herzen, auch im Namen der Leser«, erwiderte ich.

Señor Pascal fügte noch hinzu: »Feldwebel, passen Sie auf, dass man Sie in Spanien nicht erneut gefangen nimmt. Es gibt Gefängnisse aus massivem Gold, die sind weit schlimmer als jedes marokkanische Loch.«

»Ich weiß, meine Herren. Aber es ist schon spät. Ich muss mich auf das Bankett vorbereiten. Ich geleite Sie noch zur Tür.«

Der Feldwebel entließ uns in die Winterkälte. Bevor er die Tür unter dem glänzenden Schild der Nummer 21 schloss, rief er uns noch zu: »Tun Sie mir einen Gefallen. Gehen Sie mit dem, was ich Ihnen erzählt habe, respektvoll um und mutmaßen Sie nicht so viel. Ich habe Ihnen meine Zeit geschenkt, weil ich Ihr Pflichtgefühl gegenüber Ihren Lesern nachvollziehen kann, aber bitte halten Sie sich an die Tatsachen, und lassen Sie sich nicht über Verschwörungstheorien aus, für die es keine Beweise gibt … zumindest noch nicht.«

»Keine Sorge, Feldwebel. Wir werden uns wortgetreu an das halten, was Sie uns anvertraut haben.«

»Gott zum Gruße.«

»Gott zum Gruße«, erwiderten wir einstimmig.

Als er verschwunden war, wurde mein Körper vom Scheitel bis zur Sohle von einem Adrenalinstoß erfasst. Mein Kopf glühte unter der Perücke. Vor lauter Aufregung hüpfte ich auf der Stelle und umarmte Señor Pascal. Als mir klar wurde, dass ich ein Mann und ein solcher Gefühlsausbruch nicht angemessen war, klopfte ich ihm schnell auf die Schulter, so wie Don Ernesto es bei mir machte, um davon abzulenken.

»Ich lobe mir Ihren Überschwang, Señor Liébana. Ich muss gestehen, Sie haben einen kräftigen Schlag«, konstatierte er.

Ich wusste nicht genau, ob Señor Pascal mit seiner Freundlichkeit und Unterstützung irgendwelche Hintergedanken verfolgte, aber er war in meiner Achtung gestiegen. Seine Strategie, den Feldwebel dazu zu bringen, uns etwas von seiner teuren Zeit zu opfern, war aufgegangen, und dafür war ich ungeheuer dankbar.

»Das war das interessanteste Interview, das ich je geführt habe«, versicherte ich und ließ dabei unter den Tisch fallen, dass es das erste überhaupt war.

»Ja, es war richtig gut. Ihre Fragen haben mir gefallen.«

»Vielen Dank, Señor Pascal. Sie haben aber auch ins Schwarze getroffen. Ich werde nie sein Gesicht vergessen, als Sie das mit dem König angedeutet haben …«

»Es war nicht schwer zu erraten, dass er es sich überlegen wird, ob er nicht besser doch mit uns spricht. Der Feldwebel hat ein großes Heimatgefühl, er fühlt sich dem Vaterland sehr verpflichtet, davon könnten sich viele Soldaten eine Scheibe abschneiden.«

»Da haben Sie recht …«

Wer hätte das gedacht? Señor Pascal konnte tatsächlich nett sein. Aber wie so oft konnte ich meinen Mund nicht halten und fragte ihn ganz direkt, woher denn der plötzliche Anflug von Freundlichkeit käme.

»Sie haben Don Ernesto doch gehört. Er ist überzeugt, dass wir ein gutes Gespann sind«, erwiderte er. »Und ich denke das, ehrlich gesagt, auch. Wir haben ein Exklusivinterview mit dem gefragtesten Mann der Stunde ergattert.«

»Stimmt. Aber Sie sollten daraus keine falschen Schlüsse ziehen. Ich komme bei meiner Arbeit gut allein zurecht.«

»Da haben Sie mich falsch verstanden, Señor Liébana. Ich meinte nicht, dass wir bei allen Artikeln zusammenarbeiten sollen. Ich wollte nur sagen, dass es mich freut, einen Kollegen wie Sie in Madrid getroffen zu haben.«

»*Dito*«, erwiderte ich, obwohl ich nicht recht überzeugt war, dass die Zusammenarbeit funktionieren würde, da Pedro Liébana nur begrenzt verfügbar war. »Darf ich Ihnen eine Frage stellen?«

»Ja, natürlich«, sagte er, während wir unseren Heimweg fortsetzten.

»Warum haben Sie ihm nicht gesagt, dass Sie für *Le Figaro* arbeiten? Sie haben mir fast das gesamte Gespräch überlassen ...«, merkte ich an.

»Sehen Sie, die Erfahrung hat mich gelehrt, wenn ein Mann zögert, ob er zwei Journalisten seine Zeit schenken soll oder nicht, ist es ratsam, nicht auch noch die Verbindung zur ausländischen Presse ins Spiel zu bringen. Wenn er gewusst hätte, dass seine Antworten in einer französischen Zeitung auftauchen könnten, hätte er sich vielleicht geweigert, mit uns zu sprechen. Außerdem werden die Leser von *El Demócrata* dankbar für die Informationen sein.«

»Schon, ja ... Aber werden Sie von dem Gebrauch machen, was er uns erzählt hat?«

»Señor Liébana, ich bin nett, aber nicht blöd. Das ist alles hier drin«, sagte er und tippte sich an die Schläfe. »Kommen Sie, ich lade Sie auf einen Drink ein.«

Ich nahm sein höfliches Angebot bereitwillig an, ich wollte unbedingt mehr über ihn in Erfahrung bringen. Wir kehrten ins Zentrum zurück und betraten ein Speiselokal in der Nähe des Arco de Cuchilleros mit Namen *Botín*. Señor Pascal, der ganz in der Nähe wohnte, grüßte einen der Angestellten. Der erkannte ihn sofort und wies uns einen der wenigen freien Tische zu. Leicht verstimmt wegen des ungeplanten Mittagessens kratzte ich mich an der Stirn und sah mich um. Die Atmosphäre war sehr speziell. Die Gäste waren damit beschäftigt, auf zünftige Weise ihr Essen zu genießen und mit einem ordentlichen Schluck Wein hinunterzuspülen. So etwas hatte ich noch nie gesehen. Das Holz und die warmen

Goldtöne der Einrichtung verschmolzen zu einem perfekten Ambiente.

»Was wünschen die Herren?«

»Zwei Gläser Wein, zwei Portionen von der Tagessuppe und eine kleine Portion von der Spezialität des Hauses.«

»Sie lernen wirklich schnell, Señor Pascal«, meinte der Kellner.

»Danke.«

Señor Pascal bemerkte, dass ich zum ersten Mal an dem pittoresken Ort war, und machte keinen Hehl aus seiner Verwunderung. »Sie kannten das *Botín* vorher nicht?«

»Nein … also, ich wusste natürlich, dass das Lokal existiert, aber ich war noch nie hier.«

»Aha. Es liegt ja auch nicht gerade in der Nähe Ihrer Unterkunft. Wohnen Sie immer noch in dem Hotel?«

»Ja.« Ich folgte den Wendungen des Gesprächs, auch wenn ich keine Ahnung hatte, wie ich aus der vertrackten Situation wieder herauskommen sollte.

»Möchten Sie sich denn nicht etwas Bequemeres suchen? Ich habe Sie so verstanden, dass Sie eine Weile hier in Madrid bleiben wollen.«

»Ja, so ist es. Aber ich bevorzuge Hotels, um nicht allzu heimisch zu werden.«

»Verstehe … Es ist wirklich bedauerlich, dass Sie nicht häufiger in den Genuss der Köstlichkeiten des *Botín* kommen.«

»Ich werde mir vornehmen, öfter mal durch das Zentrum zu flanieren.«

»Das halte ich für eine gute Idee.«

Nachdem wir die köstliche Suppe zu uns genommen

hatten, bei der sich der Geschmack des Fischs auf wunderbare Weise mit dem der Schinkenstücke verband, servierte der Kellner die angekündigte »Spezialität des Hauses«: Vom Tablett lachte mich ein halbes Spanferkel von beachtlicher Größe an. Señor Pascal legte mir ein Stück auf den Teller. Anfangs war ich mir nicht sicher, ob ich mich für den kräftigen Geschmack erwärmen könnte, aber nach ein paar Bissen verlor ich die Tischmanieren der feinen Dame und fand mich vollkommen in meine männliche Rolle hinein. Das Fleisch war saftig, intensiv im Geschmack, zart. Und in Verbindung mit dem Wein, der in rauen Mengen floss, war es eine Delikatesse. Es war ein unschätzbares Vergnügen, das Essen genießen zu können, ohne sich darum Gedanken machen zu müssen, wie man am Tisch sitzt oder das Besteck hält. Ich hätte ein Vermögen darauf verwettet, dass meine Tante, hätte sie mich so gesehen, auf der Stelle der Schlag getroffen hätte. Doch Elisa Montero hätte sich nie so benommen, aber in dem Moment war ich nicht Elisa, sondern Pedro Liébana.

»Sagen Sie, Señor Pascal, sind Sie verheiratet?«

»Nein. Frauen und Familie sind kein Thema für mich. Außer für gewisse Stunden, Sie verstehen schon.«

»Na klar«, versicherte ich, ohne genau zu wissen, was ich sagte.

»Und Sie? Sie sehen so aus, als würde ein Mädchen in Barcelona auf Sie warten.«

»Nun ja, kann schon sein. Sie wissen ja, die Frauen sind schnell in einen vernarrt, aber bei meinem Beruf habe ich keine Zeit für etwas Festes.«

»Das Ferkel hat Ihnen offenbar geschmeckt«, meinte Señor Pascal.

»Ich muss gestehen, so etwas Köstliches habe ich noch nie gegessen.«

»Nicht wahr? Es ist eines der bestgehüteten Geheimnisse der Stadt.«

»Zweifellos. Übrigens, wie ich vernommen habe, genießen Sie einen hervorragenden Ruf in Paris. Arbeiten Sie schon lange in unserem Metier?«

»Länger, als ich denken kann. Ich habe mit fünfzehn als Botenjunge für verschiedene Blätter angefangen. Die Arbeit bei der Zeitung hat mich so fasziniert, dass ich selbst während meines Literaturstudiums an der Sorbonne nie damit aufgehört habe. Ich bin da so hineingerutscht, erst bin ich Redakteur geworden und wenig später Korrespondent. Als Erstes wurde ich nach Berlin geschickt, um über die Demonstrationen nach der Abdankung Kaiser Wilhelms II. zu berichten. Es waren schwierige Zeiten für die französischen Zeitungen. Einige Blätter, für die ich als Jugendlicher gearbeitet hatte, mussten während des Kampfes schließen, anderen begegneten die Leser zunehmend mit Skepsis, und das hält bis heute an.«

»Wirklich? Woher kommt denn das Misstrauen?«, fragte ich. Ich hatte Mühe, dass meine Stimme nicht kippte.

»Sehen Sie, Señor Liébana, in Kriegszeiten sind Freiheit und Wahrheit Werkzeuge im Dienste nationaler und staatlicher Interessen. Die Presse muss eine schwierige Entscheidung treffen: Entweder sie berichtet über das, was geschieht, oder sie berichtet über das, was die Regierung ihr diktiert. In diesem Konflikt zerstören sich Ehre, Gemeinwohl, Verantwortungsgefühl oder persönliches Interesse am Ende gegenseitig. Wenn später ans Licht kommt, was tatsächlich geschehen ist, und man Halbwahrheiten gebracht hat, ist man für die Leser nicht mehr vertrauenswürdig. Und das Schlimmste, was einem Journalisten passieren kann, ist der Verlust der Glaubwürdigkeit.«

»In der Tat. Letzten Endes sind unsere Nachrichten, die wir schreiben, kurzlebige alltägliche Wahrheiten.«

»Genau. Na ja, das sind vermutlich keine guten Zeiten für eine neutrale Berichterstattung. Und was ist mit Ihnen? Laut Don Ernesto sind Sie ein Rohdiamant.«

»Oh, das sagt er über mich?« Das schmeichelhafte Kompliment stieg mir zu Kopf. »Auch ich habe mich von Kindesbeinen an zum Schreiben berufen gefühlt. Schon früh habe ich ein paar Artikel in Barceloner Zeitungen veröffentlicht und sogar ein nicht zu verachtendes Angebot von *La Vanguardia* bekommen. Aber ich habe mich für *El Demócrata* entschieden. Ich wollte immer schon für eine Zeitung der Hauptstadt schreiben, der großen Bühne von Politik und Kultur.«

Trotz des üppigen Mahls und der Menge an Alkohol, die ich intus hatte, gelang es mir, bis zur Verabschiedung nicht aus der Rolle zu fallen.

»Ich muss mich verabschieden, ich muss noch einen Artikel schreiben«, behauptete ich.

»Ich auch«, erwiderte er, und sogleich war der Wettstreit wieder in vollem Gange.

»Es war mir ein Vergnügen, Señor Pascal.«

»Sagen Sie doch einfach Olivier, wenn Sie mögen.«

»Gut, dann bin ich ab sofort Pedro für Sie«, erwiderte ich in einem Anflug wachsender, aber kritisch beäugter Brüderlichkeit.

»Bis bald, Pedro.«

»Bis bald, Olivier.«

***

Der Besuch von Doktor Rueda hatte bezüglich der Diagnose meiner Krankheit nichts Erhellendes beigetragen – was ja auch nicht weiter verwunderlich war. Er hatte nicht gemerkt, dass ich nur schauspielerte, und kam zu dem Schluss, dass ich unter Migräne litt. Nichts anderes hatte ich ja selbst gesagt. Allerdings wirkte ich an jenem Morgen äußerst glaubwürdig, denn die Übelkeit, die der Festschmaus mit Pascal bei mir hinterlassen hatte, war so echt wie das saftige Schweinefleisch, das ich wie ein Seemann verschlungen hatte. Ich beschloss, mich auszukurieren. In der Redaktion störte es ohnehin kaum jemanden, wenn ich nicht erschien.

Gereizt ordnete meine Tante an, ich solle auf meinem Zimmer bleiben und am besten das Bett nicht verlassen. Ich nickte gefügig, schloss die Augen und nickte auf der Stelle ein. Ich schlief wie ein Murmeltier. Seit Wochen hatte ich nicht so gut geschlafen. Die Müdigkeit der langen Abende mit dem ein oder anderen Glas Hochprozentigen, die anstrengenden Auftritte als Pedro Liébana und die Nächte hinter der Schreibmaschine saßen mir in den Knochen. Eingehüllt in die weichen Laken hatte ich mich in das Reich der Träume gleiten lassen, wo Erinnerung und Fantasie verschmolzen und sich meine größten Sehnsüchte Bahn brachen. Ich war zu Hause, in Sicherheit, es konnte mir nichts geschehen.

Die Sonne hinter der Scheibe wurde bereits blasser und verkündete den Madrilenen mit ihren letzten Strahlen, dass sich der Tag dem Ende zuneigte. Verhalten drang noch etwas Licht durch die rosafarbenen Vorhänge, als ich verschlafen die Augen aufschlug, in Gedanken noch in einer anderen Welt. Verschwommen nahm ich eine Gestalt auf dem Stuhl wahr. Ich blinzelte, um besser sehen zu können.

»Catalina.«

»Guten Tag, Dornröschen. Oder guten Abend, besser gesagt.«

»Was machst du denn hier?«

»Ich wollte meiner kranken Freundin einen Besuch abstatten. Ich hoffe, ich störe dich nicht.«

»Im Gegenteil. Ein wenig Gesellschaft wird mir guttun.«

»Das dachte ich mir.« Sie stand auf und vergewisserte sich, dass die Tür verschlossen war und niemand uns belauschte.

Ich richtete mich auf, schüttelte die Trägheit ab und beobachtete sie. Catalina nahm eine Zeitung vom Tisch, die sie wohl selbst dort hingelegt hatte. Mit einem breiten Grinsen warf sie sie mir zu.

»Pedro Liébana ist auf der Titelseite, meine liebe Elisa«, verkündete sie stolz.

Perplex griff ich nach dem Druckwerk, und in der Tat

prangte gleich auf der ersten Seite mein Interview mit Feldwebel Basallo. Gestern hatte ich mich, nachdem ich mich von Pascal verabschiedete hatte, in die Redaktion von *El Demócrata* begeben, um das großartige Material gleich in Form zu gießen. Den fertigen Artikel hatte ich in Don Ernestos Büro gelegt und mich dann gleich auf den Heimweg gemacht, in der Hoffnung, dass in den Stunden meiner Abwesenheit niemand mein Zimmer betreten hatte. Zum Glück war meine Tante den ganzen Tag über nicht aufgetaucht.

»Ich muss zugeben, das Interview ist ausgezeichnet«, sagte Catalina freudig und setzte sich zu mir aufs Bett.

»Es war ein unglaublich interessantes Gespräch, Catalina. Ich hätte dich gerne dabeigehabt. Der Mann hat mit seinen Augen so viel mehr erzählt als mit seinen Worten. Ein Teil von ihm ist immer noch in Marokko in Gefangenschaft, und ich glaube nicht, dass er je freikommt.«

»Eine schlimme Erfahrung. Wie hast du ihn dazu gebracht, mit dir zu sprechen?«

»Das ist das Verdienst von Monsieur Pascal.«

»Heißt das, Señor Pascal ist vom verhassten Zeitgenossen zum guten Freund von Pedro Liébana avanciert?«

»Dreh mir nicht die Worte im Mund herum. Sag, was gibt es bei dir Neues?«

Und so plauderten wir eine Weile und genossen das Gefühl gegenseitigen Einvernehmens. Irgendwann öffnete Pilar leise die Tür.

»Elisa, du hast noch einen Besucher. Don Francisco wartet unten.«

Catalina stand sofort auf, und ich bat sie, mir einen Morgenrock zu bringen. Ich ging zum Frisiertisch, kämmte mein Haar und kniff mir in die Wangen, damit ich nicht so blass aussah. Dann machte ich Pilar ein Zeichen, und sie gab Francisco Bescheid, dass ich bereit war, ihn zu empfangen. Meine Freundin drückte mir einen Kuss auf die Wange und verschwand. Ich hörte, wie die beiden Besucher im Flur kurz miteinander sprachen.

»Señorita Folch, was für eine Überraschung, Sie hier zu sehen.«

»Don Francisco. Guten Abend.«

»Ich hoffe, Sie bald wiederzusehen.«

»Das hoffe ich auch, Don Francisco. Bis dahin.«

»*Adiós.*«

Mein Verlobter trat durch die Tür. Er wirkte besorgt. Er war eine imposante Erscheinung, und mit seinem exquisiten Geschmack in puncto Kleidung war es kein Wunder, dass er bei der Damenwelt so begehrt war. Er stürmte auf mich zu, drückte mich an sich und küsste mich. Nachdem ich ihm gesagt hatte, dass ich wahrscheinlich unter Migräne litt, bot er mir sofort die Dienste von Doktor Vallejo an, dem Hausarzt der Familie Rosales, falls ich eine zweite Meinung hören wolle.

Während ich in seinen Armen lag, betrachtete ich die Zeitung auf meinem Bett. Franciscos Wärme und seine Unterstützung waren tröstlich für mich, aber in meinem Kopf kreiste die Frage, ob er auch noch Verständnis zeigen würde, wenn wir verheiratet waren. Es würde mir nichts ausmachen, meine Arbeit als Sekretärin aufzugeben, aber nur, wenn mein Verzicht auf die Stelle dazu führte, dass ich offizielles Mitglied der Redaktion würde. Ich hatte das die ganze Zeit im Hinterkopf und wartete nur auf den geeigneten Moment, meinem zukünftigen Ehemann meine Leidenschaft für den Journalismus zu beichten.

Als er gegangen war, setzte ich mich aufs Bett und sah mich um. In meiner Schlaftrunkenheit tauchten vage Erinnerungen vermischt mit Traumbildern auf. Plötzlich schrak ich auf. Mir war der Vorfall mit Pilar wieder eingefallen. Am Sonntagabend hatte ich die Verkleidung von Pedro Liébana auf dem Stuhl liegen lassen und mich gedankenlos aufs Bett gelegt. Ich wollte mich nur kurz ausruhen und dann die Spuren meines Doppelspiels beseitigen. Aber ehe ich michs versah, war ich eingeschlafen. Am Morgen hatte Pilar an die Tür geklopft, um sich nach meinem Befinden zu erkundigen. Ich wollte sie schon hereinbitten, da merkte ich, dass die Männerkleidung immer noch über der Lehne hing. Ich stand auf, bat Pilar kurz zu warten, und stopfte die verräterischen Utensilien in die Truhe. Als sie den Zeitpunkt für gekommen hielt, trat sie ein und sah, wie ich über die Truhe gebeugt dastand.

»Was machst du da, Elisa? Was ist passiert?«, fragte sie besorgt.

»Nichts, Pilar. Es ist alles in Ordnung. Ich habe nur nach einer Perlenkette gesucht, an die ich mich im Traum erinnert habe. Das ist alles«, erwiderte ich und klappte den Deckel der Truhe zu.

Pilar rührte sich nicht vom Fleck und sah mich fragend an. Ich stand auf und kehrte ins Bett zurück.

»Doktor Rueda kommt in einer halben Stunde«, sie hielt kurz inne, »aber ich bin mir nicht sicher, ob er der richtige Arzt für dein Leiden ist«, sagte sie, den Blick auf die Truhe gerichtet.

»Doch, das ist er, Pilar«, log ich und spürte, wie der Schmerz des Verrats auf meiner Haut brannte.

7

Im Garten von Catalinas Wohnheim herrschte eine wohltuende Ruhe, die sich auf die Seele übertrug, sobald man dort länger verweilte. Die Mädchen, die nach dem Examen nicht nach Hause gefahren waren, vergnügten sich, indem sie lasen, spazieren gingen oder Rasentennis spielten. Sie kamen aus unterschiedlichen Gegenden Spaniens, aber im Wohnheim waren sie zu einer verschworenen Gemeinschaft zusammengewachsen. Ich beneidete sie ein wenig. Zwei von ihnen grüßten mich schon von Weitem, vermutlich waren sie auf dem Weg zur Institutsschule. Die beiden waren immer sehr zuvorkommend, weil sie wussten, dass ich zu Catalinas engsten Vertrauten gehörte. Sie waren etwa achtzehn oder neunzehn Jahre alt und immer gut gelaunt.

Es war seltsam, dass Agnes nicht mehr da war. Vor zwei Wochen, Anfang Juni, war sie nach zwei Studienjahren in die Vereinigten Staaten zurückgekehrt. Der Abschied war allen schwergefallen, vor allem Catalina. Die beiden waren die ganze Zeit über unzertrennlich gewesen. Und nun war von all den schönen Stunden nur die Beteuerung geblieben, sich regelmäßig zu schreiben. Mit ein wenig

Glück würden wir sie irgendwann in den nächsten Jahren besuchen. Ich fand es erschreckend, wie ein Mensch von jetzt auf gleich aus deinem Leben verschwinden kann. Eben saß die Person noch vor dir, und kurz darauf überquert sie schon den Atlantik.

»Elisa!«, rief Catalina.

»Catalina, wie geht es dir?«

»Gut. Entschuldige die Verspätung. Ich hatte noch eine Besprechung mit María de Maeztu.

»Hast du Lust auf einen Spaziergang?«

»Ja, klar. Aber bitte im Schatten, die Hitze ist unerträglich. Sag, was wolltest du mir erzählen?«

»Du musst mir versprechen, dass alles, was ich dir jetzt sage, unter uns bleibt.«

»Du weißt, dass ich deine Geheimnisse niemals verraten würde. Aber mach mir keine Angst. Was ist passiert?«

»Du erinnerst dich doch, dass Don Ernesto seit Wochen darauf gedrängt hat, Señor Pascal und mich zu einem Drink einzuladen?«

»Ja, ich erinnere mich.«

»Nun, gestern hat er uns in ein Lokal in der Nähe der Plaza del Progreso bestellt.«

»Und?«

»Ich bin hingegangen. Das war vielleicht ein seltsamer Abend …«

Und so berichtete ich ihr von den Abenteuern Pedro Liébanas am Tag zuvor.

Es war unglaublich schwül, und die Perücke war an heißen Tagen noch unbequemer als sonst, auch wenn das kaum vorstellbar war. Ich betrat die kleinen Straßen südlich der Puerta del Sol, in denen von der Eleganz der Boulevards im Zentrum nichts mehr zu spüren war. Das Viertel Lavapiés war einfach, ärmlich, es hatte etwas Bohèmehaftes. In den Straßen herrschte buntes Treiben: Männer strömten in Scharen in die Cafés, Frauen lachten hell und laut, und aus den Belüftungsschächten drang fröhliche Musik nach draußen. In den widerstandsfähigen Oxfords marschierte ich zu dem ausgemachten Treffpunkt. Ich war verwundert, dass Don Ernesto Gefallen an einem solchen Viertel fand, aber im Nachtleben schienen sich alle sozialen Trennungen aufzulösen. Männer aller Schichten besuchten dieselben Lokale, um der Alltagsroutine zu entfliehen und dem Vergnügen zu frönen.

Meine Begleiter waren zum Glück pünktlich, und wir betraten das Teatro Barbieri. Auch hier war das überwiegend männliche Publikum sehr gemischt. Don Ernesto grüßte zwei Bekannte und bat uns, an einem der runden kleinen Tische Platz zu nehmen. Das Teatro Barbieri war eine Art Cabaret, wo man in schummriger Atmosphäre rauchen und trinken und sich von dem vielseitigen Programm unterhalten lassen konnte.

»Sie werden sehen, es wird Ihnen gefallen«, sagte Don Ernesto.

»Davon bin ich überzeugt«, erwiderte ich. Pascal zündete sich eine Zigarette an.

»Sie auch?«, fragte er.

Ich lehnte dankend ab.

Wenig später erklangen auch schon die ersten Akkorde einer eingängigen Melodie, und unter Applaus betrat eine junge Frau die Bühne. Ihr aufreizendes Kostüm wurde durch ein besticktes Umschlagtuch aus Seide mit exotischen Motiven verdeckt, mit dem sie zu den Klängen des Klaviers einen anmutigen Tanz vollführte. Don Ernesto und Pascal verfolgten gebannt ihre verführerischen Bewegungen. Schockiert von der erotischen Darbietung suchte ich verzweifelt nach etwas weniger Anstößigem, auf das ich meinen Blick lenken konnte. Aber was hätte das sein sollen? Alle Blicke waren auf die Bühne gerichtet.

In dem Lied, das sie sang, ging es um einen seltsamen Floh, der sich unter ihr Kostüm verirrt hatte. Ich stellte mir vor, was Padre Cristóbal sagen würde, wenn er hörte, dass ich mich in einem solchen Sündenpfuhl aufgehalten hatte. Peinlich berührt legte ich schützend die Hand an die Stirn, um nicht mit ansehen zu müssen, wie die Tänzerin uns ein Strumpfband reichte und dabei an meinem Glas nippte. Verstohlen sah ich zu meinen Begleitern hinüber. Sie waren sichtlich angetan von dem schamlosen Lied und der Anmut der Sängerin. Die Zuschauer applaudierten frenetisch und ließen sie hochleben.

»Na, was sagen Sie? Die Kleine ist unglaublich, oder?«, meinte Don Ernesto.

Ich nickte eifrig. An dem Abend lernte ich Don Ernesto von einer ganz anderen Seite kennen. Offenbar war er ein großer Anhänger der populären Musik, die sich in Spanien großer Beliebtheit erfreute. Viele der Couplets hatten Eingang in die Programme von Theatern, Cabarets und Varietés gefunden. Während der nächste Drink serviert wurde, fragte ich mich, ob Don Ernesto ebenso

Gefallen an der Zarzuela oder den Auftritten von Entfesselungskünstlern fand. Im Gegensatz zu mir schien Señor Pascal seine Begeisterung zu teilen.

»In Paris haben wir auch Coupletsängerinnen, einige sind sogar weltberühmt«, erzählte er.

Mir fiel dazu nichts ein, ich musste das alles erst mal verdauen.

»Na, was sagen Sie, Don Pedro?«, bohrte Don Ernesto nach.

»Ich fand es bemerkenswert«, erwiderte ich.

»Ich wusste, dass Sie sich prächtig amüsieren würden, meine Herren«, sagte er stolz und klopfte jedem von uns auf die Schulter, wie er es im Überschwang gerne tat.

»Zweifellos eine gute Wahl, Don Ernesto. Sind Sie öfter hier?«

»Nein, nein. Hin und wieder schaue ich mal vorbei, um mich an der Sinnlichkeit der Sängerinnen zu berauschen oder über die Komiker zu lachen, die an manchen Abenden hier auftreten.« Er machte eine theatralische Pause. »Aber kein Wort hierüber zu meiner Frau.«

Ich nahm einen großen Schluck von meinem Drink.

»Keine Sorge, Don Ernesto. Das bleibt unser Geheimnis«, versicherte ihm Pascal.

»Das gilt selbstverständlich auch für mich«, fügte ich rasch hinzu.

»Nicht dass Sie mich falsch verstehen, aber manche Dinge sollte ein Mann für sich behalten. Was bringt es den Frauen, wenn sie davon wissen? Sie regen sich nur unnötig auf und schreien Zeter und Mordio. Wenn meine Cristina mich hier sähe, würde sie mich einen Lustmolch schimpfen und mich zwei Wochen jeden Tag zur Beichte schicken.«

»Und das völlig zu Recht«, dachte ich bei mir.

»Gut, meine Herren, ich muss ins Bett. Genießen Sie Ihre Freiheit, die Nacht ist noch jung«, sagte er. Dann trank er sein Glas aus und stellte es mit einem lauten Knall auf dem Tisch ab.

Der Kellner brachte uns noch einen Drink. Señor Pascal, der entspannt die vorbeigehenden Mädchen betrachtete, war nicht entgangen, dass ich mich unwohl fühlte.

»Ist alles in Ordnung, Pedro?«

»Alles bestens. Ich mag diese … Vergnügungslokale. In Barcelona sind sie quasi mein Wohnzimmer.«

Señor Pascal sah mich befremdet an. Offenbar erzeugte es genauso viel Misstrauen, wenn man Stammgast im Cabaret war, als wenn man nie hinging. Ich nahm einen Schluck. Er hielt mich bestimmt für einen liederlichen Gesellen.

»Ein Hoch auf Don Ernesto, mit Ihnen hat er wirklich eine gute Wahl getroffen«, meinte er.

»Kann man wohl sagen.«

»Apropos, da fällt mir ein, haben Sie noch mehr über den Zwischenfall im Parlament herausgefunden?«

»Ja, Morales hat mir die Kontaktdaten einer seiner Quellen gegeben. Als Gegenleistung verlangt er ein Paar neue Schuhe. Aber das ist es mir wert«, berichtete ich.

»Morales, der Gauner … Er weiß, wie man sich schadlos hält«, meinte Pascal.

»Deshalb ist er auch eine der Schlüsselfiguren bei *El Demócrata*.«

Wir unterhielten uns über Gott und die Welt. Doch

meine Beiträge büßten zunehmend an Scharfsinn ein, und ich spürte, wie meine Zunge schwer und mein Hirn vom Alkohol benebelt wurden. Aber ich verstand genau, worum es ging, als mein Begleiter auf eine junge Frau deutete, die mich von einem der Nachbartische aus unverhohlen anstarrte.

»Sieht so aus, als ob Sie ihr gefallen. Wollen Sie nicht mal Ihr Glück versuchen?«, animierte er mich.

»Ich? Aber ja, natürlich … wer sonst … Sie finden also, ich sollte …ja … ich …«

Es war nicht mehr zu verbergen, dass meine Gedanken ins Stocken gerieten, und Pascal versuchte wohlwollend, meinem Monolog zu folgen.

»Wissen Sie was? Heute Abend genieße ich lieber Ihre äußerst angenehme Gesellschaft. Ich habe nicht das Bedürfnis, jemand anderen kennenzulernen, werter, hochgeschätzter Olivier«, versuchte ich ihn abzulenken.

»Ich bitte Sie! Ich weiß Ihre Rücksicht zu schätzen, aber nicht mal in hundert Jahren könnte ich Ihnen auch nur annähernd das bieten, was dieses Mädchen … Sie wissen, was ich meine.«

»Oh, mein Gott«, dachte ich bei mir. Was sollte ich bloß tun? Ich hüstelte.

»Ich kann mich nur wiederholen, Olivier. Ich bleibe bei Ihnen. Ich könnte mich nirgends wohler fühlen als an Ihrer werten Seite.«

Aus irgendeinem Grund hatte der Alkohol einen Hang zur Übertreibung in mir entfacht. Dabei fiel es mir immer schwerer, die Worte auszusprechen, die mir allesamt wie Zungenbrecher vorkamen.

»Na, kommen Sie schon. Ich werde Sie begleiten. Nicht so schüchtern!«

Pascal stand auf. Ich konnte es nicht fassen. Leicht taumelnd folgte ich ihm und versuchte, mich an dem Gespräch zu beteiligen, das er mit dem Mädchen anknüpfte. Sie verriet uns, dass sie Teodora hieß. Pascal, der die Kunst der Konversation und der Verführung vorzüglich beherrschte, tat sein Bestes, das Gespräch so zu lenken, dass ich sie erobern konnte.

»Señor Liébana macht vielleicht auf ersten Blick nicht viel her, aber er ist einer der vielversprechendsten Redakteure von ganz Madrid«, erklärte er. »Die Leser liegen ihm zu Füßen.«

»Einer der vielversprechendsten Redakteure von ganz Spanien, mein hochverehrter Olivier. Von ganz Spanien. Sie müssen entschuldigen, er ist Franzose und nicht allzu bewandert in Geografie. Er weiß nicht, dass Spanien über Madrid hinausgeht«, korrigierte ich ihn.

»Wie Sie meinen.«

Dass ich so auf meinem Erfolg herumritt, entlockte ihr ein verschmitztes Lächeln. Verwirrt versuchte ich, mit dem letzten Rest Verstand, der mir noch geblieben war, meinen Fehler wiedergutzumachen.

»Aber das wird über wahnsinnig viele Reporter gesagt. Wer bin ich, dass ich mich über sie erheben wollte? Außerdem, wie mein Freund schon sagt, selbst wenn es so wäre, würde mich niemand akzeptieren. Schauen Sie mich an, ich bin weder groß noch kräftig noch besonders männlich.«

»Ach, schöner junger Herr, das ist kein Problem. Ich mag kleine Männer«, sagte sie.

»Das ist ein Fehler. Die kräftigen sind die besseren … Liebhaber«, sagte ich ins Blaue hinein.

»Was ist denn das für eine Aussage?«, meinte Pascal überrascht.

»Das hat ein wahnsinnig berühmter Arzt gesagt.«

Teodora sah mich für einen Moment verblüfft an, aber dann warf sie mir wieder laszive Blicke zu. Wenn sie wüsste, dass ich in Wahrheit eine Frau war und nicht der zarte, introvertierte Redakteur, den sie vor sich zu haben glaubte …

»Möchten Sie tanzen, Señor Liébana?«, schlug sie vor.

»Eine großartige Idee!«, rief Pascal aus.

»Sehen Sie, das ist ein weiteres Manko, ich habe zwei linke Füße.«

Das Tanzen war in zweifacher Hinsicht problematisch. Zum einen konnte ich nicht führen. Und zum anderen war ich so betrunken, dass ich für alle Menschen in meiner Umgebung eine Gefahr darstellte, wenn ich mich auf die Tanzfläche begab.

»Das macht nichts, dann bleiben wir einfach hier sitzen«, sagte sie munter.

In meinem Kopf drehte sich alles. Pascal hatte sich zurückgezogen, um selbst auf Brautschau zu gehen, und mich mit der Verführungskünstlerin allein gelassen. Ich hatte Schweißperlen auf der Stirn.

»Kommen Sie oft hierher?«

»Nein, ich bin zum ersten Mal hier.« *Und hoffentlich zum letzten.*

»Ihr Gesicht kam mir gleich so unbekannt vor. Und ich vergesse so gut wie nie ein Gesicht. Ich kenne alle hier in der Gegend.«

»Sie sind eine gute Beobachterin.«

»Aber von all den feinen Herren haben es mir am meisten die Schüchternen angetan.«

Ich lächelte und tat so, als ob ich mich geschmeichelt fühlte, dabei wäre ich am liebsten davongelaufen.

»Am meisten verabscheue ich die, die hierherkommen, mit ihren Münzen klimpern und all das haben wollen, was man ihnen im heimischen Bett versagt.«

»Das ist sicher ein hartes Brot.« An dieser Stelle sprach Elisa aus mir, die sich gut in die Not der Frau hineinversetzen konnte.

»Das ist es, Señor Liébana, sehr hart«, erwiderte sie und nutzte mein Mitleid, um näher an mich heranzurücken. »Sie schreiben also für *El Demócrata* … Dann muss ich mir das Blatt wohl auch mal besorgen, wenn da so tolle Jungs wie Sie arbeiten.«

»Ja, ich kenne da jemanden, der wäre hocherfreut, wenn er sich mit Ihnen die Zeit vertreiben dürfte«, erwiderte ich und dachte dabei an López, den Weiberhelden.

»Wissen Sie was, Señor Liébana? Sie haben wunderschöne Augen.«

Teodora rückte noch näher an mich heran. Ihre Lippen suchten nach meinen, ich wusste nicht, was ich tun sollte. Sie schloss die Augen, überzeugt, dass ich ihrem hemmungslosen Annäherungsversuch nicht abgeneigt war, und kam bedrohlich näher. Ich konnte einen Mann spielen, aber alles hatte seine Grenzen. Entsetzt wich ich zurück. Ich stand auf und verließ den Tisch, an dem ich mit ihr und Pascal gesessen hatte. Auf dem Weg zum Ausgang sah ich noch, wie die arme Teodora das Gleichgewicht verlor und – zu spät – merkte, dass niemand sie halten oder küssen würde. In einer Millisekunde gab der Stuhl, dem Gesetz der Schwerkraft gehorchend, unter ihrem Gewicht nach, und sie fiel vornüber. Ihre üppigen Rundungen, die Ware, die sie den Männern anbot, die ihr ein paar Peseten gaben und von Liebe redeten, landeten unter den irritierten Blicken der Anwesenden auf dem dreckigen Boden des Cabarets. Ich flüchtete, so schnell ich konnte, ohne mich umzusehen oder für die unbeabsichtigte Demütigung zu entschuldigen.

Die Schwüle auf der Straße war wie ein Schlag ins Gesicht, aber ich lief weiter. Ich fühlte mich unwohl, taumelig, und ich hatte Angst. Der Abend hatte eine unheilvolle Wendung genommen, und ich musste verschwinden, bevor jemand merkte, dass ich kein Mann war. Ich rannte, aber die Straße kam mir länger vor als auf dem Hinweg. Hinter mir vernahm ich vage eine Stimme, die immer lauter wurde.

»Pedro! Pedro! Wo wollen Sie denn hin? Pedro!«

Pascal durfte mich in diesem Zustand nicht sehen. Mein Magen rebellierte und verlangte nach einer Pause, und ich war nicht mehr Herr über meine Beine. Ich drehte mich um, weil ich wissen wollte, wo Pascal sich befand und wie lange er noch brauchte, bis er mich eingeholt hatte. Ich musste schneller laufen.

»Pedro! Vorsicht! Vorsicht!«

Da war es schon passiert: Ein Pferd hatte mich seitlich erwischt, und ich stürzte auf die Straße.

Als ich aus der Ohnmacht erwachte, kniete Pascal neben mir und rief: »Pedro! Pedro! Ist alles in Ordnung?«

»Bin ich etwa tot?«, fragte ich.

»Sie leben, es sei denn, Tote können seit Neuestem sprechen.«

»Sind Arme und Beine noch dran?«

»Ja, alles da. Wie viele Finger sehen Sie?«, sagte er und hielt mir seine Hand vors Gesicht.

»Vier.»

»Gut. Das kommt vom Alkohol. Glauben Sie, Sie können aufstehen?«

»Ich versuch's mal«, versprach ich.

Mühsam rappelte ich mich hoch. Als Pascal bemerkte, wie schwer ich mich tat, reichte er mir die Hand. Bei dem Versuch, in den aufrechten Gang zurückzufinden, sagte ich in einem plötzlichen Anflug von Offenheit: »Sie haben wirklich wahnsinnig schöne Augen, Olivier.«

Er schob den Ausreißer wohl auf meine Trunkenheit und lachte. Als ich endlich stand, sagte er: »Danke für das Kompliment, Pedro. Señorita Teodora wird Sie bestimmt nie vergessen.«

Catalinas Gelächter war in der ganzen Straße zu hören. Ich bat sie, sich nicht noch über mein Ungemach lustig zu machen. Wir waren den Paseo de la Castellana bis zu den Altos del Hipódromo entlanggegangen, wo sich das eindrucksvolle Gebäude des Naturkundemuseums befand. Wir spazierten durch den wunderbaren Garten und ließen unsere blasse Haut von der Sonne streicheln.

»Ich hätte tausend Peseten dafür gegeben zu sehen, wie du dich Señorita Teodora entwindest.« Sie kam aus dem Lachen gar nicht mehr heraus.

»Wer den Schaden hat, braucht für den Spott nicht zu sorgen.«

»Ach, Elisa, ich amüsiere mich nicht über deine Not. Aber du musst zugeben, das hat bestimmt schreiend komisch ausgesehen.«

»Mag sein. Ich frage mich, was Señor Pascal von mir denkt. Ich habe ja praktisch versucht, ihm die Frau in die Arme zu treiben, um sie loszuwerden. Und dann habe ich panisch die Flucht ergriffen und bin in der Dunkelheit verschwunden.«

»Ganz einfach: Er denkt, dass du nicht mehr Herr deiner Sinne warst.«

»Ich weiß nicht. Wenn ich mich in Pedro Liébana verwandele, verliere ich mich in einem Dickicht aus unsichtbaren Regeln. Eine Frau zu sein ist nicht einfach, aber auch als Mann hat man es nicht leicht.«

»Logisch. Beim Geschlecht verhält es sich wie mit den Klassen: Es wurden gesellschaftliche Regeln geschaffen, die unser Denken und Handeln bestimmen. Das Entscheidende ist, wachsam zu sein, die Sprache der Männer für sich zu übersetzen, damit man ihnen am Ende geistig überlegen ist.«

Catalina hatte recht. Seit etwas mehr als einem Jahr lebte ich in zwei völlig unterschiedlichen Welten, in der von Elisa Montero und in der von Pedro Liébana. Jede der beiden Identitäten verlangte, dass ich mich auf eine bestimmte Weise verhielt, sie bestimmte darüber, in welchen Situationen ich das Wort ergriff und welche Argumente ich gebrauchte. Besonders vertrackt wurde es, wenn sich die beiden Welten vermischten. Aber vielleicht verlieh mir das auch eine besondere Macht. Wie bei meiner Arbeit für *El Demócrata*. An meinem Schreibtisch standen Augen und Ohren im Dienst Pedro Liébanas, aber sprechen durfte ich nur als Elisa.

***

An dem Morgen hatte sich Don Ernesto schon zu früher Stunde mit López, Morales, Fernández und Simón zusammengesetzt. Sie hatten die Themen festgelegt, die an jenem 19. Juni besonders brennend waren. Über die Regierung gab es das Übliche zu berichten, die Lage in Spanien war nach wie vor instabil, im Parlament wurde erbittert gestritten, und das Misstrauen gegen die Armee hielt an.

»Simón, um die Tanger-Frage kümmere ich mich. Warte du am Telefon, ob irgendeine Nachricht über die Proteste in Barcelona kommt«, verfügte Morales.

Der Junge schnaubte verzweifelt, weil er schon wieder dazu verdonnert wurde, an dem verhassten Apparat zu sitzen, an den er Tag für Tag gefesselt war.

»Und sonst, ist noch irgendwas über die Überfälle in Katalonien gekommen?«, wollte der altgediente Redakteur wissen.

»Nein, nichts, Morales.«

»Na schön. Also, du bleibst heute hier und wartest, ob was reinkommt. López! Hallo! Was hast du heute zu bieten?«

»Ich würde gerne endlich mit den Berichten über den Stierkampf anfangen, wenn ihr irgendwann mal die Klappe halten würdet«, beklagte sich López, der mit der Zigarette im Mundwinkel auf seiner Schreibmaschine tippte.

»Ach, López, irgendwann wirst du begreifen, dass es wichtigere und bereichernde Dinge gibt als das kulturelle Freizeitvergnügen«, ätzte Morales.

»Genau. An dem Tag, an dem du aufhörst, als Dirne für bestimmte Teile der Regierung zu arbeiten«, konterte López.

»Sag, was du willst, aber dank meiner Kontakte können wir mit den Titelseiten von *La Corres*, *ABC* und *El Heraldo* mithalten.«

»Täusch dich nicht, es ist nicht alles nur dein Verdienst. Ehe du dichs versiehst, werden deine Quellen versiegt sein.«

In dem Moment platzte Pascal hinein.

»Hey! Unser Franzmann! Wie geht's?«, rief Morales.

»Guten Tag, die Herren!«

Señora Idiazábal, wie immer mit irgendwelchen Unterlagen beschäftigt, reagierte sofort, als sie Pascals Stimme vernahm. Sie richtete ihr Haar, nestelte an ihrem Kleid herum und strich demonstrativ über ihre Seidenstrümpfe.

»Mädchen, kümmere du dich mal um die Belege hier!«, wies sie mich an. »Señor Pascal! Was für eine Überraschung, Sie hier zu sehen!«, rief sie.

»Guten Tag, Señorita Idiazábal.«

»Oh là là, Señorita. Wie galant«, kokettierte sie.

»Das muss am französischen Akzent liegen. Wenn ich Señorita zu Ihnen sage, dann setzt es jedes Mal was«, beschwerte sich López.

»Weil Sie ordinär sind, López. Ich kann Höflichkeit sehr wohl von Spott unterscheiden.«

»Und wenn dann noch der schicke Akzent dazukommt …«

»Hören Sie gar nicht hin, Señor Pascal. Kann ich Ihnen behilflich sein? Möchten Sie etwas trinken? Etwas Kaltes vielleicht?«

»Nein, danke, Doña Carmen. Ich bin wunschlos glücklich.«

Ich trat vor, um mir das Ganze anzusehen. Pascal, stets hellwach, hatte meine Anwesenheit sofort bemerkt, ließ mich aber in aller Ruhe das Gespräch verfolgen.

»Wie ich gehört habe, sind Sie und Señor Liébana gestern beim Empfang des Parlamentspräsidenten gewesen«, sagte Señora Idiazábal und rückte dabei immer näher an Pascal heran.

»So ist es«, erwiderte er knapp.

»Ich wette, es war ein sehr interessantes Treffen …«

In der Tat. Das erfolgreiche Interview mit Feldwebel Basallo hatte mir Tür und Tor geöffnet. Ich hatte Don Ernestos Vertrauen gewonnen, und er setzte mich jetzt auch auf die relevanten Themen an. Doch Señor Pascal, mit dem ich mich in einem ständigen Wettstreit um die Gunst des Herausgebers befand, war im letzten Moment dazugestoßen. Er war mir immer dicht auf den Fersen.

»Hier, Doña Carmen. Pedro Liébana beschreibt es in der heutigen Ausgabe in aller Ausführlichkeit«, sagte Fernández und reichte ihr ein Exemplar.

»Sehr aufmerksam«, erwiderte sie. Sie machte keine

Anstalten, den Artikel zu lesen, sie wollte lieber alles aus dem Mund von Señor Pascal hören.

»Señor Liébana versteht sich vortrefflich darauf, die Leser mitzunehmen. Wenn man seine Artikel liest, hat man das Gefühl, man wäre selbst dabei gewesen«, meinte Fernández.

»Dann mal los, mach dir sofort eine Notiz für deinen Roman«, zog ihn López auf.

»Sie schreiben einen Roman?«, fragte Señor Pascal interessiert.

»Ja, seit ungefähr hundert Jahren. Anfangs hat er den Text noch in Stein gemeißelt«, stichelte López weiter.

»Blödmann.«

»Um auf das zurückzukommen, was Sie eben sagten, ich bin auch der Meinung, dass Liébana ein bewundernswertes Talent hat, Dinge zu beschreiben.«

Pascals Worte ließen mein Herz höherschlagen. Ich hätte vor Stolz die ganze Welt umarmen können, konnte mir aber nur ein Schmunzeln erlauben.

»Sie beide erobern bestimmt überall, wo Sie auftauchen, die Herzen der Damenwelt«, mutmaßte López amüsiert.

»Ein Kavalier genießt und schweigt«, scherzte Pascal. »Aber Señor Liébana ist bei den Damen ausgesprochen zurückhaltend.«

Ich hatte das Gefühl, als hätte mir jemand einen Strick um den Hals gelegt. Mit der Genugtuung war es vorbei.

»Ich hab's ja immer schon gesagt, mit dem Jungen stimmt was nicht!«, rief Morales.

»Wer weiß, was er für ein Problem hat, der Arme …«

»Was meinen Sie mit ›zurückhaltend‹? Inwiefern?« López hatte Blut geleckt.

»Na ja, Sie wissen schon … Sagen wir mal, er weist sie ab. Ich will nicht seine Männlichkeit in Zweifel ziehen, aber seit ich ihn kenne, hat er noch nie sonderliches Interesse gezeigt, mit einer hübschen jungen Frau ins Gespräch zu kommen. Wenn man ihn so beobachtet, hat man fast das Gefühl, er fiele lieber tot um, als sich einer jungen Dame zuzuwenden.«

Das war eine maßlose Übertreibung.

»Das kann ich nur bestätigen. Die wenigen Male, die er hier war, hat er mich überhaupt nicht beachtet. Er hat mich nicht mal angesehen«, meinte Señora Idiazábal.

»Das ist ein schlechtes Zeichen, Señor Pascal. Ein Mann, der keinen Spaß am Flirten hat, ist mit Vorsicht zu genießen«, urteilte López.

Die vernichtende Kritik an Pedro Liébana saß. Meine Hände fingen an zu zittern, und die Blätter glitten zu Boden, wo sie einen feinen Teppich aus Papier bildeten. Das blieb natürlich nicht unbemerkt. Señora Idiazábal, die keine noch so bescheidene Gelegenheit ausließ, mir vorzuhalten, wie »unnütz« ich war, wandte sich von ihrem Schwarm ab, um nachzusehen, was geschehen war.

»Kind, man kann dich wirklich keine Sekunde aus den Augen lassen«, schimpfte sie. »Das kannst du jetzt alles aufsammeln und ordnen, noch vor dem Mittagessen. Señor Villarroy braucht die Unterlagen dringend.«

Alarmiert von ihrem Gezeter, tauchte hinter ihr Señor Pascal auf.

»Señorita Montero, ich wusste gar nicht, dass Sie hier

sind«, log er. »Wenn Sie gestatten, bin ich Ihnen gerne behilflich.«

»Nein, schon gut, das schaffe ich allein«, erwiderte ich schnippisch.

»Gut. Wie Sie wünschen.«

»Lassen Sie sie, Señor Pascal, so lernt sie, sich besser auf ihre Arbeit zu konzentrieren. Soll ich Sie bei Don Ernesto anmelden?«

»Wenn es keine Umstände macht …«, sagte er und sah mir dabei zu, wie ich auf dem Parkett kleine Stapel bildete.

Vor Zorn schossen mir die Tränen in die Augen. Ich konnte sie nur mit Mühen zurückdrängen. Die Papiere auf dem Boden, der wartende Señor Villarroy, Señora Idiazábals Tadel, Morales' Bemerkungen … all das interessierte mich nur am Rande. Sie waren die Strafe dafür, dass ich um jeden Preis Journalistin sein wollte. Am liebsten wäre ich aus dem Gefängnis ausgebrochen, hätte die Dokumente eines nach dem anderen zerrissen und geschrien, dass sie mir vollkommen egal waren, dass all die Lobeshymnen und Urteile über Señor Liébana in Wahrheit mich, Elisa Montero, betrafen. Doch die Vernunft gewann wieder die Oberhand. Da fielen mir Catalinas Worte wieder ein, dass wir Frauen uns intelligenter verhalten sollen als die Männer. Sie wollten Pedro mit einer Frau sehen? Das konnten sie haben.

Ich legte mir einen Plan zurecht, wie ich Pedro Liébana seine verlorene Männlichkeit zurückgeben konnte.

***

Den leidigen Treffen mit Doña Asunción und meiner Tante, bei denen ich das Gerede über die Hochzeitsplanung über mich ergehen lassen musste, konnte ich mich nicht entziehen.

»Wichtig ist auch das Porzellan für das Mittagessen. Bei einem Ereignis von solcher Tragweite muss man auf jedes noch so kleine Detail achten. Wir können nicht riskieren, dass der Botschafter sich darüber mokiert, von welch unmöglichem Teller er das Lamm gegessen hat«, meinte meine künftige Schwiegermutter.

»Vollkommen richtig, Doña Asunción. Ich habe ausgezeichnete Referenzen von einer deutschen Porzellanmanufaktur. Ich erinnere mich gerade nicht an den Namen, aber ich habe ihn bestimmt irgendwo aufgeschrieben«, sagte meine Tante selbstzufrieden.

»Es tut mir leid, wenn ich Ihnen widerspreche, aber ich stehe in direktem Kontakt mit Paragon, einem ganz außergewöhnlichen englischen Unternehmen. Meine Cousine ist eine enge Freundin von Señor Irving, einem der Hauptanteilseigner.«

»Wie passend … Na gut, dann eben englisches Porzellan«, stimmte meine Tante zähneknirschend zu. Die Regenborten an der Fensterscheibe im Arbeitszimmer zogen mich in ihren Bann. Je mehr die beiden über die Hochzeit redeten, desto mehr hatte ich das Gefühl, dass das alles nichts mit mir zu tun hatte. Wie gleichmäßig und wohlgeordnet die Tropfen Richtung Boden glitten. Wie sanft sich die Schaukel im Garten hin und her wiegte. Verloren irrte ich durch die unendliche Weite, auf dem Weg nach nirgendwo.

»Doña Manuela, entschuldigen Sie die Störung. Da ist Besuch für Señorita Elisa«, verkündete Severiano, die Hand an der Türklinke.

»Wer verlangt denn um diese Zeit nach ihr?«, fragte meine Tante erbost.

»Señorita Folch, Doña Manuela. Sie sagt, Señorita Elisa habe ihr versprochen, ihr bei einer dringenden schulischen Angelegenheit zu helfen.«

»Ach ja! Das hatte ich völlig vergessen. Die Schule … Severiano, sagen Sie ihr, ich komme sofort.«

»Aber Elisa, wir besprechen hier die Details deiner Hochzeit!«, erklärte meine Tante, als wüsste ich das nicht.

»Ja, natürlich. Und ich weiß das Glück zu schätzen, dass Sie beide kluge Entscheidungen treffen, während ich einer guten Freundin helfe.«

Und schon war ich durch die Tür verschwunden. Aus der Ferne vernahm ich noch eine letzte Bemerkung meiner Tante: »Immer muss sie sich um irgendwelche Bagatellen kümmern. Es wird Zeit, dass sie bald heiratet und Francisco ihr den Kopf geraderückt.«

In der Empfangshalle stand Catalina und spielte mit dem Blatt einer Palme. Als sie mich sah, kam sie gleich auf mich zugestürzt.

»Catalina, entschuldige. Ich hatte völlig vergessen, dass wir verabredet sind. Komm, wir gehen in mein Zimmer, da sind wir ungestört«, sagte ich unter dem aufmerksamen Blick Severianos.

»Das macht doch nichts, Elisa. Du hast so viel um die Ohren, da kann man schon mal etwas vergessen.«

Wir eilten die Stufen hinauf, und als wir außer Hörweite waren, fingen wir an zu lachen. Wir verschwanden in meinem Zimmer und schlossen die Tür. Catalina setzte sich auf den Stuhl neben dem Schreibtisch.

»Du hättest das Gesicht von Doña Asunción und meiner Tante sehen sollen, als ich sie einfach sitzen gelassen habe.«

»*Et voilà*, das nenne ich mal eine funktionierende Ausrede.«

»Es ist mir schleierhaft, wie du immer auf all die Geschichten kommst.«

»Elisa, das Entscheidende bei jedem Vorwand ist, dass du selbst daran glaubst. Eine Lüge kann zur Wahrheit werden, wenn du alles daransetzt, mit jeder Faser deines Seins zu vermitteln, dass du das wirklich denkst«, gestand sie.

»Deine Fähigkeit, über Lug und Trug zu philosophieren, ist mir schon fast unheimlich«, sagte ich.

»Ja, eigentlich war ich die Erfahrenere in diesen Fragen, aber in der letzten Zeit fühle ich mich neben dir wie eine Novizin. Aber lass uns zur Sache kommen. Was gibt es für ein Problem?«

»Erinnerst du dich noch an den Eklat mit dem Mädchen? Dieser Teodora?«

»Wie könnte ich das vergessen?«, erwiderte sie und kicherte los.

»Catalina, bitte.«

»Schon gut. Entschuldige. Ich erinnere mich. Was ist passiert?«

»Dieser dämliche Señor Pascal hat überall verbreitet, dass Pedro Liébana sich nicht sonderlich zu Frauen hingezogen fühlt. Aber was soll ich denn machen? Ich tue so, als ob ich ein Mann wäre, ich trinke, ich rauche, ich lasse mich abends in Salons blicken, teile meine Ideen mit anderen Journalisten und Schriftstellern, aber letztlich bin und bleibe ich eine Frau. Das kann ich nicht ändern. Ich kann mich mit keinem Mädchen einlassen, so schön es in den Augen meiner männlichen Begleiter auch sein mag.«

Catalina kam ins Grübeln. Ihr kluger Kopf hatte in der Vergangenheit bereits großartige Strategien ersonnen, um mir Steine aus dem Weg zu räumen. Geduldig wartete ich, dass sie mir ein weiteres Mal aus der Bredouille half.

»Das Dilemma besteht also darin, dass du befürchtest, deine abweisende Haltung gegenüber Frauen könnte deine Glaubwürdigkeit untergraben«, dachte sie laut nach.

»Genau. Darum geht es«, erwiderte ich.

»Und du möchtest auf keinen Fall auf die Avancen einer jungen Frau eingehen, die von Pedro fasziniert ist …«

»Du bringst es auf den Punkt. Sie müssen Pedro mit einer Frau sehen, so viel ist klar. Ich habe verschiedene Möglichkeiten durchgespielt, aber wie soll ich das umsetzen?«

»Das ist in der Tat ein schwieriges Unterfangen, Elisa.«

Niedergeschlagen setzte ich mich aufs Bett und ließ alle Hoffnung fahren. Diesmal konnte selbst meine treue Freundin mir nicht helfen. Doch durch meine Kapitulation wurde ihr Ehrgeiz erst so richtig angestachelt. Sie stand auf und ließ ihren Gedanken freien Lauf.

»Du musst dich mit einer Frau sehen lassen und behaupten, sie wäre deine Freundin.«

»Ich dachte, du hättest verstanden, dass Pedro Liébana

sich mit niemandem einzulassen gedenkt«, erinnerte ich sie.

»Du sollst dich mit einer Frau sehen lassen, Elisa. Das heißt nicht, dass du für Pedro eine Ehefrau suchen sollst.«

Ich dachte nach.

»Es ist wichtig, dass die Frau durchblicken lässt, dass Pedro Liébana ein exzellenter Liebhaber ist«, fuhr Catalina fort. »Sie muss auch den letzten Anflug von Zweifel in Bezug auf seine Männlichkeit beseitigen. So gewinnst du etwas Zeit.«

»Entschuldige, Catalina, aber wer sollte bereit sein, mir einen solchen Gefallen zu tun? Benedetta? Sie ist wegen der Sache ohnehin schon nervös genug. Deshalb habe ich auch beschlossen, ihr von alldem nichts zu erzählen.«

Catalina setzte sich zu mir aufs Bett. »Psst, beruhige dich, Elisa.« Sie nahm meine Hand. »Und wenn ich es machen würde?«

Ich sah sie erstaunt an. Ich konnte nicht fassen, wie weit ihre Hilfsbereitschaft ging. Sie lächelte mir aufmunternd zu.

»Ich werde dich zu deinem nächsten öffentlichen Auftritt begleiten. Don Ernesto, Señor Pascal und ein Großteil der Bekannten von Pedro Liébana sollten auch anwesend sein. Wir behaupten einfach, wir wären seit einigen Monaten ein Paar. Das erklärt dein Desinteresse. Und ich werde dafür sorgen, dass alle erfahren, wie leidenschaftlich du bist.«

»Moment mal, es ist ja nicht zwingend notwendig, Pedros Gefühlsleben überall breitzutreten … Bist du sicher, dass wir das erzählen sollen, Catalina? Vielleicht fangen die Leute an zu reden … Wenn du mit einem Journalisten rummachst, den du nicht heiraten wirst, ist das deinem Ruf nicht gerade förderlich …«

»Wer sagt denn, dass wir nicht am Ende heiraten?«, scherzte sie. »Mach dir keine Gedanken, Elisa. Ich habe nicht vor, mir in den nächsten Monaten einen Mann zu suchen. Außerdem würde deine geliebte Tante dann endlich aufhören, mich auszufragen, warum ich immer noch unverheiratet bin.«

»Wenn man es so betrachtet …«

Ich richtete den Blick auf den Dielenboden meines Zimmers. Die Idee war genial, wie von Catalina nicht anders zu erwarten. Doch der Gedanke, mich wieder in neue Lügen zu verstricken …

»Was ist? Hast du Zweifel, dass es funktioniert?«

»Nein, das ist es nicht. Ich habe Angst, ins Fettnäpfchen zu treten und dass dann alles rauskommt. Die Sache wird immer komplizierter …«

»Darüber musst du dir keinen Kopf machen. Ich werde dir helfen.«

»Wie denn? Wir wissen doch beide nicht, wie das ist, wenn sich eine Frau bei dir unterhakt. Ich habe keine Ahnung, wie ich mich verhalten soll.«

»Es ist ganz einfach, Elisa. Du musst dir einprägen, wie Francisco und andere Männer mit dir umgehen. Ein Kavalier behandelt seine Dame, als wäre sie das kostbarste Juwel auf der ganzen Welt. Er lässt sie nicht aus den Augen, auch wenn sie sich nicht miteinander unterhalten. Er fragt sie immer wieder, ob sie sich wohlfühlt, er fordert sie zum Tanzen auf, sobald die Musik erklingt, er geht sanft und respektvoll mit ihr um, spricht voller Stolz von ihr, und wenn sie allein sind, blickt er ihr tief in die Augen, in dem Wissen, dass sie allein ihm gehört. Er flüstert ihr Worte ins Ohr, die ihr ein Lächeln entlocken«, sagte sie und beugte sich zu meinem rechten Ohr. Ich musste schmunzeln. »Dann betrachtet er sie und ergötzt sich an ihrer Schönheit, die nur er auf diese Weise zu genießen vermag, und haucht ihr ohne Zögern einen zarten Kuss auf die Lippen.«

Catalina hatte aufgehört zu sprechen. Ihre zarten Lippen verschmolzen mit meinen, so wie sie es beschrieben hatte. Rasch löste sie sich von mir und lächelte mich an, als wäre ihre Annäherung das Selbstverständlichste von der Welt.

»Siehst du? So musst du es machen«, sagte sie.

»Catalina, du hast mich gerade geküsst …«

»Ja, ich hoffe, es war dir nicht unangenehm. Ich wollte nur, dass du siehst, so kompliziert ist das alles gar nicht.«

Ich dachte nach.

»Stimmt. Einen Moment lang wirktest du wie ein junger Mann, der verliebt in mich ist«, meinte ich, deutlich entspannter.

»Ja … Vielleicht … Du weißt ja, eine Lüge kann zur Wahrheit werden, wenn du mit jeder Faser deines Seins vermittelst, dass du das wirklich denkst«, erinnerte sie mich und senkte den Blick.

***

Am Samstag, dem 7. Juli, hatte Don Ernesto uns zu einer Partie Rasentennis in seinem Garten eingeladen. Außer ihm sollten Benedettas Vater, Pascal und Pedro Liébana teilnehmen. Ich hatte in meinem Leben viel Zeit mit kulturellen Beschäftigungen wie Lesen, Kunst, Musik und Schreiben verbracht, aber Sport hatte nie eine große Rolle gespielt. Ich hatte ernsthafte Zweifel, wie ich diese Herausforderung bestehen sollte. Zu jener Zeit kamen in Spanien zahlreiche Sportarten in Mode. Tennis war nur eine unter vielen. Es waren zahlreiche Sportstätten entstanden sowie Stadien, in denen Fußballspiele stattfanden, wie das Metropolitano, das zwei Monate zuvor seine Tore geöffnet hatte.

Als die Zofe mir die Tür zu dem prächtigen Palais der Rodríguez de Aranda öffnete, teilte sie mir mit, dass außer mir schon alle Gäste da waren. Sie geleitete mich in den Garten, wo die anderen sich bereits auf das Match vorbereiteten. Ich grüßte etwas einsilbig, denn in ihre Begeisterung konnte ich nicht einstimmen. Don Ernesto war völlig aus dem Häuschen. »Ich habe lange nicht mehr gespielt, aber als ich jung war, so wie unsere beiden Kollegen hier, habe ich beim Militärdienst sämtliche Truppenkameraden besiegt. Ich hätte euch drei locker in die Tasche gesteckt.«

Ich lachte verlegen. Wer hätte gedacht, dass Don Ernesto eine solche Koryphäe im Rasentennis war? Mit einem mulmigen Gefühl ging ich die vier Stufen hinunter, die die schöne Veranda mit dem prächtigen Garten verbanden. In der Mitte standen zwei Angestellte und hielten ein Netz, ein weiterer hielt eine Tafel, auf der in wenigen Minuten meine Schmach verzeichnet werden würde.

Eigentlich war die Szene zum Schreien komisch, aber mir war ganz und gar nicht nach Lachen zumute. Ich schritt über den kühlen Rasen zu Pascal, meinem Spielpartner. Noch bevor ich ihm erklären konnte, dass ich für das Spiel vollkommen ungeeignet war und keine Ahnung von den Regeln hatte, wurde uns der Ball zugespielt. Mein Entsetzen legte sich kurz, als Pascal den Schlag parierte. Don Ernesto, flink wie ein Wiesel, spielte den Ball zurück auf unser Feld. Pascals Schläger beförderte ihn wieder auf die Gegenseite, und bevor er den Boden berührte, hatte Don Giancarlo ausgeholt. Der Ball flog direkt auf mich zu. Ich riss die Augen auf und duckte mich, weil ich Angst hatte, er würde mich mitten ins Gesicht treffen.

»Ein Punkt für uns!«, jubelte Don Ernesto.

Und so schlug mein erster Fehler auf der Tafel als Punkt für die gegnerische Mannschaft zu Buche.

»Sie sind aber schon mit den Spielregeln vertraut, Pedro, oder?«, fragte Pascal. »Sie müssen den Ball mit dem Schläger treffen und sich nicht ducken oder davonlaufen.«

»Ja, ich komme schon noch rein. Ich weiß, wie es geht«, log ich.

Mit einem eleganten Aufschlag nahm Don Ernesto die Partie wieder auf. Wieder rettete uns Pascal, indem er zu Giancarlo zurückspielte, der gelassen abwehrte. Angesichts meines langsamen Reaktionsvermögens nahm Pascal den Ball an. Doch zu meinem Leidwesen blieb ich nicht lange außen vor, und Giancarlo spielte, die Schwachstelle nutzend, mir den Ball zu. Ich versuchte ein paarmal, mit dem Ungetüm, das man mir in die Hand gedrückt hatte, den Ball zu treffen, aber meine Bemühungen waren nicht von Erfolg gekrönt. Pascal warf mir böse Blicke zu. Ich machte ihm sein ganzes Spiel kaputt. Unsere Gegner hingegen genossen sichtlich, dass ihnen der Sieg quasi in den Schoß fiel.

Irgendwann sorgten meine ungelenken Versuche, die zunächst Grund für Ärgernis gewesen waren, unter den Anwesenden nur noch für lautes Gelächter. Sie konnten es kaum noch erwarten, in den Besitz des Balles zu kommen. Was für eine Blamage! Jetzt war ich nicht nur bei den Frauen, sondern auch noch im Sport ein kompletter Versager. Im zweiten Set hatte Pascal die famose Idee, mich zum Gehilfen zu degradieren, aber selbst dazu war ich nicht zu gebrauchen. Don Giancarlo, der es auf mich abgesehen hatte, fand meine Koordinationsschwierigkeiten wohl ausgesprochen witzig und bombardierte mich erst recht mit Schlägen.

Als ich schon überzeugt war, das Match könnte nicht schlechter laufen, traf mich ein von Don Ernesto mit zu viel Schwung abgefeuerter Ball an der Stirn. Alle rannten besorgt auf mich zu und fragten, ob alles in Ordnung sei. Mit mir war es das schon. Von meinem getroffenen Stolz konnte man das nicht behaupten. Der Gastgeber, der sich schuldig fühlte, schickte einen der Angestellten los, ein feuchtes Tuch und ein wenig kühle Limonade zu holen. Damit war das sportliche Kräftemessen beendet. Die Anspannung legte sich, und wir setzten uns auf die Veranda. Don Ernesto gab ein paar Anekdoten aus seiner Jugendzeit zum Besten, und allmählich schwand das Taubheitsgefühl aus meiner Stirn. Ich bewegte die Augenbrauen ein paarmal auf und ab, um mich zu vergewissern, dass zwischen der Brille und der unbequemen Perücke alles in Ordnung war.

»Am nächsten Freitag wird im Teatro Maravillas der Saisonstart zu Ehren der Pressevereinigung gefeiert. Wie Sie wissen, ist das ein heikles Thema, und da Sie beide die letzten Neuzugänge bei *El Demócrata* sind, auch wenn es sich bei Ihnen nur um eine freie Zusammenarbeit handelt, würde ich es gerne sehen, wenn Sie mich begleiten und bei der Gelegenheit einige illustre Persönlichkeiten Madrids kennenlernen würden.«

»Keine Frage, Don Ernesto. Sehr gern.«

»Don Pedro?«

Ich dachte nach. Ich musste schnell überlegen, ob ich eine Verabredung als Elisa hatte. Aber ja, Franciscos Einladung zu dem Feuerwerk im Retiro-Park! Oder doch nicht? Nein, das war am Samstag. Ich sah Don Ernesto in die Augen.

»Ja, ich werde es ebenfalls einrichten können«, sagte ich und besann mich einen Moment.

Nach Tagen des Wartens war endlich der Moment gekommen. Es würden Pressevertreter anwesend sein, aber vor allem Don Ernesto, Pascal und vielleicht noch ein weiterer Redakteur von *El Demócrata*. Ich trank einen Schluck Limonade und bereitete mich darauf vor, das erste Ass aus dem Ärmel zu ziehen.

»Ach, eine Frage noch … Kann ich in Begleitung kommen?«

»Aber sicher, Don Pedro. Meine werte Gattin wird auch dabei sein.«

»Soll das heißen, Sie bringen ein Mädchen mit?«, fragte Pascal.

»Ja. Genau das heißt es.«

»Meine Güte! Der Abend wird ja immer interessanter, sofern das möglich ist. Dann wird es mir eine Ehre sein, Ihre Freundin kennenzulernen«, meinte Pascal.

»Nun, um ehrlich zu sein, Sie kennen sie bereits«, erwiderte ich.

Don Giancarlo verzog das Gesicht. Er hatte sicher den Verdacht, es könnte sich um Benedetta handeln, die völlig ahnungslos war. Ich überlegte, wie ich das Missverständnis ausräumen könnte, aber mir fiel nichts Gescheites ein, und ich wollte auf keinen Fall unsicher wirken, also überließ ich Señor Lucca seinen irrigen Schlussfolgerungen.

Als ich wieder zu Hause war, dachte ich über meinen Entschluss nach, den verwegenen Plan mit Catalina in die Tat umzusetzen. Ja, das wäre eine perfekte Gelegenheit, die Zweifel hinsichtlich meiner Männlichkeit zu zerstreuen.

***

Die hohen Temperaturen in jenem Sommer 1923 machten die Auftritte als Pedro Liébana noch beschwerlicher, und deshalb empfand ich die Stunden als Elisa in den leichten, luftigen Kleidern als Befreiung. Doch auch wenn ich meine Kleidung wechselte, blieben manche Dinge gleich. In einem der Spiegel im Palais der de Luccas betrachtete ich den blauen Fleck, der in meinem zarten Gesicht zurückgeblieben war. Mit Geschick und Ausdauer hatte ich eine Frisur gefunden, mit der die Prellung nicht zu sehen war, wenn ich meinen Strohhut abnahm.

»So ein Pech aber auch«, klagte ich.

»Wenn du aufhörst, die ganze Zeit darauf zu starren, kommt dir der Fleck vielleicht irgendwann nicht mehr so groß vor«, tröstete mich meine Freundin, die im Sessel saß und nähte.

Ich schnaubte und kehrte wenig überzeugt zu meinem Platz und meiner Näharbeit zurück.

»An all dem ist dein geliebter Vater schuld. Er hat mich mit seinen Aufschlägen fast zu Tode gehetzt«, schimpfte ich.

»Aber das mit dem Treffer war doch Don Ernesto …«

»Ja, aber das war reiner Zufall. Dein Vater hat das Schauspiel bestimmt sehr genossen.«

»Ach, Elisa, jetzt sei nicht so hart. Es ist doch nicht so, dass mein Vater Pedro Liébana hasst …«

»Da habe ich so meine Zweifel.«

»Er will mich doch nur schützen. In letzter Zeit liegt er mir ständig in den Ohren, ich sollte mich von Schriftstellern und Journalisten fernhalten. Ich sollte mir einen anständigen Mann mit einem vernünftigen Beruf suchen, der mir alles bieten kann, was ich brauche, keinen Bohemien. Einen wie Francisco … Und in dem Fall muss ich ihm recht geben. Außerdem sollte ich ihm dankbar sein, dass es ihm nicht egal ist, mit wem ich eine Beziehung eingehe …«

»Wie ich sehe, bist du jetzt eher geneigt, deinem Vater zu folgen. Woher der Sinneswandel?«, fragte ich überrascht.

»Ich bin müde. Mein Starrsinn hat mir nichts gebracht. Er ist immer noch in Carmen vernarrt, und dann haben sie die Kinder. Erst Nicola, dann Isabel. Und ich lebe in einer Parallelwelt irgendwo zwischen seiner Gegenwart und seiner Vergangenheit. Ich halte das nicht mehr aus.«

»Gibt es da noch etwas, das ich wissen sollte?«

»Na ja«, sagte sie und ließ die Nadel einen Moment ruhen. »Mein Vater redet nicht nur davon, dass er sich für mich einen guten Mann wünscht. Neulich hat er ein Abendessen mit Freunden organisiert. Und bei der Gelegenheit hat er mir den Sohn eines Geschäftspartners aus Cartagena vorgestellt: Oberleutnant Jesús Manuel Roca.«

»Und, wie gefiel er dir? Sieht er gut aus?«

»Ja. Aber es ist wie bei dir und Francisco, es war weniger das Äußere, das mich fasziniert hat. Es war mehr die Art, wie er mich angesehen und sich mir gegenüber verhalten hat … Ich glaube, er wäre ein wunderbarer Ehemann. Und das habe ich heute Morgen auch meinem Vater gesagt, als er nachgefragt hat.«

»Glaubst du, Señor Roca hat mit ihm über dich gesprochen?«

»Da bin ich mir sicher.«

Dann konnte man wohl davon ausgehen, dass Don Giancarlo bereits mit dem Gedanken spielte, Oberleutnant Jesús Manuel Roca als Schwiegersohn in Betracht zu ziehen. Aber Benedetta sah so glücklich aus, und ich freute mich für sie. Es war nicht wichtig, wie wir unsere künftigen Männer kennengelernt hatten und ob da jemand nachgeholfen hatte. Entscheidend war, dass wir beide mit zwei attraktiven Männern eine Familie gründen konnten, wie wir es uns mit fünfzehn in denselben Sesseln, in denen wir jetzt saßen, erträumt hatten. Ich lächelte und dachte, welches Glück wir doch hatten. Dann nähte ich weiter, während sie mir von dem jungen Roca erzählte.

»Er ist schüchtern. Aber als wir einander vorgestellt wurden, hat er beherzt meine Hand genommen, sie geküsst und gesagt: ›Ich wusste gar nicht, dass italienische Mädchen so hübsch sind.‹«

»Und was hast du geantwortet?«

»Ach, Elisa, du weißt doch, dass ich nicht sonderlich wortgewandt bin und mich beim ersten Treffen mit einem Mann lieber zurückhalte …« Sie hielt inne.

» Kurz darauf hat er mich aufgefordert, und wir haben drei Stücke durchgetanzt. Ach, Elisa …. Ich fühle mich sehr wohl in seiner Gegenwart. Denkst du, ich spinne, weil ich doch erst einen Abend mit ihm verbracht habe? «

»Nein, das tust du nicht. Ich würde das nicht als Spinnerei bezeichnen, eher als Träumerei. Und Träumereien sind naturgemäß irrational und gehorchen keiner Logik, aber sie machen das Leben interessanter«, meinte ich.

»Wie weise, liebste Freundin. Dir ergeht es mit Francisco bestimmt genauso. Besonders jetzt mit der bevorstehenden Hochzeit.«

»Ja, das stimmt«, erwiderte ich und zweifelte an meinen eigenen Worten. »Aber meine Tante und Doña Asunción treiben mich noch in den Wahnsinn. Ihre Diskussionen über die Details der Hochzeit arten in wahre Gefechte aus. Und ich kann dir nicht sagen, wer von beiden mich mehr in Rage bringt. Ich wünsche mir so sehr, endlich Franciscos Frau zu werden und das alles vergessen zu können …

Sein Bruder Luis und sein Großcousin Joaquín sind auch nicht gerade mein Fall. Wir essen immer mit ihnen im Palais der Rosales zu Abend, wenn Francisco von einer Dienstreise zurückkehrt. Franciscos Großcousin ist ein windiger Hund und ziemlich ordinär. Man hat ihm einige Aufgaben in der Bank übertragen, während die Brüder neue Märkte erkunden, aber anstatt ihnen den Rücken frei zu halten, macht er nur Probleme.«

Hätte mich damals jemand gefragt, wie viele Brüder mein Verlobter hat, hätte ich gesagt, zwei. Joaquín war wie ein Sohn für Doña Asunción. Sie hatte ihn nach dem Tod seines Vaters unter ihre Fittiche genommen. Sie hatte ihm eine Stelle bei der Bank verschafft und das prall gefüllte Adressbuch mit ihren Kontakten und Freundschaften für ihn aufgeschlagen.

»Und was ist mit Luis?«

»Ich bin mir immer noch nicht sicher, ob man ihm trauen kann.« Ich machte aus meiner Abneigung keinen Hehl. » Ich kann es kaum erwarten, bis wir endlich Mann und Frau sind.«

»Bald, Elisa, bald. Deine Geduld ist bewundernswert.«

»Danke, Benedetta.«

***

Wieder in Männerkleidern, holte ich Catalina in der Calle de Almagro ab. Für den besonderen Anlass hatte sie ihre elegantesten Kleider und edelsten Schmuckstücke ausgewählt. Sie war hinreißend geschminkt und trug glänzendes Gel in ihrem kurzen Haar, wie die modernen Frauen in den Modemagazinen. Catalina war einfach vom Scheitel bis zur Sohle eine glanzvolle Erscheinung. Auf der Fahrt zum Hotel Palace, wohin uns Don Ernesto vor der Vorstellung eingeladen hatte, gingen wir unseren verwegenen Plan noch einmal durch.

Die Mietkutsche hielt, und ich atmete tief ein. Ungelenk öffnete ich die Tür und half Catalina beim Aussteigen. Sie hakte sich bei mir unter und schritt unbeirrt auf die Wartenden zu. Amüsiert beobachtete ich, wie Don Ernesto und seiner Frau, Pascal und Morales in ihren Abendroben das Gesicht entglitt. Einigen brauchte ich Catalina ja nicht groß vorzustellen.

»Señorita Folch. *Sie* sind also das Mädchen, das das Herz unseres jungen Liébana erobert hat«, rief Don Ernesto.

»Guten Abend, Don Ernesto. Ja, so ist es. Es tut mir leid, dass wir so ein Geheimnis daraus gemacht haben«, erklärte sie.

»Guten Abend, meine Herren. Doña Cristina. Einige kennen die Dame bereits. Nur Morales und Pascal hatten noch nicht das Vergnügen. Darf ich Ihnen Catalina Folch vorstellen, die wunderbare Frau, die mich verzaubert hat?«, sagte ich.

»Angenehm. Ich bin Augusto Morales und arbeite gemeinsam mit Pedro bei der Zeitung von Don Ernesto.«

»Es ist mir ein Vergnügen, Don Augusto«, erwiderte sie.

»Aber nein. Bitte nennen Sie mich einfach Morales. Pedro Liébanas Freunde sind auch meine Freunde.«

»Na dann, es ist mir ein Vergnügen, Morales.«

»Das Vergnügen ist ganz meinerseits, Señorita Folch.«

»Und das ist Olivier Pascal, Korrespondent von *Le Figaro* in Madrid.«

»Es ist mir eine Freude, Sie kennenzulernen, Señorita Folch«, antwortete Pascal, galant wie immer.

»Die Freude ist ganz meinerseits«, sagte Catalina lächelnd.

»Gut, Herrschaften, das Abendessen wartet auf uns. Lasst uns hineingehen, wenn's recht ist«, schlug Don Ernesto vor.

»Ja, natürlich«, erwiderte Pascal. Es war ihm anzusehen, wie perplex er war.

»Und ich hätte geschworen, dass Señor Liébana es auf Señorita de Lucca abgesehen hat ... Versteh einer die jungen Leute von heute«, flüsterte Doña Cristina ihrem Mann zu, als sie durch die Tür traten.

Sogleich wurden wir von einem Kellner an den Tisch geführt. Wie schon bei anderen Gelegenheiten, bei denen ich in den Genuss des vorzüglichen Restaurants des Hotels Palace gekommen war, war ich eingenommen von den vornehmen Gästen und dem verführerischen Duft der Speisen. Catalina wartete geduldig, dass ich ihr, ganz Kavalier, den Stuhl heranrückte. Pascal ließ uns nicht aus den Augen, als wollte er herausfinden, was uns tatsächlich verband. Ich würde ihm den Hals umdrehen, wenn er mir bei meinem Plan in die Quere kam. Es war ohnehin alles kompliziert genug.

»Wie haben Sie denn gemerkt, dass Sie sich zueinander hingezogen fühlen? Sind Sie schon lange zusammen?«

»Ernesto, mein Lieber, jetzt sei doch nicht so indiskret«, bat Doña Cristina.

»Cristina, die jungen Leute sind wie Nichten und Neffen für mich. Ich würde mich genauso verhalten, wenn Señor Pascal sich dazu herbeiließe, uns die schöne Dame vorzustellen, die ihm Herz und Verstand geraubt hat.«

»Da können Sie lange warten, Don Ernesto. Im Gegensatz zu Liébana habe ich kein Interesse an einer Beziehung. Bei allem Respekt, Señorita Folch. Ich bin jung, und es gibt noch viel zu entdecken, bevor ich an eine feste Bindung denke.«

»Das sehe ich ganz genau so, Señor Pascal«, pflichtete Catalina ihm begeistert bei.

Überrascht von ihrer Reaktion, versetzte ich ihr einen Klaps in den Rücken.

»Ah! Ich meine natürlich, wenn ich Sie wäre«, stellte sie klar.

»Das liegt daran, dass Sie noch nie richtig verliebt waren«, sagte ich.

»Da muss ich Don Pedro recht geben, Señor Pascal«, meinte Don Ernesto.

»Mag sein. Aber, wie schon gesagt, ich habe andere Prioritäten«, lautete sein kategorischer Kommentar.

»Lassen Sie sich nicht beirren. Das ist auch meine Lebensphilosophie. Ich bin gerade mal fünf Jahre jünger als Don Ernesto, aber es ist, als ob uns Jahrzehnte trennten«, scherzte Morales unter dem tadelnden Blick von Doña Cristina.

Das sah Pascal wohl ähnlich.

»Nun, unsere Turteltauben sind mir noch eine Antwort schuldig.«

»Stimmt, Don Ernesto. Entschuldigen Sie. Wie Sie

wissen, bin ich ein guter Freund von Señorita Folchs Vater. Vor Jahren haben wir uns im Ateneo von Barcelona kennengelernt. Als er mir seine hübsche Tochter vorstellte, war ich überrascht von ihrer Schönheit und ihrem Intellekt. Doch mein Beruf hat es mir unmöglich gemacht, sie zu umwerben … Als ich anfing, für *El Demócrata* zu arbeiten, habe ich in dem Wissen, dass sie in Madrid lebt, beschlossen, ihr den Hof zu machen, und ich hatte das Glück, dass sie meine Gefühle erwidert.«

»Aber wegen meines Vaters wollten wir es geheim halten. Wir wussten nicht, was er von der Beziehung hielt, und wir mussten ihn um Erlaubnis fragen. Erst jetzt hat er uns seinen Segen gegeben. Deshalb haben wir niemandem etwas erzählt«, ergänzte Catalina. »Und ich muss sagen, ich habe das große Los gezogen. Don Pedro weiß, wie man mit Frauen umgeht. Sie wissen, was ich meine …«

»Oh, Liebling …«, hob ich an.

In dem Moment nahm sie fest meine Hand und küsste mich. Doña Cristina bekam Schluckauf von Catalinas Andeutungen. Solche Gefühlsausbrüche in aller Öffentlichkeit galten als unschicklich, und abgesehen davon fühlte ich mich ehrlich gesagt ziemlich seltsam angesichts ihrer Liebesbekundungen. Doch ihr eigenmächtiges Handeln hatte den gewünschten Effekt. Bestimmt waren alle davon überzeugt, dass Catalina, die bekannt dafür war, dass sie sich über alle Konventionen hinwegsetzte, nur ihren Gefühlen freien Lauf ließ.

»Mensch, Pedro. Wer hätte gedacht, dass Sie solch ein Don Juan sind«, meinte Pascal und nahm einen Schluck aus seinem Glas.

»Tja, da sehen Sie's, Olivier. Man weiß nie genau, wie gut man jemanden kennt …«

»Darauf stoße ich an!«, erwiderte er.

»Ja, Junge, wir haben schon gedacht, du wärst einer von den Männern, die man zum Jagen tragen muss«, gestand Morales und wechselte dann abrupt das Thema: »Übrigens, ist Fernández immer noch in Barcelona?«

»Ja, er berichtet über den Streik im Transportwesen.«

»Der ist ja zum Glück vorüber«, merkte ich an.

»Ja. Aber kaum ist der eine vorbei, beginnt der nächste. In der letzten Zeit geht es auf zwei von acht Zeitungsseiten immer um irgendwelche Forderungen«, klagte Don Ernesto.

»Na ja, das sind die Zeiten, in denen wir leben, Don Ernesto. Das Volk erhebt sich mit immer größerer Macht gegen Missbrauch und Unregierbarkeit«, sagte Pascal.

»Ich kann es nicht mehr hören, Señor Pascal. Jetzt streiken auch noch die Angestellten der Börse und Banken wegen des Attentats auf den Präsidenten ihrer Gewerkschaft. Das hat uns gerade noch gefehlt!«

»Ja, das …« … hat mir Francisco erzählt, wäre mir beinahe herausgerutscht. »Das habe ich heute Morgen gehört.«

Die ersten Gänge wurden serviert, und wir unterhielten uns über das schreckliche Unwetter, das über die Felder Aragóns gefegt war, einen Teil der Ernte vernichtet und ganze Dörfer wie Monzalbarba überschwemmt hatte.

»Ich überlege, ob ich nicht Fernández hinschicken soll, bevor er nach Madrid zurückkommt. Es wäre gut, wenn *El*

Demócrata mehr aktuelle Informationen brächte«, meinte Don Ernesto.

Was hätte ich dafür gegeben, den guten Fernández, der sich nicht gerade durch Reaktionsschnelligkeit auszeichnete, in den vom Unwetter überschwemmten Gebieten zu sehen.

»Ich hege große Bewunderung für Ihr Metier, meine Herren. Es muss interessant sein, all die Nachrichten in der Redaktion zu empfangen«, sagte Catalina.

»Das ist es zweifellos«, erwiderte ich beglückt.

»Señorita Elisa hat Ihnen bestimmt schon viele Geschichten von der Zeitung erzählt«, warf Doña Cristina ein. »Ich meine, bevor Sie und Don Pedro sich nähergekommen sind.«

»Ja, das hat sie, Doña Cristina. Elisa ist eine leidenschaftliche und wissensdurstige junge Frau. Sie wären überrascht zu hören, was sie alles von ihrem Schreibtisch als Sekretärin aus mitbekommt«, meinte Catalina.

»Es ist eine wahre Augenweide, sie jeden Tag dort sitzen zu sehen. Das macht die Arbeit gleich viel angenehmer«, gestand Morales und sah, nach Zustimmung heischend, zu Pascal hinüber.

»Man würde sie noch lieber anschauen, wenn sie nicht so überempfindlich wäre«, brummte Pascal.

Ich hätte mich beinahe an meinem Fisch verschluckt. Es war kaum auszuhalten, zuhören zu müssen, wie sie über mich sprachen, während ich jemand anders zu sein vorgab. Wir waren inzwischen beim zweiten Hauptgang.

»Sie wird sich bestimmt sehr über Ihre Beziehung

freuen. Ich weiß, dass sie sehr viel von Ihnen hält, Don Pedro«, meinte Don Ernesto.

»Ja, ja. Wir haben es ihr neulich offenbart. Sie freut sich mit uns«, erwiderte ich.

»Übrigens, Don Pedro, Ernesto hat mir vor dem Unfall beim Rasentennis erzählt. Haben Sie sich von dem ungeschickten Treffer erholt?«, fragte Doña Cristina in ihrer mitfühlenden Art.

»Ja, Doña Cristina. Von der Prellung ist kaum noch etwas zu sehen, aber mein Stolz ist immer noch schwer angeschlagen, wie Sie sich unschwer vorstellen können«, scherzte ich und hatte damit die Lacher auf meiner Seite.

»Aber, Liebling, mach dir nichts daraus. Ich kann dir versichern, auch wenn Rasentennis nicht deine Stärke ist, hast du doch Eigenschaften und Talente, auf die du sehr, sehr stolz sein kannst«, bemerkte Catalina, um meine Männlichkeit ins rechte Licht zu rücken.

Dann fasste sie mein Gesicht und gab mir noch einen Kuss. Doña Cristina konnte es nicht fassen, der Schluckauf war sofort wieder da. Pascal lachte und schüttelte den Kopf angesichts des schamlosen Gebarens meiner Freundin. Morales und Don Ernesto lachten mit und hoben die Gläser. Morales ließ sich zu einem geschmacklosen Trinkspruch hinreißen: »Auf Don Pedros sensationelle Manneskraft! Jawoll!«

Doña Cristina hielt sich zurück. Nach dem Dessert traten wir in die warme Abendluft heraus. Was für ein Gefühl! Ich hatte schon geglaubt, ich würde das Restaurant nicht mehr lebend verlassen. Das Teatro Maravillas war etwas weiter entfernt, und so verteilten wir uns auf mehrere Wagen. Auf einmal wurde mir klar, dass Pascal uns anbot, uns in seinem Fahrzeug mitzunehmen.

»Gehen Sie nicht lieber zu Fuß?«, fragte ich verwundert.

»Ja, aber die Herausgeber von *Le Figaro* hielten es für angebracht, mir ein Auto zur Verfügung zu stellen, damit ich mich leichter in den Außenbezirken der Stadt oder im Süden des Landes bewegen kann«, erklärte er.

Catalina und ich stiegen zu ihm ins Auto. Wie zu erwarten handelte es sich um ein französisches Fabrikat, einen Peugeot 163. Die dunkelgrüne Karosserie verlieh dem modernen Transportmittel, das mich unglaublich faszinierte, einen Hauch von Vornehmheit. Pascal steuerte uns sicher durch die Straßen Madrids, in denen überall Jazzrhythmen durch die Luft zu flirren schienen. Wir wirkten in dem Auto wie drei Salonlöwen, die in den Genuss von Privilegien kamen, die nur wenigen Bürgern vorbehalten waren.

»Ich muss sagen, Olivier, Ihre neueste Errungenschaft gefällt mir«, sagte ich, während ich jeden Winkel des Fahrzeugs inspizierte.

»Sie können gerne mal ans Steuer. Ich vertraue Ihnen. Sie können doch fahren?«

»Selbstredend, Señor Pascal. Wir sind schließlich Männer des 20. Jahrhunderts. Außer Frauen und alten Knackern fährt doch heutzutage jeder.«

Catalina hob die Augenbrauen. Ich ging vollkommen in meiner neuen Rolle auf.

»Gestatten Sie, dass ich Sie korrigiere, meine Herren. Es gibt durchaus Frauen, die Auto fahren. Miss Henderson, eine gute Freundin von mir, besitzt sogar ein eigenes

Auto. Das 20. Jahrhundert macht nicht nur in einer Hinsicht Fortschritte«, warf sie ein.

»Sie haben vollkommen recht, Señorita Folch«, erwiderte Pascal.

»Natürlich, Liebes, und wie recht du hast«, schloss ich mich an.

Als wir in die Calle Malsaña kamen, fädelten wir uns in den Strom der Menschen ein, die erwartungsvoll in Richtung des Vergnügungstempels strömten. Wie Don Ernesto angekündigt hatte, fand an dem Abend, dem 13. Juli 1923, die Saisonpremiere mit dem Stück *Spiel mit dem Feuer* von Maestro Barbieri statt. Die Sensation des Abends waren zweifellos Pascal und ich. Vor allem ich, denn neben der groß gewachsenen Catalina sah ich aus wie ein Hänfling mit Schnauzbart und Brille.

»Ich habe Sie mir ganz anders vorgestellt, Señor Liébana«; »Einen exzellenten Journalisten misst man an seiner Klugheit und nicht an der Länge seiner Beine oder der Breite seiner Schultern«; »Welch großes Talent für solch einen kleinen Körper«. Solche und ähnliche Kommentare hatte ich zu verdauen, während Pascal von seinen unzähligen Abenteuern berichtete und sich bestens amüsierte. Auch wenn wir mittlerweile zusammengearbeitet hatten und ich mich redlich bemüht hatte, die offenkundigen Reibereien beizulegen, ging mir der hochstapelnde Schreiberling manchmal gehörig auf die Nerven.

Zum Glück endete die Präsentation, als wir unsere Plätze einnahmen.

»Erinnerst du dich noch, wie wir uns kennengelernt haben?«, flüsterte Catalina mir ins Ohr.

Natürlich erinnerte ich mich. Ich würde die frische Brise niemals vergessen, die sie in mein Leben gebracht hatte.

Der Vorhang hob sich, und die Künstler bewiesen ihr musikalisches und schauspielerisches Können. Am Tag darauf waren die Feuilletons der Tageszeitungen voll des Lobes über die großartige Aufführung. Nach der Darbietung beendeten Catalina und ich den grotesken Abend mit einer abschließenden Liebesbekundung, die auch dem Letzten klarmachte, dass ich mich vortrefflich darauf verstand, Frauenherzen zu erobern.

»Man sieht, dass sie ganz verschossen ineinander sind«, meinte Morales, kaum dass wir uns umgedreht hatten.

»So wirkt es, ja«, befand Pascal und verabschiedete sich ebenfalls.

Als wir die Calle de Almagro erreichten, konnten wir nicht mehr an uns halten. Wir amüsierten uns königlich über die Farce, die wir den Abend über aufgeführt hatten. Ich dankte Catalina für ihre überzeugende Darstellung und wich den Blicken aus, die von Geheimnissen kündeten, über die man nur im Mondlicht sprechen konnte. Wir umarmten uns zum Abschied, und sie, wohl wissend, dass ihr das Recht mit dem aufkommenden Morgen verwehrt sein würde, gab mir einen letzten Kuss. Der süße Geschmack ihrer Lippen, der noch einen Hauch von dem Aroma des fluffigen Desserts zu enthalten schien, erzeugte in mir ein Schuldgefühl, ihr wunderbares Wesen nicht so schätzen zu können, wie sie es verdient hätte. Auf einmal riss sie die Augen auf.

»Elisa, jetzt bloß nicht umdrehen, ich habe das Gefühl, wir werden beobachtet«, flüsterte sie mir ins Ohr.

Ich hörte nicht auf sie und blickte erschrocken nach hinten. Ein Schatten huschte in die Calle de Zurbarán. Ich wollte hinter ihm hereilen, um endlich herauszufinden, wer Pedro Liébana überwachte. Catalina hielt mich zurück.

»Nein, nicht du. Ich gehe.«

Catalina entschwand in ihrem hübschen Kleid in die Dunkelheit. Ihre Absätze klapperten energisch über den Asphalt. Ein laues Lüftchen strich über meine Ohren, während ich auf ein Zeichen wartete. Ich sah mich nach allen Richtungen um, denn ich befürchtete, der Spion könnte sich in einem unbedachten Moment aus dem Nichts auf mich stürzen. Die nächtliche Geräuschkulisse aus brummenden Motoren, fernem Stimmengewirr und gluckernden Rohren trug nicht unbedingt zu meiner Beruhigung bei. Da tauchte das extravagante Kleid wieder in meinem Sichtfeld auf. Catalina hatte etwas in der Hand.

»Vielleicht war es nur ein Spinner«, meinte sie und gab es mir.

Es handelte sich um eine aufgerauchte Zigarette und eine zerknüllte Schachtel.

»Ja, gut möglich. Zu später Stunde kriecht der Abschaum aus den Löchern.«

»Du kommst auf jeden Fall erst mal mit zum Wohnheim. Wir warten eine Weile, bis du sicher sein kannst, dass keiner mehr draußen herumlungert. Ich will nicht, dass dich irgendein Irrer belästigt.«

***

In der nächsten Zeit ließ ich mich noch öfter mit Catalina sehen. Den Sommer über begleitete sie mich zu Bällen, Abendessen und anderen Treffen. Mittlerweile war es uns durch unser Geturtel und ein paar flotte Tanzeinlagen, bei denen ich mich anfangs etwas linkisch angestellt hatte, gelungen, die letzten Zweifel bei den Ungläubigen im Dunstkreis Pedro Liébanas zu zerstreuen. Ich lernte dabei, dass die Männlichkeit, die sich vor allem durch Kraft, Selbstbewusstsein und Erfolg bei Frauen definierte, das Stützkorsett der Männer war. Genau wie wir Frauen uns sittsam und keusch geben mussten, waren die Herren der Schöpfung gezwungen, ständig ihre Männlichkeit unter Beweis zu stellen. Als lebten wir in parallelen Welten oder als gegensätzliche Pole einer Wirklichkeit.

Durch die häufigen Verabredungen mit Catalina blieb uns nichts anderes übrig, als Benedetta einzuweihen und zu unserer Komplizin zu machen. Sie, die selbst gerade durch eine sich anbahnende Beziehung zu Oberleutnant Roca auf Wolke sieben schwebte, verurteilte unseren aberwitzigen Plan nicht länger und versprach, uns zu helfen, soweit es in ihrer Macht stand. Die unschätzbare Hilfe meiner Freundinnen verschaffte mir die Ruhe, die ich sonst in meinem Leben vermisste. Besonders nach jenem Abend im Theater.

Und als Elisa hatte ich ja ebenfalls Verpflichtungen. In der Redaktion war ich seit Neuestem auch für das Annehmen von Telefonaten und Faxen zuständig. Ich hatte mich schnell mit den ungewohnten Apparaten vertraut gemacht. Ich war dankbar für diese neue Aufgabe, weil ich so näher an die journalistischen Tätigkeiten rückte. Meine

Tante und Doña Asunción kümmerten sich derweil weiter um die Organisation meiner Hochzeit. An einem Tag tauchte meine Tante völlig ungeniert in der Redaktion auf und holte mich mit Don Ernestos Erlaubnis zu einem dieser sterbenslangweiligen Treffen mit meiner zukünftigen Schwiegermutter ab. Don Ernesto nutzte die Gelegenheit und lud uns zum Sommerball in seinem Garten ein.

Der Ball, der jedes Jahr am Ende des Sommers stattfand, hatte Tradition im Hause der Rodríguez de Aranda. Der Garten wurde festlich geschmückt, und die Gäste konnten nach Belieben an der frischen Luft oder im Salon verweilen. Kellner servierten Getränke, während die vornehmen Gäste den Sternenhimmel betrachteten oder im Takt der Musik des eigens für diesen Zweck engagierten Ensembles das Tanzbein schwangen.

Ich erinnerte mich an das erste Mal, an dem ich teilnehmen durfte, das war nach meinem Debütantinnenball. Benedetta und ich waren damals vollkommen aus dem Häuschen. Wir hatten die eleganten Damen in den langen, opulenten Kleidern und mit gefiederten Hüten am Arm ihrer betuchten Männer mit Zylindern geradezu mit Blicken verschlungen. All die Erinnerungen tauchten wieder auf, während ich eingehend die illustren Paare betrachtete, die den Salon und den Garten der Rodríguez de Aranda schmückten.

Wie üblich hatte meine Tante mich nach der offiziellen Begrüßung allein gelassen. Ich hatte mich einem faden Gespräch zwischen Doña Eugenia, Doña Sagrario – der Ehefrau von Señor Villarroy, dem Buchhalter – und anderen Frauen angeschlossen. Es ging um ein in der Stadt kursierendes Gerücht über die Tochter einer Familie, die auch auf dem Fest zu Gast war. Das interessierte mich nicht die Bohne, aber zumindest fühlte ich mich in der Runde in meiner Rolle als Elisa sicher vor Gespenstern und nächtlichen Spionen.

»Es heißt, nachdem sie von ihrem Zustand erfahren haben, habe man sie gezwungen zu heiraten. Er hat den Jungen natürlich in seiner Firma angestellt. Obwohl jeder weiß, dass er ursprünglich ein Dienstbote war …«

»Gütiger Gott! Ist das wahr?«

»So hat man es mir erzählt … Im letzten Frühjahr habe ich im Modesalon Señora Pomares getroffen, und sie hat es so dargestellt, als hätten sie ihrer Tochter die Erlaubnis gegeben, den Jungen zu heiraten, auch wenn sie von der Verbindung nicht hundertprozentig überzeugt waren.«

Ich trank einen Schluck Champagner, um mir ein prickelnderes Vergnügen zu verschaffen als den langweiligen Tratsch.

»Apropos, wie sieht es denn mit Ihrer Hochzeit aus, Señorita Elisa? Wissen Sie schon, in welcher Kirche Sie heiraten?«, fragte eine der Frauen.

»Ja, in der Iglesia de Santa Bárbara. Glaube ich …« Sie sahen mich überrascht an. »Meine Tante und Doña Asunción sind mir bei der Planung behilflich«, rechtfertigte ich mich.

»Oh, ja, natürlich. Ich wette, Señora Rosales wird ihre weitverzweigten Kontakte in der Hauptstadt nutzen, um ein großartiges Fest für Ihre Vermählung zu arrangieren.«

»So ist es.«

Während ich bei der Befragung zu meiner Hochzeit

Rede und Antwort stand, sah ich, wie Don Ernesto aus dem Salon kam, um einen Nachzügler zu begrüßen. Kurz darauf kehrte er mit Pascal im Schlepptau zurück. Der trug einen feinen Smoking, ähnlich wie die, die mein Verlobter zu solchen Anlässen trug. Mit verblüffender Selbstsicherheit folgte er Don Ernesto und begrüßte Doña Cristina und die Freunde des Hauses, die ihm nacheinander vorgestellt wurden. Als die Damen mich genug ausgefragt hatten, sagte ich, ich wolle mich ein wenig frisch machen, und verschwand. Als ich mir vor dem majestätischen Spiegel die Nase puderte, dachte ich darüber nach, wie unterschiedlich doch die Gespräche verlaufen, je nachdem, ob man ein Mann oder eine Frau ist. Wenn ich Pedro Liébana war, wurde meine Meinung gehört und respektiert. Als Elisa war ich in den Augen der anderen ein dummes Ding, das nur wegen der prall gefüllten Taschen ihres künftigen Ehemanns interessant war.

Als ich zu der Feier zurückkehrte, hielt ich Ausschau nach Don Ernesto. Ich wollte Pascal nach Möglichkeit aus dem Weg gehen. Als Elisa fühlte ich mich unwohl in seiner Gegenwart. Wenn er die Redaktion aufsuchte, versteckte ich mich jedes Mal hinter Unterlagen und Aufträgen. Als Pedro Liébana war er derjenige, zu dem ich den engsten Kontakt hatte, und folglich auch derjenige, der mir am ehesten auf die Schliche kommen konnte. Don Ernesto befand sich im Gespräch mit einem Mann, der sich gerade verabschiedete, während ich auf die beiden zuging.

»Elisa! Mein Güte, wenn ich dich in solch einem Kleid sehe, habe ich das Gefühl, um Jahre gealtert zu sein. Aus meinem kleinen Mädchen ist eine bildschöne junge Frau geworden«, rief er.

»Guten Abend, Don Ernesto. Sie machen mich ganz verlegen. Sie sollen wissen, Sie und Doña Cristina sind mir die liebsten Menschen auf dem ganzen Fest«, gestand ich.

»Ach, Elisa, Elisa. Und du bist unser Lieblingsgast, das weißt du. Auch wenn deine Tante immer wieder sagt, ich soll dich nicht so verhätscheln, aber Gott weiß, dass ich meiner kleinen Elisa nichts abschlagen kann.«

»Und genau dafür liebe ich Sie, Don Ernesto. Dafür und weil Sie nicht auf sie hören und mich bei Ihrer Zeitung arbeiten lassen. «

»Du weißt, ich werde dir immer helfen, wenn du mich brauchst. Soweit es in meiner Macht steht, natürlich.«

»Das weiß ich«, erwiderte ich lächelnd.

»Heute Abend haben die junge Benedetta und dein geliebter Francisco dich im Stich gelassen. Wo treibt sich Señor de las Heras y Rosales denn wieder herum?«

»Nun, um ehrlich zu sein, ich komme bei all den vielen Reisen gar nicht mehr mit. In der letzten Zeit reist er häufig nach England, weil sie dort einen wichtigen Vertrag geschlossen haben. Aber manchmal muss er auch nach Portugal oder in die Schweiz oder nach Österreich. Ich glaube, das ist die Strafe, wenn man die Verlobte eines erfolgreichen Mannes ist.«

»Schon möglich. Obwohl, Erfolg ist relativ. Wenn mich die Erfahrung eines gelehrt hat, dann, dass alles Geld der Welt nichts wert ist, wenn man keine Zeit und keine lieben Menschen um sich hat, mit denen man es gemeinsam ausgeben kann.«

Unser Gespräch wurde durch Pascal unterbrochen, der sich zu uns gesellte.

»Guten Abend, Señorita Montero. Ich wusste gar nicht, dass Sie auch hier sind.«

»Guten Abend, O… – Señor Pascal«, erwiderte ich.

Wohlerzogen nahm er meine Hand und küsste sie. Dann reichte er Don Ernesto ein gefülltes Glas. Fieberhaft suchte ich nach einem Grund, um zu verschwinden und unnötige Risiken zu vermeiden.

»Na schön, ich kehre dann mal zu den Damen zurück. Sie möchten sich bestimmt lieber von Mann zu Mann unterhalten.«

»Nein, nein, einen Moment, Elisa. Ich selbst muss noch eine Reihe langweiliger Leute begrüßen, aber Sie beide sind jung. Warum fordern Sie sie nicht zum Tanzen auf, Olivier?«

»Sie müssen sich nicht verpflichtet fühlen. Ich kann zu den Damen zurückkehren …«

»Ich wollte nicht stören …«

»Aber bitte, Herrschaften. Señorita Elisa ist heute ohne ihren Verlobten gekommen, sie hat also niemanden, der mit ihr tanzt. Sie wollen doch nicht schuld daran sein, dass sie sich langweilt? Und, Elisa, Señor Pascal gehört nun wirklich nicht zu den Männern, die auf der Suche nach heiratsfähigen Mädchen sind. Du musst mit ihm tanzen, eine andere wird er nicht auffordern. Also dann …« – er nahm Pascals Hand und legte sie auf meine – »… nichts wie ab auf die Tanzfläche!«

Das unerwartet zarte Gefühl, als seine Hand meine umschloss, traf mich vollkommen unvorbereitet. Don

Ernesto war wie der Blitz verschwunden, sodass wir ihm nicht mehr widersprechen konnten. Selbst wenn das Ganze ein perfider Plan von ihm war – aber er wusste ja nicht, was diese Aufforderung für mich bedeutete –, konnten wir uns so wenigstens auf angenehme Weise die Zeit vertreiben. Das Ensemble spielte meisterlich eine Ballade.

»Ich habe Sie schon lange nicht mehr außerhalb der Redaktion getroffen«, meinte er.

»Tja, wir bewegen uns eben in unterschiedlichen Kreisen.«

»Das letzte Mal war bei dem Empfang bei Don Ernesto, nicht wahr?« Er überging meine spitze Bemerkung einfach.

»Ich glaube ja«, erwiderte ich. »Sie sagten damals, Frauen müssten das gleiche Leid tragen wie die Männer, nur hätten sie nicht die gleichen Rechte …«

»So habe ich das bestimmt nicht gesagt.«

»Dann haben Sie sich nicht klar ausgedrückt. In Anbetracht Ihres Berufes ist das bedauerlich.«

»Vielleicht hören Sie auch nur, was Sie hören wollen, damit Sie einen Grund zum Streiten haben?«

»Es ist schon etwas vermessen, mir die Schuld für Ihre Worte zu geben.«

Pascal zögerte einen Moment, aber als ich keine Anstalten machte, die Tanzfläche zu verlassen, legte er die Hand um meine Taille und fasste mit der anderen fest meine Hand. Wir bewegten uns ein wenig steif, jeder wartete darauf, dass der andere das unangenehme Schweigen beendete. Aber keiner gab nach.

Anfangs blickte ich zu Boden, im Bann meiner Lügen.

Aber mir war klar, dass mich das verdächtig machte, und so suchte ich nach einer Weile seinen Blick. Diese Augen … Aus der Nähe betrachtet, war Pascal ausgesprochen gut aussehend. Mir war, als ob die Musik mir zuraunte, ich solle vorsichtig sein. Ich war irritiert, dass er offenbar keinerlei Absichten verfolgte. Er wollte mich nicht erobern, wie andere Männer es an seiner Stelle versucht hätten. Er schmeichelte mir auch nicht, wie Francisco es ständig tat. Er sah mich nur forschend an, auf der Suche nach dem, was mich besonders machte. Aber so tief er auch in das Grün meiner Augen eintauchte, er würde nichts anderes entdecken als Verstellung und Maskeraden. Eine innere Kraft trieb mich an, mich meinen Ängsten zu stellen und den Tanz und seine Gesellschaft zu genießen.

Pascal bewegte sich geschmeidig. An den Abenden, an denen ich ihn als Pedro Liébana begleitet hatte, hatte ich ihn schon mit Frauen tanzen sehen. Doch jetzt lag ich in seinen Armen, und seine Berührung war wie ein Hauch, als fürchtete er, zu forsch zu wirken. Auf einmal führte er mich in eine Drehung, und dann tanzten wir weiter.

Beschwingt vom Augenblick schenkte ich ihm, ohne nachzudenken, ein strahlendes Lächeln. Und als perfekter Galan lächelte er natürlich zurück. Wir schwebten durch den Salon der Rodríguez de Aranda und vergaßen alles um uns herum. Für uns gab es nur den Tanz. In seinem Smoking, ohne die Attitüde des berühmten Journalisten, der mir als Pedro Liébana ständig Lektionen erteilte, konnte er sogar richtig nett sein. Warum gingen mir all diese Dinge durch den Kopf? Ich gab Catalina und Benedetta die Schuld, weil sie mich allein gelassen hatten. Und Francisco. Die nächste Drehung. Ohne es zu wollen, war ich ihm näher gekommen. Wie gut er roch. Der Duft war mir vertraut, aber ich hatte nie darüber nachgedacht. Ich wurde immer nervöser, mein Herz pochte wild. Ich sah auf, um mich zu vergewissern, dass er noch da war, nur wenige Zentimeter von mir entfernt. Unsere Blicke verschmolzen für einen Moment, der mir wie eine Ewigkeit vorkam. Das wohlige Glücksgefühl wurde durch einen eisigen Hauch von Angst und Zweifel verdrängt. Ob er mich erkannt hatte? Ich löste mich aus der Umarmung. Doch die unerklärliche Anziehungskraft seines Blickes blieb. Er ließ meine Hand los.

Hinter mir hüstelte jemand. Ich drehte mich um. Es war ein junger Mann. Er flüsterte mir zu, seine Schwester, die hübsche Nieves Úbeda, würde gerne mit Pascal tanzen. Wohl wissend, dass ich nur zum Vergnügen mit Pascal tanzte – es war stadtbekannt, zu wem ich gehörte –, bat er mich um Fürsprache. Das tat ich. Pascal willigte zögerlich ein, und ich zog mich in den Garten zurück, um etwas frische Luft zu schnappen und wieder zu Verstand zu kommen. Was war nur in mich gefahren? Vielleicht war es ein Fehler gewesen, so viel Zeit mit ihm zu verbringen. Diese ganze Kumpanei hatte mich durcheinandergebracht. Das war nur allzu menschlich. Ich war kein Mann, ich war Elisa … Vielleicht … Womöglich … Nein, ich wusste, was los war: Franciscos ständige Abwesenheit forderte ihren Tribut. Ich musste ihn sehen. Ich musste ihn küssen und spüren, dass ich zu ihm gehörte.

Ich nahm ein Glas von einem der Tabletts, die von Kellnern herumgetragen wurden. Der schicke Smoking und sein zuvorkommendes Verhalten hatten mich dazu gebracht, mich von seinen Augen, von seinen Blicken und seiner Berührung betören zu lassen. Ich trank einen Schluck. Ja, Señorita Nieves tat gut daran, die wenige Aufmerksamkeit zu genießen, die Pascal Frauen entgegenbrachte. Nur gerade so viel, wie angemessen und notwendig war. Ich hatte das bei so vielen Gelegenheiten beobachten können, dass ich mich fragte, wie ich so naiv sein konnte zu glauben, dass es bei mir anders wäre. Ich betrachtete den prächtigen Ring, den ich seit fast neun Monaten an meinem Finger trug. Ich trank noch einen Schluck. In dem Moment kam, wie gerufen, Doña Concepción auf mich zu und fragte nach Francisco. Ich nutzte das Gespräch, um die seltsamen Gedanken loszuwerden, die durch meinen Kopf geisterten.

8

Mitte September 1923 kam es zu einer unerwarteten Wende in der Politik. Der Generalkapitän Kataloniens, Miguel Primo de Rivera, setzte den ständigen Krisen mit einem Staatsstreich ein Ende.

Tage zuvor hatte es bereits Gerüchte gegeben, was in der maroden Regierung García Prietos verständlicherweise zu großer Unruhe geführt hatte, aber niemand konnte den Putsch verhindern. Anfangs herrschte große Ungewissheit, als seine Majestät König Alfons XIII. den Staatstreich unterstützte und General Primo de Rivera nach Madrid berief, wo er ihm die Regierungsgeschäfte übertrug. Für ganz Spanien wurde der Kriegszustand erklärt, und nur einen Tag nach dem Aufstand wurde das Kriegsrecht verhängt. Man wollte keine Zeit mehr verlieren. Der seit Anfang des Jahrhunderts herrschende rückwärtsgewandte Traditionalismus, die wiederholten Niederlagen im Marokkokrieg und die Unfähigkeit der Politiker beider Lager, die sich auf geschickte Weise in der Regierung abwechselten, hatten dazu geführt, dass die Gesellschaft, die all dessen überdrüssig war, nach einer Führungspersönlichkeit verlangte, die die Ordnung im

Land wiederherstellte. Und damals glaubten wir, sie in dem andalusischen Offizier gefunden zu haben.

Bei der Zeitung wurden wir von den Ereignissen förmlich überrollt. Don Ernesto, der, wie wir alle, an den beiden entscheidenden Tagen mit der Situation überfordert war, verteilte uns wie ein Kommandant auf die relevanten Orte der Stadt. Morales und Simón schickte er zum Palast, wo sie »alles, was dort kreucht und fleucht, anhalten und befragen« sollten. Fernández würde sich am Bahnhof postieren und auf die Ankunft Miguel Primo de Riveras, die für den folgenden Tag, den 14. September 1923, angekündigt war, warten. López, der zu seinem Leidwesen seine kulturellen Beschäftigungen einstellen musste, machte sich auf den Weg zum Generalkapitanat. Pascal und Pedro Liébana sprangen wie die Feuerwehr überall dort ein, wo Not am Mann war. Da Pascal aber auch für den *Figaro* zur Verfügung stehen musste, blieb häufig nur ich als letzte Bastion. Meine Aufgabe bestand darin, überall dort hinzueilen, wo Don Ernesto eine neue Schlagzeile vermutete. Das ging natürlich nur, wenn es Elisa gelang, sich rechtzeitig aus dem Staub zu machen. Und das war nicht immer einfach.

Das Telefon gab keine Ruhe mehr, und der Telegraf spuckte unermüdlich neue Nachrichten aus. Manchmal tat ich so, als riefe ich Señor Liébana an, um ihn auf eine Nachricht anzusetzen. Dann musste ich mir flugs eine Ausrede einfallen lassen, sonst wäre sie für *El Demócrata* verloren gewesen. Das hätte ich nicht ertragen können. Und so nutzte ich den Moment, wenn die teuflischen Apparate kurz schwiegen, um Don Ernesto und Señora Idiazábal kurzerhand mitzuteilen, dass ich Besorgungen für die Redaktion zu machen hätte. Mit der letzten Energie, die mir nach dem anstrengenden Tag noch geblieben war, eilte ich nach Hause, wo ich mich in Pedro Liébana verwandelte, und dann ging es weiter zur Puerta del Sol.

In den Straßen herrschte eine seltsame Mischung aus Jubel und Verunsicherung. Ein Teil des Publikums kreischte vor Freude und beglückwünschte die vorbeimarschierenden Soldaten, während andere schon darüber nachdachten, welche Schwierigkeiten ihnen die neue politische Lage im Alltag bereiten würde. Ich hatte genug damit zu tun, meinen Strohhut auf meinem Kopf festzuhalten, und mir noch keine Gedanken gemacht, wie ich dazu stand. An der Puerta del Sol standen die Menschen dicht gedrängt. Es war kein Durchkommen mehr. Ich sah mich um. Wo war Pascal? Er sollte auch dort sein, um einen Artikel für *Le Figaro* zu schreiben. Die jüngsten Ereignisse würden sich bestimmt positiv auf seinen Geldbeutel auswirken. Umso besser, so würde er sich eine Weile aus der Redaktionsarbeit von *El Demócrata* heraushalten. Plötzlich versetzte mir jemand einen kumpelhaften Schlag in den Nacken, und mein Hut fiel zu Boden. Ich drehte mich um.

»Olivier! Ich habe Sie schon gesucht … Wo ist denn der verdammte Hut«, sagte ich, während ich mich bückte, um ihn aufzuheben.

»Schon erstaunlich, wie viele Anhänger Primo de Rivera bereits hat … dabei hat er noch nicht mal angefangen zu regieren«, sagte er mit kritischem Blick auf den Platz.

»Sie wissen doch, wir haben seit Jahren keine funktionierende Regierung. Die Leute haben die ständigen Wechsel satt«, erklärte ich.

»Ja, ich weiß, Pedro. Aber ich muss zugeben, mit solch einer Resonanz hätte ich nicht gerechnet.«

»Die Erwartungen sind hoch. Ich persönlich bin mir aber noch nicht sicher, was ich von ihm halten soll.«

»Da tun Sie gut daran.«

Ich beobachtete ihn aus den Augenwinkeln. In den letzten Wochen war ich zunehmend verwirrt, auch wenn ich mich unter Kontrolle hatte. Ich war überzeugt, wenn Francisco und ich erst verheiratet wären, würde sich das legen. Doch wenn ich abends im Bett lag, wurde ich von Traumbildern gequält. Sobald ich die Lider schloss, war die Erinnerung an seine Berührung wieder da. Ich hatte seinen Geruch in der Nase, und wir wiegten uns in einem bizarren Tanz, bei dem seine kräftigen Arme mich hielten. Seine Finger fuhren sanft vom Hals über meine Schultern und Arme bis hin zu meinen bebenden Händen. Es war ein sich schlängelnder Weg voller Fallstricke und Gefahren, bei dem jeglicher Verstand ausgeschaltet war. Das Herz ging mir über, und mir stockte der Atem, weil er so nah war. Ich sank immer tiefer in die Augen, die mich so oft ahnungslos angesehen hatten. Und noch bevor ich dem verbotenen Wunsch nachgeben konnte, ihn zu küssen, endete die Vorstellung mit den ersten Sonnenstrahlen, oder ich schreckte mitten in der Nacht auf, getrieben von der Angst, die Fantasiegeschichten könnten ein Quäntchen Wahrheit enthalten. Ich versuchte, die Gedanken abzuschütteln, schließlich musste ich mich auf die Arbeit konzentrieren. Dieser verfluchte Schreiberling brachte mir nichts als Probleme.

»Haben Sie irgendeine Idee, wie man näher ans Geschehen kommt?«, fragte ich angesichts des großen Andrangs.

»Klar doch. Habe ich Ihnen schon mal von meinem ersten Korrespondenteneinsatz erzählt?«

»Ja … mehr als einmal«, antwortete ich leicht gereizt.

»Ich wurde damals in Berlin von meinem großartigen Mentor begleitet, Monsieur Virgile Lévesque, ebenfalls Redakteur bei meiner Zeitung. Und er gab mir einen wertvollen Rat mit auf den Weg: ›Wenn du vor lauter Menschen keinen Zentimeter Stein, Beton oder Sand mehr siehst, suche dir den höchsten Punkt, den du erreichen kannst. Wenn du eine Handbreit über den Köpfen der anderen stehst, hast du den ganzen Überblick.‹«

Noch während er redete, war er losgelaufen. Ich folgte ihm blind und fragte mich, was er vorhatte. Unterwegs wurde mir mehrfach den Hut vom Kopf gerissen. Fremde Männer klopften mir übermütig auf die Schulter, beseelt von der noch ungeschriebenen historischen Etappe, die soeben begonnen hatte. »Das ist der eiserne Chirurg, auf den wir gewartet haben«, hörte man. »Viva España!«, jubelten welche. »Runter mit den Steuern!«, brüllte ein anderer. Inmitten des Durcheinanders an Wünschen und Forderungen sah ich, wie Pascal an einem der Masten des Metro-Pavillons hochkletterte.

»Olivier! Sind Sie verrückt geworden? Sie glauben doch nicht im Ernst, dass ich da zu Ihnen raufkomme!«, rief ich.

»Los, Pedro! Seien Sie kein Feigling!«, stachelte er mich an.

Ich sah mich um, um mich zu vergewissern, dass kein Soldat in der Nähe war, der mich mit einem Knüppelschlag gleich wieder herunterholte. Rasch kletterte ich die Säule zu dem fragilen Glasdach hinauf, auf dem mein Komplize es sich bereits gemütlich gemacht hatte. Er fasste meine Hand und half mir hoch, und ich kroch vorsichtig über die transparente Oberfläche, die die Fahrgäste beim Betreten und Verlassen der Metro vor den Unbilden der Witterung schützte. Ich betete, dass das Dach unserem Gewicht standhielt.

»Zum Glück sind Sie ein Leichtgewicht, Pedro, bei Ihrer Geschicklichkeit ....«, frotzelte er.

Als ich mich an den seltsamen Ort gewöhnt hatte, richtete ich mich auf. Unter unseren Füßen erstreckte sich der ganze Platz. Was für ein Anblick! Statt der fahrenden Straßenbahnen und der Passanten drängte sich dort eine anonyme Masse von Leuten, die dem Wind das letzte Quäntchen Hoffnung in die neue politische Ordnung anvertrauten.

Einige Umstehende wollten, nachdem sie uns entdeckt hatten, das Schauspiel auch von oben betrachten. Zwei von ihnen gelang es hinaufzukommen. In dem Moment bahnte sich von der Calle de Carretas aus eine größere Gruppe Soldaten ihren Weg durch die Menge und zog alle Aufmerksamkeit auf sich. Die Formation, die von einem Oberst und einem Hauptmann angeführt wurde, bestand aus vier Husaren und einem Teil des Infanterieregiments von León.

»Da sind sie«, verkündete Pascal. »Sieht so aus, als hätten sie auf verschiedenen öffentlichen Plätzen Plakate aufgehängt, auf denen das Kriegsrecht und der Kriegszustand verkündet werden. Sehen Sie, wer nachfolgt?«

»Ja.«

Der Tumult legte sich, und eine Blase der Stille legte sich um den Platz, in der die Soldaten ihre Waffen präsentierten und der königliche Marsch gespielt wurde. Die Bewohner der Hauptstadt jubelten dem König und dem Heer zu. Danach las einer den Erlass vor, den er mitführte.

»Ich, Don Diego Muñoz Cobos y Serrano, Generalleutnant und Kommandeur des ersten Militärgebiets, verkünde hiermit: Seine Majestät, der König, hat General Miguel Primo de Rivera aufgerufen, eine Regierung zu bilden. Um die staatliche Ordnung zu garantieren, hat er es für angemessen erachtet, den Kriegszustand zu verhängen. Kraft dessen wird hiermit der Kriegszustand für die gesamte Region verhängt …«

Nachdem er geendet hatte, setzten der Jubel und die Hochrufe wieder ein. Ich notierte akribisch einige Sätze der Proklamation, um sie später in meinen Artikel einzufügen. Das Gehörte stimmte mich nachdenklich. Wir hatten schon gelegentlich mit Zensur zu tun gehabt, aber von nun an lebten wir in einer Diktatur und nicht mehr länger in einer parlamentarischen Monarchie mit Meinungsvielfalt und Opposition.

»Sie können sich nicht vorstellen, wie ich es hasse, dass sie meine Artikel vor der Veröffentlichung kontrollieren. Don Ernesto wird am Rad drehen wegen der Fristen …«

»*Mon ami, bienvenu à la dictature militaire*«, meinte Pascal lakonisch. »Dann hoffe ich mal, dass sie zumindest dazu beiträgt, Spanien die notwendige Stabilität zu bringen.«

»Ihr Wort in Gottes Ohr, mein lieber Olivier«, erwiderte ich, während das Kommando unter Beifall abzog.

***

An den Tagen nach dem 13. September war Don Ernesto besonders anspruchsvoll, was unsere Arbeit anging. Nichts war ihm gut genug. Seine Maßregelungen setzten den Redakteuren zu, die sich den ganzen Tag abmühten, Artikel zu schreiben, die dem Wunsch des Herausgebers entsprachen. In Wahrheit war es die Furcht Don Ernestos, beim »Directorio Militar«, wie die neue Regierungsmacht in Spanien sich nannte, anzuecken. *El Demócrata de Madrid* hatte schon Erfahrungen mit der Zensur gemacht. Seit ich bei der Zeitung angefangen hatte, waren schon mehrfach die Grundrechte ausgesetzt worden, es hatte Kontrollen vor der Veröffentlichung oder Verbote bestimmter Themen gegeben, je nach Interessenlage der Regierung. Doch seit einem Jahr hatten wir eine Freiheit genossen, die unsere Arbeit erleichtert und zu etwas Sinnstiftendem gemacht hatte.

Bis weit in die Nacht hinein ging Don Ernesto immer wieder die Fahnen durch, bevor er sie rausschickte. In der Anfangsphase der Regierung Primo de Riveras gehörte das zerstreute Überfliegen der Schriftstücke, das Pedro Liébana zu seiner ersten Veröffentlichung verholfen hatte, der Vergangenheit an. Jetzt überprüfte Don Ernesto jedes Komma.

Auch ich blieb meist lange. Meine Arbeit als Sekretärin, mit der hysterischen Señora Idiazábal im Nacken, dazu die

Artikel inkognito als Pedro Liébana, ließ mir kaum Luft zum Atmen. Wenn ich meine Aufgaben in der Redaktion erledigt hatte, nahm ich meinen Hut und verließ die Redaktion. Mir bereitete die Dauerschleife Sorgen, in der wir uns alle befanden, und so schaute ich an einem Abend, bevor ich die Redaktion verließ, bei Don Ernesto vorbei. Vorsichtig öffnete ich die Tür. Er war so vertieft in die Lektüre, dass er mich gar nicht bemerkte.

»Das können wir so nicht schicken … Das bekommen wir postwendend zurück«, murmelte er.

»Don Ernesto …«, sagte ich leise.

»Ach, Elisa, Liebes. Was machst du denn noch hier?«

»Ich musste noch ein paar Erledigungen für Señora Idiazábal machen«, log ich. »Gibt es irgendein Problem mit den Artikeln von heute?«

»In der letzten Zeit gibt es nur Probleme, Liebes. Vermutlich müssen wir uns alle daran gewöhnen, unsere Worte besser abzuwägen.«

»Ja … vielleicht. Übrigens, vor einer Weile war Señor Liébana da und hat seinen Artikel abgegeben. Er hatte es eilig und wollte Sie nicht stören, da habe ich gesagt, ich würde ihn weiterleiten.«

»Ah, ja, natürlich. Leg ihn da hin. Dieser Liébana kommt immer auf den letzten Drücker … Bei solchen Mitarbeitern wachsen einem graue Haare – wenn ich nicht schon welche hätte.«

»Sie müssen sie verstehen, Don Ernesto. Auch wenn mir in meiner Unwissenheit kein Urteil zusteht, aber ich glaube, die Jungs sind einfach erschöpft. Die großen Veränderungen im letzten Monat … auch wenn sie gut für das

Land sind, so müssen wir uns doch erst alle an das neue System und die neuen Abläufe gewöhnen.«

»Ich weiß, Elisa, du hast vollkommen recht. Und aus dir spricht nicht Unwissenheit, sondern Reife. Aber diese Zeitung ist mein Leben. Sie ist das Kind, das ich Cristina nie schenken konnte. Wenn ich daran denke, dass etwas die Zeitung zerstören könnte, nachdem ich mich jahrzehntelang abgerackert habe, wird mir ganz elend. Auf der einen Seite lässt mich die Militärregierung von Primo de Rivera im Gegensatz zu all den gescheiterten Regierungen vorher ruhig schlafen, aber als Herausgeber einer Zeitung blicke ich doch verhalten und voller Sorge auf seine nächsten Entscheidungen als Staatschef.«

»Das verstehe ich …« Ich ging Richtung Tür. »Aber, Sie wissen doch, *El Demócrata* hat sich immer an alle Veränderungen angepasst. Es war nie einfach. Ich bin sicher, die Zeitung wird auch in der neuen politischen Landschaft ihren Platz finden.« Don Ernesto nickte lächelnd. »Wir schaffen das schon«, versuchte ich ihn aufzumuntern.

***

Auch außerhalb der Redaktion war die Diktatur in aller Munde. Sie war *das* Thema, wenn Santiago mich irgendwohin brachte und ich ihm Löcher in den Bauch fragte, ebenso bei den Abendessen mit unseren Freunden und Bekannten. Auch wenn ich mit Pilar zusammen war, kamen wir häufig auf Primo de Rivera zu sprechen. Sie gehörte offenbar zu den Frauen, die den neuen Machthaber attraktiv fanden.

»Ach, Kind, ich weiß nicht. Er ist so unbefangen und witzig«, erwiderte sie angesichts meines Erstaunens. Natürlich hatte auch meine Tante ihre Meinung zu dem neuen System. »Mir ist es ziemlich egal, wer an der Macht ist. Hauptsache, ich habe am Ende des Tages nicht weniger Geld in der Tasche als vorher«, lautete ihr nüchterner Kommentar. Vielleicht reduzierte sie deshalb in weiser Voraussicht schon mal unser Dienstpersonal. »Mehr Geld als notwendig für solche Dinge auszugeben, das tun nur die Neureichen, Kind«, erklärte sie, als sie mir mitteilte, dass vier der sechs Zofen uns verlassen würden.

Der Einzige, der sich noch nicht dazu geäußert hatte, war Francisco. Er konzentrierte sich voll und ganz auf seine Geschäfte und reiste ständig nach Liverpool und Manchester. Der vermeintlich großartige Vertrag, den sie vor einem Jahr mit den Engländern abgeschlossen hatten, bereitete ihm und seinem Bruder Luis zunehmend Kopfschmerzen. Er sprach nicht viel darüber, aber wie es aussah, kam es jetzt regelmäßig zu Unstimmigkeiten. Die ursprünglich vereinbarten Bedingungen waren keineswegs zufriedenstellend, und sie hatten eine Menge Geld in das gemeinsame Projekt investiert. In den Büros der Rosales-Bank hingen Plakate, über die sie ihre treue Madrider Kundschaft darüber informierte, dass sie in Kürze eine internationale Bank sein würden. »Legen Sie Ihre Ersparnisse bei der Rosales Bank an. Bald werden wir unsere Zweigstellen im Vereinigten Königreich eröffnen. Sollen die Engländer Ihnen zuvorkommen?«, war darauf zu lesen. Doch die Büros vor Ort waren leer und die Wände noch unverputzt. Francisco sagte, er sei nicht bereit, auch nur ein Pfund mehr in den Bau zu investieren, wenn die Engländer nicht auf seine Forderungen eingingen. Und so hatten die Brüder ihre Expansionspläne erst mal auf Eis gelegt, bis sie in jenem Sommer einen neuen Versuch wagten, in andere Märkte vorzudringen.

Bei dem ganzen Hin und Her, den Diskussionen mit seinem Bruder und dem Kampf mit seinen Geschäftspartnern hatte Francisco kaum Zeit für mich, geschweige denn für die Hochzeit. Weil er sich schuldig fühlte, überhäufte er mich mit Geschenken, Überraschungen, Zärtlichkeiten und seiner Fürsorge. Ich nahm die großzügigen Gaben als Vorgeschmack auf die Zeit, wenn ich mit ihm verheiratet war. Was wollte ich mehr? Noch mehr Aufmerksamkeit? Seine ständige Unterstützung? Vielleicht ja. Aber für den Moment war mir schon damit geholfen, dass Francisco sich nicht zu sehr in meine Eskapaden einmischte. Es war besser, dass er durch die Bankgeschäfte abgelenkt war, bis ich für mein Doppelleben eine Lösung gefunden hatte.

An dem Abend im Palais der de Lucca war ich froh, dass er bei mir war. So brauchte ich nicht zu befürchten, dass Pascal meine Gefühle aufwühlte, denn ich würde all meine Aufmerksamkeit meinem Verlobten schenken. An seiner Seite war ich sicher und konnte den Abend genießen. Es war ein zwangloses Abendessen, zu dem all unsere Freunde eingeladen waren, auch Pascal, der alle Anwesenden einschließlich Francisco für sich einnahm. Nach dem köstlichen Menü zogen wir Frauen uns zum Kaffee in den kleinen Salon zurück, und wenig später gesellten sich auch die Männer zu uns.

»Elisa, Liebling, erfreue uns doch ein wenig mit deinem Klavierspiel«, bat Francisco.

Ich unterhielt mich gerade mit Doña Cristina, Doña María Elena und Benedetta, aber ich konnte mich seinem Wunsch nicht widersetzen. Ich entschuldigte mich und ging zum Klavier. Bevor ich anfing zu spielen, warf ich einen Blick in die Runde. Meine Tante, die immer noch Schwarz trug, obwohl niemand in ihr noch die Witwe von Señor de Ribadesella sah, unterhielt sich angeregt mit Don Tomás und Don Giancarlo. Francisco unterhielt sich mit Pascal, Don Ernesto und Don Amancio. Doña Concepción, die allein auf dem Sofa saß, betrachtete sich in einem Taschenspiegel, während die Hausherrin eine der Zofen bat, die leeren Tassen abzuräumen und ein Kartenspiel zu bringen.

Ich begann zu spielen. In den wenigen Momenten, in denen ich mich in den letzten Jahren der Musik gewidmet hatte, hatte ich ein neues Stück gelernt, das ich dem Publikum präsentieren wollte: *Clair de Lune* von Claude Debussy. Die Melodie beruhigte mich selbst an den hektischsten Tagen. Es war ein sanftes, stilles Stück, das mich jedes Mal wehmütig stimmte und gleichzeitig hoffnungsvoll, indem es mir nach und nach die Seele öffnete. Ich war immer wieder aufs Neue vernarrt in dieses perfekt komponierte Meisterwerk, als wären wir zwei große Unbekannte, die sich begegnen und bei Beginn der Partitur miteinander verschmelzen.

»Elisa, Schatz«, unterbrach mich Francisco auf einmal. »Die Gäste schlafen ja noch ein. Warum spielst du nicht *Für Elise*? Das spielst du wie kein anderer«, schlug er vor.

Ich war kurz verwirrt, so abrupt hatte mein Verlobter mich aus dem Zauber gerissen, der sich gerade tief in meinem Innern entfaltet hatte. Verärgert blickte ich auf, aber dann fiel mir ein, wie wenig Momente es gab, in denen ich meinem künftigen Mann eine Freude bereiten konnte, also willigte ich ein.

»Natürlich, Liebling. Verzeih.«

Die Anwesenden setzten ihre Gespräche fort. Als ich meinen musikalischen Vortrag beendet hatte, ging ich zurück zu Francisco, der mir mit einem zärtlichen Kuss für meine Geduld dankte.

»Elisa ist wirklich begnadet«, meinte er zu Don Ernesto und Pascal.

»Das stimmt doch gar nicht«, erwiderte ich peinlich berührt.

»Deshalb erfülle ich ihr jeden Wunsch. Einem so zauberhaften Wesen, das mich nach jeder Reise mit offenen Armen empfängt, kann ich nichts abschlagen.«

»Sie können sich glücklich schätzen«, sagte Pascal.

»In der Tat. Bei all den vielen Geschäftsterminen tut es sehr gut zu wissen, dass zu Hause jemand ist, der an einen denkt und auf einen wartet.«

»Ja, und zudem ist Señorita Montero eine unabhängige Frau mit zahlreichen Freunden«, warf Pascal ein.

»Ja, das ist sehr beruhigend für mich. Als Nichte von Manuela Montero hat sie einen großen Bekanntenkreis, und es mangelt ihr nicht an Zerstreuung, wenn ich nicht in der Stadt bin. Aber mit ein wenig Glück werden wir bald hoffentlich mehr Zeit gemeinsam verbringen können.«

Einer der Angestellten trat auf ihn zu, es hatte jemand für ihn angerufen. Er entschuldigte sich und begab sich zum Telefon.

»Er ist zweifellos ein viel beschäftigter Mann«, sagte Don Ernesto.

»Etwas zu viel beschäftigt für meinen Geschmack«, murmelte Pascal.

»Machen Sie sich keine Gedanken, Señor Pascal. Ich bin diejenige, die ihn heiratet, nicht Sie.«

»Und dazu kann ich Sie nur beglückwünschen.«

»Ich habe den Eindruck, Sie beide müssen immer streiten. Gesegnete Jugend und gesegnete Leidenschaft. Sehen Sie zu, dass Ihnen beides erhalten bleibt«, riet uns Don Ernesto und verschwand.

Wir warfen uns noch einen letzten verächtlichen Blick zu, bevor wir anderweitig Anschluss suchten. Nach einer Weile kam Francisco zurück in den Salon. Offenbar waren die Bauarbeiten an dem Büro in Manchester wegen eines unerwarteten Streiks der Arbeiter unterbrochen worden. Er musste so schnell wie möglich zurück, um das Problem zu lösen. Pikiert wegen des plötzlichen Aufbruchs folgte ich ihm in die Eingangshalle des Palais, wo ihm der Butler seinen Mantel reichte. Ich spürte noch seinen kühlen Abschiedskuss auf meiner Wange. Ich konnte ja verstehen, dass die Arbeit bei ihm Vorrang hatte, aber ohne eine anständige Verabschiedung und die Information, wann er zurückzukehren gedachte, würde ich ihn nicht gehen lassen.

»Elisa, Liebes, ich habe keine Zeit für lange Abschiede.«

»Francisco, ich habe wirklich für alles Verständnis, aber

ich bin nicht aus Stein. Du kannst jetzt nicht einfach so abreisen. Sag mir wenigstens, wann ich dich wiedersehe.«

»Bald. In ein paar Wochen. Ich muss den Protest im Keim ersticken. Kannst du dir vorstellen, was für eine Katastrophe es wäre, wenn wir unser internationales Geschäft damit begännen, dass wir einen Streik ausgelöst haben? Mach mir also bitte keine Szene.«

»Aber … Aber … Das ist doch keine Szene, Francisco! Du bist doch erst vor drei Tagen zurückgekommen. Ich weiß nie, wann wir uns wiedersehen. Du hast mich noch nicht einmal nach den Hochzeitsvorbereitungen gefragt. Manchmal habe ich das Gefühl, du liebst nur deine Bank, und ich bin nicht mehr als eine willkommene Abwechslung«, hielt ich ihm gekränkt vor.

»Liebling, wie kannst du nur so etwas denken? Nein, so ist es nicht. Es tut mir so leid, ehrlich«, sagte er.

Er kam auf mich zu, legte die Hände auf meine durch die Aufregung erhitzten Wangen und küsste mich. Der Butler zog sich diskret zurück.

»Elisa, seit ich dich das erste Mal gesehen habe, liebe ich dich mehr als mein Leben. Ich gehe nur fort, um das Familienunternehmen zu stärken, damit ich dir jeden Wunsch erfüllen kann. Ich muss die Bankgeschäfte vorantreiben, damit wir uns alle Annehmlichkeiten leisten können und die glücklichsten Kinder der Welt haben werden«, sagte er und legte die Hand auf meinen Bauch. »Ich kann mich nur wiederholen: Wir müssen uns jetzt in Zurückhaltung üben. Ich verspreche dir, wenn wir verheiratet sind, wirst du die glücklichste und strahlendste Frau ganz Kastiliens sein. Dann wirst du zurückblicken und zu dem Schluss kommen, dass es das Opfer wert war, um das ich dich jetzt bitte.«

Seine Worte beruhigten mich. Er hatte ja recht. Er rackerte sich ab, damit es mir in unserer Ehe an nichts mangelte, und ich forderte wie ein launisches Kind immer mehr Aufmerksamkeit. Ich senkte den Blick.

»Verzeih mir«, sagte ich mit brüchiger Stimme.

»Du musst dich nicht entschuldigen, Liebes. Ich bitte dich um Verzeihung, dass ich manchmal vergesse, wie jung du bist. Aber jetzt muss ich los. Geh wieder zu den anderen und versprich mir, dass du dich mit deiner Tante und den anderen amüsierst.«

Ich zögerte einen Moment. »Ja, Liebling, ich verspreche es.«

Er gab mir noch einen letzten Kuss. In dem Moment drängten alle unterdrückten Gefühle an die Oberfläche. Ich erwiderte den Kuss mit ungewohnter Leidenschaft in dem Wunsch, der Augenblick möge nie vergehen. Francisco löste sich aus der Umarmung und machte sich wortlos auf den Weg. Ich hatte das Gefühl, mein Herz würde zerspringen. Ich seufzte und kehrte in den Salon zurück, wo die anderen weiterhin ihren Vergnügungen frönten. Ich harrte noch eine Weile aus und nutzte dann Franciscos Aufbruch als Vorwand, um mich zurückzuziehen. Ich bat die Gastgeber und meine Tante um Erlaubnis, nach Hause gehen zu dürfen, und machte mich bereit zum Gehen.

Der überstürzte Aufbruch meines Verlobten hatte allerdings auch etwas Gutes: Er hatte es mir wieder mal ermöglicht, meine Pläne in die Tat umzusetzen. Die Alternative wäre gewesen, vor aller Augen einen Ohnmachtsanfall zu simulieren, und ich war froh, dass mir das erspart blieb. Während mir eine Zofe in den Mantel half, kam Pascal aus dem Salon. Wollte er auch schon gehen? Wir waren in einer Dreiviertelstunde vorm Parlament verabredet, wie immer. Auf einmal überkam mich Panik, zu spät dran zu sein, und ich verhedderte mich bei meinem Kampf mit den Ärmeln des Mantels.

»Señorita Montero, ich muss mich ebenfalls verabschieden.«

Ich nickte mit gesenktem Blick.

»Ist alles in Ordnung?«, fragte er und kam auf mich zu.

»Ja, ja.«

»Hören Sie, es tut mir leid, dass Ihr Verlobter so Hals über Kopf aufbrechen musste …«, hob er an.

»Könnten Sie mir einen Gefallen tun, Señor Pascal?«, fragte ich, ohne ihn anzusehen. »Könnten Sie aufhören, sich in Dinge einzumischen, die Sie nichts angehen? Ihr Leben dürfte viel zu interessant sein, als dass Sie sich mit meinen Belangen beschäftigen. Gute Nacht, Señor Pascal.«

Entschlossen öffnete ich die Tür, vor der Santiago schon auf mich wartete, um mich nach Hause zu bringen. Ich war mir meiner Gefühlskälte bewusst, aber ich konnte als Elisa nicht liebenswürdig zu ihm sein, ich durfte nicht zulassen, dass er mir näher kam als unbedingt notwendig.

***

Auf dem Weg zu meinem Treffen mit Pascal fragte ich mich, was er für diesen Abend Originelles vorgesehen hatte. Ich erinnerte mich an seine Worte: »Es gibt einen Ort, den würde ich Ihnen gerne zeigen. Er wird Ihnen gefallen. Wir treffen uns nächsten Samstag vorm Parlamentsgebäude. Vertrauen Sie mir, mein Freund. Sie werden es nicht bereuen.«

Ich bog in die Carrera de San Jerónimo ein, die Straße, wo sich das Hotel Palace befand. Als die Löwen des verwaisten Parlaments, das durch die Diktatur unvermeidlich einen Teil seiner Daseinsberechtigung eingebüßt hatte, sich in der Ferne abzeichneten, erblickte ich Pascal auch schon. Er hatte es offenbar rechtzeitig geschafft. Wie er so dastand, mit der Zigarette in der Hand, die sein ständiger Begleiter war, hatte er etwas von einem Filmstar.

»Guten Abend, Pedro«, grüßte er.

»Guten Abend, Olivier. Entschuldigen Sie die Verspätung. Warten Sie schon lange?«

»Nein, keine Sorge. Don Giancarlo de Lucca hatte mich zum Essen eingeladen, und ich war bis eben dort.«

»Ach ja? Was für eine Ehre …«, erwiderte ich.

»Ja, und ich weiß nicht, warum er Sie nicht auch eingeladen hat.«

»Ich habe da so eine leise Ahnung …«, sagte ich in einem Anflug von Aufrichtigkeit.

»Und? Was sollte der Grund dafür sein?«

»Nun ja, sagen wir, ich habe mich an seine Tochter herangemacht, Señorita Benedetta. Und das hat ihm nicht gefallen.«

»An Señorita Benedetta? Im Ernst? Wann? Aber sie ist doch mit diesem Leutnant verbandelt, oder?«

Oberleutnant, dachte ich bei mir.

»Ja, ja, das ist schon eine Weile her. Ich habe jetzt nur noch Augen für meine hübsche Catalina. Sie wissen ja, ich bin ein leidenschaftlicher Mann. Ich war kurzzeitig fasziniert, und jetzt traut Don Giancarlo mir nicht mehr über den Weg.«

»Sie sind ein echtes Schlitzohr«, scherzte er und legte seinen Arm um meinen Hals.

Nach diesem Geständnis machten wir uns auf den mir unbekannten Weg, der uns zur Puerta del Sol und dann in die Calle Carretas führte. Der Straßenbahnverkehr hatte um die Uhrzeit bereits nachgelassen. Die meisten Familien saßen in einem der drei Theater, im Real, im Apolo oder im Novedades. Andere hatten ein Cabaret oder eine der amerikanischen Bars aufgesucht, die plötzlich so in Mode waren, um Foxtrott zu tanzen. Die Calle Carretas wurde von der Vielzahl an Läden dominiert, die das Straßenbild prägten. Morgens hallten die Rufe der Verkäufer über den Bürgersteig, und die Menschen kamen zum Einkaufen hierher, doch in der Nacht war es eher eine Straße, die man passierte, um zum gewünschten Ziel zu gelangen. Hinter dem Regierungsgebäude hielt Pascal vor einer dunklen, etwas unheimlich anmutenden Fassade an, deren Fenster durch Scheibengardinen aus Spitze vor neugierigen Blicken geschützt waren. Es handelte sich um das Café Pombo. Ich kannte es von meinen Kutschfahrten mit meiner Tante zum Atelier von Doña Alicia. Aber am Abend sah es völlig anders aus. Es befand sich im Erdgeschoss eines verwitterten alten Hauses, das sich nicht darum scherte, was in dem Stockwerk zu ebener Erde geschah. Pascal öffnete eine der beiden Türen, die zum

Café führten. Ich folgte ihm wortlos und tauchte ein in den Raum, der mich gastfreundlich aufnahm und hoffentlich bald das Gefühl drohender Gefahr vertreiben würde, das mich in letzter Zeit begleitete. Ein Geruch nach Muff, Rum und anderen Substanzen hing in der Luft, die Quelle konnte ich nicht ausmachen.

»Folgen Sie mir«, wies mich Pascal an.

Wir durchquerten den Hauptraum, über den die Theke im hinteren Bereich wachte. Zielstrebig ging mein Freund auf eines der fünf durch prächtige Bögen abgeteilten Separees zu. Während ich noch damit beschäftigt war, all die Eindrücke auf mich wirken zu lassen, rief jemand: »Mensch, Olivier, da sind Sie ja. Und wen haben wir denn da?«

»Guten Abend, Don Ramón.«

»Sie kommen spät«, beschwerte er sich.

»Ja, ich weiß. Entschuldigen Sie. Ich hatte noch eine Verabredung«, erklärte Pascal.

»Ach, mein lieber Olivier, wie schwer wird es einem doch manchmal gemacht, dort hinzukommen, wo man wirklich hinwill, nicht wahr?«

Ich nahm den Mann in Augenschein. Kein Zweifel. Das war er. Ich hatte ihn vor Jahren durch die Klappe in der Speisekammer bei den Tertulias meiner Tante gesehen. Es war Ramón Gómez de la Serna. Da von mir keine Reaktion kam, begann er erwartungsvoll zu hüsteln.

»Oh, ja, Verzeihung. Erinnern Sie sich, dass wir vor ein paar Wochen über Pedro Liébana gesprochen haben, den vielversprechenden Redakteur von *El Demócrata*?«

»Ja, ich erinnere mich, ich erinnere mich. Sind Sie das etwa?«

Ich setzte mich über meine Schüchternheit hinweg und antwortete: »Ja, Don Ramón. Ich bin Pedro Liébana. Sehr erfreut, Sie kennenzulernen.« Ich reichte ihm die Hand.

»Dito.« Er beugte sich zu mir und flüsterte mir ins Ohr: »Ein kleiner Rat am Rande: Wir sind hier nicht so förmlich.«

Ich nickte und versuchte herauszufinden, wie ich mich verhalten sollte. Sogleich drehte er sich um und verkündete den anderen in der Runde: »Meine Herren, Monsieur Olivier Pascal, der Franzose, der das beste Spanisch von ganz Madrid spricht, beehrt uns heute wieder mit seiner Anwesenheit. Und das ist Don Pedro Liébana, ein Journalistenkollege von *El Demócrata*.«

Ich nickte den Herren etwas verlegen zu. Dann begaben wir uns in die Krypta, das Arbeitszimmer. Ich hatte schon das ein oder andere Gerücht über die samstägliche Tertulia im Café Pombo gehört. Das meiste wurde mir über Gespräche in der Redaktion zugetragen. Aber auch beim Tee wurde das Thema manchmal gestreift, als Beispiel für eine intellektuelle Szene in Madrid, zu der wir, die sich in den Salons meiner Tante und ihrer Freunde trafen, keinen Zutritt hatten. Das Treffen wurde von Don Ramón höchstpersönlich als »Heilige Krypta des Pombo« bezeichnet und die regelmäßigen Teilnehmer der Runde als »Pombianer«.

Der gewählte Raum war abgetrennt vom Cafébetrieb. Bei den Marmortischen standen Bänke und Stühle, auf denen die Schriftsteller, Maler und Künstler Platz fanden und mit unbeschreiblicher Hingabe über Aspekte des Tagesgeschehens diskutierten. Auf einem riesigen Gemälde, das an der Wand hing, war die originelle Runde festgehalten, und man hatte als Betrachter das Gefühl, in eine Endlosschleife zwischen Wirklichkeit und Malerei einzutauchen.

Einer aus der Gruppe kam freundlich auf uns zu, um uns zu begrüßen. Es war ein junger Mann um die dreißig und ausgesprochen galant.

»Das Bild hier hat José Solana gemalt, er sitzt da hinten«, sagte er auf meine Frage hin.

Als er hörte, dass ich zum ersten Mal in dem Café war, bot er mir an, mir etwas darüber zu erzählen. Er erklärte, unten lagerten die Rumfässer, im oberen Stockwerk lebte der Besitzer, der »Priester der Krypta«, wie sie ihn nannten, und die Kordel aus roter Seide seitlich der Theke sei das Glockenseil der Vorsehung … »Von hier geht der Ruf direkt in den Himmel, Señor Liébana.« Als ich merkte, wie lustig es hier zuging, legte sich meine innere Anspannung ein wenig.

Am Ende der kleinen Führung schloss ich mich wieder Pascal an, der Mantel und Hut bereits an der Garderobe deponiert hatte. Ich tat es ihm gleich und setzte mich neben ihn. Da reichte Don Ramón mir ein dickes Buch.

»Tragen Sie sich ein, Don Pedro. Hier halten wir fest, wer alles hier vorbeigeschaut hat«, erklärte er.

Ich schlug die Bibel der Erinnerungen auf. Unter den mit Tinte geschriebenen Namen befanden sich solche Berühmtheiten wie der Dichter Ramón del Valle-Inclán und viele andere. Ich kämpfte dagegen an, dass die geballte Wucht an bekannten Namen meine Hand erzittern ließ, und unterzeichnete unter Pascals aufmerksamem Blick mit dem Namen meiner erschwindelten Identität.

»Diese Tertulia hier im Café Pombo ist mehr als ein kurzweiliger Zeitvertreib. Hier kann man all das loswerden, was einem die ganze Woche auf der Seele brennt. Man kann sich Luft machen, es ist ein Gegenmittel zum realen Leben«, meinte Don Ramón.

»Ich vermute, hier versammeln sich jede Woche wirklich kluge Köpfe«, sagte ich.

»Glauben Sie nicht alles, was Sie sehen. Hier sitzen nicht die Klügsten«, korrigierte er mich. »Ich weiß immer noch nicht, warum ich den Franzosen bei unseren Treffen dulde …«

Pascal lachte über den Scherz. Interessiert lauschte ich den Ideen und Einfällen der Anwesenden. Das ein oder andere Gesicht kam mir bekannt vor, als hätten sie schon an den donnerstäglichen Treffen im Haus meiner Tante teilgenommen, die ich durch die Klappe der Speisekammer belauscht hatte. Andere waren mir unbekannt. Einer mit leicht blasiertem Gesicht beobachtete mich die ganze Zeit. Ein anderer mit einer auffälligen Krawatte zeichnete ununterbrochen, während sein Tischnachbar mit Zuckerstückchen spielte.

Sie handelten mit einer gehörigen Portion Sarkasmus und einem Hang zum Absurden eine Reihe von Themen ab. Mühelos erschufen sie eine Satire nach der anderen. Pascal beteiligte sich ebenfalls. Wie sich das Gespräch doch von dem auf dem Fest der de Luccas unterschied! Dort hatten alle diskutiert, geleitet von ihren Vorurteilen, und sich hinter anerkannten Meinungen versteckt, um ja nicht anzuecken. Während die Herren zwischen den sich immer wieder auffüllenden Gläsern ihren amüsanten Dialog fortsetzten, dachte ich nach. Was zum Teufel hatte einen Mann wie Ramón Gómez de la Serna oder die anderen in das Haus meiner Tante geführt? Warum ließ mich der Gedanke nicht los, dass die Treffen damals etwas Konspiratives hatten? Was verbarg Manuela Montero?

»Lassen Sie uns etwas spielen, meine Herren«, schlug jemand vor.

»Sie wollen Karten spielen?«, fragte ich ungläubig.

»Nein, Señor Liébana. Wir vertreiben uns nicht die Zeit mit solch faden Vergnügungen«, meinte Don Ramón. »Kennen Sie das Spiel des blinden Schweins?«

Ich überlegte. Dann schüttelte ich den Kopf.

»Schön. Es ist ein typisches Pombianer-Spiel. Es geht darum: Der Kandidat muss sich die Augen verbinden und versuchen, ein Schwein zu zeichnen, ohne abzusetzen.«

Ich nickte.

»In Wahrheit ist es ein Trick, um an wertvolle Kunstwerke zu kommen. In ein paar Jahren werde ich eine große Ausstellung mit allen Schweinebildern machen«, versicherte Don Ramón.

»Das wird mit Sicherheit die einträglichste Ausstellung aller Zeiten«, meinte Pascal.

»Wer möchte anfangen?«, fragte der Mann, der die ganze Zeit malte. Er hielt den Stift in der Hand, als wartete er darauf, dass der erste Mutige ihn ihm entriss.

»Ich«, preschte ich mutig vor.

»Einverstanden, Señor Liébana. Legen Sie los! «

Mir wurden die Augen verbunden, und ich betete, dass sich kein Teil der Verkleidung löste. Dann griff ich nach dem Stift und gab mein Bestes, damit ein anständiges Kunstwerk herauskam. In meiner Vorstellung entstand aus den Linien der Umriss eines Schweins, aber das Gelächter verriet, dass das Ergebnis nicht viel damit zu tun hatte. Pascal animierte mich lachend.

»Kommen Sie, Pedro, jetzt fehlt nur noch das Ringelschwänzchen.«

Ich wusste nicht mehr, auf welcher Höhe sich die Bleistiftspitze befand.

»Das sieht aus wie ein Hund!«, rief einer.

»Sehen Sie sich nur den Schwanz an!«

Heldenmutig machte ich weiter, bis ich das Gefühl hatte, ich sei fertig.

»Jetzt das Auge! Vergessen Sie das Auge nicht, Don Pedro!«

Richtig. Ich biss mir auf die Lippe.

»Hier!«, beschloss ich.

»Sie haben es auf den Hintern gemalt!«, rief ein anderer.

Alle lachten, und ich muss gestehen, als ich das Ergebnis sah, lachte ich mit. Meine Zeichnung hatte keinerlei Ähnlichkeit mit einem Schwein. Sie hatten recht, es sah eher aus wie ein Hund … ein lahmer Hund ohne Beine.

»Sehen Sie sich die riesigen Ohren an«, meinte Pascal amüsiert.

»Vielleicht sollten Sie es mal versuchen«, forderte ich ihn heraus und hielt ihm den Stift hin, damit er Zeugnis von seinem Können ablegen konnte.

Mit der ihm eigenen Gelassenheit stimmte er zu. Ihm wurden die Augen verbunden, und er legte los. Da verstand ich den Witz an dem Spiel. Zu beobachten, wie der

Auserwählte versuchte, das Tier zu zeichnen, war äußerst unterhaltsam. Einige flüsterten, andere feuerten den Kandidaten an in dem Glauben, so würde die Zeichnung besser gelingen. Als Pascal fertig war, nahm Don Ramón ihm das Blatt weg und sagte: »Olivier, ich habe Sie als Franzosen vorgestellt, der hervorragend Spanisch spricht …«

»Ja, Don Ramón«, sagte der Angesprochene und nahm die Augenbinde ab.

»Können Sie mir erklären, wieso Sie eine Kuh gemalt haben?«

Alle fingen wieder an zu lachen. Pascal versetzte mir einen Ellenbogenstüber.

»Es tut mir leid, es tut mir leid. Sie haben wirklich Talent zum Zeichnen«, scherzte ich und konnte dabei nicht aufhören zu lachen.

»Sehr witzig«, erwiderte er.

»Machen Sie sich nichts draus – dafür, dass Sie beide keinerlei Talent für Kunst haben, können Sie hervorragend mit Worten umgehen. Wir werden die Zeichnungen gut aufbewahren«, sagte Don Ramón und packte die Blätter weg.

Zwischen Kaffee und Schnaps, Gelächter und Kommentaren versuchte noch ein weiterer Kandidat sein Glück. Ich amüsierte mich großartig. Ich konnte mich nicht erinnern, je so viel gelacht zu haben. Allmählich wurde ich warm mit der Runde, und ich unterhielt mich angeregt mit verschiedenen Leuten. Ich erfuhr ihre Namen und wofür sie brannten. Wenn sie gewusst hätten, dass sie in Wahrheit mit einer dieser Damen sprechen, die gewöhnlich durch die Straßen und Parks flanieren, ins

Teatro Apolo gehen und sich vor allem um Äußerlichkeiten kümmern … Irgendwann versuchte ich, Don Ramón Informationen über Carmen de Burgos alias »Colombine« zu entlocken, denn es war bekannt, dass sie enge Freunde waren und sich häufig sahen. Doch meine Versuche waren nicht von Erfolg gekrönt.

»Meine Colombine … Eine ungeheuer kluge und gebildete Frau, es gibt nicht viele wie sie.«

Das war das Einzige, was er sagte. Dann kam er auf die Anfänge der Tertulia zu sprechen, über die er bereits ein Buch mit dem Titel *Pombo* veröffentlicht hatte. Er ermunterte mich, einen Roman zu schreiben.

»Als Journalist wird sich niemand an Sie erinnern, mein Junge. Das habe ich neulich auch diesem Gauner von Pascal gesagt.«

Ein Roman? Wenn er wüsste, welche Verrenkungen ich schon machen musste, um für eine Zeitung zu schreiben, würde er so etwas nicht sagen. Ein Roman, das war eine große Sache.

Als die Zeiger der Uhren sich auf die Zwei zubewegten, kam der Kellner mit Namen Pepe und wies uns darauf hin, dass das Lokal schloss. Voller Bedauern ließen sich die Anwesenden Zeit. Wir nahmen unsere Mäntel und Hüte und bereiteten uns innerlich auf die Kälte der Novembernacht draußen vor.

Das Lachen hallte immer noch in mir nach, als wir die Puerta del Sol erreichten, wo sich die Wege von uns und den anderen trennten. Aufgewühlt von all den Begegnungen mit Schriftstellern, Journalisten, Malern und Intellektuellen, teilten Pascal und ich unsere Eindrücke. Wir waren berauscht vom Alkohol und all der Energie, die während unseres Aufenthalts in der fabelhaften Krypta frei geworden war. Währenddessen passierten uns der Milchesel und der Wasserverkäufer mit dem schweren Fass auf der Schulter.

Da begann Pascal zu erzählen, wie er auf die Tertulia im Café Pombo gestoßen war. An der Sorbonne hatte er den französischen Schriftsteller Jean Cassou kennengelernt. Wie Pascal hatte dieser zu gleichen Teilen französische und spanische Wurzeln, und so hatten sie sich schnell angefreundet. Bei einer seiner Reisen nach Madrid hatte Cassou die Tertulia im Café Pombo besucht, und als Pascal in die spanische Hauptstadt entsendet wurde, hatte er sie ihm empfohlen. Anfänglich hatte Pascal angesichts der vielen Verpflichtungen weder die Zeit noch die Muße dafür gefunden, aber nach dem Sommer war er ein regelmäßiger Gast des zwischen den kleinen Läden der Calle Carretas verborgenen Cafés geworden.

Irgendwann saßen wir auf dem Bordstein der Plaza de la Villa gegenüber dem Rathaus. Auf dem Platz fühlte man sich ins Mittelalter zurückversetzt. Die Casa de los Lujanes mit dem berühmten burgartigen Turm wurde Zeugin unseres Gesprächs, bei dem Pascal sich außerordentlich redselig zeigte. Er erzählte von seinen Abenteuern als Korrespondent in Berlin und Brüssel. Und zu meiner Überraschung begann er, über seine Familie zu sprechen. In der Brieftasche, die er in seinem dicken Mantel trug, bewahrte er die wertvollsten Erinnerungen auf: zwei Fotografien.

»Das ist meine Mutter, Marguerite Pascal. Eine unglaublich tapfere Frau. Als mein Vater starb, hat sie die Zügel in die Hand genommen und dafür gesorgt, dass es mit uns weiterging, mithilfe meiner Großeltern. Seit ich denken kann, haben sie versucht, uns den Vater so gut wie möglich zu ersetzen«, berichtete er. »Und das sind meine beiden kleinen Schwestern, Lucille und Sylvie. Lucille ist stur wie ein Maulesel und kümmert sich um unsere Mutter. Und Sylvie lebt in einer anderen Welt. Jetzt will sie Malerin werden ...«

Ich beobachtete Pascal durch die Brille, die meine wahre Identität verschleierte. Er tat mir leid. Er vermisste seine Familie, man merkte, dass er sie bedingungslos liebte. Die Zärtlichkeit, mit der er von ihnen sprach, vermittelte mir ein Gefühl von Wärme und Wohlbefinden.

»Sie haben eine wunderbare Familie, Olivier. Da haben Sie großes Glück.«

»Ich weiß.« Er hielt kurz inne. »Ich würde alles tun, um sie zu schützen. Wenn ich in Erfahrung bringe, dass jemand ihnen schaden will, würde ich ihn bis in die Hölle verfolgen, nur um sicherzustellen, dass er dort nie wieder rauskommt«, gestand er erregt.

Es machte mir Angst, ihn derart hasserfüllt zu sehen. Wen fürchtete Olivier Pascal so sehr? Auf einmal entspannten sich seine Gesichtszüge, und er lächelte.

»Sagen Sie, haben Sie nicht auch ein Bild von Ihren Eltern oder Geschwistern? Sie sind doch eine große Familie, nicht wahr?«, fragte er, während er die Fotografien wieder in die Brieftasche schob.

»Nein. Ich trage keine Fotos mit mir herum.«

»Und Sie reden auch nicht gern über Ihr Leben in Barcelona … Man könnte meinen, Sie hätten etwas zu verbergen, Señor Liébana.«

»Ich? Nun reimen Sie sich da mal nichts zusammen, Señor Pascal. Ich bin bei Weitem nicht so interessant, wie Sie glauben«, erwiderte ich nervös.

»Wir wissen beide, dass das nicht stimmt. Aber eines Tages werde ich Ihnen so viel Alkohol einflößen, dass Sie mir all Ihre Geheimnisse verraten. Verlassen Sie sich drauf.«

Pascal war aufgestanden und streckte mir die Hand hin, um mir hochzuhelfen. Ich lehnte sein Angebot liebenswürdig ab, kam mit etwas Schwung zum Stehen und setzte die Melone auf. Nach einem kurzen Stück Weg blieb Pascal plötzlich stehen.

»Ich verlasse Sie. Ich wohne hier.«

Wir befanden uns auf der Plaza Conde de Barajas. Er deutete auf eines der jahrhundertealten Gebäude mit Mansarden und kleinen Balkonen, die schützend vor den Fenstern lagen. Pascal wohnte im obersten Stock. Bevor er ging, fragte er noch, wo ich wohnte. Da er mir gezeigt hatte, wo er lebte, konnte ich ihm unmöglich die Antwort schuldig bleiben, und so erfand ich, dass ich in einer Pension an der Ecke Calle Don Ramón de la Cruz und der Calle Lagasca logierte. Müde verabschiedete er sich mit dem typischen Schulterklopfer, worin offenbar alle Männer eine Freundschaftsbekundung sahen, und verschwand im Eingang. Ich, die ich mich inzwischen daran gewöhnt hatte, in meiner Verkleidung allein durch die Nacht zu streifen, ließ mich einfach nach Hause treiben.

All die vielen Gespräche von dem ausgedehnten Abend

schwirrten mir durch den Kopf, während ich die verwinkelten Straßen der Altstadt hinter mir ließ. Doch plötzlich waren in der unbarmherzigen, kalten Nacht leise Schritte zu hören, die aufhörten, sobald ich stehen blieb. Ich versuchte, Ruhe zu bewahren, aber das Gefühl, dass ich beobachtet wurde und niemand da war, der mir helfen konnte, ließ nicht nach. Daher ergriff ich die Flucht und rannte los. Schließlich fand ich eine angelehnte Tür und huschte in das Innere des Hauses. Dort wartete ich eine Weile im Dunkeln.

Eine Gestalt mit Hut blieb vor der Tür des dreistöckigen Hauses stehen, das mir als Versteck diente. Ich sah noch die glühende Zigarette, die auf den Asphalt fiel, während sich Schritte entfernten. Offenbar hatte er aufgegeben. Zumindest für den Abend.

***

Angesichts des enormen Drucks, dem wir in den letzten Monaten ausgesetzt waren, hatte Don Ernesto die Idee, zwei Tage in sein Haus in den Bergen zu fahren. Er hatte das Ehepaar Ballester, die Familie de Lucca, das Ehepaar Salamanca-Trillo sowie meine Tante und mich eingeladen. Da sich Francisco nach wie vor in Manchester befand, sagte ich sofort zu.

»Beeil dich, Elisa, Don Ernesto und Doña Cristina sind bereits da«, ermahnte mich Pilar, die versuchte, meine Koffer zu schließen, ohne sich dabei zu verletzen.

Ich eilte die Treppe hinunter. Es würde eine wahre Wonne sein, für ein paar Stunden meinen Schwindeleien,

Pedro Liébana und meinen Verfolger – wer auch immer das sein mochte – zu vergessen. Ich versuchte, die Gedanken abzuschütteln, die mich ängstigten und quälten, und gesellte mich zu meiner Tante. Don Ernesto, wie immer der perfekte Gastgeber, war aus der Kutsche gestiegen, um uns in Empfang zu nehmen. Er begrüßte erst meine Tante und dann mich. Unter dem Protest des Kutschers, der für solche Dienste bezahlt wurde, öffnete er uns die Tür und bat uns einzusteigen. Als ich Platz genommen hatte, sah ich auf, um Doña Cristina zu begrüßen. Da bemerkte ich, dass noch ein Fahrgast in der Kutsche saß.

»Señor Pascal, Sie sind auch mit von der Partie?«, fragte meine Tante, die mit überraschenden Situationen deutlich besser umgehen konnte.

»Ja, Doña Manuela. Ich habe ganz vergessen, Ihnen zu sagen, dass Señor Pascal uns in den nächsten Tagen Gesellschaft leisten wird«, erklärte Don Ernesto.

»Ich hätte es bereut, wenn ich nicht zugesagt hätte. Ich kann mir keine bessere Art vorstellen, das Wochenende zu genießen«, bekräftigte Pascal.

»Wir hätten es auch bedauert, wenn Sie nicht dabei wären. Ich bin überzeugt, durch Ihre angenehme Gesellschaft und all die vielen Geschichten wird das Wochenende viel amüsanter«, versicherte Doña Cristina, die immer in allem nur das Beste sah.

»Zweifellos«, brummte meine Tante, wie sie es immer tat, wenn sie anderer Meinung war.

Ich verdrehte die Augen. Ich war bei dem Ausflug dabei, weil ich die Stadt mit all ihren Intrigen hinter mir lassen wollte, und jetzt machte mir der französische Journalist einen Strich durch die Rechnung. Ich rückte dicht ans Fenster, schob den Vorhang beiseite und betrachtete die Gegend. Im Hintergrund hörte ich die anderen reden. Die Gespräche drehten sich um die Freizeitpläne an dem gemeinsamen Wochenende und um die Erinnerungen der Gastgeber an eine unwiederbringliche Zeit.

»Ich erinnere mich an die hübsche kleine Porzellanpuppe, die sie immer dabeihatte. Wie hieß sie doch gleich, Elisa?«, meinte Doña Cristina.

Ich ließ den Vorhang los.

»Ich erinnere mich nicht. Keine Ahnung, wo sie abgeblieben ist«, log ich, um der Reise in meine Vergangenheit ein Ende zu machen.

Allmählich ließen wir die Stadt hinter uns. Stattdessen sah man Weiden, grüne Täler, Wiesen, die Höfe der Viehzüchter, Granitgestein. Der Weg erwartete uns und geleitete uns zu unserem Ziel. Die Bäume empfingen uns mit offenen Armen, sie beobachteten und beschützten uns auf unserer Fahrt. Und am Ende übernahm die Erinnerung die Regie. Meine Augen schweiften über die Straße, die Häuser und die Menschen aus dem Dorf. All die Eindrücke vermischten sich mit dem, was ich vor vielen Jahren dort zum ersten Mal gesehen hatte.

Die Kutsche hielt vor dem Haus der Gastgeber, das versteckt hinter einem Zaun und ein paar Zypressen stand. Es war alles genau wie damals. Die Mauern aus grauem Stein, der weitläufige Garten im englischen Stil, der das Haus umgab, die Veranda mit den locker verteilten Korbgeflechtmöbeln, die in den Himmel aufragenden steinernen Kamine, die Fensterläden aus Mahagoniholz und der

Gebirgswind, der über das frisch gemähte Gras strich. Der Kutscher öffnete die Tür der Kutsche und hieß uns willkommen. Ich betrachtete jedes Detail der Landschaft unter dem wohlwollenden Blick der verschneiten Gipfel in der Ferne. Ich füllte meine Lunge mit der frischen kühlen Luft. Was für eine Wohltat!

»Kommen Sie, lassen Sie uns schon mal hineingehen, während die anderen Gäste ankommen«, wies uns Don Ernesto an.

»Unsere Gastgeber haben in der Tat einen ausgezeichnete Geschmack«, meinte Pascal, der neben mir stand und sich ebenfalls an der Schönheit des Außenbereichs erfreute.

»Ja … In all den Jahren hat sich nichts verändert«, erklärte ich.

Im unteren Stockwerk befanden sich der große Salon, ein Esszimmer, ein kleiner Salon für den Kaffee und die Küche. Die Zimmer waren viel kleiner als die des Palais in der Calle Lista, aber das Dekor war ähnlich gehalten, auch wenn dort alles etwas moderner gestaltet war. Die Räume waren erfüllt von dem Sonnenlicht und den Düften des Gartens, der mit aller Macht durch die großen Fenster ins Haus drängte. Gegenüber von der Tür, am Ende der Eingangshalle, führte eine Treppe in das obere Stockwerk, wo sich die Schlafzimmer befanden. Doña Cristina hatte vorsorglich die Gäste schon auf die Zimmer verteilt und informierte jeden gleich nach der Ankunft, wo er schlafen würde. Jedes Zimmer war in einer anderen Farbe gehalten. Meines hatte lachsfarbene Vorhänge und eine hübsche Bettdecke mit Blumenmuster.

Um Punkt elf hatten wir alle unsere Zimmer bezogen. Don Ernesto ließ uns ausrichten, dass wir zu einem Spaziergang aufbrechen würden. Ich wies die für mich zuständige Zofe an, mir ein geeignetes Kleid herauszusuchen.

Ich kämmte gerade mein Haar, als plötzlich Benedetta in mein Zimmer gestürmt kam. Sie fiel mir um den Hals. Wir hatten uns seit Wochen nicht gesehen. Ich war in der letzten Zeit schwer abkömmlich, und sie hatte nur noch Augen für Oberleutnant Roca und hatte Catalina und mich sträflich vernachlässigt. Sie redete ohne Punkt und Komma. Während sie meine Ohrringe vor dem Spiegel anprobierte, erzählte sie mir vom Fortgang der Beziehung, von den letzten Bällen, von ihrer Vermutung, dass er bald um ihre Hand anhalten würde. Gelangweilt von ihrem Redeschwall trat ich ans Fenster und tat so, als ob ich ihr zuhörte. Hinter den Gardinen sah ich Pascal in einem Korbgeflechtstuhl sitzen, den er auf den Rasen gestellt hatte. Er las entspannt in einem Buch, eine Zigarette im Mund.

»Was ist denn da draußen?«, fragte Benedetta, die längst gemerkt hatte, dass ich nicht bei der Sache war. »Oh, sieh an. Señor Pascal. Ich wusste gar nicht, dass er auch kommt.« Sie legte die Hand auf meine Schulter. »Bist du beunruhigt?«

»Nein. Solange er mir nicht zu nahe kommt, besteht keine Gefahr.«

»Das hängt ganz allein von dir ab.«

Sie hatte recht. Aber wie schwierig sich das gestalten konnte, vor allem wenn man bedachte, welche Liebenswürdigkeit er mir gegenüber an den Tag legte.

Während des Ausflugs, bei dem die Sonne die niedrigen Novembertemperaturen abmilderte, erinnerte ich mich mit Don Ernesto und Doña Cristina im Schutz der üppigen Baumkronen und unter der ständigen Gefahr, auf dem unwegsamen Gelände ins Stolpern zu geraten, an unsere früheren Streifzüge durch die Gefilde. Der Gastgeber hielt einen Vortrag über die Vegetation des Gebiets, die nahe gelegenen Dörfer und all die Legenden und Geschichten, die sich um die Gegend rankten. Meine Tante brachte ihre Abneigung gegen Spaziergänge in freier Natur zum Ausdruck und unterhielt sich mit Doña Concepción, die ebenfalls das städtische Umfeld bevorzugte. Pascal gesellte sich zu mir.

»Wissen Sie was? Ich denke, die Vegetation ist ein verbindendes Element zwischen verschiedenen Gegenden und Ländern. Ich glaube, wenn ich für einen Moment alles ausblenden würde, könnte ich mir einreden, dass ich in Frankreich bin. Finden Sie nicht? Haben Sie je darüber nachgedacht?« Ich schwieg weiter, das war die einzige Karte, die ich bei der Partie ausspielen konnte. Doch anstatt das Weite zu suchen, blieb er stehen und fragte gekränkt: »Habe ich Sie in irgendeiner Form verletzt, Señorita Montero?«

Ich wollte, dass er mich in Frieden ließ, wollte aber auch keine Szene heraufbeschwören. Wenn meine Tante oder Don Ernesto mitbekämen, wie ich mich Señor Pascal gegenüber verhielt, wären sie verärgert.

»Warum sagen Sie das?«, fragte ich leise.

»Nun, seit ich Sie kenne, sind Sie mir gegenüber ausgesprochen unhöflich. Anfangs dachte ich, Sie gehören zu den Leuten, die Fremden gegenüber eine Art pathologische Ablehnung empfinden, dann überlegte ich, dass ich Ihnen vielleicht nicht genug Aufmerksamkeit geschenkt hätte … Aber sosehr ich mich auch bemühe, liebenswürdig zu Ihnen zu sein, erteilen Sie mir doch jedes Mal eine Abfuhr.«

Ich senkte den Blick. Er hatte also mitbekommen, dass ich ihn auflaufen ließ.

»Denken Sie nicht so viel über unser Verhältnis nach, Señor Pascal. Ich pflege nicht gerne engen Kontakt zu Journalisten oder Leuten wie Ihnen. Wie Sie wissen, bleibe ich lieber auf Abstand. Auch wenn Sie ein guter Freund von Don Ernesto sind, macht Sie das noch lange nicht zu meinem Freund«, fuhr ich ihn an und übernahm damit wieder die Kontrolle über die Situation.

Er gab mir keine Antwort, aber er drang auch nicht weiter in mich.

»Wollen Sie hier Wurzeln schlagen?«, fragte ich irritiert.

»Sie können sagen, was Sie wollen, aber dafür, dass Sie mit Leuten wie mir nichts zu tun haben wollen, haben Sie sich doch ausgesprochen wohlgefühlt, als wir auf Don Ernestos Fest zusammen getanzt haben. Sie haben sogar gelächelt, wenn ich mich recht entsinne. Vielleicht befürchten Sie, dass Ihnen die Gesellschaft eines Journalisten gar nicht so unangenehm sein könnte, wie Sie es gerne hätten«, meinte er und setzte seinen Weg fort.

»Wie bitte? Wie können Sie es wagen, eine solche Andeutung zu machen … Ich bin eine verlobte Frau, die es nicht nötig hat, mit einem dahergelaufenen Schreiberling zu tanzen. Sie sind armselig und eitel dazu!«

»Ich und eitel? Wenn sich hier jemand für etwas Besseres hält, dann ja wohl Sie, Señorita Montero.«

»Ich halte mich nicht für etwas Besseres. Aber ich lasse mir nicht vorwerfen, dass ich eine klare Vorstellung davon habe, mit wem ich Umgang pflegen möchte und mit wem nicht.«

Die Antwort blieb aus, und das gab mir Zeit, nach den anderen Ausschau zu halten. Wo waren sie abgeblieben?

»Na, wunderbar, durch Ihre Schuld haben wir den Anschluss an die Gruppe verloren. Sie können Gott danken, dass ich den Rückweg kenne«, giftete ich.

»Es sind immer die anderen schuld, nicht wahr? Ihr Verlobter muss ja mit einer Engelsgeduld gesegnet sein …«

Schweigend setzten wir unseren Weg fort. Ich hatte keine Lust, mich weiter mit ihm zu streiten. In erster Linie, weil ich ihm die wahren Gründe nicht nennen konnte, aus denen ich mich von ihm fernhielt. Um mich irgendwie zu beschäftigen, kickte ich ein paar Kieselsteine weg. Während ich mir den Rückweg in Erinnerung rief, betrachtete ich die himmelblauen Seen, die sich zwischen den Baumwipfeln auftaten, und schaute, ob ich irgendwo im Gebüsch ein verborgenes Reh entdecken konnte. Ich musste feststellen, dass sich mit den Jahren doch einiges in dem Wald verändert hatte. Als wir die zwei drachenförmigen Felsen passierten und der Fluss auftauchte, sah ich die Holzbrücke, über die wir immer gegangen waren und die mittlerweile völlig zerstört war.

»Das darf doch nicht wahr sein …«

»Was ist denn?«, erkundigte sich Pascal, der mit einem Zweig spielte.

»Die Brücke. Sie ist kaputt«, sagte ich und deutete in die Richtung.

»Müssen wir denn auf die andere Seite?«

Ich warf ihm einen Blick zu, der besagen sollte, na, was glauben Sie wohl?

»Schon gut, ich habe es verstanden. Wir müssen also hinüber … Kein Problem. Wir klettern über die Steine.«

Wir gingen zum Ufer. Pascal bot sich vertrauensvoll an, die Steine auszuwählen, die am wenigsten rutschig waren. Ich raffte meinen Rock und versuchte, seinen Schritten zu folgen.

Beim Sprung von einem Stein auf den anderen kam ich ins Trudeln, und er, der schon auf der anderen Seite stand, griff nach meiner Hand. Noch immer verärgert über unseren Wortwechsel, ließ ich mich von meiner Überheblichkeit leiten.

»Ich brauche Ihre Hilfe nicht. Das kann ich ganz allein«, behauptete ich.

Der ständigen Zurückweisungen müde, ließ Pascal ohne Vorwarnung meine Hand los. Die mangelnde Stabilität und die Tatsache, dass ich nicht darauf vorbereitet war, keine Stütze mehr zu haben, sorgte dafür, dass mein Fuß abrutschte, und die Schwerkraft tat das ihrige. Ich lag mitten in dem eiskalten Fluss, und das Wasser durchnässte meine Kleider, mein Haar, meine Haut. Ich warf ihm einen hasserfüllten Blick zu.

»Sagen Sie nicht, ich hätte Sie nicht gewarnt. Gehen wir weiter?«, schlug er vor, ohne Anstalten zu machen, mir aus meiner misslichen Lage zu helfen.

Wütend stand ich auf und setzte klitschnass den Weg

fort. Als wir das Landhaus erreichten, staunten die anderen nicht schlecht, als sie mich sahen.

»Zieh dich schnell um, Liebes, sonst holst du dir noch eine Lungenentzündung«, riet Doña Cristina.

Rasend vor Wut und halb erfroren stieg ich die Treppe hinauf. Ein Mädchen kam, um mir auf Anweisung der Hausherrin ein heißes Bad einzulassen. Erschöpft setzte ich mich aufs Bett. Ich starrte aus dem Fenster, ohne auf die Zofe zu achten, die aufgeregt hinter mir ins Zimmer stürzte.

»Señorita Montero, die Señora hat gesagt, Sie sollen die Kleider ausziehen und sie mir geben. Wir waschen sie, morgen vor Ihrer Abfahrt sind sie fertig. Ich hole die Sachen ab, sobald Sie in der Wanne sitzen«, erklärte sie.

Ich nickte und löste die Schnürsenkel an den Stiefeln, die unangenehm am Fuß drückten. Als Nächstes zog ich die Strümpfe aus. Ich fasste an mein Haar, es roch, als hätte ich in einer Kloake gebadet. Ich schnaubte. Die Wärme der Kamine im Haus vertrieb die Kälte aus meinem Körper. Als ich den obersten hinteren Knopf meines Kleides öffnete, drang ein zartes Geräusch durch den Türspalt. Ich wusste, dass er es war. Bestimmt wollte er sich entschuldigen. Vielleicht war er auch nur auf dem Weg in sein Zimmer. Ich kümmerte mich nicht weiter darum und öffnete den Knopf. Stück für Stück legte ich meine gesamte Kleidung ab, in dem Wissen, dass hinter meinem nackten Rücken ein Zeuge stand. Es war mir egal. Ich wollte ihm zeigen, wie ich war, ohne Maske und ohne Verkleidung. Ich war nicht sein Freund, auch wenn es ihm manchmal so vorkam, ich war kein kleiner Journalist mit übergroßem Schnurrbart und scheußlicher Brille …

Ich war eine Frau, mit all meiner Zartheit, meinem Auftreten, meinen Rundungen und allen intellektuellen Fähigkeiten, die man Tag für Tag meinem Alter Ego zuschrieb. Doch ich ging in meinem ungebührlichen Verhalten noch weiter. Einem letzten Schrei aus der Tiefe meiner aufbegehrenden Seele folgend, wandte ich mich langsam um und fing den Blick der Augen ein, die mich von der anderen Seite der Türschwelle beobachteten. Ich wollte ihm zeigen, dass ich wusste, dass er mich beobachtete, und dass ich es zuließ. Als ich in die Wanne stieg, fiel alle Anspannung von mir ab. Was tat ich da? Was war das für ein seltsames Gefühl in mir?

***

Als wir Damen uns nach dem Essen in den kleinen Salon zum Kaffee zurückgezogen hatten, trat eine Zofe ein und überbrachte Doña Cristina eine Nachricht.

»Elisa, Liebes, da ist ein Anruf für dich«, gab sie mir weiter.

Überrascht sah meine Tante mir nach, wie ich den Raum verließ. Als ich den Hörer in der Hand hielt und Franciscos unverwechselbare Stimme hörte, fühlte ich mich sofort besser. Wie ich ihn vermisste! Vielleicht war das mein Problem. Vielleicht verhielt ich mich deshalb so unbesonnen. Er hatte gute Nachrichten: Er war am Morgen nach Madrid zurückgekehrt. Ich sagte ihm, ich würde um Erlaubnis bitten, mich noch am Abend mit ihm treffen zu dürfen, doch er bat mich, meinen Landausflug mit dem Ehepaar Rodríguez de Aranda bis zum Schluss zu genießen. Ich erklärte ihm, wir wären am nächsten Abend wieder in der Stadt.

»Mach dir keine Gedanken, Liebes. Wenn du morgen zurück bist, hole ich dich ab, und wir gehen im besten Restaurant der Stadt essen. Ich möchte etwas mit dir besprechen und deine Meinung hören«, sagte er.

Mit meiner Zusage war das Gespräch beendet, und ich reichte den Hörer dem Dienstboten, der neben mir wartete. Ich war hocherfreut und ließ es alle Welt wissen. Francisco war nach Hause zurückgekehrt, und hoffentlich blieb er jetzt für längere Zeit in Madrid.

Nach dem Kaffee beschlossen Benedetta, Doña Concepción, Pascal, Don Ernesto, Don Amancio und ich, die letzten Sonnenstrahlen im Garten zu genießen. Don Ernesto, der, wie ich mittlerweile wusste, ein großer Fan von Rasentennis war, schlug uns ein ruhiges Match ohne große Regeln vor.

Angesichts des vernichtenden Matchs vor ein paar Monaten wollte ich mich weigern, doch meine Freundin stimmte zu und wählte mich als Partnerin aus. Doña Concepción und Pascal vertraten sich ein wenig die Beine und setzten sich schließlich in die Korbgeflechtstühle, um bei dem Turnier zuzuschauen.

»Elisa, Liebes, du musst dich schneller bewegen, wenn du den Ball treffen willst«, meinte Don Ernesto.

»Don Ernesto, finden Sie nicht, Señorita Montero stellt sich beim Rasentennis genauso ungeschickt an wie unser Freund Liébana?«

Don Ernesto nickte und lachte, aber als er mein Gesicht sah, versuchte er sich zusammenzureißen.

»Na ja, es fehlt Ihnen beiden ein wenig an Übung«, meinte er höflich.

Ich drehte mich zu Pascal um.

»Ich sehe Sie gar nicht spielen, Señor Pascal. Vielleicht haben Sie ja an der letzten Olympiade teilgenommen und wollen uns mit Ihrer professionellen Rückhand nicht das Spiel verderben?«

Benedetta machte mir ein Zeichen, ich sollte aufhören, ihn zu provozieren. Doch ich ging nicht darauf ein.

»Bestimmt würden Sie sich wohler fühlen, wenn Sie gegen Pedro Liébana spielten. Dann würde keiner von Ihnen beiden den Mut verlieren, auch wenn es das langweiligste Spiel aller Zeiten werden dürfte.«

»Schon gut. Ich werde Ihnen vor dem Match Bescheid geben. So können Sie vielleicht als Narr zur Erheiterung beitragen.«

»Kinder, Kinder … nun beruhigt euch mal. Hahnenkämpfe haben noch niemandem gutgetan«, griff Don Amancio ein.

Ich lächelte triumphierend, und dann setzten wir die Partie fort. Es wurde allmählich dunkel, und hinter den Gipfeln tauchte inmitten von funkelnden Sternen der Mond auf. Erschöpft von der körperlichen Anstrengung zogen wir uns ins Haus zurück.

Beim Abendessen, zu dem wir uns alle festlich gekleidet hatten, herrschte gute Laune. Alle wollten von Pascal etwas über seine Abenteuer im Ausland hören. Er berichtete von einer Partie Mikado mit einem Engländer, einem Russen und zwei Amerikanern. Das Ganze war nicht gut ausgegangen. Sie hatten getrunken und gewettet, und am

Ende waren die Stöckchen durch das ganze Lokal geflogen.

»Wir bekamen für den Rest unseres Aufenthalts Hausverbot«, beendete er seinen Bericht.

»Aus absurden Auseinandersetzungen ergeben sich doch immer noch die besten Anekdoten«, meinte Benedettas Vater Giancarlo.

»Da haben Sie recht«, befand Don Ernesto.

»Aber jetzt, da ich einen Oberleutnant als Schwiegersohn bekommen werde, muss ich aufpassen, mit wem ich meine Jugenderinnerungen teile«, scherzte Don Giancarlo.

»Richtig. Die gute Nachricht von Ihrer vielversprechenden Alliance ist uns schon zu Ohren gekommen, Señorita Benedetta«, warf meine Tante ein. »Strebt Oberleutnant Roca ein Amt im Regierungsdirektorium an?«

»Er würde gerne eine politische Laufbahn einschlagen, ja. Aber es ist noch zu früh. Im Heer muss man sich erst an die neue Situation gewöhnen, und er will nichts überstürzen. Aber er steht Primo de Rivera sehr nah, also dürfte dem nichts im Wege stehen«, erwiderte meine Freundin.

»Möge er seinen Vorteil nutzen. Man muss wissen, mit wem man sich einlässt«, urteilte Doña Concepción.

»Ich hoffe, Benedettas Brüder nehmen sich an ihrer Hochzeit ein Beispiel. Eigentlich sollten die älteren Geschwister ja vor den jüngeren heiraten«, beklagte sich Don Giancarlo.

Ich hatte nicht den Eindruck, dass sich seine Söhne von ihrer jüngeren Schwester inspiriert fühlten. Elio lebte in Rom, war Jurist und hatte bisher offensichtlich keine Frau gefunden. Iacovo gab sich modern und lebte als Maler ein Bohèmeleben in Paris. Hin und wieder kam eine Nachricht, in der er betonte, wie sehr er seinen Vater liebte, und gleichzeitig dringend um Geld bat. Der dritte Bruder Andrea arbeitete in London als Architekt. Er schien ein Mädchen zu umwerben, aber es war noch nichts Offizielles.

»Gib ihnen Zeit, Vater«, bat Benedetta.

»Ja. Bedenken Sie, es sind Männer. Sie haben noch Zeit«, bemerkte meine Tante.

»So ist es. Soweit ich weiß, hat der junge Señor Pascal auch keine Absicht zu heiraten. Das muss an diesem neuen Jahrhundert liegen, das uns allen die Köpfe vernebelt«, fügte Don Ernesto hinzu.

»Das ist ausgesprochen schade, Señor Pascal«, meinte Doña María Elena.

»Sagen Sie, Señor Pascal, sind Ihre kleinen Schwestern bereits verlobt?«, erkundigte ich mich und nippte an meinem Glas.

»Äh … Nein, sind sie nicht«, erwiderte er verwundert. »Jedenfalls nicht, dass ich wüsste.« Er dachte einen Augenblick nach. »Aber ich muss sagen, ich bin doch sehr überrascht, dass Sie wissen, dass sie jünger sind als ich. Ich kann mich nicht erinnern, es je erwähnt zu haben.«

Mir wurde heiß und kalt. Es stimmte. Er hatte es nicht Elisa erzählt, er hatte es Pedro Liébana auf der Plaza de la Villa anvertraut. Ich trank noch einen Schluck und legte mir auf die Schnelle eine Erklärung zurecht, die ungewollt beleidigend klang.

»Nun ja, Sie haben so eine Selbstsicherheit an sich, einen gewissen Dünkel, der unter älteren Brüdern sehr verbreitet ist. Als Vorreiter werden sie dazu verleitet zu glauben, sie hätten die Weisheit mit Löffeln gefressen. Bei jüngeren Geschwistern findet man das nicht. Ihre Rolle besteht darin, von den Älteren zu lernen, in ihre Fußstapfen zu treten.«

»Interessant … Haben Sie Geschwister, Señorita Montero?«, konterte er.

Ich sah flüchtig zu meiner Tante hinüber, die mich mit ihrem Bick durchbohrte. Auf die Frage gab es für sie nur eine Antwort.

»Nein, habe ich nicht«, erwiderte ich.

»Dachte ich mir …«, murmelte er.

»Das bringt mich zu einer häufig diskutierten Frage. Glauben Sie, dass Erlebnisse aus unserer Kindheit Einfluss auf die Persönlichkeit haben, die wir als Erwachsene entwickeln?«, warf Don Amancio auf, der unter den Blicken der anderen mit einem Stück Fisch kämpfte.

»Nun, viele Theorien von Sigmund Freud beruhen auf dieser Prämisse, Don Amancio. Er ist der Ansicht, dass die Grundlagen für die Entwicklung der Persönlichkeit in der Kindheit gelegt werden «, erklärte Don Ernesto.

»Was für ein Unsinn … Ich kann mich kaum noch daran erinnern, was ich als Kind gedacht habe. Außer natürlich daran, dass ich mit den anderen Kindern Spaß haben wollte«, meinte Don Tomás.

»Also ich finde, die Ideen von diesem Doktor Freud sind absolut nachvollziehbar. Die Kindheit ist eine bedeutsame Phase. Wenn wir sie nicht durchlebten, würden wir uns im Erwachsenenleben nicht zurechtfinden. Wir lernen vieles durch Spielen, das wir später in der Praxis anwenden, wenn wir in der entsprechenden Situation sind«, erklärte ich und dachte dabei daran, wie viel mir fehlte, weil ich mich an einen Großteil der Erfahrungen meiner ersten Lebensjahre nicht erinnern konnte.

»Da bin ich anderer Ansicht, Señorita Montero. Für mich hat die Kindheit so gut wie keinen Wert. Ich glaube, nichts von dem, was ich damals erlebt habe, hat für mein heutiges Leben irgendeine Bedeutung«, widersprach mir Pascal, der es aufgegeben hatte, nett sein zu wollen.

»Das hört sich so an, als hätten Sie etwas Traumatisches erlebt«, warf Doña María Elena ein.

»Nein, ich erinnere mich nur nicht gern an diese Phase meines Lebens. Und wenn ich ehrlich bin, ist vieles ohnehin wie ausgelöscht.«

»Ich hatte eine sehr glückliche Kindheit«, meinte Benedettas Stiefmutter.

»Das ist aber ausgesprochen schade, Señor Pascal. Ich finde, es gibt Menschen, die man als Kind kennenlernt und die auf rätselhafte Weise das eigene Schicksal prägen«, erwiderte ich und dachte dabei an meine Brüder, an Vater und auch an den armen verletzten Jungen, mit dem ich gespielt und dem ich den Namen gestohlen hatte.

»Da stimme ich Elisa zu«, sprang mir Don Ernesto bei.

»Das sehe ich auch so«, meinte Don Amancio.

»Ich muss Señor Pascal recht geben. Ich finde, es ist sehr nützlich, wenn man weiß, an wen man sich erinnert und wen man am besten aus seinem Gedächtnis streicht. Die Vergangenheit kann eine vielversprechende Zukunft im Nu zerstören«, sagte meine Tante an mich gewandt.

Am Sonntagmorgen machten wir noch einen Spaziergang. Während unseres Ausflugs merkte ich, dass Pascal mir auswich. Erleichtert nutzte ich die Zeit, um mir von Doña Cristina etwas über die Besonderheiten der Gegend erzählen zu lassen. Nach einem üppigen Mittagsmahl und dem abschließenden Kaffee packten wir alle unsere Sachen, damit wir auf der Rückfahrt nicht von der Dunkelheit überrascht wurden. Der Abschied war gekommen. Das Gartentor schloss sich, und der Weg führte uns in die Wirklichkeit der Stadt zurück.

Pilar packte meinen Koffer aus, während ich mir die Wangen schminkte und Parfüm auf meine Handgelenke sprühte. Francisco musste jeden Moment kommen. Ich erzählte Pilar, wie der Ausflug in die Berge verlaufen war. Immer noch wütend berichtete ich ihr von dem Zwischenfall am Fluss und wie erbärmlich sich der Redakteur aus Paris verhalten hatte. Als der Koffer ausgepackt war, gab sie mir beim Verlassen des Zimmers einen Rat: »Manchmal trügt der Schein, Elisa. Der erste Eindruck ist nicht immer der richtige … auch was die Gefühle betrifft.«

Ich ging in die Eingangshalle hinunter. Dort teilte mir Severiano mit, dass Francisco im Salon auf mich wartete. Ich nickte und trat ein. Da stand er. Freudig eilte ich auf ihn zu, um ihn zu umarmen. Ich suchte seine Lippen, die meinen Kuss flüchtig erwiderten. Dann wanderte mein Mund hinunter zu seinem Hals. Francisco griff mich an den Armen und schob mich ein Stück zurück.

»Elisa, Elisa, Liebling, lass das«, bat er.

»Was ist denn?«, fragte ich.

»Das würde ich gerne von dir wissen. Du bist in letzter Zeit so stürmisch.«

Ich löste mich von ihm.

»Darf ich meinem zukünftigen Mann denn nicht küssen?«

»Natürlich darfst du das. Ach, Elisa, Liebling. Wenn du wüsstest, wie sehnlich ich mir wünsche, du wärest ganz und gar mein.«

»Das könnte ich schon längst sein …«

»Nein, Elisa. Wir müssen uns zurückhalten.« Seine Hand fuhr über mein Gesicht, über den Hals, den Arm, meine Taille … bis sein Verstand die Oberhand gewann und er innehielt. »Wir müssen uns zurückhalten.«

»Deswegen möchte ich so schnell wie möglich deine Frau werden, Francisco. Ich kann nicht länger warten. Ich bin die ganzen Vorbereitungen leid.«

Er senkte den Blick.

»Warum schaust du weg, Liebling? Was ist passiert?«

»Was soll ich sagen, Elisa … Ich bin früher aus Manchester zurückgekommen, weil die Engländer aus dem Vertrag ausgestiegen sind. Es sieht so aus, als ob sie durch den Streik und die Veränderungen in der spanischen Politik nicht mehr genug Vertrauen in das Geschäft haben. Die Bauarbeiten wurden gestoppt, und wir suchen jetzt nach neuen Geschäftspartnern vor Ort. Wir haben bereits Plakate in unseren Büros aufgehängt, wir dürfen nicht zulassen, dass unsere Expansion in das Vereinigte Königreich ein unerfüllter Traum bleibt.«

»Und was hat das mit unserer Verlobung zu tun?«, fragte ich bestürzt.

»Ich brauche ein wenig mehr Zeit. Nur ein Jahr. Ich werde weiterhin ständig auf Reisen sein, und ich möchte, dass das Geschäft auf soliden Füßen steht, wenn wir heiraten, damit ich meine gesamte Zeit dir widmen kann.«

Das durfte doch nicht wahr sein! Zornig sprang ich auf.

»Nein, Francisco. Nicht einen Tag länger. Wir sind seit drei Jahren zusammen. Die Leute werden denken, dass du mich nicht heiraten *willst*. Du machst mich zum Gespött von ganz Madrid! Ich war geduldig, ich habe gewartet, aber immer ist etwas anderes wichtiger als ich.«

»Elisa, glaubst du, es interessiert mich, was die anderen sagen? Ich will, dass du meine Frau wirst. Das habe ich unter Beweis gestellt, als ich vor all unseren Freunden um deine Hand angehalten habe. Aber wenn du die Señora de las Heras y Rosales werden willst, musst du dich mit bestimmten Dingen abfinden, und dazu gehört, dass Bankangelegenheiten nicht verhandelbar sind.«

»Zum Teufel mit der Bank! Sie ist es, die dich Tag für Tag von mir fernhält.«

»Ja, klar, es ist leicht für dich, das zu sagen. Du bist ein junges Ding ohne jede Verantwortung, du weißt nicht, was es heißt, seinen Lebensunterhalt zu verdienen, sich riskanten Herausforderungen zu stellen und dafür zu kämpfen, berufliche Ambitionen und Familie unter einen Hut zu bringen.«

Ich hätte ihm am liebsten in dem Moment alles erzählt, damit er begriff, dass ich besser als jeder andere wusste, wovon er sprach. Erschöpft sah ich ihn an. Ich atmete tief ein und setzte mich neben ihn.

»Schon gut, Liebling. Wie du meinst …«

Damit war unsere Hochzeit auf das Frühjahr 1925 verschoben. Als meine Tante davon erfuhr, gab sie mir die Schuld. Sie war überzeugt, dass ich dafür verantwortlich war, indem ich durch mein Verhalten Zweifel in Francisco gesät hatte. Und ganz sicher war es auch Tagesgespräch in den Zirkeln der Stadt.

»Der begehrteste Junggeselle von Madrid verschiebt seine Hochzeit. Wer weiß, ob es überhaupt noch dazu kommt.« … »Die Arme, er weiß nicht, wie er ihr sagen soll, dass er sie nicht ehelichen will.« … »Vielleicht sagt er die Hochzeit in ein paar Monaten ganz ab. Dann wird das arme Ding auf der ganzen Halbinsel keinen Mann mehr finden.« … »Wie es heißt, sind Bankangelegenheiten der Grund. Sie werden schon heiraten.« … »Unsinn, das glaubt doch kein Mensch.«

***

Der Dezember des turbulenten Jahres 1923 verging wie im Flug. Er begann mit der letzten Vorstellung der Zarzuela *Doña Francisquita*, die im Teatro Apolo seit Oktober aufgeführt wurde. Bei der Gelegenheit zeigte sich einmal mehr, dass Pascal mir aus dem Weg ging, wenn ich als Elisa mit ihm zusammentraf. Das galt auch für die Zeitung. Nach Möglichkeit vermied er es, das Wort an mich zu richten, und wandte sich stattdessen an Señora Idiazábal. Wenn sich unsere Blicke doch einmal trafen oder wir uns von Weitem sahen, schauten wir weg oder gingen rasch unserer Wege. Nach der verunglückten Begegnung im Landhaus waren wir zu dem Schluss gelangt, dass es besser war, wenn wir nicht miteinander sprachen.

Als sein Kollege Liébana redete ich selbstverständlich weiter mit ihm – auch wenn er keinen Schimmer hatte, dass wir ein und dieselbe Person waren. Ich schlüpfte jedes Mal mit großer Vorsicht in den Anzug und hoffte, dass ich den Schatten nicht eines Tages ins Auge blicken müsste, die um mich herum lauerten.

An einem Samstag Ende Dezember ließen wir uns nach der Tertulia im Café Pombo von dem populären Illustrator Luis Bagaría dazu verleiten, das Los Gabrieles aufzusuchen. Es hieß, kein Geringerer als der für seine Feierlaune bekannte Miguel Primo de Rivera verkehrte dort regelmäßig. Um die Kneipe rankten sich die wildesten Gerüchte, bei denen es um solch anrüchige Dinge wie Glücksspiel und Freudenmädchen ging. Ich hatte mich inzwischen gut in der Männerwelt eingelebt und war neugierig darauf, das Lokal in Calle de Echegaray kennenzulernen.

Das Publikum war bunt gemischt und amüsierte sich zu den Klängen einer spanischen Gitarre und Flamencogesang. Kaum hatten wir Platz genommen, landeten auch schon die ersten Schnäpse auf dem Tisch. In dem Wissen, was Hochprozentiges bei mir auslösen konnte, ließ ich es langsam angehen. Zumindest zu Anfang.

»Ich finde, Sie sollten unbedingt für *El Demócrata* zeichnen, Bagaría. Ich werde mit Don Ernesto sprechen«, meinte Pascal.

»Aber es gibt doch gar keine Illustrationen beim *Demócrata*!«

»Na, und? Ich werde es dem Herausgeber vorschlagen. Wir sind gut befreundet«, erklärte er.

»So eng nun auch wieder nicht«, fiel ich ihm ins Wort.

»Was ich sagen will, ist, der *Demócrata* muss moderner werden. In dieser Form reißt er niemanden vom Hocker.«

»Das ist jetzt aber der denkbar ungeeignetste Moment.« Ich sah mich nach allen Seiten um. »Man kann jetzt nicht über Marokko oder über den katalanischen Nationalismus, ja nicht einmal über die Hitze in Andalusien oder Murcia reden, weil scheinbar alles dem Ansehen des Vaterlands schadet. Es ist vollkommen absurd! Am Ende schreibe ich noch über Rinderzucht«, sagte ich leise.

»Kommen Sie, Liébana, Sie werden doch einen Weg finden, die Zensur zu umgehen. Sie haben ein besonderes Talent für Metaphern. Ich habe Ihre erste Kolumne ›Der Zug fährt an Spanien vorbei‹ gelesen. Ein Meisterstück, was die symbolische Sprache angeht«, versuchte Pascal mich aufzumuntern.

»Ich habe sie auch gelesen. Ihr Vergleich hat mir sehr gefallen. Dennoch glaube ich nicht, dass sich die Situation für die Presse schnell ändern wird«, schimpfte Bagaría.

Er hatte recht. Die politische Lage stabilisierte sich, doch die Zensur behinderte unsere Arbeit, unsere Artikel wurden auf Herz und Nieren geprüft, und bei der geringsten Verfehlung standen die Zukunft der Zeitung und unsere Arbeitsplätze auf dem Spiel. Die anderen waren des Redens müde geworden und begaben sich in weiblicher Begleitung auf die Tanzfläche. Pascal und ich diskutierten allein weiter. Da reizte es mich plötzlich, ihm eine Frage zu stellen, die mich schon lange umtrieb. Bislang hatte ich nicht in Erfahrung bringen können, was er von mir als Elisa hielt.

»Neulich habe ich mit Catalina und Señorita Elisa Kaffee getrunken. Eine bezaubernde junge Dame, finden Sie nicht?«

»Als bezaubernd würde ich sie nicht gerade bezeichnen«, erwiderte Pascal und schwenkte die Flüssigkeit in seinem Glas.

»Ach … und wieso?«, fragte ich.

»Sagen wir, wir sind in nahezu keinem Punkt einer Meinung. Außerdem stört mich ihr verächtliches Verhalten, dieser alberne Stolz … Sie scheint eine schwierige Person zu sein. Für Francisco tut es mir leid, dass er sie den Rest seines Leben ertragen muss.«

Ich hatte Mühe, mein Erstaunen zu verbergen.

»Denken Sie wirklich so über sie?«, hakte ich nach.

»Sie ist eine verwöhnte Göre aus reicher Familie, die nur ihre baldige Hochzeit im Kopf hat. Zweifellos haben ihr Jugend und Schönheit Tür und Tor in das Haus der Familie de las Heras y Rosales geöffnet. Deshalb lässt Francisco sie schalten und walten, wie sie will. Ich glaube, das ist auch der Grund, weshalb sie ihn heiraten will. Er ist der einzige Mann auf der Welt, der so beschäftigt ist, dass er ihr jeden Wunsch von den Augen abliest und ihre Klagen und Nörgeleien überhört. Ich könnte solch eine Frau nicht ertragen, die immer nur fordert, fordert und fordert … Man merkt, dass sie bislang ein überaus bequemes Leben geführt hat, das sich darauf beschränkt hat, hübsch gekleidet zu Bällen und Theateraufführungen zu gehen. Und dabei langweilt sie sich so, dass sie Don

Ernesto genötigt hat, ihre unausgefüllten Stunden in der Zeitungsredaktion verbringen zu dürfen. Das ist es, was ich meinte: Sie fordert, fordert und fordert.«

Er verachtete mich. Dieses Bild hatte er also vor Augen, wenn er meinen Namen hörte. Tränen stiegen mir in die Augen, doch ich drängte sie zurück. Ich hatte unterschätzt, wie hart es sein kann, wenn man hört, wie sehr man abgelehnt wird. Vielleicht dachten alle so über mich. Selbst Francisco sah in mir nichts anderes als ein unterfordertes, verhätscheltes junges Ding.

»Sie machen aus Ihrer Abneigung keinen Hehl«, meinte ich, ohne aufzublicken.

»Solch eine Frau würde ich nur unter einer Bedingung nehmen …« Er machte eine theatralische Pause. »Wenn sie stumm wäre.«

Am liebsten wäre ich aufgestanden und hätte ihm einen Schlag ins Gesicht verpasst. Aber ein solches Verhalten geziemte sich für mich nicht. Auch wenn das eine Viertelstunde später anders aussah …

»Apropos Frauen … Die junge Dame da hinten hat ein Auge auf Sie geworfen«, meinte Pascal und deutete auf eine Frau, die an einem der Tische bei der Theke saß und rauchte.

»Was geben Sie mir, wenn es mir gelingt, sie zu verführen?«, fragte ich gekränkt. Mir war jeder Vorwand recht, um seiner Gesellschaft zu entkommen.

»Aber sind Sie denn nicht in Señorita Folch verliebt?«

»Verführen und Freien, das sind zwei völlig unterschiedliche Dinge.«

»Na gut. Zwanzig Peseten.«

»Ist das alles?«

»Aber wenn es Ihnen nicht gelingt, müssen Sie mir das Geld geben.«

»Abgemacht.«

»Sagen wir vierzig. Das ist mein letztes Angebot.«

»Einverstanden.« Ich leerte sein Glas in einem Zug. »Schauen Sie gut hin, da können Sie noch etwas lernen.«

Leicht angesäuselt, aber festen Schrittes, machte ich mich auf den Weg. Pascal beobachtete mich. »Haben Sie eben ›Freien‹ gesagt?«, fragte er in die Leere hinein, während ich von dannen schritt. Ich hatte keine Ahnung, wie ich die Wette gewinnen wollte. Oder vielleicht doch. Ich hatte den Vorteil, dass ich eine Frau war. Ich räusperte mich und schlüpfte in die Rolle des galanten Kavaliers, so wie wir ihn uns unter Freundinnen immer vorgestellt hatten. Abstand zu Pascals beißender Kritik zu bekommen war mir Antrieb genug. Höflich fragte ich, ob der Platz an ihrem Tisch noch frei sei.

»Bis eben war er noch besetzt, aber Sie können mir gern Gesellschaft leisten.«

So kam ich mit ihr ins Gespräch. »Sie sind eine wahre Schönheit, Señorita. Welch eine Freude, mit Ihnen plaudern zu dürfen«, sagte ich.

Die junge Frau ließ sich von mir einwickeln, sodass sich die Waagschale zu Pascals Verblüffung zu meinen Gunsten neigte. Nachdem wir uns eine Weile nett unterhalten hatten, wobei ich nicht unerwähnt ließ, dass ich ein bekannter Journalist vom *Demócrata de Madrid* war und die halbe Welt bereist hatte, forderte ich sie zum Tanzen auf. Nach dem Training mit Catalina vertraute ich auf meine

Tanzkünste als Mann und streckte ihr die Hand hin. Sie willigte ein, und so begannen wir, uns im Rhythmus der Gitarrenmusik zu bewegen. Ich lächelte ihr hin und wieder zu, um die Magie aufrechtzuerhalten, mit der ich sie in meinen Bann gezogen hatte, aber in meinem Inneren dachte ich an Pascals bittere Worte. Was meine Ohren vernommen hatten, tat ungeheuer weh. Die junge Frau schwebte derweil in einer Parallelwelt. In dem Moment packte mich jemand von hinten.

»Hey, Brillenzwerg! Was zum Teufel machen Sie mit Señorita Diana auf der Tanzfläche? Habe ich Ihnen das vielleicht erlaubt?«, herrschte mich ein junger Mann an.

»Entschuldigung, ich wusste nicht, dass sie jemandem gehört«, erwiderte ich keck.

»Sie tanzen mit der Verlobten von Señor Antonio Mascarañas, genannt ›Zebra‹. Matador und Schwertvirtuose«, schnauzte mich einer seiner Begleiter an.

Ich riss die Augen auf. Ein Schwertvirtuose? Was sollte das heißen? Für ein Duell war ich nicht gewappnet. Ich sah mich um, und ohne groß nachzudenken, ballte ich die Hand zur Faust und schlug mit all der angestauten Wut und Enttäuschung »Zebra« mitten ins Gesicht. Damit war die Sache natürlich nicht beendet. Sie hielten mich für einen Raufbold, und so stürzte sich einer der beiden Kumpel auf mich und holte ebenfalls zum Schlag aus, während der Matador sich jammernd aufrichtete. Doch Pascal, der das Ganze beobachtet hatte, war dazwischengegangen, bevor die Faust mein Gesicht traf, und rang nun mit meinem Widersacher. Unwillkürlich legte ich die Hand auf den Mund, ebenso wie Señorita Diana. Es fielen mehrere Stühle und Tische um, und die Gäste beklagten sich lautstark. Die beiden gingen zu Boden. In dem Moment merkte der Matador, bei dem der Schmerz nachließ, dass ich völlig unbehelligt dastand.

»Nein, nicht der, ihr Idioten! Der mit der Brille! Es ist der mit der Brille!«, rief er.

Voller Angst rannte ich durch die Kneipe, immer im Kreis. Ich wich den Musikern, den Tanzpaaren und den Betrunkenen aus, die sich an ihren Flaschen festhielten … Einige feuerten den Kampf an. Zu meinem Glück oder meinem Unglück stieß ich gegen den runden Bauch eines Kellners.

»Sie stören die Gäste. Raus! Verlassen Sie das Lokal!«, brüllte er.

Da ich direkt vor ihm stand, packte er mich kurzerhand mit seinen feisten Händen am Hals und warf mich hinaus. Nach mir folgten die anderen. Pascal kam hinkend und mit gelöster Krawatte hinaus. Er wollte das Kriegsbeil begraben.

»Meine Herren, das war ein Missverständnis. Sie müssen unser Verhalten entschuldigen. Es wird das Beste sein, wenn wir es dabei belassen«, sagte er erschöpft.

Die anderen sahen sich an und lächelten. Unseretwegen waren sie aus dem Lokal geflogen. Sie waren wütend, und der Abend war für sie gelaufen. Sie würden es nicht dabei belassen.

»Die schnappen wir uns!«

Wir drehten uns um und rannten mit letzter Kraft davon. Pascal, der sich am Bein verletzt hatte, konnte sich nur noch hüpfend fortbewegen und schwor, er würde nie wieder eine elende Wette mit mir abschließen. Mit den Verfolgern auf den Fersen liefen wir zügig die Calle de las Huertas entlang. Mir ging allmählich die Puste aus, aber Pascal trieb mich an. Als wir an der Plaza de la Santa Cruz ankamen, wo sich Doña Alicias Schneiderwerkstatt befand, hörten wir keine Schritte mehr hinter uns. Anscheinend hatten sie aufgegeben. Vor uns ging eine Bordsteinschwalbe in Begleitung von zwei Herren vorbei, die über die Witze der Señorita lachten. Danach herrschte Stille.

»Ist alles in Ordnung?«, fragte ich Pascal und deutete auf sein Bein.

»Wenn ich heute nicht mehr laufen muss, ja«, erwiderte er.

»Gut, ich denke, ich habe die Wette gewonnen«, meinte ich.

Doch Pascal hörte mir nicht zu. Er legte die Stirn in Falten.

»Psst«, zischte er.

Ich schwieg und versuchte, den Grund für seine besorgte Miene herauszufinden. In der Ferne war ein Summen zu hören, das immer lauter wurde und sich schließlich als brummender Motor entpuppte. Gleißende Scheinwerfer nahmen uns die Sicht.

»Da sind sie, los, los!«

»Folgen Sie mir! Hier entlang, Pedro!«

Ich zögerte keine Sekunde. Die zweite Etappe unserer Flucht begann. Ich folgte dem Franzosen durch enge Gassen, in denen wir vor dem Auto sicher waren. Wir liefen einfach drauflos, passierten Gartentore und kletterten über Mauern, bis wir wieder auf eine Straße kamen, auf der das Auto uns auf wundersame Weise bereits erwartete. Da der erste Plan fehlgeschlagen war, überquerten Pascal und ich die Plaza Mayor, und als wir den Arco de Cuchilleros hinter uns gelassen hatten, warf er mir einen Schlüssel zu.

»Dort steht mein Auto. Aber Sie müssen fahren«, rief er.

Die Scheinwerfer des anderen Autos tauchten nicht weit entfernt auf. Mit den Schlüsseln in der Hand überlegte ich fieberhaft, wie ich Pascal, der durch meine Schuld ein lahmes Bein hatte, erklären könnte, dass ich noch nie im Leben Auto gefahren bin. Aber es war nicht der Moment für Offenheit oder Rechtfertigungen. Ich sprang auf den Fahrersitz des grünen Peugeot. Orientierungslos suchte ich das Zündschloss.

»Nun machen Sie schon, Pedro. Es pressiert ein wenig«, sagte er verzweifelt.

»Ja, ja, keine Sorge, ich habe alles unter Kontrolle.«

Ich ließ den Wagen an und trat alle Pedale. »Pedro, Sie müssen schalten« … »Pedro, Sie müssen das andere Pedal treten« … »Pedro, Pedro, was machen Sie denn? Langsamer!« … »Das ist die falsche Richtung!« Während ich mit den Füßen die Pedale trat, fuhren wir anfangs im Wechsel an und bremsten dann wieder. Unsere auf Rache sinnenden Freunde kamen immer näher. Pascal krallte sich am Sitz fest, als hätte sein letztes Stündlein geschlagen. Als ich verstanden hatte, welches Pedal die Bremse und welches das Gas war, wurde es einfacher. Mein einziges Problem war, dass ich keine Ahnung hatte, in welche

Richtung ich fahren sollte, und so musste ich in der Calle de Atocha und im Paseo del Prado immer wieder dem Gegenverkehr ausweichen. Die letzten Kutschen und Autos, die in den frühen Morgenstunden noch unterwegs waren, waren Hindernisse, die ich auf keinen Fall streifen durfte. Die Flüche der Fahrer waren in der gesamten Straße zu hören.

Ich schlingerte über die Fahrbahn und bog in eine schmale Seitenstraße ab, weil ich in der ganzen Aufregung nicht auf Pascals Anweisungen achtete. Ich fuhr so waghalsig, dass unsere Verfolger nach ein paar gefährlichen Manövern aufgaben. Zufrieden blickte ich in den Rückspiegel.

»Wir haben es geschafft! Sie haben abgedreht!«, rief ich.

»Vorsicht, Pedro!«, erwiderte Pascal.

Mitten auf unserer Fahrbahn stand ein Fuhrwerk. Erschrocken drehte ich ein letztes Mal am Steuer, bis wir schließlich schlingernd auf dem Bürgersteig landeten.

»Vielleicht habe ich nicht ganz die Wahrheit gesagt, als ich behauptet habe, ich könne fahren«, gestand ich.

»Ja, das habe ich auch schon gemerkt«, antwortete er grimmig.

»Wie dem auch sei, wenn man berücksichtigt, dass wir die Tunichtgute abgehängt haben, habe ich mich doch ganz wacker geschlagen, oder, Olivier?«

»Sie bekommen nicht eine Pesete von mir, Pedro. Mein Gott, ich habe gedacht, es ist vorbei mit uns …«

»Das beweist, dass Sie nicht Wort halten, mein Freund.«

»Ja, aber statt dass Sie lediglich eine Dame bezirzen,

hätten Sie um ein Haar unser Todesurteil unterschrieben!«

»Das Ziel der Wette wurde erreicht. Sie schulden mir vierzig Peseten.«

»Ich denke, das habe ich mehr als vergolten, indem ich Ihnen beigesprungen bin, als dieser Schurke Ihnen beinahe das Gesicht ramponiert hätte.«

»Ich hatte alles im Griff«, log ich.

»Kommen Sie, Pedro. Die drei hätten Sie kaltgemacht. Aber schon gut, Sie schulden mir keinen Dank.«

Ich dachte kurz nach. Ja, wahrscheinlich hätte er zumindest meinen Dank verdient. Andererseits hatte er mich, bevor er mir das Leben gerettet hatte, ungestraft beleidigt. Ich erinnerte mich an jedes Wort, mit dem er mich beschrieben hatte. Ich zog den Schlüssel ab und reichte ihn ihm.

»Danke, Olivier. Es war mir ein Vergnügen, den Abend mit Ihnen verbracht zu haben.«

Ich stieg aus dem Auto, das vor einem noch geschlossenen Kiosk auf dem Bürgersteig stand. Verblüfft über meine Reaktion schrie er mir nach: »Aber Sie können mich doch nicht einfach hier stehen lassen! Pedro! Verflucht, Pedro!«

In einem letzten Akt der Verzweiflung hupte er. Ich lächelte schadenfroh und machte mich auf den Weg nach Hause.

9

Anfang 1924 bestätigte sich mein Verdacht, dass ich verfolgt wurde. Immer wenn ich als Pedro Liébana die Redaktion aufsuchte, vor Ort recherchierte oder gemeinsam mit Don Ernesto eine Veranstaltung besuchte, hatte ich das Gefühl, dass mir jemand im Nacken saß. Um meinen Verfolger abzulenken, änderte ich meine Routen und ließ besondere Vorsicht walten, wenn ich mich im Mondschein im Garten umzog. Doch die unheilvolle Vorahnung war längst nicht das seltsamste Vorkommnis jener Tage.

Benedetta hatte Catalina und mich zu sich zum Tee eingeladen. Oberleutnant Roca und sie wollten noch im Sommer heiraten. Im kleinen Salon des prächtigen Palais ihrer Familie berichtete sie uns von den Neuigkeiten bezüglich der Feier.

»Wir haben uns für die Kirche Santísimo Cristo de la Salud entschieden. Dort hat letzten Sommer Sofia Plà, eine gute Freundin von mir, den Marqués de Valdeosera geheiratet. Bei der Feier wusste ich sofort, das ist die Kirche, in der ich getraut werden will.«

»Du machst einen sehr glücklichen Eindruck, Benedetta«, meinte Catalina. »Findest du nicht, Elisa?«

Ich starrte auf den Teelöffel, mit dem ich lustlos in der Tasse herumrührte.

»Oh, Elisa, vielleicht ist es dir unangenehm, dass ich die ganze Zeit von meiner Hochzeit spreche. Es ist bestimmt schwer für dich, nachdem deine verschoben wurde«, entschuldigte sich Benedetta.

»Aber nein, Benedetta. Ganz und gar nicht. Du kannst ruhig über deine Hochzeit sprechen. Man heiratet schließlich nur einmal. Meine wird früher oder später auch kommen«, antwortete ich, auch wenn mir das beklemmende Warten zunehmend schwerfiel.

»Was ist denn dann mit dir? Du bist ja ganz blass«, bemerkte Catalina.

Ich schloss kurz die Augen und suchte nach den passenden Worten für das, was wenige Abende zuvor vorgefallen war. Ich stellte die Tasse auf den Tisch und fing mit dem Einfachsten an …

»Catalina, du erinnerst dich doch, dass wir vor ein paar Tagen mit Morales, López, Fernández, Señora Idiazábal und Olivier im Ideal Room zum Tanzen waren, nicht wahr?«

»Warum habt ihr denn das gemacht?«, wollte Benedetta wissen.

»Es war nach der Arbeit. Es war die Idee des Franzosen. Und weil man Catalina für die Verlobte von Pedro hält, dachte ich, es wäre eine gute Idee, wenn sie mitkäme.«

»Wir haben viel getanzt. Elisa ist zu einer Expertin geworden, wenn es ums Führen geht«, meinte Catalina lächelnd.

»Aber Catalina ist früher gegangen. Hat sich Fernández dir gegenüber anständig benommen?«

»Ja, ja, er hat mir den ganzen Weg über von seinem Roman erzählt, an dem er schreibt. Ich habe mich königlich amüsiert.«

»Heißt das, dieser Fernández hat dich zum Wohnheim begleitet? Warum ist Elisa nicht mit dir gegangen? Warum hast du sie nicht nach Hause gebracht?«, fragte Benedetta.

»Sie hatte einen Auftrag zu erfüllen. Und? Hast du's geschafft, Morales zu entlocken, wer seine Quelle im Direktorium ist?«

»Nein, aus dem ist nichts herauszubekommen. Ich habe fast ein Monatsgehalt für alkoholische Getränke aufgewendet, um ihn zum Reden zu bringen. Aber nichts. Er hat nichts preisgegeben.«

»Wenn dich das so quält, könnte ich mit meinem Verlobten sprechen, Elisa.«

»Nein, nein, Benedetta. Ich möchte niemanden mit meinen Problemen behelligen. Ich werde es schon herausfinden. Aber das ist es nicht, was mir Sorgen bereitet. Wie gesagt, ich habe dafür gesorgt, dass die Gläser den ganzen Abend über immer voll waren. Sie haben ordentlich zugelangt, aber Pascal hat sich anders verhalten als sonst. Er hat Pedro die ganze Zeit besonders hofiert und ihn damit aufgezogen, dass er schon herausfinden würde, was sich hinter der Brille verbirgt. Ich habe dem keine Bedeutung beigemessen, es war einfach unsere Art, miteinander umzugehen, immer im Wettstreit, um uns gegenseitig vor den anderen zu diskreditieren. Aber in den letzten Wochen ist er distanzierter, fast schon feindselig, als würde ihn etwas beunruhigen oder stutzig machen. Und an jenem Abend mit dem vielen Alkohol nahm alles eine Wende.«

»Was meinst du? Was ist passiert?«

»Als die anderen gegangen waren und López mit einem Mädchen angebandelt hatte, habe ich mich zu Pascal gesetzt, weil ich wissen wollte, warum er so abwesend war und alles so kritisch beäugte. Er fing an, von nicht gehaltenen Versprechen zu reden, von Zeitverschwendung und von der Angst, die Wahrheit zu erfahren, auch wenn er sie nicht zu fassen bekäme …«

Auf Zehenspitzen huschte ich gedanklich zu dem Abend zurück, zu dem Tisch im Ideal Room, mit der Musik im Hintergrund und den Tänzern, die einen flotten Charleston aufs Parkett legten.

***

»Machen Sie sich nicht solch einen Kopf, Olivier. All die Grübeleien verschwinden, wenn man trinkt und tanzt«, versuchte ich ihn aufzuheitern.

»Sie verlieren Ihr Lachen wohl nie.«

»Ich gebe mein Bestes, Olivier. Aber auch ich habe so meine Tage. Sie wissen schon …«

»Nein, das weiß ich nicht. Ich weiß gar nichts über Sie, um genau zu sein. Sie sprechen nie über Ihr Leben, Ihre Familie oder Ihre Vergangenheit. Und das wenige, das man aus Ihrem Mund hört, entpuppt sich als Lüge.«

Ich war kurz sprachlos. »Was meinen Sie?«

»Neulich wollte ich Sie in meiner Naivität in Ihrer vermeintlichen Unterkunft aufsuchen, um einen Höflichkeitsbesuch zu machen und Ihnen eine wertvolle Information von den Ermittlungen gegen General Berenguer mitteilen. Und ehrlich gesagt war ich ziemlich enttäuscht, anstatt der Pension, in der Sie angeblich seit einem geschlagenen Jahr wohnen, eine Kurzwarenhandlung vorzufinden.« Er hatte sich zunehmend in Rage geredet.

Mir stockte der Atem, aber ich kämpfte dagegen an. Mit dem letzten Rest an Mut hüstelte ich und erwiderte: »Ich bin ein sehr reservierter Mensch, Olivier. Das ist alles. Ich muss mich vertan haben, als ich Ihnen die Adresse genannt habe. Das ist doch kein Drama«, versuchte ich, die Wogen zu glätten. Ich legte die Hand auf seine Schulter.

»So einfach ist das nicht.« Er stand auf und entzog sich meiner freundschaftlichen Geste.

Weil ich das nicht so stehen lassen wollte und wirklich besorgt über Pascals verändertes Verhalten war, folgte ich ihm zum Ausgang. Die Klänge der Trompete begleiteten uns, bis sie auf der Straße verhallten.

»Was zum Teufel ist denn in Sie gefahren?«, fragte ich.

»Was in mich gefahren ist? Ich bin es leid. Ich kann nicht mehr.«

»Aber, Olivier …« Ich versuchte, ihn festzuhalten.

»Fassen Sie mich nicht an, Señor Liébana«, erwiderte er und blieb stehen. »Ich bin es leid, hier in Madrid zu sein und nicht zu wissen, wann ich wieder nach Hause kann. Ich bin es leid, so zu tun, als ob ich nicht wüsste, dass bei Ihnen etwas faul ist. Ich bin Ihre absurden Tänzchen leid und Ihre Artikel und Ihre ständigen Entschuldigungen, unter denen Sie verschwinden, wenn es Ihnen in den Kram passt. Vielleicht können Sie Don Ernesto täuschen, aber ich traue Ihnen nicht über den Weg.«

»Ich weiß nicht, wovon Sie reden«, gab ich vor.

Pascal wandte sich ab und schickte sich an zu gehen, doch in einem Anflug von Zorn änderte er seine Meinung. Er drehte sich um, packte mich am Revers und drängte mich gegen die Wand. Der Schlag gegen die unebene Mauer ließ mich vor Schmerz aufheulen, aber ihm fiel die hohe Frauenstimme in dem Moment gar nicht auf. Seine Hände hielten mich am Mantel in der Luft und legten sich um meinen Hals. Er starrte in meine angsterfüllten Augen.

»Wer sind Sie? Was verbergen Sie? Wie lautet Ihr richtiger Name? Raus mit der Sprache! Sagen Sie's, oder ich werde Himmel und Hölle in Bewegung setzen, um es herauszufinden, und wenn ich Sie töten muss!«

Ich gab ihm keine Antwort. Ich konnte nicht. Ich war zu Tode erschrocken, wie versteinert. Doch plötzlich besann sich Pascal eines Besseren: Er ließ mich los und verschwand in der Dunkelheit.

***

»Ich habe ja von Anfang an gesagt, dass das keine gute Idee ist«, schimpfte Benedetta und stand auf.

»Bitte, lasst uns einen kühlen Kopf bewahren«, befand Catalina. »Glaubst du, er hat einen Verdacht? Glaubst du, er weiß, dass du es bist?«

»Nein, nein. Er misstraut Pedro Liébana, aber er bringt ihn nicht mit mir in Verbindung. Ich habe ihn in letzter Zeit genau beobachtet, und sein Verhalten hat sich mir gegenüber nicht verändert. Vielleicht war es nur ein Impuls, weil er so enttäuscht war, dass ich ihn belogen habe.«

»Elisa, der Mann hat dich bedroht. Ich würde da nicht von ›Impuls‹ sprechen«, betonte Benedetta.

»Ich weiß, ich weiß …« Ich zögerte einen Moment. »Da ist noch etwas …«

»Was? Hat noch jemand irgendeinen Verdacht geäußert?«, fragte Catalina besorgt.

»Nein, nur er hat sein Misstrauen zum Ausdruck gebracht. Aber ich habe seit einiger Zeit das Gefühl, dass ich verfolgt werde. Nur wenn ich als Pedro Liébana unterwegs bin, aber …«

»Was? Warum hast du mir nicht gesagt, dass das häufiger vorkommt? Also war der Abend, als ich die Zigarette und die Schachtel gefunden habe, nicht das einzige Mal?«, fragte Catalina, die schließlich als meine Komplizin in der Sache mit drinsteckte.

»Von welchem Abend redet ihr? Meine Güte. Elisa, das ist sehr gefährlich. Pedro Liébana ist nicht mehr sicher. Du musst aufhören, dich als er zu verkleiden«, flehte Benedetta.

»Ich kann nicht … ich kann ihn nicht einfach hinter mir lassen. Ich habe all die Jahre darum gekämpft, mir in Madrid einen Ruf zu erarbeiten, den Respekt von Don Ernesto zu gewinnen, damit ich schreiben kann … Ich habe sogar überlegt, dass ich irgendwann vielleicht einen Roman veröffentlichen könnte, wie Ramón Gómez de la Serna es mir geraten hat. Könnt ihr euch das vorstellen?«

»Wer ist das? Ein Schriftsteller? Was weiß der schon, was ratsam für dich ist, Elisa. Gütiger Gott, du bist eine Frau. Und du wirst dir dein eigenes Grab schaufeln, wenn du nicht aufhörst. Dieser Pascal ist dir auf der Spur, und früher oder später wird er herausfinden, dass es Elisa Montero ist, die sich hinter Pedro Liébana verbirgt. Und wenn er draufgekommen ist, wie lange, glaubst du, wird er brauchen, bis er Don Ernesto und deine Tante informiert? Ich sag's dir: keine zwei Minuten. Und was, glaubst du, wird Francisco denken?«, nahm Benedetta mich ins Gebet. Der Ärger in ihrer Stimme war nicht zu überhören.

***

Hätte ich an dem Punkt aufgehört, hätten die Ereignisse vielleicht nicht diesen dramatischen Verlauf genommen. Ich schwor, ich würde Pedro am Leben erhalten, aber natürlich größte Vorsicht walten lassen. Ich konnte nicht auf Benedetta hören. Es war unmöglich. Der zweite Mensch, der in mir wohnte, war ein Teil von mir geworden. Elisa ohne Pedro existierte nicht mehr. Ich konnte nicht auf ihn verzichten. Er hielt mich bei Verstand, wenn alles um mich herum keinen Sinn ergab, wenn die ersehnte Hochzeit in weite Ferne gerückt war, wenn Francisco mich in der Nacht nicht liebkoste, wenn nach einem schweren Tag der Zuspruch meiner Tante ausblieb, ebenso wie die Briefe meines abwesenden Vaters.

Pascal ging mir einige Wochen noch beharrlicher aus dem Weg. Er verachtete mich nun nicht mehr nur als Elisa, sondern auch als den ehemaligen Gefährten bei seinen Abenteuern in der Stadt. Wenn wir uns auf Banketten trafen und ich eines der prächtigen Kleider trug, die, seiner Meinung nach, so charakteristisch für mich waren, war die Spannung deutlich spürbar. Wir sprachen nur miteinander, wenn es sich gar nicht vermeiden ließ. Wir versuchten, unsere gegenseitige Abneigung vor Don Ernesto zu verbergen, der uns beide sehr schätzte. Wenn wir in der Redaktion, auf der Straße oder im Café aufeinandertrafen – ich mit Schnauzbart und Melone –, ignorierte er mich, und ich tat es ihm gleich. Auch wenn ich ihn unter die Lupe nahm, um herauszufinden, woher der Hass auf mich kam. Vielleicht war das, neben Franciscos langen Geschäftsreisen, auch der Grund, warum er wieder in meinen Träumen auftauchte.

»Was denken Sie eigentlich über Träume, Pilar? Haben sie für Sie eine Bedeutung?«

»Ich habe eine Cousine, die behauptet, dass es Vorahnungen sind. Aber für mich sind es Erinnerungen, vermischt mit Wünschen. Du musst rühren, Kind.«

Es war wirklich wieder wie früher, als ich noch ein Kind war. Ich saß in der Küche und half Pilar beim Keksebacken. Severiano saß auf einem Hocker und las den *Heraldo*. Ich betrachtete die Tür der Speisekammer. Ich erinnerte mich noch an den Geruch nach Gewürzen und Gemüse, wenn ich donnerstags die Tertulias meiner Tante belauschte.

»Ich denke, was auch immer sie bedeuten, man sollte sie nicht unterschätzen. Es ist der Geist, der zu dir spricht, wenn deine Ängste und deine Unsicherheit ihm nicht ins Wort fallen können«, erklärte Severiano, ohne von der Zeitung aufzusehen.

Angespornt durch meine eigenen Fragen zu dem

Thema beschloss ich, einen Artikel darüber zu schreiben. Ich musste meine Texte immer kunstvoller verschlüsseln, damit sie nicht dem Stift des Zensors zum Opfer fielen. Und so brachte ich meine Überlegungen zu Traum und Wirklichkeit, zu Wahrheit und Lügen zu Papier. Am nächsten Morgen nutzte ich meinen freien Tag im Sekretariat und ging als Pedro Liébana in die Redaktion des *Demócrata*, um den Artikel persönlich abzugeben. Als ich nach einem kurzen Gespräch mit dem Herausgeber wieder dem Ausgang zustrebte, wurde ich von jemandem abgefangen. Ich blickte auf. Es war Pascal, der ein breites Grinsen im Gesicht trug. Was war bloß in ihn gefahren? Seit fast einem Monat sprach er nicht mehr mit mir.

»Pedro! Was für eine Überraschung!«, sagte er.

»Guten Tag, Señor Pascal«, erwiderte ich förmlich.

»Hören Sie, ich will schon seit einer ganzen Weile mit Ihnen reden«, meinte er leise. »Es tut mir außerordentlich leid, was an dem Abend passiert ist. Ich weiß nicht, was in mich gefahren ist …« Ich hob die Augenbrauen. »Ich verstehe, dass Sie nach meinem Auftritt auf Distanz gegangen sind, das ist völlig in Ordnung. Ich wollte Ihnen Zeit geben, damit sich die Wogen ein wenig glätten und ich die Gelegenheit bekomme, es Ihnen zu erklären.«

»Ich bin ganz Ohr.«

»Nein, nicht hier. Ich will nicht, dass die Angelegenheit zur Klatschgeschichte des Monats wird. Darf ich Sie heute Abend auf ein Glas ins Maxim's einladen?«

Ich zögerte. War es ratsam, die Einladung anzunehmen? Allein bei dem Gedanken an seinen gewalttätigen Übergriff fing ich an zu zittern. Aber wenn ich nicht zusagte, würde ich nie erfahren, warum er so übertrieben reagiert hatte. Ich brauchte Antworten. Wenn er glaubte, dass ich etwas zu verbergen hatte, würde ich mich dem stellen. Ich hatte nicht so hart gekämpft, damit er mir alles wieder entriss. Ich hatte mich ja mit ihm angefreundet, weil ich genau das vermeiden wollte.

»Gut. Dann sehen wir uns dort. Um elf«, sagte ich.

»Ausgezeichnet, Pedro. Ich werde dort auf Sie warten.«

Das Maxim's befand sich, wie viele andere angesagte Lokale, in der Calle Alcalá. Der Türsteher der amerikanischen Bar war ein Farbiger, dem man nachsagte, er verkaufe den Leuten Kokain. Ich trat ein, hängte den Mantel an die Garderobe am Eingang und setzte mich an einen der Tische. Majestätische Säulen wachten über mich, während ich auf Pascal wartete und der Tanzmusik des Orchesters lauschte, das von den Gästen, die sich dort zum Essen eingefunden hatten, mit Applaus bedacht wurde. Um fünf nach elf tauchte er auf. Zerknirscht, weil er mich hatte warten lassen, erklärte er rasch, warum er so spät kam. Aber ich war viel zu angespannt, um ihm folgen zu können. Wir bestellten etwas zu trinken, um die Kehlen zu ölen, und er bot mir höflich eine Zigarette an. Diesmal lehnte ich nicht ab.

»Zuallererst möchte ich mich nochmals entschuldigen, Pedro. Es ist nicht meine Art, mich so zu benehmen, schon gar nicht einem Freund gegenüber. Wir sind doch noch Freunde, oder?«

»Wenn Sie mir versprechen, mir nicht wieder an die Gurgel zu gehen, werde ich darüber nachdenken«, antwortete ich.

»Ja, ja, natürlich. Wissen Sie, ich habe seit Monaten schon den Kopf in der Schlinge. In Paris will man unbedingt mehr über die Situation in Spanien wissen, man verlangt von mir, ich soll über Themen schreiben, an die sich nicht mal die spanischen Redakteure herantrauen. Es ist völlig verrückt. Vor allem im Hinblick auf das große Schweigen, das im Land derzeit herrscht. Es ist, als würde man gegen eine Wand anrennen. Man sucht nach Wahrheiten, die nicht ans Licht kommen, und wenn man glaubt, man habe eine gute Geschichte gefunden, löst sie sich in Wohlgefallen auf.«

»Die Situation ist für niemanden einfach«, gab ich zu. »Aber deswegen muss man ja nicht gleich andere einschüchtern und bedrohen.«

»Da haben Sie vollkommen recht. Ich war gekränkt, weil ich glaubte, Sie hätten mich belogen. Außerdem hatte ich mich an dem Tag mit einem Kollegen vom *Figaro* gestritten und meine Wut an Ihnen ausgelassen. Ich glaube, das liegt daran, dass ich Sie immer für einen Rivalen gehalten habe, und der Alkohol hat mich dazu verleitet, mich in absurden Beschimpfungen zu ergehen.«

»Und völlig unbegründeten. Um die Wahrheit zu sagen, Olivier, Ihre Anschuldigungen haben mich sehr getroffen. Ich hoffe, Sie haben inzwischen begriffen, dass ich nichts zu verbergen habe, auch wenn das langweilig ist.«

»Ja, ja, ich weiß. Vergessen Sie, was ich gesagt habe. Ich verzeihe Ihnen, dass Sie es nicht so mit Adressen haben. Davon konnte ich mich ja bereits bei dem Interview mit Feldwebel Basallo überzeugen.«

»Sie sehen in mir also einen Rivalen?«, fragte ich sarkastisch, um das Thema zu wechseln.

»Nun ja, heben Sie nicht gleich ab … aber es ist doch unbestreitbar, dass Sie eines der vielversprechendsten Talente der Madrider Presse sind. Als Don Ernesto vor einem Jahr das erste Mal von Ihnen sprach, da dachte ich, er übertreibt, und Ihre ganze Geheimniskrämerei hätte dazu geführt, dass man Sie völlig überschätzt. Aber ich habe mich geirrt. Das habe ich bei dem Interview mit Feldwebel Basallo gemerkt. Sie haben ein gutes Gespür für solche Gespräche, mein Freund.«

Ich lächelte. Allmählich ließ die Anspannung nach. Wir waren wieder wie früher, wir neckten uns mit bissigen Kommentaren und philosophierten bei einem Gläschen Hochprozentigem über dies und jenes. Zum ersten Mal seit Wochen fühlte ich mich befreit. Als wir uns verabschiedeten und die bitteren Erinnerungen an unser letztes Treffen im Ideal Room vergaßen, war ich regelrecht aufgekratzt. Endlich hatte etwas Wirkung gezeigt. Mit den Händen in den Taschen, die wohltuenden Schutz gegen die Kälte boten, machte ich mich auf den Rückweg. Der Verfolgungswahn war wie weggeblasen. Ja, vielleicht hatte ich übertrieben, vielleicht hatte mir in meiner Angst, entdeckt zu werden, meine Fantasie einen Streich gespielt. Ich hatte sogar schon Pascal im Verdacht gehabt. Beruhigt ging ich die Calle del Barquillo Richtung Norden.

Auf dem Weg kam ich an der Iglesia de Santa Bárbara vorbei, in der ich irgendwann Francisco heiraten würde. Ich blieb stehen und schloss die Augen. Plötzlich hörte ich ein Geräusch. Ich sah mich um. Wo war das hergekommen? Ich bekreuzigte mich in Windeseile und ging rasch weiter. Hin und wieder drehte ich mich um, um mich zu vergewissern, dass mir niemand auf den Fersen war. Als ich die Plaza de Colón erreichte und feststellte, dass alles ruhig war, versprach ich mir, mich nicht länger von der albernen Paranoia beherrschen zu lassen. »Hör auf, dich verrückt zu machen, Elisa. Keiner verfolgt dich«, murmelte ich. Ich wollte noch einen kleinen Umweg über die Calle Hermosilla machen und dann über die Jorge Juan zurückkehren, aber jetzt entschied ich, auf direktem Weg nach Hause zu gehen. Im Garten ließ ich alle Gefahren hinter mir und verwandelte mich zurück in das kapriziöse junge Mädchen, das in seinem warmen, molligen Bett wunderbar schlafen konnte.

***

»Ich verstehe Sie schlecht, mein Herr. Was, sagen Sie, ist in München passiert? Ja, gut. Wem wurde der Prozess gemacht? Könnten Sie das buchstabieren?« Ich brachte meinen Gesprächspartner zur Verzweiflung. »H-i-t-l-e-r. Gut, und wie lautet der andere Name? Es tut mir leid, aber ich spreche kein Deutsch. L-u-d-e-n-d-o-r-f-f. Gut.«

Ich schrieb alles auf einen Notizblock, den Don Ernesto mir eigens für diesen Zweck zur Verfügung gestellt hatte. Dann wandte ich mich an Morales, der für die Auslandspolitik zuständig war.

»Morales, jemand von der Agentur Fabra hat angerufen. Wie es aussieht, gibt es Neuigkeiten im Prozess eines gewissen, Hit… Hitler und eines anderen mit Namen …«

»Ludendorff, ja, geben Sie mir die Notiz, Señorita Elisa. Ich seh's mir vor dem Essen an«, erklärte er.

Ich riss das Blatt ab und legte es ihm auf den Tisch. Auf meinem Tisch wartete noch ein ganzer Stapel Belege darauf, sortiert zu werden. Don Ernesto öffnete die Tür und wandte sich an Señora Idiazábal.

»Ich habe Sie schon eine Weile nicht mehr nach Mariano gefragt. Wie geht es ihm?«

»Meinem Sohn? Dumm und nichts dazugelernt, Don Ernesto. Er wird mich noch ins Grab bringen mit all den Scherereien, die ich mit ihm habe. Kinder bringen nichts als Unglück«, erwiderte sie.

Ich musste insgeheim schmunzeln. Dann kam Don Ernesto zu mir an den Tisch.

»Elisa, Liebes, meine Frau kommt um vier zum Tee. Möchtest du uns Gesellschaft leisten?«

»Sehr gern, Don Ernesto. Wenn Señora Idiazábal mich entbehren kann …«

»Natürlich, geh nur. Aber ordne vorher noch die Belege.«

»Ja, natürlich, Doña Carmen.«

Als ich alles erledigt hatte, nahm ich meinen Hut und meinen Mantel und folgte Don Ernesto hinaus auf die Straße, wo Doña Cristina in der Kutsche auf uns wartete. Der Fahrer setzte uns in der Calle Arenal vor dem Teesalon Viena Capellanes ab, einem der Lieblingslokale von Don Ernestos Frau. Wir setzten uns an einen Tisch, und sogleich wurden uns Kaffee, Tee und das bestellte Gebäck serviert. Don Ernesto, dem es schwerfiel, über etwas anderes zu reden als über die Arbeit, sprach mit uns über seine Zukunftspläne für die Zeitung. Wie es aussah, wollte er die Linotype-Setzmaschinen verkaufen.

»Ich stehe in Verhandlungen mit einer Druckerei, die über moderne Maschinen verfügt, aber nicht über die erforderlichen finanziellen Mittel. Wenn ich sie kaufen würde, hätten wir unsere eigene Druckerei.«

»Würden Sie Gonzalo, Lorenzo und die anderen Setzer dann entlassen?«, fragte ich erstaunt.

»Ja, mein Kind. Ich werde ihnen ein gutes Empfehlungsschreiben mitgeben, damit sie Arbeit in einer Werkstatt oder Fabrik finden. *El Demócrata* muss mit der Zeit gehen.«

Die Diskussion war nicht neu. 1922 hatte Don Ernesto weitere drei junge Männer eingestellt, um die höhere Auflage bewältigen zu können. Von da an überlegte er, wie *El Demócrata* den Sprung vom kleinen Blatt in die Liga der nationalen Tageszeitungen schaffen könnte.

»Die andere Option wäre, weitere Linotypes zu kaufen, aber dafür fehlen uns die Räumlichkeiten, denn mehr als sieben bekommen wir in der Werkstatt nicht unter. Vielleicht könnten wir auch die Linotypisten durch weitere Redakteure ersetzen …«

»Du solltest das auf lange Sicht mal durchrechnen, Liebling. Vielleicht ist das eine lohnende Investition, auch wenn sie dir jetzt teuer erscheint«, riet Doña Cristina.

»Ja, das sollte ich«, meinte er und nahm einen Schluck Kaffee.

»Wie war es eigentlich bei dem Ball der Gesellschaft der Schönen Künste?«, fragte ich.

»Oh, herrlich, Liebes. Schade, dass du nicht dabei sein konntest. Wir haben uns hervorragend amüsiert«, erwiderte Doña Cristina.

Ich lächelte und streckte die Hand nach dem Gebäck aus, das meine Tante und Doña Asunción mir verboten hatten, als ein Kellner an den Tisch trat.

»Señorita Montero?«, fragte er.

»Ja, das bin ich. Was ist denn?«

»Es wurde eine Nachricht für Sie abgegeben«, erklärte er und reichte mir einen blütenweißen Umschlag.

»Merkwürdig«, dachte ich. Vorsichtig zog ich die Karte aus dem Umschlag, dann las ich die Worte, vor denen ich mich schon so lange fürchtete. Ich begann vom Scheitel bis zur Sohle zu glühen, ein Druck legte sich auf meine Brust und meine Kehle. Sekunden später brach mir vor Angst der kalte Schweiß aus, ich konnte kaum atmen, geschweige denn klar denken.

Ich weiß, was Sie verbergen, Señorita Montero. Wenn Sie nicht wollen, dass ich Ihre Begleiter informiere, kommen Sie um Punkt sieben zum Arco de San Ginés.

»Ist es etwas Wichtiges, Liebes?«, fragte Don Ernesto neugierig, wofür er von seiner Frau einen Ellenbogenstüber erntete.

Ich brauchte ein wenig, bis ich wieder zu Atem kam, um ein weiteres Mal zu lügen, womöglich zum letzten Mal. Ich sah mich in dem Lokal um. Elegante Damen und Herren kamen und gingen. War einer von ihnen der Verfolger? Ich zitterte innerlich.

»Nein, nein. Señorita Folch war hier, aber sie wollte uns nicht stören«, sagte ich mit dünner Stimme.

»Wieso sollte sie stören? Ist sie noch hier? Sag ihr, sie soll sich zu uns setzen«, meinte Don Ernesto, nachdem er sie nirgends erblicken konnte.

»Sie ist wirklich ein äußerst angenehmes Mädchen«, fügte seine Frau hinzu.

Wir setzten unser Gespräch fort, aber ich war nicht bei der Sache. Ich stellte mir vor, welche Auswirkungen es auf mein Leben haben würde, wenn mein doppeltes Spiel öffentlich wurde. Es schnürte mir den Hals zu. Ausgerechnet jetzt, wo sich alles wieder eingependelt zu haben schien, wo ich glaubte, ich könnte in Frieden mit meinen beiden Persönlichkeiten leben, wo ich mich seit Wochen nicht mehr überwacht fühlte … Die Zeit verstrich, und ich blickte immer wieder auf die Uhr, bis das Ehepaar Rodríguez de Aranda mich nach Hause brachte.

In meinem Zimmer grübelte ich darüber nach, was ich tun sollte. Wenn ich zu dem Treffen ging, war das wie ein Eingeständnis. Wenn nicht, gab ich dem unbekannten Feind einen Freibrief, all meine Geheimnisse zu lüften. Ob er genügend Beweise hatte? Ich durfte das nicht riskieren. Ich nahm all meinem Mut zusammen, schnappte meinen Hut und eilte die Treppen hinunter, damit niemand es wagte nachzufragen, wo ich hinwollte. Aus dem Fenster meines Zimmers hatte ich gesehen, dass Santiago gerade nicht meiner Tante zu Diensten war, also konnte ich die Kutsche nutzen. Wie an jenem Herbsttag im Jahr 1921, an dem ich ihm Einzelheiten über meine Vergangenheit entlockt hatte, bat ich ihn auch diesmal um einen Gefallen und Diskretion.

»Wo soll ich Sie diesmal hinbringen, Señorita?«, fragte er, und man merkte, dass ihm nicht wohl dabei war.

»Setzen Sie mich vor der Konditorei La Mallorquina ab, bei der Puerta del Sol. Dann fahren Sie zehnmal um den Block und holen mich wieder ab.«

»Aber, Señorita Elisa, wo wollen Sie denn alleine hin? Ich möchte keine Probleme mit Doña Manuela bekommen.«

»Das werden Sie nicht, Santiago. Sie müssen tun, was ich sage. Wenn Sie mich nicht fahren, wird es weit schlimmere Folgen haben«, gestand ich.

»Schon gut. Steigen Sie ein. Heilige Muttergottes, das Mädchen hat mehr Geheimnisse als ihre Tante. Das muss in der Familie liegen.«

Santiago enttäuschte mich nicht. Er hielt, wie verabredet, vor der Konditorei. Auf der kurzen Fahrt war mir wieder der kalte Schweiß ausgebrochen. Zum ersten Mal kaute ich an meinen Nägeln. Die Uhr am Regierungsgebäude verriet mir, dass wir am Ziel waren. Ich atmete tief ein und stieg aus.

»Zehn Runden, denken Sie dran!«

»In Ordnung, Señorita. Und Sie wissen ja, wenn Sie Hilfe brauchen …«

»Sie müssen sich keine Sorgen machen«, schwindelte ich ihm vor.

Beklommen eilte ich durch die Calle Mayor. Ich beobachtete die Passanten, als könnte ich das Gesicht desjenigen ausmachen, der mich bedrohte. Aber nichts. Die

Welt ging ihren gewohnten Gang, gleichgültig gegenüber der Anspannung in mir. Ich bog in die Calle de Bordadores ab, bis ich die Gasse in der Nähe des Arco de San Ginés erreichte, über den man zu der bekannten Confiserie gelangte, in der ich so oft gewesen war. Wo an einem Nachmittag bei einer heißen Schokolade dank Catalina die Idee geboren wurde, unter Pseudonym zu schreiben. Dort hatte alles angefangen. Ich blieb stehen. Während ich versuchte, wieder zu Atem zu kommen, beobachtete ich alle, die an mir vorbeigingen, und wartete darauf, dass jemand auf mich zukam.

»Kann ich dir etwas anbieten, Süße? Was hast du hier verloren, so ganz allein?«, rief einer mir zu.

Ja, was hatte ich hier verloren? Es war zehn Minuten nach sieben, und es war noch niemand aufgetaucht.

»Ein Hoch auf die schönen Mädchen Madrids! Jawoll!«, meinte ein anderer.

»Scheren Sie sich zum Teufel«, herrschte ich ihn an.

»Wer wird denn gleich so aufbrausend sein, Señorita. Wenn hier einer in der Hölle landet, dann Sie«, konterte er übellaunig.

Mir war eiskalt. Ich rieb meine Hände, die in den Handschuhen steckten, die Francisco mir geschenkt hatte. Könnte ich doch bei ihm sein und ihm alles erklären, er würde mir gewiss alles verzeihen! Ich strich über den Verlobungsring, als wäre er mein Rettungsanker. Und während ich mich solch glühenden Wünschen hingab, sah ich plötzlich ein Paar Schuhe, die mir bekannt vorkamen. Mein Blick wanderte weiter nach oben, von der Hose zum Mantel und weiter zum Gesicht.

»Sie?«, stellte ich überrascht fest.

»Guten Abend, Señorita Montero. Wie ich sehe, sind Sie meiner Einladung gefolgt.«

»Verflucht, Pascal. Stehlen Sie mir nicht meine Zeit.«

»Sie haben mir meine gestohlen. Ich kann es immer noch nicht glauben.«

»Was? Wovon sprechen Sie? Wissen Sie eigentlich, was Sie mir angetan haben? Ich stehe mir bei Eiseskälte die Beine in den Bauch und sterbe vor Angst, und Sie lassen mich hier allein auf der Straße stehen wie eine ordinäre Dirne.«

»Kommen Sie, Señorita Montero. Jetzt tun Sie doch nicht so. Angst? Tatsächlich? Oh, verzeihen Sie, vielleicht wäre es Ihnen ja lieber, wenn ich Sie mit Pedro anspräche.«

»Wovon reden Sie? Warum sollten Sie mich mit Pedro ansprechen? Sie sind doch vollkommen irre!«

»Versuchen Sie nicht, es abzustreiten, und tun Sie nicht so, als ob Sie nicht wüssten, wovon ich rede. Es wäre alles viel einfacher gewesen, wenn ich nicht versucht hätte, Sie im Guten zu enttarnen, und direkt zum Punkt gekommen wäre. Aber es gibt eben noch Menschen mit Prinzipien auf dieser Welt …«

»Ich gehe. Diesen Unsinn höre ich mir nicht länger an«, drohte ich, doch Pascal hielt mich am Arm fest.

»Señorita Elisa, ich habe beobachtet, wie Sie sich im Garten Ihres Hauses umgezogen haben. Ich würde an Ihrer Stelle die Wichtigkeit dieses Gesprächs nicht unterschätzen.«

»Sie haben *was* gesehen?« Ich wehrte mich nicht länger gegen seine Umklammerung. Ich war geliefert.

»An dem Tag, an dem ich Pedro Liébana am Ausgang des Ideal Room gestellt habe, habe ich das nicht unüberlegt getan und auch nicht, weil ich anderweitig verärgert war. Ich weiß seit Langem, dass da etwas nicht stimmt. Ich habe geglaubt, wenn ich Sie unter Druck setze, sagen Sie mir die Wahrheit, aber dann wurde mir klar, dass mein Plan nicht aufgeht. Also habe ich alles darangesetzt, Ihr Vertrauen wiederzugewinnen, als wären wir immer noch gute Freunde, damit Sie keinen Verdacht schöpfen. Ich hatte vor, Ihnen zu dem unbekannten Hotel zu folgen, in dem Sie logieren. Sie haben eine ziemlich große Runde gedreht, inklusive eines kurzen Halts vor einer Kirche, aber ich habe nicht aufgegeben. Doch die große Überraschung kam, als ich sah, wie Pedro durch das Gartentor des Palais Ribadesella ging und sich im schwachen Schein des Mondes in ein Mädchen im Nachthemd verwandelte.«

Er hatte mir eine Falle gestellt.

»Das ist gelogen. Das haben Sie sich nur eingebildet. Sie waren bestimmt betrunken«, erwiderte ich verächtlich. Es war das Einzige, was ich tun konnte. »Pedro Liébana ist ein bekannter Redakteur, und ich …«

»Es gibt keinen Pedro Liébana, Señorita Montero!«, brüllte er. »Ich kenne die Familie Liébana, und der Journalist kann unmöglich der sein, der er zu sein behauptet.« Er durchbohrte mich mit seinem Blick. »Wissen Sie was? Jetzt bin ich mir sicher, dass Sie Liébana sind. Es ist nicht das erste Mal, dass ich diesen angsterfüllten Blick sehe, und an jenem Abend habe ich auch nicht zum ersten Mal Ihren nackten Rücken gesehen.«

Wütend entwand ich mich seinem Griff und flüchtete. Ich rannte, so schnell ich konnte, und meine Tränen erzählten dem Wind von meinem Kummer. Santiago wartete in der Kutsche, wie ich es ihm aufgetragen hatte. Unruhig, weil ich so spät kam, fragte er mich, ob alles in Ordnung sei.

»Ja, Santiago. Es ist alles gut«, behauptete ich und unterdrückte ein Schluchzen.

Das Spiel war aus.

***

Die Tage nach dem Treffen waren düster. Ich fehlte drei Tage bei der Arbeit in der Redaktion, weil ich befürchtete, er hätte mein Geheimnis bereits dem Herausgeber und den Redakteuren verraten. Wenn ich mich unter der weichen Bettdecke verkroch, konnte mir niemand wehtun, nicht einmal ich mir selbst. Pilar sah immer wieder besorgt nach mir, sie glaubte, ich sei tatsächlich krank. Doch schon bald stellte sie fest, dass mein Leiden nicht mit Ruhe, Einreibungen und Tabletten zu kurieren war. Ich kauerte zusammengerollt im Bett, und die Angst und die Mutlosigkeit waren mir förmlich anzusehen. Sie lüftete das Zimmer und betete jeden Tag, dass ich ins Leben zurückkehren möge. Am dritten Tag sprach ich sie mit tränenfeuchten Augen an. Ich musste wissen, ob das Kartenhaus aus Lug und Trug schon zusammengebrochen war.

»Was ist denn bloß los, Elisa? Über was hätte deine Tante mit mir reden sollen? Sie hat gar nichts gesagt. Nur, dass du deine Ernährung umstellen sollst. Es ist ihr ein Rätsel, wieso du ständig krank bist.«

»Sie hat wirklich nichts weiter gesagt? Und auch sonst ist Ihnen nichts über mich zu Ohren gekommen?«, fragte ich und zog die Nase hoch.

Pilar, meine treue Begleiterin in all den Jahren, setzte sich aufs Bett und legte die Hand auf meine Stirn.

»Elisa, Liebes, ich weiß nicht, wovor du so große Angst hast, dass du mit niemandem darüber sprichst. Ich weiß, deine Tante ist ein schwieriger Mensch, aber du darfst dich deswegen nicht ins Krankenlager zurückziehen. Das Zimmer ist viel zu klein für jemanden wie dich.«

Ich brach erneut in Tränen aus und umarmte Pilar.

»Ach, Pilar. Egal, was ich Ihnen gleich erzähle, Sie müssen mir versprechen, dass Sie nicht aufhören, mich zu lieben. Ich könnte es nicht ertragen, wenn Sie mich verstoßen würden.«

»Elisa, Elisa … Damit es dazu kommt, müsstest du aber schon etwas ganz Schlimmes angestellt haben. Du weißt, dass wir dich vom ersten Moment an sehr ins Herz geschlossen haben. Wir haben gesehen, wie du aufgewachsen bist und dich in eine wunderbare Frau verwandelt hast. Und daran ändern auch noch so viele Fehler nichts. Denn dann müsste man jeden von uns an den Pranger stellen.«

»Ich liebe euch auch sehr. Santiago, Severiano und Sie. Sie haben mir immer geholfen und mit Rat und Tat zur Seite gestanden. Ich … ich könnte Sie niemals enttäuschen.«

»Das wirst du auch nicht, Elisa. Ich kümmere mich seit deinem siebten Lebensjahr um dich, und ich kenne dich gut. Ich weiß genau, wann du lügst und wann du die Wahrheit sagst, aber deshalb erwarte ich noch lange nicht, dass du mir die Gründe mitteilst, warum du Krankheiten vortäuschst, dich in deinem Zimmer einschließt oder stundenlang außer Haus bist. Ich werde dein Schweigen immer respektieren, Elisa, aber du musst mir versprechen, vorsichtig zu sein.«

Ich nickte. Ich wusste genau, was Pilar damit sagen wollte. Wenn ich ihr meine Geheimnisse nicht verriet, dann geschah das nicht aus Misstrauen, sondern weil ich sie vor meinem Leichtsinn schützen wollte.

»Aber ich habe ein gutes Gefühl. Das hatte ich bei dir immer, mein Kind. Du wirst finden, wonach du suchst, auch wenn es dir so vorkommt, als läge der Weg voller Steine.«

Die tröstliche Umarmung, mit der wir unser vertrauliches Gespräch besiegelten, wurde von dem Knarren der Tür unterbrochen. Es war meine Tante, die mich mit ihrer gewohnten Gefühlskälte darüber informierte, dass Doktor Rueda in ein paar Tagen vorbeikommen und mich untersuchen würde.

»Er hat erst am Donnerstag Zeit, aber wenn ich dich so anschaue, dürfte dein Zustand so ernst nicht sein. Sobald du dich etwas besser fühlst, solltest du dich frisch machen und das Bett verlassen.«

Und das tat ich. Nicht weil sie mir es befohlen hatte, sondern weil ich die Tortur des Schweigens nicht mehr länger ertragen konnte, bei der ich an meine Fantasie gefesselt war, in der ich mir unermüdlich ausmalte, was draußen in der Welt geschah, ohne es selbst überprüfen zu können.

Am vierten Tag, es war Sonntag, der 17. März, entschied

ich, mit meiner Tante in die Kirche zu gehen und einen Spaziergang über den Paseo de Recoletos zu machen, wo wir uns mit verschiedenen Bekannten unterhielten. Alles war so wie immer. Weder sie noch die anderen verhielten sich mir gegenüber anders als sonst. Auch als wir Don Ernesto und seine Frau trafen, konnte ich keine Veränderung in ihrem Verhalten bemerken. Ebenso wenig bei Benedetta und ihrem Oberleutnant, ihrem Vater, den Ballesters oder Señora Idiazábal. Doch auf den anfänglichen Jubel folgte eine rätselhafte Niedergeschlagenheit. Wartete Pascal darauf, dass ich mich aus der Deckung wagte, um es dann öffentlich zu machen? Ich hatte keine Ahnung. Doch ich hielt es für ratsam, die Verkleidung von Pedro Liébana unter Verschluss zu halten und in der nächsten Zeit auf Auftritte seinerseits zu verzichten.

Am Montagmorgen ging ich wieder in die Zeitungsredaktion. Der eiskalte Schweiß der Angst begleitete mich bis zur Tür. Die Redakteure waren auf ihre Arbeit konzentriert und blickten nicht mal auf. Langsam ging ich zu meinem Schreibtisch und hörte, wie das Knarzen des Bodens sich mit dem Klacken der Tasten und der friedvollen Stille der Unwissenheit verband. Ich hängte Hut und Mantel auf den Bügel und beobachtete Señora Idiazábal, die auf einem Bleistift herumkaute und irgendwelche Dokumente durchlas.

»Kann ich etwas für dich tun, Kleines?«, fragte sie.

»Nein, nein. Kann ich Ihnen behilflich sein? Gibt es etwas, das ich wissen muss?«, fragte ich nervös.

»Was sollte das sein? Auf, Elisa, red nicht so viel, schaff lieber was weg. In den letzten Tagen hatte ich die dreifache Arbeit, weil du nicht da warst. Ich hoffe, es geht dir besser. Es gibt viel zu tun.«

»Ja, ja, Doña Carmen. Es geht mir bestens. Was soll ich als Erstes tun?«

»Du kannst die Ausgaben des letzten Monats für das Zeitungsarchiv sortieren.«

»Ja, Doña Carmen, sofort.«

Durch die lange Liste an Aufgaben, die Señora Idiazábal mir im Verlauf des Tages auftrug, war ich abgelenkt. Alles schien in bester Ordnung zu sein. Kurz vor Mittag kamen López und Don Ernesto in die Redaktion, in eine hitzige Diskussion verstrickt.

»Ich sage ja nur, es wäre ausgesprochen nützlich, wenn Sie für die Redaktion ein Auto anschaffen würden«, sagte der Redakteur.

»López, glauben Sie vielleicht, ich habe irgendwo einen Esel, der Golddukaten scheißt, um all Ihre verrückten Ideen zu finanzieren?«

»Das sind keine verrückten Ideen. Señor Pascal hat von seiner Zeitung auch einen Wagen zur Verfügung gestellt bekommen.«

»López, das finanzielle Polster von *Le Figaro* und das von *El Demócrata de Madrid* haben noch weniger Ähnlichkeit als Sie und Rodolfo Valentino. Haben Sie mich verstanden? Und jetzt schreiben Sie einen Artikel über die Neuinszenierung der *Aida* im Teatro Real.«

»Aber Don Ernesto …«

»Es reicht!«

»Apropos *Le Figaro* und Señor Pascal, Don Ernesto. Wo steckt er eigentlich? Seit Tagen schon beehrt er uns nicht mehr mit seiner angenehmen Gesellschaft«, fragte Señora Idiazábal kokett, als er an ihrem Schreibtisch vorbeikam.

»Keine Ahnung, Doña Carmen. Er ist bestimmt mit irgendeiner Sache für Monsieur de Flers und Konsorten beschäftigt. Haben Sie gehört, López? Nicht wie Sie, Sie nichtsnutziger Querulant.«

»Pah! Es ist doch weithin bekannt, dass die Franzmänner nichts von Lebenskunst verstehen, Don Ernesto«, konterte López von seinem Platz aus.

»Tun Sie mir den Gefallen und seien Sie still. Und wenn Don Pedro vorbeikommt, sagen Sie ihm, dass ich immer noch auf seinen Artikel vom Donnerstag warte.«

»Es gibt kein Auto, und jetzt werde ich auch noch zur Sekretärin degradiert«, murmelte López.

Ich hatte einen Kloß im Hals, während ich mit anhörte, dass offenbar keiner etwas über Pascals Verbleib oder mein Geheimnis wusste.

»Elisa«, wandte sich Don Ernesto plötzlich an mich.

»Ja?«, sagte ich wie aus der Pistole geschossen.

»Don Ernesto, Don Ernesto. Entschuldigung, wenn ich Sie unterbreche. Ich habe weitere Informationen über das Gerichtsurteil zu dem Verbrechen in der Calle Arenal. Sollen die noch in morgige Ausgabe rein?«, rief Simón dazwischen.

»Äh, ja, klar. Nehmen Sie's mit rein. Gute Arbeit.«

Ach, würde er diese Worte doch irgendwann auch einmal zu mir sagen!

Angespannt wartete ich darauf, dass Don Ernesto das abgebrochene Gespräch fortsetzte. Aber er begab sich einfach zu seinem Büro, also sprach ich ihn an.

»Don Ernesto, hatten Sie ein Anliegen?«

»Oh, ja, entschuldige, Elisa. Hast du die Artikel für die morgige Ausgabe in mein Büro gelegt?«

»Ja. Vor zwei Stunden schon«, erwiderte ich erleichtert.

»Sehr gut. Sehr gut.« Er ging weiter. »Ah, noch etwas.«

Mein Nacken wurde schweißnass. Ich hoffte inständig, dass er nicht nach Pedro Liébanas ausgebliebenem Text fragte. Ich würde mich am Abend daransetzen, koste es, was es wolle.

»Ja?«

»Geht es dir besser? Deine Tante meinte, du seist wieder unpässlich gewesen.«

»Ja, ja, ich bin wohlauf, Don Ernesto. Danke für die Nachfrage.«

Ich atmete auf und setzte mich. Nein, es hatte sich nichts verändert. Das konnte ich auch an den folgenden Tagen feststellen.

Nur in einem Punkt konnte man nicht von Normalität sprechen: Pascal war verschwunden. Mir wäre es lieber gewesen, mein Feind wäre sichtbar, wie bisher. Ich fragte mich, wo er war und wann er zurückkehren würde, um mich und meinen Ruf zu ruinieren. Warum hatte er mich noch nicht verraten? Immer wieder ging ich unser Gespräch unter dem Arco de San Ginés durch. Warum war er so darauf erpicht, mich zu enttarnen? Was steckte hinter diesem Bestreben?

***

Nach der Untersuchung, bei der er nichts Besorgniserregendes feststellen konnte, teilte Doktor Rueda mir mit, er würde in einer Woche noch einmal zur Nachkontrolle vorbeischauen. Ich hatte ihm von Anfang an gesagt, es sei nur Erschöpfung und ein wenig Bauchgrimmen gewesen, aber das reichte ihm nicht. Schließlich zahlte meine Tante ihn seit vielen Jahren dafür, dass er sich um unsere Gesundheit kümmerte.

Ich war gerade von einem Treffen in Catalinas Wohnheim zurückgekommen. Vor einer Woche hatte man ein Gesetz verabschiedet, nach dem Frauen über dreiundzwanzig, die emanzipiert oder der Haushaltsvorstand einer Familie waren, wählen durften. Außerdem sah die Verordnung vor, dass Frauen über fünfundzwanzig Zutritt zu öffentlichen Ämtern bekamen. Das war insgesamt eine ziemlich bescheidene Maßnahme, und im Kontext einer Diktatur wusste man nie, inwieweit das die Rechte der Frau tatsächlich verändern würde, aber es war immerhin ein schwacher Lichtschein am Horizont, der Veränderungen, Fortschritt und vor allem ein wenig Gleichberechtigung ankündigte.

Doch die Tatsache, dass Frauen wie meine Tante in den Genuss dieses Rechtes kamen, während es mir für den Rest meines Lebens verwehrt bleiben würde, verlieh dem Ganzen einen bitteren Beigeschmack. Die Mädchen aus Catalinas Bekanntenkreis waren unterschiedlicher Meinung. Einige fanden, das Gesetz sei nur Kosmetik und hätte keinerlei praktischen Effekt, andere hielten es für viel zu begrenzt, wieder andere glaubten, es sei ein Meilenstein beim

Kampf der Frauen, und manchen war es völlig gleichgültig. Würden wir je erreichen, dass Frauen wählen dürfen? Die Frage vermochte niemand zu beantworten.

Ich war kaum durch die Tür getreten, da reckte meine Tante schon den Kopf aus der Tür ihres Arbeitszimmers.

»Doktor Rueda ist da. Geh auf dein Zimmer«, befahl sie.

Doktor Rueda war ein warmherziger Mann mit schneeweißem Haar und einem Monokel, mit dem er bis zum Ursprung des Universums vorzudringen schien. Sein Schnäuzer sah lustig aus, denn er stutzte ihn, vielleicht ohne es zu merken, immer an einer Seite mehr als an der anderen. Er war ein sehr angesehener Arzt, der große Sorgfalt walten ließ. Schweigend hörte er mich mit seinem uralten Stethoskop ab.

»Atmen Sie tief ein, Señorita Montero«, bat er. Als er die Untersuchung beendet hatte, legte er die Instrumente zurück in den Koffer und sagte: »Es ist alles in Ordnung, Señorita. Vielleicht war es tatsächlich nur Erschöpfung oder eine Magenverstimmung, wie Sie sagen. Sie sollten sich eine Zeit lang schonen. Ich weiß nicht, ob es etwas gibt, das Sie beunruhigt, aber jetzt, da die Hochzeit verschoben wurde, sollten Sie besser etwas zur Ruhe kommen.«

Ich hob die Augenbrauen. »Ja, Doktor Rueda, das werde ich tun«, versprach ich, obwohl ich wusste, dass das unmöglich war.

Als ich mein Kleid zuknöpfte und er die Türklinke schon in der Hand hatte, schoss mir auf einmal ein Gedanke durch den Kopf.

»Warten Sie einen Moment, Doktor Rueda.«

»Ja, Señorita Montero. Haben Sie noch weitere Beschwerden?«

»Es geht nicht um mich. Aber Sie sind doch schon lange der Hausarzt unserer Familie, nicht wahr?«

»In der Tat, Señorita. Schon zu Lebzeiten von Roberto Ribadesella.«

»Erinnern Sie sich an einen Jungen, der vor etwa fünfzehn Jahren verwundet in dieses Haus kam?«

»Gütige Muttergottes, Señorita! Vor fünfzehn Jahren? Wissen Sie, bei wie vielen Kinder ich seitdem Hausbesuche gemacht habe?« Schon fast auf dem Flur, drehte er sich plötzlich um. »Obwohl, jetzt, wo Sie es sagen … Ja, ich erinnere mich an einen Jungen, den man hierhergebracht hat. Ich musste ihn mehrfach behandeln. Er war sehr schwach, als er ankam …«

»Genau den meine ich«, sagte ich aufgewühlt. »Hatten Sie Kontakt zu seiner Familie? Ich weiß, dass er an der Verletzung gestorben ist, nachdem er von hier fortgebracht wurde. Haben Sie den Eltern geschrieben? Wissen Sie, ob sie in Barcelona lebten?«

»Nein, keine Ahnung. Das war seltsam. Wir haben nie erfahren, wie er hieß oder woher er kam. Und auch nicht, ob er Angehörige hatte. Ich hatte nur Kontakt zu dem Ehepaar, das ihn gebracht und wieder abgeholt hat … aber das waren nicht seine Eltern. Zumindest machten sie nicht den Eindruck. Aber als der Junge abgeholt wurde, war die Wunde auf jeden Fall geschlossen, Señorita. Daran kann er nicht gestorben sein. Ich habe Doña Manuela die Erlaubnis erteilt, ihren Kontakt zu informieren, dass er transportfähig ist.«

Ich konnte meine Verblüffung nicht verhehlen. »Aber ich habe gehört, wie meine Tante zu Pilar gesagt hat, er sei gestorben.«

»Vielleicht rede ich zu viel. Vergessen Sie, was ich gesagt habe. Wenn Doña Manuela das gesagt hat, wird es auch so sein. Das ist viele Jahre her, Señorita, ich bin alt, und manchmal spielt einem die Erinnerung einen Streich. Nun gut, ich muss gehen, in einer halben Stunde muss ich beim nächsten Hausbesuch sein. Sollten noch irgendwelche Beschwerden auftauchen, geben Sie mir Bescheid.«

An jenem Abend hatte ich mit einem Buch im kleinen Salon gesessen. Meine Tante hatte Pilar abgefangen, als sie mir gerade etwas zu essen bringen wollte. Die beiden hatten in Hörweite im Türrahmen gestanden, als sie Pilar über den Tod des Jungen informierte und sie daran erinnerte, dass niemand je davon erfahren dürfe. So stellte sie sicher, dass ich jedes Wort mitbekam. Sie hatte Paquita im zerwühlten Bett des kleinen Pedro Liébana gefunden. Ihr war klar, dass ich ihre Regeln missachtet und entgegen ihrer Warnung ins Souterrain gegangen war. Mich zur Mitwisserin seines erfundenen Todes zu machen war ihre geheime Strafe für mein Fehlverhalten.

Ich blieb eine Weile auf dem Bett sitzen. Der Junge lebte … Und wenn er herausgefunden hatte, dass ich ihm seinen Namen für meine Zwecke gestohlen hatte? Wenn er sich rächen wollte? Wenn er Pascal geschickt hatte, damit der herausfand, wer sich hinter dem Namen verbarg? Der Junge hatte mir in einer letzten Geste der Freundschaft gesagt, wie er heißt, und ich, die Halsabschneiderin im Dienste meines selbstgerechten Egoismus, hatte ihn verraten. Benedetta hatte von Anfang an recht gehabt. Die Idee mit dem Pseudonym war wahnwitzig, und ich hatte das Spiel zu weit getrieben.

Die letzten Märztage wurde ich von Gewissensbissen geplagt. Ich teilte Don Ernesto mit, Pedro sei für ein paar Wochen nach Barcelona gereist. Das würde mir eine kleine Verschnaufpause verschaffen, denn jetzt, da ich wusste, dass Pedro Liébana lebte, hatte ich nicht die Absicht, das Jackett, die Brille und die Melone noch einmal aus der Kiste zu holen. Unter anderen Umständen hätte ich Catalina über meine Nachforschungen informiert, aber ich hatte mich entschlossen, diesmal die Suppe allein auszulöffeln, die ich mir eingebrockt hatte. Ich wusste, an wen ich mich wenden musste, wer mir die nötigen Antworten geben und mir helfen konnte, mich bei dem echten Pedro Liébana zu entschuldigen.

Doch dafür müsste ich im Gegenzug meine Geheimnisse preisgeben. Ich ging hinaus zum Gartentor. Die Straße war erfüllt vom Duft des Jasmins. Santiago bemerkte meinen eindringlichen Blick und machte sich nicht ohne Sorge bereit für die nächste Tour.

Im Trab ging es durch die Straßen. Am Fenster der Kutsche zogen die Fußgänger, die Baustellen mit ihrem nervenaufreibenden Lärm, die Reklametafeln an den höher in den Himmel wachsenden Gebäuden, die Leute an den Cafétischen mit Toast, Churros und Kaffee vorbei. Ich sagte dem Kutscher, er solle mich in der Calle Mayor vor der Confiserie El Riojano absetzen.

»Ich bin mit Señorita de Lucca und Señorita Folch zum

Tee verabredet. Wenn Sie in etwa zwei Stunden wieder da sein könnten«, erklärte ich, während ich ausstieg.

Ich betrat die Confiserie, zählte bis zehn und kehrte dann auf die Straße zurück, um mich zu meinem wahren Ziel zu begeben. Den Blick nach vorn gerichtet, eilte ich durch die Gassen, damit niemand mich anpöbelte. Ich war zwar schon hundertmal als Pedro Liébana dort gewesen, aber als Frau fühlte ich mich weniger mutig und sicher. Ohne Zwischenfälle erreichte ich die Plaza del Conde de Barajas. Dort stand das stattliche Gebäude mit den vielen Balkonen und Kaminen, in dem Pascal wohnte. Ich blickte nach oben. Ich wusste nicht, ob ich ihn antreffen würde, musste es aber versuchen.

Ich trat auf das Eingangsportal zu und öffnete vorsichtig die Tür. Eine Holztreppe führte zu einem Absatz, von dem aus man über eine Steintreppe in die oberen Stockwerke gelangte. Ich war noch nie in einem großen Wohnhaus gewesen, wo hinter jeder Tür Unbekannte wohnten. Der Holzboden knarzte unter meinen Füßen und verriet den Bewohnern, dass jemand im Haus war, aber niemand konnte ahnen, was mich dort hinführte. Auf den letzten Metern schnürte sich mir die Kehle zu. Ganz oben befand sich nur eine Wohnung, die musste es sein. »Nur die Ruhe, Elisa, du musst es tun. Es ist das Richtige«, sagte ich mir immer wieder. Ich atmete tief ein, schloss die Augen und klopfte. Keine Reaktion. Ich sah mich um. »Okay, noch ein Versuch, und wenn nichts passiert, verschwinde ich wieder«, sagte ich mir. Gelassener, weil ich glaubte, dass niemand aufmachen würde, klopfte ich noch zweimal. Und plötzlich, wie in einem seltsamen Traum, öffnete sich unerwartet die Tür, und Pascal stand vor mir. Verärgert blickte er mich an.

»Was machen *Sie* denn hier?«, fragte er barsch.

»Wir müssen reden«, sagte ich.

»Zwischen uns gibt es nichts zu reden«, erwiderte er und wollte die Tür wieder schließen.

Mit einer geschickten Handbewegung hinderte ich ihn daran.

»Warten Sie, Pascal. Ich werde Ihnen die Wahrheit sagen. Versprochen.«

Sein Gesichtsausdruck veränderte sich leicht. Er zögerte einen Moment und ließ mich schließlich widerwillig eintreten. Die Dachwohnung, in der er lebte, war vollkommen anders als die Häuser und Wohnungen meiner Bekannten. Die Dachschrägen verliehen der Mansarde etwas Gemütliches. Blickfang war ein mittig platziertes einfaches Metallbett mit einem Nachttisch an jeder Seite. Auf einem befanden sich eine Lampe und ein Aschenbecher. Vor dem Fenster stand ein Schreibtisch, den er wohl dorthin gestellt hatte, damit er Licht hatte und beim Schreiben die fabelhafte Aussicht über den Platz genießen konnte. Reglos verharrte ich in der Mitte des Raumes und sah mir alles genau an. Pascal schloss die Tür und begab sich in den nicht abgetrennten Arbeitsbereich.

»Ich bedaure, dass ich Ihnen keine Führung durch meine Wohnung anbieten kann. Ich hoffe, es macht Ihnen nichts aus«, sagte er zynisch. »Setzen Sie sich, wo Sie Platz finden.«

»Ich stehe lieber.«

»Wie Sie wünschen.«

Pascal schien keinerlei Interesse an dem zu haben, was ich mir von der Seele reden musste.

»Hören Sie, ich weiß, dass Sie mich verachten, und das zu Recht, aber könnten Sie mich nicht wenigstens ansehen?«

»Selbstverständlich, verzeihen Sie, Mademoiselle.« Er drehte den Holzstuhl in meine Richtung und genoss es, dass ich in dem Moment so verwundbar war. »Dann erzählen Sie mal, Señorita Montero. Welch gute Absicht hat Sie hierhergeführt?«

Ich schob meinen Stolz beiseite und rief mir in Erinnerung, dass Pascal der einzige Kontakt war, der mich zu dem echten Pedro Liébana führen konnte.

»Ich brauche ja nicht eigens zu sagen, dass Sie alles, was ich Ihnen heute erzähle, für sich behalten. Ich tue das, weil ich glaube, dass ich dem Besitzer des Namens, den ich gestohlen habe, eine Erklärung schulde, und ich denke, Sie können mir da weiterhelfen. Versprechen Sie es mir? Versprechen Sie mir, dass Sie außer mit mir und Pedro Liébana mit niemandem darüber reden werden?«

»Ja, ich verspreche es. Ich weiß nicht, ob Sie bemerkt haben, dass es mir nicht darum geht, Sie zu quälen.«

»In Ordnung. Also, es mag verwirrend für Sie sein, aber hinter dem jungen, kapriziösen, gelangweilten und nur mit seiner Hochzeit beschäftigten Ding, das ständig nur fordert, verbirgt sich in Wahrheit ein Mädchen, das nichts mehr liebt als das Schreiben. Seit ich denken kann. Mit sieben Jahren kam ich von einem Dorf in der Extremadura nach Madrid. Mein Vater hatte sich wohl durch krumme Geschäfte und seine Sauferei ruiniert und konnte sich nicht mehr um mich kümmern. Also hat er mich zu seiner Schwester – meiner Patentante – geschickt, damit sie sich um meine Erziehung kümmert. Die ersten Jahre waren ziemlich bitter. Ich war allein, von meiner Familie verlassen, eingeschüchtert von der Härte meiner Tante. Aber dann brachte meine Tante mir das Lesen bei, und plötzlich konnte ich über geschriebene Zeilen im Kopf verreisen. Sie erlaubte mir, Zeitungen zu lesen, die Schreibmaschine zu benutzen, Texte abzutippen. Mit sechzehn bat ich darum, für Don Ernestos Zeitung schreiben zu dürfen, aber wissen Sie, was ich zur Antwort bekam? Ein Mädchen wie ich könne keine Redakteurin werden. Also gab ich mich damit zufrieden, als Sekretärin zu arbeiten und zu beobachten, wie López, Morales und Fernández Ereignisse zu Nachrichten, Reportagen und Kritiken verarbeiteten … Aber der Wunsch, etwas zu veröffentlichen, wurde mit jedem Tag stärker. Catalina hat mir vorgeschlagen, ich solle mir einen falschen Namen zulegen, damit die Texte angenommen und nicht mit mir in Verbindung gebracht werden. Da habe ich mich an Pedro Liébana erinnert. Man hatte mich in dem Glauben gelassen, er sei an seinen Verletzungen gestorben. Ich dachte, wenn ich seinen Namen verwende, könnte das eine schöne Huldigung sein, aber ich habe mich geirrt … Ja, offenkundig habe ich mich geirrt. Er … na ja … Kurz nachdem ich nach Madrid kam, wurde mitten in der Nacht ein verwundeter Junge in das Haus meiner Tante gebracht. Er war angeschossen worden, und es ging ihm sehr schlecht. Es war mir verboten, ins Souterrain zu gehen, denn niemand sollte mit ihm reden, aber meine Neugier war stärker. Ich erinnere mich, dass wir in den Wochen gute Freunde wurden.« Ich lächelte. »Wir spielten alles Mögliche und träumten davon, das Mittelmeer zu durchschwimmen bis …«

»Sardinien«, ergänzte Pascal.

Ich war völlig in meine Geschichte versunken und hatte nicht bemerkt, dass sich Pascals Gesichtsausdruck verändert hatte. Er starrte mit verlorenem Blick vor sich hin. Wie konnte er das mit Sardinien wissen? Es sei denn …

Ich schlug die Hand vor den Mund. »Sie sind …?«

Er gab mir keine Antwort. Irgendetwas beschäftigte ihn. Meine Welt stand kopf. Wie war das möglich? Er blickte zu Boden.

»Ich bin schon lange nicht mehr Liébana. Fünfzehn Jahre, um genau zu sein. In gewisser Weise war das also nicht falsch, was man Ihnen erzählt hat.«

»Aber … aber … Sie heißen doch Olivier Pascal und sind Franzose, Ihre Mutter stammt von spanischen Emigranten ab, und Ihre Großeltern haben Ihnen Spanisch beigebracht. Und Sie haben zwei jüngere Schwestern. Und …«

»Ich bitte Sie, Señorita Montero. Bis vor ein paar Tagen haben Sie noch einen Mann gespielt. Fällt Ihnen so schwer zu glauben, dass auch ich nicht der bin, der ich vorgebe zu sein?«

»Was ist denn so Schlimmes passiert, dass Sie auf Ihre Identität verzichtet haben?«, fragte ich verstört.

Er zögerte einen Moment. Dann stand er auf, ließ an allen Fenstern die ausgeleierten Jalousien herunter und verriegelte die Tür. »Ich werde es Ihnen erzählen. Ich denke, das ist nur gerecht, nachdem Sie mir Ihre Sünden gebeichtet haben. Aber jetzt muss ich Sie um absolute Diskretion bitten.«

Ich nickte und konnte nicht glauben, was da gerade passierte.

»Genau wie Sie musste auch ich mein Zuhause verlassen. Ich habe bis zu meinem elften Lebensjahr in Barcelona gelebt. In dem Alter versteht man nichts von der Welt und schon gar nichts von Politik. Irgendwann später sprach man von der Tragischen Woche … Mein Vater hatte sich einer anarchistischen Gruppierung angeschlossen, die den bewaffneten Aufstand als Mittel verteidigte, um zu ihrem Recht zu kommen. Das Problem fing an, als sein Name in Verbindung mit den Protesten genannt wurde. In der Stadt verbreitete sich Paranoia, und die Bewohner fingen an, sich gegenseitig zu denunzieren. Einen Tag nachdem mein Vater mit einem Polizisten der Guardia Civil aneinandergeraten war, verschwand er spurlos. Als sie zu uns in die Wohnung kamen, um ihn abzuholen, waren meine Mutter, meine Schwestern und ich allein zu Hause. Eine gute Freundin hatte uns gewarnt, und so hatten wir uns auf die Flucht vorbereitet. Nicht einmal der Schuss von dem Polizisten konnte uns daran hindern, das Haus zu verlassen. Leider war ich es, der getroffen wurde.

Meine Mutter wandte sich an eine Freundin aus ihrer Kindheit, Eulalia Casals, mit der sie noch hin und wieder Karten spielte. Ihr Mann, Jean Marc Villeneuve, ist ein hochrangiger französischer Diplomat, der sich damals gerade in Barcelona aufhielt, als das alles geschah, und hat sich um alles gekümmert. Sie entschieden, meine Mutter und meine Schwestern sofort nach Paris zu schicken, wo sie sich ein neues Leben aufbauen sollten. Ich sollte mich mit ihnen treffen, sobald meine Wunde verheilt war, denn in dem Zustand konnte ich unmöglich eine so lange Reise durchstehen. Señor Villeneuve hielt es für sicherer, wenn ich mich außerhalb von Barcelona auskurierte, und so wurde ich in das Haus einer Kontaktperson in der Hauptstadt gebracht. Mein Zustand war sehr ernst, die Kugel war zwar in Barcelona entfernt worden, aber man hatte die Wunde schlecht genäht, und sie hatte sich entzündet. Ich wäre bei dem Transport beinahe gestorben, aber im Halbschlaf hörte ich ihre Anweisungen. Sie waren eindeutig: ›Du darfst niemandem deinen Namen sagen, Pedro.‹ Ich wusste nicht mehr, dass ich bei dem Mädchen eine Ausnahme gemacht hatte« – er hielt einen Moment inne – »also bei Ihnen.«

Seine Geschichte war anrührend. Mit feuchten Augen beobachtete ich, wie er das alles noch einmal durchlebte.

»Ich kann mich kaum an jene Tage erinnern. Das Einzige, was ich in dem Haus zu sehen bekam, war das winzige Zimmer, einen Arzt, eine Zofe und Sie. Lange Zeit habe ich geglaubt, ich hätte das alles nur geträumt. Als sie kamen, um mich abzuholen, haben sie mich in eine Decke eingeschlagen, und das Nächste, woran ich mich erinnere, ist, dass ich in einer Kutsche auf dem Weg nach Paris lag. Dort habe ich meine Mutter und meine Schwestern wiedergesehen. Sie nannten sich jetzt Marguerite, Lucille und Silvie Pascal. Und auch ich hatte einen neuen Namen. ›Du heißt nicht mehr länger Pedro Liébana, du heißt ab sofort Olivier, Olivier Pascal. Pedro Liébana gibt es nicht mehr‹, trichterte Señora Casals mir ein.

Als ich Jahre später feststellte, dass jemand unter meinem früheren Namen Artikel in Madrid veröffentlichte, habe ich dafür gesorgt, dass meine Zeitung mich als Korrespondent nach Madrid entsendete. In der Redaktion des *Figaro* in Paris landeten viele europäische Zeitungen, und die enge Freundschaft zwischen Señor de Flers und Don Ernesto hatte dazu geführt, dass *El Demócrata de Madrid* zu den Zeitungen gehört, die wir regelmäßig erhielten, um über die aktuelle politische Lage in Spanien auf dem Laufenden zu bleiben. Der Name, den Sie verwendet haben, ist nicht sicher, Señorita Montero, weder für mich noch für sonst jemanden.«

Auf einmal ergab alles einen Sinn. Ich musste mich hinsetzen, um die Geschichte zu verdauen. Olivier Pascal, den ich so sehr verachtet hatte, war mein Kinderfreund aus dem Souterrain, er war Pedro Liébana. Ich sah ihn an.

»Deswegen haben Sie sofort nach Ihrer Ankunft in Madrid Don Ernesto aufgesucht«, erinnerte ich mich. Alle Farbe war aus meinem Gesicht gewichen.

»So ist es. Ich wollte den Journalisten kennenlernen, doch dazu musste ich erst mal Teil des Kreises der vertrauten Personen von Don Ernesto werden. Anfangs dachte ich, es sei ein Leichtes, Sie zu entlarven, mit all Ihren Ausreden, um nirgends persönlich erscheinen zu müssen, aber als ich feststellte, dass sich hinter dem Namen ein Mann aus Fleisch und Blut verbarg, wurde mir klar, dass ich sein Vertrauen gewinnen musste, um herauszufinden, weshalb er so menschenscheu war und ob er tatsächlich so hieß. Und als der falsche Pedro Liébana sich entschloss, eine Zeit lang in Madrid zu leben, gab es für mich nur einen Weg: Ich würde sein Freund werden und ihn im Auge behalten. Ich wusste nicht mehr, dass ich dem Mädchen damals den Namen genannt hatte. Die Tage sind so nebulös in meinem Kopf, ich erinnere mich nur noch an einzelne Details wie die Geschichte mit Sardinien oder die Farbe der Kutsche.« Er machte eine Pause. »Ich hielt das Ganze für einen Köder, entweder der Guardia Civil, um meinen Vater ausfindig zu machen, oder meines Vaters, um mit uns in Kontakt zu treten. Bei all den Mutmaßungen bin ich zunächst nicht darauf gekommen, dass auch Sie Ihre Geheimnisse hatten und nicht bereit waren, Ihre Identität preiszugeben.«

»Wenn ich das gewusst hätte, hätte ich Ihren Namen niemals verwendet. Es tut mir so leid …«

»Sie konnten es ja nicht wissen«, unterbrach er mich. »Ich kann immer noch nicht glauben, dass ich die ganze Zeit über nicht gemerkt habe, dass Sie in Wahrheit eine Frau sind. Sie wirkten so … so …, Sie wissen schon, wie ein Mann eben.«

»Señor Pascal, wir wissen beide, wenn man in Not ist, kann man Dinge leisten, die man sich in seinen kühnsten Träumen nicht ausgemalt hätte«, sagte ich.

Ich sah auf. Es war schon acht.

»Ich muss gehen.« Hastig stand ich auf. »Der Kutscher holt mich in ein paar Minuten in der Calle Mayor ab.«

»Señorita Montero, ich weiß nicht, ob ich gut daran getan habe, Ihnen meine ganze Geschichte zu erzählen. Schwören Sie mir, dass Sie kein Wort darüber verlieren. Nicht nur mein Leben hängt davon ab, auch das meiner Mutter und meiner Schwestern. Ich bitte Sie.«

»Keine Sorge. Vergessen Sie nicht, auch ich hänge in der Sache mit drin. Es soll unser beider Geheimnis bleiben.«

Pascal nickte. Wenn einer fiel, fiel der andere mit.

***

Pascals Geschichte ging mir nicht aus dem Kopf. Plötzlich sah ich alles wieder deutlich vor mir: Ich erinnerte mich daran, wie ich durch die Stäbe des Treppengeländers beobachtete, dass jemand auf einer Trage hereingebracht wurde. Ich dachte an mein erstes Zusammentreffen mit dem Jungen im Souterrain. Die hellen Haare und die blauen Augen, die mich so fasziniert hatten. Ich verglich das Bild mit Pascal. Ja, das Haar war mit den Jahren dunkler geworden, aber die Augen … Das hätte ich doch merken müssen. Aber wer hätte das ahnen können? Pedro Liébana galt als tot! Es war alles so verworren. Und um das Maß vollzumachen, war Pascal wie vom Erdboden verschluckt.

Aber ich hatte ja auch Pedro Liébana für eine Weile verschwinden lassen. Ich hatte kein Anrecht mehr auf den Namen. Er gehörte zur schmerzlichen Vergangenheit von Pascals Familie. Ich war unfähig, auch nur einen einzigen Artikel zu schreiben, saß wie versteinert vor der Schreibmaschine und fühlte mich wie eine Betrügerin. Natürlich blieb die Schreibblockade Don Ernesto nicht verborgen, der schließlich mein Gehalt zahlte. Zum Glück hatte ich meine Stelle als Redaktionssekretärin noch.

Als ich an einem Nachmittag von Besorgungen zurückkam, trat zu meiner Überraschung Pascal aus dem Aufzug. Er war nicht minder überrascht, aber wir versuchten beide, es uns nicht anmerken zu lassen. Ich war überzeugt, er würde mir niemals verzeihen, in welche Bredouille ich ihn gebracht hatte.

»Waren Sie bei Don Ernesto?«, fragte ich.

»Ja, Sie wissen ja, ich habe mich eine Weile rar gemacht.«

Ich nickte.

»Kommen Sie heute Abend zu dem Essen bei den de Luccas? Benedetta feiert ihren Geburtstag.«

»Ja, ich habe die Einladung von Don Giancarlo erhalten, aber ich glaube nicht, dass ich teilnehmen werde«, erwiderte er ausweichend.

»Hören Sie, Señor Pascal, es tut mir wirklich aufrichtig leid …«, versuchte ich mich zu rechtfertigen.

»Señorita Montero, Sie müssen sich nicht noch einmal entschuldigen. Ich muss los.«

Ich seufzte, unglücklich darüber, wie sich die Ereignisse entwickelt hatten. Betrübter trat ich in die Redaktion, wo bereits die nächste Herausforderung auf mich wartete. Noch bevor ich den Mantel auf den Bügel hängen konnte, kam Don Ernesto wütend aus seinem Büro geschossen.

»Zur Hölle mit dem verdammten Militär und seinen grauenhaften Zensoren!«, tobte er, und alle Blicke richteten sich auf ihn.

»Was ist denn los, Don Ernesto?«, wunderte sich Señora Idiazábal.

»Was los ist? López! Morales! Fernández! Simón! Kommt her!« Er blickte sich suchend um. »Wo ist Simón?«

»Sie haben ihn vorhin zum Bahnhof geschickt«, erinnerte ihn Fernández.

»Ach ja, stimmt. Gut, dann die anderen. Man hat mich gerade angerufen und mir mitgeteilt, dass wir nichts über das Geschehen im Schnellzug von Andalusien berichten dürfen.«

»Wieso das? Simón, Fernández und ich haben den ganzen Tag Informationen darüber zusammengetragen«, empörte sich Morales.

»Befehl des Direktoriums. Sollte sich daran etwas ändern, wird man uns informieren. Also denkt euch irgendeinen Blödsinn aus, mit dem wir die Lücke füllen können. Und zackig, wenn ich bitten darf«, befahl er.

Ich konnte Don Ernestos Verärgerung verstehen. Wir hatten an diesem Samstag, dem 12. April 1924, eine beunruhigende Information erhalten. Freitagnacht hatten offenbar Räuber den Schnellzug nach Andalusien überfallen und im Postwagen die beiden diensthabenden Beamten ermordet.

Die Banditen hatten alles genau ausgekundschaftet: die Strecke, den hohen Wert der Beute – Säcke voller Geld, die aus ganz Europa in die Kolonien in Nordafrika und Gibraltar geschickt wurden – sowie den geeigneten Moment, um zuzuschlagen. Als der Express in Córdoba hielt, entdeckte man die beiden Leichen. Das Gerücht über das Verbrechen hatte sich wie ein Lauffeuer verbreitet, und alle Zeitungen hatten ihre Redakteure darauf angesetzt. Die einen fuhren zum Ort des Geschehens, andere besuchten die Familien der Opfer, wieder andere versuchten, ein Interview mit deren Kollegen zu bekommen. Doch aus unerklärlichen Gründen hatte das Direktorium entschieden, die Nachricht einstweilen geheim zu halten.

»Na schön, Don Ernesto, dann legen wir die Notizen auf Eis, falls sie uns doch noch darüber berichten lassen«, schlug Fernández vor.

»Ja, machen Sie das«, erwiderte Don Ernesto und fasste sich an die Schläfen.

»Wir graben etwas über den Machtkampf zwischen Stalin und Trotzki wieder aus. Seit Lenins Tod im Januar überschlagen sich die Ereignisse. Das wird der Zensor stehen lassen«, meinte Morales.

»Machen Sie, was Sie wollen, Hauptsache, es funktioniert«, befand Don Ernesto. »Apropos, weiß jemand, wo zum Teufel Señor Liébana steckt? Seit er nach Barcelona entschwunden ist, hat er nichts mehr von sich hören lassen.«

Ich fühlte mich angesprochen und biss mir auf die Lippen.

»Elisa, Liebes, wenn du Señorita Folch siehst, sag ihr doch bitte, sie soll Pedro ausrichten, es gibt Arbeit. Das Geld, das er monatlich kassiert, gibt es nicht fürs Däumchendrehen, falls ihm das nicht klar sein sollte. Was hat mich damals nur geritten, als ich diese Zeitung gegründet habe? Ich hätte alle möglichen Unternehmen aufbauen können! Und jetzt muss ich mich den lieben langen Tag mit Schriftstellern, Möchtegernpolitikern, Zensoren und Journalisten herumschlagen!«

»Ich werde es ihr sagen, Don Ernesto. Ich bin sicher, es gibt eine Erklärung dafür.«

»Die würde ich gern hören. Los, an die Arbeit! Untätigkeit und Faulheit sind mir ein Graus.«

Damit entschwand er und knallte die Tür hinter sich zu.

***

Benedettas Geburtstagsfeier ließ ihn die schlechte Laune vergessen. Auch ich versuchte, mit jedem Glas Champagner die Sorgen abzustreifen. Unbewusst suchte ich unter den vielen Gästen nach Pascal. Nein, er würde nicht kommen. Francisco erzählte jedem von dem geplanten Geschäft mit der Martin's Bank, und alle versicherten ihm, dass sie darauf vertrauten, dass der Deal mit den Engländern zustande käme. Bei ihrer letzten Reise hatten sich die Brüder de las Heras y Rosales mit den Besitzern der Barclays Bank in London und mit denen der Bank of Liverpool getroffen. Aber die waren auf ihre Investitionen und Fusionen in den Kolonialgebieten konzentriert, und so hatten sie die Martin's Bank kontaktiert, die eher Verhandlungsbereitschaft signalisiert hatte. Er sagte, persönlich hoffe er sehr, dass sie endlich einen soliden Partner fänden, denn dann könne er nach Madrid zurückkehren, mich heiraten und wieder ein normales Leben führen.

Irgendwann zog ich mich unter einem Vorwand zurück und gesellte mich zu Catalina, die sich mit einem Cousin von Doña Carmen unterhielt. Wir stellten fest, wie sehr Benedetta sich verändert hatte. In Begleitung ihres geliebten Oberleutnants grüßte sie die Anwesenden mit einem strahlenden Lächeln, das wir so noch nie an ihr gesehen hatten.

»Ich muss mir etwas einfallen lassen, warum Pedro seit seiner Abreise nach Barcelona abgetaucht ist. Vielleicht wird Don Ernesto dich heute nach seinem Verbleib fragen, und unsere Antwort sollte glaubwürdig sein«, flüsterte ich ihr zu.

»Moment, wieso ist Pedro verschwunden? Habe ich da etwas verpasst?«

»Nein, nein … Es ist nur …« Ich zögerte.

Nein, ich durfte ihr nichts verraten. Kein Wort. Ich hatte es versprochen.

»… ich möchte eine Weile nur Elisa bleiben. Mit meiner zweiten Identität als Pedro Liébana habe ich mich großer Gefahr ausgesetzt, und die Tatsache, dass ich verfolgt werde, hat mir Angst gemacht. Benedetta hatte recht. Es ist besser aufzuhören, bevor die Sache auffliegt.«

»Hm, ein bemerkenswerter Sinneswandel … Aber Pedro ist deine Schöpfung, du kannst mit ihm machen, was du willst.«

»Na ja …«

»Don Ernesto möchte eine Erklärung, verstehe ich dich richtig? Dann solltest du ihm eine liefern, bei der er keinen Verdacht schöpft. Lass uns doch einfach behaupten, Pedro müsse sich um seine kranke Mutter kümmern.«

Die Lügenspirale wurde immer schlimmer.

»Gut, das machen wir. Außerdem weiß Don Ernesto ja schon, dass er nach Barcelona gereist ist, aber nicht, warum«, sagte ich und nippte an meinem Glas. Wir setzten unsere Runde von Gast zu Gast mit banalen Gesprächen und Champagner fort. In dem Moment entdeckte ich unter den bunten Kleidern der Damen und den tadellosen Anzügen der Herren Pascal. Er war doch gekommen! Ein Lächeln huschte über mein Gesicht. Ich hatte mich schuldig gefühlt, dass er sich meinetwegen versteckt hatte, und zu sehen, dass er auf das gesellschaftliche Parkett zurückkehrte, war ein kleiner Lichtschein am Ende des Tunnels.

Don Giancarlo forderte uns auf, uns zum Essen in den Salon zu begeben. Es war wie immer eine wahre Freude, in den Genuss der bezaubernden Blumenarrangements, der aufmerksamen Bedienungen und vor allem der vorzüglichen Kochkünste des italienischen Küchenmeisters zu kommen, der wieder einmal absolute Delikatessen kreiert hatte. Während andere vornehme Haushalte in Madrid sich ihrer französischen Köche rühmten, hatte Don Giancarlo sich entschieden, gegen den Strom zu schwimmen und den Koch zu behalten, der schon in Florenz in seinen Diensten gestanden hatte.

»Ach was. Der Hörfunk, dieser neumodische Unsinn, soll den Siegeszug antreten? Glauben die im Ernst, die Leute kaufen Empfänger und stellen sie sich in ihre Wohnungen?«, schimpfte Don Ernesto gerade.

»Ja, mein Lieber. In anderen Ländern ist das bereits der Fall«, erklärte Doña Cristina.

»An Ihrer Stelle würde ich das Radio nicht unterschätzen, Don Ernesto. Das wird bald gang und gäbe sein«, warf Francisco ein.

»Ja, und vielleicht wird es die Zeitungen verdrängen«, meinte Pascal.

»Unsinn. Jeder weiß, dass eine Zeitung deutlich billiger ist als so ein Empfangsgerät. Wir sollten nicht so naiv sein«, widersprach ihm Don Ernesto. »Sagen Sie, wie war eigentlich Ihre Reise in den Süden der Halbinsel?«

Wir sahen uns an. Nur wir beide kannten die Wahrheit und konnten sie nach Belieben abwandeln.

»Wahnsinnig interessant, Don Ernesto. Ich habe nicht gewusst, dass Sevilla so schön ist. Was sofort ins Auge fällt, sind die arabischen Elemente in der Architektur.«

»Sie wissen ja, Señor Pascal, unser Land zeichnet sich durch äußerst vielfältige und wunderbare kulturelle Einflüsse aus«, betonte meine Tante.

»Und ich bin überzeugt, ein so kluger Kopf wird das exzellent in seinen Artikeln rüberbringen«, biederte sich Francisco an.

»Ich hoffe, Sie haben etwas exklusiv für die Leser von *El Demócrata* zu berichten«, meinte Don Ernesto.

Im weiteren Verlauf des Abendessens war ich unfähig, noch einmal das Wort an Pascal zu richten. Don Giancarlo fragte Don Ernesto nach dem Verbrechen in dem Schnellzug, und sogleich entbrannte eine Diskussion darüber, was vorgefallen war und warum die Zeitungen nicht darüber berichten durften. Es gab die unterschiedlichsten und abstrusesten Theorien. Da es sich um ein Thema handelte, bei dem ich mitreden konnte, weil ich den ganzen Tag in der Redaktion an der Quelle gesessen hatte, ergriff ich unbefangen das Wort.

»Also ich finde …«

»Elisa, Liebes, warum spielst du uns nicht etwas auf dem Klavier vor?«, fiel Francisco mir ins Wort.

Ich schluckte den Rest des Satzes hinunter. Während ich zum Klavier ging, dachte ich darüber nach, wie sehr ich Franciscos übergriffigen Vorschlag missbilligte. Es war, als wollte er mich nur als schmückendes Beiwerk sehen, als musikalische Untermalung der Gespräche, in die ich mich so gern einbringen wollte. Missmutig setzte ich mich auf den Hocker. Auf keinen Fall würde ich *Für Elise* spielen. Nur über meine Leiche! Ich bewegte die Finger, um sie aufzuwärmen, und überlegte, welches Stück ich auswählen sollte. Die weißen Tasten waren wenig hilfreich, aber die kleinen, kapriziösen schwarzen drängten mich, eine Entscheidung zu treffen. Mit der Fingerspitze berührte ich eine von ihnen. Und während ich noch unentschlossen war, setzte sich jemand zu mir ans Klavier. Verwirrt blickte ich auf. Ohne ein Wort zu sagen, begann er, eine Melodie zu spielen, die ich gut kannte. Es war dieselbe, die ich in eben diesem Haus im kleinen Salon hatte spielen wollen, bevor ein anderer Vorschlag kam. *Claire de Lune* von Debussy. Ohne Zögern und ohne auf seine Zustimmung zu warten, griff ich in die Tasten.

Anfangs klang das gemeinsame Spiel etwas holprig, aber schon bald fügten sich die schwungvollen Klänge zu einer ansprechenden Melodie. Es war ein merkwürdiges Gefühl, mit jemand anderem zu spielen. Ich musste nicht nur auf die Bewegungen meiner eigenen Finger achten, sondern auch auf seine, ich musste mich an sein Tempo anpassen, einen gemeinsamen Rhythmus finden, die Melodie mit ihm gemeinsam gestalten. Unsere Arme berührten sich, aber das war mir nicht unangenehm, ich war viel zu konzentriert auf die Musik. Auf meinen Lippen lag ein Lächeln, das ich nicht bewusst gesteuert hatte. Meine Finger bewegten sich flink im letzten Teil, flankiert von seinen, das Spiel unserer Finger passte sich an, als gehörten sie ein und derselben Person. Der letzte Ton hallte noch ein paar Sekunden in meinen Ohren nach und drängte meinen Mund, das Lächeln noch einen Augenblick zu bewahren, bevor ich den Blick vom Klavier hob.

»Ich wusste gar nicht, dass Sie Klavier spielen«, sagte ich. Dann blickte ich zum Tisch. Die Gäste waren in ihre Gespräche vertieft und hatten von alldem nichts mitbekommen.

»Offen gestanden glaube ich, dass wir sehr wenig voneinander wissen.«

»Da haben Sie recht.« Ich lächelte wieder.

Er wollte aufstehen, doch dann überlegte er es sich anders.

»Señorita Montero, ich weiß, ich war sehr abweisend, seit … Sie wissen schon … Aber ich musste das alles erst mal verarbeiten. Sie haben alte Erinnerungen in mir wachgerufen, und, na ja, das hat mich durcheinandergebracht …« Er zögerte einen Moment. »Ich weiß nicht, ob es schicklich ist, aber würden Sie morgen mit mir spazieren gehen? Seit unserer letzten Begegnung habe ich das unerklärliche Gefühl, dass unser Gespräch noch nicht beendet ist«, sagte er leise.

»Morgen kann ich nicht. Es ist der letzte Tag vor Franciscos Abreise und …«

»Oh, ja, natürlich. Vergessen Sie es einfach. Ich wollte mich nicht …«

»Aber nein. Wenn Sie am Montag Zeit hätten, würde

ich unser Gespräch gerne zu Ende führen. Sie können mich in der Redaktion abholen.«

»Dann bis Montag also. Ausgezeichnet.«

***

Den Sonntag widmete ich ausschließlich Francisco. Wir gingen früh in die Kirche, und nach einem Spaziergang aßen wir mit meiner Tante und Doña Asunción im Hotel Ritz zu Mittag. Ich war ziemlich aufgekratzt, denn ich war gespannt auf das Treffen mit Pascal. Ob er mir noch etwas zu erzählen hatte?

Die Neugier wurde den Montag über noch größer. Am Morgen hatte Don Ernestos Gesicht wieder Farbe bekommen. Das Direktorium hatte die Nachrichtensperre über den Raubüberfall auf den andalusischen Schnellzug aufgehoben, und der Bericht würde am Dienstag auf der Titelseite erscheinen. Morales, Fernández und Simón trugen eifrig die Ergebnisse ihrer Recherche der vergangenen Tage zusammen, um eine glaubwürdige Darstellung der Ereignisse von Freitagnacht zu liefern.

Ich kümmerte mich um das Telefon, das in Anbetracht der jüngsten Ereignisse noch häufiger klingelte als sonst. Als ich meine Aufgaben für den Tag erledigt hatte, packte ich ein und verabschiedete mich von den noch immer hektisch schreibenden Redakteuren. Ich hatte Santiago ausrichten lassen, er solle mich an dem Abend nicht abholen. Catalina musste wieder mal als Alibi herhalten. Als ich aus der Tür trat, suchte ich die Straße ab. Dort stand er, an eine Wand gelehnt, mit seinem Hut und der Zigarette. Ich ging auf ihn zu und fühlte mich plötzlich befangen.

»Guten Tag, Señorita Montero.«

»Guten Tag, Señor Pascal.«

»Wo würden Sie gerne hingehen?«, fragte er.

»Waren Sie schon einmal im Retiro-Park?«

»Bis jetzt nur einmal.«

»Wirklich? Dann lassen Sie uns dort hingehen«, entschied ich.

Wir spazierten durch die Calle Velázquez Richtung Süden bis hin zu dem prächtigen eingezäunten Park. Durch das Tor betraten wir das Reich der dicht belaubten Bäume und der herrlichen Brunnen und ließen uns von den Wegen, dem Musikpavillon und den Denkmälern Geschichten über Madrid erzählen. Wir gingen an der Casa de las Fieras vorbei, wo ein paar Kinder die dort lebenden Elefanten fütterten. Wir bewunderten das gerade erst fertiggestellte Denkmal von König Alfons XII., dem imposanten Wächter über den Teich, und blieben kurz vor der zerbrechlichen Schönheit des Palacio de Cristal stehen.

Während wir durch den Park flanierten, unterhielten wir uns, und das Gespräch wurde zunehmend intensiver. Wir verloren uns in der Erinnerung und suchten nach Details, die uns in das Zimmer im Souterrain zurückversetzten, in dem wir uns vor vielen Jahren kennengelernt hatten. Ein Zimmer, in dem ich mich geborgen gefühlt hatte, während unser Leben zerbrach.

»Das heißt, Sie erinnern sich kaum an Ihren Aufenthalt in unserem Haus?«, fragte ich.

»Kaum … Da sind nur einzelne, zusammenhanglose Bilder, die über die Zeit an Bedeutung verloren haben.«

»Das macht doch nichts«, erwiderte ich. Ich befürchtete, er könne sich durch meine Neugier bedrängt fühlen. »Nun gut, Señor Pascal, da wir uns allmählich besser kennenlernen, würden Sie mir erzählen, wie Sie Journalist geworden sind? Aber diesmal bitte die Wahrheit.«

»Auch wenn es Sie überraschen mag, aber ich habe Sie nicht belogen, was meine Anfänge angeht. Wie ich Ihnen schon erzählt habe, kamen wir mithilfe des Ehepaars Villeneuve nach Paris. Anfangs konnten wir uns dank einer letzten mildtätigen Geste meines Großvaters über Wasser halten. Er hatte meine Mutter zwar enterbt, weil sie meinen Vater geheiratet hatte, einen Arbeiter seiner Textilfabrik. Aber als er von unserer Flucht hörte, muss er wohl gedacht haben, dass wir gestraft genug waren und dass er uns unmöglich seine Hilfe verweigern konnte. Meine Mutter hat sich erst gesträubt, aber dann wurde ihr klar, dass wir verhungern würden, wenn sie seine Hilfe nicht annahm. Mit dem Geld hat sie eine kleine Druckerei eingerichtet, die ganz gut lief. Drei Jahre später zog das Ehepaar Villeneuve ebenfalls nach Paris und bot uns erneut an, uns zu protegieren. Vor allem mich. Über die Druckerei hatte ich bereits Einblick in die Zeitungswelt bekommen. Ich arbeitete als Laufbursche, um ein wenig zur Haushaltskasse beizusteuern, aber Jean Marc Villeneuve hat ein besonderes Talent in mir gesehen und wurde zu meinem Förderer. Er hat mein Studium an der Sorbonne finanziert, unter der Bedingung, dass ich ihm alles zurückzahle, wenn ich mal genügend verdiene. Mein besonderes Interesse galt internationalen Fragen, vielleicht, weil ich das Gefühl hatte, nirgendwo richtig hinzugehören, und nach dem Examen schickte *Le Figaro* mich als Korrespondent nach Brüssel. Im Anschluss kehrte ich für ein paar Monate nach Paris zurück, und dann wurde ich nach Deutschland entsandt, bis ich die Herausgeber überredet habe, mich nach Madrid zu versetzen.«

»Gütiger Himmel! Ich weiß ja, dass Sie einiges durchgemacht haben, aber ich muss sagen, Sie hatten ein ganz schön bewegtes Leben. Ich wünschte, ich hätte auch an all diese Orte reisen können.«

»Wenn man sich ansieht, wie Sie schreiben, ist es mir unbegreiflich, dass man Ihnen nicht erlaubt, als Journalistin zu arbeiten«, meinte er. »All die Reportagen, das Interview mit Basallo, die Artikel über die Regierung … Das stammt alles aus Ihrer Feder. Es ist unglaublich!«

»Ja, aber in der Welt, in der wir leben, macht es einen großen Unterschied, ob man eine Frau ist oder ein Mann. Glauben Sie mir, sosehr ich es auch versucht habe, ich bin immer auf Widerstände gestoßen. Meine Tante würde tot umfallen, wenn sie wüsste, dass ich unter dem Namen Pedro Liébana schreibe. Und Don Ernesto erst. Oder Francisco. Es wäre das Ende.«

»Aber das ist ungerecht. Ich kenne nicht viele Journalistinnen, aber wenn es eine in Madrid geben sollte, dann sind Sie das.«

»Ich danke Ihnen, Señor Pascal. Wirklich. Sie sind der erste Mensch, der das zu mir sagt. Ausgenommen Catalina natürlich. Sie ist meine Komplizin bei der ganzen Sache. Und Benedetta. Auch wenn ich ihnen nichts darüber gesagt habe, was Sie und ich wissen. Nur, dass ich beschlossen habe, Pedro Liébana verschwinden zu lassen …«

»Das ist Ihr Plan?«, fragte er verwundert. Er blieb stehen.

»Ja, natürlich. Ich will Ihnen nicht noch mehr Probleme bereiten. Ich werde eine andere Möglichkeit finden zu schreiben.«

Für einen kurzen Moment herrschte Schweigen.

»Wie ich Ihnen schon gesagt habe, Señorita Montero, es ist gefährlich, diesen Namen zu verwenden. Auch wenn ich zu diesem Zeitpunkt nicht genau sagen kann, wie sehr. Seit unserer Flucht haben wir nicht viel von meinem Vater gehört, aber bevor ich nach Madrid kam, habe ich besorgt zur Kenntnis genommen, was er in den letzten Jahren verbrochen hat. Er hat den bewaffneten Kampf nie aufgegeben. Wenn Sie diesen Namen verwenden, müssen Sie sich über die Risiken im Klaren sein, und beim geringsten Verdacht, dass etwas schiefläuft, die Verkleidung an einem sicheren Ort verstecken. Ich würde es mir nie verzeihen, wenn die Sache meine Familie wieder in Gefahr bringen würde.«

»Ich weiß. Ich werde mich daran halten.« Ich hielt einen kurzen Moment inne. »Falls es Ihnen weiterhilft: Pedro Liébana ist inzwischen seit fast drei Jahren in Madrid aktiv, und es ist nichts passiert. Ich habe seit Längerem unter einer Art Verfolgungswahn gelitten, aber da ich jetzt weiß, dass Sie mir nachspioniert haben, glaube ich nicht, dass irgendjemand hinter mir oder Ihrem Vater her ist. Geschweige denn hinter Ihrer Familie«, behauptete ich.

Er dachte nach. »Sie sind die Letzte, die ihn lebend gesehen hat. Und deswegen vielleicht die geeignete Person, die Erinnerung an ihn zu bewahren. Außerdem kann ich mir *El Demócrata* ohne seinen Namen nicht vorstellen. Wenn Sie möchten, dürfen Sie den Namen weiter verwenden, Señorita Montero. Aber Sie müssen vorsichtig sein.«

»Danke für Ihr Vertrauen, Señor Pascal. Ich werde eingehend darüber nachdenken.«

Er nickte. Verhohlen beobachtete er mein Zaudern, den Widerstreit zwischen meinem sehnlichsten Wunsch und der Angst, alles noch schlimmer zu machen.

»Señorita Folch ist also Ihre Spießgesellin bei der Geschichte, die Sie sich ausgedacht haben. Eigentlich hätte ich mir das denken können. Sagen Sie, wie sind Sie darauf gekommen, dass sie als Pedro Liébanas Freundin auftreten soll?«, fragte er amüsiert.

»Das war eine Folge Ihrer Anschuldigungen. Ich habe mitbekommen, wie Sie in der Redaktion Zweifel an Pedros Männlichkeit gesät haben. Also musste ich mir etwas einfallen lassen. Sie haben es mir nicht leicht gemacht, seit Sie hier aufgetaucht sind, Señor Pascal.«

»Das war meine Aufgabe, Señorita Montero. Vergessen Sie nicht, meine Absicht war, den Schwindler Liébana hochgehen zu lassen. Aber ich wusste ja nicht, dass Sie ein doppeltes Spiel spielen ... Und eine Sache noch: Haben Sie beide das mit den Küssen und allem geprobt? Denn Sie waren so ... so ... so echt ...«

Ich gab ihm einen Klaps auf den Arm. »Belassen Sie es dabei, Señor Pascal. Es ist besser, nicht allzu sehr auf die Details meiner Strategie einzugehen.«

»Aber das waren doch Sie, Sie haben Señorita Folch geküsst. Und es waren auch Sie, die mit dem Mädchen im Barbieri angebändelt hat. Deshalb sind Sie ja davongelaufen.« Pascal fügte alle Episoden zu einem Bild zusammen. »Und als wir im Café Pombo getrunken und geraucht haben und bei dem Streit im Los Gabrieles … Mein Gott, das muss ich alles erst mal verdauen.«

***

In der Woche erlebte *El Demócrata* einen Aufschwung. Die Nachrichten über den Raubüberfall auf den Zug sorgten dafür, dass die Auflage in die Höhe schnellte. Die Bürger waren aufgewühlt von dem Ereignis und konnten gar nicht genug Informationen bekommen.

Außerdem kehrte Pedro Liébana nach knapp zehn Tagen in die Stadt zurück. Mit Pascals Zustimmung konnte ich gar nicht anders. Catalina sagte ich, ich hätte meine Meinung doch wieder geändert, und wie immer unterstützte sie mich dabei. Don Ernesto erzählte Pedro Liébana von der erfolgreichen Genesung seiner Mutter, und damit war das Thema abgehakt. Doch die Rückkehr war seltsam. Äußerlich wirkte alles ruhig, obwohl sich Grundlegendes verändert hatte. Pascal und ich behielten unser Geheimnis für uns, aber er wusste jetzt, wer hinter dem Pseudonym steckte, und das veränderte unsere Gespräche.

Gemeinsam waren wir im Mai bei der Ankunft von Douglas Fairbanks und Mary Pickford am Bahnhof dabei. Es war bewegend, zwei Hollywoodstars ohne die Leinwand zu sehen, die uns im Kino von ihnen trennte. Mary

Pickford war jung und blond, hatte ein puppenhaftes Gesicht und ein süßes Lächeln. Man hatte ihr den Spitznamen »America's Sweetheart« gegeben. Er war ein Galan mit gegeltem Haar und liebenswürdigem Blick. Die Einwohner von Madrid waren völlig aus dem Häuschen, erst recht, als Douglas Fairbanks, da es kein Durchkommen gab, seine Frau kurzerhand hochhob und zum Auto trug. Eine Szene wie aus einem Hollywoodfilm. Die Fotografen waren mit Leib und Seele dabei und schossen unzählige Bilder, damit der legendäre Besuch in der Hauptstadt für die Nachwelt erhalten wurde.

Dank Pascal und seiner Englischkenntnisse konnten wir die beiden im Hotel Ritz interviewen. Es war ein unvergessliches Erlebnis, über das selbstverständlich unter unser beider Namen ein ausführlicher Artikel im *Demócrata de Madrid* erschien.

***

Mit dem Monat Juli rückte der traditionelle Stierkampf des Presseverbandes näher. Don Ernesto bestätigte sogleich seine Teilnahme sowie die von López, Pascal und meiner Wenigkeit – als Pedro – bei dem herausragenden Ereignis.

Nachdem ich den Morgen über in der Redaktion die Aufträge von Señora Idiazábal erledigt hatte, eilte ich nach Hause, um wenig später als Pedro Liébana in der Stierkampfarena zu erscheinen. Doch an dem Samstag kam zu dem üblichen Zeitdruck noch hinzu, dass der Menstruationsschmerz in meinen Eingeweiden bohrte und meine Hormone verrücktspielten, während ich nach außen hin den Mann spielte. Meine Laune war ohnehin schon nicht die beste, und sie verschlechterte sich noch, als ich das Gejammer meiner Begleiter anhören musste. Der eine klagte über die Hitze, der andere über ein Ziehen im Rücken und Don Ernesto über »einen seltsamen Schmerz im Goldzahn«. Ich verdrehte die Augen und versuchte, meinen Unmut zu verbergen.

Wir betraten die Arena, wo vornehme Damen mit ihren obligatorischen Mantillas neben ihren Männern auf den Beginn des Spektakels warteten. Die vier Toreros kämpften um das Goldene Ohr, das von der Vereinigung verliehen wurde. Girlanden schmückten die Arena, die aufgrund des hohen Eintrittspreises nicht ausverkauft war.

Don Ernesto traf auf viele Bekannte und Freunde. Er konnte sehr gut mit Menschen umgehen und hatte kein Problem damit, seine Erzfeinde zu sich nach Hause zum Essen einzuladen, wenn es für seine Zeitung von Nutzen war. Bei uns saßen der Herausgeber von *El Debate* und der Gründer der Zeitung *Informaciones*, die seit zwei Jahren auf dem Markt war. Hinter uns unterhielt sich der Herausgeber von *La Voz* mit einem Journalisten der Tageszeitung *ABC*. In der Ferne entdeckte ich einen Journalisten von *El Sol* und den Herausgeber von *La Libertad*, einer der Zeitungen, die die meisten Konflikte mit dem Presseverband gehabt hatte. Ich schmunzelte, stolz darauf, Teil der Versammlung der wichtigsten Journalisten Madrids zu sein.

»Guten Tag, die Herren«, grüßte uns ein Freund Don Ernestos, Señor Urgoiti.

»Guten Tag«, erwiderten wir im Chor.

»Von der Nachricht des Tages haben Sie schon erfahren, nicht wahr?«, fragte er uns.

»Ist das denn nicht diese Veranstaltung?«, scherzte Don Ernesto.

»Der König hat gestern einen Amnestieerlass unterzeichnet«, berichtete Señor Urgoiti.

»Das ist durchaus angebracht«, meinte Don Ernesto.

»In der Tat. Aber zufällig ist einer der Begünstigten dieses Erlasses General Berenguer.«

Im Juni des Jahres war der Prozess um die Verantwortung für das Desaster von Annual zu Ende gegangen. Der Staatsanwalt hatte die Anklage gegen General Navarro fallen lassen, sie aber gegen General Berenguer in allen Punkten aufrechterhalten. Doch dank des vor ein paar Stunden unterzeichneten Erlasses würde er von seiner Schuld freigesprochen. Wie es schien, würde die Wunde des Desasters offen und die Zukunft Marokkos damit weiter ungewiss bleiben.

»Offenkundig ist in Ihrem geliebten Vaterland das Recht nicht für alle Bürger gleich«, merkte Pascal spöttisch an.

»Leider nicht«, erwiderte Señor Urgoiti. »Obwohl die Entscheidung von Alfons XIII. auch Miguel de Unamuno und andere politische Gefangene betrifft.«

Unamuno, der in der ganzen Stadt für seine umstrittenen Artikel gegen das System und den Monarchen bekannt war, hatte sein Amt als Vizerektor und Dekan der Universität aufgeben müssen und war im Februar des Jahres nach Fuerteventura ins Exil geschickt worden. Die Entscheidung eröffnete ihm die Möglichkeit, auf die

Halbinsel zurückzukehren, die er jedoch, wie sich später zeigte, nicht wahrnahm; er ging stattdessen nach Paris.

»Tja, das sind schwierige Zeiten, meine Herren«, befand Don Ernesto.

»Vor allem, wenn man daran denkt, wie die Presse geknebelt wird. Wer sollte zu den verborgenen Absichten hinter solchen Entscheidungen recherchieren, wenn nicht wir? Ich vertraue darauf, dass das Direktorium eine Erneuerung bringt, aber der Preis, den wir dafür in unserem Metier zahlen müssen, erscheint mir ziemlich hoch«, meinte ich im Brustton der Überzeugung.

Pascal schmunzelte.

»Da gebe ich Ihnen vollkommen recht, Don Pedro«, beteuerte Don Ernesto.

»Gemach, gemach, nörgeln Sie nicht an allem herum. Wenn wir Stabilität und ein starkes Land wollen, müssen wir bereit sein, auf bestimmte Dinge zu verzichten«, meinte ein Journalist, dessen Zeitung dem Diktator wohlgesonnen war.

»Nun gut, meine Herren, wir werden zu keinem Konsens kommen. Am besten finden wir uns bis auf Weiteres mit den gestrichenen Passagen ab«, empfahl López.

Unsere Diskussion wurde vom Beginn der Vorstellung unterbrochen. Eine Reiterin eröffnete den Stierkampf, indem sie unter Applaus um den Schlüssel bat, mit dem ein Gehilfe das Gatter zu den Stieren aufschloss und der erste Stier wutschnaubend in die Arena stürmte. Es gab Beifall und Pfiffe. Ich interessierte mich nicht sonderlich für das Spektakel, aber ich war auch durch López' ununterbrochenes Stöhnen wegen seines Rückens abgelenkt. Man hatte das Gefühl, er sei kurz vor dem Sterben. »Wenn er noch einmal jammert, schubse ich ihn von der Tribüne«, nahm ich mir vor. Ich war wütend, weil er sich so gehen ließ, während ich mir meine höllischen Bauchschmerzen nicht anmerken lassen durfte.

Als der Schlussapplaus ertönte, begaben wir uns zum Ausgang. Doch weil Don Ernesto so viele Leute kannte, blieben wir alle paar Meter stehen, und er präsentierte uns stolz den Herausgebern, Eigentümern und Journalisten der anderen Zeitungen der Hauptstadt. Unbewusst setzten Pascal und ich unseren Konkurrenzkampf fort.

»Ich glaube, ich hole mir noch etwas zu essen, bevor wir gehen«, sagte ich.

»Um Himmels willen, Pedro, hören Sie doch auf zu essen. Sie kommen mir vor wie Trinidad Gabaldón. Gütiger Gott, was die alles in sich hineinschlingt«, erinnerte sich Don Ernesto. »Ist das nicht Rufino Blanco? Ah, warten Sie hier. Ich bin gleich wieder da, ich will ihn nur kurz begrüßen.«

»Gut. Wir warten«, erwiderte Pascal.

Er hatte recht. Ich hatte die ganze Zeit über nicht aufgehört zu essen.

»Ah, mein Rücken. Als würde jemand mit dem Messer hineinstechen«, jammerte López.

»López, tun Sie mir den Gefallen, und halten Sie die Klappe. Sie machen mich nervös. Sie benehmen sich wie ein kleines Kind. Zum Glück hat Gott Sie nicht als Frau erschaffen, denn wenn Sie ein Kind gebären müssten, würde die Menschheit aussterben«, herrschte ich ihn an.

Pascal musste lachen. Auf einmal tippte mir jemand

auf die Schulter. Ich drehte mich wie eine Furie um und bellte: »Was ist?« Ich staunte nicht schlecht. Vor mir stand Diana, der ich im Los Gabrieles den Hof gemacht hatte.

»Señorita, welch angenehme Überraschung«, rief ich lächelnd.

»Señor Liébana, entschuldigen Sie die Störung. Ich habe Sie von Weitem gesehen und musste Sie einfach begrüßen. Ich war sehr beeindruckt von unserem Gespräch an jenem Abend, und, na ja, ich hatte noch nicht die Gelegenheit, mich für das Benehmen von Antonio und seinen Freunden zu entschuldigen.«

»Machen Sie sich keine Gedanken. Wir Männer sind solche Auseinandersetzungen gewohnt. Das geht mir fast jeden Abend so. Was soll man dagegen machen, wenn man solche Anziehungskraft auf das andere Geschlecht ausübt?«, sagte ich und überlegte, wie ich da wieder rauskam.

Pascal hüstelte, um mir mitzuteilen, dass ich aufhören sollte, mich noch weiter zu verstricken.

»Wer zum Teufel ist das?«, fragte López.

»Äh … das ist ein Mädchen, mit dem ich, mit dem ich, na ja, ein Mädchen für eine Nacht, Sie wissen schon … im Los Gabrieles …«, versuchte ich mich aus der unangenehmen Situation herauszuwinden.

»Sieh an, Sie Schwerenöter. Und dabei wirken Sie so, als könnten Sie kein Wässerchen trüben.«

In dem Moment gesellte sich ein weiterer Gast zu uns, der unseren Stierkampfexperten López kannte und alles andere als erfreut war zu sehen, dass Pedro Liébana sich mit seiner Freundin unterhielt: das »Zebra«.

»Don Ramón López. Guten Tag.«

»Guten Tag, Don Antonio. Haben Sie sich den Stierkampf angesehen?«

»Ja, wie Sie wissen, sind die Jungs, die heute gekämpft haben, gute Freunde von mir.«

»Ja, es sind wirklich ausgezeichnete Toreros. Schade, dass die Hälfte der Stiere nicht so viele Möglichkeiten geboten hat, ihre Kunst zu zeigen. Es war ziemlich langweilig.«

»Kann man wohl sagen.« Er nahm mich in Augenschein. »Aber wen haben wir denn da? Den Kleinen mit der Brille und seinen Freund, den Franzmann.«

Mir wurde angst und bange. Auf seiner Nase waren noch die Überreste meines Faustschlags zu sehen. Ich schluckte.

»Ach, Sie. Was für eine Freude«, murmelte ich.

»Wie ich sehe, sind Sie heute ohne Begleitung unterwegs«, stichelte Pascal.

»Zebra« sah sich um.

»Das täuscht. Meine Freunde haben die Arena gerade verlassen«, erklärte er.

»Aber sicher doch.«

»Diana, Liebling, lass dich nicht mit diesen drittklassigen Schreiberlingen ein.« Er packte sie am Arm. »Ich bin deine dummen Eskapaden leid, verdammt.«

»Verzeih mir, Antonio. Ich wollte nur kurz Hallo sagen.«

»Komm, wir gehen. Bis dann, meine Herren. Und nur damit Sie es wissen, ich werde den Abend nicht vergessen«, warnte er uns, während er Diana von uns wegzerrte.

Ich weiß nicht, ob meine Ungeduld, meine schlechte

Laune oder mein Eigendünkel die Triebfeder war oder schlicht und ergreifend der Wunsch, das Mädchen zu verteidigen, jedenfalls schritt ich zur Tat. Pascal, der ahnte, was ich vorhatte, versuchte, mich zurückzuhalten.

»Señorita Montero, bitte«, flüsterte er.

»Lassen Sie mich, Señor Pascal. Diesem dämlichen Angeber werde ich es zeigen.«

Mutig und entschlossen folgte ich Diana und »Zebra« zum Ausgang. Bevor ich sie auf der Straße aus den Augen verlor, rief ich wütend seinen Namen. Überrascht blieb der Torero stehen und wartete, bis ich vor ihm stand.

»Was wollen Sie denn jetzt schon wieder, Sie alberner Zeitungsfritze?«

»Als Erstes lassen Sie mal die junge Dame los. Glauben Sie vielleicht, sie gehört Ihnen? Lassen Sie sie los, auf der Stelle!«

»Und wenn nicht, was dann? Wollen Sie ein Sonett gegen mich verfassen?«, frotzelte er.

»Ich könnte Ihre Nase fertig polieren«, drohte ich.

Er fasste sich ins Gesicht, als könnte er den Schmerz schon spüren. Ich trat einen Schritt nach vorne.

»Ich habe gesagt, Sie sollen sie loslassen. Und nicht nur das, behandeln Sie sie mit Respekt, wenn Sie das nächste Mal auf sie zugehen. Sie ist eine Frau, kein Objekt, auch wenn das so armselige Kerle wie Sie glauben. Ich gehöre nicht zu dieser Kategorie Mann. Ich liebe und respektiere die Frauen. Also entweder tun Sie jetzt, was ich sage, oder Sie werden mich kennenlernen.«

In einem letzten Versuch, mein Ziel zu erreichen, hob ich die geballte Faust. Wenn das schiefging oder seine

Kumpane auftauchten, war ich erledigt. Aber das Schicksal wollte es, dass »Zebra« nachgab. Er ließ Diana los und zog mit zusammengebissenen Zähnen ab. Vorher rief er mir noch zu: »Das werden Sie beide mir büßen.«

Ich drehte mich um. Hinter mir stand Pascal als Verstärkung. Ich lächelte und dankte ihm für seine Unterstützung.

»Eines Tages falle ich noch tot um vor Schreck bei Ihren verrückten Ideen, Señorita«, flüsterte er.

Währenddessen hatte ich gar nicht bemerkt, dass Diana zurückgekommen war. Sie war dankbar, glücklich … und warf sich geradewegs in meine Arme. Ein wenig überrumpelt von ihrer Reaktion, bat ich sie, von mir abzulassen. Pascal konnte nicht glauben, was sich da vor seinen Augen abspielte. Als ich ihr erklärte, dass ich eine Verlobte namens Catalina hatte und nichts von ihr wollte, fing ich mir eine Ohrfeige ein. Ohne meine Reaktion abzuwarten, lief sie davon. Völlig perplex legte ich die Hand auf meine Wange und drehte mich um.

»Sie hat mir eine Schelle verpasst«, sagte ich zu Pascal.

»Ich hab's gesehen.«

»Aber ich habe sie doch verteidigt.«

»Ja, das schon. Andererseits, Sie sind doch selbst eine Frau und sollten wissen, dass eine abgewiesene Dame sich immer rächt«, zog er mich auf.

Ich verstand die Welt nicht mehr.

»Ich habe das zum Glück nie am eigenen Leib erfahren müssen. Aber dem armen Enrique Mújica habe ich damals einen Korb gegeben«, gestand ich.

»Señorita Mon…, ich meine, Pedro, vermischen Sie

nicht verschiedene Geschichten. Ich bekomme immer noch Gänsehaut, wenn ich daran denke, dass sich unter alldem … Sie wissen schon«, meinte er nervös.

»Stimmt. Verzeihen Sie. Vielleicht ist das alles zu viel für Sie.«

»Ich werde mich schon daran gewöhnen, keine Sorge. Unter einer Bedingung: dass Sie aufhören, sich in immer neue Probleme zu verstricken. Sie haben schon mehr als einen Feind in Madrid, Sie brauchen keine weiteren. Am Ende muss ich wieder einschreiten, und beim letzten Mal ist das ziemlich unschön ausgegangen.«

»Da haben Sie recht, das tut mir leid. Aber ich weiß nicht, ob Sie schon bemerkt haben, dass ich mich ganz gut selbst verteidigen kann. Dieser Torero hat vor mir gezittert.«

»Ja, ja …«, erwiderte er wenig überzeugt.

»Moment mal, und Sie? Wollen Sie nicht der armen Señorita Diana ein Weilchen Gesellschaft leisten? Sie sind Junggeselle ohne jede Verpflichtung«, wagte ich mich aus der Deckung, doch kaum hatte ich es ausgesprochen, fühlte ich mich unbehaglich.

»Nein, lassen Sie mal. Wie gesagt, ich habe momentan keinerlei Interesse an einer Beziehung.«

»Ich bin überzeugt, das sagen Sie nur so.«

»Schon möglich.«

Wir lächelten uns zu. Wir waren gemeinsam Urheber des Schauspiels, das wir für die anderen aufführten. Zwei berühmte Journalisten, die sich am Ausgang der Stierkampfarena unterhielten.

»Da sind Sie ja. Wo haben Sie denn gesteckt?«, beklagte sich Don Ernesto.

»Oh, wir hatten noch eine kleine Sache zu bereinigen«, erwiderte Pascal.

»Schon gut, schon gut. Dann können wir ja jetzt gehen.«

»Ein Mädchen, das Sie im Los Gabrieles kennengelernt haben, so, so, Pedro. Aber waren Sie nicht bis über beide Ohren in Señorita Folch verliebt, Sie Casanova?«, sagte López und packte mich am Genick.

Pascal konnte sich zum wiederholten Male das Lachen nicht verkneifen. Als wir in der Redaktion eintrafen, geriet mein Atem ins Stocken, als ich an der Tür zum Büro des Herausgebers zwei Frauen bemerkte. Ich versuchte, mir einen Reim darauf zu machen.

»Doña Manuela! Meine liebe Cristina! Ihr seid ja pünktlich wie die Maurer. Entschuldigt die Verspätung. Bei solch großen Ereignissen kann man nie vorhersagen, wer einem alles über den Weg läuft. Ein Glück, dass ich so angenehme Gesellschaft hatte«, meinte Don Ernesto.

»Guten Abend, Liebling. Beeil dich. Das Abendessen mit den Ballesters und ihren Freunden aus Kalifornien beginnt bald«, sagte Doña Cristina. »Ich hoffe, Sie werden uns auch Gesellschaft leisten«, fügte sie mit einem Blick auf Pascal und mich hinzu.

»Selbstverständlich, Doña Cristina. Es ist mir ein Vergnügen«, erwiderte Pascal höflich.

»Apropos, weiß jemand, wo meine Nichte steckt? Ich dachte, sie wäre hier in der Redaktion.«

»Sie ist schon vor einer Weile gegangen, Doña Manuela«, erwiderte Señora Idiazábal.

»Ich möchte wissen, wo sie sich wieder herumtreibt«, murmelte meine Tante.

Plötzlich erinnerte ich mich daran, dass wir an dem Samstag eine wichtige Verabredung mit Gästen aus dem Ausland hatten. Ich hatte meiner Tante hoch und heilig versprochen, sie nicht durch einen Zwischenfall im letzten Moment bloßzustellen.

»Sie wird zu Hause sein, Doña Manuela. Ich glaube nicht, dass Elisa sich ohne triftigen Grund in der Stadt herumtreibt. Machen Sie sich keine Sorgen. Wir fahren mit meiner Kutsche zum Palais. Der Kutscher muss jeden Moment da sein«, sagte Don Ernesto und konsultierte die prächtige Taschenuhr, die er aus seiner Weste gezogen hatte.

»Eine gute Idee, Liebling«, erwiderte Cristina und strebte zum Ausgang.

Pascal sah mich fragend an. Don Ernesto trieb uns an, den Damen zu folgen, aber ich konnte unmöglich in die Kutsche steigen. Doch es gab kein Entrinnen, und so saß ich wenige Minuten später auf dem gepflegten Polster des Gefährts, während der ungeduldige Blick Manuela Monteros mein Gewissen durchbohrte. Als wir noch unter uns waren, hatte ich meinem Komplizen zugeflüstert, dass ich nicht wusste, wie ich aus der Sache herauskommen sollte. Ich spürte, wie mir der Schweiß über die Stirn rann, je näher wir unserem Ziel kamen. Ich musste es irgendwie schaffen, die Kutsche zu verlassen, ins Haus zu gelangen und mich umzuziehen.

Don Ernesto erzählte seiner Frau und meiner Tante ein paar Anekdoten über den Stierkampf am Nachmittag. Ihr Gelächter störte meine verzweifelte Suche nach einer Lösung. Pascal war ebenfalls nervös. Er trommelte mit den Fingern gegen die Fensterscheibe und überspielte seine Unruhe mit einem gekünstelten Lachen. In dem Moment sprudelte ein neuer Schwall an Lügen aus meinem Mund.

»Verdammt!«, rief ich. »Das darf nicht wahr sein!« Die Anwesenden sahen mich erstaunt an. »Heute kommen die Informationen über die Olympischen Spiele, nicht wahr, Olivier?«

»O ja. Wie konnten wir das vergessen? Wie ärgerlich. Der Stierkampf hat uns abgelenkt. Wir möchten Sie keinesfalls vor den Kopf stoßen, aber …« Nach anfänglichem Zögern war Pascal in Fahrt gekommen.

»Machen Sie sich keinen Kopf, Olivier. Ich kümmere mich darum. Ich kehre in die Redaktion zurück und schreibe unseren Artikel fertig. Morgen liegt er auf Ihrem Tisch, Don Ernesto«, sagte ich.

»Sind Sie sicher? Soll ich Sie nicht lieber begleiten?«

»Nein, nein. So kommen die Amerikaner wenigstens in den Genuss der Gesellschaft von einem von uns«, erwiderte ich und zwinkerte ihm zu.

»Hat denn der Artikel nicht Zeit bis morgen, Señor Liébana? Das ist ein sehr interessantes Treffen. Es wäre zu schade, wenn Sie es verpassen würden«, warf meine Tante ein.

»Ich würde es auch sehr bedauern, wenn Sie uns verlassen müssten«, schloss sich Doña Cristina an. »Wenn Sie schon mal ausnahmsweise eine unserer Einladungen annehmen.«

Die Uhr tickte.

»Meine Damen, ich wäre überglücklich, Sie heute

Abend begleiten und Ihre Freunde kennenlernen zu können, aber wenn die Nachrichten rufen, muss ein Journalist zur Stelle sein«, erklärte ich.

»Das nenne ich Hingabe an den Beruf«, sagte Don Ernesto stolz. »Dann mal nichts wie los, junger Mann. Ich weiß, das Essen würde Ihnen nicht schmecken, wenn Sie wüssten, dass in der Redaktion ein Telegramm auf Sie wartet. Und sollten Sie Morales treffen, sagen Sie ihm, ich will einen detaillierten Artikel über den neuen Bürgermeister von Madrid. Und keine Ausflüchte!«

»Mache ich, Don Ernesto. Meine Damen, bitte entschuldigen Sie mich. Ich hoffe, Sie haben einen schönen Abend.«

»Gute Nacht, Señor Liébana. Gehen Sie mit Gott.«

Ich öffnete die Tür der Kutsche und sprang hinaus. Meine Tante stieg hinter mir aus, um im Haus nach mir zu suchen. Ich vertraute auf Pascals Geschicklichkeit, die anderen abzulenken, und tat so, als entfernte ich mich vom Gartentor. Ich wartete, bis meine Tante im Haus verschwunden war, und huschte dann im Schutz des Schattens, den der Zaun warf, in den Garten. Meine Stirn war immer noch schweißnass. Ich hörte die raue Stimme meiner Tante, die mir, wie früher als Kind, befahl, sofort in die Eingangshalle zu kommen. Unter dem Fenster der Bibliothek kauernd, legte ich in Windeseile den Schnäuzer, die Brille, die Perücke und die buschigen Augenbrauen ab. Ich löste das Band aus meinem Haar, zog den grauen Anzug aus, und kletterte nach oben. Ich warf einen kurzen Blick durch das Fenster, um mich zu vergewissern, dass sich niemand im Lesezimmer aufhielt, dann eilte ich hindurch auf den Flur. Die verräterische Galerie warnte mich, dass meine Tante bereits auf dem Weg zur Treppe war, und so stürmte ich mit letzter Kraft in mein Zimmer. Ich warf die Tüte mit den Sachen in die Truhe und nahm die Bandagen ab. Langsam bekam mein nacktes Spiegelbild, das nur ich allein sah, wieder Kurven. Ich griff nach meiner Leibwäsche und schnappte mir ein leichtes Sommerkleid und Schnallenschuhe. Ich bändigte die Wellen meiner dunklen Mähne und erfrischte meinen Hals mit ein paar Tropfen Lavendelwasser. Als meine Tante zweimal wütend an die Tür klopfte, war meine Verwandlung abgeschlossen. Ich öffnete lächelnd.

»Wo hast du nur gesteckt, Kind? Wir warten schon eine Weile auf dich.«

»Es tut mir leid, Tante. Ich habe mich unwohl gefühlt, aber jetzt geht es mir wieder gut.«

»Deine schwache Natur bringt mich noch um den Verstand«, brummte sie.

Ich biss mir auf die Zunge. Wir gingen die Treppe hinunter, und ich bestieg die Kutsche der Rodríguez de Aranda in meiner neuen Kleidung. Pascals freudiger Blick half mir, wieder zu Atem zu kommen.

***

Zwei Wochen später fand Benedettas Hochzeit statt. Sie sah wunderschön aus. Ich freute mich, sie bei der Trauzeremonie mit Oberleutnant Roca vor dem Altar zu sehen. Ich kannte sie seit mehr als zehn Jahren. Gemeinsam hatten wir von diesem Moment geträumt, von dem Segen einer glücklichen Ehe. Sie hatte es geschafft. Nach dem Liebeskummer wegen Tomás José und der Rebellion gegen ihren Vater und nachdem sie fast schon nicht mehr daran geglaubt hatte, eines Tages ihr Glück zu finden, stand sie jetzt vor dem Altar. Beim nachfolgenden Lunch musste ich meine Antennen ausfahren, um möglichen Gefahren aus dem Weg zu gehen. Zum einen musste ich mich um Francisco kümmern, der nach Spanien zurückgekehrt war, um an der Hochzeit teilnehmen zu können – er wusste, wie wichtig mir das Ereignis war –, und zum anderen musste ich Pascal als Frau gegenübertreten. Von allem, was wir übereinander wussten, durfte nichts nach außen dringen, keiner der Anwesenden durfte von unserem Geheimnis erfahren, nicht einmal Catalina. Und vielleicht war das das Schlimmste für mich. Aber ich hatte es versprochen.

In den Sommermonaten des Jahres 1924 hatte Catalina bei ihrem Aufenthalt in Barcelona einen bedeutenden Pädagogen kennengelernt, von dem sie ganz begeistert war. Er untersuchte den Analphabetismus in den ländlichen Gebieten und die Wege, wie man ihm entgegenwirken konnte.

»Er vertritt die Ansicht, dass überall dort, wo die Alphabetisierungsrate unter zwanzig Prozent liegt, ein Netz an staatlich geförderten Schulen geschaffen werden muss. Und ich würde gern bei dem Projekt mitmachen«, verriet sie und nippte an ihrer eisgekühlten Zitronenlimonade.

Sie war zu Besuch in das Haus meiner Tante gekommen, und wir saßen mit dem erfrischenden Getränk im Garten.

»Es muss sehr erbaulich sein, wenn man auf diese Weise dazu beitragen kann, dass künftige Generationen lesen und schreiben lernen.«

»Das war schon immer mein Anliegen. Versteh mich nicht falsch, ich bin sehr dankbar, dass ich in der Institutsschule unterrichten darf, aber manchmal habe ich das Gefühl, dass ich meine Fähigkeiten vergeude, dass ich anderswo mehr helfen könnte. «

»An was hast du denn gedacht?«

»Na ja, das hört sich vielleicht albern an, aber ich hätte irgendwann gerne meine eigene Schule. Doch dafür muss ich erst mal herausfinden, wo die Mängel im System liegen. Und ich brauche natürlich eine Finanzierung … So könnte ich etwas anderes, etwas Nützliches, anbieten. Verstehst du?«

»Ich halte das für eine großartige Idee, Catalina. Und ich bin sicher, dass es dir gelingen wird.«

»Ich wusste, du würdest mich verstehen.« Sie legte ihre Hand auf meine. »Deshalb …«

»Señoritas, ich möchte ein paar Besorgungen machen, aber vorher wollte ich nachfragen: Benötigen Sie noch etwas? Darf ich Ihnen noch etwas Limonade nachschenken?«, fragte Pilar.

»Nein, danke, Pilar. Es ist alles bestens. Sie können ruhig gehen«, erwiderte ich, während Catalina jäh ihre Hand wegzog.

»Wo waren wir stehen geblieben?«, fragte ich Catalina.

»Ich hab's vergessen … Ach ja, ich wollte dir erzählen, dass ich mich der Nationalen Vereinigung spanischer Frauen angeschlossen habe. Sie kämpfen für mehr Rechte der Frauen. Ihr Programm enthält ein Plädoyer für Bildung, für die Schaffung öffentlicher Schulen … Ich bin froh, solch einer Organisation anzugehören.«

Catalina lächelte mich an und trank einen Schluck. »Du solltest mal zu einem unserer Treffen kommen. Es wird dir bestimmt gefallen. Es kommen Schriftstellerinnen, Lehrerinnen, Journalistinnen …«

»Ich denke drüber nach. Vielleicht gehe ich mal mit dir zusammen hin.«

»Hast du etwas von Benedetta gehört?«

»Nein, überhaupt nichts. Seit sie von ihrer Italienreise zurückgekehrt ist, ist sie vollauf mit der Einrichtung ihres neuen Hauses beschäftigt. Anscheinend haben ihre Schwiegereltern sich die Freiheit genommen, es zu möblieren, und sie war entsetzt, als sie das Ergebnis gesehen hat. Was eben eine verheiratete Frau so umtreibt«, scherzte ich.

»Uh, ich möchte nicht dabei gewesen sein, als sie die Bescherung gesehen hat«, sagte Catalina, und wir mussten beide lachen. »Und was ist mit deinem Doppelleben? Wurdest du wieder verfolgt? Ist Pascal noch mal handgreiflich geworden?«

»Nein, nein, alles bestens. Nach der Pause im Frühjahr hat die Verfolgung aufgehört. Und Pascal ist charmanter denn je. Ein Franzose eben.«

»Ja, ja, die Franzosen … daran wird es liegen«, spottete sie.

***

Catalina war nicht die Einzige, die die Veränderung in unserer Beziehung zu schätzen wusste. Wir hatten aufgehört zu streiten und uns aus dem Weg zu gehen. In jenen Monaten veränderte sich mein Bild von Pascal. Wo ich einen selbstgefälligen Kerl, einen Konkurrenten, einen Feind gesehen hatte, sah ich jetzt den Menschen, von dem ich mich am meisten verstanden fühlte. Ich schämte mich nicht länger meiner Vergangenheit, weil wir beide Gespenster mit uns herumtrugen, ich musste keine Maske aufsetzen oder ungerechte Urteile über meine Entscheidungen fürchten. Doch immer wieder kam es vor, dass sich der attraktive Franzose in meine Träume schlich. Ich beschloss, das beiseitezuschieben. Unsere Beziehung war kompliziert genug, ohne dass mein Unterbewusstsein mir Streiche spielte. Don Ernesto, dem unsere anfänglichen Dispute am meisten missfallen hatten, genoss es sichtlich, dass wir in der Lage waren, ein Gespräch zu führen, ohne uns dabei mit Messern zu bewerfen. Und das brachte er an jenem Tag Ende September zum Ausdruck.

Francisco war wegen der Fortschritte seines Deals mit den Engländern gut aufgelegt und hatte ein paar ausgewählte Gäste zu einem Pferderennen eingeladen. Die Rennbahn war damals einer der beliebtesten Orte von Madrid. Pferderennen waren nur eine der Attraktionen der am Ende des Paseo de la Castellana gelegenen Arena. Die bekanntesten Familien der Stadt vertrieben sich dort mit Fußball, Polo und Spaziergängen die Zeit. Bis ich Francisco kennenlernte, waren meine Tante und ich eher selten dort gewesen. Doch die Familien Rosales und de las Heras waren Stammgäste der Rennbahn und privilegierte Mitglieder. Es hieß, der verschwundene Don Luis de las Heras habe ein Näschen für Pferdewetten gehabt, mit einem kurzen Blick in den Stall habe er den Sieger ausmachen können.

Aber der Ort war nicht nur für die gut Betuchten reserviert, auch die Ärmeren gingen dorthin. Die Straßenbahn der Linie Bombilla–Hipódromo fuhr auf der beeindruckenden Verkehrsader, die der Paseo de la Castellana war, regelmäßig hin und her. Eine herrliche Straße zum Flanieren, die zu einem Teil der Stadt führte, der so weit draußen lag, dass er hinterm Horizont verschwand. Madrid war nicht mehr wie früher, es verlor sich zwischen all den vielen Straßen und Gassen und vergaß sein bescheidenes Herz.

In jenen Tagen, nachdem die Familien aus der Sommerfrische im Norden zurückgekehrt waren, herrschte wieder der übliche Tumult in der Stadt. Mit den Sommerfrischlern waren auch die maßgeschneiderten Anzüge und Kostüme zurückgekehrt, die Vorboten der Mäntel und Capes, die in ein paar Wochen Einzug in die Stadt halten würden. Mein Verlobter, der sich gerne lang und breit über Finanzfragen ausließ, war viel zu beschäftigt, um das Rennen genießen zu können. Er sprach mit Don Giancarlo, Oberleutnant Roca, Don Ernesto und Pascal über das eigenartige Konstrukt der Börse mit ihrem unübersichtlichen Wertesystem. Meine Tante und Doña Asunción kritisierten den schlechten Stil der Damen und das wenig kavalierhafte Gebaren der Männer. Derweil brachten sich Señora Idiazábal und Doña Cristina zu verschiedenen Themen auf den neuesten Stand.

»Mein Vater hat es geschafft, dass ich für die Zeitschrift *Elegancias* fotografiert werde. Kannst du dir das vorstellen? Man wird mich in ganz Spanien sehen!«, erzählte Benedetta begeistert.

»Wirklich? Und wieso das?«, fragte ich verwundert.

»Wegen meiner unbestreitbaren Eleganz natürlich, wie der Titel schon sagt«, scherzte sie. »Ich mache es für meinen Oberleutnant. Er will im nächsten Jahr seine politische Karriere starten und bei irgendeiner bedeutenden Institution einsteigen. Und dafür muss unsere Familie etwas hermachen. Du weißt doch, hinter jedem großen Mann steht eine starke Frau.«

»Und warum steht sie nicht neben ihm?«

»Herrje, Elisa. Du und Catalina immer mit eurem Blödsinn. Eines Tages werdet ihr aufwachen. Ich hoffe, bei dir geht das schneller als bei ihr. Darf ich dich daran erinnern, dass du in einem Jahr mit Francisco verheiratet sein wirst.«

Ich blickte hinüber zu meinem Verlobten. Er war immer noch dabei, sich rege mit seinen Gesprächspartnern auszutauschen. Ich lächelte. Nach einer Weile kehrte Benedetta zu ihrem Oberleutnant zurück. Ich genoss den mir gewährten Moment des Alleinseins und bewunderte die prächtigen Tiere auf der Bahn. In meiner Fantasie erlaubte ich mir den Luxus, zur vordersten Reihe hinunterzugehen, wo man den frisch gemähten Rasen und den Geruch der Pferde riechen konnte, die unermüdlich ins Ziel rannten. Ich nahm mir die Zeit, ihre Bewegungen, den gleichmäßigen Galopp, getrieben von Angst und Schmerz, zu betrachten. Ich schloss die Augen.

»Wer, glauben Sie, wird gewinnen?«, fragte mich Pascal, der sich zu mir und meinen Betrachtungen gesellt hatte und die Konkurrenten in Augenschein nahm.

»Bestimmt der Weiße«, erwiderte ich.

»Meinen Sie? Kann ich mich auf Sie verlassen?«

»Keineswegs. Ich habe keine Ahnung von Pferden. Aber das weiße gefällt mir.«

»Gut, dann setze ich auf den Schimmel.«

»Nein, Pascal, lassen Sie das. Ich will nicht schuld sein, wenn Sie alles verlieren«, versuchte ich, ihn von seinem Vorhaben abzubringen.

Er machte sich auf den Weg zum Wettschalter.

»Er wird verlieren.«

»Señorita Montero, wenn Sie keine Ahnung von Pferden haben, wie können Sie dann so sicher sein, dass er nicht gewinnt?«

»Da haben Sie auch wieder recht.«

Ich sah mir die konkurrierenden Pferde genau an. Die Jockeys führten sie, trieben sie an und zeigten ihn mit den Sporen, welche Bewegungen sie auszuführen hatten. Der Erste, ein Rappe, hatte starke Beine, mit denen er förmlich über den Boden zu fliegen schien. Dicht hinter ihm nutzte ein Grauer die Kurven, um aufzuschließen. Er war bei Weitem nicht so flink, aber der Reiter war ein guter Stratege. Unser Favorit lief an vierter Stelle, und es sah zunächst nicht so aus, als würde er den Dritten, ein wunderschönes braunes Tier, überholen. Bald schon fieberte ich so sehr mit, als wäre ich selbst Teil des Rennens. »Auf, Süßer, komm schon«, spornte ich den Weißen an. Pascal lachte, fieberte aber ebenso mit wie ich.

Der Rappe wurde langsamer, aber vielleicht legte auch sein Verfolger an Geschwindigkeit zu. Wie gebannt starrte ich auf die Bahn. Die Abstände zwischen den ersten vieren wurden immer kürzer. Ohne nachzudenken, griff ich nach der Hand meines Begleiters, weil die Spannung fast nicht auszuhalten war. Der Schimmel überholte Nummer drei, die hoffnungslos zurückfiel. Der Rappe und der Graue lieferten sich ein Kopf-an-Kopf-Rennen. »Komm schon, komm schon«, animierte ich unseren Kandidaten. Es gelang dem Rappen, seinen grauen Verfolger abzuschütteln, der, erschöpft von dem erfolglosen Wettstreit, seinen Gegner ziehen ließ. Aber nicht nur das. Der Schimmel überholte ihn. Jetzt lag nur noch einer vor ihm. Schwarz und weiß. Welch hübsches Paar. Ich drückte fest Pascals Hand und beobachtete voller Erstaunen, wie sich meine aus der Luft gegriffene Prophezeiung erfüllte. Der Schimmel arbeitete sich vor, durchschnitt mit seinen Beinen die Luft und brachte mit jedem Schritt seinen Reiter näher zum Sieg. Es fehlte nicht mehr viel, er hatte ihn schon fast in der Tasche. »Komm schon, weißer Held, du schaffst es«, flüsterte ich. In dem Moment verschmolz der weiße Blitz mit dem Schwarz des vermeintlichen Siegers. Sein Maul küsste die Ziellinie, und eine Sekunde später folgten die Beine – welch ein Fest!

»Er hat gewonnen! Er hat gewonnen!«, schrie ich, außer mir vor Freude.

»Er hat es geschafft!«, stimmte Pascal ein und hob den Arm.

Wir fingen an zu lachen, und ich hüpfte wie wild auf der Stelle. Die anderen sahen uns verständnislos an.

»Das zeigt wieder einmal, dass man bis zum Schluss alles geben muss und niemals aufgeben darf«, sinnierte er.

»Allerdings, Señor Pascal.«

Nachdem wir unseren Sieg gebührend gefeiert hatten, gesellten wir uns wieder zu den anderen und ihren langweiligen Gesprächen. Don Ernesto meinte, im Gegensatz zu seiner Frau ohne jedes Feingefühl: »Wie schön, Sie beide so in trauter Einigkeit zu sehen. Ich habe immer gewusst, dass Sie Ihre Differenzen eines Tages überwinden würden.«

»Ja, ja. So ist das meistens«, erwiderte ich.

»Und worauf ist die neue Einigkeit zurückzuführen?«, fragte Francisco.

Ich hatte keine Ahnung, was ich darauf antworten sollte. Ich erblasste kurz, aber meine Erfahrung im Erfinden von Lügen half mir auch diesmal aus der Klemme.

»Oh, ich hatte das gar nicht erwähnt. Seit ein paar Monaten gibt Señor Pascal mir Französischunterricht, nachdem Monsieur Cousineau in den Ruhestand gegangen ist.«

Pascal hob die Augenbrauen, ging aber sofort auf den Schwindel ein.

»Oh, ja. Hatten Sie es Ihrem Verlobten gegenüber noch nicht erwähnt? Sie haben große Fortschritte gemacht. Das sollten Sie Ihrer Familie nicht vorenthalten.«

»Ich wusste gar nicht, dass Sie Französischunterricht geben, Señor Pascal. Sie überraschen einen immer wieder«, warf meine Tante ein.

»*Oui, Madame. Elle apprend à tenir de longues conversations pour être capable de parler pendant les voyages qu'elle effectuera avec Monsieur Francisco. N'est-ce pas, Mademoiselle Montero?«*

Ich versuchte ihm über Blicke und Zeichen zu vermitteln, dass das keine gute Idee war, aber Pascal wusste nichts von den bescheidenen Kenntnissen, die Monsieur Cousineau mir mit Engelsgeduld beigebracht hatte.

»*Oui, oui, très bien, Monsieur Pascal. Très bien. Je suis d'accord*«, antwortete ich, obwohl ich keinen blassen Schimmer hatte, wonach er gefragt hatte.

»Eine umwerfende Antwort«, murmelte Don Ernesto.

»Immerhin hat sie mehr als drei Worte gesagt«, flüsterte seine Frau ihm zu.

»Ihre Methode wird bestimmt Früchte tragen, auch wenn man noch nicht viel davon merkt. Es ist kein Geheimnis, dass meine Nichte gewisse Schwierigkeiten mit Fremdsprachen hat. Wenn Ihnen gelingt, was Monsieur Cousineau vergeblich versucht hat, werde ich Ihnen zu Ehren ein Festmahl ausrichten«, versicherte ihm meine Tante.

»Das ist nicht nötig, Doña Manuela. Aber wir werden weiter daran arbeiten. Stimmt's, Señorita Montero?«

»Gewiss. *Très bien. D'accord, Monsieur Pascal*«, erwiderte ich wie eine Platte, die einen Kratzer hat.

Als wir zu unseren Wagen zurückgingen, die am Tor des breiten Paseo de la Castellana auf uns warteten, bat Pascal mich, bezüglich meiner Fremdsprachenkenntnisse das nächste Mal doch ein wenig konkreter zu sein. Bevor er zu seinem Peugeot ging, an dem man noch die Kratzer meiner Höllenfahrt sah, dankte Francisco ihm für seine Dienste und steckte ihm ein paar Scheine zu.

»Ich möchte nicht, dass Sie hinterher sagen, Sie müssten meine Verlobte umsonst unterrichten. Betrachten Sie es als Obolus für die gehaltenen Stunden und als Vorschuss für die kommenden«, verabschiedete er sich.

Pascal sah mich an und wartete auf irgendein Zeichen, wie er sich verhalten sollte. Da ich keine Reaktion zeigte, steckte er das Geld ein und verschwand.

***

Der Französischunterricht war ein guter Vorwand, uns als Olivier und Elisa zu sehen. Wir trafen uns, weil wir uns in der Gegenwart des anderen wohl und verstanden fühlten. Wir freundeten uns an. Ein paar Tage nach dem Pferderennen hinterließ Pascal einen Umschlag mit Franciscos Geld und einer Nachricht auf meinem Schreibtisch in der Redaktion.

Geben Sie es Ihrem Verlobten zurück, ohne dass er Verdacht schöpft. Ich würde Sie gerne an einen Ort entführen, der Ihnen gefallen wird. Teilen Sie mir in einer kurzen Nachricht mit, ob Sie morgen Abend Zeit haben, und geben Sie sie mir, wenn ich aus Don Ernestos Büro komme.

Rasch schrieb ich die Antwort und faltete das Blatt unter dem neugierigen Blick Señora Idiazábals, die ihre Nase gern in fremde Angelegenheiten steckte, zusammen. Bestens vorbereitet wartete ich darauf, dass die Tür aufging. Im Hintergrund hörte ich, wie die Redakteure über Primo de Riveras letzte Marokkoreise sprachen. Señor Villarroy kam zu mir, um mich an die noch unerledigten Aufgaben zu erinnern. Ich nickte, ohne den Blick von der Tür zu Don Ernestos Büro abzuwenden.

»Willst du jetzt mal langsam mit den Sachen anfangen, um die Señor Villarroy dich gebeten hat, oder wartest du auf eine Einflüsterung des Heiligen Geistes?«, stichelte Señora Idiazábal, sichtlich verärgert darüber, dass ich so zerstreut war.

»Ja, sofort, Doña Carmen.«

Langsam stand ich von meinem Platz auf, um Pascal noch Zeit zu geben, sein Gespräch zu beenden. Señora Idiazábal hob die Augenbrauen und brummte etwas. Aber ich konnte meinen Posten unmöglich verlassen, ohne Pascal die Nachricht übergeben zu haben. Bevor Señora Idiazábal die Schimpftirade loslassen konnte, die sich bereits in ihrer Kehle formiert hatte, ging die Tür auf. Doch Don Ernesto rief Pascal just vor meinem Schreibtisch noch einmal zurück, doch mit einem geschickten Griff nach hinten nahm er meine Nachricht an sich.

»Ich bin schon unterwegs«, kündigte ich Señora Idiazábal an, um der drohenden Schelte zu entgehen.

***

Pascal war von einer geheimnisvollen Aura umgeben. Früher schon, als ich ihn für einen wortgewandten französischen Journalisten mit faszinierendem Blick hielt, und auch später, als ich erfuhr, dass er eigentlich Spanier war und wegen der Taten seines Vaters mit seiner Familie nach Frankreich auswandern musste. Und ebenso geheimnisvoll wie er selbst waren auch seine Ideen und Vorschläge. Ich hatte zugestimmt, mit ihm den Ort aufzusuchen, den er für so reizvoll hielt. Und so holte er mich am nächsten Tag mit seinem Auto vor der Redaktion ab.

»Sie werden begeistert sein«, versprach er lächelnd, als ich einstieg.

Wir fuhren auf die andere Seite des Paseo de Recoletos, zum Zentrum des öffentlichen Lebens der Stadt. Was war nur das Ziel? Er machte keine Anstalten, es mir zu verraten. Wir hielten in der Calle del Prado und von dort ging es zu Fuß weiter. Ich hatte keine Ahnung, wo es hinging, bis Pascal plötzlich vor dem prächtigen, gewölbten Eingangstor des Ateneo stehen blieb.

»Hier?«, fragte ich.

»Waren Sie schon einmal drin?«

»Nein, noch nie.«

»Das dachte ich mir. Folgen Sie mir.«

Eine atemberaubende Treppe, flankiert von riesigen Skulpturen, geleitete die Besucher ins Gebäude. Die Treppen führten in einem irritierenden Hin und Her aus Stufen und Geländern nach oben und unten. Schweigend stiegen wir hinauf, und ich wusste gar nicht, wo ich zuerst hinschauen sollte, denn in jedem Winkel verbargen sich kleine Kunstschätze. Das Ateneo war ein Hort des Wissens und des intellektuellen Lebens. Pascal, der genau wusste, wohin er wollte, führte mich, nachdem er kurz mit einem Herrn gesprochen hatte, in einen Saal.

Mein Blick glitt durch einen riesigen Raum des Wissens, und ich entdeckte Wände, erbaut aus Buchseiten, Einbänden und Geschichten. Mehr als zehn Meter hohe

Bücherregale erhoben sich an den Wänden der Bibliothek. Lächelnd drehte ich mich einmal im Kreis, um diese fantastische literarische Schatzkammer in ihrer Ganzheit erfassen zu können. In der Mitte des Raums konsultierten Männer an Pulten im Schein der Lampen alte Schriften. Es war auch eine Frau dabei. Das Herz ging mir über vor Freude.

»Das ist die Bibliothek des Ateneo. Eines seiner am besten gehüteten Juwele … Ich wusste, dass sie Ihnen gefallen würde«, sagte Pascal leise.

»Sie ist wunderbar, überwältigend.«

»Ich finde, nur wer wirklich zu schätzen weiß, was diese Regale beinhalten, erliegt ihrem Zauber.«

Ich nickte beseelt.

»Worauf warten Sie? Wählen Sie ein Buch aus, das Sie für heute mit auf die Reise nehmen soll. Ich habe bereits eines angefangen«, sagte er.

»Darf ich … Darf ich wirklich eines nehmen?«

»Nun ja, ich bin Mitglied, ich habe mich dafür verwendet, dass Sie unter meiner Aufsicht Werke konsultieren dürfen. Wenn Sie es wieder zurückstellen, dürfen Sie eines mit an den Platz nehmen«, erklärte er.

»Gut. Dann gehe ich mal auf die Suche. Setzen Sie sich nur schon«, sagte ich aufgeregt.

Ich brauchte lange, bis ich meine Wahl getroffen hatte. Aufmerksam ging ich die Titel durch und überlegte, was sie mir über den Inhalt verrieten. Ich strich über die Buchrücken, in der Hoffnung, meine Intuition möge mir den Weg weisen. Die Auswahl war so groß! Wie sollte ich mich je für nur einen Band entscheiden? Ich sog den

Geruch ein. Er erinnerte mich an den Lesesaal im Haus meiner Tante. Am Ende zog ich *Das arabische Findelkind* vom Duque de Rivas aus dem Regal.

»Eine gute Wahl«, flüsterte Pascal, als ich mich zu ihm ans Pult setzte.

Die Romanzen versetzten mich in eine ferne Epoche, in ein anderes Spanien. Die Reime waren leise Gesänge an eine Legende, in der Paläste, Gärten, Fräulein und tapfere Ritter aufeinandertrafen. Es war, als ob all den Figuren, während ich mit meinem Blick über die Zeilen fuhr, wieder Leben eingehaucht würde, das ihnen genommen worden war, als der letzte Leser das Ende des Buches erreicht hatte. Manchmal wanderte mein Blick weg von den Seiten, um mich zu vergewissern, dass mein Begleiter noch da war. Pascal tat es mir gleich, sodass keiner von uns in der herrlichen Bibliothek wirklich anwesend war. Ich verbrachte den Nachmittag jenseits von Raum und Zeit, meine Sinne waren von der Außenwelt getrennt, ganz auf das fiktive Universum konzentriert. So sehr, dass ich gar nicht merkte, wie die Strahlen der Sonne schwächer und allmählich durch Kunstlicht ersetzt wurden. Einige Leser verschwanden, andere traten ein in die Stille, in der das Brummen der Motoren, die Glocken der Straßenbahnen und die Rufe der Verkäufer nur ein schwaches Hintergrundgeräusch waren.

»Señorita Montero«, raunte Pascal schließlich.

»Ja?«, erwiderte ich.

»Wir müssen gehen. Es ist schon nach halb neun, und ich möchte nicht, dass Sie Probleme mit Doña Manuela bekommen.«

»Halb neun? Schon so spät?«

Ich stellte das Buch zurück und hoffte inständig, dass ich es bald wieder in den Händen halten würde. Pascal wartete an der Tür und begleitete mich auf dem Weg zurück in die Wirklichkeit. Ich lächelte ihm zu, dankbar, dass er mir diesen wunderbaren Ort gezeigt hatte. Es war erstaunlich, wie gut er wusste, was mich interessierte. Niemand sonst hatte solch ein Gespür für meine Interessen. Als der Peugeot vor dem Haus Nummer 20 der Calle Villanueva hielt, stieg ich schnell aus, damit es nicht noch später wurde.

»Señorita Montero«, rief mich Pascal zurück.

»Ja?«

»Es war mir ein Vergnügen, den ganzen Nachmittag neben Ihnen verbracht zu haben.«

Ich schenkte ihm ein letztes Lächeln.

»Das Vergnügen war ganz meinerseits, Señor Pascal.«

Als ich die Eingangshalle betrat, hörte ich, wie er den Wagen anließ und mit quietschenden Reifen davonfuhr. Einen kurzen Moment betrachtete ich die Treppe, die in das Souterrain hinunterführte, und erinnerte mich an meine Abenteuer als Kind. Es war unfassbar, dass Pascal so lange dort unten wie ein Flüchtling versteckt worden war.

Mein Blick wanderte zum Arbeitszimmer meiner Tante. Die Tür stand einen Spalt offen. Ich erinnerte mich an jenen Abend vor vielen Jahren, als ein Brief sie vollkommen aus der Fassung gebracht hatte. In all der Zeit war ich wachsam gewesen und hatte gehofft, eines Tages eine Antwort auf all die offenen Fragen zu finden. Und so hatte ich mitbekommen, dass Santiago ihr immer wieder äußerst diskret Briefumschläge überreicht hatte. Ich sah mich kurz um und betrat den verbotenen Raum. Das meiste kam mir bekannt vor, es sah mehr oder weniger genauso aus wie damals, als ich das erste Mal durch die Klappe der Speisekammer die Tertulia belauscht hatte. Aber irgendwie war es seltsam, als würden Gegenstände fehlen. Doch ich beschloss, mich für den Moment nicht weiter damit aufzuhalten und auf das Wesentliche zu konzentrieren.

Ich schloss leise die Tür hinter mir und fing an, Schubladen und Schränke zu durchsuchen. Wenn ich die Briefe fand, würde ich das Geheimnis lüften können. Nachdem ich ein paar Minuten erfolglos gesucht hatte, hielt ich inne und überlegte, wo ich solch vertrauliche Nachrichten aufbewahren würde. Ich betrachtete die Gefäße aus teurem Porzellan auf dem Teetisch in der Mitte des Raumes. Ich ging darauf zu, nahm die Deckel ab und schaute hinein. Treffer. Es befand sich eine Handvoll doppelt gefalteter Zettel darin. Ich zog sie aus ihrem Versteck und begann zu lesen.

»Ich weiß, was du getan hast«; »Gib zurück, was nicht dir gehört«; »Dein Ende wird schneller kommen, als du glaubst«.

Ich traute meinen Augen kaum. Was hatten all diese Drohungen zu bedeuten?

10

Im Herbst 1924, Benedettas Hochzeit lag bereits Monate hinter uns, liefen die Vorbereitungen für meine eigene Vermählung auf Hochtouren. Jede Entscheidung war ein weiterer Schritt in mein neues Leben als verheiratete Frau. Die Pläne für die Einladung, die Trauung, das Hochzeitskleid und den Brautstrauß erfüllten mich mit einer Mischung aus Angst und Freude.

Franciscos Reisen trugen auch nicht gerade zur Verbesserung meiner Stimmung bei. Er würde einen Vertrag mit einer anderen Bank in Liverpool abschließen, weil die Martin's Bank in letzter Sekunde doch einen Rückzieher gemacht hatte.

Schon mit der angeblich unbesiegbaren Armada hatte sich gezeigt, dass wir Spanier den Engländern nichts vormachen konnten, und die Brüder de las Heras y Rosales würden unsere geschichtlich verbriefte Unfähigkeit nicht von heute auf morgen aufweichen. Wenn er in Madrid war, widmete ich ihm all meine Zeit, und ich steckte in dem Korsett an Verabredungen, die Doña Asunción und meine Tante für uns trafen. Den Strohhut und den Schnäuzer bewahrte ich verschlossen in der Truhe neben dem Frisiertisch auf und empfing meinen Verlobten in meinen schönsten Kleidern.

An dem Abend gingen wir ins Hotel Ritz zum Abendessen. Doña Asunción und meine Tante setzten Francisco über alle Details der Zeremonie ins Bild. Er berichtete ausführlich von seinen Geschäften. Ich fand die Themen sterbenslangweilig und musste immer wieder ein Gähnen unterdrücken. Ab und zu blieb mein Blick an den Paaren und Familien um uns herum hängen, die in ihre Gespräche vertieft waren. Wenn ich meinen Namen hörte, kehrte ich mit der Aufmerksamkeit an unseren Tisch zurück.

»Werdet ihr in deiner Wohnung in der Calle Eloy Gonzalo leben, oder wollt ihr euch etwas Größeres suchen?«, fragte meine Tante gerade.

»Wir bleiben in der Wohnung in der Eloy Gonzalo. Sie ist für uns beide durchaus standesgemäß. Nicht wahr, Liebes?«

»Ja, Liebling, ganz wie du wünschst«, stimmte ich zu.

Die Freiheit war zum Greifen nah. Eine andere Wohnung, ein anderer Alltag, ein anderes Leben. Ich würde nicht mehr länger den Regeln und der ständigen Kritik meiner Tante ausgesetzt sein. Manchmal beobachtete ich sie und versuchte, ein Zeichen von Unruhe an ihr zu entdecken, irgendein Indiz, das mir etwas über ihre Machenschaften verriet. Aber es war zwecklos.

Als Francisco uns zu Hause absetzte, wechselten wir in der trauten Abgeschiedenheit der Vorhalle noch ein paar Worte.

»Du hast keine Ahnung, wie sehr ich dich vermisse, Elisa«, wiederholte er.

»Und ich dich erst. Ich bin es leid, die ganzen Vorbereitungen alleine treffen zu müssen.«

»Sei nicht traurig, das geht vorbei. Du musst jetzt mit meiner Mutter und deiner Tante vorliebnehmen und für ihre Mühe dankbar sein. Versprichst du mir das?« Ich verzog das Gesicht. »Versprichst du es mir, Liebes?«

»Ja, ich verspreche es.«

»Das ist meine Elisa«, sagte er und küsste mich auf die Wange.

Ich fasste seinen Hals und küsste ihn auf den Mund, auf der Suche nach etwas, von dem ich nicht weiß, ob ich es fand.

»Dein Gefühlsüberschwang überrascht mich immer wieder, Liebes«, gestand er.

»Wann kommst du zurück?«

»An Weihnachten.«

»Versprochen?«

»Versprochen.«

Er küsste mich noch einmal.

***

Als Francisco nach Großbritannien zurückkehrte, konnte ich wieder selbst über meine Zeit bestimmen. Und wenn ich es geschickt anstellte, ließen sich meine Verpflichtungen wegen der Hochzeit und das Vergnügen unter einen Hut bringen. Ich wollte Pascal überraschen, ihn zu einem Ort bringen, der ihn verzauberte, so wie es ihm bei mir mit dem Ateneo gelungen war.

»Nehmen Sie es mir nicht übel, Señorita Montero, aber

ich glaube, ich habe eine andere Vorstellung von dem, was Sie unter einem ›einzigartigen Ort in Madrid‹ verstehen«, sagte er irritiert.

»Sie irren sich, Señor Pascal. Das ist nicht der Ort, zu dem ich Sie bringen wollte. Ich werde nur einen kurzen Moment eintreten, und dann gehen wir zu unserem eigentlichen Ziel. Sie können draußen warten, wenn Sie mögen.«

»Nein, ich werde Sie selbstverständlich begleiten.«

Wir gingen die Treppen zum Portal der imposanten Kirche hinauf. Meine Tante hatte mir ein Ultimatum gesetzt. Ich sollte unbedingt den Priester kennenlernen, der uns trauen würde. Wir betraten die Iglesia de Santa Bárbara. Es roch nach altem Holz und Weihrauch. Aus der Entfernung bewunderte ich die Pracht des Hauptaltars, die barocke Kanzel und die herrliche Kuppel, von der aus Gott uns bestimmt von oben beobachtete. Ich versuchte, den Priester irgendwo inmitten all der Kunstwerke ausfindig zu machen.

»Pater Abel?«, rief ich.

Er schien nicht da zu sein.

»Hier also werden Sie Franciscos Gemahlin«, sagte Pascal, während er zwischen den Bänken entlangschlenderte.

»Ja, genau. Hier werden wir heiraten«, erwiderte ich. »Eine schöne Kirche, nicht wahr?«

»In der Tat. In Frankreich haben wir nicht so prunkvolle Kirchen. Napoleon Bonaparte hat sie alle komplett umgestaltet …«

»Na ja, wir haben ebenfalls unter dem Modernisierungseifer der Bonapartes gelitten, wenn auch in geringerem Maße. Joseph Bonaparte hat hier den Beinamen ›König der großen Plätze‹, und ich brauche Ihnen wohl nicht zu erklären, warum …«, scherzte ich.

»Darf ich Sie etwas fragen?«

»Ja, natürlich.«

»Warum will eine Frau wie Sie mit großen intellektuellen Ambitionen einen Mann wie Francisco heiraten?«

Ich schwieg einen Moment. »Ich hätte Ihnen doch verbieten sollen, mir Fragen zu stellen«, sagte ich dann im Spaß.

»Ich möchte Ihnen nicht zu nahe treten, aber ich glaube nicht, dass Francisco ein Mann ist, der all das zu schätzen weiß, was Sie der Welt bieten können.«

»Señor Pascal, ich bin nicht auf den Kopf gefallen. Ich habe die Möglichkeiten abgewogen …«

Ich war an die Konsole getreten, auf der sich die Kerzen befanden, die die Gläubigen hier im Gebet entzünden konnten.

»Was, glauben Sie, wird passieren, wenn man eine dieser Kerzen auslöscht?«, fragte ich.

»Ich habe keine Ahnung, aber es wäre auf jeden Fall nicht sehr christlich.«

»Denken Sie, dass die Gebete mit erlöschen, dass unsere Bitten Gott nicht mehr erreichen?«

»Ich weiß nicht, wie die Kommunikationswege mit dem Jenseits aussehen, Señorita Montero. Aber ich glaube nicht, dass die Kirche es gutheißen würde, wenn jemand die Kerzen ausbläst.«

»Ihre Erklärung klingt feige, Señor Pascal. Trauen Sie sich nicht?«

»Nein. Ich möchte nicht noch mehr Gründe liefern, um in der Hölle zu enden.«

»Ich blase eine aus und Sie eine andere. Ich glaube, keiner von uns beiden gehört zu den mustergültigen Bürgern, die der heilige Petrus mit offenen Armen empfängt. Wir könnten uns ja im Fegefeuer verabreden«, sagte ich spöttisch.

»Es gefällt Ihnen, mich zu quälen, nicht wahr?«

Ich lachte. »Kommen Sie, ich zähle bis drei.«

»Nein, Señorita Montero. Lassen Sie das!«

»Eins …«

»Ich meine es ernst. Hören Sie auf!«

»Zwei …«

»Ich werde das nicht tun …«

»Und drei!«

Ich pustete kräftig, und zwei oder drei Kerzen gingen aus. Pascal beugte sich meiner Aufsässigkeit und pustete ebenfalls. Vier, fünf, sechs. Es brannten nur noch drei. Wir bliesen um die Wette, bis auch ihre Flammen erloschen waren, und lachten wie Kinder über unseren Streich.

»Ist da jemand?«, rief da plötzlich der verschollene Pfarrer.

Ich erschrak. Aus Angst, Pater Abel könnte meine Unbotmäßigkeit entdecken, fasste ich Pascal an der Hand und zog ihn fort. Ich konnte nicht aufhören zu lachen. Ich sah mich um und fand einen ungeheuren Ort zum Verstecken: im Beichtstuhl. Wir schlossen die Türen, Pascal auf dem Platz des reuigen Sünders und ich auf dem des Beichtvaters. Zwischen uns befand sich das Gitter, das uns nicht daran hinderte weiterzulachen.

Der Priester eilte durch die Kirche, überzeugt, dass sich jemand dort aufhielt. Als er die erloschenen Kerzen sah, tobte er: »Ihr verdammten Bengel! Schurken! Schurken, sage ich! Man müsste euch mal für eine Nacht einsperren. Zur Hölle mit euch!« Doch dann besann er sich eines Besseren. »Verzeih mir, Herr, dass ich so in Rage geraten bin. Die Jungs heutzutage tragen das Böse in sich. Aber es ist deine Aufgabe, sie zu richten. Nicht meine. Vergiss, was ich gesagt habe. Es sind verlorene Seelen …«

Ich bekam einen Lachkrampf. Und zu wissen, dass mein Benehmen völlig unschicklich war, machte es nur noch schlimmer.

»Wie viele Sünden, glauben Sie, haben wir seit Betreten der Kirche begangen?«, fragte Pascal.

»Unzählige … Dafür müssen Sie hundert Vaterunser beten, Señor Pascal. Stellen Sie sich schon mal darauf ein.«

Wir lachten leise weiter, bis mich sein Blick auf der anderen Seite des Gitters verstummen ließ. Die Intensität des Augenblicks hatte den Impuls zu lachen in eine seltsame Anziehung umschlagen lassen. Verwirrt lauschte ich, ob noch etwas von dem Pfarrer zu hören war.

»Sieht so aus, als ob er gegangen wäre«, flüsterte ich.

»Das denke ich auch. Wir zählen bis drei, und dann laufen wir los. Sind Sie bereit?«

»Ja.«

»Eins …«

»Nein, ich bin noch nicht bereit.«

»Zwei …«

»Warten Sie, Señor Pascal.«

»Drei!«

»Señor Pascal!«, rief ich, während ich hinter ihm auf den Ausgang zurannte.

Pater Abel hatte uns wegrennen gehört, uns aber immer noch für ungezogene Kinder gehalten. Er erschien im Portal und stieß Drohungen und wilde Beschimpfungen aus: »Ihr Strolche! Ihr werdet in der Hölle schmoren, wenn ihr nicht aufhört, mich zu tyrannisieren! Ich werde mit euren Eltern sprechen!«

Es begann zu regnen, aber wir liefen lachend weiter. Wir hatten das Hoheitsgebiet des Priesters verlassen und waren in Sicherheit.

»Sie sind verrückt, Señorita Montero«, meinte Pascal.

Durchnässt wanderten wir durch die Straßen. Der Regen hatte etwas Tröstliches, und ich atmete tief ein. Wir hätten in irgendeinem Lokal Zuflucht nehmen können, aber ich wollte Pascal überraschen. Ich hatte ihn nicht belogen, es war ein einzigartiger Ort in Madrid, und mit ein wenig Glück würde er seine Erinnerungen an mich wiederaufleben lassen.

Seit er im Souterrain versteckt war, hatte sich Madrid enorm verändert. Doch es gab Geschäfte, die zum Glück überlebt hatten und einem das Gefühl vermittelten, es wäre alles noch wie früher. Eine solche Bastion war die Confiserie Doña Mariquita in der Calle Alcalá Nummer 10. Sie war berühmt für ihre köstliche Schokolade, und es wurden dort nach wie vor die Biskuits hergestellt, die Pilar in der Speisekammer hinter den Kichererbsen versteckte. Severiano hatte mir erzählt, es gäbe Gerüche und Geschmäcke, die ihn in seine Kindheit zurückversetzten und ihm Episoden in Erinnerung riefen, die er für immer vergessen zu haben glaubte. Ich hatte es selbst auch schon erlebt. Und wenn Pascal die Süßigkeit probierte, die ich ihm dann und wann zugesteckt hatte, würde vielleicht eine schöne Erinnerung aus den Schrecknissen jener verschwommenen Tage auftauchen.

Es war mein letzter Versuch, zu den gemeinsamen Nachmittagen zurückzukehren, denn von sich aus sprach er das Thema nicht an, vielleicht, weil es ihn zu sehr schmerzte, vielleicht aber auch, weil es ihm Angst machte. Wir betraten das Geschäft. Die Angestellte begrüßte uns, nachdem sie das Paar vor uns bedient hatte, mit einem Lächeln. Selbstsicher gab ich meine Bestellung auf: Biskuits und eine Packung der guten Schokolade. Während sie alles richtete, merkte ich, dass ich in den feuchten Sachen fror. Ich zitterte. Aufmerksam legte Pascal mir seinen Mantel um.

»Er ist zwar auch nass, aber er wird Ihnen ein wenig Wärme spenden.«

Ich hinderte ihn daran, seine Brieftasche zu zücken.

»Es ist ein Geschenk. Für den Französischunterricht«, zog ich ihn auf.

Wir traten wieder auf die Straße, der Nieselregen hatte aufgehört.

»Kommen Sie, wir probieren mal«, sagte ich. Ich konnte es kaum erwarten.

»Wie? Gleich hier, mitten auf der Straße?«, fragte er.

»Warum denn nicht?«

Ich öffnete die Verpackung und reichte ihm einen Biskuit, gespannt, ob er Wirkung zeigen würde. Dann biss ich in meinen. Während ich mir die zuckrige, fluffige Köstlichkeit auf der Zunge zergehen ließ, beobachtete ich Pascals Reaktion. Ob er den Geschmack wiedererkannte?

»Wissen Sie, warum sie auch ›Backpfeifen‹ genannt werden?«, fragte ich ihn

»Da bin ich aber neugierig …«

»Nun, es heißt, alle reichen Damen der Stadt hätten ihre Zofen früh am Morgen losgeschickt, um die begehrten Biskuits bei Doña Mariquita zu kaufen. Und die hätten sich dann darum geprügelt, wer als Erste bedient wird. Unter den Zofen hießen sie deshalb ›Backpfeifenbiskuits‹. Mit der Zeit hießen sie nur noch ›Backpfeifen‹.«

»Da wäre ich nicht drauf gekommen. Wo haben Sie nur all die Geschichten her, Señorita Montero?«

»Von Pilar. Von ihr habe ich das alles«, sagte ich lachend. »Erinnern Sie sich, schon mal etwas Ähnliches probiert zu haben?«

Er lächelte. »Señorita Montero, Sie haben Zucker an der Nasenspitze«, sagte er. »Warten Sie, ich hole drinnen eine Serviette.«

Peinlich berührt schielte ich zu meiner Nasenspitze und fing an zu reiben. Das machte alles nur noch schlimmer. Ohne zu überlegen, schob ich die Hand in die Tasche von Pascals Mantel auf der Suche nach einem Taschentuch. Da berührten meine Finger etwas Feines, Verschlungenes. Dreist zog ich es raus, um zu sehen, was es war. Mein Herz pochte. Es war der Faden, den ich ihm als Kind geschenkt hatte. Als ich Pascal aus dem Laden kommen sah, schob ich ihn rasch wieder an seinen Platz zurück.

»Hier, bitte«, sagte er und reichte mir die Serviette.

Ich sah ihn lächelnd an. Er hatte ihn seit damals aufbewahrt. Es gab ein wenig Licht im Dunkel des Vergessens.

»Ist etwas, Señorita Montero?«

»Nein, nein, nichts. Danke für die Serviette.« Ich wischte über meine Nase und ließ mir nichts anmerken.

»Sie haben mir übrigens die Frage noch nicht beantwortet, die ich Ihnen in der Kirche gestellt habe – über Ihre Hochzeit mit Francisco«, erinnerte er mich, während wir weitergingen.

»Sie geben niemals auf, was?«

»Nein, das gehört eher nicht zu meinen Eigenschaften.«

»Sehen Sie, Francisco ist ein intelligenter, gutmütiger und verständnisvoller Mann. Er hat mich immer gut behandelt und nimmt mich, wie ich bin, mit all meinen Fehlern. Es gibt keinen Grund, ihn zu verschmähen.«

»Für mich ist da nicht ein Grund dabei, für den ich bereit wäre, eine Ehe einzugehen.«

»Und das wäre?«

»Die *amour fou* zweier Liebender, die sich unwiderstehlich zueinander hingezogen fühlen, das Verständnis eines Gefährten, das Vertrauen eines Menschen, der einen voll und ganz kennt, und die Liebe, die aus einem einen besseren Menschen macht. Sofern es das noch gibt – außer in den Köpfen hoffnungsloser Romantiker.«

Mir blieb der Mund offen stehen. Gab es Menschen, die sich so lieben konnten?

»Sie können sich den Luxus erlauben, die Ehe auf diese

Weise zu betrachten, Señor Pascal. Ich bin eine Frau und muss für meine Zukunft sorgen. Und wenn das mit jemandem wie Francisco ist, umso besser.«

»Sie wollen allen Ernstes zulassen, dass die gesellschaftlichen Konventionen siegen?«

»Darum geht es nicht, Señor Pascal. Auch wenn Sie der Ansicht sind, die Gesellschaft könne durch das Engagement eines einzelnen Menschen Fortschritte machen, braucht es doch viel mehr für Veränderungen. Aber ich glaube nicht, dass ich die brauche. Ich kann verheiratet sein und mich glücklich und erfüllt fühlen. Ich sehe kein anderes Leben für mich.«

»Erlauben Sie, dass ich Sie darauf hinweise, dass wir im 20. Jahrhundert leben. Nicht alle Frauen wählen mehr diesen Weg. Die Welt entwickelt sich weiter, wenngleich in Spanien mit einer anderen Geschwindigkeit. Nehmen Sie die drei Stadträtinnen in der Stadtverwaltung von Madrid. Oder Sofía Casanova. Sie ist Reporterin bei *ABC* für Osteuropa und hat unter anderem über die Russische Revolution berichtet. Oder noch ein anderes Beispiel. Man hat mir vor Kurzem die Geschichte von María Luz Morales erzählt. Sie schreibt auch unter einem Pseudonym … Enrique … hm, nein, … Felipe Centeno. Ihre Filmkritiken sind in Barcelona so populär, dass sogar die Paramount Studios mit ihr Kontakt aufgenommen haben, damit sie ihnen beratend zur Seite steht. Anfangs waren sie überrascht, dass es eine Frau ist, aber sie entschieden, ihrer Urteilskraft zu vertrauen. Die Qualität ihrer Schriften und ihr Wissen sind unbestreitbar …«

Ich senkte den Blick. »Das sind bestimmt alles großartige Frauen, und ich gratuliere ihnen zu ihrem Mut. Aber wenn ich schreiben will, Señor Pascal, muss ich vor allem erst einmal das Haus meiner Tante verlassen.«

»Aber haben Sie Francisco von Ihren Ambitionen erzählt?«

»Das mache ich … zu gegebener Zeit.«

»Ich verstehe.« Er schwieg einen Moment. »Aber vergessen Sie eines nicht, Señorita Montero: Zwischen einer weißen Leinwand und einem Gemälde gibt es einen einzigen Unterschied: Irgendwann hat jemand angefangen, darauf zu malen.«

***

Das Weihnachtsfest des Jahres 1924 war das glücklichste meines Lebens. Am 22. Dezember standen wir und die ganze Stadt wegen der Lotterie unter Hochspannung. Die Kinder des Waisenhauses San Ildefonso lasen, wie in jedem Jahr, die Glückszahlen vor, die einigen spanischen Familien einen Geldsegen bescheren würden. In dem Jahr entfiel der Hauptgewinn auf Madrid. Um zehn Uhr morgens wurde das Los des Siegers gezogen, es entsprach einem Gewinn von fünfzehn Millionen Peseten.

Als herauskam, dass das Los irgendwo in der Calle Alcalá oder in der Calle Esparteros gekauft worden war, schickte Don Ernesto López und Simón los, um die Lotterieverkäufer zu befragen. Was sich so kinderleicht anhörte, wurde für die beiden zu einer echten Herausforderung, weil die Verkäufer partout nicht reden wollten.

Einen Tag später klingelte es um neun Uhr morgens an

der Tür. Der Angestellte eines Blumenladens trug zehn Vasen mit weißen Lilien herein, die die gesamte Empfangshalle ausfüllten. Ich konnte es nicht glauben. Severiano reichte mir die Karte, die dem Blumengeschenk beigefügt war. Sie war von Francisco. Meine Wangen röteten sich vor Freude.

Liebe Elisa,

es tut mir unendlich leid, dass ich das Fest nicht mit Dir verbringen kann. Dabei wünsche ich mir nichts mehr, als jeden Tag an Deiner Seite zu sein. Nimm diese Blumen als Zeichen meiner Liebe zu Dir und meiner Ergebenheit. Ich werde Dich zu diesem Fest nie mehr allein lassen.

In Liebe,
Francisco

Ich bat den Butler, die Vasen in den kleinen Salon zu bringen. Eine Woche zuvor hatte ich mich von Catalina verabschiedet, die nach Barcelona gereist war, um Weihnachten mit ihrer Familie zu verbringen. In der Stadt war es eiskalt. Am Morgen des 24. Dezember war alles von Raureif überzogen. Meine Tante und ich aßen allein zu Hause, später besuchten wir die Christmette, wo wir einen Großteil der Bekannten trafen, die zu unserem Weihnachtsessen am nächsten Tag eingeladen waren.

Heiligabend war für mich schon immer etwas Besonderes gewesen. Die Nacht hat etwas Mystisches, Energetisches. Die Straßen waren erfüllt von den Klängen der

Trommeln und Tamburine, die den Rhythmus der Weihnachtslieder und regionalen Volkslieder vorgaben.

Als ich am 25. Dezember die Augen aufschlug, war die Freude immer noch da. Meine Tante, die schon seit sieben Uhr auf den Beinen war, gab dem Personal unermüdlich Anweisungen. Für sie musste immer alles perfekt sein, wenn sie Besuch empfing. Noch vor dem Frühstück ging ich in den kleinen Salon und sog den Duft der Lilien ein. Danach trieb Pilar mich an, mich mit der Morgentoilette zu beeilen, damit ich präsentabel aussah, wenn die Gäste eintrafen.

Als Erstes kam das Ehepaar Ballester. Doña Concepción erteilte uns und allen anderen wie so oft eine Lektion in Sachen Stil. Als Nächstes trafen die de Luccas mit den Kleinen in Begleitung von Benedetta und ihrem Oberleutnant ein. Auch das Ehepaar Salamanca-Trillo mit Candela, deren Mann Miguel Uribe und ihrem Nachwuchs ließ nicht lange auf sich warten. Es folgten die Gabaldóns und als Letzte Don Ernesto mit seiner Frau und Olivier Pascal. Benedetta und Candela bewunderten mein Kleid.

»Das ist doch das Modell aus der Zeitschrift *Elegancias*«, meinte Candela.

»Ja, ihr habt mich überzeugt.«

»Es steht dir ausgezeichnet. Schade, dass Francisco heute nicht dabei sein kann. Hast du etwas von ihm gehört?«, fragte Benedetta.

»Nicht nur gehört«, erwiderte ich. »Kommt mal mit. Ich muss euch etwas zeigen.«

Stolz ging ich zum kleinen Salon und öffnete langsam die Tür. Meine Freundinnen konnten es nicht fassen. Sie schlugen die Hände vor den Mund und machten keinen Hehl aus ihrem Neid angesichts des überwältigenden Liebesbeweises.

»Sie sind wunderschön, Elisa. Zehn Vasen voller Blumen! Francisco betet dich an!«, meinte Benedetta.

»Wenn man bedenkt, wie wenig du dich am Anfang für ihn interessiert hast … Dafür hast du ihn jetzt ganz schön an der Angel«, frotzelte Candela.

»Nun, Liebe braucht eben ihre Zeit «, sagte ich.

Man hörte von draußen laute Rufe und Lachen. Neugierig ging ich zum Fenster und schob den Vorhang beiseite. Pascal spielte mit Nicola und Miguelón, den Kindern von den de Luccas und meiner Freundin Candela. Sie tobten durch den Garten, schaukelten, und aus ihren Mündern kamen wegen der Kälte Dampfwölkchen. Ihr Lachen war ansteckend. Benedetta und Candela kamen auch ans Fenster. In dem Moment sah Pascal nach oben, als ahnte er, dass wir ihn beobachteten. Schnell ließen wir den Vorhang los und verschwanden vom Fenster.

»Wie peinlich. Ob er uns gesehen hat?«, überlegte Candela.

»Glaube ich nicht. Lasst uns wieder zu den anderen gehen«, schlug ich vor. Bevor ich den Raum verließ, blickte ich noch ein letztes Mal zum Fenster, und wieder huschte ein Lächeln über mein Gesicht.

Während des üppigen Mahls war das Radio wieder Thema. Wir alle konnten es kaum erwarten, wie es mit der neuen Erfindung weiterging. Die Stimmung am Tisch war gut. Don Ernesto erzählte witzige Anekdoten über seine Redakteure. Natürlich kam auch Pedros verunglückte

Partie Rasentennis zur Sprache, und ich war gezwungen mitzulachen. Pascal versetzte ich unter dem Tisch einen Tritt, als er in die Lästereien einstimmte. Er erzählte uns auf die neugierige Nachfrage meiner Tante, wie in Frankreich Weihnachten gefeiert wurde, und im Anschluss schilderte Giancarlo die italienische Variante. Am Ende blieben die Herren am Tisch sitzen und rauchten, und wir Frauen zogen uns in den kleinen Salon zurück, wo wir umgeben von Lilien ein wenig plauderten.

»Elisa, meine Liebe, haben Sie Ihr Brautkleid schon ausgewählt?«, fragte Candelas Mutter. »Wenn Sie eine zweite Meinung hören möchten, können wir Ihnen gerne die Daten der Schneiderin geben, die das von Candela entworfen hat.«

»Das ist nicht nötig, Doña María Elena. Doña Alicia hat den Entwurf schon fertig. In der nächsten Woche findet bereits die erste Anprobe statt«, erwiderte meine Tante.

»Ach, ich erinnere mich noch, als meine Mutter das Hochzeitskleid von Trinidad genäht hat. Es war ihre letzte Näharbeit«, erzählte Doña Eugenia traurig.

Der Gespräche über Hochzeiten und Geburten überdrüssig entschuldigte ich mich, um mich ein wenig frisch zu machen. Zum Glück wollte mich keine der Damen begleiten. Ich schloss die Tür zum kleinen Salon hinter mir und begab mich zur Treppe. Doch noch bevor ich die erste Stufe betreten hatte, bemerkte ich eine Gestalt am Geländer des Absatzes, der zum Souterrain führte. Es war Olivier Pascal.

»Señor Pascal, warum stehen Sie denn hier?«

»Ach, hallo, Señorita Montero.«

»Erinnern Sie sich an etwas?«, fragte ich.

»Nichts als verworrene Bilder. War ich dort unten versteckt?«

»Ja. Die Treppe hinunter und dann das letzte Zimmer am Ende vom Flur.«

»Das kommt mir alles so unwirklich vor. Ehrlich gesagt hatte ich die Hoffnung, dass mir irgendetwas bekannt vorkommen würde, wenn ich das Haus betrete, aber nichts. Weder der Eingang noch die Empfangshalle noch die Salons.«

»Na ja, Sie haben ja auch nur das Souterrain gesehen. Da ist es doch nachvollziehbar, dass Sie die anderen Räume nicht kennen.«

»Ja, ich war offenbar kein Ehrengast.«

Einen Moment lang herrschte Stille.

»Darf ich Ihnen etwas erzählen?«, nahm ich den Faden wieder auf.

»Schießen Sie los.«

»Ich bin nicht mehr im Souterrain gewesen, seit man Sie damals abgeholt hat.«

»Im Ernst? Und wieso?«

»Nun, das Verbot, die Treppe hinunterzugehen, galt immer, nicht nur, als Sie dort waren. Und nachdem ich mich im Schrank verstecken musste, wollte ich das Schicksal nicht noch einmal herausfordern.«

Er sah sich um. »Lassen Sie uns hinuntergehen.«

»Was? Auf keinen Fall.«

»Wovor haben Sie so große Angst, Señorita Montero?«

»Señor Pascal, ich bitte Sie.«

Er war schon die ersten Stufen hinabgestiegen. Im Flüsterton flehte ich ihn an stehen zu bleiben, aber er hörte nicht auf mich. Verzweifelt vergewisserte ich mich, dass niemand in der Empfangshalle war, und folgte ihm. Die Ängste, die meine unerlaubten Ausflüge als Kind begleitet hatten, waren sofort wieder da. Mein Puls ging schneller. Meine Tante würde mir den Ungehorsam nicht verzeihen, schon gar nicht, wenn Gäste im Haus waren.

»Pascal, kommen Sie zurück!«, ermahnte ich ihn.

Doch er war bereits verschwunden. Ich schlich weiter den Flur entlang und gelangte an die letzte Tür. Meine Nerven waren zum Zerreißen gespannt. Ich drehte den Knauf und huschte in das Zimmer. Pascal hatte sich auf den Boden gesetzt, den Rücken an die Pritsche gelehnt. Es hatte sich einiges verändert. Meine Tante nutzte den Raum inzwischen als Abstellkammer. Alte Möbel und in abgenutzte Laken eingeschlagene Bilder standen in einer Ecke des Raumes. Aber das Bett und der Schrank waren noch an ihrem Platz. Unbeholfen setzte ich mich neben ihn, die Situation hatte mich etwas aus der Fassung gebracht. Wir schwiegen eine Weile.

»Erinnern Sie sich?«

»Vage … In meiner Erinnerung hat sich das ein oder andere ein wenig verschoben. Ich hatte das Zimmer größer in Erinnerung. Und der Schrank war anders …«

»Mir geht es genauso.«

»Schon seltsam, wie sich Erinnerungen und Fantasie vermischen … und wie sich die Wahrnehmung verändert, wenn wir erwachsen werden.«

»Ja, es ist nicht das erste Mal, dass mir das passiert«,

antwortete ich und dachte dabei an meinen Besuch in Fuente de Cantos.

»Aber etwas ist gleich geblieben. Ein Gefühl von Frieden, von Ruhe, von Glück …«

»Ich wette, das kommt von den Düften aus dem Waschraum«, scherzte ich.

»Ich weiß sehr genau, wo das Gefühl herkommt, Señorita Montero.«

Sein Blick fing meinen ab bei dem Dialog, den nur wir beide verstanden. Ich lächelte.

»Ich bin nicht ganz aufrichtig gewesen. Manche Bilder sind ausgesprochen klar in meiner Erinnerung. Es sind nicht viele, aber sie sind in meinem Kopf geblieben, und sie reichen aus, um zu wissen, dass Sie es waren, die die schrecklichen Tage damals in angenehme Stunden verwandelt haben. Ich habe in den letzten fünfzehn Jahren versucht, alles aus dem Gedächtnis zu löschen, was vor meiner Reise nach Paris geschehen ist. Es war meine Art, mir einzureden, dass ich in Wahrheit gar nicht so viel verloren habe. Doch meine Mutter hat etwas in der Tasche meiner Hose gefunden, die ich trug, als ich nach Frankreich kam. Und ich habe beschlossen, es aufzubewahren als eine Art Talisman aus der Zeit, als ich hier versteckt war. Vielleicht weil es das Einzige ist, was mir von Pedro Liébana geblieben ist, bevor er für immer verschwand.«

Ich hob die Augenbrauen. Ich wusste, wovon er sprach. In dem Moment zog er auch schon den Faden aus der Tasche.

»Vielleicht erinnern Sie sich gar nicht mehr … Ich muss

gestehen, es macht mich ein wenig verlegen, es Ihnen zu zeigen, denn womöglich …«

Ich nahm den Faden in die Hand und betrachtete ihn. »Unser Butler Severiano hat ihn mir geschenkt. Wir haben einige Nachmittage ununterbrochen gespielt, ich weiß nicht, ob Sie sich noch erinnern. Ich habe ihn Ihnen gegeben, damit Sie üben können. Ich hoffe, Sie haben meinen Rat befolgt. Sie hatten fünfzehn Jahre Zeit, zum Experten zu werden.«

Pascal lachte. Ich brachte die Hände in die Position, mit der man das Spiel beginnt. Wir beide kannten die einzelnen Schritte, die Formen, die Choreografien der Finger, damit die geometrischen Muster entstanden. Doch die Geschicklichkeit aus Kindertagen war verschwunden, unsere Finger waren eingerostet, und der Faden verhedderte sich hoffnungslos.

»Erinnern Sie sich eigentlich an Paquita?«, fragte ich lachend.

»Ganz genau sogar. Sie hatten sie immer dabei. Ich erinnere mich auch an Ihre Zöpfe und die Schleifen in Ihrem Haar«, sagte er mit einem Blick auf meinen braunen Schopf.

»Sie war eine großartige Gefährtin. Paquita, meine ich.«

Für ein paar Sekunden herrschte Schweigen.

»Fragen Sie mich nicht warum, aber den Fleck da oben an der Decke habe ich auch nie vergessen. Ich habe ihn stundenlang angestarrt und an meine Mutter und meine beiden Schwestern gedacht. Ans Meer, an Barcelona.« Er starrte gedankenverloren an die Decke. »Das Einzige ist nur, dass ich immer dachte, er habe die Form eines Hundes, und jetzt sehe ich, dass er eher einem Schwertfisch ähnelt.«

»Wissen Sie, auch ich muss Ihnen dafür danken, was Sie in jenem Sommer für mich waren. Ich hatte damals nicht allzu viele Freunde, und mit Ihnen zu spielen war ein wenig, als hätte ich wieder einen Bruder, mit dem ich jeden Tag etwas unternehmen kann.«

»Aber haben Sie nicht damals bei dem Ausflug in die Berge gesagt, Sie hätten keine Geschwister?«, sinnierte er.

»Das war gelogen«, gestand ich. »Meine Tante will nicht, dass ich mich an sie erinnere. Sie spuckt jedes Mal Gift und Galle, wenn ich die Namen meines Vaters und meiner Brüder ausspreche.«

»Dann lassen Sie uns die Gelegenheit nutzen, dass sie nicht da ist. Wie heißen sie?«

»Mein Vater heißt Antonio und meine Brüder Juan und José Luis. Juan ist der älteste, er hat José Luis und mich immer geärgert. Er hat sich um Vater und um uns gekümmert, er war sehr verantwortungsbewusst. José Luis war ausgesprochen rebellisch, es hieß, er sei das Ebenbild meines Vaters als Kind. Vielleicht ist er immer noch so … Und meine Mutter, na ja, die habe ich nie kennengelernt. Ihr Name war Isabel. Sie ist bei meiner Geburt gestorben.«

»Sie war bestimmt eine großartige Frau. Und Sie haben Ihren Vater und Ihre Brüder nie wiedergesehen?«

Ich dachte nach und spielte mit dem Faden, wickelte ihn um den Ringfinger, den Zeigefinger, den Daumen.

»Nein. Es ist besser so. Sie … sie würden mich nach all

der Zeit ablehnen. Sie haben sich in all den Jahren nicht einmal nach mir erkundigt.«

»Geben Sie sich nicht mit dieser Erklärung zufrieden, Señorita Montero.«

Wieder tauchte ich ein in seinen Blick, der so selbstsicher, fesselnd und liebevoll war. Dagegen konnte auch mein Verstand nichts ausrichten. Warum ließ ich es geschehen? Das war nicht gut. Um der Situation zu entkommen, stand ich auf und setzte mich aufs Bett. Dort musste ich feststellen, dass die Möbel abgenutzter waren, als es auf ersten Blick den Anschein hatte. Der Lattenrost brach, und plötzlich saß ich mit dem Hintern auf dem Boden, die Beine noch über dem Gestell. Pascal musste lachen bei meinem Anblick, eilte mir aber sogleich zu Hilfe, und auch ich brach in schallendes Gelächter aus.

»Wir sollten wieder nach oben gehen. Bestimmt hat man den Lärm gehört«, sagte ich. »Ich gehe als Erste. Warten Sie ein paar Minuten und behaupten Sie, Sie hätten sich verlaufen, wenn man Sie erwischt.«

»Warten Sie, Señorita Montero. Hier, der Faden. Es ist Zeit, ihn seiner rechtmäßigen Besitzerin zurückzugeben. Er hat mir viele Jahre lang treue Dienste geleistet.«

Den Faden sicher in der Hand versteckt eilte ich die Treppe hinauf und vergewisserte mich, dass niemand in der Halle war. Ich kehrte in den kleinen Salon zurück, wo sich das Gespräch immer noch um vergangene und künftige Hochzeiten drehte, und trotzdem war alles anders. Ich musste immerfort an die Kammer denken, an die Magie, die ihr innewohnte, an die unschuldigen Gespräche, die ich mit Pascal geführt hatte. »Versprich mir, dass du mich mit nach Barcelona nimmst und mir das Meer zeigst. Versprich es mir«, hallte es in meinen Ohren wider.

Das Ehepaar Gabaldón und die Familien de Lucca und Uribe verabschiedeten sich als Erste. Wir anderen vergnügten uns noch eine Weile mit Jazzmusik aus dem Grammophon. Doch gerade, als ich mich besonders wohlfühlte, teilte Pascal mit, dass er uns verlassen müsse.

»Die Arbeit ruft, ich muss mich um dringliche Angelegenheiten für meine Zeitung kümmern. Es war mir ein großes Vergnügen, mit Ihnen gemeinsam diesen Tag verbringen zu dürfen. Ich bedanke mich für die Einladung, Doña Manuela«, verabschiedete er sich.

»Ich bringe Sie noch zur Tür«, bot ich an.

Und das tat ich. Liebend gern hätte ich mich auf der Stelle in Pedro Liébana verwandelt und wäre ihm gefolgt. Bereits in Hut und Mantel schenkte er mir noch ein letztes schelmisches Lächeln, bevor er das Haus verließ.

»Ich hoffe, Sie bald wiederzusehen, Señorita Montero.« Dann wandte er sich um und ging.

Ich blieb in der Kälte stehen und beobachtete, wie seine Gestalt durch das Gartentor, das mich von der Freiheit trennte, auf die Straße trat. Ich schloss die Eingangstür. Als ich mich umdrehte, stand plötzlich Benedetta in der Eingangshalle.

»Mein Gott, Benedetta! Hast du mir einen Schrecken eingejagt.«

Ihr Gesichtsausdruck verriet mir, dass ihr etwas missfiel. »Komm mit«, befahl sie.

Verwirrt folgte ich ihr in das Esszimmer, wo der vorhin noch schön geschmückte Tisch bereits abgedeckt war.

»Was ist denn, Benedetta? Du machst mir Angst«, protestierte ich, als sie die Tür hinter uns schloss.

»Was los ist? Das sollte ich *dich* fragen.«

»Wie bitte?«

»Seit wann seid du und Señor Pascal ein Herz und eine Seele? In der letzten Zeit verstehe ich euer Verhältnis nicht: Französischunterricht, Gelächter, komplizenhafte Blicke, du begleitest ihn zur Tür … Elisa, ich weiß, es steht mir nicht zu, dir zu sagen, was du zu tun hast, aber – gütiger Himmel – du wirst in wenigen Monaten heiraten! Don Francisco liebt dich. Willst du das alles wegen dieses Journalisten aufs Spiel setzen?«

»Moment mal, Benedetta. Ich weiß nicht, was du dir da gerade ausdenkst, aber Señor Pascal und ich sind lediglich gute Freunde.«

»Gute Freunde? Ach ja? Seit wann das denn? Seit er dich mit dem Tod bedroht hat?«

»Er hatte seine Gründe, Benedetta. Das ist eine lange Geschichte …«

»Elisa, Señor Pascal ist ein Mann, der seine persönlichen Interessen verfolgt. Er ist Korrespondent, Schriftsteller. Das sind keine Männer, die mit einer Frau allein glücklich sind oder die Freundschaft einer Frau suchen. Die sucht kein Mann. Ich bin überzeugt, dein Doppelleben hat dazu geführt, dass du nicht mehr klar denkst und vergisst, wer der richtige Umgang für dich ist. Ich denke, dass man Señor Pascal nicht über den Weg trauen kann.«

»Reg dich ab, ich entscheide selbst, mit wem ich mich anfreunde, und ich werde bestimmt nicht zulassen, dass jemand meine künftige Ehe zerstört«, erwiderte ich und schickte mich an, den Raum zu verlassen.

»Elisa, bitte«, flehte sie, und meine Hand verharrte kurz auf dem Türknauf.

Doch dann öffnete ich die Tür und verschwand. Ich würde bestimmt nicht meine Ehe opfern. Ich wusste, was auf dem Spiel stand. Und ich liebte Francisco, keine Frage. Obwohl meine Gefühle, genau wie seine Versprechen, durch die räumliche Trennung ein wenig schal geworden waren …

***

Don Ernesto lud uns am Ende einer erfolgreichen Woche in der Zeitung regelmäßig auf ein Glas in ein Lokal ein.

Während des ersten Monats des Jahres 1925 hatte Primo de Rivera die verschiedenen afrikanischen Kriegsschauplätze besucht, und es wurde viel über Marokko berichtet. Zu der Zeit waren die Zeitungen voller Nachrichten über das Ausland, sodass die Leser die Realität um sich herum vergaßen und von den Missständen im eigenen Land abgelenkt wurden. Eines der Ereignisse, die damals die Titelseiten einnahmen, war die Ernennung des deutschen Reichskanzlers. Obwohl viele die Reichsregierung als von der Zentrumspartei dominiert einordneten, wurden schon bald Stimmen laut, die extremistische Tendenzen erkannten, die aus dem wachsenden Nationalismus in Deutschland herrührten.

Als Don Ernesto vorschlug, ein Glas Wein im Maxim's zu trinken, tauchte ich dort wenig später in Männerkleidung auf. Morales, Simón, López und Fernández hatten sich ebenfalls angeschlossen, und natürlich Pascal.

»Kommen Sie, Don Ernesto, nur einen Vorschuss, damit ich meiner Frau ein schönes Kleid kaufen kann«, versuchte López ihn zu überreden.

»Wenn Sie mir alles zurückzahlen, was ich Ihnen geborgt habe, werde ich Ihr Gehalt erhöhen«, erwiderte Don Ernesto.

»Das geht nicht. Das ist alles für das Wohlergehen meines Informanten draufgegangen.«

»Dann sagen Sie das Ihrer Frau. Sie sind ein Fass ohne Boden.«

»Sie übertreiben …«

»Apropos Frauen … Wieso haben Sie Señorita Folch nicht mitgebracht, Liébana? Das Mädchen ist überaus charmant«, meinte Fernández.

»Señorita Folch konnte heute das Wohnheim nicht verlassen, aber bei nächster Gelegenheit wird sie bestimmt wieder dabei sein.«

»Sie beide sind ein außergewöhnliches Paar«, stichelte Fernández, eine Bemerkung, die Pascal ein Lächeln entlockte. Ich verzog das Gesicht.

Don Ernesto winkte jemandem zu, der das Lokal betrat. Entschlossen kam der Mann auf unseren Tisch zu. Offenbar kannte er nicht nur Don Ernesto, sondern auch Morales und Pascal.

»Guten Abend, die Herren. Welch Überraschung, Sie hier anzutreffen.«

»Guten Abend, Señor de Oteyza. Wie läuft's bei *La Libertad*?«

»Nun, Sie wissen ja … Ihr werter Freund, Señor March, hat jetzt das Sagen, also darf man wohl behaupten, dass wir trotz allem noch existieren.«

War das *der* Luis de Oteyza? Der berühmte Autor und Journalist? Ich musste unbedingt mit ihm ins Gespräch kommen, hielt mich aber zurück, bis er sein Gespräch mit Don Ernesto über Kapital und Geldanlagen beendet hatte. Pascal beobachtete mich und hob eine Augenbraue. Als sich die Gelegenheit bot, preschte ich vor, wie ich es mich nur als Pedro Liébana traute.

»Señor de Oteyza, erlauben Sie mir, dass ich mich vorstelle. Mein Name ist Pedro Liébana, ich bin Redakteur bei *El Demócrata de Madrid*. Ich muss gestehen, ich bin ein großer Bewunderer Ihrer Schriften. Ich habe Ihr Interview mit Abd-al-Krim gelesen«, sagte ich und streckte ihm die Hand hin.

»Es ist mir ein Vergnügen, Liébana. Es freut mich, dass ich Anhänger bei der jungen Journalistengeneration habe.«

»Wundert Sie das? Sie waren einer der wenigen, die bis hinter die Feindeslinie vorgedrungen sind und Zeugenaussagen zu den Ereignissen in Nordafrika aufgenommen haben.«

»Nun, ist das nicht die Aufgabe eines Journalisten?«, fragte er und lächelte.

»Da gebe ich Ihnen vollkommen recht.«

»Ihre Haltung gefällt mir. Sie müssen mir unbedingt mal eine Ihrer Reportagen schicken. Ich würde sie gerne lesen. Ich muss weiter, meine Herren, ich werde im Restaurant erwartet.«

»Aber ja, natürlich. Es war mir eine Ehre, Señor de

Oteyza. Ich lasse sie Ihnen auf jeden Fall zukommen«, verabschiedete ich mich.

Morales sah mich an.

»War das eben eine Verneigung, Liébana?«, fragte er.

»In der Tat«, erwiderte Pascal.

»Ja, das war Luis de Oteyza. Ich hätte nie gedacht, dass ich ihn mal kennenlernen würde. Er hat mit Abd-al-Krim gesprochen«, erklärte ich.

»Das wissen wir, Junge, das wissen wir«, antwortete Don Ernesto, ohne meine Begeisterung zu teilen.

Das war das Schöne an meinem Doppelleben: Ich lernte Persönlichkeiten kennen, die im Alltag von Elisa lediglich Namen auf Papier waren. Ich schob die Gefühle beiseite und konzentrierte mich wieder auf das eigentliche Ziel des Abends. Nach Mitternacht wurde Don Ernesto redselig. Das war der Moment, in dem er Dinge preisgab, die er ansonsten für sich behielt, da seine Frau ihm während der langjährigen Ehe ein Mindestmaß an Vorsicht eingeimpft hatte. Ich tat so, als hätte der Alkohol auch meine Zunge gelöst, und begann mit meiner Befragung.

»Wissen Sie was, Don Ernesto? Ich glaube, ich kenne niemanden, der so groß ist wie Sie.«

»Im Ernst? Ich bin überzeugt, in meinem Bekanntenkreis gibt es weit größere Männer«, erwiderte er.

»Jetzt, wo Sie es sagen. Da ist noch so ein langer Kerl. Luis Bello. Kennen Sie ihn?«

»Señor Bello. Aber natürlich.«

»Dann kennen Sie ihn?«

»Ja, ja. Seit vielen Jahren schon. Ein großartiger Mann.«

»Wirklich? Ich habe ihn nie in der Redaktion gesehen.

Hat er für den *Demócrata* geschrieben?«, fragte ich ins Blaue hinein.

»Nein, das hat nichts mit der Zeitung zu tun.«

»Dann sind Sie also Freunde?«

»Was haben Sie denn auf einmal mit Luis Bello, Liébana?«, wunderte sich Don Ernesto.

»Nichts. Ich bewundere ihn nur, genau wie Luis de Oteyza und wie Sie, Don Ernesto, und mich interessiert, wie zwei Menschen sich kennengelernt haben, die große Vorbilder für mich sind.«

Don Ernesto lachte stolz, der Honig, den ich ihm um den Bart schmierte, tat seine Wirkung.

»Luis Bello und ich haben uns bei einer Tertulia kennengelernt, damals habe ich noch an solchen Treffen teilgenommen. Das waren Zeiten!«

»Ach, bei einer Tertulia? Waren Sie auch im Café Pombo oder im Café Suizo?«

»Nein, nein. Das heißt, ich habe schon den ein oder anderen Stammtisch im Café besucht, aber ihn habe ich bei einer Tertulia im Haus von Doña Manuela getroffen.«

»Doña Manuela hat Tertulias abgehalten?«

Pascal war plötzlich ganz Ohr, als er den Namen meiner Tante hörte.

»Ja, das hat sie. Wir haben über Literatur, Kunst und Theater gesprochen. Bedauerlich, dass sie vor ungefähr drei Jahren damit aufgehört hat.«

»Das überrascht mich.«

»Was überrascht Sie daran, Don Pedro? Doña Manuela ist eine gebildete Frau mit einer enormen künstlerischen Sensibilität.«

»Wer hätte das gedacht …«, murmelte ich.

»Vor allem nachdem sie den Schriftsteller kennengelernt hatte.«

Ich hob den Blick.

»Einen Schriftsteller?«

»Ja. Nun, ich habe nie erfahren, um wen sich handelte, aber man munkelt, es sei ein berühmter verheirateter Schriftsteller gewesen. Doña Manuela hat sehr jung ihren Mann verloren, und offenbar hatte er es ihr angetan. Ich habe sie nie wieder so gesehen wie damals. Sie verkehrte mit illustren Persönlichkeiten, organisierte Tertulias und schrieb sogar recht kunstvolle Gedichte. Aber Madrid ist ein Dorf, und die Gerüchte verbreiteten sich schnell. Als ihre Nichte, Señorita Elisa, bei ihr einzog, beschloss Doña Manuela, die Beziehung zu dem Mann zu beenden.«

»Ein verheirateter Mann«, wiederholte ich gedankenverloren.

»Ja, aber zu niemandem ein Wort darüber. Das gehört der Vergangenheit an, und man sollte nicht darin rumwühlen. Verdammt, Liébana, trinken Sie noch was und hören Sie auf, mich auszufragen. Allmächtiger, Sie sind wirklich durch und durch Journalist.«

Meine Tante tat mir leid. Wahrscheinlich hatte sie mit ihm gemeinsam das Lesezimmer mit den Werken ausgestattet, die sie jetzt nur noch daran erinnerten, was sie seit meiner Ankunft in Madrid verloren hatte. Andererseits, wie hatte meine Tante so etwas tun können? Ehebruch? Es fügte sich alles zusammen, ihre Kälte mir gegenüber, ihre Geheimniskrämerei, die Drohungen. Vielleicht stammten die anonymen Briefe von einer betrogenen Ehefrau. Als wir draußen auf der Straße waren, hielt Pascal mich am Ärmel fest.

»Was sollte das eben?«

»Ich musste das einfach wissen, Señor Pascal.«

»Wenn Sie sich weiter so aus dem Fenster lehnen, werden wir am Ende noch beide auffliegen«, warnte er mich.

»Ich konnte nicht anders, Señor Pascal. Ich lebe bei einer Frau, die ich kaum kenne, und nur in meiner Tarnung kann ich etwas über sie in Erfahrung bringen. Ich weiß nicht, wieso mir das nicht früher eingefallen ist.«

»Seien Sie vorsichtig, Señorita Montero. Vergessen Sie nicht, dass Sie jetzt zwei Geheimnisse schützen müssen.«

»Ich weiß. Aber Sie können beruhigt sein, ich habe in Erfahrung gebracht, was ich wissen wollte.«

»Die Romanze mit dem Schriftsteller? Und was wollen Sie mit der Klatschgeschichte anfangen?«

»Nichts. Ich will nur verstehen. Sehen Sie, meine Tante ist eine sehr komplizierte Frau, und manches an ihrem Verhalten ist für mich ein Buch mit sieben Siegeln. Aber jetzt bin ich der Lösung einen Schritt näher gekommen.«

»Sie geben nie auf, was?«

»Nein, das gehört eher nicht zu meinen Eigenschaften.« Ich grinste ihn an.

***

»Gut, Señorita Montero, jetzt müssen Sie vorsichtig das Gaspedal treten«, wies Pascal mich an.

Ich tat, wie mir geheißen. Angesichts der letzten Höllenfahrt hatte Pascal angeboten, mir Fahrunterricht zu geben. Bald schon stellte sich heraus, dass das kein leichtes Unterfangen werden würde.

»Vorsichtig, habe ich gesagt, Señorita Montero, vorsichtig.«

Ich bremste.

»Das war keine gute Idee. Das ist mir alles viel zu kompliziert.« Ich wollte aufgeben.

»Im Ernst? Sie wollen die Flinte ins Korn werfen?«

»Ja, ich kann's einfach nicht.«

»Ha, das ist doch Blödsinn.«

»Wie bitte?«

»Versuchen Sie's noch mal. Los!«

So ging es noch eine ganze Weile, bis der Peugeot einigermaßen normal fuhr, auch wenn Pascal sich hin und wieder vor Schreck am Sitz festklammerte. Allmählich fand ich mich ein in die Routine, bei der die Pedale und meine Füße in einer austarierten Choreografie zusammenfanden.

»Ich hatte noch gar nicht die Gelegenheit, mich dafür zu entschuldigen, dass ich Ihr Auto ramponiert habe«, sagte ich, nun schon deutlich entspannter.

»Das ist nicht schlimm. Konzentrieren Sie sich einfach darauf, es fortan besser zu machen«, meinte er angespannt. »Wenn ich ehrlich bin, habe ich mich weit mehr darüber geärgert, dass Sie mich einfach mit meinem verletzten Bein zurückgelassen haben, nachdem ich Sie zuvor gegen die Schläger verteidigt hatte.«

»Auch dafür möchte ich mich entschuldigen«, sagte ich lachend. »Wie sind Sie eigentlich nach Hause gekommen?«

»Auf die einzig mögliche Weise. Ich habe das Auto genommen und Pedro Liébana verflucht, der einfach keine Manieren hat.«

Ich musste wieder lachen. Umsichtig leitete Pascal mich Richtung Nordwesten, damit wir das dicht befahrene Zentrum hinter uns lassen konnten. Nach dem ein oder anderen ungeschickten Fahrmanöver erreichten wir unbeschadet die waldähnliche Parkanlage Dehesa de la Villa, wo wir eine kurze Rast einlegten. Wir spazierten im Schatten der Kiefern und Korkeichen umher und gaben uns für einen Moment ganz dem Zauber dieser Idylle hin, die einen vergessen ließ, dass man sich in einer großen Stadt befand. Die Sonne wanderte gen Westen.

»Es ist schon seltsam«, unterbrach ich das Schweigen.

»Was?«

»Na, das mit Ihnen.«

»Und wie kommen Sie zu der Einschätzung?«

»Ich weiß es noch nicht genau, wie ich es benennen soll, aber Sie sind jedenfalls nicht wie die anderen Männer. Sie bringen mir Autofahren bei, Sie hüten meine Geheimnisse, Sie haben mich nicht dafür kritisiert, dass ich Journalistin werden will … Wo zum Teufel kommen Sie bloß her?«

»Aus demselben elenden Loch wie Sie, Señorita Montero. Deshalb kann ich Sie so gut verstehen«, erwiderte er und sah mir in die Augen.

»*Touché*.«

Wir setzten unseren Weg fort, genossen die frische Luft und vergewisserten uns nur hin und wieder, dass der Himmel über unseren Köpfen noch vorhanden war.

»Wissen Sie, wenn wir manchmal losziehen, um über ein Ereignis zu berichten, dann beneide ich die Fotografen. Es ist, als fingen sie den Moment für die Ewigkeit ein.«

»Ihr Ehrgeiz kennt wirklich keine Grenzen, Señorita Montero.«

»Wie recht Sie haben«, erwiderte ich amüsiert. »Und Sie? Welche Ambitionen haben Sie? Was würden Sie gerne lernen?«

»Ach, viel zu viel. Vor allem hoffe ich, mein Wunsch zu lernen wird nie versiegen. Aber für den Anfang würde ich gerne mal direkt von der Front eines Kriegsschauplatzes berichten. Oder ich würde gerne eine Reportage machen, wie sie die Welt noch nicht gesehen hat. So eine, bei der die Gegenwart zu einem geschichtlichen Ereignis wird. Wissen Sie, was ich meine?«

»Ja, ich weiß sehr gut, was Sie meinen«, antwortete ich, betrübt, dass mir eine solche Großtat für immer verwehrt sein würde.

»Ich glaube, das ist mein Schicksal. Nach allem, was mir seit meinem elften Lebensjahr passiert ist, denke ich, ich sollte meine Zeit an den Orten verbringen, wo Geschichte geschrieben wird. Ich habe nicht das Gefühl, zu einem bestimmten Ort zu gehören, und ich sehne mich auch nach keinem anderen.«

Wir blieben stehen und betrachteten von einer Anhöhe aus den Horizont aus Rasenflächen und Steineichen.

»Es muss ein tolles Gefühl sein, ohne festen Wohnsitz zu leben, immer auf Reisen zu sein, illustre Persönlichkeiten kennenzulernen, Politiker, Wissenschaftler, Künstler …«

»Sie sprechen wie eine echte Journalistin.«

»Nun, in einem verborgenen Teil von mir befindet sich eine Journalistin. Doch nur einige wenige können sie sehen.«

Die Wolken formierten sich zu unterschiedlichen Gebilden.

»Hören Sie, es tut mir leid, was ich an jenem Abend im Los Gabrieles über Sie gesagt habe. Ich wusste damals nichts von Ihnen. Ich hielt Sie für eine unreife und oberflächliche junge Frau. Und ich war wütend darüber, dass Sie immer so abweisend zu mir waren.«

»Das musste ich sein. Hätte ich Sie näher an mich herangelassen, wäre ich Gefahr gelaufen, dass Sie herausfinden, wer Pedro Liébana wirklich ist. Ich konnte nicht als Pedro und Elisa zugleich Ihr Freund sein«, erklärte ich.

»Ich weiß. In den letzten Monaten habe ich festgestellt, dass Sie weit mehr als ein Mädchen aus großbürgerlichem Hause sind …« Er hielt einen Moment inne. »Señorita Montero, darf ich etwas tun, was ich schon seit Langem vorhabe?«

Ich sah ihn fragend an.

»Ja, natürlich«, antwortete ich, betört von seinem Lächeln und seinem Vertrauen.

Er nahm meine Hand und streifte sanft den Handschuh ab. In meinem Inneren fühlte es sich an, als würde er mich komplett entkleiden. Ich schloss für einen Moment die Augen und ließ mich treiben. Er fuhr zärtlich mit den Fingerkuppen über meine Handflächen. Ich öffnete langsam die Augen und sah, wie er seine Hand neben meine hielt. Die Linien unserer Hände hatten sich über die Jahre nicht verändert, sie bildeten immer noch ein perfektes A.

»Ich musste mich vergewissern, dass Sie keine Betrügerin sind«, flüsterte er.

Ich schmunzelte. Wir waren uns so nah, so dicht an dem Paradies, nach dem sich unsere Lippen sehnten … und doch zugleich so fern. Ich sog seinen Geruch ein. Ich fühlte mich geborgen. War es möglich, hier zu verharren, von Angesicht zu Angesicht wie zwei Liebende, ohne dass es Folgen haben würde? Ich löste mich in dem Wissen, dass seine verwirrende Anwesenheit mich verwundbar machte.

»Es wird dunkel, wir sollten gehen«, flüsterte ich matt.

»Ja, Sie haben recht«, erwiderte er, ohne den Blick aus seinen blauen Augen von mir abzuwenden.

Während ich fuhr, dachte ich darüber nach, was geschehen wäre, wenn ich dem Befehl meiner rebellischen Seele nachgegeben hätte. Im letzten Jahr war ich ihm viel zu nahegekommen. Ich hatte es getan, weil er mich verstand, weil mit der Zeit all die Träume und Wünsche in mir immer übermächtiger geworden waren. Es war schwer, seiner Anziehungskraft zu widerstehen.

Ich beobachtete ihn aus den Augenwinkeln und erhaschte ein Lächeln. Danach hatte ich das Gefühl, das Gewicht des Verlobungsrings würde meinen Finger erdrücken.

***

Es heißt, wenn man etwas sehnsüchtig erwartet, ziehen sich die Tage endlos hin.

Am Anfang war mir das mit meiner Hochzeit so ergangen. Doch meine Beziehung zu Francisco war von Aufschüben und Geduld geprägt gewesen. Wir hatten uns vor über fünf Jahren kennengelernt, und jetzt würden wir endlich Mann und Frau werden. Die letzten drei Monate waren wie im Flug vergangen. Ich hatte das Gefühl, als würde mir die Luft ausgehen, als würde der Spielraum, Entscheidungen zu treffen, immer kleiner.

Alles war für den großen Tag vorbereitet. Meine Tante hatte bei Doña Alicia ein Kleid in Auftrag gegeben, das teurer war als all unsere Kleider der letzten zehn Jahre zusammen. Außerdem kehrte Francisco nach Hause zurück, nachdem die Geschäfte in Großbritannien in trockenen Tüchern waren. Luis würde sich um alles kümmern, damit wir unsere Flitterwochen in Wien genießen konnten. Franciscos Anwesenheit brachte ein wenig Ruhe in mein Leben, und die ungehörigen Gedanken, die in meinem Kopf kreisten, traten in den Hintergrund.

»Señorita Elisa, nun sind Sie bald Señora de las Heras y Rosales. Da haben Sie sich einen dicken Fisch geangelt«, meinte López.

»Das hätte ich auch mal tun sollen. Dann bräuchte ich Ihre Angeberei nicht länger zu ertragen«, konterte Señora Idiazábal.

»Bitte, Doña Carmen, was würden Sie denn ohne uns machen?«

»In meinem Palast sitzen und mir den Tee bringen lassen.«

»Ach, Señorita Elisa, es kommt mir vor, als ob es gestern gewesen wäre, dass Sie hier angefangen haben. Sie waren so jung und schüchtern«, erinnerte sich Fernández.

»Ja, ich habe das Gefühl, dass ich hier in vielerlei Hinsicht gewachsen bin.«

»Zweifellos.«

Das ganze Gespräch hatte den bitteren Beigeschmack des Abschieds. Warum gingen alle davon aus, dass ich *El Demócrata* verlassen würde? Für mich war das längst noch nicht klar. Vielleicht würde ich nicht mehr als Sekretärin arbeiten, aber ich könnte mich anderweitig nützlich machen. Ich hatte mit Francisco vereinbart, das Thema auf der Hochzeitsreise zu besprechen, und aufgrund seiner Reaktion ging ich davon aus, dass er meinen Vorschlag akzeptieren würde.

»Ach Morales, haben Sie Pascal heute gesehen?«, rief López in den Raum.

»Nein, keine Spur von ihm. Vielleicht kommt er später. Er hat für den *Figaro* zu tun.«

Don Ernesto gab an dem Abend ein Essen bei sich zu Hause, also würden wir uns sicher noch über den Weg laufen. Santiago holte mich pünktlich am Eingang ab. Ich verabschiedete mich und stieg in die Kutsche. In einer Woche würde ich heiraten. Am 16. Mai, einen Tag vor meinem Geburtstag. Doña Asunción hatte *ABC* informiert, damit im Gesellschaftsteil über unsere Trauung berichtet würde. Allein bei dem Gedanken schnellte mein Puls in die Höhe. Wenn ich es nicht mehr aushielt, konnte ich mich zum Glück in Pedro Liébana verwandeln, heimlich durch das Fenster der Bibliothek nach draußen flüchten und mich mit Pascal im Café Pombo oder im Ateneo treffen, um der Aufregung und den ganzen Vorbereitungen und Zeitplänen zu entgehen.

Am Frisiertisch überprüfte ich mein Erscheinungsbild, während ich mit dem Faden spielte, den Pascal mir zurückgegeben hatte. Für den Anlass hatte ich ein smaragdgrünes Kostüm aus Crêpe de Chine gewählt, das perfekt zu der Kette passte, die Doña Cristina und Don Ernesto mir zu meinem Debütantinnenball geschenkt hatten. Die karminroten Lippen verliehen mir einen gewissen Chic, der das süße kleine Mädchen, das ich einmal war, völlig vergessen ließ.

Die Hupe des Panhard riss mich aus meinen Gedanken. Francisco war schon da. Gemeinsam mit meiner Tante verließ ich das Haus, und wir stiegen in das Auto. Der Chauffeur José Carlos war distanziert wie üblich, obwohl er sich in den letzten Jahren Mühe gab, liebenswürdig zu erscheinen. Francisco trug wie immer einen der tadellosen Anzüge, die seine Garderobe ausmachten.

Die Dienstboten des Ehepaars Rodríguez de Aranda empfingen uns gewohnt aufmerksam. Don Ernesto hatte zu dem Abend auch Señor March eingeladen, den Eigentümer von *La Libertad*, und Señor Luca de Tena, den Gründer und Eigentümer von *ABC*. Außerdem nahm noch Graciano Atienza teil, mit dem ihn eine sehr enge berufliche und persönliche Beziehung verband, und weitere namhafte Persönlichkeiten der Zeitungswelt, zu denen ich mich gerne gesellt hätte, um mit ihnen über die Zensur, die Situation in Katalonien oder über die letzten Entscheidungen Primo de Riveras zu diskutieren. Doch an Franciscos Arm konnte ich mich nicht so frei bewegen, wie ich wollte.

»Gestern waren Doña Cristina und ich bei dem Pferderennen in Aranjuez. Es war ein amüsanter Nachmittag, nicht wahr, Liebling?«, berichtete Don Ernesto.

»Ja, in der Tat. Sogar die Königin war da«, antwortete sie.

»Hat man eigentlich noch etwas über die Ermordung von Leutnant Ricardo Rojo Antolín gehört?«, fragte Don Giancarlo.

»Heute Morgen hat ein Kriegsrat stattgefunden, um den Polizisten zur Rechenschaft zu ziehen, der ihn ermordet hat«, erklärte Oberleutnant Roca.

»Und da heißt es immer, in den Krieg zu ziehen sei gefährlich. Manchmal lässt sich schwer sagen, wo die Front endet und die Nachhut beginnt«, sagte ich, während ich einen Spargel aufspießte.

»Vollkommen richtig, Señorita Elisa. Die Kriege sind nicht, was sie mal waren«, meinte der Oberleutnant.

»Ich kann mir nichts Schlimmeres vorstellen, als den Feind im eigenen Haus zu haben«, sinnierte Don Ernesto.

»Deshalb sage ich immer, das Klügste ist, niemandem zu trauen. Nicht einmal sich selbst«, befand meine Tante.

»Ich unterstütze Ihre Theorie, Doña Manuela«, sagte Francisco und erhob das Glas.

»Den Informationen aus aller Welt nach zu urteilen, ist es immer eine schwierige Frage, wem man trauen kann und wem nicht. Ist der Kommunismus ein Segen für Russland, oder haben die Leute besser unter den Romanows gelebt? Sind Mussolinis faschistische Ideen sinnvoll? Wird Spanien dank des Direktoriums wiederauferstehen?«, überlegte Señor Luca de Tena.

»Bleiben Sie gelassen. Das Spannende an der Gegenwart ist ja, dass das Ende noch nicht geschrieben ist«, meinte Graciano Atienza.

»Übrigens, wollte Olivier Pascal uns nicht heute Abend Gesellschaft leisten?«, fragte Don Giancarlo.

»Ja, das wollte er. Er hat mich gebeten, ihn zu entschuldigen. Man hat ihm heute Nachmittag mitgeteilt, dass er nach Marokko reisen und seine Tätigkeit als Korrespondent in Madrid abbrechen soll. Er konnte sich daher nicht verabschieden. Er wird in ein paar Stunden den Schnellzug nach Andalusien nehmen«, erzählte Don Ernesto.

Seine Worte hallten in dem weitläufigen Salon wider, der vor meinen Augen immer kleiner wurde. Mein Appetit war wie weggeblasen. Meine Kehle wurde mit einem Schlag trocken, sodass ich nicht mehr sprechen konnte. Was sollte das heißen, er reist ab? Panisch wanderte mein Blick von einem Gast zum nächsten. Er konnte unmöglich fortgehen, er konnte mich nicht einfach allein lassen.

»Was Sie nicht sagen. Das ist aber ausgesprochen schade. Wir werden ihn bei unseren Treffen vermissen. Er ist ein ausgesprochen intelligenter und interessanter Mann«, sagte Francisco.

»Der Abschied eines guten Freundes ist nicht leicht zu verdauen. Ich muss mich auch erst von der Hiobsbotschaft erholen. Er wird uns sehr fehlen. Nicht wahr, Cristina?«

»Ja, Liebling. Es ist bedauerlich, dass er gehen musste.«

Alle waren betrübt über die Nachricht, aber ich hörte ihre Kommentare kaum noch. Ich kam erst wieder zu mir, als Oberleutnant Roca sein Glas erhob und verkündete: »Meine Damen und Herren, auch wir haben eine Nachricht, die wir mit Ihnen teilen möchten. Meine geliebte

Benedetta ist in anderen Umständen. Wir erwarten Ende des Jahres unser erstes Kind.«

Die traurige Stimmung verwandelte sich in Jubel. Die Freude übernahm die Regie des Abends. Die Luft war erfüllt von Glückwünschen. Auch ich musste lächeln und mich freuen, obwohl mein Körper mir nicht recht gehorchen wollte. Die künftigen Eltern waren euphorisch wegen der guten Nachricht. Ich versuchte mit aller Kraft, die Contenance zu wahren, aber es gelang mir nicht. Ich musste unbedingt fort, ganz gleich wie, und Pascal abpassen, bevor er aus meinem Leben verschwand.

»Liebling, ich habe Kopfschmerzen. Es ist bestimmt wieder die Migräne. Vielleicht ist es die Aufregung wegen der Hochzeit.«

»Ist alles in Ordnung? Sollen wir den Arzt rufen?«

»Nein, das ist nicht nötig. Ich würde nur gerne nach Hause gehen. Ich werde Santiago anrufen, er soll mich abholen.«

»Ja, natürlich, Liebes. Du brauchst Ruhe. Die nächste Woche wird sehr anstrengend, da brauchst du all deine Kräfte.«

»Danke, Liebling. Du bist ein Engel«, sagte ich und küsste ihn auf die Wange.

Francisco übernahm es, meiner Tante meinen plötzlichen Aufbruch zu erklären. Ich entschuldigte mich bei Don Ernesto und Doña Cristina und eilte hinaus. Santiago wartete schon mit der Kutsche, in dem Glauben, die Fahrt würde ihn geradewegs zurück zu unserem Haus in der Calle Villanueva führen. Doch ich bat ihn wieder mal um einen Gefallen. Er schüttelte den Kopf, um mich von meinem Plan abzubringen, doch ich hatte meine Entscheidung getroffen. Ich versprach, ihn für die Fahrt gut zu entlohnen. Er fuhr mich durch die Stadt, die mir eine Zukunft, einen Bräutigam und ein traumhaftes Leben geschenkt hatte. Und einen Menschen wie Pascal, um ihn mir ohne Vorwarnung wieder zu entreißen.

Wie an jenem Tag, als ich mich entschlossen hatte, ihn aufzusuchen und ihm meine Geschichte zu erzählen, blickte ich von der Plaza del Conde de Barajas an der Fassade seines Hauses empor. Das Licht im Dachgeschoss brannte. Aufgeregt stieg ich aus der Kutsche und eilte zum Eingang.

»Señorita Elisa, ich werde nicht länger als eine Viertelstunde warten«, kündigte Santiago an.

Ich nickte und verschwand in dem uralten Gebäude. Wie ein geölter Blitz stürmte ich die Treppen hinauf. Die Bitterkeit verwandelte sich in einen unerklärlichen Zorn, der sich in vier energischen Klopfern an der Tür Bahn brach. Pascal, völlig verwirrt von meinem unerwarteten Besuch, betrachtete mich, wie ich mit roten Wangen und tausend Fragen auf den Lippen auf dem Treppenabsatz stand.

»Ich kann nicht glauben, dass Sie einfach so verschwinden, ohne sich von mir zu verabschieden.«

»Señorita Montero …«

Wütend marschierte ich an ihm vorbei in sein Apartment. Er schloss die Tür. Der gepackte Koffer auf dem Bett verstärkte meine Wut auf ihn noch. Ich sah ihn an.

»Dann stimmt es also. Sie wollten einfach gehen«, sagte ich leise.

»Heute Nachmittag habe ich eine telegrafische Nachricht von meiner Zeitung bekommen. Offenbar brauchen sie jemanden in Marokko. Es geht das Gerücht um, dass in den nächsten Monaten von Frankreich und Spanien wichtige Maßnahmen ergriffen werden. Sie könnten das Ende des Krieges bedeuten. Mein Zug geht in einer Stunde …«

»Können sie nicht jemand anderen schicken? Warum ausgerechnet Sie? Fühlen Sie sich denn nicht wohl in Madrid?«

»Ich habe keine Wahl. Sie haben Vertrauen in mich gesetzt, da kann ich mich nicht weigern. Sie verstehen das doch, nicht wahr?«

Ich senkte den Blick. Ich stand mitten in seinem Zimmer, genau an der Stelle, an der ich ihm meine Seele geöffnet hatte, voller Angst, er könnte mich aus Absicht oder Unachtsamkeit verraten. Aber diesmal saß er nicht einfach so da und tat so, als ob er mich ignorierte, wie an jenem Abend. Er stand direkt vor mir und suchte nach den richtigen Worten, um mir zu sagen, dass er die Stadt verlassen musste, Rückkehr unbekannt.

»Señorita Montero, Sie werden in wenigen Tagen heiraten und sich danach auf Ihre Ehe konzentrieren, wie es sich gehört. Sie brauchen mich hier nicht mehr.«

»Sie irren sich, Señor Pascal. Und wenn ich vielleicht gar nicht heiraten will?«

»Das wollen Sie, glauben Sie mir. Francisco wird Sie gut behandeln.« Er wandte den Blick ab, als müsste er sich einen Ruck geben, selbst an seine Worte zu glauben.

»Ich weiß, was ich will, Señor Pascal … Sie … Sie dürfen nicht gehen.«

»Señorita Montero, bitte. Machen Sie es mir nicht noch schwerer.«

Ich sah ihn an. Auch er schien von der Nachricht seiner Versetzung nicht begeistert zu sein. Was tat ich nur? Mein Verhalten war unfair.

Er hatte ja recht. Ich würde in einer Woche vor den Traualtar treten und endlich das lang ersehnte Ziel erreichen und das verhasste Haus meiner Tante verlassen. Und er musste seinen Wünschen folgen. Das war das, was er wollte: direkt von der Front berichten. Ich atmete tief ein.

»Gut. Aber Sie müssen mir versprechen, dass Sie dort in Marokko auf sich aufpassen … und … dass Sie mir schreiben.«

»Versprochen.«

Seine Hand strich über meine. Die sanfte Berührung tröstete mich, doch zugleich schlug mir das Herz bis zum Hals. Unsere Hände trennten sich und fanden wieder zueinander. Ich schloss die Augen und stellte mir vor, er würde mich leidenschaftlich küssen, mir sagen, dass er mich liebt, und mich bitten, mit ihm nach Afrika durchzubrennen, zwei vor der Wirklichkeit Flüchtende. Aber Pascal war zu sehr Kavalier, um der Verlobten eines anderen Mannes einen Kuss zu rauben. Er drückte seine Lippen auf meine Stirn und küsste mich zart. Ohne sich von mir zu lösen, flüsterte er mir die letzten Worte zu, die mir in der dunklen Stunde des Abschieds Mut zusprachen: »Lesen Sie immer die letzten beiden Zeilen meiner Artikel. Sie sind allein für Sie bestimmt, wo auch immer ich sein werde.«

Seine Finger lösten sich von meinen, die im selben

Moment den Verlust schon bedauerten, und als ich die Augen wieder öffnete, war er bereits verschwunden.

Eine Träne zeichnete eine Spur des Schmerzes auf meine Wange, sie glitt über meinen Hals und benetzte die smaragdgrüne Kette.

Auf einmal fühlte ich mich unendlich klein in dem leeren Apartment.

Die Geschichte von Elisa Montero geht weiter:
»Die Journalistin – Der Preis der Wahrheit«
erscheint am 16. August 2021.

Leseprobe

978-3-442-49095-0

I

Die Sommerfrische in Santander verschaffte mir einen wohltuenden Frieden, den ich in der Hauptstadt nicht finden konnte. Das Meer hat die Kraft, die unbändigsten Naturen zu zähmen. Francisco und ich hatten uns im Jahr unserer Hochzeit in die Kantabrische Küste verliebt und eine Villa mit Blick auf die himmelblaue Weite erworben. Ich liebte diese Zeit am Meer.

In den mehr als zwei Jahren, die seit meinem Einzug in die Calle de Eloy Gonzalo vergangen waren, hatte sich mein Leben komplett verändert. Ich war die Gattin eines namhaften Bankiers, der in ganz Europa Geschäfte machte, und diese Aufgabe ließ mir kaum Zeit für andere Dinge.

Während unserer Hochzeitsreise nach Wien war ich mit Francisco übereingekommen, dass ich mich erst einmal auf unsere Ehe und die Einrichtung unseres neuen Zuhauses konzentrieren würde. Sobald sich alles eingespielt hatte, könnte ich mich wieder meiner Passion, dem Journalismus, widmen. Die Sache mit Pedro Liébana – meiner geheimen Identität als anerkannter Zeitungsredakteur – ließ ich unerwähnt. Dass mein Mann davon nicht die leiseste Ahnung hatte, war das Ass, das ich im Ärmel hatte.

Anfangs hatte ich sein Versprechen für bare Münze genommen, doch die Monate gingen ins Land, und Francisco fand immer wieder neue Ausreden, die gegen eine Wiederaufnahme meiner Tätigkeit bei der Zeitung sprachen. Als meine Sachen aus dem Haus meiner Tante geholt wurden, blieben mein altgedienter Schreibtisch und die geliebte Schreibmaschine, die über Jahre mein kleiner persönlicher Rückzugsort gewesen waren, zurück.

Zur Entschädigung hatte ich mir einen Flügel gegönnt, um etwas ganz allein für mich zu haben. Er stand im Salon und war mein bester Freund im neuen Heim. Außer Francisco natürlich. Auf seine Art brachte er mir viel Verständnis entgegen und las mir jeden Wunsch von den Augen ab. Es erfüllte ihn mit Stolz, mich bei den Abendessen und Bällen an seiner Seite zu haben. Ich wiederum schenkte ihm meine Zuneigung und Wertschätzung und kam allen Pflichten nach, die eine Ehe mit sich bringt. Wir waren glücklich, wenn man so will.

»Señor Francisco, Sie werden am Telefon verlangt«, vermeldete Anita, unser Hausmädchen.

»Danke, Anita. Ich komme.«

Voller Vorfreude packte ich die Hüte und Accessoires aus, die ich in Santander gekauft hatte, und probierte sie vor dem großen Schlafzimmerspiegel an.

Francisco trat auf mich zu und schlang von hinten die Arme um mich. »Elisa, Liebes. Das war mein Cousin Joaquín. Er hat uns für heute Abend zum Essen eingeladen.«

»Zum Abendessen? Heute? Und was ist mit unserem Plan, nur etwas Leichtes zu uns zu nehmen und uns nach der anstrengenden Reise auszuruhen?«

»Komm schon, Liebes. Es wird bestimmt ganz amüsant. Und du könntest gleich den bezaubernden Turban einweihen, den du gerade anprobierst. Du siehst wunderschön aus«, sagte Francisco und küsste mich auf die Wange.

»Na gut, meinetwegen«, gab ich nach.

»Das ist meine Elisa.« Er klatschte in die Hände. »Anita! Anita! Geben sie Charito Bescheid, sie braucht kein Abendessen zu richten. Meine Frau und ich haben eine Verabredung.«

»Selbstverständlich, Señor Francisco. Ich bin schon auf dem Weg.«

Also richtete ich mich für das Abendessen mit Franciscos Familie her. Ich zog eines der Kleider der aktuellen Saison an und setzte den Turban auf. Ich trug etwas Lippenstift und Parfüm auf. José Carlos holte uns ab und fuhr uns zur American Bar Pidoux, wo Joaquín und Francisco gerne ihren Aperitif einnahmen. Als ich die Bar betrat, stellte ich fest, dass auch Franciscos Bruder Luis mit von der Partie war.

»Guten Abend«, begrüßte uns Joaquín.

»Guten Abend, Joaquín. Eleonora. Luis.«

»Guten Abend, meine Liebe. Was für ein entzückender Turban. Wo hast du den nur her? Du musst mir unbedingt alles über euren Urlaub in Santander erzählen«, bestürmte mich Eleonora, die in dem irrigen Glauben lebte, wir seien beste Freundinnen.

»Gern, meine Liebe. Es war eine traumhafte Zeit.«

Eleonora war Joaquíns zweite Ehefrau. Sie hatten wenige Monate nach uns geheiratet. Eleonora war ebenfalls bedeutend jünger als ihr Mann, aber in einem Punkt unterschieden wir uns deutlich: Franciscos Mutter, Doña Asunción, war geradezu vernarrt in sie.

Nachdem ich einen Wein getrunken und eine Zigarette geraucht hatte, um das Urlaubsgefühl wiederzubeleben, begaben wir uns zum Abendessen ins Tournier.

»Und, Eleonora, wie läuft es mit der Schwangerschaft?«, fragte Francisco. »Ich muss sagen, deine Frau sieht blendend aus, seit sie in anderen Umständen ist, mein lieber Cousin.«

»Danke der Nachfrage, Francisco. Die Sommerhitze war unerträglich, aber das Schlimmste habe ich überstanden. In fünf Monaten werden wir den kleinen Gregorio im Arm halten.«

»Auch wenn es mein drittes Kind ist, ist es immer noch aufregend. Ich kann es gar nicht richtig fassen«, gestand Joaquín.

»Es muss ein unvorstellbares Glück sein, wenn einem ein Kind geboren wird«, sagte Francisco.

»Euer Sprössling dürfte wunderschön werden, so er nach deiner Frau gerät«, schmeichelte Luis.

Ich trank einen Schluck.

»Ah, da fällt mir etwas ein«, rief Eleonora. »Wir müssen euch etwas sagen. Nach unserem Besuch bei euch in Santander haben wir festgestellt, wie gut das Klima unseren Kindern tut. Also haben wir uns entschlossen, das Haus direkt neben eurem zu kaufen. Ist das nicht toll?«

Darauf musste ich erst mal noch einen Schluck trinken. Es war schon kaum zu ertragen, sie tagtäglich in Madrid zu sehen, aber Santander war mein Rückzugsort, das letzte Stückchen Freiheit in meiner Ehe. Ich tat so, als ob ich mich freute, aber als wir wieder zu Hause waren, ließ ich meiner Wut freien Lauf.

»Ich denke nicht daran, unsere Ferien mit denselben Leuten zu verbringen, die ich schon den ganzen Winter über sehen muss, Francisco. Sie hätten uns fragen sollen, bevor sie das Haus kaufen.«

»Elisa, Liebes, beruhige dich. Was ist denn so schlimm daran, wenn sie nebenan wohnen? Sie gehören schließlich zur Familie.«

»Es ist mir egal, wer sie sind. Santander ist unser Rückzugsort. Dort kann ich die Hektik der Stadt vergessen und Kraft tanken. Wie soll das gehen, wenn die Kinder die ganze Zeit herumtoben und schreien? Dann ist es mit der Ruhe vorbei.«

»Vielleicht finden wir einen Weg, dass die Kinder uns nicht belästigen. Wenn wir selbst eins hätten, könnten sie miteinander spielen«, flüsterte Francisco mir ins Ohr.

Ich zuckte zurück, als hätte ich an den heißen Herd gefasst.

»Francisco, ich habe es dir im letzten Monat schon hundertmal gesagt. Ich brauche mehr Zeit.«

»Wie viel denn noch, Elisa? Es ist schon ein Jahr her, dass du das Baby verloren hast. Willst du es nicht noch einmal versuchen?«

»Momentan nicht«, giftete ich. »Ich bin noch nicht bereit. Das war ein herber Schlag, und ich muss erst vollständig genesen sein, bevor ich wieder schwanger werde.«

»Das verstehe ich ja …«

Ich zog das Nachthemd an, wütend, dass ich mich jeden Abend rechtfertigen musste. Francisco nahm mich in den Arm und ließ seine Hände über meinen Körper gleiten, doch ich wehrte mich noch heftiger als zuvor und schlüpfte unter die Decke.

***

José Carlos wartete rauchend an die tiefschwarze Limousine gelehnt. Ohne ein Lächeln bat ich ihn, die Zigarette auszumachen und mich wie jeden Morgen zum Café Montmartre zu fahren.

Es gab viele Gründe, warum ich es zu meinem Lieblingslokal erkoren hatte. Der Tee war vorzüglich, die Gäste vornehm und die Bedienung äußerst freundlich und zuvorkommend. Aber das Besondere an dem Café war, dass man von der Terrasse oder den Tischen am Fenster aus den Eingang der Zeitungsredaktion im Blick hatte.

Von meinem Tisch aus beobachtete ich, wie Morales auf der Jagd nach einer Exklusivnachricht aus dem Haus gerannt kam, wie Fernández nach einer Recherche Selbstgespräche führte, wie Simón Zitate des letzten Interviews in seinem abgegriffenen Notizbuch festhielt oder wie López die Schulden für seine nächtlichen Eskapaden beglich. Es war Ironie des Schicksals, dass die Veränderung, von der ich geglaubt hatte, sie würde es mir ermöglichen, Teil des Redaktionsteams zu werden, mir von jetzt auf gleich den Zutritt zu *El Demócrata* versperrt hatte.

Ich rührte mit dem ziselierten Löffel meinen Tee um. Wenigstens war es mir noch vergönnt, hin und wieder als Pedro Liébana einen Artikel zu schreiben, auch wenn ich nicht mehr als Mann auf dem Parkett erscheinen und so aktiv mitarbeiten konnte wie ein Jahr zuvor. Die Erinnerung tat weh, und so konzentrierte ich mich wieder auf das imposante Portal in der Calle Velázquez. Don Ernesto verfolgte nach wie vor den Plan, die Zeitung zu modernisieren, und so hatte er nach meinem unfreiwilligen Ausscheiden zwei weitere Redakteure eingestellt und nach langem Zögern doch noch weitere Linotype-Setzmaschinen angeschafft.

Abgesehen von der aufmerksamen Bedienung und dem mit wehmütigen Erinnerungen verbundenen Ausblick auf das Eingangsportal der Zeitungsredaktion hatte das Café noch einen weiteren Vorteil: Es lagen dort eine Vielzahl nationaler und internationaler Zeitungen aus, sodass man sich bereits am frühen Morgen einen Überblick über die aktuellen Entwicklungen verschaffen konnte. Neben den stets mit ein, zwei Tagen Verspätung eintreffenden Ausgaben von *The New York Times*, *The Times*, *Le Matin* oder *The Washington Post* befand sich ein Blatt, das Gervasio seit zwei Jahren auf meinen besonderen Wunsch hin beschaffte: *Le Figaro*.

Nur wenige Male hatte ich unser Rendezvous über den gedruckten Zeilen versäumt. Ich schlug die Zeitung auf und überflog die knapp zehn Seiten in der Hoffnung, unter irgendeinem Artikel seine Unterschrift zu finden. Wenn ich sie fand, las ich aufmerksam, was er geschrieben hatte, und konzentrierte mich vor allem auf die beiden letzten Zeilen, wie er es mir gesagt hatte. Ich schrieb die Worte auf die Serviette, die Gervasio mir zum Tee reichte, und versuchte, die Botschaft zu entschlüsseln.

In dem Augenblick musste ich jedes Mal voller Zärtlichkeit an Monsieur Cousineau und seine Frage denken: »Wozu, glaubst du, werden dir deine Französischkenntnisse einmal nutzen?«

Damals hatte ich keinen Nutzen darin gesehen, aber wenn ich mich mit Pascals verschlüsselten Botschaften herumschlug, bedauerte ich einmal mehr, dass ich in meiner Jugend nicht eifriger gelernt hatte. Wenn sich mir der Sinn erschloss, lächelte ich zufrieden. Manchmal waren seine Gedanken sehr erhellend. Dann wieder teilte er mit, an welchem Ort er sich wie lange aufhielt, damit ich immer wusste, wo er war. Was hatte er für ein glückliches Leben! Seine mit Ungeduld erwarteten Briefe waren die reinsten Abenteuergeschichten.

Wenn die Post kam und ich seinen Namen auf dem Umschlag las, fand ich meinen Seelenfrieden wieder. Und Francisco, der sich in dem Glauben wiegte, Pascal sei sein Freund, schöpfte keinen Verdacht, wenn ich ausrief: »Liebling, Señor Pascal hat uns geschrieben. Wenn du willst, lese ich den Brief und beantworte ihn im Namen von uns beiden.«

»Ja, mach das, Liebes. Ich kann mich nicht um die gesamte Korrespondenz kümmern, da komme ich ja zu nichts anderem mehr«, sagte er abwesend.

Er war wirklich vollkommen ahnungslos, sonst wäre ihm aufgefallen, dass er in den Briefen überhaupt keine Rolle spielte.

PERSONENVERZEICHNIS

Die Monteros

Elisa Montero	Stammt aus einem Dorf in Extremadura, dem ländlichen Südwesten Spaniens. Die Mutter starb bei ihrer Geburt. Im Alter von sieben Jahren schickt ihr Vater sie zu seiner wohlhabenden Schwester nach Madrid.
Manuela Montero	Elisas Tante; wurde jung verheiratet mit einem reichen Madrider Händler, dem deutlich älteren Roberto Ribadesella. Als er im Kubakrieg fiel, wurde sie mit nur fünfundzwanzig Jahren Witwe.
Pilar	Dienstmädchen im Hause Montero, kümmert sich um Elisa.

Pedro Liébana	Elfjähriger Junge, wird bei den Monteros im Souterrain versteckt.
Severiano	Hausdiener der Monteros
Santiago	Kutscher
Señorita Rebeca	Elisas Klavierlehrerin
Doña Alicia	Manuelas Schneiderin
Juan und José Luis Montero	Elisas Brüder, leben noch mit dem Vater in ihrem Dorf in Extremadura.

Die Freunde der Monteros

Die Salamanca-Trillos:

Don Tomás und Doña María Elena	älteste Freunde von Manuela Montero, Besitzer einer Schuhfabrik in Madrid
Candela und Tomás José	deren Kinder

Die Rodríguez de Aranda:

Don Ernesto	Direktor der Zeitung *El Demócrata de Madrid*

Doña Cristina	seine Gattin; Cousine von Roberto de Ribadesella

Die de Luccas:

Don Giancarlo	italienischer Stoffhändler aus Florenz
Benedetta	Tochter von Giancarlo und Elisabetta; Freundin von Elisa
Elio, Iacovo, Andrea	ältere Brüder von Benedetta
Carmen Bernardo	Giancarlos zweite Ehefrau
Nicola und Isabel	deren Kinder

Die Ballesters:

Don Amancio und Doña Concepción	Besitzer von Ländereien und einem Weingut in La Rioja

Die de las Heras y Rosales:

Francisco	reichster und begehrtester Junggeselle von Madrid, Erbe des Bankhauses Rosales
Luis	sein Bruder, ebenfalls ledig
Doña Asunción	ihre Mutter, Witwe

Hilario Rosales	ihr Großvater, Gründer der Bank

Die Gabaldóns:

Don Hernando und Doña Eugenia	zugezogen aus Sevilla, werden als »Emporkömmlinge« betrachtet
Trinidad	deren Tochter, Schauspielerin
Catalina Folch	Freundin von Elisa, stammt aus Barcelona, studiert an der Pädagogischen Hochschule von Madrid, sehr freigeistig und emanzipiert.
Agnes Henderson	Freundin von Elisa und Catalina; kommt aus Northampton, Massachusetts, wo sie Jura studiert hat; moderne junge Frau.
Enrique Mújica	Freund von Tomás José

Die Zeitungsredaktion

Ernesto Rodríguez de Aranda	Direktor der Zeitung *El Demócrata de Madrid*
Carmen Idiazábal	seine Sekretärin
Ramón López	Redakteur für den Gesellschaftsteil

Augusto Morales	Redakteur für Politik und Ausland
Isidro Fernández	Redakteur für das Tagesgeschehen, erfolgloser Poet
Simón Recuero	Lehrling
Gonzalo und Lorenzo	Setzer
Alberto Villarroy	Buchhalter
Olivier Pascal	Korrespondent von *Le Figaro*; Gastautor bei *El Demócrata*
Juan March	Direktor von *La Libertad*
Juan Ignacio Luca de Tena	Direktor von *ABC*

Künstler und Intellektuelle

Carlos Arniches (1866–1943)	Theaterautor
Graciano Atienza (1884–1935)	Journalist und Politiker
Luis Bagaría (1882–1940)	politischer Karikaturist

Luis Bello (1872–1935)	Journalist, Schriftsteller, Pädagoge
Carmen de Burgos (1867–1932)	Journalistin, Autorin, Übersetzerin und Frauenrechtlerin
Manuel García Morente (1886–1942)	Philosoph
Ramón Gómez de la Serna (1888–1963)	Autor
Luis de Oteyza (1883–1961)	Autor, Poet und Journalist
Julio Romero de Torres (1874–1930)	Maler
Enrique Romero de Torres (1872–1956)	Bruder von Julio; ebenfalls Maler
José Solana (1886–1945)	Maler
Miguel de Unamuno (1864–1936)	Schriftsteller und Philosoph
Ramón del Valle-Inclán (1866–1936)	Dramatiker und Romancier

Personen der Zeitgeschichte

Abd-al-Krim (1882–1963)	marokkanischer Oberbefehlshaber im Rifkrieg (1921–1926)
Alfons XIII. (1886–1941)	König von Spanien (1886–1931)
Francisco Basallo (1893–1985)	Feldwebel im Rifkrieg
Manuel Fernández Silvestre (1871–1921)	spanischer Oberbefehlshaber im Rifkrieg
Manuel García Prieto (1859–1938)	spanischer Ministerpräsident unter Alfons XIII.
Antonio Maura Montaner (1853–1925)	spanischer Ministerpräsident unter Alfons XIII.
Juan Picasso (1857–1935)	spanischer General; Autor der sogenannten »Picasso-Akten«
Miguel Primo de Rivera (1870–1930)	spanischer General und späterer Diktator (1923–1930)
José Sánchez-Guerra (1859–1935)	spanischer Ministerpräsident